吕碧城 著
李保民 箋注

吕碧城詞箋注

增訂本

中華書局

圖書在版編目(CIP)數據

吕碧城詞箋注/吕碧城著;李保民箋注.—增訂本.—北京:中華書局,2023.11
ISBN 978-7-101-16075-8

Ⅰ.吕…　Ⅱ.①吕…②李…　Ⅲ.詞(文學)-注釋-中國-近代　Ⅳ.I222.85

中國國家版本館 CIP 數據核字(2023)第 004117 號

責任編輯:郭睿康　劉　明
責任印製:管　斌

吕碧城詞箋注
(增 訂 本)
吕碧城 著
李保民 箋注

*

中 華 書 局 出 版 發 行
(北京市豐臺區太平橋西里 38 號　100073)
http://www.zhbc.com.cn
E-mail:zhbc@zhbc.com.cn
三河市宏達印刷有限公司印刷

*

850×1168 毫米 1/32 · 20⅞印張 · 11 插頁 · 430 千字
2023 年 11 月第 1 版　2023 年 11 月第 1 次印刷
印數:1-2000 册　定價:128.00 元

ISBN 978-7-101-16075-8

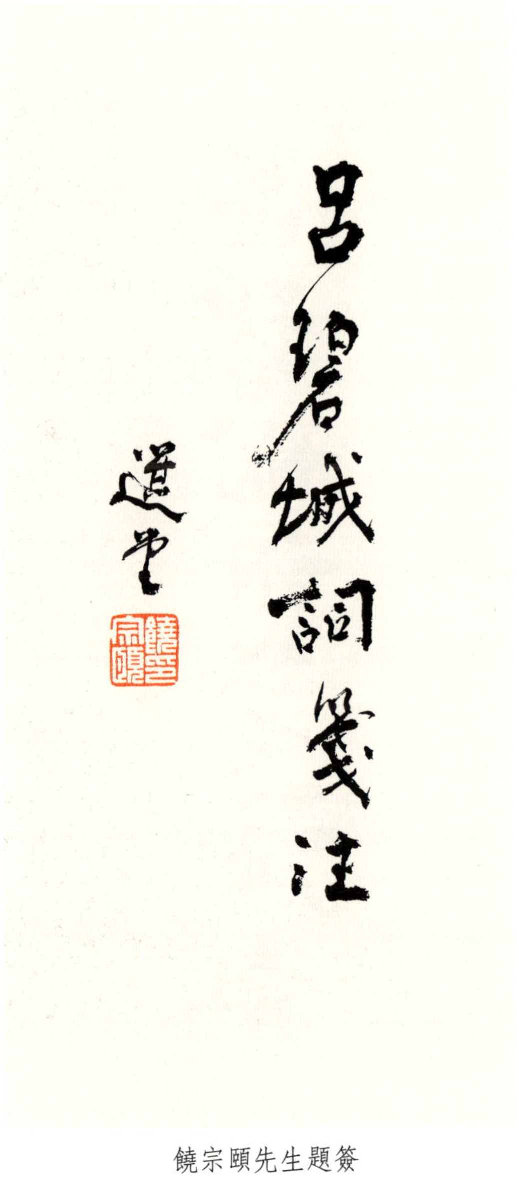

饒宗頤先生題簽

吕碧城词笺注

丕谟

洪丕谟先生题簽

瑞士之吕碧城

紐約之呂碧城

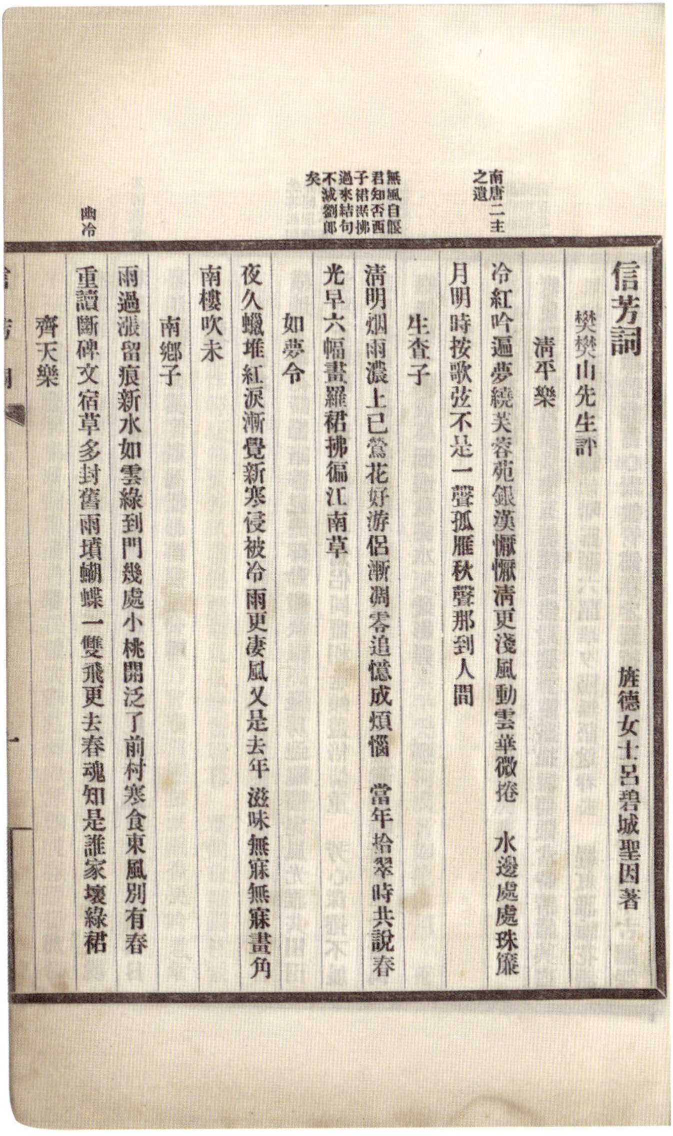

南唐二主之遺

無風自偃君知否西子裙淚拂過來結句不減劉郎矣

幽冷

信芳詞

樊樊山先生評

旌德女士呂碧城聖因著

清平樂

冷紅吟遍夢繞芙蓉苑銀漢懨懨清更淺風動雲華微捲　水邊處處珠簾月明時按歌弦不是一聲孤雁秋聲那到人間

生查子

清明烟雨濃上巳鶯花好游侶漸凋零追憶成煩惱　當年拾翠時共說春光早六幅畫羅裙拂徧江南草

如夢令

夜久蠟堆紅淚漸覺新寒侵被冷雨更淒風又是去年　滋味無寐無寐畫角南樓吹未

南鄉子

雨過漲留痕新水如雲綠到門幾處小桃開泛了前村寒食東風別有春重讀斷碑文宿草多封舊雨墳蝴蝶一雙飛更去春魂知是誰家壞綠裙

齊天樂

己巳（1929）本《信芳詞》書影

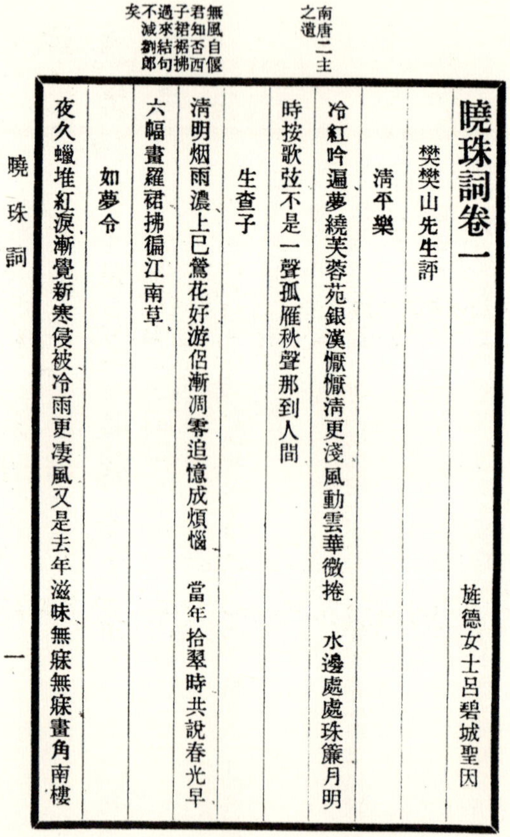
曉珠詞卷一

旌德女士呂碧城聖因

樊樊山先生評

清平樂

南唐二主之遺

冷紅吟遍夢繞芙蓉苑銀漢懨懨清更淺風動雲華微捲　水邊處處珠簾月明時按歌弦不是一聲孤雁秋聲那到人間

生查子

無風自偃君知否西子裙裾拂過來結句不減劉郎矣

清明烟雨濃上巳鶯花好游侶漸凋零追憶成煩惱　當年拾翠時共說春光早六幅畫羅裙拂徧江南草

如夢令

夜久蠟堆紅淚漸覺新寒侵被冷雨更凄風又是去年滋味無寐無寐畫角南樓

曉珠詞　一

四卷本《曉珠詞》書影

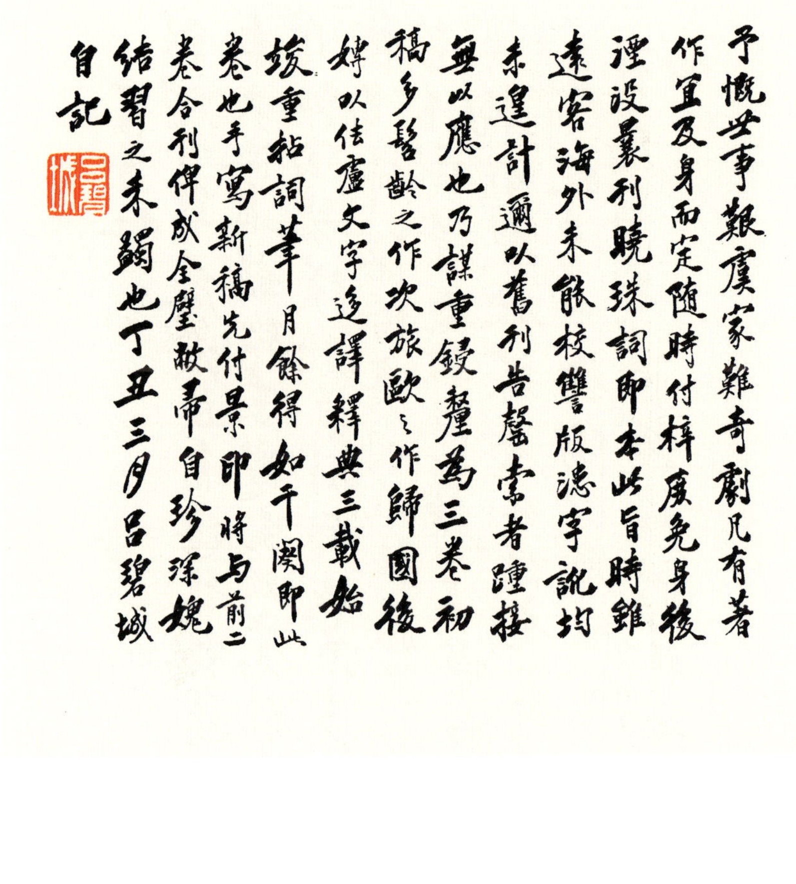
予慨世事艱虞家難奇劇凡有著
作宜及身而定隨時付梓庶免身後
湮沒曩刊曉珠詞即本此旨時雖
遠客海外未能校讐版誤字訛均
未遑計邇以舊刊告罄索者踵接
無以應也乃謀重鋟釐爲三卷初
稿多髫齡之作次旅歐之作歸國後
姑以佉盧文字迻譯釋典三載始
竣重拈詞筆月餘得如干闋即此
卷也手寫新稿先付景印將与前二
卷合刊俾成全璧敝帚自珍深媿
結習之未蠲也丁丑三月呂碧城
自記

呂碧城手寫《曉珠詞》序

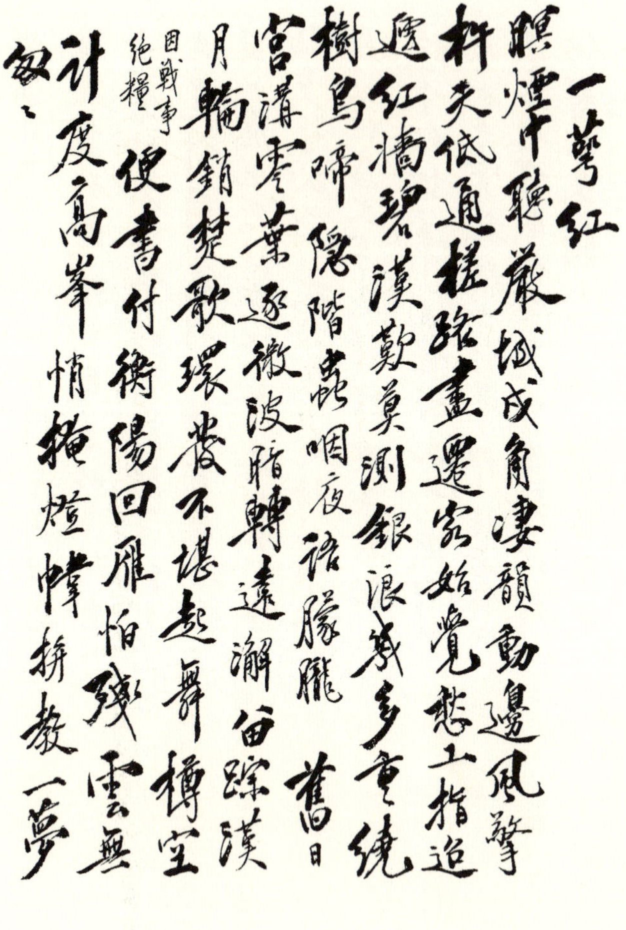
一萼红
暝烟中聽嚴城戍角淒韻動邊風擎
杵夫低通樁張畫還家始覺愁工指追
遥紅牆碧漢歎莫測銀浪幾多重繞
樹鳥啼隱階蛩咽夜語朦朧 舊日
宫滑零葉逐微波暗轉遥瀛留踪漢
月 輪銷楚歌環發不堪起舞樽空
因戰事絕糧
便書付衡陽回雁怕殘雲無
計度高峰 情猶燈憚拚教一夢
叙之

吕碧城墨迹

前言

回眸二十世紀初的近代中國詞壇，宛如一幅繁花似錦、群星璀璨的壯觀畫卷，其中名家輩出，争奇鬥艷，有號稱「晚清四大家」的王鵬運、鄭文焯、況周頤、朱祖謀，有别樹一幟的文廷式，而女詞人吕碧城，則是這一群體中一朵絢麗的奇葩，格外引人注目。

她曾經愛國反清，與革命女俠秋瑾互通聲氣；她重視教育，首創北洋女子公學；她才氣過人，學識博洽，爲一代文宗樊增祥、易順鼎輩所推重；她又數度遠涉重洋，探尋歐美新知，飽覽域外風光；她經歷了二次世界大戰的烽火硝煙，無家可歸，嘗盡顛沛流離的苦痛，最後選擇了大海作爲歸宿。

動蕩的時代，新舊嬗遞，社會劇烈的變革，個人不同尋常的境遇，使她的詞别開生面，多姿多彩，贏得舉世公認的成就。文學名家潘伯鷹形容她的詞「足與易安俯仰千秋，相視而笑」（評吕碧城女士信芳集），林鵾翔、錢仲聯等亦推崇備至，稱她爲

「三百年來第一人」（歐美之光序）、「近代女詞人中第一」（近百年詞壇點將録），由此可見她在近代詞壇上的地位和影響。

一

吕碧城，原名賢錫，字聖因，一字蘭清，法號寶蓮。安徽旌德人。清光緒九年（一八八三），出生於一個有着較高文學素養的家庭，父親吕鳳岐爲清光緒三年（一八七七）進士，先後出任過國史館協修、玉牒館纂修及山西學政，著有静然齋雜談等。母親嚴士瑜能詩文，生有四女，在她的熏陶下，日後均有所建樹，而碧城和她的兩個姐姐吕湘、吕美蓀很早就享有「淮南三吕，天下知名」（章士釗巽言跋）的美譽。

吕碧城資質聰穎，五歲知詩，七歲能作巨幅山水。也許蒼天有意欲使成大器者經歷一番磨難，一八九五年，父親因勞頓疾作而撒手人寰；緊接着，惡族爲霸占財産，將碧城母女幽禁，並以「滅門」相威脅。爲了保全膝下孤女免遭毒手，柔弱的母親無奈中只能茹痛棄産，攜碧城姐妹一起遠走來安外家，臨行時的情景無比辛酸：

「覆巢毁卵去鄉里，相攜痛哭長河濱。途窮日暮空躑躅，朔風誰憐吹葛巾？」（吕美蓀送崑秀四妹由天津南歸）而與碧城自幼訂親的汪姓人家，面對這一連串的變故，强行退婚，給碧城心靈留下終身難以平復的創傷。許多年過去了，往事依舊無法忘懷，她以「衆叛親離，骨肉齮齕，倫常慘變」（歐美漫遊録予之宗教觀）來形容當時所發生的那一幕幕人間悲劇。不久，吕碧城離開來安，奉母命投奔在天津塘沽辦理鹽政的舅舅嚴朗軒，這一去便是六、七年。在此期間，她一邊發憤讀書，刻苦鑽研，一邊不斷地忍受着疾病和親人離别的雙重折磨，孤苦無告，把一腔幽怨都傾吐在詞中：

寒意透雲幬。寶篆煙浮。夜深聽雨小紅樓。姹紫嫣紅零落否？人替花愁。　臨遠怕凝眸，離思難收。一身多病苦淹留。來日送春兼送别，花替人愁。（浪淘沙）

楓葉紅，柿葉紅，紅盡江南樹幾叢，離人淚染濃。　山重重，水重重，水復山重恨不通，夢魂飛繞中。（長相思）

一九〇四年初，吕碧城爲研究新學，約同女友方君夫人準備轉往女學讀書，然而却遭到舅舅的竭力反對。也許緣於一時的激憤，抑或是對於多年來深受舅家生活束縛的反抗，吕碧城在有志未伸，無法忍受之際，鋭意進取的決心却益發堅定。於是有了如下一幕：

塘沽距津甚近。某日，舅署中秘書方君之夫人赴津，予約與同往探訪女學。瀕行，被舅氏罵阻，予憤甚，決與脱離。（歐美漫遊録予之宗教觀）

吕碧城終於離家出走，這在晚清絶大多數的女性尚被禁錮在深閨之時，需要多麽大的決心和勇氣！此時，吕碧城的生活一無着落，幸好她遇到了熱心助人的佛照樓主婦、愛才如命的大公報總理英斂之，一切遂化險爲夷。事後，她不無感慨地寫道：

……翌日，逃登火車，車中遇佛照樓主婦，挈往津寓。予不惟無旅費，即行裝亦無之。年幼氣盛，鋌而走險。知方夫人寓大公報館，乃馳函暢訴。函爲該報總理英君所見，大加歎賞，親謁，邀與方夫人同居，且委襄編輯。由是京、津間聞名來訪者踵相接，與督署諸幕僚詩詞唱和無虚日。舅聞之，方欲追究，適因事被劾去職，直督袁公委彼助予籌辦女學，舅忍氣權從，未幾辭去。然予之激成自立，以迄今日者，皆舅氏一駡之功也。回首渭陽，愴然人琴之感。（同前）

吕碧城來到天津，就學的事並没有結果，實因碧城的國學根柢已相當深厚，當年京、津間已没有她可進的學校。在英斂之的提攜下，吕碧城進入大公報任職。這時的中國社會正處於激烈的變革時期，倡揚女權，尚武强國，挽救民族危亡的呼聲此起彼伏，一浪高過一浪。吕碧城自覺地站在時代的前沿，與之同聲相應，同氣相求。她那一系列慷慨激昂、振聾發聵的言論，通過報紙媒體，飛越大江南北，走進千家萬户：

蓋欲强國者必以教育人材爲首務。（論提倡女學之宗旨）

當列雄競争之時代，弱肉强食，各肆憑陵，尚武精神，尤爲立國之要素。……馬伏波標越南之銅柱，班定遠收漢室之山河，重整宗邦，豈以殺傷爲樂？嚴防邊海，詎能割地求和！（遠征賦）

風雨關山杜宇哀，神州回首盡塵埃。驚聞白禍心先碎，生作紅顔志未灰。憂國漫抛兒女淚，濟時端賴棟梁才。願君手挽銀河水，好把兵戈滌一回。（和鐵花館主見贈韻）

雖然此時吕碧城年僅二十出頭，可是她那超乎常人的深刻見解，富有革命性的戰鬥精神，可謂巾幗不讓鬚眉，與熱血男兒同領時代風騷。

爲了實現「强國者必以教育人材爲首務」這一宏大理想，吕碧城在風氣未開、清末北方女學尚處草昧未闢之時，立志創辦女學，造就人材。爲此，她奔走呼籲，「抒其芻論，假報紙遊説於當道」（與某先生書）。她的這一番舉措，不僅得到了社會名流英斂之、方藥雨、傅增湘等人的大力支持，也得到了時任直隸總督袁世凱、天津海關道唐紹儀和直隸學務部總辦嚴修的贊同。經過將近一年的努力，光緒三十年（一九〇四）孟冬，近代中國最早創辦的女學之一，北洋女子公學宣告誕生，碧城出任總教習。

如今已經很少有人知道女革命家秋瑾亦曾取號「碧城」，當年她在報紙上看到吕碧城的進步言論，異常興奮，認爲是不可多得的同志，遂擬往天津拜訪。一九〇四年五月十九日，時在塘沽的吕碧城得知秋瑾將自京來津會晤的消息，回信英斂之夫人淑仲云：

所云秋碧城女史，同時而同字，事亦甚奇。惟伊生於名地，閱歷必深，自是新學中之矯矯者，若妹則幼無父兄指授，僻處鄉隅，見聞狹隘，安敢望其肩背？然既屬同志，亦願仰瞻風範。（致英夫人書）

吕碧城熱情地期待着秋瑾的到來。六月十日，女界革命的先驅吕碧城和秋瑾在天津大公報館相會，兩人一見如故，同榻共寢，親密無間。秋瑾毫無隱諱地將此行目的告訴碧城，而碧城亦坦然真誠地向秋瑾敞開心扉。這次相見，在吕碧城的心中留下了深刻的印象，數十年後記憶猶新：

都中來訪者甚衆，秋瑾其一焉。據云彼亦號碧城，都人士見予著作謂出彼手，彼故來津探訪。相見之下，竟慨然取消其號，因予名已大著，故讓避也。猶憶其名刺爲紅箋「秋閨瑾」三字，館役某高舉而報曰：「來了一位梳頭的爺們！」蓋其時秋作男裝，而仍擁髻，長身玉立，雙眸炯然，風度已異庸流。主人款留之，與予同榻寢。次晨，予睡眼矇矓，睹之大驚，因先瞥見其官式皂靴之雙足，認爲男子也。彼方就牀頭庋小奩，敷粉於鼻。嗟乎！當時詎料同寢者，他日竟喋血飲刃於市耶？彼密勸同渡扶桑，爲革命運動，予持世界主義，同情於政體改革，而無滿漢之見。交談結果，彼獨進行，予任文字之役。彼在東所辦女報，其發刊詞即予署名之作。後因此幾同遇難，竟獲倖免者，殆成仁入史亦有天數存焉。（歐美漫遊録予之宗教觀）

吕碧城没有能響應秋瑾「同渡扶桑，爲革命運動」的提議，但她應允「任文字之役」，以和秋瑾的革命事業遥相呼應，並履行了自己的諾言。一九〇七年七月，秋瑾革命失敗，在紹興被捕遇難，碧城也因此受到牽連，險遭不測。

二

一九一一年，辛亥革命宣告漫長的封建帝制徹底垮臺。翌年，民國成立。呂碧城以她出衆的學識和在女界享有的崇高聲望，此前已被袁世凱禮聘爲公府諮議，得以出入新華宫内。她結識了袁公子克文（寒雲）及其身邊的詩友易順鼎、徐芷生、費樹蔚、陳浣等人，與之詩詞唱和，切磋技藝。同時，她也親眼目睹了袁政府中派系紛争，綱紀敗壞，官僚政要爲一己私利勾心鬥角，爾虞我詐，不惜出賣國家與民族的利益，社會現狀較之從前並没有多大的改觀，不禁深感痛心和失望。没有多久，呂碧城毅然辭職南下，來到上海。她在進修英文餘暇，與洋人角逐貿易，盈利豐厚，使她有足够的經濟實力立足社會，擺脱了當時很少有女子不依附於男性而生存的常情，又一次向世人展示了她超人的智慧。她後來説：「先君故後因析産而構家難，唯余錙銖未受，曾憑衆署券。余習奢華，揮金甚鉅，皆所自儲，蓋略諳陶朱之學也。」（呂碧城集題辭注）可見她對自己在商場上的成功也頗感自豪。

居上海時，呂碧城還先後遊歷了九江廬山、南京湯山、蘇州鄧尉和浙境莫干山、西溪、錢塘江等風景名勝，並曾一度養疴於香港海濱。山川大地的奇觀美景，大大地激發了她創作的熱情，幾乎每到一地均吟詩賦詞，或著文記遊，被著名詩家樊增祥稱爲「言近旨遠」的鄧尉探梅十首絶句，即作於遊歷途中。詩中有云：「筆底春風走百靈，安排禱頌作花銘。青山埋骨他年願，好共梅花萬祺馨。」反映了她早年的志趣所在。

一九二〇年秋，吕碧城多年來夢寐以求的願望實現了，她遠涉重洋，留學美國哥倫比亞大學。早在一九〇九年，她就曾托嚴復向學部疏通，希望能有機會遊學美國（當時她正從嚴復學習「名學」，深得嚴復賞識）。然而由於種種原因，未能如願。一九一八年夏，她在做完赴美留學前的一切準備工作後，忽染時疫，又因病未能成行。如今得以如願，自然欣喜非常。在美期間，吕碧城高雅的氣質和良好的涵養，令當地名媛貴婦爲之傾倒，競相與其訂交。二年後，她由美歸國，回到上海。

一九二六年秋，吕碧城再次來到美國，隨後轉赴歐洲大陸，遊踪遍布法、英、德、意、奥和瑞士等國。歐洲近代美麗的人文自然景觀和燦爛的古代文明，猶如瓊漿玉液，爲她提供了豐富的文學養料。她創作的詞無論質量還是數量，都非常的可觀，使她步入了近代最優秀的詞人行列。

吕碧城在瑞士日内瓦居住最久，時近十年。日内瓦素有世界公園之稱，而吕碧城居處的環境尤佳：

寓建尼瓦（今譯日内瓦）湖畔，斗室精妍，静無人到，逐日購花供几，自成欣賞。向南扊扉雙啓，即半月式小廊，昕夕涵潤於湖光嵐影間，雖閉户兼旬，不爲煩倦，如岳陽樓之朝暉夕陰，氣象萬千，疊展其圖畫也。晴時澄波瀲灩，白鷗迴翔，雨則林巒悉隱，遠艇紅燈，熠昏破晦。倘遇陰霾，城市中稱爲惡劣氣候者，此則松風怒吼，雪浪狂翻，如萬騎鏖兵，震撼天地，心懷爲之壯焉。（歐美漫遊録重遊瑞士）

在這裏，吕碧城暢休息遊，陶冶性情，精神境界得到了新的升華，悲憫仁慈的心腸油然而生。她積極倡導護生，謀創中國保護動物會，並與歐美各國相關的組織和有識人士廣泛地聯繫交流，頻頻向國内傳遞世界各地的護生信息，冀以唤起國人保護動物的熱情。

一九二九年五月，吕碧城應邀出席維也納國際保護動物大會，十三日爲各國代表演説之期，吕碧城作爲與會代表中的唯一中國人，這天戴珠抹額，身穿拼金孔雀晚妝大衣，上臺作了題爲廢屠的演講。此前，吕碧城從大會各團體所贈送的書册中瞭解到「其保護動物之道無微不至，而獨不言保護動物之生命」，深感遺憾。當有人建議她「不必堅持『廢屠』之議，衆皆僅以禁止虐待爲詞」時，她堅定地回答説：「予此來爲發表己之主張，若人云亦云，則何需我？」在演講大會上，吕碧城以她那光彩照人，極富魅力的中國女性所特有的風采，赢得各國代表的一片贊歎。會後，代表們紛紛擁上前握手致意，請求簽名合影留念。德國、西班牙、意大利等國代表還熱情地邀請吕碧城去本國演講。次日，維也納最大的報紙之一達泰格報（Der Tag）也報道説：「會中最有興味、聳人視聽之事，爲中國吕女士之現身講臺（演詞另録），其所著之中國繡服裔皇矜麗，尤爲群衆目光集注之點。」維也納之行，吕碧城備受外人的歡迎和尊敬，客觀上也爲中華民族争得了榮譽，她向世人表明美麗莊重、聰明善良的中國女性，是人類進步事業不容忽視的重要動力。

三十年代初，吕碧城因受印光法師嘉言録的影響，皈依佛教，潛心研究釋典。她在生命的最後十年中，始終以弘揚佛法爲己任。她一度由歐歸國，歷時三年埋首譯經，創作了大量以佛教内容爲題材的詞篇，來傳播佛學，爲梵苑增色。抗日戰争爆發後，吕碧城不得不中止對佛經的研究，就此開始了流離轉徙的逃難生活。

一九三七年歲暮，呂碧城離港去新加坡，次年春天，當久病的身體稍有恢復，她又踏上返回瑞士雪山的路途，唱出了時代的悲歌：「寥落天涯劫後身，一塵重返舊時村。猶存野菊招彭澤，不見宫人送水雲。」（鷓鴣天）

雪山相對平静的生活剛剛開始，法西斯德國挑起了第二次世界大戰，瞬間戰火燃遍歐洲，呂碧城不得不倉皇遷徙，被迫東返。在奔亡道中，她備嘗艱辛，有時甚至陷入「漢月輪消，楚歌環發，不堪起舞樽空時已糧絶」（一萼紅）的困境。但是殘酷的戰争没有摧毁她悲憫仁慈的博大襟懷，反而促使她對佛教欲作深入的研究，希望能藉此挽回頽壞的世道人心，弭兵息禍。她回到淪陷的香港，不顧年邁體衰，在日寇横行、周邊環境異常惡劣的氛圍中，奮力寫完了她一生中最重要的佛學著作觀無量壽經釋論。

一九四三年一月二十四日，呂碧城病逝香港東蓮覺苑，在遍地烽煙、多災多難的人間，走完了她生命的最後歷程，唯有那首悱惻動人的絶命詩「護首探花亦可哀，平生功績忍重埋。匆匆説法談經後，我到人間只此回」，留下了她對那個亂離時代的無窮遺恨。臨終，她神志清明，遺命將遺體火化後投入海中，與水族結緣。也許她還有許多的事要去做，社會需要她，時代需要她。然而，「銷形成骨，鑠骨成塵，更因風散」（燭影揺紅），現在這一切都已成了泡影。

三

吕碧城少遭家難，長年漂泊異國他鄉，獨身終老。數十年中，她親歷了安定社會中人難以想象的榮辱生死，世事亟變，精神上自然有無限的感觸，心靈上更有不少的創傷。就個人身世而言，她是非常不幸的。可是也正因爲如此，才使她對社會有了更深刻的認識，擴大了視野，促成了她的詞作題材廣闊，意境深遠，不囿於個人狹小的生活天地，取得了很高的成就。

吕碧城的詞在内容上真實地反映了清末民初的社會面貌，表現了與時代息息相關的精神。還在光緒三十年（一九〇四）之前，年輕的吕碧城就曾投身於時代的潮流，爲争取婦女解放、男女平權大聲吶喊，寫下了不少慷慨激昂、鼓舞人心的作品，如滿江紅（晦黯神州）、法曲獻仙音（緑蟻浮春）等。她的一些佳作，大都與當時的社會現實緊密聯繫，有着深刻的社會内容，如：

排雲深處，寫嬋娟一幅，翬衣耀羽，禁得興亡千古恨，劍樣英英眉嫵。屏蔽邊疆，京垓金幣，纖手輕輸去。游魂地下，羞逢漢雉唐鵡。爲問此地湖山，珠庭啓處，猶是塵寰否？玉樹歌殘螢火黯，天子無愁有女。避暑莊荒，採香徑冷，芳艷空塵土。西風殘照，遊人還賦禾黍。（百字令）

東横泰岱，誰向峰頭立馬？最愁見、銅標光黯，翠島雲昏。一旅揮戈，秦關百二竟無人。從今已矣，羞看貂錦，怯涴胡塵。鼎尚沸然，殘膏未盡，腐鼠猶嗔。更繡幕、閒燒官燭，紅照花魂。徧野哀鴻，但無餘唉到營門。迎春椒頌，八方争説，草木同新。（醜奴兒慢）

前者痛斥慈禧，將她揮霍無度、禍國殃民的罪行暴露無遺；後者無情鞭撻了統治者的窮奢極欲，粉飾太平，造成了國防衰弊、戍邊無人的嚴重後果。

在呂碧城的詞集裏，關心民瘼的篇什頗夥，時如電光石火迸閃而出，格外引人注目。這些詞作往往較少藻飾，以清淺的詞句直抒胸臆，以真摯的情感打動人心：

蘭湯誰爲灌就？也似華清賜浴，山靈溥惠。不許春寒，侵到人間兒女。（綺羅香）

道是山川信美，可祓得、人間疵癘？（玉漏遲）

鄂君繡被春眠暖，誰念蒼生無分。待温回、黍谷消寒同賦，絳梅芳訊。（陌

上花）

蒨雲冉冉遮無際，何限愁紅兼慘翠。從教修到不還天，迴睇人間猶有淚。（玉樓春）

而傷時念亂、關心國事、反映時代動蕩之作，亦隨處可見，如霜葉飛（十年遷客滄波外）、鷓鴣天（沉醉鈞天籟不聞）、瑞鶴仙（瘴風寬蕙帶）等，皆措語奇警，悲惋恨憾，既有對國事日蹙的憂念，也有對和平安定的嚮往。

由於長年漂泊海外，所以對故國的魂牽夢縈，是吕碧城詞集又一動人的内容。在相當長的一段時間裏，吕碧城隱居在瑞士雪山。這是因爲她憎惡人欲横流、爾虞我詐的社會現實，意欲脱離塵濁，故避而遠之，獨處清静潔白世界，並藉以使久病的身心得以息養。而烽煙阻隔，道路悠遠；孤身一人，舉目無親，也使她發出無家可歸的感嘆：「毳帷羶酪且棲遲。家何在？蘇武不須歸。」（小重山）但吕碧城畢竟是一個愛國的正直的女性，不管生活發生什麽樣的變化，災難深重的祖國始終懸掛在她的心中。在海外的日子愈久，她對祖國的思念之情也就愈加深切：

啼鳥驚魂，飛花濺淚，山河愁鎖春深。倦旅天涯，依然憔悴行吟。幾番海燕傳書到，道烽煙、故國冥冥。忍消他、緑酹金巵，紅萼瑶簪。（高陽臺）

懷故國，餘情深。有夕陽、還愁登臨。望天末哀鴻，猶聞隔雲零亂音。（壽樓春）

愁切。涉江素水遥闊。枉自採芙蓉盈襟抱，古調增哽咽。嗟老去文通，慵賦傷别。倦吟易竭，知甚時、歸弄關山明月。（浪淘沙慢）

此外，廣泛地吟咏海外風光，舉凡火山、冰巒、湖海、花木以及近代新生事物等，無不成爲其取材的對象，它們在吕碧城詞集裏被稱爲海外新詞，占有最大的比重，也是最爲人稱道的部分。吕碧城生當海通之世，遊屐遍布歐美大陸，其所歷可喜可愕之境，皆非前輩詞家所能想見。在吕碧城之前，尚未有人致力於以詞這一形式專門表現這方面的内容。早期的官僚或文人出遊歐美國家，偶有所作，大都零章斷簡，且少有佳作。即如康有爲早年漫遊美、法、德、意等十一國所作紀遊諸詩，描寫異國風土民俗、歷史文博等，雖有可觀，惜議論横生，味同嚼蠟，也遠不能與碧城詞相提並論。

新詞描寫阿爾卑斯雪山云：

渾沌乍啓，風雷暗坼，横插天柱。駭翠排空窺碧海，直與狂瀾争怒。光閃陰陽，雲爲潮汐，自成朝暮。認遊踪、祇許飛車到，便虹絲遠繫，飈輪難駐。一

角孤分，花明玉井，冰蓮初吐。（破陣樂）

詞中所刻畫的雪山怪偉詭譎，瑰麗雄奇，張馳有度的畫面氛圍令人驚絶，而落墨意大利那不勒斯世界著名的活火山拿坡里（今譯維蘇威）一詞，以冷熱色彩對比，融入美麗的神話傳説，奇思妙想，才情卓越，别有一番風味：

禪天妙諦。證大道涅槃，薪傳誰繼？世外避秦，那有驚心咸陽燧？飈輪怒輾丹砂地。弄千丈、紅塵春翳。倦飛孤鶩，幾番錯認，赤城霞起。凝睇。鐫冰斵雪，指隔浦、迤邐瑶峰曾寄。火浣五銖，姑射仙人翔遊袂。流金鑠石都無忌。算世態、炎涼游戲。任教燒蠟成灰，早乾豔淚。（絳都春）

至於展示日内瓦湖湖畔櫻花盛開的詞作，寫來輕快奔放，舒卷自如，其穠艷的色彩，給人以强烈的視覺感受：

搴霞扶夢下蒼穹。怨東風。問東風。底事朱唇，催點費天工。已是春痕嫌太豔，還織就，花一枝，波一重。一重一重摇遠空。波影紅。花影融。數也數也，數不盡、密朵繁叢。惱煞吟魂，顛倒粉圍中。誰放蜂兒逃色界，花歷亂，水凄迷，無路通。（江城梅花引）

像這一類詞，集中不勝枚舉。可以毫不誇張地説，海外新詞豐富了詞的表現形式，擴大了詞的表現範圍，在近代詞壇獨具風采。

呂碧城晚年有不少涉及佛教和倡導護生之詞，其中大部分寄托了詞人悲天憫人和禮佛的情懷，多演繹佛經故實，帶有較强的説教意味，雖腹笥繁富，詞采紛披，在内容上却不免枯燥乏味，如鵲踏枝（夢想諸天聯席會）、繞佛閣（十玄闡邃）等，可取之處不多。

四

作爲傑出的女詞人，呂碧城多方面地吸取前人成功的創作經驗，結合自己的生活實踐和藝術實踐，有選擇地加以變化運用，並積極探索創新之路。她十分重視個人學識修養和環境對創作的影響，認爲「文章本乎學識，學識有資於境遇。昔太史公遊名山大川，所爲文軼宕有奇氣」（答鐵禪書），她自己正是朝着這個方向努力的。

在呂碧城的全部詞作中，無論是賦景咏物，還是抒情寫懷，奇情逸思，層出不窮，處處都流露出一種豪縱不羈、蒼雄激越之氣。她跨越國界，徜徉異域山水，與當年司馬遷足迹所至不過五嶽四瀆之間，未可同日而語。神話傳説、歷史人物、日月風雲、冰雪山川、奇葩異草、舟車行旅、名勝古蹟，任由她健筆驅使，表現出詞人磅礴的才氣和博洽的學識。她有感於人情淡薄，反不如天神情深，便渲染出一種哀激孤憤、凄冷幽艷的意象：「浥透鮫綃誰與話？淚鑄黄金，不爲閒情灑。奏徹神弦啼玉妃，四天雷雨冥冥下。」（鵲踏枝）她登上阿爾卑斯雪山之巔，充滿東亞女子的自豪和勝利者的驕傲，放聲高歌：「十萬年來空谷裏，可有粉妝題賦？寫蠻箋，傳心契，惟吾與汝。」（破陣樂）她在大風雪中舟渡英吉利海峽，於是突發一連串的奇想：「海潮多，彤雲亂擁逶迤。打孤舷，雪花如掌，漫空飛舞婆娑。落瑶簪、妝殘龍女，揮銀劍、舞困天魔。怒颶嗚骹，急帆馳箭，騫槎無恙渡星河。」（多麗）這種句勢峥嶸，感情充沛，既寫實，又想象夸張的藝術手法，顯然受到楚辭或李白詩歌的影響，而又不爲其拘限。

與豪縱不羈、蒼雄激越之氣相表裏的，是吕碧城詞中風華掩映、寄托遥深，不爲閨襜靡曼之音的大家氣魄。其高處或在勾勒中見渾厚，或在隱曲中見深思。即使在表現哀愁時，也往往超越詞語本身所設定的意旨，藴蓄着深遠曲折的審美意象。且看那首被樊增祥稱之爲「稼軒『寶釵分，桃葉渡』一闋不得專美於前」的祝英臺近：

縋銀瓶，牽玉井，秋思黯梧苑。蘸渌搴芳，夢墮楚天遠。最憐娥月含顰，一般消瘦，又別後、依依重見。　倦凝眄。可奈病葉驚霜，紅蘭泣騷畹。滯粉黏香，繡屧悄尋徧。小欄人影凄迷，和煙和霧，更化作、一庭幽怨。

心緒不寧的人物活動，仿佛在作某種暗示。是夢境，還是現實？或者兩者兼而有之？隱曲生動的細節描寫，爲詞的内涵提供了豐富的想象天地。庚子之役，八國聯軍進犯北京，那拉氏倉皇出逃前曾命崔太監殘忍地將珍妃推入井中身亡。此詞作於其後未久，該不是一種巧合？

吕碧城詞還有一個顯著的藝術特色，即鎔新入舊，妙造自然，這在海外新詞裏表現得尤爲突出，處處以中國語言文學風味反映異域風情，却絲毫没有生硬艱澀、斧鑿膠粘的痕迹。這裏選擇有代表性的幾首詞，管中窺豹，聊見一斑：

瀛洲好，衣履様新翻。橡屧無聲行避雨，鮫衫飛影步生煙，春冷憶吴棉。（望江南）

瀛洲好，辟穀餌仙方。净白凝香調犢酪，嫩黄和露剥蕉穰，薄膳稱柔腸。（望江南）

瀛洲好，筆墨久抛荒。不見霜毫鸜眼燦，惟調翠瀋蟹行長，繞指有柔鋼。（望江南）

送征帆遠去，孤館悄歸，祇憐排悶無計。繡椅空時，錦茵凹處，坐久餘温猶膩。銀裩糖衣，灰殘菸尾，分明眼底。恰匆匆、如夢相逢，那信伊人千里。紅萼新詞漫擬。悵伶俜倦旅，歲闌心事。聽笑語誰家，暖入翠樽芳禊。倘逢驛使，梅枝折寄。冰雪郵程西比。不辭化、一縷離魂，黏入緗苞寒蕊。（望湘人）

詞中寫橡膠鞋，寫香蕉冰淇淋，寫自來水鋼筆，寫錫紙包裹的糖塊，寫吸剩的香煙，無不穩妥貼切，出神入化。其詞境詞意之新奇，前所未有。

此外，吕碧城受兩宋詞人周邦彦和吴文英等人的影響較爲深刻，擅長用典，善於融化隱括古人的詩句，注重考聲選調，在字面上極盡錘鍊雕飾之工巧，務求典雅流麗，同時又較好地避免了繁縟堆砌、刻意爲態的流弊。她追求「意欲層深，語欲渾成」（毛先舒宋六十一家詞選例言）的藝術效果，將歷史故實和前人詩句巧爲運用，達到蒼海飛雨、渾化無迹、如同己出的境地，如「認斜陽、門巷烏衣，匆匆幾番來去。輸與寒鴉，占取垂楊千古」（汨羅怨過舊都作），隱括劉禹錫烏衣巷及李商隱隋宫詩意；「馬首雲横，鎖藍關暝」（霜葉飛「十年遷客滄波外」）從韓愈左遷藍關示姪孫湘「雲横秦嶺家何在？雪擁藍關馬不前」詩句變化而出，都是非常成功的例子。

五

呂碧城詞在她生前曾以多種集名單行或合刊，身後未見重印。其版本流傳有緒，均可以考見。一九〇五年春，英斂之在天津刊行呂氏三姊妹集，收碧城詞稿十五首，此爲碧城詞最早印本。一九一八年，南社友人王鈍根校印信芳集，分詩、詞兩部分，收其詞作五十首。一九二五年，聚珍仿宋版信芳集刊於上海，分詩、詞、文三類，收詞篇目與王氏校印本大致相等。一九二九年，呂碧城門人黄盛頤女士於北京刊印信芳集，不分卷，有詩、詞（同聚珍仿宋版信芳集）、增刊詞（一九二八至一九二九在歐洲之作）、文、遊記鴻雪因緣若干類。同年，碧城詞友費樹蔚編輯五卷本呂碧城集，由上海中華書局印行。卷一文，卷二詩，卷三詞，卷四海外新詞，卷五歐美漫遊録。一九三〇年歲初，信芳詞（附增刊）問世，所收作品截止上一年歲暮。一九三二年秋，曉珠詞二卷本印行。一九三七年春夏之交，曉珠詞卷三手寫本、曉珠詞四卷本幾乎同時出版，而前兩種曉珠詞除極個别篇目外，均已包含在四卷本中。其後，碧城所作之詞結集爲雪繪詞，與觀音菩薩靈讖、勸發菩提心文合刊，收詞二十三首。

本書前四卷，以收詞最全、錯誤較少的曉珠詞四卷本爲底本；以雪繪詞二十三首及從同聲月刊第一卷第二號今詞林輯得遺作五首，編爲卷五；以見於吕氏三姊妹集、信芳集等早年詞集而曉珠詞四卷本未收者，編爲卷六。在校勘上，本書校以下列各本：英斂之刊印吕氏三姊妹集（簡稱英本），王鈍根刊印信芳集（簡稱王本），聚珍仿宋版信芳集（簡稱聚珍本），黄盛頤刊印信芳集（簡稱黄本），費樹蔚刊印吕碧城集（簡稱費本），信芳詞，上海圖書館藏信芳詞碧城手改備刊稿（簡稱上圖備刊稿），曉珠詞二卷本，曉珠詞卷三手寫本，凡屬底本訛誤缺漏及校本有可供參考之異文者，均予出校。吕碧城早期和中年所作之詞，有不少曾在當時的民國日報、大陸報、民權素、南社叢刻、北洋畫報、詞學季刊等報刊上發表，與晚出之本字句頗有異同。爲方便讀者研究參考，兹就見聞所及，也擇要出校。

逝水流光，吕碧城詞箋注由上海古籍出版社初版於二〇〇一年，轉瞬間整整二十年過去了。重檢斯編，感慨萬千。回想一九八三年發願作此箋注時，猶兩鬢青青，歷時十五寒暑，無憚繁難，不辭辛苦，至一九九八年歲末方始告成，已步入中年，大好年華悉消磨此中。其間無數次往返上海圖書館、上海社科院圖書館、復旦大學圖書館、華東師範大學圖書館、上海辭書出版社圖書館，間及國家圖書館、浙江圖書館和南京圖書館，在當時古籍還没有數字化檢索技術的情況下，披閱近代報刊雜誌及近人詩文别集不下數百種，常常是埋頭讀檢一整天，雖精疲力竭，却無功而返。每有點滴所獲，輒如披沙獲寶，喜不自禁，未可言狀。暇日又頻繁至古籍書店、滬港三聯書店訪書，尤留意購買與呂碧城相關的書刊資料，一旦發現，則不惜傾囊求購。也許是精誠所至，竟搜集到很多珍貴稀見資料，如碧城詞友費樹蔚的韋齋詩稿鈔本，内有不少與碧城往來酬唱的詩歌作品及夾注説明，爲已刊韋齋詩稿所不載，彌足珍貴，有助於考訂碧城生平交遊和詩詞創作活動，可以糾正學界有關呂碧城生平研究若干錯誤的論述，對箋注呂碧城詞很有幫助。遺憾的是腹笥太儉，又限於當時還未有文獻數字化檢索技術，與呂碧城相關的近現代史料搜尋不易，故箋注過程困難重重，未能索解者所在多有。職是之故，本書初版至今，筆者始終不忘對碧城詞進一步的研讀及相關資料的搜集整理，歷年來所獲頗豐，可供呂碧城詞箋注修訂補充的内容不少。

爾來科學昌明，文化藝術空前繁榮，文獻數字化爲史料的檢索鈎沉提供了極大的便利，不斷有涉及呂碧城文獻的新發現，成爲本書修訂的動因。作爲原書的箋注者，有感於原箋注本時有未能索解的缺憾甚至錯誤之處，故重加厘正完善，以應讀者之需，乃責無旁貸。此番修訂工作重點在校正文字訛誤，對原箋注中錯誤及不妥之處，力求作精準的訂正改寫；遇有疑難失注的語句，添加新的箋注；根據長期積累的資料，着重補充作品涉及的今典本事。上述幾項工作，合計修訂增補已達三百餘處，尚不含附録年譜新添若干史實。

今者修訂補充事竣，交付中華書局出版。自知學力所限，不當之處，容或不免。繩愆糾謬，是盼來哲。

李保民　初稿於一九九九年十月，二〇二一年二月改定。

目録

吕碧城詞箋注卷一

吕碧城詞箋注卷二

吕碧城詞箋注卷三

吕碧城詞箋注卷四

吕碧城詞箋注卷五

吕碧城詞箋注卷六

呂碧城詞箋注卷一

清平樂〔一〕

冷紅吟遍〔二〕。夢繞芙蓉苑〔三〕。銀漢懨懨清更淺〔四〕。風動雲華微捲〔五〕。水邊處處珠簾。月明時按歌弦。不是一聲孤雁，秋聲那到人間。

【校】

〔冷紅吟遍〕英本作「晚煙新斂」。〔夢繞句〕英本作「紅冷芙蓉院」。〔懨懨〕英本作「迢迢」。

【箋注】

〔一〕本詞最早見於一九〇五年春印行之呂氏三姊妹集。其確切寫作年月已不可考。據詞中「水邊」語，似碧城居天津塘沽舅家時所作，時在一九〇四年前。

〔二〕冷紅，指寒花。李賀南山田中行詩：「雲根苔蘚山上石，冷紅泣露嬌啼色。」

〔三〕夢繞句，周邦彥蘇幕遮詞：「小楫輕舟，夢入芙蓉苑。」

〔四〕銀漢句，古詩十九首：「河漢清且淺，相去復幾許？」懨懨，同「懕懕」。安静貌。爾雅釋訓：「懕懕，安也。」

〔五〕雲華，猶雲朵，雲彩。

【評】

樊增祥眉批：南唐二主之遺。

生查子〔一〕

清明烟雨濃〔二〕，上巳鶯花好〔三〕。游侣漸凋零，追憶成煩惱。　當年拾翠時〔四〕，共説春光早。六幅畫羅裙〔五〕，拂徧江南草。

【箋注】

〔一〕本詞爲碧城居塘沽舅家時追憶舊遊之作。

〔二〕清明，節氣名。孝經緯：「春分後十五日，斗指乙爲清明。」杜牧清明詩：「清明時節雨紛紛，路上行人欲斷魂。」

〔三〕上巳，古人以農曆三月初三爲上巳日，届時多臨水洗除不祥。後演變爲赴水邊宴飲遊春之節日。續漢書禮儀志上：「是月上巳，官民皆絜於東流水上，洗濯祓除，去宿垢疢，爲大絜。」秦觀踏莎行詞：「昨日清明，今朝上巳，鶯花著意催春事。」

〔四〕拾翠，撿拾翠鳥羽毛，指女子春日郊遊。曹植洛神賦：「或採明珠，或拾翠羽。」杜甫秋興詩：「佳人拾翠春相問，仙侣同舟晚更移。」

〔五〕六幅句，孫光憲思帝鄉詞：「六幅羅裙窣地，微行曳碧波。」

【評】

樊增祥眉批：無風自偃君知否？西子裙裾拂過來。結句不減劉郎矣。

如夢令

夜久蠟堆紅淚〔一〕。漸覺新寒侵被〔二〕。冷雨更淒風，又是去年滋味。無寐。無寐。畫角南樓吹未〔三〕。

【箋注】

〔一〕夜久句，晁補之驀山溪詞：「倒尊空，燭堆紅淚。」

〔二〕漸覺句，秦觀如夢令詞：「夢破鼠窺燈，霜送曉寒侵被。」宋無名氏御街行詞：「霜風漸緊寒侵被。」

〔三〕畫角，古代管樂器，源自西羌。形如竹筒，頭細尾大，以竹木或皮革製成，亦有以銅製者，外施彩繪，故名。發聲哀厲高亢，軍中多用之，以警昏曉。柳永竹馬子詞：「南樓畫角，又送斜陽去。」

南鄉子

雨過漲留痕〔一〕。新水如雲緑到門。幾處小桃開泛了〔二〕，前村。寒食東風别有春〔三〕。　重讀斷碑文。宿草多封舊雨墳〔四〕。蝴蝶一雙飛更去〔五〕，春魂。知是誰家壞緑裙〔六〕。

【箋注】

〔一〕雨過句，王沂孫南浦春水詞：「葡萄過雨新痕。」

〔二〕小桃，桃之一種。陸游老學庵筆記：「遊成都始識小桃者，上元前後即著花，狀如垂絲海棠。」

〔三〕寒食，節令名。宗懔荆楚歲時記：「去冬節一百五日，即有疾風甚雨，謂之寒食，禁火三日。」

〔四〕宿草，隔年之草。禮記檀弓上：「朋友之墓，有宿草而不哭焉。」孔穎達疏：「宿草，陳根也。草經一年則根陳也，朋友相爲哭一期，草根陳乃不哭也。」舊雨，故交；老友。杜甫秋述：「秋，杜子卧病長安旅次，多雨生魚，青苔及榻。常時車馬之客，舊雨來，今雨不來。」

〔五〕蝴蝶句，戰國時宋大夫韓憑，娶妻貌美，爲康王所奪。憑被囚自殺，妻亦投臺身死，「左右攬之，著手化爲蝶」。事見太平寰宇記。山堂肆考卷二二六：「俗傳大蝶必成雙，乃梁山伯祝英臺之魂，又曰韓憑夫婦之魂。」虞兆淑點絳唇詞：「繡户凄凉，蝴蝶雙飛去。」

〔六〕知是句，段成式酉陽雜俎前集卷一七：「秀才顧非熊少時，嘗見鬱棲中壞綠裙幅，旋化爲蝶。」孫光憲北夢瑣言卷八：「唐著作郎顧況……暮年有一子，即非熊前身也，一旦暴亡，況追悼哀切，所不忍言，乃吟曰：『老人喪愛子，日暮泣成血。老人年七十，不作多時別。』非熊在冥間聞之，甚悲憶，遂以情告冥官，皆憫之，遂商量却令生於況家。」

【評】

樊增祥眉批：幽冷。

齊天樂〔一〕

半空風籁秋聲碎〔二〕，凄凉暗傳砧杵〔三〕。翠竹驚寒，瓊蓮墜粉〔四〕，秋也如春難駐。商音幾許〔五〕？漸爽入西樓〔六〕，惹人愁苦。霜冷吴天，斷鴻吹影過庭户。　年華荏苒又晚〔七〕，和哀蟬病蝶，揉盡芳緒。往事迴潮，殘燈弔夢〔八〕，幾度兜衾聽雨〔九〕。伶俜倦旅〔一〇〕。只日暮江臯，搴芙延佇〔一一〕。塵涴征衫〔一二〕，舊痕凝碧唾〔一三〕。

【箋注】

〔一〕王本信芳集已收入此詞，知其最晚當作於一九一八年。

〔二〕半空句，李萊老臺城路詞：「半空河影流雲碎，亭臯嫩凉收雨。」

〔三〕砧杵，指浣洗聲。砧，擣衣石。杵，棒槌。

〔四〕瓊蓮句，杜甫秋興八首詩：「波漂菰米沉雲黑，露冷蓮房墜粉紅。」杜詩詳注引邵注：「蓮初結子，花蒂褪落，故墜粉紅。」姜夔八歸湘中送胡德華詞：「芳蓮墜粉，疏桐吹緑。」

〔五〕商音，商聲，古代五音之一。按陰陽五行家之説，秋天屬金，在五音中屬商，其聲悲凉哀怨。禮記月令：「孟秋之月，其音商。」歐陽修秋聲賦：「商，傷也。」

〔六〕漸爽入句，李萊老臺城路詞：「漸爽入雲幬，翠綃千縷。」爽入，直入。

〔七〕年華句，趙長卿瑞鶴仙暮春有感詞：「年華荏苒，舊歡如昨。」

〔八〕弔夢，在夢中傷感。羅隱蟋蟀詩：「屑戍有動，歌離弔夢。」

〔九〕兜衾，裹着被子。

〔一〇〕伶俜，流離孤苦貌。杜甫宿府詩：「已忍伶俜十年事，强移棲息一枝安。」

〔一一〕只日暮二句，楚辭九歌湘夫人：「朝馳余馬兮江皋，夕濟兮西澨。」湘君：「采薜荔兮水中，搴芙蓉兮木末。」延佇，久立等候。

〔一二〕涴，沾汚。

〔一三〕舊痕句，吴文英玉蝴蝶詞：「舊衫染、唾凝花碧。」

【評】

樊增祥眉批：常語能奇。

前調　荷葉〔一〕

横塘未到花時節〔二〕，暗香已先浮動〔三〕。紺袂飄煙〔四〕，緑房迎曉〔五〕，旖旎風光誰共？田田滿種〔六〕。正雨過如珠〔七〕，翠盤輕捧。鴛侶同盟，相逢傾蓋倍情重〔八〕。　芳心深捲不展〔九〕，問閒愁幾許〔一〇〕？緘緊無縫。越女開奩，秦宫啓鏡，擾擾雲鬟堆擁〔一一〕。新涼乍送。看萬緑無聲，一鷗成夢。惆悵秋來，水天殘影弄。

【校】

〔紺袂飄煙〕英本作〔青扇摇風〕；王本、聚珍本均作「紺袂翔風」。〔旖旎風光〕英本、王本、聚珍本均作「無限清愁」。〔翠盤〕英本、王本、聚珍本均作「盤心」。〔不展〕英本作「難展」。〔閒愁幾許〕英本作「多少閒愁」。〔緘緊〕英本作「緊緘」。〔越女三句〕英本作「月氣如煙，湖光似練，依約翠雲亂擁」。〔惆悵秋來〕英本、王本、聚珍本均作「愁煞秋深」。〔水天〕英本、王本、聚珍本均作「水風」。

【箋注】

〔一〕本詞作於一九〇五年以前，已收入吕氏三姊妹集。

〔二〕横塘，在今江蘇吴縣西南十里。清姚承緒吴趨訪古録卷二：「横塘在盤門西五里。有橋顔曰横塘古渡，爲遊湖入山之路。」風景殊勝。

〔三〕暗香句，林逋山園小梅詩：「疏影横斜水清淺，暗香浮動月黄昏。」

〔四〕紺袂，紺青色的衣袖，此喻指荷葉。

〔五〕緑房，花苞。周密水龍吟白荷詞：「藍田種玉，緑房迎曉。」

〔六〕田田，荷葉茂密貌。古樂府：「江南可採蓮，蓮葉何田田。」

〔七〕正雨過句，王邁賀新郎詞：「更蓮池、雨過珠零亂。」

〔八〕傾蓋，喻荷葉相接。史記魯仲連鄒陽列傳：「諺曰：『有白頭如新，傾蓋如故。』」司馬貞索隱引志林曰：「傾蓋者，道行相遇，軿車對語，兩蓋相切，小欹之，故曰傾也。」張炎水龍吟白蓮詞：「隔浦相逢，偶然傾蓋。」

〔九〕芳心句，張炎疏影荷葉詞：「不展秋心，能捲幾多炎熱。」

〔一〇〕問閒愁句，賀鑄青玉案詞：「試問閒愁都幾許？」

〔一一〕越女三句，狀水之清澈，如美人奩鏡；蓮葉田田，如宫女髮鬟。杜牧阿房宫賦：「明星熒熒，開粧鏡也；緑雲擾擾，梳曉鬟也。」

【評】

樊增祥眉批：此等起句，非絶頂聰明人不能道。　仙心禪理。

前調　寒廬茗話圖爲袁寒雲題〔一〕

紫泉初啓隋宫鎖〔二〕，人來五雲深處〔三〕。鏡殿迷香〔四〕，瀛臺挹淚〔五〕，何限當時情緒！興亡無據。早玉璽埋塵，銅仙啼露〔六〕。皕六韶華〔七〕，夕陽無語送春去〔八〕。　鞓紅誰續花譜〔九〕？有平原勝侣〔一〇〕，同寫心素。銀管鏤春〔一一〕，牙籤校秘〔一二〕，蹀躞三千珠履〔一三〕。低迴弔古。聽怨入霓裳〔一四〕，水音能訴〔一五〕。花雨吹寒，題襟催秀句〔一六〕。

【校】

香豔雜誌第二期調名作「臺城路」，蓋同調而別稱。題香豔本作「爲抱存題三海吟社圖」。〔紫泉二句〕香豔本作「一泓空翠蓬壺境，重見漢家宫宇」。〔皕六二句〕香豔本作「鶻語煤山，華香癡夢渺何許」。〔鞓紅三句〕香豔本作「鶯花無恙誰主？只天教付與，平原吟侣」。〔同寫〕黄本、費本作「共譜」。〔低迴五句〕香豔本作「風騷漫賦，且料理千秋，奇才休負。廿紀風濤，同舟滄海渡」。

【箋注】

〔一〕本詞最初發表於一九一五年，載新舊廢物主編之香豔雜誌第二期。民國人物小傳袁寒雲傳云：「袁克文，字豹岑，筆名寒雲子、寒雲主人。河南項城人。清光緒十六年七月十六日生於朝鮮漢城，爲袁世凱次子。七歲讀經史。年十八，以蔭生授法部員外郎。光緒三十四年，年十九。十月光緒帝崩於瀛臺，以載灃之子溥儀爲嗣皇帝。十二月袁世凱被黜，著即開缺回籍養痾，克文棄官從歸。民國二年三月，宋教仁在上海車站被刺，涉嫌克文主使，賴沈翔之之力得免。北返後，寄情昆曲，遊山玩水，不復問外事。一九一三年冬在北京與易順鼎（哭庵）、何震彝（鬯威）、閔爾昌（葆之）、步章五（林屋）、梁鴻志（衆異）、黄濬（秋岳）、羅惇曧（癭公），結詩社於所居南海流水音，時人以『寒廬七子』稱之，畫家汪鷗客爲繪寒廬茗話圖。一九三一年三月二十二日在天津去世，年四十二歲。」按，碧城此詞即作於鷗客繪圖後不久。

〔二〕紫泉，水名，在今山西離石縣西北。本作「紫淵」，唐人因避高祖李淵諱，改稱之。司馬相如上林賦：「丹水更其南，紫淵徑其北。」史記正義引山海經：「紫淵水出根耆之山，西流注河。」史記注引文穎云：「西河穀羅縣有紫澤，其水紫色，在縣北，於長安爲北。」李商隱隋宫詩：「紫泉宫殿鎖煙霞，欲取蕪城作帝家。」

〔三〕五雲，五色瑞雲。借指帝王居所。王建贈郭將軍詩：「承恩新拜上將軍，當值巡更近五雲。」又，陳亮垂絲釣九月七日自壽詞：「遐壽身，近五雲深處。」

〔四〕鏡殿，以明鏡嵌壁的宫殿。北史齊幼主紀：「其嬪嬙諸院中，起鏡殿、寶殿、瑇瑁殿，丹青雕刻，妙極當時。」

〔五〕瀛臺，在北京故宫原西苑太液池中，三面臨水。北平宫苑名勝：「瀛臺在南海中，南向，明爲南臺，清順治建宫室於此，爲避暑之所。」戊戌變法失敗，光緒帝曾被慈禧太后幽禁於此。

〔六〕銅仙，指長安漢宫中手持承露盤之金銅仙人，因魏改元，將被遷徙而泣淚。三國志魏書明帝紀裴松之注：魏改青龍五年三月爲景初元年四月。是年，徙長安漢宫中之銅仙人及承露盤。又引漢晉春秋云：「帝徙盤，盤拆，聲聞數十里。金狄或泣，因留於霸城。」任昉述異記：「魏明帝詔宫官西取漢武帝捧露盤仙人，欲置前殿，既拆盤，臨行泣下。」此合用其事，寓清室覆亡之感。

〔七〕皕六，二百六十。按，自順治元年（一六四四）清軍入關，明朝覆滅，至宣統三年（一九一一）清帝退位止，清朝統治共歷時二百六十八年，此云「皕六」，乃言其整數。

〔八〕夕陽句，吴文英浣溪沙詞：「門隔花深夢舊遊，夕陽無語燕歸愁。」

〔九〕鞓紅，牡丹之一種。歐陽修洛陽牡丹記花釋名：「鞓紅者，單葉深紅花，出青州，亦曰青州紅。……其色類腰帶鞓，故謂之鞓紅。」

〔一〇〕平原，謂戰國時趙武靈王之子趙勝，因其封於平原，稱平原君。史記平原君列傳：「平原君趙勝者，趙之諸公子也。諸子中勝最賢，喜賓客，賓客蓋至者數千人。」此處借指寒雲。

〔一一〕銀管，銀管之筆。袁桷薛濤箋二首之一詩：「蜀王宫樹雪初消，銀管填青點點描。」

〔一二〕校秘，校勘整理珍貴的書籍。此指寒雲從事所藏善本書的校訂工作。

〔一三〕蹀躞，古今韻會舉要：「蹀躞，行貌。」三千珠履，史記春申君列傳：「趙平原君使人於春申君，春申君舍之於上舍。趙使欲夸楚，爲瑇瑁簪，刀劍室以珠玉飾之，請命春申君客。春申君客三千餘人，其上客皆躡珠履以見趙使，趙使大慚。」

〔一四〕霓裳，霓裳羽衣曲。郭茂倩樂府詩集卷五六舞曲歌辭五：「唐逸史曰：羅公遠多秘術，嘗與玄宗至月宫。初以拄杖向空擲之，化爲大橋。自橋行十餘里，精光奪目，寒氣侵人。至一大城，公遠曰：『此月宫也。』仙女數百，皆素練霓衣，舞於廣庭。問其曲，曰霓裳羽衣。帝曉音律，因默記其音調而還。回顧橋梁，隨步而設。明日，召樂工，依其音調，作霓裳羽衣曲。」唐鄭嵎津陽門詩自注：「葉法善引上入月宫，時秋已深，上苦凄冷，不能久留，歸，於天半尚聞仙樂。及上歸，且記憶其半，遂於笛中寫之。會西凉都督楊敬述進婆羅門曲，與其聲調相符。遂以月中所聞爲之散序，用敬述所進曲作其腔，而名霓裳羽衣法曲。」

〔一五〕水音，原注：「君所居曰流水音。」北平宫苑名勝：「南海之千尺雪，位於南海東北隅，爲響雪廊東南一室，有額曰『千尺雪』。面山臨水，有奇石古樹，有錦鱗青萍，極清幽之致。對面一小亭，爲流水音，地面以石砌水槽，流水入亭中，縈曲折迴，澌澌汩汩，可以泛觴。」

〔一六〕題襟，唐温庭筠、段成式、余知古常作詩唱和，有漢上題襟集十卷。後遂以題襟借指朋友間詩酒往來。

浪淘沙〔一〕

寒意透雲幬〔二〕。寶篆煙浮〔三〕。夜深聽雨小紅樓〔四〕。姹紫嫣紅零落否？人替花愁。　臨遠怕凝眸。草膩波柔。隔簾咫尺是西洲〔五〕。來日送春兼送別，花替人愁〔六〕。

【校】

〔草膩波柔〕英本作「離思難收」。〔隔簾句〕英本作「一身多病苦淹留」。

【箋注】

〔一〕本詞當爲碧城少女時代抒懷之作，已收入碧城二十三歲時所刊吕氏三姊妹集。詞中人花互憐，巧爲構思。觀其初稿「離思難收」、「一身多病苦淹留」語，或寓深意。

〔二〕寒意句，吴文英一寸金詞：「寒意透過繡被，侵襲到肌膚。」雲幬，帶有雲狀圖案的帳子。

〔三〕寶篆，香如篆字之美稱。

〔四〕夜深句，陸游臨安春雨初霽詩：「小樓一夜聽春雨，深巷明朝賣杏花。」

〔五〕西洲，古樂府中地名，難以確指。南朝無名氏作有西洲曲，寫女子别後相思之情，中有句云：「西洲在何處？兩槳橋頭渡。」

〔六〕花替句，陳維崧菩薩蠻將發吴門時庭際海棠盛開詞：「花也替儂愁，春江無盡頭。」

【評】

樊增祥眉批：漱玉猶當避席，斷腸集勿論矣。

前調〔一〕

百二莽秦關〔二〕。麗堞迴旋〔三〕。夕陽紅處儘堪憐〔四〕。素手先鞭何處著〔五〕？如此山川。花月自娟娟。簾底燈邊。春痕如夢夢如煙〔六〕。往返人天何所住？如此華年。

【箋注】

〔一〕一九一五年五月，袁世凱完全承認日本政府提出侵略中國之苛刻要求二十一條。二十五日由外交總長陸徵祥與日方簽署賣國條約。當此中日協議告成之際，碧城正駐足北京長城，有出居庸關登萬里長城詩云：「萬翠朝宗拱一關，山巔雉堞長蜒蜿」，「金湯枉説天然險，地下千年哭祖龍。」所寫景物與詞境相似，應爲同時之作。

〔二〕百二，史記高祖本紀：「秦，形勝之國，帶河山之險，縣隔千里，持戟百萬，秦得百二焉。」裴駰集解：「蘇林曰：『得百中之二焉。秦地險固，二萬人足當諸侯百萬人也。』」後即以百二形容地勢險要。

〔三〕麗堞，成排的城墻。堞，城上矮墻。

〔四〕夕陽句，張舜民賣花聲題岳陽樓詞：「回首夕陽紅盡處，應是長安。」

〔五〕先鞭，搶先揮鞭。世説新語注引晉陽秋：「劉琨與親舊書曰：『吾枕戈待旦，志梟逆虜，常恐祖生先吾著鞭耳。』」

〔六〕春痕句，蘇軾正月二十日與潘郭二生出郊尋春詩：「人似秋鴻來有信，事如春夢去無痕。」

【評】

樊增祥眉批：此詞居然北宋。

三姝媚

爲尺五樓主題揚州某校書所畫芍藥片石卷子〔一〕

花枝紅半吐。似伊人亭亭，呼之解語〔二〕。怨入將離〔三〕，倩蠻箋留取〔四〕，春魂同住。匪石心堅〔五〕，漫擬作、輕狂飛絮〔六〕。芳訊誰傳？雨雨風風，幾番朝暮。莫問珠韝鈿柱〔七〕。悵金粉飄零〔八〕，墜歡無據〔九〕。夢影揚州，只二分明月〔一〇〕，曾窺眉嫵〔一一〕。和淚眠香，更吟老、韋郎詞句〔一二〕。賸有緗函深鎖〔一三〕，小樓尺五。

【校】

〔卷子〕費本作「畫册」。〔伊人〕王本、聚珍本、黄本、信芳詞、費本均作「人兒」。〔金粉飄零〕王本、聚珍本作「解佩人歸」。〔明月〕王本、聚珍本作「娥月」。〔眠香〕王本、聚珍本作「眠春」。〔緗函〕王本、聚珍本、黄本、信芳詞、費本均作「葳蕤」。

【箋注】

〔一〕本詞約作於一九一七年歲暮碧城離滬赴北京之前。尺五樓主爲碧城寓居滬上之友人，生平未詳。碧城去滬時曾贈之以燕産小犬。

〔二〕解語，謂能言之花。王仁裕開元天寶遺事：「明皇秋八月，太液池有千葉白蓮數枝盛開，帝與貴戚宴賞焉。左右皆歎羨。久之，帝指貴妃示於左右曰：『争如我解語花？』」

〔三〕將離，芍藥之別稱。崔豹古今注卷下：「牛亨問曰：『將離別，相贈以芍藥者何？』答曰：『芍藥一名可離，故將別以贈之。』」錢謙益德水送芍藥詩：「楚臣腸斷是將離。」

〔四〕蠻箋，謂蜀箋，即四川地區所造彩色花紙。元費著箋紙譜：「十樣蠻箋出益州，寄來新自浣花頭。」

〔五〕匪石，喻貞潔自守，不可轉動。詩邶風柏舟：「我心匪石，不可轉也。」

〔六〕漫擬作句，杜甫絶句漫興九首之四詩：「顛狂柳絮隨風去，輕薄桃花逐水流。」

〔七〕珠韝，貫珠爲飾之臂套，束袖以便操琴。陸游無題詩：「珠韝玉指擘箜篌。」韝，同「鞲」。鈿柱，嵌以金銀之琴柱。周密齊天樂詞：「花圍坐暖，閒却珠韝鈿柱。」

〔八〕金粉，猶鉛粉，女子妝飾之物。馬縞中華古今注卷中：「自三代以鉛爲粉。秦穆公女弄玉，有容德，感仙人蕭史，爲燒水銀作粉與塗，亦名飛雲丹。」王實甫西廂記第二本第一折：「香消了六朝金粉。」碧城崇效寺探牡丹已謝詩：「纔自花城卸冕回，零金賸粉委蒼苔。」此喻指揚州女校書。

〔九〕墜歡，失去寵愛。亦指夫妻離合。語本後漢書光武郭皇后紀論：「歡隊，故九服無所逃其命。」隊，同「墜」。又，徐本立桂枝香試燈日夜雨詞：「惆悵人易別，墜歡難續。」

〔一〇〕夢影二句，徐凝憶揚州詩：「天下三分明月夜，二分無賴是揚州。」吴偉業壽座師李太虚先生詩：「一斗濁醪還太白，二分明月屬揚州。」

〔一一〕眉嫵，同眉憮，眉樣秀美。漢書張敞傳：「又爲婦畫眉，長安中傳張京兆眉憮。」周邦彦法曲獻仙音詞：「想依然、京兆眉嫵。」

〔二〕更吟句，范攄雲谿友議卷中：西川有韋皋者，昔遊江夏，止於姜使君之館，得識其子荆寶之小青衣玉簫，年纔十歲，受命祗候，侍於韋皋，勤於應奉。後年稍長大，彼此有情。時韋皋得其季父書信，命其「發遣歸覲」。遂與玉簫相約，「少則五載，多則七年，取（娶）玉簫。因留玉指環一枚，并詩一首。五年既不至，玉簫乃静禱於鸚鵡洲。又逾二年，暨八年春，玉簫嘆曰：『韋家郎君，一别七年，是不來耳』遂絶食而殞。」

〔三〕緗函，淺黄色封套。此指題中的「芍藥片石卷子」。

洞仙歌 秋葵〔一〕

丹心一點〔二〕，鎖葳蕤涼蕊〔三〕。笑捲宫衣更凝睇。伴清啼絡緯〔四〕，瘦蓼疎棠〔五〕，詩句在、寂寞閒庭幽砌。露華瀼似水〔六〕。絹染鵝黄〔七〕，入道新妝玉人試。可奈倚牆腰，幾度西風，羅袖斂、髩雲全墜。怕金粉飄零易成塵，煩畫稿生綃，替描秋思。

【校】

〔葳蕤涼蕊〕王本、聚珍本均作「三分涼意」。〔伴清啼三句〕王本、聚珍本均作「看銅仙倦擎，承露金盤，盤半側、盡傾如鉛清淚」。〔露華三句〕王本、聚珍本均作「丰標誰得似？南宋宮人，入道妝成照秋水」。

【箋注】

〔一〕本詞收入信芳集初刊本，最遲當作於一九一七年歲暮。秋葵，别稱黄秋葵，一年生草本，花黄色。

〔二〕丹心句，唐彦謙秋葵詩：「傾陽一點丹心在，承得中天雨露多。」

〔三〕鎖葳蕤，猶葳蕤鎖。此取其聯綴意。太平廣記卷三二六：「劉照，建安中爲河間太守，婦亡，埋棺於園中。遭黄巾賊，照委郡走。後太守至，夜夢見一婦人往就之，後又遺一雙鎖，太守不能名。婦曰：『此萎蕤鎖也。以金縷相連，屈申在人，實珍物，吾方當去，故以相别，慎無告人。』」萎蕤，同「葳蕤」。朱彝尊彭山即事詩：「誰家三婦豔新妝，静鎖葳蕤春日長。」

〔四〕絡緯，蟲名。崔豹古今注：「莎鷄，一名絡緯，一名蟋蟀，謂其鳴如紡緯也。」李白長相思詩：「絡緯秋啼金井闌，微霜凄凄簟色寒。」

〔五〕蓼，草本植物，穗狀或頭狀花序，花作淡紅色或白色。　棠，喬木名。有赤、白之别。

〔六〕露華句，詩小雅蓼蕭：「蓼彼蕭斯，零露瀼瀼。」瀼，説文：「瀼，露濃貌。」

〔七〕絹染句，李涉黄葵詩：「此花莫遣常人看，新染鵝黄色未乾。」

法曲獻仙音〔一〕

鵶影偎煙，砧聲唤雨，暝色陰陰弄晚。簪萼紅疏〔二〕，題箋墨殢，探梅只今全懶。但翠袖閒攲竹〔三〕，無言自依黯〔四〕。　吟思徧。倚樓頭、且舒愁眼。風正緊、雁字幾行吹斷。雪意釀嚴寒，漾江天、昏霧撩亂〔五〕。雲葉微分〔六〕，透斜陽、空際一線。更城南畫角，低送數聲清怨。

【校】

〔簪萼二句〕王本、聚珍本、黄本、信芳詞、費本均作「酒興蕭疏，詩情寥落」。

【箋注】

〔一〕本詞作年同前闋。

〔二〕簪萼句，姜夔一萼紅詞：「有官梅幾許，紅萼未宜簪。」

〔三〕攲竹，同「倚竹」。杜甫佳人詩：「天寒翠袖薄，日暮倚修竹。」

〔四〕無言句，姜夔疏影詞：「籬角黄昏，無言自倚修竹。」

〔五〕風正緊三句，語本歐陽修漁家傲詞：「風急雁行吹字斷，紅日晚，江天雪意雲撩亂。」

〔六〕雲葉，喻濃雲密佈。范成大明日大雨復折贈再次韻詩：「一天雲葉翳朝霞，風捲泥沾不惜花。」　微分，幽微可分辨。李建勳春水詩：「輕鷗散繞夫差國，遠樹微分夏禹祠。」

【評】

樊增祥眉批：細入無間。

踏莎行〔一〕

水繞孤村〔二〕，樹明殘照。荒涼古道秋風早〔三〕。今宵何處駐征鞍？一鞭遥指青山小〔四〕。　漠漠長空，離離衰草〔五〕。欲黄重緑情難了〔六〕。韶華有限恨無窮〔七〕，人生暗向愁中老〔八〕。

【校】

〔衰草〕英本作「秋草」。

【箋注】

〔一〕本詞收入呂氏三姊妹集，當作於一九〇二年二十歲前後。

〔二〕水繞句，隋煬帝失題詩：「寒鴉千萬點，流水繞孤村。」秦觀滿庭芳詞：「斜陽外，寒鴉萬點，流水繞孤村。」

〔三〕荒凉句，曾習經無題詩：「横塘一夕秋風早，不語垂鞭悵望間。」

〔四〕一鞭句，王詵蝶戀花詞：「獨上高樓雲渺渺，天涯一點青山小。」金華宋氏題郵亭壁歌：「穩坐不知行路難，揚鞭笑指青山小。」

〔五〕離離，紛披貌。白居易賦得古原草送别詩：「離離原上草，一歲一枯榮。」

〔六〕欲黄重緑，意謂時序變遷，衰草由枯黄轉爲嫩緑。語本晉休洗紅歌：「回黄轉緑無定期，世事反覆君所知。」

〔七〕韶華句，晏殊鳳啣杯詞：「人生有限情無限。」

〔八〕人生句，閻爾梅游莫愁湖詩：「人生都向愁中老，誰解閒行問莫愁。」

蝶戀花〔一〕

寒食東風郊外路〔二〕。漠漠平原，觸目成悽苦。日暮荒鴟啼古樹〔三〕。斷橋人静昏昏雨〔四〕。　遥望深邱埋玉處〔五〕。煙草迷離，爲賦招魂句〔六〕。人去紙錢灰自舞〔七〕。

飢烏共踏孤墳語。

【校】

〔寒食東風〕王本、聚珍本均作「凄惻怕行」。〔漠漠〕費本作「寥落」。〔荒鴟〕王本、聚珍本均作「濕禽」。〔遥望深邱〕王本、聚珍本均作「望極深深」，費本作「凝望誰家」。〔孤墳〕王本、聚珍本均作「秋墳」。

【箋注】

〔一〕本詞作於一九一八年以前，最早見於信芳集初刊本。

〔二〕寒食句，見卷一南鄉子（雨過漲留痕）詞注。

〔三〕鴟，即鴟鴞。鳥名。陸璣毛詩草木鳥獸蟲魚疏：「鴟鴞似黄雀而小，其喙尖如錐，取茅莠爲巢，以麻紩之，如刺襪然，縣著樹枝。」

〔四〕斷橋，謂坍塌或破敗的河橋。釋紹嵩紹興道中詩：「斷橋人寂寂，竟日雨冥冥。」

〔五〕埋玉，喻人之死。劉義慶世説新語傷逝：「庾文康亡，何揚州臨葬云：『埋玉樹著土中，使人情何能已已！』」陸文圭挽杜華父詩：「遥知埋玉處，風雨暗山隅。」

〔六〕招魂，王逸楚辭章句：「招魂者，宋玉之所作也。招者，召也。以手曰招，以言曰召。魂者，身之精也。宋玉憐哀屈原，忠而斥棄，愁懣山澤，魂魄放佚，厥命將落。故作招魂，欲以復其精神。」

〔七〕紙錢，封演封氏聞見記：「紙錢，今代送葬爲鑿紙錢，積錢爲山，盛加雕飾，舁以引柩。按，古者享祀鬼神有圭璧幣帛，事畢，則埋之。後代既寶錢貨，遂以錢送死。漢書稱盜發孝文園瘞錢是也。率易從簡，更用紙錢。紙乃後漢蔡倫所造，其紙錢魏晉以來始有其事，今自王公逮於匹庶通行之矣。凡鬼神之物，取其象似，亦猶塗車芻靈之類。古埋帛，今紙錢則皆燒之，所以示不知神之所爲也。」

鷓鴣天〔一〕

一桁簾漪盪晚煙〔二〕。青琴彈冷碧雲天〔三〕。井欄梧葉傳涼訊〔四〕，指下秋風起素絃〔五〕。　孤坐久，未歸眠。桂花摇影露涓涓。消魂最是初三夜〔六〕，一握幺蟾瘦可憐〔七〕。

【校】

〔一桁句〕英本、大陸雜誌第三年第十六號均作「良夜迢迢小閣前」。〔井欄句〕英本、大陸均作〔雲邊征雁傳新韻〕。〔孤坐二句〕英本、大陸均作「憐皓魄，忍歸眠」。

【箋注】

〔一〕本詞係碧城早年居塘沽舅家時所作，初刊於一九〇五年出版之呂氏三姊妹集及大陸雜誌。

〔二〕一桁，猶一挂。李煜浪濤沙詞：「一桁珠簾閒不捲，終日誰來？」

〔三〕青琴句，李嶠烏詩：「白首何年改，青琴此夜彈。」蘇軾訴衷情詞：「小蓮初上琵琶弦，彈破碧雲天。」

〔四〕井欄句，唐彦謙懷友詩：「金井凉生梧葉秋，閒看新月上簾鈎。」

〔五〕指下句，吴文英高山流水丁基仲側室善絲桐賦咏曉達音吕備歌舞之妙詞：「素弦一一起秋風，寫柔情、都在春葱。」葉顒聽僧聰無聞操琴詩：「瑶琴三弄對爐薰，指下秋風繞白雲。」

〔六〕消魂句，王揆廣陵贈歌者詩：「銷魂最是三更後，不作閨妝作道妝。」

〔七〕幺蟾，未滿之月。蟾，蟾蜍，傳説月中有蟾蜍，故借指月亮。藝文類聚卷一引張衡靈憲曰：「姮娥奔月，是爲蟾蜍。」

謁金門　桂〔一〕

風露洗，花滿華嚴界裏〔二〕。三十六天秋似水〔三〕，冷香收不起。　誰見靚妝初倚？常伴玉釵金蕊〔四〕。良夜羿娥寒不寐〔五〕，一枝和影對〔六〕。

【校】

〔誰見四句〕英本作「良夜玉欄閒倚，歎息秋光容易。記曲人歸斜月墜，曉風金蕊碎」。

【箋注】

〔一〕本詞作年與前詞大致相同，約作於一九〇四年以前。

〔二〕華嚴界，佛教語。即「華藏莊嚴世界海」之省稱。華嚴經華藏世界品卷八：「一切香水，流注其間，衆寶爲林，妙華開敷，香草佈地，明珠間飾，種種香華，處處盈滿。」

〔三〕三十六天，指天。道教稱神仙所居天界有三十六重，每重均有得道天神統轄。魏書釋老志：「二儀之間有三十六天，中有三十六宫，宫有一主。最高者無極至尊，次曰大至真尊，次天覆地載陰陽真尊，次洪正真尊。」白玉蟾仙居樓詩：「金鷄叫罷松風動，三十六天秋月寒。」

〔四〕金蕊，指桂花。朱熹詠巖桂詩：「露浥黄金蕊，風生碧玉枝。」

〔五〕羿娥，淮南子覽冥訓：「羿請不死之藥於西王母，姮娥竊以奔月。」高誘注：「姮娥，羿妻。」

〔六〕一枝句，趙長卿阮郎歸客中見梅詞：「一枝寒影斜。」

長相思〔一〕

風泠泠〔二〕。珮泠泠。知是鸞聲是鳳聲，紅樓一曲箏〔三〕。　花愔愔〔四〕。月愔愔。愁煞鵑魂與蝶魂〔五〕，空庭夜四更〔六〕。

【箋注】

〔一〕本詞收入王刊信芳集，當作於一九一八年前。從詞中「鸞聲」、「鳳聲」、「鵑魂」、「蝶魂」數語看，疑爲碧城感念亡親之作。

〔二〕泠泠，清脆聲。劉長卿聽彈琴詩：「泠泠七弦上，静聽松風寒。」王質長相思漁夫詞：「風泠泠，露泠泠，一葉扁舟深處横。」

〔三〕紅樓句，許渾春日郊園戲贈楊嘏評事詩：「野橋沽酒茅簷醉，誰羨紅樓一曲歌。」

〔四〕愔愔，寂静貌。周邦彦瑞龍吟詞：「愔愔坊陌人家。」

〔五〕鵑魂，借指死者魂魄。古代傳説蜀帝杜宇死後魂化爲鵑，啼聲凄苦，人稱冤禽。杜甫杜鵑詩：「杜鵑暮春至，哀哀叫其間。我見常再拜，重是古帝魂。」馮衮子規詩：「十年冤魄化爲禽，永逐悲風叫遠林。」蝶魂，見卷一南鄉子（雨過漲留痕）詞注。

〔六〕空庭句，韋應物簡恒璨詩：「空庭夜風雨，草木曉離披。」

【評】

樊增祥眉批：金荃。

清平樂　落花〔一〕

大千塵世。總是消魂地〔二〕。粉怨香愁無限意〔三〕。吹得滿空紅淚〔四〕。　臨風猶弄娉婷〔五〕。回看能不關情〔六〕。願誦楞嚴一卷〔七〕，懺渠簾溷飄零〔八〕。

【箋注】

〔一〕本詞收入呂氏三姊妹集，當作於一九〇五年前。

〔二〕總是句，周文璞一剪梅詞：「江月庭蕪，總是消魂。」

〔三〕粉怨句，王沂孫金盞子詞：「厭厭地、終日爲伊，香愁粉怨。」納蘭性德青衫濕悼亡詞：「再休耽、怨粉愁香。」粉怨香愁，此謂粉香的花朵含怨帶愁。

〔四〕吹得句，張炎西子妝慢詞：「替風前、萬花吹淚。」紅淚，美人淚，喻落花。

〔五〕娉婷，姿態美好貌。

〔六〕關情，情思牽繫。温庭筠菩薩蠻詞：「春夢正關情。」

〔七〕楞嚴，佛經名。全稱大佛頂如來密因修正了義諸菩薩萬行首楞嚴經。唐般剌蜜帝譯，十卷。宣説「一切世間諸所有物，皆即菩提妙明元心；心精遍圓，含裹十方」，衆生當修禪定，以破各種「顛倒」之見，達到「方盡妙覺，成無上道」的境界。

〔八〕懺渠句，南史范縝傳：「子良問曰：『君不信因果，何得富貴貧賤？』縝答曰：『人生如樹花同發，隨風而墮，自有拂簾幌墜於茵席之上，自有關籬墻落於糞溷之中。墜茵席者，殿下是也。落糞溷者，下官是也。貴賤雖殊塗，因果竟在何處？』子良不能屈。」藩溷，籬笆茅厠。此借指污穢之地。晉書左思傳：「遂構思十年，門庭藩溷皆著筆紙，遇得一句，即便疏之。」

摸魚兒

曉眠慵起，嘒嘒蟬聲，催成斷夢。翠水縈洄，紅蕖萬柄，宛然瀛臺也。醒後感而成詠〔一〕

漾空濛、一奩涼翠〔二〕，煙痕低鎖凄黯。吟魂已共花魂化〔三〕，恰稱蓬瀛清淺。覷醉眼。認露粉新妝〔四〕，隔浦曾相見。穠華苦短〔五〕。只鷗夢初迴〔六〕，宫衣未卸，塵劫已千轉〔七〕。春明路〔八〕，一任蒼雲舒卷〔九〕。俊遊回首都倦。鸞箋未許忘情處〔一〇〕，寫入冷紅幽怨。芳訊斷。怕瘦萼吹香，零落成秋苑〔一一〕。摩訶池畔〔一二〕。又幾度西風，爲誰開謝？心事水天遠。

【校】

〔凄黯〕王本作「依黯」。〔恰稱〕王本、費本作「恰趁」，黄本作「恰乘」。

【箋注】

〔一〕本詞作於一九一八年以前。嘒，蟬鳴。詩小雅小弁：「鳴蜩嘒嘒。」瀛臺，在北京南海中，始建於明代，初稱南臺，後改今名。四面臨水，夏日荷花盛開，宛如人間仙境。

〔二〕凉翠，謂清凉翠緑的湖水。楊雲卿七夕詩：「頗憶去年留越嶠，一湖凉翠泛蘭橈。」

〔三〕吟魂，謂蟬聲。花魂，指花的精神意態。

〔四〕認露粉句，徐賁梅花詩：「蕊粉新妝姹女家。」

〔五〕穠華，繁艷之花。詩召南何彼穠矣：「何彼穠矣，唐棣之華。」韋莊嘆落華詩：「飄紅墮白堪惆悵，少别穠華又隔年。」

〔六〕鷗夢，閒散隱逸之夢。龔自珍己亥雜詩一一四：「一家倘許圓鷗夢，晝課男兒夜課女。」

〔七〕塵劫，佛教語，謂時間久遠。塵，指微塵。劫，極大之時限。法華經化成喻品：「磨一三千大千世界所有之物而爲墨，每經一三千大千世界，下一點，竟盡其墨，而其所經過之世界悉碎爲微塵，記其一塵爲一劫。」

〔八〕春明，京城别稱。因唐都長安春明門而得名。

〔九〕蒼雲，蒼狗白雲。形容浮雲猶如白色衣裳，片刻又變作灰毛狗模樣。喻世事變幻莫測。杜甫可歎詩：「天上浮雲如白衣，斯須改變如蒼狗。」

〔一〇〕鸞箋，蘇易簡文房四譜卷四：「蜀人造十色箋，凡十幅爲一榻。每幅之尾，必以竹夾夾之，和十色水逐榻以染。當染之際，棄置搥理，堆盈左右，不勝其委頓。逮乾，則光彩相宣，不可名也。然逐幅於方板上研之，則隱起花木麟鸞，千狀萬態。」

〔一一〕零落句，張炎探春雪霽詞：「摇落似成秋苑。」

〔一二〕摩訶池，樂史太平寰宇記卷七十二：「汙池，一名摩訶池，昔蕭摩訶所置，在錦城西。」祝穆方輿勝覽卷五十一：「隋蜀王秀取土築廣子城，因爲池，有胡僧見之曰：『摩訶宫毗羅。』蓋梵語呼摩訶爲大，宫毗羅爲龍，謂此池廣大有龍耳。」陸游摩訶池詩：「摩訶古池苑，一過一消魂。」自注：「蜀宫中舊泛舟入此池，曲折十餘里。今府後門雖已爲平陸，然猶號水門。」陳維崧摸魚兒詞：「又孟蜀宫前，摩訶池畔，春草緑盈把。」

【評】

樊增祥眉批：稼軒。

百字令　排雲殿清慈禧后畫像〔一〕

排雲深處，寫嬋娟一幅，翬衣耀羽〔二〕。禁得興亡千古恨，劍樣英英眉嫵〔三〕。屏蔽邊疆，京垓金幣，纖手輕輸去〔四〕。遊魂地下，羞逢漢雉唐鵡〔五〕。　爲問此地湖山，珠庭啓處〔六〕，猶是塵寰否？玉樹歌殘螢火黯〔七〕，天子無愁有女〔八〕。避暑莊荒〔九〕，採香徑冷〔一〇〕，芳艷空塵土〔一一〕。西風殘照〔一二〕，遊人還賦禾黍〔一三〕。

【校】

南社叢刻第二十一集調作「念奴嬌」，乃同調而别稱。　題王本無，南社叢刻作「排雲殿清孝欽后畫像」。　〔空塵土〕南社叢刻作「今何許」。

【箋注】

〔一〕本詞係碧城早年旅居北京時所作，時當一九一七年前後。舊都文物略園囿略：「排雲殿在萬壽山之中麓，明代爲圓静寺，乾隆中就其基建大報恩延壽寺。寺前爲天王殿、鐘鼓樓，寺内爲大雄寶殿，殿後爲多寶殿，爲佛香閣，爲智慧海，下爲寶雲閣，咸豐庚申燬於火，其僅存者惟智慧海與寶雲閣。光緒十八年就其基改建，易今名，爲慈禧慶典朝賀之所。進排雲殿門内，東殿曰玉華，西殿曰雲錦，中有小池通以石橋，以達重門，兩殿後各有朝房十三間，其西十三門之北有碑亭，内貯高宗書題五百羅漢寶記，並平定準噶爾碑文。兩重門内東殿曰芳輝，西殿曰紫霄，正殿額曰排雲殿。」按，據美國女畫家卡爾所著慈禧寫照記，一九〇四年八月，卡爾曾應邀進宫爲慈禧畫像，先後歷時八月之久，所作頗夥。疑此題所及慈禧畫像，即出自卡爾之手。

〔二〕翬衣，北周皇后所穿之服，因衣上飾有五彩翬翟而得名。通典禮志二二：「後周制，皇后之服十有二等，其翟衣六，從皇帝祀郊禖，享先皇，朝皇太后，則服翬衣。」

〔三〕英英，英武俊逸。晉書荀闓傳：京都爲之語：「洛中英英荀道明。」秦觀次韻邢敦夫秋懷之七詩：「英英范與蘇，器識兼文武。」

〔四〕屏蔽三句，清史稿吴兆泰傳：「時國防廢弛，海軍尤不振，朝廷迺移其費修頤和園。兆泰上疏力争，略謂：『畿輔奇災，嗷鴻遍野，僵仆載塗，此正朝廷減膳徹樂之時，非土木興作之日。乞罷園工，以慰民望，以光繼列祖列宗儉德。』太后怒，罷其官。」説元室述聞：「西苑在城中，山水之趣不及郊野，於是又有重修圓明園之議。其後，圓明園荒蕪歲久，水道阻塞，不如萬壽山昆明湖水面廣闊，施工較易，乃輟圓明園工而修萬壽山，且錫名爲頤和園。是時，朝邑閻文介敬銘以大學士管户部事，爬羅梳剔，歲得羨餘百餘萬，八年以來，幾盈千萬矣。文介意儲此款不他，累千五百萬者，即可修築京漢間鐵路或補助海軍費。既而苑工起，内務經費驟增數百萬，每咨取時，文介輒力拒之。那拉氏固知部中儲有此款，一意提用，而文介一日在位，必不得行其意也。於是眷文介驟衰。文介知無可爲，竟移疾去。文介去，而户部儲款數月間盡矣。……那拉氏亡清室以弱中國，其罪案之最大者，則以海軍經費修頤和園是也。」（載甲寅雜誌第一卷第二號）屏蔽，衛護；遮擋。葉適定山瓜步石跋三堡塢狀：「屏蔽江南，防把口岸。」京垓，古代十兆爲京，十京爲垓。極言爲數之多。

〔五〕漢雉唐鵡，指漢代吕雉和唐朝武則天。吕雉，字娥姁，漢高祖皇后，曾助高祖劉邦殺韓信、彭越等異姓諸侯王。自惠帝死後，大封吕姓諸侯，把持朝政長達十六年。武則天，名曌，唐高宗永徽六年立爲皇后。中宗即位，臨朝稱制，先後廢中宗、睿宗，號稱則天大聖皇帝。李齊賢策問：「漢雉唐曌，列於帝紀。」鵡，諧音武，指武后。資治通鑑卷二〇六：「（武后）又謂仁傑曰：『朕夢大鸚鵡兩翼皆折，何也？』對曰：『武者，陛下之姓；兩翼，二子也。陛下起二子，則兩翼振矣。』」

〔六〕珠庭句，指開啓營造頤和園工程。珠庭，仙境。張炎江神子詞：「奇峰相對接珠庭。」

〔七〕玉樹句，許渾金陵懷古詩：「玉樹歌殘王氣終，景陽兵合戍樓空。」薩都刺滿江紅金陵懷古詞：「玉樹歌殘秋露冷。」玉樹，即玉樹後庭花。隋書音樂志：陳後主「於清樂中造黄鸜留及玉樹後庭花、金釵兩臂垂等曲，與幸臣等製其歌詞，綺豔相高，極於輕蕩，男女唱和，其音甚哀。」隋書五行志：「禎明初，後主作新歌，辭甚哀怨，令後宮美人習而歌之。其辭曰：『玉樹後庭花，花開不復久。』時人以歌讖，此其不久兆也。」螢火黯，螢火蟲已稀少絶跡。暗示宮荒草腐，幽暗凄凉。據隋書煬帝紀載，大業十二年五月，煬帝在東都景華宮徵求螢火蟲數斛，夜出遊山時放，光遍巖谷。

〔八〕天子句，李商隱陳後宮詩：「從臣皆半醉，天子正無愁。」袁枚莫愁湖詩：「六朝南北風流甚，天子無愁妓莫愁。」按，北齊後主高緯荒淫昏庸，作無愁曲，自彈琵琶而唱之，時稱無愁天子。見北史齊後主紀。

〔九〕避暑莊，即避暑山莊，清熱河行宮。嘉慶一統志承德府一：「避暑山莊在承德府治東北，聖祖仁皇帝歲巡塞外，駐蹕熱河。康熙四十二年肇建避暑山莊，爲時巡展覲臨朝聽政之所。陰陽和會，靈境天開，俯武列之水，挹磬錘之峰，疊石繚垣，上加雉堞，如紫禁城之制。」

〔一〇〕採香徑，在蘇州香山上，今廢。李商隱杏花詩：「吳王採香徑，失路入煙村。」馮浩注引吳地志：「香山，吳王遣美人採香於山，因以爲名，故有採香徑。」姚承緒吳趨訪古録：「采香徑在香山旁。吳王種香於此，使美人採之。自靈巖西望，一水直如天，俗名箭徑。」

〔一二〕芳豔句，趙飛燕外傳附伶玄自叙：「哀帝時，子于老休，買妾樊通德，……有才色，知書，頗能言趙飛燕姊弟故事。子于閒居命言，厭厭不倦。子于語通德曰：『斯人俱灰滅矣！當時疲精力馳鶩嗜欲蠱惑之事，寧知終歸荒田野草乎？』」辛棄疾摸魚兒淳熙己亥自湖北漕移湖南同官王正之置酒小山亭爲賦詞：「君不見、玉環飛燕皆塵土。」此用其事，以切慈禧后。

〔一三〕李白憶秦娥詞：「西風殘照，漢家陵闕。」

〔一三〕禾黍，史記宋微子世家：「其後箕子朝周，過故殷虛，感宫室毁壞，生禾黍，箕子傷之，欲哭則不可，欲泣爲其近婦人，乃作麥秀之詩以歌詠之。其詩曰：「麥秀漸漸兮，禾黍油油。彼狡僮兮，不與我好兮！」

沁園春

丁巳七月遊匡廬，寓 Fairy Glen 旅館，譯曰「仙谷」，高踞山坳，風景奇麗，名頗稱也。縱覽之餘，慨然有出塵之想，率成此闋〔一〕

如此仙源〔二〕，只在人間，幽居自深。聽蒼松萬壑，無風成籟，嵐煙四鎖，不雨常陰〔三〕。曲檻流虹〔四〕，危樓聳玉〔五〕，時見驚鴻倩影憑〔六〕。良宵静，更微聞鳳任幽蹤來吹〔七〕，飛度泠泠。浮生能幾登臨〔八〕？且收拾、煙蘿入苦吟〔九〕。任黄鶴難招〔一〇〕，誰賓誰主〔一一〕，閒雲縹緲，無古無今。黄鶴難招〔一二〕，軟紅猶戀〔一三〕，回首人天總不禁。空惆悵，證前因何許〔一四〕，欲叩山靈〔一五〕。

【箋注】

〔一〕本詞作於一九一七年七月。碧城游廬瑣記：「余夙慕匡廬之勝，於本年七月十四日由滬附輪前往。……始抵潯埠……由輿夫指示，見余所預訂之旅館隱於山坳翠靄間，以爲近在目前，瞬息即至耳。詎峰迴路轉，歷無數峭壁懸崖……而該旅館在焉。館名 Fairy Glen，譯曰『仙谷』，名頗稱也。……次晨，出門散步。門外群山環拱如屏障，相距似僅二丈許。山麓爲淺溪，天然如城濠。溪中怪石堆疊，綿亘數里，清泉湍激，隨與俱遠。山腰石齒嶙嶙，破黛痕而呈褐色。凹處鳴瀑，琤琮瀉於叢篁翠篠間。水禽嬌小，悠然飛鳴，有仙意。更行里許，則亂峰蒼莽，寂無人蹤，縱目四矚，唯嵐影與遠天相映。」匡廬，俗稱廬山，在今江西省境内。相傳殷周時有匡俗兄弟七人結廬於此而得名。

〔二〕仙源，神仙居所。王維桃源行詩：「春來遍是桃花水，不辨仙源何處尋。」

〔三〕不雨句，孫洙河滿子秋怨詞：「黄葉無風自落，秋雲不雨常陰。」

〔四〕曲檻句，姜夔翠樓吟詞：「看檻曲縈紅，簷牙飛翠。」

〔五〕危樓句，王勃滕王閣序：「層巒聳翠，上出重霄。」

〔六〕驚鴻，喻指體態輕盈美貌的女子。曹植洛神賦：「翩若驚鴻，婉若游龍。」陸游沈園二首之一詩：「傷心橋下春波緑，曾是驚鴻照影來。」

〔七〕鳳吹，笙簫一類樂器之美稱。孔稚珪北山移文：「聞鳳吹於洛浦，值薪歌於延瀨。」

〔八〕浮生句，李好古酹江月詞：「浮生能幾？鏡裏催華髮。」

〔九〕煙蘿，草木茂盛，煙聚蘿纏。亦用以指代山林隱居或修真之地。裴鉶傳奇文簫：「一斑與兩斑，引入越王山。世數今逃盡，煙蘿得再還。」

〔一〇〕幽踪，謂隱逸。劉禹錫游桃源一百韻詩：「尋花得幽踪，窺洞穿闇隙。」

〔一一〕誰賓句，汪元量水龍吟淮河舟中夜聞宫人琴聲詞：「誰賓誰主？對漁燈一點。」

〔一二〕黃鶴句，謂難與仙人爲伍。崔顥黃鶴樓詩：「黃鶴一去不復返，白雲千載空悠悠。」

〔一三〕軟紅，飛揚的塵土，謂繁華熱鬧。蘇軾次韻蔣穎叔錢穆父從駕景靈宫詩：「半白不羞垂領髮，軟紅猶戀屬車塵。」自注：「前輩戲語，有西湖風月，不如東華軟紅香土。」

〔一四〕證前因，佛教用語，參悟前世所種之因。李滄溟感懷詩：「大衆紛紛赴轉輪，誰從佛海證前因。」

〔一五〕山靈，山神。班固東都賦：「山靈護野，屬御方神。」

祝英臺近　爲余十眉題神傷集〔一〕

背銀釭〔二〕，拈翠管〔三〕，秋影瘦荀倩〔四〕。洛賦吟成〔五〕，人共素波遠〔六〕。可憐魂覓帷間〔七〕，釵尋海上〔八〕，都不是、等閒恩怨。　幾曾見。瓊樹日日常新〔九〕，冰蜍夜常滿〔一〇〕？贏得情長，那怕夢緣短〔一一〕。瓣香待卜他生〔一二〕，慈雲乞取〔一三〕，好深護、玉樓仙眷〔一四〕。

【校】

南社叢刻本題作「題余十眉神傷集」。〔背銀釭二句〕南社叢刻本、民國日報（一九一八年一月二十三日）作「檢脂奩，拈淚管」。「翠」，王本作「象」。

【箋注】

〔一〕本詞作於一九一五年至一九一七年之間。鄭逸梅南社叢談南社社友事略：「余其鏘，字秋楂，號十眉，浙江嘉善人。……娶胡大中九世女孫淑娟，穎慧能詩，中饋餘暇，伉儷唱和以爲樂。一日，其鏘題楊秋心探花杏苑圖，有句云：『玉樓好夢今何似，沉醉東風又一回。』淑娟笑曰：次句當作『沉醉東風第幾回』，似較宛轉。其鏘爲之首肯。其鏘箋注郭頻伽靈芬館詩集，淑娟襄助其間，一燈熒然，丹鉛不輟。淑娟不但能詩，且書法摹趙松雪洛神賦，亦極秀逸。……民四年冬，淑娟病卒，年三十一，其鏘痛悼之餘，集定盦詩成數十首，名之曰神傷集。」柳棄疾寄心瑣語序：「十眉與余論交數載，稔其篤於朋友之誼，顧猶未知其門内事也。去冬，遭淑娟胡夫人之喪，十眉哭之慟，逾時而哀感彌甚，既集龔自珍句成悼亡詩二十絶，遍徵海内人士，爲傳志哀輓之作，冀垂諸不朽。復撰寄心瑣語一卷，狀其生平。」按，據柳棄疾胡淑娟傳：女士「生清光緒十一年十月十五日，殁中華民國四年十二月十六日」，而一九一八年一月二十三日民國日報民國思潮已收入此詞，由此乃知其作年在一九一五年至一九一七年間。

〔二〕銀釭，銀燈。

〔三〕翠管，筆之美稱。柳永鳳銜杯詞：「想初襞苔箋，旋揮翠管紅窗畔。」

〔四〕荀倩，即荀粲，字奉倩。世説新語惑溺：「荀奉倩與婦至篤，冬月婦病熱，乃出中庭自取冷，還以身熨之。婦亡，奉倩後少時亦卒。」注引荀粲别傳：「粲常以婦人才智不足論，自宜以色爲主。驃騎將軍曹洪女有色，粲於是聘焉。容服帷帳甚麗，專房燕婉。歷年後，婦病亡。未殯，傅嘏往喭粲，粲不明而神傷。嘏問曰：『婦人才色，并茂爲難。子之聘也，遺才存色，非難遇也，何哀之甚？』粲曰：『佳人難再得！顧逝者不能有傾城之異，然未可易遇也。』痛悼不能已已。」此用其事。

〔五〕洛賦，三國魏曹植著有洛神賦，舊説爲感念甄后而作。

〔六〕人共句，周之琦祝英臺近詞：「依約前歡，人共楚天遠。」

〔七〕魂覓帷間，漢書外戚傳上：「初，李夫人病篤，上自臨候之。……及夫人卒，上以后禮葬焉。……上思念李夫人不已，方士齊人少翁言能致其神。乃夜張燈燭，設帷帳，陳酒肉，而令上居他帳，遥望見好女如李夫人之貌，還幄坐而步。又不得就視，上愈益相思悲感，爲作詩曰：『是邪，非邪？立而望之，偏何姗姗其來遲！』令樂府諸音家絃歌之。」元積悼亡詩：「寒風動短帷，疑是夢魂歸。」

〔八〕釵尋句，用唐玄宗與楊貴妃戀愛故事。據陳鴻長恨歌傳：楊貴妃死於馬嵬後，唐明皇思念不已，命方士李少君尋之海上仙山，找到玉妃太真院，……玉妃「言訖憫默，指碧衣，取金釵鈿合，各析其半授使者」。又，白居易長恨歌：「忽聞海上有仙山，山在虚無縹緲間。樓閣玲瓏五雲起，其中綽約多仙子。中有一人字太真，雪膚花貌參差是。」「惟將舊物表深情，鈿合金釵寄將去。釵留一股合一扇，釵擘黄金合分鈿。但教心似金鈿堅，天上人間會相見。」

〔九〕瓊樹，形容女子美麗的容貌。南史后妃傳下：「選宫女有容色者以千百數，令習而歌之，分部叠進，持以相樂。其曲有玉樹後庭花、臨春樂等。其略云：『璧月夜夜滿，瓊樹朝朝新。』大抵所歸，皆美張貴妃、孔貴嬪之容色。」

〔一〇〕冰蜍，謂月。神話傳説嫦娥奔月，化爲蟾蜍。參卷一鷓鴣天（一桁簾漪盪晚煙）詞注。

〔一一〕那怕句，吳文英三姝媚過都城舊居有感詞：「但怪得當年，夢緣能短。」

〔一二〕瓣香句，李商隱馬嵬詩：「海外徒聞更九州，他生未卜此生休。」瓣香，佛教語。拈香一瓣，表虔誠意。祖庭事苑：「古今尊宿，拈香多用一瓣。」陳師道觀兖文忠家六一堂圖書詩：「向來一瓣香，敬爲曾南豐。」

〔一三〕慈雲，佛以慈悲爲懷，如大雲之覆蓋世界，故稱。唐太宗（李世民）三藏聖教序：「引慈雲於西極，注法雨於東陲。」

〔一四〕玉樓，仙人居處。十洲記崑崙：「玉樓十二所。」仙眷，此謂十眉妻。

【評】

樊增祥眉批：句法善於伸縮，的是填詞能手。世間無數鈍漢，自命夢窗，縱使嘔心十二萬年，不能道其隻字。

念奴嬌 爲劉豁公題戲劇大觀〔一〕

文章何用〔二〕？甚薰香摘豔〔三〕，今都倦矣。誰譜霓裳傳倩影〔四〕？贏得閒情堪寄。

鞞髩翹鬟，峨冠鳴珮〔五〕，色相紛彈指〔六〕。憑君認取，浮生原是游戲。可奈如夢年華，拚教斷送，在梨雲鄉裏〔七〕。除卻湖山歌舞外，那有逃名餘地〔八〕。鈿柱疑鶯，珠喉妒燕〔九〕，海國天同醉。新聲倚處〔一〇〕，春魂還被吹起〔一一〕。

【校】

〔甚薰香句〕王本、聚珍本、黄本、費本、信芳詞均作「甚儒經佛偈」。〔倩影〕聚珍本作「芳影」。

【箋注】

〔一〕劉豁公，近代戲劇家。南社社員。著有哀梨室戲談、戲學大全等。柳亞子南社紀略：「劉遠，字豁公，號夢梨。安徽桐城人。」鄭逸梅南社叢談南社社友著述存目表共收劉豁公所著凡九種，戲劇大觀爲其中之一。按，大觀著於一九一八年以前，碧城此詞當作於書成後不久。

〔二〕文章句，姜夔玲瓏四犯詞：「文章信美知何用。」鄭文焯水龍吟皋橋水樓曲宴醉别瞻園會余歲暮有九江之役載雪過白門願言不從賦此感嘆詞：「江山如此，文章何用！」

〔三〕薰香摘豔，意指追步屈原、宋玉、司馬遷、班固諸大家的文章。杜牧冬至日寄小侄阿宜詩：「高摘屈宋豔，濃薰班馬香。」

〔四〕霓裳，指戲曲劇目或曲譜。清人王楷堂編有霓裳續譜。

〔五〕嚲鬌二句，形容演員扮相。嚲，下垂貌。吴文英鶯啼序豐樂樓節齋新建詞：「高軒駟馬，峨冠鳴佩，班回花底修禊飲。」

〔六〕色相，佛教語。謂人或物一時呈現於外之形式。此借指人物、劇情。彈指，佛教儀式，以此表示許諾、憤怒、贊嘆、告誡等意。此借指喜怒哀樂。

〔七〕梨雲鄉，猶言夢鄉。唐詩人王建曾夢見繽紛下落的梨花如雲似雪，後遂以梨雲爲夢境代稱。張邦基墨莊漫録卷六引王建詩夢看梨花雲歌：「薄薄落落霧不分，夢中唤作梨花雲。瑶池水光蓬萊雪，青葉白花相次發。」此借指梨園劇場。

〔八〕逃名，謂避聲名而求歸隱。白居易香爐峰下新卜山居草堂初成偶題東壁詩：「匡廬便是逃名地，司馬仍爲送老官。」

〔九〕鈿柱二句，狀樂技精湛，歌聲動聽。

〔一〇〕新聲句，納蘭性德剪湘雲送友詞：「險韻慵拈，新聲醉倚。」

〔一一〕春魂句，張爾田祝英臺近詞：「玉笙吹起春魂。」

【評】

樊增祥眉批：鬆於梅溪，細於龍洲。

陌上花　感宋宮人餞汪水雲事〔一〕

黄絁縮就〔二〕，徘徊猶見，故宮風韻。玉笏金觴〔三〕，錦字共題幽恨〔四〕。新詞悽絶家山破〔五〕，忍向離筵重聽。算傷心千古，天教粉黛〔六〕，寫滄桑影〔七〕。話南朝舊事〔八〕，湖煙湖水，猶夢翠華遥引〔九〕。秋黯招提〔一〇〕，争似長門春冷〔一一〕。興亡彈指華胥耳〔一二〕，端讓靈犀先省〔一三〕。悵仙源，路杳珮環何處，斷人天訊。

【箋注】

〔一〕宋端宗德祐二年（一二七六）三月，元丞相伯顏擄宋三宮北行，詩人汪元量一同被俘並隨三宮留燕。以後，他請爲道士南歸。本詞即有感於宋宮人爲元量南歸餞行這一史實而作。據亡宋宮人詩序云：「水雲留金臺一紀，琴書相與無虚日，秋風天際，束書告行，此懷愴然，空知夜夢先過黄河也。一時同人以『勸君更盡一杯酒，西出陽關無故人』分韻賦詩爲贈。」是元量滯留大都（今北京市）長達十二年，至元二十五年（一二八八），宋宮人乃爲之餞行。宋謝翺續琴操哀江南謂元量南歸時，「舊宮人會者十八人，釃酒城隅，與之别。援琴，鼓再行，淚雨下，悲不自勝」。又元迺賢讀汪水雲詩集則云：「時幼主瀛國公，福王平原郡公趙與芮，駙馬右丞楊鎮，故相吴堅、留夢炎，參政家鉉翁、文及翁，提刑陳杰、青陽夢炎，與宮人王昭儀清惠以下廿有九人，分韻賦詩，以餞其行。」按，兩説各異，謝説近是。因宋宮人王清惠已在水雲南歸前謝世，元量有挽詩云：「吴國生如夢，幽州死未寒。」可證迺賢記事有誤。汪水雲，即汪元量，字大有，號水雲，錢塘（今浙江省杭州市）人。南宋著名詩人，所作詩歌，感情真摯，有切膚的亡國之痛，去國之悲。

〔二〕黄絁，用黄粗綢製成之道士服飾。陳維崧女冠子本事詞：「黄絁剪就，慵上鴛機刺繡。」

〔三〕玉筯，玉製的筷子。杜甫野人送朱櫻詩：「金盤玉筯無消息，此日嘗新任轉蓬。」金觴，金製的酒杯或用以比喻酒杯的珍貴精美。張華游獵篇詩：「金觴浮素蟻。」

〔四〕錦字，指宋宮人分韻賦贈汪水雲詩。

〔五〕家山破，馬令南唐書後主紀：「舊曲有念家山，王親演爲念家山破，其聲焦殺，而其名不祥，乃敗徵也。」吴梅村題冒辟疆名姬董白小像八首之六詩：「念家山破定風波，郎按新詞妾唱歌。」

〔六〕粉黛，女子化妝品。粉用以敷面，黛用來畫眉。此用作女子代稱。

〔七〕滄桑，滄海桑田之省稱。喻世事變化巨大。葛洪神仙傳：「麻姑自説云：『接侍以來，已見東海三爲桑田。』」

〔八〕南朝，此指南宋。吴梅村口占贈蘇昆生詩：「西興哀曲夜深聞，絶似南朝汪水雲。」

〔九〕翠華，帝王儀仗用旗，多以翠鳥羽毛來作裝飾。杜甫韋諷録事宅觀曹將軍畫馬圖歌：「憶昔巡幸新豐宫，翠華拂天來向東。」

〔一〇〕招提，寺院别稱。慧琳一切經音義：「招提僧坊，此云四方僧房也。」

〔一一〕争似，猶怎似。長門，漢宫名。在今陝西長安縣東北。漢書東方朔傳：「竇太后獻長門園，武帝更名爲長門宫。」後陳皇后失寵，即被武帝幽居於此。春冷，用以狀宋宫人遭幽禁的凄苦悲慘處境。華清淑望江南贈汪水雲南還詞：「萬里妾心愁更苦，十春和淚看嬋娟。」可參。

〔一二〕華胥，謂夢境。列子：黄帝「晝寢，而夢遊於華胥氏之國。華胥氏之國在弇州之西，台州之北，不知斯齊國幾千萬里。蓋非舟車足力之所及，神遊而已。」趙鼎鷓鴣天建康上元作詞：「分明一覺華胥夢，回首東風淚滿衣。」

〔一三〕靈犀，相傳靈異之獸犀牛之角，其髓質有白紋如綫，貫通兩頭。因以喻心意相通，神會共鳴。漢書西域傳：「通犀、翠羽之珍。」如淳注：「通犀，中央色白，通兩頭。」李商隱無題詩：「身無彩鳳雙飛翼，心有靈犀一點通。」

【評】

樊增祥眉批：沈痛至骨。

瑣窗寒

胡氏園有感〔一〕

彩筆搜春〔二〕，鈿車拾翠〔三〕，俊遊空記。纔過燈市〔四〕，還約草堂同醉。怪年來、情懷暗遷，繁霜獵蕙香心萎〔五〕。况題襟久散〔六〕，凄涼鄰笛，下山陽淚〔七〕。塵世。原如此。但愁裏光陰，朱顏偷逝。月圓花好，癡絶兒時心事。悵荒園、蘿封圮牆，殘詩澹墨凋舊字〔八〕。是當時、煙柳斜陽，小欄休更倚〔九〕。

【校】

王本、聚珍本題作「胡氏園悼珍姑」。〔彩筆二句〕王本、聚珍本作「帽影欹花，襟痕暈酒」。〔纔過燈市〕王本、聚珍本作「春社纔過」。〔怪年來五句〕王本、聚珍本作「數韶華、匆匆十年，霜凋夢影春紅碎。訝金樽依舊，淚珠彈入，便無醇味」。〔凄涼鄰笛〕黄本作「客中聞笛」。〔殘詩三句〕王本、聚珍本作「殘詩誰更尋舊字。滯遊踪、憔悴人間，泉路君知未」。

【箋注】

〔一〕本詞爲碧城重遊江寧胡氏園悼念已故女友而作，時當一九一六年前後。據鐵冷碎墨南都勝攬卷三：「遊胡園，園近江寧縣署，乃胡氏家園也。一名愚園。余等各納遊資一角入焉。蘿徑連綿，松軒杳藹，垂檐映樹，曲檻臨池，與劉園略同。所奇者假山也，層巒聳翠，盤髻堆青，自外觀之，面積甚小，而余等由洞口入，蜿蜒上下，迴環四方，自入口至出口，約有二里許，佈置奇巧，堆垛精良，方之八陣圖，不是過也。其間酒茶畢具，每至長夏，緑女紅男，多以此爲倶樂部。」徐珂清稗類鈔園林類：「胡園，一名愚園，亦名植物社，在江寧城中鳳凰臺花盝岡之東南，爲胡煦齋太守所築。中匯大池，周以竹，因高就下，置亭館數十所，地極幽僻，樹木扶疏，正門内亦有竹。歷房廊至正廳，廳三楹，廳後疊石爲小山，據地不及畝許，而曲折迴環，出人意表，且有亭臺可憩。」

〔二〕彩筆，富於才思及文藻的妙筆。南史江淹傳：「嘗宿於冶亭，夢一丈夫自稱郭璞，謂淹曰：『吾有筆在卿處多年，可以見還。』淹乃探懷中得五色筆一以授之，爾後爲詩，絶無美句。時人謂之才盡。」李商隱牡丹詩：「我是夢中傳彩筆，欲書花葉寄朝雲。」

〔三〕鈿車，飾以金花之車。此喻車乘華美。白居易春來詩：「曲江碾草鈿車行。」拾翠，見卷一生查子（清明煙雨濃）詞注。

〔四〕燈市，上元節（正月十五）前後張燈及售物之所。始於唐代，前後凡三夜。宋始增至五夜；明清復延至十夜。周密武林舊事卷二元夕：「都城自舊歲冬孟駕回，則已有乘肩小女，鼓吹舞綰者數十隊，以供貴邸豪家幕次之翫。而天街茶肆，漸已羅列燈毬等求售，謂之『燈市』，自此以後，每夕皆然。」

〔五〕獵蕙，宋玉風賦：「獵蕙草，離秦蘅。」獵，經歷；掠過。

〔六〕題襟，見卷一齊天樂寒廬茗話圖爲袁寒雲題詞注。

〔七〕凄凉二句，用晉向秀聞笛作賦以悼好友嵇康事。向秀思舊賦并序：「余與嵇康、吕安，居止接近。其人并有不羈之才。然嵇志遠而疏，吕心曠而放，其後各以事見法。嵇博綜技藝，於絲竹特妙。臨當就命，顧視日影，索琴而彈之。余逝將西邁，經其舊廬。於時日薄虞淵，寒冰凄然，鄰人有吹笛者，發聲寥亮。追思曩昔游宴之好，感音而嘆，故作賦云：……濟黄河以泛舟兮，經山陽之舊居。……惟古昔以懷今兮，心徘徊以躊躇。……悼嵇生之永辭兮，顧日影而彈琴。……聽鳴笛之慷慨兮，妙聲絶而復尋。」

〔八〕殘詩句，周之琦洞仙歌詞：「幾葉雲箋，瀹墨重尋舊題字。」

〔九〕是當時二句，辛棄疾摸魚兒淳熙己亥自湖北漕移湖南同官王正之置酒小山亭爲賦詞：「休去倚危欄，斜陽正在，煙柳斷腸處。」

高陽臺　落梅

仙麝吹塵〔一〕，飛瓊眷夢〔二〕，餘芳半入苔痕。細雨輕寒，空山鶴怨黄昏〔三〕。勞他驛使重來探〔四〕，道美人、已化春雲〔五〕。最無端、小劫匆匆〔六〕，粉淚猶新。　縱有奇香在〔七〕，悵青天碧海〔八〕，難覓吟魂〔九〕。緑樹婆娑，他時誰認前身。斷腸曾照驚鴻影，賸橋頭、素水粼粼〔一〇〕。奈春波、流去天涯，影也難尋。

【校】

〔縱有〕黄本作「總有」。

【箋注】

〔一〕仙麝，喻濃香。麝，羅願爾雅翼卷二〇：「麝，如小麋，臍有香。……冬食柏葉，夏食諸蟲，尤啖蛇。至寒則香滿。入春急痛，自以爪剔去之。落處遠近草木皆焦黄，此爲生香。……麝，獸之香者，故物之香者比之。」李時珍本草綱目獸部卷五一：「麝之香氣遠射，故謂之麝。」

〔二〕飛瓊，傳説中的仙女，此借指梅花。楊萬里梅花賦：「彼翩若驚鴻，矯若游龍者爲誰？

曰：女仙之飛瓊也。」

〔三〕空山句，張炎浪淘沙作墨水仙寄張伯雨詞：「鶴怨空山，瀟湘無夢繞叢蘭。」

〔四〕驛使，傳遞梅花的使者。太平御覽卷九七〇引南朝盛弘之荆州記：「陸凱與范曄相善，自江南寄梅花一枝詣長安與曄。贈詩曰：『折梅逢驛使，寄與隴頭人。江南無所有，聊寄一枝春。』」

〔五〕美人，喻梅花。

〔六〕小劫，佛教語。言時間之短。法華經化城喻品：「而諸佛法不現在前，如是一小劫，乃至十小劫，結跏趺坐，身心不動。」

〔七〕返魂句，海内十洲記：「聚窟洲在西海中，……山多大樹與楓木相類，而花葉香聞數百里，名爲返魂樹。……伐其木根心，於玉釜中煮取汁，更微火煎如黑餳狀，令可丸之，名曰驚精香，或名之爲震靈丸，或名之爲返生香。……香氣聞數百里，死者在地，聞香氣乃却活，不復亡也。」

〔八〕悵青天句，李商隱嫦娥詩：「嫦娥應悔偷靈藥，碧海青天夜夜心。」

〔九〕吟魂，詩魂。齊己經賈島舊居詩：「若有吟魂在，應隨夜魄迴。」

〔一〇〕斷腸二句，陸游沈園二首之一詩：「傷心橋下春波緑，曾是驚鴻照影來。」驚鴻，語本曹植洛神賦，形容女子體態輕盈，舉止飄忽。

燭影摇紅　有感時事，以閒情寫之，次芷升韻〔一〕

絮影萍痕，海天芳信吹來徧。野鷗無計避春風〔二〕，也被新愁染。早又黄昏時漸。一霎韶華，可憐顛倒閒鶯燕。　意惺忪、低迴倦眼。問誰繫住，柳外驕陽，些兒光線？重重帝網殢春魂〔三〕，花綴靈臺滿〔四〕。底説人天界遠。懺三生、芷愁蘭怨〔五〕。銷形作骨，鑠骨成塵，更因風散。

【校】

南社叢刻本題作「庚戌感事偕徐芷生同賦」。〔意惺忪〕費本作「倚欄角」。〔懺三生〕費本作「待懺卻」。

【箋注】

〔一〕本詞作於一九一〇年辛亥革命前夕。詞中「些兒光綫」亦難「繫住」，或寓時局昏暗、清朝氣數已盡意。芷生，碧城詞友。姓徐，名沅，字芷生，别號姜盦，清末民國時人。光緒二十九年癸卯（一九〇三）經濟特科進士。民國職官年表：「徐沅，字止笙，又作芷生。

江蘇省吴縣。(北京)外交部特派直隷交涉員,肅政廳肅政使,山西省政務廳長。」

〔二〕野鷗句,蔣春霖燭影摇紅丁巳元夜獨遊詞:「瘦腰無計避春愁,也逐歌塵去。」

〔三〕帝網,又名因陀羅網。佛教謂帝釋(諸天之主)所居忉利天宫宫殿寶網。無量的寶珠懸掛網上,重重影現,互相交映。華嚴經以之喻重重無盡之義。康有爲與菽園論詩:「華嚴帝網重重現,廣樂鈞天竊竊聽。」

〔四〕靈臺,祭祀亡靈之臺。前漢書平話卷中:「我王可憐韓信虧死,看舊日君臣之面,可亦建墓,高築靈臺,蓋一祠堂,受人祭祀。」

〔五〕三生,佛教指人生有過去、現在和未來三世。增一阿含經卷四八:「沙門瞿曇恒説三世。云何爲三?所謂過去、將來、現在。」龔自珍己亥雜詩一八七:「儻得三生幽怨否?許儂親對玉棺眠。」

點絳脣

野色横空,悠然一葉扁舟小。詩情多少?暗逐流波杳〔一〕。鷗鷺相看,煙月愁清曉。秋光好。鯉魚風早。十里芙蓉老〔二〕。

【箋注】

〔一〕暗逐句，秦觀望海潮詞：「無奈歸心，暗隨流水到天涯。」

〔二〕鯉魚二句，李賀江樓曲：「樓前流水江陵道，鯉魚風起芙蓉老。」提要録：「鯉魚風，九月風也。」

前調〔一〕

雲馬風車〔二〕，宵來涼釀天南雨。荷衣楚楚〔三〕。可奈秋如許。　江草江花〔四〕，依約來時路。渾無據。萬方多故〔五〕。歸也歸何處。

【箋注】

〔一〕此篇並前點絳脣詞皆收入信芳集初刊本，乃同時之作，最晚不遲於一九一七年。

〔二〕雲馬風車，傅玄吴楚歌：「雲爲車兮風爲馬，玉在山兮蘭在野。」陳子龍與客登任城太白酒樓歌：「古來歷落吾輩人，風車雲馬知何極？」

〔三〕荷衣，離騷：「製荷衣以爲衣兮，集芙蓉以爲裳。」楚楚，鮮明動人貌。詩曹風蜉蝣：「蜉蝣之羽，衣裳楚楚。」

〔四〕江草句，杜甫哀江頭詩：「人生有情淚沾臆，江水江花豈終極？」黄景仁江行詩：「江花江草故鄉情，兩岸青山夾鏡明。」

〔五〕萬方句，杜甫登樓詩：「花近高樓傷客心，萬方多難此登臨。」

【評】

樊增祥眉批：似唐昭宗語。

青衫濕〔一〕

銀屏鳳蠟流寒燄〔二〕，低照綺羅春〔三〕。酒闌人散，涼蟾窺户〔四〕，無限消凝〔五〕。

人生大抵〔六〕，東勞西燕〔七〕，流水行雲〔八〕。勝儔難聚，勝游難再，無處追尋。

【校】

題英本作「甲辰正月廿七日夜宴留别雪鴻二姊及夏玉貞萬葵容兩女士」。〔東勞西燕〕王本、聚珍本、黄本、費本作「落花飛絮」。

【箋注】

〔一〕據英本詞題，本詞作於一九〇四年三月中旬。

〔二〕鳳蠟，燭之美稱。語本南史王僧虔傳：「僧綽採蠟燭珠爲鳳皇。」周邦彦風流子愁怨詞：「酒醒後，淚花銷鳳蠟。」

〔三〕綺羅春，喻指穿戴華美之女子。江淹别賦：「羅與綺兮嬌上春。」杜牧重登科詩：「星漢離宫月出輪，滿街含笑綺羅春。」

〔四〕凉蟾，冷月。參卷一鷓鴣天（一桁簾漪盪晚煙）詞注。

〔五〕消凝，張相詩詞曲語辭匯釋卷五：「銷凝，亦作消凝，爲『銷魂凝魄』之約辭。銷魂與凝魄，同爲出神之義。」柳永夜半樂詞：「對此佳景，頓覺消凝，惹成愁緒。」

〔六〕人生句，蔣劍人金縷曲秦雪舫郎中青溪訪舊圖詞：「人生大抵消魂耳。」

〔七〕東勞西燕，指分離兩地，相見不易。古樂府：「東飛伯勞西飛燕。」

〔八〕流水行雲，喻行踪飄泊不定。

聲聲慢

聽殘臘鼓〔一〕，吹暖餳簫〔二〕，鳳城柳弄輕煙〔三〕。檢點春衫，宵來換了吴棉〔四〕。啼鶯喚愁未醒，錦屏深、慣倚懨懨〔五〕。朦朧語，問人間何世，月地花天〔六〕。還賸浮生幾日？儘傷心付與，淺醉閒眠。無賴斜陽，爲底紅到樓邊？繁香又都吹盡〔七〕，費冰毫、多事題箋〔八〕。人空瘦〔九〕，到明朝、怕啓繡奩。

【校】

〔宵來〕原本作「早是」，未符聲律。據王本、聚珍本改。

【箋注】

〔一〕臘鼓，荆楚歲時記：「十二月八日爲臘日。……諺云：『臘鼓鳴，春草生。』村人並擊細腰鼓，戴胡公頭，及作金剛力士以逐疫。」

〔二〕餳簫，詩周頌有瞽：「簫管備舉，喤喤厥聲。」鄭玄箋：「簫，編小竹管，如今賣餳者所吹也。」楊西村倦尋芳詞：「餳簫吹暖，蠟燭分煙。」

〔三〕鳳城，京城。杜甫夜詩：「步蟾倚杖看牛斗，銀漢遥應接鳳城。」仇兆鰲注引趙次公曰：「秦穆公女吹簫，鳳降其城，因號丹鳳城。其後言京城曰鳳城。」

〔四〕吴棉，吴地所産絲綿。趙翼出郭詩：「才脱吴綿尚淺涼。」

〔五〕慵慵，精神萎頓貌。劉兼春晝醉眠詩：「處處落花春寂寂，時時中酒病慵慵。」

〔六〕月地句，詹天遊齊天樂詞：「甚花天月地，人被雲隔。」

〔七〕繁香句，李清照臨江仙梅詞：「濃香吹盡又誰知？」

〔八〕冰毫，謂筆鋒因寒冷而凍結。貫休寄杜使君詩：「殘磬隔風林，微陽解冰筆。」周之琦摸魚子長至前夕偕芙初琴南飲衎石齋中偶述詞：「浣冰毫、擘箋題句。」

〔九〕人空瘦：陸游釵頭鳳詞：「春如舊，人空瘦。」

【評】

樊增祥眉批：陳君衡所不能到。

清平樂〔一〕

孤吟

誰家廢墅？舊日藏春處〔二〕。曲院迴廊深幾許〔三〕？只有斜陽來去〔四〕。

幽境閒尋。屐痕一徑苔侵。秋笋瘦穿石罅〔四〕，老荷高過橋陰。

【箋注】

〔一〕本詞約作於一九一六年秋遊歷江浙時。

〔二〕舊日句，趙師俠鷓鴣天贈妙惠詞：「仙源幸有藏春處。」藏春，收藏春色，亦指藏嬌。

〔三〕曲院句，歐陽修蝶戀花詞：「庭院深深深幾許？楊柳堆煙，簾幕無重數。」

〔四〕只有句，朱彝尊賣花聲雨花臺詞：「燕子斜陽來又去，如此江山。」

〔五〕罅，裂縫。説文：「罅，裂也。」

踏莎行〔一〕

野逕雙灣〔二〕，清溪一角，涼颸嫋嫋生蘋末〔三〕。煙波直欲老斯鄉，可能容我荷衣著〔四〕。 鷄自棲塒〔五〕，豨知歸栅〔六〕。村居惟羨農家樂。水田百畝蕩秋香，今年蓮子豐收穫。

【箋注】

〔一〕本詞作年與前清平樂詞相近。

〔二〕野徑句，周之琦桂殿秋詞：「野徑雙灣，秋祠十笏。」雙灣，謂水流多處彎曲的地方。

〔三〕涼颸句，宋玉風賦：「夫風生於地，起於青蘋之末。」 嫋嫋，細微貌。

〔四〕荷衣，參卷一點絳脣（雲馬風車）詞注。

〔五〕鷄自句，詩王風君子于役：「鷄棲於塒，日之夕矣。」毛傳：「鑿墻而棲曰塒。」

〔六〕豨，猪。初學記卷二九引南朝宋何承天纂文：「梁州以豕爲豬，河南謂之彘，吴楚謂之豨。」

浣溪沙

簾幙春寒懶上鈎〔一〕。芳塵何處問前遊。澹煙輕夢思悠悠。　珠箔飄燈人影颭〔二〕，桃花糝逕馬蹄愁〔三〕。黄昏風雨徧紅樓。

【箋注】

〔一〕簾幕句，張玉娘春妝凝思詩：「春來常是見花羞，終日簾重懶上鈎。」

〔二〕珠箔句，李商隱春雨詩：「紅樓隔雨相望冷，珠箔飄燈獨自歸。」珠箔，珠簾。

〔三〕糝徑，形容落花散滿路面。蘇轍喜雪呈鮮于子駿詩：「繭紙鋪庭幾誤書，楊花糝徑未春餘。」

高陽臺

鶼篋感舊記爲芬陀居士題〔一〕

夢警鸚翎〔二〕，誓消鯽墨〔三〕，情天初换滄桑。碎語重題，殘編淚涴秋緗〔四〕。循環哀樂君知否？證冤緣、先有歡場。試衡量、一寸温馨〔五〕，一寸凄涼。　人間已苦三秋永〔六〕，况蕊珠兜率〔七〕，仙曆春長。憔悴花魂，料應常倚啼妝〔八〕。文簫不怨分鸞鏡〔九〕，怨封侯、輕誤蕭孃〔一〇〕。黯前塵、海水東流，舊恨茫茫。

【校】

〔循環句〕王本作「由來風月三生案」。〔證冤緣〕王本作「懺冤緣」。

【箋注】

〔一〕本詞收入信芳集初刊本，當作於一九一八年以前。芬陀居士，事迹未詳。

〔二〕夢警句，典出明皇雜録：「開元中，嶺南獻白鸚鵡，養之宫中。歲久，頗聰慧，洞曉言詞，上及貴妃皆呼『雪衣女』。忽一日，飛上貴妃鏡臺，語曰：『雪衣女昨夜夢爲鷙鳥所搏，將盡於此乎？』」

〔三〕誓消句，舊題伊世珍瑯嬛記卷上引謝氏詩源：「宋遷寄試鶯詩有云：『誓成烏鰂墨，人似楚山雲。』人多不解『烏鰂』義。南越志云：『烏鰂懷墨，江東人取墨書契以紿人物，逾年墨消，空紙耳。』」誓，約信。鰂墨，周密癸辛雜識續集下：「世號墨魚爲烏賊，……蓋其腹中之墨，可寫僞契卷，宛然如新，過半年則淡無字。」鰂，魚名。即烏賊，又名墨魚。楊慎異魚圖贊卷三：「烏鰂八足，集足在口，縮喙在腹，形類鞋囊，其名烏鰂。吸波潠墨，迷射水匭。」又，「魚有烏賊，狀如算囊，骨間有髻，兩帶極長，含水噀墨，欲蓋反章」。

〔四〕涴，沾染。　緗，淺黄色的絹帛，可用來書寫。

〔五〕温馨，猶温馨。李商隱魏侯第東北樓堂郢叔言别詩：「漸近火温馨。」

〔六〕三秋，王融永明十一年策秀才文：「四境無虞，三秋式稔。」李善注：「秋有三月，故曰三秋。」

〔七〕蕊珠，仙宫名。梁丘子太上黄庭内景經注引秘要經云：「仙宫中有寥陽之殿，蕊珠之闕。」周邦彦汴都賦：「蕊珠、廣寒，黄帝之宫，榮光休氣，艟朧往來。」兜率，兜率天，佛教六欲天之第四天。謂在夜摩天之上三億二萬由旬，一晝夜，相當人間四百年，被認爲是預備成佛之地。法華經勸發品：「若有人受持誦讀，解其義趣，是人命終，……即往兜率天上彌勒菩薩所。」後因用以泛稱人死所登之天界。

〔八〕啼妝，拭粉目下，有似淚痕，因云。語本後漢書五行志：「桓帝元嘉中，京都婦女作愁眉、啼妝。……啼妝者，薄拭目下若啼處。」

〔九〕文簫，用唐文簫與吴彩鸞仙凡姻緣故事。相傳唐大和末年，書生文簫與仙人許遜中秋上升之日遊鍾陵西山，遇一美女吴彩鸞，彼此産生愛慕之情。忽有仙童自天而降，持天判曰：「吴彩鸞以私欲而泄天機，謫爲民妻一紀。」由是，文簫與彩鸞攜手下山，歸鍾陵而結爲夫婦。十年後，兩人各乘一虎仙去。見裴鉶傳奇。分鸞鏡，孟棨本事詩情感：「陳太子舍人徐德言之妻，後主叔寶之妹，封樂昌公主，才色冠絶。時陳政方亂，德言知不相保，謂其妻曰：『以君之才容，國亡必入權豪之家，斯永絶矣。儻情緣未斷，猶冀相見，宜有以信之。』乃破一鏡，人執其半。」鸞鏡，鏡之美稱。范泰鸞鳥詩序：「罽賓王得鸞鳥，甚愛之，欲其鳴而不得。夫人曰：『聞見影則鳴，何不懸鏡以照之？』王從其言。鸞鳥睹影，悲鳴中宵，一奮而絶。」後因以名鏡。

〔一〇〕蕭娘，泛指美麗多情的女子。楊巨源崔娘詩：「風流才子多春思，腸斷蕭娘一紙書。」

【評】

樊增祥眉批：史梅溪「换巢鸞鳳」之嗣音也。

賀新涼

西陵〔一〕

古檜生雲氣。鬱葱葱、觚棱焕彩〔二〕，層巒拱翠。霸業而今消何處？滿目蒼涼無際。算一樣、森嚴聖邸〔三〕。白髪殘兵司香役，導遊人一徑穿幽隧。螭陛冷〔四〕，蘚花翳〔五〕。　高風黯骨梅根瘞〔六〕。指西泠、孤墳片碣〔七〕，寒馨薦水〔八〕。争似陵宫峨天半，瞰鄂窺荆百里〔九〕。倘萬世、嬴秦傳繼〔一〇〕。拓隴開阡收羅盡〔一一〕，徧神州禹甸無閒地〔一二〕。民户小，不盈咫〔一三〕。

【校】

〔螭陛二句〕王本作「銅幣耳，只三四」。黄本、費本、信芳詞均作「排戟影，已全弛」。〔不盈咫〕王本、黄本、費本均作「難盈咫」。

【箋注】

〔一〕本詞咏清亡後西陵情景，當爲碧城一九一五年客居北京時所作。清史稿禮志五：「凡孝陵、景陵以下，世宗曰泰陵，高宗裕陵，仁宗昌陵，宣宗慕陵，文宗定陵，穆宗惠陵，並在直隸易、遵化二州，稱東、西陵。東陵鳳臺山，封昌山；西陵太平峪，封永寧山，並祀方澤。設奉祀官，置莊園。」

〔二〕鬱葱葱，形容氣象旺盛。王充論衡吉驗篇：「王莽時，謁者蘇伯阿能望氣，使過春陵，城郭鬱鬱葱葱。及光武到河北，與伯阿見，問曰：『卿前過春陵，何用知其氣佳也？』伯阿對曰：『見其鬱鬱葱葱耳。』」觚棱，班固西都賦：「設璧門之鳳闕，上觚棱而棲金爵。」吕向注：「觚棱，闕角也。」王觀國學林觚角：「所謂觚棱者，屋角瓦脊成方角棱瓣之形，故謂之觚棱。」

〔三〕聖邸，此指皇家陵寢。宋之問奉和薦福寺應制詩：「梵筵光聖邸，遊豫覽宏規。」

〔四〕螭陛，雕有螭龍圖案的宮殿臺階。張耒寓楚題楊補之官舍詩：「一辭螭陛走天涯，客路悠悠老歲華。」

〔五〕翳，遮蔽。劉向九嘆遠逝：「石𡶴嵯以翳日。」

〔六〕高風，秋風。太平御覽卷二五引南朝梁元帝纂要：「秋曰白藏，亦曰收成，亦曰三秋、九秋、素秋、素商、高商；天曰旻天；風曰商風、素風、凄風、高風、凉風、激風、悲風。」杜甫遺興五首之四詩：「蓬生非無根，漂蕩隨高風。」 髑骨，謂美人骸骨。皮日休館娃宮懷古詩：「髑骨已成蘭麝土，宮墻依舊壓層崖。」此謂同葬之妃嬪遺骨。 瘞，埋葬。

〔七〕西泠，橋名。明田汝成西湖游覽志卷二：「西泠橋一名西林橋，又名西陵橋，從此可往北山者。」西湖勝蹟：「在白堤還没有築成的時候，西泠橋這裏，原是一處渡口。從北山到孤山，要在這裏擺渡。古人詩畫中有所謂『西村喚渡處』、『船向西泠佳處尋』，都是指的這裏。……西泠橋原叫西林橋，又稱西陵橋，横跨裏西湖上，是從孤山到裏西湖的必經之地。……同西泠橋相襯托的是橋西的幾座墳墓。著名的蘇小小墓就在橋畔。」

〔八〕薦水，聚集水上。漢書景帝紀：「或地饒廣，薦草莽。」薦，與荐同。韋昭國語注：「荐，聚也。」

〔九〕鄂，指湖北一帶，該處爲古鄂州地，故稱。　荆，古楚國區域，今屬湖北。

〔一〇〕倘萬世句，漢書賈山傳：「秦皇帝東巡狩，至會稽、琅邪，刻石著其功，自以爲過堯舜統，縣石鑄鍾虡，篩土築阿房之宫，自以爲萬世有天下也。古者聖王作謚，三四十世耳，雖堯舜禹湯文武絫世廣德以爲子孫基業，無過二三十世者也。秦皇帝曰死而以謚法，是父子名號有時相襲也，以一至萬，則世世不相復也，故死而號曰始皇帝，其次曰二世皇帝者，欲以一至萬也。」杜牧阿房宫賦：「使秦復愛六國之人，則遞三世可至萬世而爲君，誰得而族滅也？」嬴秦，秦乃嬴姓，故稱。

〔一〕隴，田埂。　阡，阡陌。田間小路。

〔二〕禹甸，謂夏禹治理過的山川，指中國的疆域。詩小雅信南山：「信彼南山，維禹甸之。」

〔三〕不盈咫，極言距離很近或地方狹小。陳與義遊葆真池上詩：「墻厚不盈咫，人間隔蓬萊。」

祝英臺近〔一〕

縋銀瓶〔二〕，牽玉井〔三〕，秋思黯梧苑〔四〕。蘸淥搴芳〔五〕，夢墮楚天遠〔六〕。最憐娥月含顰〔七〕，一般消瘦〔八〕，又別後、依依重見。　倦凝眄。可奈病葉驚霜，紅蘭泣騷畹〔九〕。滯粉黏香〔一〇〕，繡屧悄尋徧。小欄人影淒迷，和煙和霧，更化作、一庭幽怨。

【箋注】

〔一〕錢仲聯清詞三百首：碧城「此詞用事，多涉宮廷、后妃、佳人遭殃各方面，銀瓶、玉井，尤爲明顯，疑是傷悼庚子年珍妃被那拉后命崔太監推墜井中死難事。庚子年作者十八歲，詞如作於辛丑，則年十九，所以爲早歲之作。……辛棄疾祝英臺近『斷腸片片飛紅，都無人管，更誰勸啼鶯聲住』，張惠言詞選固以爲『點點飛紅，傷君子之棄；流鶯，惡小人得志也。』聖因此作，何妨作比興觀。」錢説近是。

〔二〕縋銀瓶句，白居易井底引銀瓶詩：「井底引銀瓶，銀瓶欲上絲繩絶。」

〔三〕玉井，井的美稱。花蕊夫人宮詞：「鷄聲報曉傳三唱，玉井金牀轉轆轤。」

〔四〕秋思句，沈德潛古詩源卷一吳夫差時童謡：「梧宮秋，吳王愁。」

〔五〕搴芳，採拔花草。搴，拔取。楚辭離騷：「朝搴阰之木蘭兮，夕攬洲之宿莽。」謝靈運山居賦：「愚假駒以表谷，涓隱巖以搴芳。」

〔六〕夢墮句，蘇軾如夢令題淮山樓詞：「舉手揖吳雲，人與暮天俱遠。」秦觀如夢令詞：「人共楚天俱遠。」

〔七〕娥月，猶娥眉。取眉如新月意。　含顰，幽怨貌。

〔八〕一般句，吴文英浣溪沙琴川慧日寺臘梅詞：「一般清瘦各無聊。」

〔九〕可奈二句，想象女子遭遇好似經霜的病葉心驚不已，又如霜打蘭花，似在園圃中哭泣。病葉驚霜，王沂孫齊天樂蟬詞：「病翼驚秋，枯形閲世。」　紅蘭，江淹别賦：「見紅蘭之受露，望青楸之罹霜。」吴其濬植物名實圖考卷二六：「紅蘭生谷中，每經野燒，葉盡而花發，俗稱火燒蘭。花微赭，瓣有紅絲，心有紅點，惟香淡而不久。」　騷畹，指蘭圃。楚辭離騷：「余既滋蘭之九畹兮，又樹蕙之百畝。」王逸注：「十二畝曰畹。」

〔一〇〕滯粉句，謂鞋沾花瓣，帶着蘭草的芳香。

【評】

樊增祥眉批：稼軒「寶釵分，桃葉渡」一闋，不得專美于前。

浣溪沙

殘雪皚皚曉日紅。寒山顔色舊時同。斷魂何處問飛蓬。　地轉天旋千萬劫〔一〕，人間只此一回逢〔二〕。當時何似莫匆匆〔三〕。

【校】

〔當時句〕王本作「車塵吹夢太匆匆」。南社叢刻本句下有作者自注：「寒山非吴會之寒山寺，乃近濟南一帶之山色也。」此注各本均無。

【箋注】

〔一〕地轉天旋，形容社會發生巨大的變故。白居易長恨歌：「天旋地轉迴龍馭，到此躊躇不能去。」　千萬劫，猶言千萬世。喻時間久遠。佛教謂世界有成、住、壞、空四期，每期謂之劫。參卷一高陽臺落梅詞注。

〔二〕人間句，秦觀鵲橋仙詞：「金風玉露一相逢。」

〔三〕當時句，姜夔浣溪沙詞：「夢尋千驛意難通，當時何似莫匆匆。」碧城自注：「成句。」

蘇幕遮　擬周美成〔一〕

理鵾絃〔二〕，移雁柱〔三〕。欲訴琴心〔四〕，心事成灰炬〔五〕。浥透鮫綃痕萬縷〔六〕。淚雨何時，晴到梨花樹〔七〕？　誦騷詞，吟洛賦〔八〕。豔殢香頑〔九〕，畢竟皆塵土。蜜熟花殘蜂不哺。甜與何人？卻自成辛苦〔一〇〕。

【校】

〔畢竟四句〕王本、聚珍本、黄本、費本、信芳詞均作「那信嬋娟誤。一點春魂無著處，便化蛾蠶，也鬭長眉嫵」。

【箋注】

〔一〕周美成，宋著名詞人。宋史周邦彦傳：「周邦彦字美成，錢塘人。疎儁少檢，不爲州里推重，而博涉百家之書。」歷官校書郎，考功員外郎，兼議禮局檢討；以直龍圖閣知河中府、隆德府，復入拜秘書監，進徽猷閣待制、提舉大晟府。「邦彦好音樂，能自度曲，製樂府長短句，詞韻清蔚，傳於世。」

〔二〕鵾弦，以鵾鷄筋製成之琵琶弦。樂府雜録琵琶：「開元中有賀懷智，其樂器以石爲槽，鵾鷄筋作弦，用鐵撥彈之。」

〔三〕雁柱，指箏之弦柱。箏柱斜列，有如雁行，故稱。張先生查子詞：「雁柱十三弦，一一春鶯語。」

〔四〕琴心，謂琴音能傳達心聲。史記司馬相如傳：「是時卓王孫有女文君新寡，好音，故相如繆與令相重，而以琴心挑之。」裴駰集解引郭璞曰：「以琴中音挑動之。」周邦彦氏州第一詞：「座上琴心，機中錦字，覺最縈懷抱。」

〔五〕心事句，李商隱無題詩：「春蠶到死絲方盡，蠟炬成灰淚始乾。」余懷沁園春和劉後村詞：「運逢百六，心事成灰。」

〔六〕鮫綃，任昉述異記卷上：「南海出鮫綃紗，泉先潛織，一名龍紗，其價百餘金。以爲服，入水不濡。」陸游釵頭鳳詞：「淚痕紅浥鮫綃透。」

〔七〕淚雨二句，白居易長恨歌：「玉容寂寞淚闌干，梨花一枝春帶雨。」蘇軾南鄉子送述古詞：「秋雨晴時淚不晴。」

〔八〕騷詞，指屈原離騷。洛賦，洛神賦，三國魏曹植作。

〔九〕黯殢香頑：謂美人香草纏綿悱惻，哀感頑豔。

〔一〇〕蜜熟三句，羅隱蜂詩：「採得百花成蜜後，爲誰辛苦爲誰甜？」

【評】

樊增祥眉批：吴城小龍女復見於今。「便作青蟲，也褪花蝴蝶」，向以爲佳，見此覺秋舲意淺矣。

浪淘沙

擬李後主〔一〕

蘚緑蝕吴鈎〔二〕。舊恨難酬。五陵孤負少年遊〔三〕。筆底風雲渾氣短〔四〕，只寫春愁〔五〕。花瓣錦囊收〔六〕。抛葬清流。人間無地可埋憂〔七〕。好逐仙源天外去〔八〕，切莫回頭。

【校】

〔孤負〕王本、聚珍本、黄本、信芳詞、費本均作「辜負」。

【箋注】

〔一〕李後主，吴任臣十國春秋南唐三後主本紀：「後主名煜，字重光，初名從嘉，元宗第六子也。母光穆聖后鍾氏。爲人仁惠，有慧性。雅善屬文，工書畫，知音律。……元宗晏駕，嗣立於金陵。……自入宋，忽忽不樂，常與金陵舊宫人書詞，甚悲惋，不可忍。兇問至江南，父老多有巷哭者。」毛先舒南唐拾遺記：「後主歸宋後，鬱鬱不自聊，常作長短句『簾外雨潺潺』云云，情思凄切，未幾下世。」

〔二〕蘚緑，謂銅銹。因其形同苔蘚，因云。　吴鈎，兵器名。吴越春秋闔閭内傳：「闔閭既寶莫耶，復命於國中作金鈎，令曰：『能爲善鈎者，賞之百金。』吴作鈎者甚衆。」沈括夢溪筆談卷一九：「吴鈎，刀名也。刃彎，今南蠻用之，謂之葛黨刀。」李賀南園詩：「男兒何不帶吴鈎，收取關山五十州。」

〔三〕五陵，班固西都賦：「南望杜霸，北眺五陵。」劉良注：「宣帝杜陵，文帝霸陵在南，高、惠、景、武、昭此五陵皆在北。」按，五陵地近都城長安，富豪聚居，爲繁華遊樂之地。李白少年行：「五陵年少金市東，銀鞍白馬度春風。」朱敦儒水調歌頭淮陰作詞：「當年五陵下，結客占春遊。」

〔四〕筆底句，李煜浪淘沙詞：「壯氣蒿萊。」此用其意。沈德符萬曆野獲編補遺卷三：「余謂柔情亦吾輩佳事，何至卑下委媟乃爾。此君雖有才名，其如風雲氣短何？」風雲，謂豪邁之氣。

〔五〕只寫句，李煜入宋後所作詞，多涉春愁。如烏夜啼：「林花謝了春紅，太匆匆！無奈朝來寒雨晚來風。」虞美人：「問君能有幾多愁？恰似一江春水向東流。」浪淘沙令：「簾外雨潺潺，春意闌珊。羅衾不耐五更寒，夢裏不知身是客，一晌貪歡。」

〔六〕花瓣句，曹雪芹紅樓夢葬花辭：「未若錦囊收豔骨，一抔净土掩風流。」

〔七〕人間句，仲長統述志詩：「寄愁天上，埋憂地下。」宋祁感秋詩：「天上有星寧免客，人間無地可埋憂。」

〔八〕仙源，道教語，指神仙居處。雲笈七籤卷二七：「福地第四曰東仙源，福地第五曰西仙源，均在台州黄巖縣屬地。」

醉太平　憶梅

南枝夢尋〔一〕。雲荒翠冷巖扃〔二〕。寫凄迷古春。鉛華半勻〔三〕。綺窗醉凭。美人影隔江潯。化煙痕水痕。沈檀半薰〔四〕。

【校】

〔四〕半薰　聚珍本作「半聞」。

【箋注】

〔一〕南枝，指代梅花。朱翌猗覺寮雜記卷上：「梅用南枝事，共知青瑣紅梅詩云：『南枝向暖北枝寒。』李嶠云：『大庾天寒少，南枝獨早芳。』張方注云：『大庾嶺上梅，南枝落，北枝開。』」畢慧憶梅和韻詩：「南枝夢斷空明月，東閣詩成見素心。」

〔二〕雲荒，雲氣黯淡迷茫貌。洪亮吉自涇縣至旌德道中作詩：「草暗夕已成，雲荒渺難宿。」巖扃，石窟山洞之門。指隱者居處。吳文英金篝子賦秋壑西湖小築詞：「應多夢、巖扃冷雲空翠。」

〔三〕鉛華，曹植洛神賦：「芳澤無加，鉛華不御。」李善注：「鉛華，粉也。」

〔四〕沉檀，以沉香木和檀香木製成的薰香物。李中宫詞之二：「金波寒透水精簾，燒盡沉檀手自添。」

鷓鴣天

七夕〔一〕

一杼流霞織錦躔〔二〕。小樓涼思到雲鬟〔三〕。鴛針乞巧憐芳序，蛛網牽愁恨夜闌〔四〕。煙彩散，露華漫。碧空如鏡瀉秋寒。天河萬古喧雲浪，不見浮槎客再還〔五〕。

【校】

〔如鏡〕王本、聚珍本均作「一鏡」。〔雲浪〕信芳词、黄本、費本作「銀浪」。

【箋注】

〔一〕七夕，月令廣義七月令引南朝梁殷芸小説：「天河之東有織女，天帝之子也。年年織機杼勞役，織成雲錦天衣。天帝憐其獨處，許嫁河西牽牛郎，嫁後遂廢織紝。天帝怒，責令歸河東，惟每年七月七日夜，渡河一會。」

〔二〕一杼流霞，周密聞鵲喜吴山觀濤詞：「數點煙鬟青滴，一杼霞綃紅濕。」躔，迻行。廣雅釋詁一：「躔，行也。」

〔三〕雲鬟，謂女子髮髻。杜甫月夜詩：「香霧雲鬟濕，清輝玉臂寒。」

〔四〕鴛針二句，宗懍荆楚歲時記：「七夕，婦人結綵縷穿七孔針，或以金銀鍮石爲針，陳瓜果於庭中以乞巧，有蟢子網於瓜上，則以爲得。」孟元老東京夢華録卷八七夕：「或以小蜘蛛安合子内，次日看之，若網圓正，謂之得巧。」鴛針，綉花針。蟢子，蜘蛛之一種。芳序，猶良時。

〔五〕天河二句，吴文英訴衷情七夕詞：「銀河萬里秋浪，重載客槎還。」浮槎，張華博物志卷一〇：「舊説云，天河與海通，近世有人居海渚者，年年八月有浮槎來去不失期。人有奇志，立飛閣於查上，多齎糧乘槎而去，十餘日中猶觀星、月、日、辰，自後芒芒忽忽，亦不覺晝夜，去十餘日，奄至一處，有城郭狀，屋舍甚嚴，遥望宫中多織婦，見一丈夫牽牛渚次飲之。牽牛人乃驚問曰：『何由至此？』此人具説來意，並問此是何處。答曰：『君還至蜀郡，訪嚴君平則知之。』竟不上岸，因還如期。後至蜀，問君平，曰：『某年、月、日客星犯牽牛宿。』計年月，正是此人到天河時也。」又，荆楚歲時記：「漢武帝令張騫使大夏尋河源，乘槎經月而至一處，見城郭如州府，室内有一女織，又見一丈夫牽牛飲河。騫問曰：『此是何處？』答曰：『可問嚴君平。』織女取搘機石與騫俱還。後至蜀，問君平，君平曰：『某年某月，客星犯牛、女。』搘機石爲東方朔所識。」兩説稍異，後者似據前者增溢附會。

瑞鶴仙〔一〕

賦情悽欲斷。正翠袖欹寒〔二〕，碧雲催晚。深篁自蓊蒨〔三〕。弄陰霾不放，斜陽一綫。迴腸宛轉〔四〕。有幾許、新詞題徧。只生來、命薄魂柔〔五〕，早是鬼才先讖〔六〕。重展。簪花小記〔七〕，墨暈微黟〔八〕，漬痕猶茜〔九〕。年時幽怨。似夢影，春雲變。歎飄零病蝶，銷殘金粉，爲底銖衣猶戀〔一〇〕？鎮無聊、繡譜重翻〔一一〕，舊懷頓減。

【箋注】

〔一〕一九一八年碧城自北京致函吴門費樹蔚云：「今春曾兩次夢入一室，狀頗堅固，甫入其門，即戛然閉。余知自此與塵世永隔，皇急而醒。又數年前，寓滬上法國醫院，夢得七律半首云：『九蓮華燭爛生光，玉女蒼龍遞守防。廿載滄桑成一笑，百年短夢費平章。』……又兒時夢有人示以畫册，云余姊妹之事蹟。初展數圖不甚記憶，後閲余一己者，則畫荒草中有繡被裹一屍，旁有人持鋤瘗之，題云：『青山憐種玉，黄土恨埋香。』又夢立叢竹中，影爲夕陽所射，修瘦幾與竹等，得長短句云：『看竹裏微陽，瀉盡澹黄顔色。』渲染出幽慘人間世。雖云春夢無憑，然合而觀之，殊非佳讖。」函中所云與詞境多有關聯，疑本篇即作於是年歲初或此前不久。

〔二〕正翠袖句，見卷一法曲獻仙音（鴉影偎煙）詞注。

〔三〕蓊蒨，濃密貌。

〔四〕迴腸，司馬遷報任少卿書：「是以腸一日而九迴，居則忽忽若有所亡，出則不知其所往。」徐陵在北齊與楊僕射書：「朝千悲而掩泣，夜萬緒而迴腸。」

〔五〕只生來句，周之琦沁園春題亡室沈淑人遺照詞：「命薄難留，魂柔易斷。」

〔六〕鬼才，嚴羽滄浪詩話詩評：「人言太白仙才，長吉鬼才。」李賀才高命短，碧城能詩擅詞，體弱多病，故以鬼才李賀享年不永自比。費樹蔚寄吕碧城詩：「九蓮華燭圓春夢，萬竹斜陽妒鬼才。」

〔七〕簪花，簪花格，一種書體名。其體娟秀柔媚，如美人簪花。張彦遠法書要録卷二引南朝梁袁昂古今書評：「衛恒書如插花美女，舞笑鏡臺。」王彦泓有女郎手寫余詩數十首筆蹟柔媚紙光潔滑玩而味之詩：「江令詩才猶剩錦，衛娘書格是簪花。」

〔八〕黟，廣雅釋器：「黟，黑也。」

〔九〕潸痕，猶言淚痕。　茜，草名，根黄紅色，可作紅色染料，因以指代紅色。

〔一〇〕銖衣，輕細之衣。此指蝶翅。銖，二十四銖爲一兩，言極輕細。蘇軾水龍吟詞：「青鸞歌舞，銖衣摇曳。」

〔一二〕繡譜，清道光年間刊行的有關刺繡工藝專著。清丁佩女史撰。

【評】

樊增祥眉批：徐典樂之亞匹。

喜遷鶯 游浙境諸山〔一〕

層巒幽夐〔二〕。步石磴盤旋，瘦筇斜引〔三〕。籜響清心，藥香療肺，病起閒身相稱。茶花半埋雲霧，栽向高寒偏勁。天風外、泛瓊苞玉蕊〔四〕，落千尋頂〔五〕。重省〔六〕。空歎我，塵涴素衣，忍説鷗盟冷〔七〕。櫨拾霜紅〔八〕，蘿牽晚翠〔九〕，甚日巖棲纔穩？幾番倦遊暫寄，依舊歸期未準〔一〇〕。碧雲杳，鎖篁陰十里，竹鷄啼暝〔一一〕。

【校】

原本無題，據王本、聚珍本、費本補。〔盤旋〕費本作「轉旋」。〔幾番句〕王本、聚珍本均作「暫教倦影勾留」，費本作「盡憐歲華催晚」，黄本、信芳詞作「幾度遊踪暫寄」。

【箋注】

〔一〕據題，知本詞作於一九一六年秋。是年秋，碧城與詞友費樹蔚等遊覽杭城及浙境諸山，所作頗豐。費氏亦有五古四首記此番出遊景況。可參證。

〔二〕幽夐，深遠幽邃貌。段成式酉陽雜俎卷一：「遊嵩山，捫蘿越澗，境極幽夐。」

〔三〕瘦笻，細竹杖。陸游老學庵筆記卷三：「笻竹杖，蜀中無之，乃出徼外蠻峒。蠻人持至瀘、叙間賣之，一枝纔四、五錢，以堅潤細瘦九節而直者爲上品。」張炎還京樂送陳行之歸吴詞：「瘦笻相引，逢花須住。」

〔四〕瓊苞玉蕊，即瓊蕊。形容花色潔白如玉。陸機擬古詩：「上山採瓊蕊，穹谷繞芳蘭。」

〔五〕千尋，庾信咏畫屏詩：「高閣千尋跨，重簷百丈齊。」尋，古人以八尺爲一尋。

〔六〕重省，徐伸二郎神詞：「重省。别時淚濕，羅衣猶凝。」王雱眼兒媚詞：「而今往事難重省，歸夢繞秦樓。」

〔七〕鷗盟，與鷗訂盟，喻歸隱山林。列子黄帝：「海上之人有好漚鳥者，每旦之海上，從漚鳥之至者百住而不止。其父曰：『吾聞漚鳥皆從汝游，汝取來，吾玩之。』明日之海上，漚鳥舞而不下也。」黄庭堅登快閣詩：「萬里歸船弄長笛，此心吾與白鷗盟。」張炎長亭怨爲任次山賦馴鷺詞：「笑海上，白鷗盟冷。」

〔八〕樝，同楂，果名。廣群芳譜卷五七山樝：「其類有兩種，皆生山中。一種小者，樹高數尺，多枝柯，葉有五尖，色青背白，椏間有刺，三月開小白花，五出。實有赤黄二色，九月熟，其核狀如牽牛子，色微白映紅，甚堅；一種大者，樹高丈餘，花葉皆同，但實稍大，而色黄緑，皮澀肉虚，初甚酸澀，經霜乃紅可食。」

〔九〕晚翠，傍晚植物景色蒼翠。劉滄題馬太尉華山莊詩：「一庭楊柳春光莫，三徑煙蘿晚翠深。」

〔一〇〕歸期未準，李商隱夜雨寄北詩：「君問歸期未有期，巴山夜雨漲秋池。」

〔一一〕竹鷄，李時珍本草綱目卷四八：「竹鷄，今江南、川、廣處處有之，多居竹林。形比鷓鴣差小，褐色多斑，赤文。其性好啼，見其儔必鬬。」

浣溪紗

風籟鳴哀起翠條〔一〕。撩人心緒漲秋潮。仙源回望轉無聊〔二〕。　去去莫教重顧影，行行何必更停橈。愁山怨水一身遥〔三〕。

【箋注】

〔一〕風籟句，趙長卿小重山秋雨詞：「一夜西風響翠條。」

〔二〕仙源，見卷一浪淘沙擬李後主詞注。納蘭性德鷓鴣天十月初四夜風雨其明日是亡婦生辰詞：「唯有恨，轉無聊。」

〔三〕愁山句，吴錫麒月華清詞：「不怨美人遲暮，怨水遠山遥。」

臨江仙　錢塘觀潮〔一〕

横流滚滚吞吴越，風波誰定喧豗〔二〕？畸人重見更無期〔三〕。錦袍鐵弩〔四〕，千古想英姿。　九辯難招憐屈賈〔五〕，幽魂空滯江湄。子胥終是不羈才〔六〕。風雷激盪，天際自徘徊。

【箋注】

〔一〕本詞及前浣溪沙詞均碧城一九一六年秋遊浙時所作。浙江通志卷九：「錢塘江其源發黟縣，曲折而東以入於海。潮水晝夜再上，奔騰衝激，聲撼地軸。郡人以八月十八日傾城觀潮爲樂。」

〔二〕喧豗，轟鬧聲。李白蜀道難詩：「飛湍瀑流争喧豗，砯崖轉石萬壑雷。」

〔三〕畸人，不諧世俗之異人。莊子大宗師：「子貢曰：『敢問畸人？』曰：『畸人者，畸於人而侔於天。』」

〔四〕錦袍鐵弩，謂五代時吴越王錢鏐以弓箭射潮築海塘事。宋史河渠志七：「梁開平中，錢武肅王始築捍海塘，在候潮門外。潮水晝夜衝激，版築不就，因命彊弩數百以射潮頭，又致禱胥山祠。既而潮避錢塘，東擊西陵，遂造竹器，積巨石，植以大木。堤岸既固，民居乃奠。」

〔五〕九辯，楚辭篇名。王逸楚辭章句謂宋玉悲憫屈原而作。吴文英惜黄花慢次吴江小泊夜飲詞：「恨斷魂送遠，九辯難招。」屈賈，屈原、賈誼。二人均擅長詞賦，皆遭讒而被謫流放。史記有傳。

〔六〕子胥，楚辭九章涉江：「伍子逢殃兮。」王逸注：「伍子，伍子胥也。爲吴王夫差臣，諫令伐越，夫差不聽，遂賜劍而自殺。」杜光庭録異記卷七：「昔伍子胥累諫吴王，忤旨，賜屬鏤劍而死。臨終，戒其子曰：『懸吾首於南門，以觀越兵來伐吴。以鮧魚皮裹吾屍，投於江中，吾當朝暮乘潮，以觀吴之敗。』自是海門山潮頭洶湧，高數百尺，越錢塘，過魚浦，方漸低小。朝暮再來，其聲震怒，雷奔電激，聞百餘里。」不羈才，謂才能非凡，不可羈縶。司馬遷報任少卿書：「僕少負不羈之才，長無鄉曲之譽。」

瑞龍吟　和清真〔一〕

横塘路〔二〕。還又冶葉抽條〔三〕，繁英辭樹。最憐老去方回，斷魂尚戀，芳塵送處〔四〕。　悄延佇。愁見唾茸珠絡〔五〕，舊時朱户。蠹牋暗褪芸香〔六〕，不堪重認，題紅密語〔七〕。　苦憶前遊如夢，翠裾長曳，錦襜低舞〔八〕。巢燕歸來雕梁，春好非故。餘哀零怨，寫盡閒詞句。更誰見、梨雲沁影〔九〕，隔花微步。春共行雲去。吴蠶未蜕，猶牽病緒。織就愁千縷。釀一寸、芳心黄梅酸雨〔一〇〕。罘罳悶倚〔一一〕，倦懷誰絮？

【校】

〔長曳〕王本作「常曳」。〔更誰見〕王本作「鎮凝想」。〔梨雲沁影〕王本、聚珍本、南社叢刻本、黄本、費本、信芳詞均作「湘波蘸影」。〔隔花〕王本、聚珍本、南社叢刻本、黄本、費本、信芳詞均作「襪羅」。〔吴蠶未蜕〕南社叢刻本作「已褪吴蠶」。

【箋注】

〔一〕清真，宋代詞人周邦彦，字美成，自號清真居士。碧城此詞，係和其瑞龍吟（章臺路），並步原韻。

〔二〕橫塘，姑蘇志卷一〇：「胥口之水自胥口橋東行九里，轉入東、西醋坊橋，曰木瀆，香水溪在焉。又東入跨塘橋與越來溪會，曰橫塘。」又卷一八鄉都：「橫塘，去縣西南十三里有橫塘橋，風景特勝，宋賀鑄有別墅在焉。」賀鑄青玉案詞：「凌波不過橫塘路。」餘參卷一齊天樂荷葉詞注。

〔三〕冶葉，形容楊柳枝葉婀娜多姿。李商隱燕臺春詩：「蜜房羽客類芳心，冶葉倡條遍相識。」

〔四〕最憐三句，碧城自注：「賀鑄。」龔明之中吴紀聞卷三：「賀鑄，字方回，本山陰人，徙姑蘇之醋坊橋。方回嘗遊定力寺，訪僧不遇，因題一絕云：『破冰泉脉漱籬根，壞衲遥疑掛樹猿。蠟屐舊痕渾不見，東風先爲我開門。』王荆公極愛之，自此身價愈重。有小築在盤門之南十餘里，地名橫塘。方回往來其間，嘗作青玉案詞云：『凌波不過橫塘路，但目送、芳塵去。』」

〔五〕唾茸，謂女子刺繡時咬斷之絲綫。李煜一斛珠詞：「爛嚼紅茸，笑向檀郎唾。」張孝祥浣溪沙詞：「壁間聞得唾茸香。」

〔六〕芸香，沈括夢溪筆談卷三：「古人藏書辟蠹用芸。芸，香草也。今人謂之『七里香』者是也。葉類豌豆，作小叢生，其葉極芬香。」邵博河南邵氏聞見後録卷二九：「芸草，古人用以藏書，曰『芸香』是也。置書帙中即無蠹。」

〔七〕題紅密語，孟棨本事詩情感：「顧况在洛，乘間與三詩友遊於苑中，坐流水上，得大梧葉，題詩上曰：『一入深宫裏，年年不見春。聊題一片葉，寄與有情人。』况明日於上游，亦題葉上，放於波中，詩曰：『花落深宫鶯亦悲，上陽宫女斷腸時。帝城不禁東流水，葉上題詩欲寄誰？』後十餘日，有人於苑中尋春，又於葉上得詩，以示况，詩曰：『一葉題詩出禁城，誰人酬和獨含情？自嗟不及波中葉，蕩漾乘春取次行。』」又，范攄雲谿友議卷下：「盧渥舍人應舉之歲，偶臨御溝，見一紅葉，命僕搴來。葉上乃有一絶句，置於巾箱，或呈於同志。及宣宗既省宫人，初下詔，許從百官司吏，獨不許貢舉人。後亦一任范陽，獲其退宫人，覩紅葉而吁怨久之，曰：『當時偶題隨流，不謂郎君收藏巾篋。』驗其書，無不訝焉。詩曰：『水流何太急，深宫盡日閒。殷勤謝紅葉，好去到人間。』」

〔八〕錦襜，錦製的服飾。李賀艾如張詩：「錦襜褕，繡襠襦。」襜，圍裙。即蔽膝。爾雅釋器：「衣蔽前謂之襜。」郭璞注：「今蔽膝也。」

〔九〕梨雲，指梨花。陳樵玉雪亭詩：「梨雲柳絮共微茫，春入園林一色芳。」

〔一〇〕黄梅酸雨，賀鑄青玉案詞：「一川煙草，滿城風絮，梅子黄時雨。」

〔一一〕罘罳，宫闕門外之屏。崔豹古今注卷上：「罘罳，屏之遺象也。塾，門外之舍也。臣來朝君，至門外當就舍更衣，熟詳所應對之事。塾之言熟也，行至門内屏外，復應思惟。罘罳，言復思也。漢西京罘罳，合版爲之，亦築土爲之，每門闕殿舍前皆有焉。」顧炎武日知録卷三二：「罘罳字雖從網，其實屏也。」

綺羅香

湯山温泉〔一〕

磺爇珠霏，硝炊玉濺〔二〕，一勺娟娟清泚。泛出桃花，江上鴨先知未〔三〕？訝冰泮、不待葭吹〔四〕，試纓浣、閒看浪起〔五〕。引靈源、小鑿娥池〔六〕，洗脂重見渭流膩〔七〕。　蘭湯誰爲灌就〔八〕？也似華清賜浴〔九〕，山靈溥惠〔一〇〕。不許春寒，侵到人間兒女。喜湔腸、痼疾能瘳〔一一〕，問换骨、仙緣誰嗣〔一二〕？競聯翩、裙屐風流，證盤銘古意〔一三〕。

【校】

〔喜湔腸〕南社叢刻本第二十一集作「道湔腸」。　〔競聯翩〕南社叢刻本作「看聯翩」。　〔風流〕南社叢刻本作「偕來」。

【箋注】

〔一〕本詞收入王刊信芳集，當作於一九一八年前客居南京時。湯山温泉，在今江蘇江寧縣東，由南京下關至彼約六十里。泉温四十餘度。樂史太平寰宇記卷九十江南東道二上元縣：「湯山，在縣東北八十里。西接雲穴山，不甚高，無大林木。有湯出其下，大小凡六處，湯澗繞其東南。冬夏常熱，禽魚之類入者輒爛，以煮豆穀，終日不熟，草木濯之，轉更鮮茂。舊有湯泉館并廟，今廢。」

〔二〕磺熱二句，意謂含有硫磺的温泉熱氣蒸騰，形成水珠瀰漫，地下涌出的温泉水，像碎玉般濺開。

〔三〕泛出二句，蘇軾惠崇春江晚景詩：「竹外桃花三兩枝，春江水暖鴨先知。」

〔四〕冰泮，冰塊溶解。詩邶風匏有苦葉：「迨冰未泮。」葭吹，古人燒葦膜成灰，置十二律管中以占氣候。某一節氣已到，相應律管中葭灰即自行飛動。見後漢書律曆志上。杜甫小至詩：「吹葭六琯動飛灰。」

〔五〕纓浣，猶濯纓。孟子離婁上：「滄浪之水清兮，可以濯我纓。」

〔六〕靈源，水源之美稱。王十朋題雙瀑詩：「靈源不可尋。」娥池，謂美人浴身的水池。

〔七〕洗脂句，杜牧阿房宫賦：「渭水漲膩，棄脂水也。」

〔八〕蘭湯，熏香之浴水。此指代温泉。李隆基惟此温泉詩：「蘭湯湧自然。」

〔九〕華清賜浴，白居易長恨歌：「春寒賜浴華清池，温泉水滑洗凝脂。」陳鴻長恨歌傳：「時每歲十月，駕幸華清宫，内外命婦，熠燿景從。浴日餘波，賜以湯沐，春風靈液，澹蕩其間。上心油然，若有所遇，顧左右前後，粉色如土。詔高力士潛搜外宫，得弘農楊玄琰女於壽邸，既笄矣。鬢髮膩理，纖穠中度，舉止閒冶，如漢武帝李夫人。別疏湯泉，詔賜藻瑩。」

〔一〇〕山靈，山神。參卷一沁園春（如此仙源）詞注。溥惠，普遍施與。溥，通「普」。

〔一一〕湔腸，庾信温湯碑序：「洗胃湔腸，興羸起瘠。」湔，洗。碧城自注：「相傳浴者却疾輕身。」

〔一二〕换骨，道家指服食金丹，能將凡骨换成仙骨，進而成仙。永樂大典卷二九七二引唐語林：「聖人日日對藥爐，服神丹，言我取不死。今身上變差事，道士稱换骨皆如此。」錢舜選景定癸亥特旨以布衣陳隨隱除東宫掌書作詩賀之詩：「只今已脱凡塵去，便作金丹换骨人。」

〔一三〕盤銘，禮記大學：「湯之盤銘曰：『苟日新，日日新，又日新。』」鄭玄注：「盤銘，刻戒於盤也。」孔穎達疏：「湯沐浴之盤，而刻銘爲戒；必於沐浴之盤者，戒之甚也。」

百字令　登莫干山，夜黑風狂，清寒砭骨，率成此調〔一〕

萬峯潑墨，漾紅燈一點〔二〕，逕穿幽篠。翠袖單寒臨日暮〔三〕，來御天風浩浩〔四〕。湍昨日綺瀑驚雷，篔簹戞玉〔五〕，仙籟生雲表。飛瓊前世〔六〕，舊遊疑是曾到。浸入靈閣香温，宿酲猶殢〔七〕，誰換炎凉早。争道才華多鬼氣〔八〕，佔盡人間幽悄。犀〔九〕，凍餘冰繭〔一〇〕，芳緒抽難了。驛程倦影，微茫愁入秋曉。

【校】

〔宿酲猶殢〕上圖備刊稿作「歡筵乍散」。

【箋注】

〔一〕本詞與前喜遷鶯遊浙境諸山詞爲同時之作，時在一九一六年秋。莫干山在今浙江武康縣西北二十七里。東南攬勝載朱向日遊莫干山記：「自武康縣治西望，有山嶔崟磊落，隱現天際者，即宜暑勝地莫干山也。莫干之勝，最著者，爲竹與泉。泉所在可飲，竹亦彌望皆是。……史載春秋時，有吴人名干將者，吴王闔閭使作劍，三月未成，其妻莫邪恥之，乃斷髮剪爪，竄入爐中，而成名劍，因命劍陽曰干將，劍陰曰莫邪。兹山即鑄劍之地，故以莫干名之。」

〔二〕萬峰二句，易順鼎丙戌十二月二十日雪中遊鄧尉詩：「記取僧樓聽雪夜，萬山如夢一燈紅。」

〔三〕翠袖句，見卷一法曲獻仙音（鴉影偎煙）詞注。

〔四〕來御句，莊子逍遥游：「夫列子御風而行，泠然善也。」蘇軾赤壁賦：「浩浩乎如馮虚御風，而不知其所止。」

〔五〕篔簹，節長的竹子。李衎竹譜詳録卷五：「篔簹竹，一名簞竹，生湘中，蜀廣間亦有之，每節可長四五尺。廣州記云，節長一丈。」戛玉，玉片敲擊之聲，此喻風吹竹響。

〔六〕飛瓊，女仙名。漢武帝内傳：「王母乃命……侍女董雙成吹雲和之笙，石公子擊昆庭之金，許飛瓊鼓震靈之簧。」白樸點絳脣詞：「翠水瑶池，舊遊曾記飛瓊伴。」

〔七〕宿酲，史游急就篇卷三：「侍酒行觴宿昔酲。」注：「昔，夜也。病酒曰酲，謂經宿飲酒，故致酲也。」秦觀海棠春詞：「宿酲未解宫娥報，道别院、笙歌會早。」殢，張相詩詞曲語辭匯釋卷五：「殢字爲糾纏不清之義，與泥人之泥字義同。然唐人詩中亦用爲滯留義。李白峨眉山月歌：『我似浮雲殢吴越。』蕭本作殢。」

〔八〕争道句，錢易南部新書卷丙：「李白爲天才絶，白居易爲人才絶，李賀爲鬼才絶。」王思任昌谷詩解序：賀既孤憤不遇，「故以哀激之思，變爲晦澀之調。喜用『鬼』字、『泣』字、『血』字，如此之類，幽冷溪刻。」

〔九〕靈犀，犀牛角。中有白紋如綫，兩頭相通。後因喻兩心相通。此用以喻心。參卷一陌上花感宋宫人餞汪水雲事詞注。

〔一〇〕冰繭，冰蠶所結之繭。王嘉拾遺記卷一〇：「冰蠶長七寸，黑色，有角有鱗，以霜雪覆之，然後作繭，長一尺，其色五彩，織爲文錦，入水不濡。以之投火，經宿不燎。唐堯之世，海人獻之，堯以爲黼黻。」

滿江紅

庚申端午，偕縵華女士、迂瑣詞人泛舟吴會石湖，用夢窗蘇州過重五詞韻，時予將有美洲之行〔一〕

舊苑尋芳，尚斷碣、蝌文未滅〔二〕。石湖外、一帆風軟，碧煙如抹。菰葉正鳴湘水怨，葭花猶夢西溪雪〔三〕。又紅羅、金縷黯前塵，兒時節。　人天事，憑誰説〔四〕。征衫試，荷衣脱。算相逢草草〔五〕，只赢傷别。漢月有情來海嶠，銅仙無淚辭瑶闕〔六〕。待重拈、彩筆共題襟〔七〕，何年月？

【校】

〔金縷〕一九二三年第一期心聲作「綵縷」。〔相逢〕心聲作「歡場」。〔待重拈句〕心聲作「縱波萍風絮會相逢」。

【箋注】

〔一〕據詞序「庚申端午」，知本詞作於一九二〇年六月二十日。曾刊於一九二三年第一期心聲。吕美蓀葂麗園隨筆：「吳門鉅紳費仲深名樹蔚，號迂璅，吳江人。積學好古，抗爽有燕趙風。……文章莊雅，尤善倚聲，時人莫能及也。」費樹蔚五月之朔碧城自都門來吳下偕遊虎阜靈巖天平石湖諸勝別去無詩比者西行有日復來留信宿予邀與蜕老小飲蜕老故與吕氏世好也有贈行兩什予亦次韻繼之詩：「我亦附詩將款款，銀河一碧浪花微。」自注：「碧城海行苦眩暈，故以爲祝。」石湖，太湖分支湖泊，春秋時越兵由水路伐吳，於此鑿山開渠襲吳都（今蘇州），故稱石湖。宋范成大在石湖南越來溪畔建有别墅。

〔二〕蝌文，彭大翼山堂肆考卷一三三字學：「史記周宣王時，史籀變科斗文以爲大篆，李斯變蒼頡篇，取籀省文謂之小篆。」吾丘衍學古編：「科斗書乃字之祖，像蝦蟆子形。上古無筆墨，以竹挺點漆書竹上，竹硬漆膩，畫不能行，故頭粗尾細，似其形耳。」

〔三〕西溪，在浙江省杭州市西北。明張岱西湖夢尋卷五：「過嶺爲西溪，居民數百家，聚爲村市。地甚幽僻，多古梅。……其地有秋雪庵，一片蘆花，明月映之，白如積雪，大是奇景。」西湖勝蹟：「西溪在西湖北山的陰面，西溪的主流沿寶石山繞老和山而行，全長十八里，支流縱横交錯。在松木場到留下的這片原野上，順流而行，盡是密密層層的緑林翠竹，别有水鄉風味。每到春初，兩岸梅花盛開，一到深秋，又是蘆花飄白，好像一片雪原。」碧城自注：「春間曾同遊杭之西溪。」

〔四〕人天二句，吴文英滿江紅甲辰歲盤門外寓居過重午詞：「簾底事，憑燕説。」

〔五〕草草，倉促；匆忙。梅堯臣令狐秘丞守彭州詩：「前時草草别，渺漫二十年。」

〔六〕漢月二句，李賀金銅仙人辭漢歌：「空將漢月出宫門，憶君清淚如鉛水。」梁啓超鐵血詩：「漢月有情來絶域，楚歌何意到江潭。」參見卷一齊天樂寒廬茗話圖爲袁寒雲題詞注。

〔七〕題襟，見卷一齊天樂寒廬茗話圖爲袁寒雲題詞注。

滿江紅

碧城以端午日石湖泛舟詞見寄賦答二首　　樊增祥

雙槳吴波，正老去、江郎惜别。金翡翠、南來傳語，自書花葉。滄海泣乾鮫帕雨，碧湖喚起蛾眉月。又山塘、七里試龍舟，天中節。　青雀舫，歌三疊。紅鸞扇，詞一闋。算菱謳越女，萬金須值。張籍詩：「一曲菱謳值萬金。」雪藕絲牽長命縷，緑荷風縐留仙褶。只天西、遥望美人雲，長相憶。

前調

玉水東流，淘不盡、昆明灰劫。驚宇宙、將軍之號，文雄飛檄。河朔鴟張節度九，門牆狗共孩兒十。歎魔王、五百擾人間，天爲赤。天津樹，多鵑血。長安市，多虎跡。有朱陽新館，通明徒宅。楊柳門闌人不到，桃花源水誰相覓。只北樓、重過萬枝燈，釵聲寂。君所居北京夷樓，今爲遊兵之所。

月華清

爲白葭居士題葭夢圖〔一〕

人影蘆深，詩懷雪瘦〔二〕，溯洄誰泛空際〔三〕？和水和風，洗盡梨雲春膩〔四〕。笑放翁、畫入梅花〔五〕，羞莊叟、情牽鳳子〔六〕。徙倚。對蒼茫天地，蕭蕭秋矣。除卻煙波休寄。更不寄人間，寄存夢裏。墨暈葭痕，差見白描高致。任晝長、茶沸瓶笙〔七〕，儘消受、南窗清睡。慵起。只莞然爲問，蝸蠻何世〔八〕？

【校】

〔溯洄誰泛〕王本、聚珍本、黄本、費本均作「迷離如墮」。〔徙倚〕原作「徒倚」，形近致誤，據黄本、信芳詞、費本改。〔休寄〕費本作「莫寄」。

【箋注】

〔一〕本詞收入王刊信芳集，當作於一九一八年以前。白葭居士，碧城詩友，碧城早年居北京時常與之賦詩唱和，詩見吕碧城集卷二。紉芳簃瑣記：「程淯，字白葭，江蘇武進（常州）人。喜藏書畫，書法渾厚，詩亦清秀，與趙熙、易順鼎倡和較多。抗戰期間，病殁上海，年七十餘。」

〔二〕人影二句，趙熙白葭圖題辭詩：「白葭心在葭深處，夢中亦嚮蘆花住。」　雪瘦，喻蘆花，狀冷落蕭瑟之情。

〔三〕溯洄，「溯洄從之」的省語。詩秦風蒹葭：「所謂伊人，在水一方。溯洄從之，道阻且長。」

〔四〕梨雲，謂梨花。因其色白，以喻蘆花。

〔五〕笑放翁句，陸游梅花絶句之三：「何方可化身千億？一樹梅花一放翁。」放翁，南宋詩人陸游别號。

〔六〕羞莊叟句，莊子齊物論：「昔者莊周夢爲胡蝶，栩栩然胡蝶也。自喻適志與！不知周也。俄然覺，則蘧蘧然周也。不知周之夢爲胡蝶與，胡蝶之夢爲周與？」鳳子，蝶之一種。崔豹古今注卷中：「蛺蝶，一名野蛾，一名風蝶，江東人謂之撻末，色白背青者是。其有大於蝙蝠者，或黑色，或青斑，大者曰鳳子，一名鳳車，亦曰鬼車，生江南柑橘園中。」

〔七〕茶沸瓶笙，古時用瓶煎茶，水沸時的響聲如同吹笙。蘇軾瓶笙詩引：「劉幾仲餞飲東坡。中觴聞笙簫聲，杳杳若在雲霄間，抑揚往返，粗中音節。徐而察之，則出於雙瓶，水火相得，自然吟嘯。蓋食頃乃已。坐客驚歎，得未曾有。」

〔八〕蝸蠻，莊子則陽：「有國於蝸之左角者曰觸氏，有國於蝸之右角者曰蠻氏，時相與争地而戰，伏屍數萬，逐北旬有五日而後反。」

【評】

樊增祥眉批：清深蒼秀，不減樊榭山房。

吕碧城詞箋注卷二

摸魚兒 暮春重到瑞士，花事闌珊，餘寒猶厲，旅居蕭索，賦此遺懷[一]

又匆匆、輕裝倦旅，湖堤蠟屐重印[二]。軟紅塵外閒身在[三]，來去煙波堪認。孤館靜。任小影眠雲[四]，夢抱梨花冷[五]。吹陰弄暝。歎棼尾春光[六]，賞心人事[七]，顛倒總難準。　空惆悵，誰見蕊穠妝靚？瑶臺偷墜珠粉[八]。閒愁暗逐仙源杳，更比人間無盡。還自省。料萬里鄉園，一樣芳菲褪。紈干凍忍[九]。只蕙擷淒馨，芙搴晚豔[一〇]，長寄楚纍恨[一一]。

【校】

〔賦此遺懷〕北洋畫報第一九八期作「漫成此解，寄故國諸友索和」。〔湖堤〕北洋畫報、費本作「芳塵」。〔軟紅二句〕北洋畫報作「湖波慣照容清瘦，應是故吾堪認」。〔弄暝〕北洋畫報作「送暝」。〔芳菲〕北洋畫報作「嬌紅」。

【箋注】

〔一〕本詞最早刊於天津北洋畫報第一九八期，當作於一九二八年六月二十日前。蒓莓記呂碧城女士：「旌德呂碧城女士，夙以驚才絶豔，蜚聲中外。……往歲漫遊新大陸，撚脂新韻，江山生色，而服飾游宴，盛爲彼都人士所稱道。呂雖已躋盛年，而容華焕發，猶堪絶代。近復浮海而遊歐陸，芳躅遥臨，益爲瑞士山川增其秀媚。近頃以摸魚兒新詞寄凌楫民博士，囑爲徵和，而江東雲史適在津門，首相酬和。楊氏文名，炳耀東南，有不煩靈氛之占者。詞壇佳話，合得流傳。聞楫民博士已將和章函寄瑞士云。」又，呂碧城集卷五歐美漫遊録重遊瑞士：「由巴黎往瑞士，朝發夕至。……時值春寒，初以無妨相待，迨偶窺園，則玉蘭、海棠等已漸零謝，乃嘆尋芳較晚，身居勝境，形勞案牘，得毋爲山靈竊笑耶？」

〔二〕蠟屐，塗蠟之木屐。劉禹錫送裴處士應制舉詩：「登山雨中試蠟屐，入洞夏裏披貂裘。」

〔三〕軟紅，謂都市繁華。見卷一沁園春丁巳七月遊匡廬詞注。

〔四〕任小影句，周之琦摸魚子詞：「任小夢眠雲，也覺巖棲穩。」眠雲，伴雲而眠，喻山居生活。文瑩玉壺清話卷七引錢熙三釣酸文：「渭川凝碧，早抛釣月之流；商嶺排青，不逐眠雲之侣。」

〔五〕梨花，謂梨花雲。舊時詩歌多用來形容夢境迷離恍惚，泠泠清清。高啓題美人對鏡圖詩：「曉院鹿盧鳴露井，玉人夢斷梨雲冷。」參卷一念奴嬌爲劉豁公題戲劇大觀詞注。

〔六〕婪尾春光，意謂春光將盡。陶穀清異録：「胡嶠詩：『瓶裏數枝婪尾春』，時人罔喻其意。桑維翰曰：唐末文人有謂芍藥爲婪尾春者。婪尾酒乃最後之杯，芍藥殿春，亦得是名。」

〔七〕賞心句，謝靈運擬魏太子鄴中集詩序：「天下良辰、美景、賞心、樂事，四者難并。」

〔八〕瑶臺句，周之琦摸魚子詞：「瑶臺空墮珠粉。」瑶臺，神仙居所。王嘉拾遺記卷一〇：「崑崙山有瑶臺十二，各廣千步。皆五色玉爲臺基。」

〔九〕紇干，山名。此喻瑞士阿爾卑斯山。新五代史寇彦卿傳：「俚語云：『紇干山頭凍死雀，何不飛去生處樂。』相與泣下沾襟。」

〔一〇〕芙搴，猶搴芙，見卷一齊天樂（半空風簸秋聲碎）詞注。

〔一一〕楚纍，指屈原。漢書揚雄傳：「因江潭而淮記兮，欽弔楚之湘纍。」顔師古注引李奇曰：「諸不以罪死曰纍，荀息、仇牧皆是也。屈原赴湘死，故曰湘纍也。」陳與義晚步湖邊詩：「楚纍經行地，處處餘離騷。」

摸魚兒　和吕碧城女士重遊瑞士暮春櫻花之作

楊圻

駐雕輪、踏莎裙屐，今番芳逕重印。海天吹墜衣光處，衹有鶯花能認。仙源静。正簾捲紅雲，夢暖詩猶冷。溪山烟暝。算開到將離，啼殘歸去，去住兩無準。東風外，又見韶華明靚。芳菲都付金粉。遥知拾翠樓臺遍，况是欄杆無盡。應悲省。怨太液春消，緑縐紅初褪。迷津未忍。問花裏秦人，水邊漁父，知否再來恨。

前調　客裏送春，率成此闋，傷時感事，不禁詞意之悽斷也。時客大秦〔一〕

悄凝眸、緑陰連苑，啼鶯催换芳序。春歸春到原如夢，莫問桃花前度〔二〕。吟賞路。便咫尺西洲〔三〕，忍卻臨波步〔四〕。赤城再顧〔五〕。認霞焰猶騰，炎岡未冷〔六〕，心事已灰炷。天涯遠，著徧飄英飛絮。粉痕吹淚疑雨。三千頃碧連穹瀚〔七〕，悽絶雲軿迴處〔八〕。今試數。只一霎韶華，幻盡閒朝暮。人間最苦。待珠影聯躔〔九〕，廓塵驚蹕〔一〇〕，還引妊魂去〔一一〕。

【校】

〔時客大秦〕各本均無。〔赤城四句〕黄本、費本、信芳詞作「多生早誤。拚香死心苗，紅凋意蕊，長與此終古」。

【箋注】

〔一〕一九二七年春暮夏初，碧城曾三遊羅馬，本詞即作於此時。其歐美漫遊録第三次到羅馬有云：「古壁噴泉，緑陰夕照，予第三次到羅京矣。小住休息，函致巴黎，囑將所有各處來函，悉爲轉寄於此。迨寄到時，令予失望，蓋大抵皆巴黎、紐約等處之函，所睠睠之故國消息，竟杳然無睹。計兩三月前，致友函甚多，豈盡付之洪喬，抑竟將我遐棄耶？」大秦，即羅馬帝國。魏書西域傳：「大秦國，一名黎軒，都安都城。從條支西渡海曲一萬里，去代三萬九千四百里。……其人端正長大，衣服車旗擬儀中國，故外域謂之大秦。」

〔二〕桃花前度，喻去而復回之人。孟棨本事詩事感：「劉尚書（禹錫）自屯田員外左遷朗州司馬，凡十年始徵還。方春，作贈看花諸君子詩曰：『紫陌紅塵拂面來，無人不道看花回。玄都觀裏桃千樹，盡是劉郎去後栽。』其詩一出，傳於都下。」「旋又出牧，於今十四年，始爲主客郎中，重遊玄都，蕩然無復一樹，唯兔葵、燕麥，動摇於春風耳。因再題二十八字，以俟後再遊。時大和二年三月也。詩曰：『百畝庭中半是苔，桃花净盡菜花開。種桃道士歸何處？前度劉郎今獨來。』」

〔三〕西洲，見卷一浪淘沙（寒意透雲幬）詞注。

〔四〕臨波步，曹植洛神賦：「陵波微步，羅襪生塵。」吕向注：「步于水波之上，如塵生也。」張綖英疏影水仙同若綺妹作詞：「陳王曾識臨波路，想一樣、盈盈嬌小。」

〔五〕赤城，山名。其地不一，多稱土石色赤之山。孫綽遊天台山賦：「赤城霞舉而建標。」李善注：「支遁天台山銘序曰：『往天台，當由赤城山爲道徑。』孔靈符會稽記曰：『赤城，山名，色皆赤，狀似雲霞。』」陸游將之榮州取道青城詩：「倚天山作海濤傾，看遍人間兩赤城。」自注：「青城山一名赤城，而天台之赤城乃余舊遊。」按，此借指歐洲大陸唯一的活火山維蘇威（Vesuvio），在意大利那不勒斯市東南，鄰近羅馬。

〔六〕炎岡，謂火山。書胤征：「火炎崑岡，玉石俱焚。」

〔七〕頑碧，謂山色青緑濃重。余靖游大峒山詩：「不逢巢由高，箕山亦頑碧。」沈遼次韻酬李正甫對雪詩：「遥山頑碧空崚嶒，高堂閒坐擁敝繒。」穹瀚，指寬廣的天空。碧城去國留别諸友詩：「客星穹瀚自徘徊，散髮居夷未可哀。」

〔八〕雲軿，雲車。陶弘景真誥卷四運象篇：「駕風騁雲軿，晨登太渟丘。」

〔九〕珠影聯躔，指五星日月普照天下。漢書律曆志上：「日月如合璧，五星如連珠。」躔，日月星辰運行之度次。方言第十二：「躔，曆行也。日運爲躔。」

〔十〕麝塵，猶香塵。温庭筠達摩支曲詩：「擣麝成塵香不滅。」驚蹕，同「警蹕」。古代帝王出入稱警蹕。左右侍衛爲警，止人清道爲蹕。崔豹古今注卷上：「警蹕，所以戒行徒也。周禮蹕而不警，秦制出警入蹕，謂出軍者皆警戒，入國者皆蹕止也。」

〔二〕奼魂，猶嬌魂，指女子而言。

念奴嬌

自題所譯成吉思汗墓記（事見拙著鴻雪因緣）〔一〕

英雄何物？是嬴秦一世，氣吞胡虜。席捲瀛寰連朔漠，劍底諸侯齊俯〔二〕。寶鍘裁花，珠旒擁槥〔三〕，異想空千古。雙棲有約〔四〕，翬衣雲外延佇〔五〕。幽穸碧血長湮〔六〕，啼妝不見〔七〕，見蒼煙祠樹。誰訪貞珉傳墨妙〔八〕？端讓西來梵語〔九〕。嫠鳳凋翎，女龍飛蜕，劫换情天譜〔一〇〕。彤篇譯罷，騷人還惹詞賦。

【校】

〔雙棲二句〕費本作「元戎嬌眷，允宜同此英武」。　〔嫠鳳〕黄本作「婺鳳」，誤。

【箋注】

〔一〕本詞收入吕碧城集卷四海外新詞。據歐美漫遊録（即鴻雪因緣），碧城從英京倫敦 The Daily Express 報獲悉俄探險家高思羅甫（Professor Kozlov）訪得成吉思汗墓，遂譯成中文，并賦此詞。由此可知本詞作年約在一九二七年歲暮前後，時碧城正寓居英京。唯英報所載高氏發現墓地之説，未可盡信。一九二七年十一月三日申報第二張載成吉思汗墓發見説不確一文云：「路透社一日莫斯科電：『刻在列寧格勒之著名探險家柯斯洛夫教授，否認外傳渠在蒙古喀拉科多廢城發見成吉思汗墓之説。謂去年渠遊蒙古阿爾泰山系之伊克希波都峰，曾發見蒙古某可汗之古墓，但未能查知其名，渠亦未能就地開掘，因在喀拉科多發掘之後，余輕身來此，未攜工具也云。』」按，成吉思汗墓葬，歷來衆説紛紜。據考，當在今内蒙古伊克昭盟伊金霍洛旗席連鎮東南，陵爲近世所建。

〔二〕劍底句，碧城自注：「江淹恨賦：秦帝按劍，諸侯西馳。」

〔三〕寶鍘二句，謂棺木上覆蓋寶刀裁製而成的徽幟，棺木旁置放衆多的皇冕戰利品。歐美漫遊録成吉思汗 Genghiz Khan 墓：「内儲銀棺而覆以旗，長十尺，寬四尺，上繡王之徽章。棺下置皇冕七十八具，皆王所征服取爲紀念者。」槥，説文：「棺櫝也。」

〔四〕雙棲，指成吉思汗與皇后孛兒帖。

〔五〕翬衣，見卷一百字令排雲殿清慈禧后畫像詞注。

〔六〕幽窆，墓穴。元稹爲蕭相謝追贈祖父祖妣亡父表：「天眷旁臨，日聞幽窆。」碧血，忠臣志士所流之血。莊子外物：「萇弘死於蜀，藏其血，三年化而爲碧。」

〔七〕啼妝，參卷一高陽臺（夢警鸚翎）詞注。

〔八〕貞珉，石刻碑銘。權德輿金紫光禄大夫司農卿邵州長史李公墓誌銘：「萬安鮮原，風雨晦兮。鏤此貞珉，遂之内兮。」

〔九〕梵語，印歐語系之印度語。此指英京報紙所作的報導。

〔一〇〕嫠鳳三句，隱括成吉思汗愛妻道爾馬皇后請死情事，參後「附録」所述。嫠鳳、女龍，喻指道爾馬。李商隱燕臺詩：「天東日出天西下，雌鳳孤飛女龍寡。」注引左傳昭公二十九年：「有夏孔甲，擾於有帝。帝賜之乘龍，河漢各二，各有雌雄。」劫换，劫運轉换。

成吉思汗 Genghiz Khan 墓

吕碧城

倫敦之 The Daily Express 報，紀俄國探險家高思羅甫 Professor Kozlov 訪得蒙古王成吉思汗（元太祖）墓，於戈壁已廢之城 Khara Khoto，兹譯如左（以下皆高氏所述）：

予自一千八百八十三年，即專探亞洲古蹟，而於此墓，則經二十載始探確無訛。予習蒙古語言文字，同化爲喇嘛之一，始得彼族指導，親歷其境焉。墓在奥爾杜斯省 Province of Ordos，守護矜嚴，禮奠神秘。每年夏曆三月二十一日，其子孫及諸僧侣詣墓參祭。予由王之十八世嫡嗣阿拉山 Alashan Genghiz Khan 及其留學俄國之兄介紹，始獲發明。中華元代國史稱王於一千二百二十七年薨於 Khara Khoto 之都城，因國際關係，秘而不宣。近見華北日報 North China Review 云，王墓在拉齊林，惟堆亂石，覆以氈幕，他無所有，棺爲石製云，他報亦每爲相類之傳佈。此殆疑塚，蒙人故爲流言，以免真者之被探獲云。予等由墓道而入迷宫，爲廣四十尺之方場，中置龐大之黄木外廓，藻繪悉東亞式，内儲銀棺而覆以旗，長十尺，寬四尺，上繡王之徽章，棺下置皇冕七十八具，皆王所征服取爲紀念者。堂後供神龕而皮武器，中有嵌寶金劍，瓌麗無倫。近處設象牙御座一，乃掠取於印度者，尚有星學之儀器等。另一神龕爲王半身之赤玉造像，几上置手寫歷史五百頁，皆王之真跡秘事，蒙古及中華文並列，王簽名於册面，並加鈐焉，且逐頁簽押，以示信史。予欲抄寫或攝一影，但被拒絶。予厚贈監守者以珍品，始許詳讀。廳前有大如原體之獅、虎、馬等像，色澤腴妍，詢何所製，答爲寶玉。予忽聞啁啾鳥聲，然知此隧中必無生羽，旋見爲蝙蝠羣飛，彼等視爲聖靈之物，飼以蜜調朝陽花種。啞僧七人，終年守墓，例不許與人交談，惟可與阿拉山語，以其爲王之嫡裔也。棺前繚燃漆燈七盞，永不滅息，中懸碩大之玉磬，每七小時敲七響，謂王逢忌辰，靈魂戾止，吹滅各燈，附於領袖喇嘛之身，於神龕内之黑板作書，預言流年之吉兇。遺物中有裝訂精美之耶經，乃英僧所贈，及遊人馬口鮑婁Maco Polo（城按，似意大利人名）所贈之小金册。其可詫者，則王之愛妻道爾馬Dolma皇后，竟有銅像作佛教信徒式，現爲全蒙喇嘛所崇拜者。后葬處距此二百里，予隨喇嘛及阿拉山等行四日，而抵其處。老喇嘛導予等入。墓建於山谷適當之處，距墓四十尺爲埃及式白石金字塔，沙徑遍茁叢莽，觀之不類此塋爲大可汗之妻。予等費半日之勞，始將亂石推移，得入隧窨，白雲母石之棺在焉。碑以蒙古及中華之文並列。文曰：

此爲道爾馬皇后安息之所，自請於大可汗未薨之前，取其生命，俾得先爲佈置地位。大可汗因而解脱之，以短劍剸后之胸，逝於懷抱間。七日後，大可汗亦薨。

相見歡〔一〕

聞鷄起舞吾廬〔二〕。讀奇書。記得年時拔劍，斫珊瑚〔三〕。　鄉雁斷〔四〕。島雲暗。鎖荒居。聽盡海潮悽厲，壯心孤。

【校】

〔讀奇書〕黄本、費本、信芳詞均作「讀陰符」。

【箋注】

〔一〕據詞「鄉雁斷，島雲暗」云云，本詞當作於一九二七年夏至一九二八年歲首，碧城旅居英京倫敦期間。

〔二〕聞鷄句，晉書祖逖傳：祖逖「與司空劉琨俱爲司州主簿，情好綢繆，共被同寢。中夜聞荒鷄鳴，蹴琨覺曰：『此非惡聲也。』因起舞」。劉辰翁金縷曲詞：「越石暮年扶風賦，猶解聞鷄起舞。」

〔三〕記得句，黄機醉落魄詞：「記得年時，心事憑欄説。」斫珊瑚，晉書王敦傳：「王敦酒後，輒詠魏武帝樂府歌曰：『老驥伏櫪，志在千里。烈士暮年，壯心不已。』以如意打唾壺爲節，壺邊盡缺。」後人因以「擊碎唾壺」作爲感嘆歌咏之語。碧城此處略變字面，將「唾壺」改作「珊瑚」。龔自珍己亥雜詩二一七首：「自别吴郎高詠減，珊瑚擊碎有誰聽？」

〔四〕鄉雁，指書信。古有雁足傳書事。秦觀阮郎歸詞：「衡陽猶有雁傳書，郴陽和雁無。」釋皎然送盧孟明還上都詩：「楚水逢鄉雁，平陵憶故園。」

蝶戀花

纔盡愁絲兼恨縷。塵海茫茫，欲繫韶光住。悱惻芬芳天所賦。蛾眉謠諑甯予妒〔一〕。　說果談因來復去〔二〕。苦向泥犂，鋪埶薔薇路〔三〕。五萬春華誰與護？枝頭聽取金鈴語〔四〕。

【箋注】

〔一〕悱惻二句，碧城曉珠詞跋：「庚午春，予皈依佛法，遂絶筆文藝，然舊作已流海内外。世俗言詞，多違戒律，疚焉於懷，乃略事删竄，重付鋟工，雖綺語仍存，亦藴微旨。麗情託製，大抵寓言，寫重瀛花月、故國滄桑之感。……聞頗有俗傖揣以凡情，妄搆謠諑，爰爲詮釋，以避其誤。」李之儀蝶戀花詞：「玉骨冰肌天所賦。」楚辭離騷：「衆女嫉余之蛾眉兮，謠諑謂余以善淫。」王逸注：「蛾眉，好貌。」

〔二〕說果談因，涅槃經遺教品一：「善惡之報，如影隨形，三世因果，循環不失。」

〔三〕泥犂，佛教語，指地獄。南朝梁簡文帝大法頌序：「惡道蒙休，泥犂普息。」

〔四〕五萬二句，王仁裕開元天寶遺事卷上：「天寶初，寧王日侍，好聲樂，風流藴藉，諸王弗如也。至春時，於後園中，紉紅絲爲繩，密綴金鈴，繫於花梢之上，每有烏鵲翔集，則令園吏掣鈴索以驚之，蓋惜花之故也。諸宫皆效之。」龔自珍百字令蔣伯生得顧横波夫人小像靳予曰君家物也爲填一詞：「五萬春花如夢過，難遣些些春恨。」

陌上花

瑞士見月〔一〕

十年吟管〔二〕，五洲遊屐，水遥雲暝。碧海青天〔三〕，猶見故宫眉暈〔四〕。含顰凝睇追隨徧，莫避尹邢妝靚〔五〕。又今宵依約，水精簾下，夢痕堪印。話前身何許〔六〕，萬千哀怨，付與瑶臺笛韻〔七〕。舊譜霓裳〔八〕，悽斷人間芳訊。嬋娟共影誰長在？祇是坡仙詞儁〔九〕。更低迴、怕説桂林疏雨〔一〇〕，茂陵秋病〔一一〕。

【校】

〔水精〕黄本、信芳詞、費本作「水晶」。

【箋注】

〔一〕本詞收入呂碧城集卷四海外新詞及信芳詞增刊本。據信芳詞增刊本碧城自注，約作於一九二八年秋，時正寓居瑞士雪山。

〔二〕吟管，謂詩筆，意指寫詩。管，筆之代稱。

〔三〕碧海句，李商隱嫦娥詩：「嫦娥應悔偷靈藥，碧海青天夜夜心。」

〔四〕眉暈，喻月亮。舊題宇文士及妝臺記：「五代宮中畫眉，一曰『開元御愛眉』；二曰『小山眉』；三曰『五岳眉』；四曰『三峰眉』；五曰『垂珠眉』；六曰『月棱眉』，又曰『却月眉』；七曰『分梢眉』；八曰『涵煙眉』；九曰『拂雲眉』，一名『横煙眉』；十曰『倒暈眉』。」蘇軾菩薩蠻述古席上詞：「枕淚夢魂中，覺來眉暈重。」蔡琬挽廿四嬸詩：「獨有半鈎檐際月，纖纖眉暈尚依然。」

〔五〕莫避句，史記外戚世家：「尹夫人與邢夫人同時並幸，有詔不得相見。尹夫人自請武帝，願望見邢夫人，帝許之。即令他夫人飾，從御者數十人，爲邢夫人來前。尹夫人前見之，曰：『此非邢夫人身也。』帝曰：『何以言之？』對曰：『視其身貌形狀，不足以當人主矣。』於是帝乃詔使邢夫人衣故衣，獨身來前。尹夫人望見之，曰：『此真是也。』於是乃低頭俛而泣，自痛其不如也。」

〔六〕何許，猶何處。白居易偶作詩：「若問此何許？此是無何鄉。」

〔七〕瑶臺，見卷二摸魚兒（又匆匆、輕裝倦旅）詞注。

〔八〕霓裳，曲名。見卷一齊天樂寒廬茗話圖爲袁寒雲題詞注。

〔九〕嬋娟二句，碧城自注：「『但願人長久，千里共嬋娟。』東坡咏月詞也。」

〔一〇〕桂林，司馬相如上林賦：「徑乎桂林之中，過乎泱漭之野。」郭璞注：「桂林，林名也。」

〔一一〕茂陵句，以病相如自喻，典出史記司馬相如列傳：「相如拜爲孝文園令。……既病免，家居茂陵。」李商隱寄令狐郎中詩：「休問梁園舊賓客，茂陵秋雨病相如。」茂陵，漢武帝陵寢，在今陝西興平縣東北。

瀟蘭香〔一〕

蕪城惹賦〔二〕，金谷迷香〔三〕，夢裏舊遊暗引。飈輪掣電〔四〕，逝水回瀾〔五〕，猶寫落花餘韻〔六〕。記哀音、撩亂縈絃，琴心因誰絶軫〔七〕？半摺吟箋，篋底塵封重認。

還又仙都小寄，波膩風柔，瑣窗人静〔八〕。雲鬟蕩影，縞袂兜春，沾徧杏煙櫻粉。最無端、豔冶年光，付與愁園病枕〔九〕。問怎把、永晝懨懨〔一〇〕，艱難消盡。

【校】

〔愁園〕黄本、費本、信芳詞均作「啼妝」。

【箋注】

〔一〕本詞收入海外新詞、信芳詞增刊，據碧城自注，當作於一九二八年春，時居瑞士日内瓦湖畔。觀詞中「最無端、豔冶年光，付與愁圍病枕」語，應是碧城時爲胃疾所困，養疴湖邊有感而發。

〔二〕蕪城句，鮑照蕪城賦何焯注：「宋世祖孝建三年，竟陵王誕據廣陵反，沈慶之討平之，命悉誅城内男丁，以女口爲軍賞，照蓋感事而賦。」又今人錢仲聯補注：「宋文帝元嘉二十七年冬十二月，北魏太武帝南犯，兵至瓜步，廣陵太守劉懷之逆燒城府船乘，盡帥其民渡江。大明三年四月，竟陵王誕據廣陵反；七月，沈慶之討平之。是十年間，廣陵兩遭兵禍，照蓋有感於此而賦。」蕪城由此遂爲廣陵（今江蘇揚州）之别稱。

〔三〕金谷，地名，故址在今河南洛陽東北。晉石崇築園於此，賓客游宴其中，世稱金谷園。晉書石崇傳：「崇有别館在河陽之金谷，一名梓澤。」何遜車中見新林分别甚盛詩：「金谷賓客盛，青門冠蓋多。」

〔四〕飆輪句，謂陸路行旅之速。飆輪，御風以行之車。李白古風之四：「羽駕滅去影，飆車絶迴輪。」

〔五〕逝水句，謂海路曲折迂回，波瀾回蕩。

〔六〕落花餘韻，此以落花喻指年華老去，剩有令人感慨的情懷。懷霜裝愁盦詩話：「番禺沈君孝耕宗畸賦落花甚工，人稱爲『沈落花』。頃得讀其元作，題至庸熟，而能獨出機杼，以『落花』名之，詢無愧色也。」鄭逸梅近代野乘：「民國以還，以落花詩負盛名者凡二人，一吾吴貝大年，别署南園逸史，有落花詩十六絶。一番禺沈太侔，有落花詩三十律。」

〔七〕琴心句，韓嬰韓詩外傳卷一：「孔子南遊適楚，至於阿谷之隧，有處子佩瑱而浣者，孔子曰：『彼婦人，其可與言矣乎？』抽觴以授子貢，曰：『善爲之辭，以觀其語。』子貢曰：『吾北鄙之人也，將南之楚，逢天之暑，思心潭潭，願乞一飲，以表我心。』婦人對曰：『阿谷之隧，隱曲之氾，其水載清載濁，流而趨海，欲飲則飲，何問婦人乎？』……子貢以告，孔子曰：『丘知之矣。』抽琴去其軫，以授子貢，曰：『善爲之辭，以觀其語。』子貢曰：『嚮子之言，穆如清風，不悖我語，和暢我心，於此有琴而無軫，願借子以調其音。』婦人對曰：『吾野鄙之人也，僻陋而無心，五音不知，安能調琴？』」軫，轉弦之圓木。魏書樂志：「以軫調聲。」

〔八〕還又三句，碧城歐美漫遊録重遊瑞士：「寓建尼瓦湖畔，斗室精妍，静無人到。逐日購花供几，自成欣賞。向南扆扉雙啓，即半月式小廊，昕夕涵潤於湖光嵐影間。」

〔九〕最無端一句，碧城歐美漫遊録柏林：「天氣甚凉，予擬在此消夏，故從容未即出遊，不幸因病謁醫，謂非用手術不可。」信芳集序：「今春（按，指一九二八年春）素書來，問訊無恙，迺以所草歐美遊記三卷、新詞一卷、新詩數篇來。綜其書意，厥有四端。胃疾久淹，將付剖割，脱有不幸，則身後之事，宜略經記，叢殘著作，付託爲先，一也。」周之琦六醜詞：「都則把、豔冶年光，付與恨眉啼睫。」費樹蔚用吴梅村題西泠閨詠韻寄吕碧城詩：「善病年光消藥裹，佯憨心事託樗蒲。」

〔一〇〕問怎把句，周邦彦關河令詞：「酒已都醒，如何消夜永？」徐燦永遇樂病中詞：「永晝懨懨，黄昏悄悄。」

菩薩蠻〔十〕

舞衣葉葉餘香在〔二〕。歡場了卻繁華債。往事夢鈞天〔三〕。夢回情惘然〔四〕。　疏枝霜後柳。病骨如人瘦。來歲柳飛緜。樓空誰捲簾？

【校】

〔情惘然〕黄本、費本作「清淚淹」。

【箋注】

〔一〕本詞收入海外新詞、信芳詞增刊。據詞中所寫情景推斷，當作於一九二八年秋。

〔二〕舞衣句，鄭逸梅人物品藻録：「碧城放誕風流，有比諸紅樓夢中之史湘雲者。且染西習，嘗御晚禮服，袒其背部，留影以貽朋友。擅舞蹈，於蠻樂琤瑽中，翩翩作交際之舞，開海上摩登風氣之先。」

〔三〕鈞天，史記趙世家：「趙簡子疾，五日不知人。……居二日半，簡子寤。語大夫曰：『我之帝所甚樂，與百神游於鈞天，廣樂九奏萬舞，不類三代之樂，其聲動人心。』」蘇味道初春行宫侍宴應制詩：「微臣從此醉，還似夢鈞天。」

〔四〕惘然，悵然如失貌。李商隱錦瑟詩：「此情可待成追憶，只是當時已惘然。」

江城梅花引

日内瓦 Genève 湖畔櫻花如海，賦此以狀其盛〔一〕

搴霞扶夢下蒼穹。怨東風。問東風。底事朱唇，催點費天工〔二〕。已是春痕嫌太豔，還織就，花一枝，波一重。　一重一重摇遠空。波影紅。花影融。數也數也，數不盡、密朵繁叢。惱煞吟魂，顛倒粉圍中〔三〕。誰放蜂兒逃色界〔四〕，花歷亂，水淒迷，無路通〔五〕。

【校】

題一九二八年第十六期文字同盟作「此調音節奇峻，久爲擱筆，建尼湖畔櫻花如海，爰試譜以狀其盛。劉郎糕字之題，戲以遣悶而已」。

【箋注】

〔一〕本詞收入海外新詞及信芳詞增刊，作於一九二八年春碧城旅居瑞士日内瓦時。

〔二〕朱唇，形容櫻花色澤之豔，如美人紅唇。

〔三〕吟魂，詩人的靈魂。齊己經賈島舊居詩：「若有吟魂在，應隨夜魄回。」

〔四〕色界，佛教三界之一，位於欲界之上，無色界之下。在此居住者已斷除食欲和淫欲，但所居住宫殿仍離不開物質，即色仍存在。據俱舍論卷八，經量部分色界爲四禪十七天。説一切有部主張色界有十六天，上座部認爲有十八天，各部説法不一。

〔五〕花歷亂三句，賀鑄小重山詞：「花院深疑無路通。」吴文英滿江紅澱山湖詞：「算鮫宫、只隔一紅塵，無路通。」

【評】

孤雲評吕碧城女士信芳集：此詞奔放舒卷，如一筆書，賦色之豔，更無論矣。

尉遲杯〔一〕

春駘蕩〔二〕。奈著眼、處處成惆悵。無端暗引柔絲，自把吟魂密網〔三〕。香心枉費，漫閒倚、銀屏笑周昉〔四〕。算詞人、生帶愁來，玉顔空許相抗。征衫倦拍芳塵，望朱雀烏衣〔五〕，何處門巷？舊苑淒涼更誰見，珠淚涴、銅仙露掌〔六〕。早料理、移宫换羽〔七〕，和海水、天風咽斷響。任從他、羅綺輕盈，翠軿花外來往。

【箋注】

〔一〕本詞收入吕碧城集海外新詞及信芳詞增刊，作年與前江城梅花引詞相近。

〔二〕駘蕩，舒緩蕩漾。謝朓直中書省詩：「朋情以鬱陶，春物方駘蕩。」

〔三〕吟魂，見卷二江城梅花引詞注。

〔四〕香心二句，元稹白衣裳詩：「閒倚屏風笑周昉，枉抛心力畫朝雲。」夏文彦圖繪寶鑑卷二：「周昉字景元，一字仲朗，長安人。傳家閥閲，好屬文，窮丹青之妙，游卿相間，貴公子也。善畫貴游人物。作士女多爲穠麗丰肥之態，蓋其所見然也。又善寫真，兼移其神氣，故無不嘆其精妙。」

〔五〕朱雀烏衣，許嵩建康實録卷七：「成帝咸康二年，更作朱雀門，新立朱雀浮航。航在縣城東南四里，對朱雀門。南度淮水，亦名朱雀橋。」景定建康志卷一六引舊志云：「烏衣巷在秦淮南。晉南渡，王、謝諸名族居此，時謂其子弟爲烏衣諸郎。今城南長干寺北有小巷曰烏衣，去朱雀橋不遠。」

〔六〕銅仙露掌，見卷一齊天樂寒廬茗話圖爲袁寒雲題詞注。

〔七〕移宫换羽，變换曲調。周邦彦意難忘美人詞：「解移宫换羽，未怕周郎。」

更漏子 題浣雲吟稿〔一〕

句聯珠，珠綴串〔二〕。一一圓姿璀璨。哀窈窕〔三〕，惜芳菲。自書花葉詩〔四〕。　花開落，人離合〔五〕。顛倒夢中蝴蝶〔六〕。癡宋玉〔七〕，苦靈均〔八〕。問天天不聞。

【校】

〔聯珠〕費本作「如珠」。

【箋注】

〔一〕本詞作於一九二八年碧城旅歐時。浣雲吟稿，未見著録。

〔二〕句聯珠二句，以珍珠連串，喻詩詞聯綴之美。吕温聯句詩序：「屬物命篇，聯珠迭唱。」唐宣宗弔白居易詩：「綴玉聯珠六十年，誰教冥路作詩仙？」

〔三〕窈窕，楚辭九歌山鬼：「子慕予兮善窈窕。」毛詩序：「哀窈窕，思賢才，而無傷善之心焉，是關雎之義也。」

〔四〕自書句，李商隱牡丹詩：「我是夢中傳彩筆，欲書花葉寄朝雲。」

〔五〕人離合，蘇軾水調歌頭丙辰中秋歡飲達旦大醉作此篇兼懷子由詞：「人有悲歡離合，月有陰晴圓缺。」

〔六〕顛倒句，見卷一月華清爲白葭居士題葭夢圖詞注。

〔七〕痴宋玉，楚辭招魂王逸注：「宋玉憐哀屈原，忠而斥棄，愁懣山澤，魂魄放佚，厥命將落，故作招魂，欲以復其精神，延其年壽。」袁枚諸公輓章不至口號四首催之詩：「莫學當年痴宋玉，九天九地亂招魂。」

〔八〕靈均，屈原字靈均。

【評】

孤雲評吕碧城女士信芳集：前半自贊文字之精美，後半自寫哀感之深。

高陽臺〔一〕

啼鳥驚魂，飛花濺淚，山河愁鎖春深〔二〕。倦旅天涯，依然憔悴行吟〔三〕。幾番海燕傳書到，道烽煙、故國冥冥〔四〕。忍消他、緑酹金巵〔五〕，紅萼瑶簪〔六〕。牙旗玉生憐野火延燒帳，風光好〔七〕，奈萬家閨夢，悽入荒砧。血涴平蕪，可堪廢壘重尋。處，徧江南、草盡紅心〔八〕。更休談、蟲化沙場〔九〕，鶴返遼陰〔一〇〕。

【箋注】

〔一〕本詞作於一九二八年春。碧城時正浪跡歐洲大陸，接故國友人書，得知國内兵燹不斷，生靈塗炭，深爲憂傷，遂感賦此詞。

〔二〕啼鳥三句，杜甫春望詩：「國破山河在，城春草木深。感時花濺淚，恨別鳥驚心。」

〔三〕憔悴行吟，史記屈原賈生列傳：「屈原至於江濱，披髮行吟澤畔。顏色憔悴，形容枯槁。」

〔四〕幾番二句，碧城浣溪沙（蕙帶荷衣惜舊香）詞自注：「得故國友人書，訴兵燹之苦。」此即指故人來信所言事。

〔五〕綠醑金卮，酒及酒杯之美稱。蘇軾謁金門秋感詞：「孤負金尊綠醑，來歲今宵圓否？」

〔六〕紅萼，梅之代稱。瑶簪，簪之美稱。姜夔一萼紅（古城陰）詞：「有官梅幾許，紅萼未宜簪。」

〔七〕牙旗，張衡東京賦：「戈矛若林，牙旗繽紛。」薛綜注：「兵書曰，牙旗者，將軍之旌。謂古者天子出，建大牙旗，竿上以象牙飾之，故云牙旗。」玉帳，主將所居軍帳。張淏雲谷雜記：「玉帳乃兵家厭勝之方位，謂主將於其方置軍帳，則堅不可犯，猶玉帳然。」

〔八〕草盡紅心，指紅心草，據谷神子博異記：有王炎者夢游吴宮，聞宮中簫鼓聲，言葬西施。應詔作輓歌云：「連江起珠帳，擇地葬金釵。滿路紅心草，三層碧玉階。」又，朱彝尊高陽臺（橋影流虹）詞：「盼長堤、草盡紅心。」

〔九〕蟲化沙塲，藝文類聚卷九〇引葛洪抱朴子：「周穆王南征，一軍皆化，君子爲猿爲鶴，小人爲蟲爲沙。」

〔一〇〕鶴返遼陰，陶潛搜神後記卷一：「丁令威本遼東人，學道於靈虚山，後化鶴歸遼，集城門華表柱。時有少年，舉弓欲射之。鶴乃飛，徘徊空中而言曰：『有鳥有鳥丁令威，去家千年今始歸。城郭如故人民非，何不學仙冢壘壘。』遂高上冲天。」

青玉案〔一〕

櫻雲冷壓銀漪偏。春滿了、澄湖面。十二瑶峰來閬苑〔二〕。眉痕歛黛〔三〕，霞痕渲雪。山也如花豔。　登樓懶賦王郎怨〔四〕。回首神州似天遠。休道年年飄泊慣。隨風去住，隨波舒卷。人也如鷗倦。

【箋注】

〔一〕本詞收入海外新詞及信芳詞增刊，據詞意當作於一九二八年春，碧城由英倫返回瑞士日内瓦湖畔後不久。

〔二〕十二瑶峰，原指巫山十二峰，此指日内瓦湖周圍之群峰。令狐楚纂御覽詩巫山高：「巫山十二峰，皆在碧虚中。」閬苑，閬風之苑，仙人居所。據鄒魯二十九國遊記瑞士：「蓋此湖（指日内瓦湖）四面環山，層巒疊嶂，東行則爲柏尼斯（Alpes Bernoises），南行則爲白山（Mont Blanc），衆山非特高峻，而終年積雪，尤顯奇形。衆山繞湖如環，而衆山遂爲湖所有，山勢既奇，山脉尤遠，任擇湖之一處以觀山，山各不同，各有奇境，山境之變無窮，而湖之勝亦無窮。山頂積雪雖白，山中林木甚青，而積雪之山，有時白雲騰繞，不知是雪是雲，尤不知是山是雲；若落日餘暉，烘映積雪，則向之白者，轉成緋紅，是山之景無窮，而湖之勝更無窮。」

〔三〕眉痕斂黛，喻山色青黑，如女子眉黛。葛洪西京雜記卷二：「文君姣好，眉色如望遠山。」趙彦衛雲麓漫鈔卷三：「前代婦人以黛畫眉，故見於詩詞，皆云『眉黛遠山』。」

〔四〕王郎，謂王粲。所作登樓賦云：「登茲樓以四望兮，聊暇日以銷憂。……情眷眷而懷歸兮，孰憂思之可任。……悲舊鄉之壅隔兮，涕横墜而弗禁。」李善注引盛弘之荆州記曰：

「當陽縣城樓，王仲宣登之而作賦。」周密聲聲慢詞：「對西風休賦登樓。」

轉應曲〔一〕

春晚。春晚。弱絮輕花飛滿。朱樓歡度華年。暮暮朝朝管絃。絃管。絃管。底事哀音撩亂〔二〕。

【箋注】

〔一〕本詞作於一九二八年春暮碧城旅居瑞士日內瓦時。

〔二〕底事，猶何事。張相詩詞曲語辭匯釋卷一：「底，猶何也；甚也。」碧城自注：「日內瓦聞弦歌而作。」

前調〔一〕

憔悴。憔悴。嬾向花前迴睇〔二〕。湘皋無限春寒〔三〕。人遠誰聞佩環〔四〕。環佩。環佩。冷落明珠瑩翠。

【箋注】

〔一〕本詞作年與前詞同。

〔二〕懶向句，元稹離思五首之四詩：「取次花叢懶回顧，半緣修道半緣君。」

〔三〕湘皋句，吴文英高陽臺落梅詞：「細雨歸鴻，孤山無限春寒。」

〔四〕人遠句，謂遠在異國他鄉，雖環佩繫身，有誰還能聽聞其聲。暗寓孤寂寡歡、知音難求之意。佩環，化用周鄭交甫漢皋遇江妃二女解珮贈珠事。

菩薩蠻〔一〕

韡紋縐碧波千頃〔二〕。幾痕疎雪摇秋影。鷗夢入蒼茫。仙鄉即水鄉。　輕煙籠晚翠。山意慵如睡。何處避秦人〔三〕。行吟獨苦辛。

【箋注】

〔一〕本詞作於一九二八年秋，時碧城寓居瑞士日内瓦湖畔。

〔二〕韡紋，明麗的波紋。鄒魯二十九國遊記瑞士：「此湖（指日内瓦湖）之美，光映朝陽，則金龍萬道；影澄夜月，則白鍊輕鋪，微風吹蕩，恍織羅紋，薄霧輕籠，如蒙紗障。」縐碧，狀水面波紋如絲綢織物。晏幾道清平樂詞：「波紋碧縐，曲水清明後。」吴文英解語花詞：「門横縐碧，路入蒼煙。」

〔三〕避秦人，碧城自謂。陶潛桃花源記：「村中聞有此人，咸來問訊。自云先世避秦時亂，率妻子邑人來此絶境，不復出焉，遂與外人間隔。」

長相思〔一〕

風瀟瀟〔二〕。雨瀟瀟。天末秋魂不可招〔三〕。凄凉渡晚潮。　醒無聊。睡無聊。閒倚江樓擫玉簫〔四〕。紅燈影自摇。

【校】

〔凄凉〕吕氏三姊妹集作「飄摇」。〔閒倚句〕吕氏三姊妹集作「窗裏何人理玉簫」。

【箋注】

〔一〕本詞作於一九〇四年前，最早收入吕氏三姊妹集，題作寄郭曉雲姊。此爲旅歐時改定稿。

〔二〕詩鄭風風雨：「風雨瀟瀟，鷄鳴膠膠。」毛傳：「瀟瀟，暴疾也。」

〔三〕天末句，儀禮士喪禮：「復者一人。」鄭玄注：「復者，有司招魂復魄也。」龔自珍秋心三首之一詩：「秋心如海復如潮，但有秋魂不可招。」

〔四〕擫，用手指按捺之。元稹連昌宫詞詩：「李謩擫笛傍宫墻，偷得新翻數般曲。」

謁金門〔一〕

春睡起。先探陰晴天氣。簾捲春空天似水〔二〕。曉雲拖鳳尾。　架上亂書慵理。且向小欄閒倚。鳥踏庭花飛更墜。滿枝紅雨碎〔三〕。

【箋注】

〔一〕本詞載上圖手改備刊本，下覆阮郎歸（昨宵葉底褪青蟲）詞。備刊稿約成於一九三〇年，疑本詞即作於是年春。

〔二〕簾捲句，張孝祥清平樂詞：「雪凍雲嬌天似水。」

〔三〕紅雨，指落花。李賀將進酒詩：「況是青春日將暮，桃花亂落如紅雨。」

滿庭芳

日内瓦湖畔殘夜聞歌有感〔一〕

倦枕欹愁，重衾滯夢，小樓深鎖春寒。笙歌隔院，咫尺送喧闐。想見華筵初散，怎禁

得、酒冷香殘。空賸了，深宵暗雨，淅瀝洗餘歡。愁看。佳麗地〔二〕，帷燈匣劍〔三〕，

玉敦珠槃〔四〕。怕人事年光，一樣闌珊。漫説霓裳調好〔五〕，秋墳唱、禪味同參〔六〕。疎簾外，銀瀾弄曉，江上數峰閒〔七〕。

【箋注】

〔一〕本詞收入海外新詞及信芳詞增刊，作於一九二八年春夏間。碧城歐美漫遊録重往建尼瓦：「由芒特如往建尼瓦，捨車而舟，穩渡四小時，得賞沿湖風景，且爲價較廉，計殊得也。仍寓舊時旅舍，然昔之寓此，因鄰爲劇場，深夜顧曲，便於往返。今抵此經旬，尚未涉足。某夜夢回，方笙歌如沸，卧聆樂奏，知某也爲狐步舞，某也爲轉旋舞。往日芳朋俊侣，沉酣於春潮燈影之情景，一一湧現，然今倦厭矣。故此等幻影亦旋起旋滅，而别有所感者在聲樂之凄咽，如訴人事，如惜年華，無限隱抑及變遷，胥寄此宛轉頓挫之節拍中。其將終也，則淫溢哀亂，曳長音而若不足，每闋皆然，頗合古樂府一唱三嘆之旨。已而汽車競鳴，知爲酒闌人散，取視時計，方交四點。衆響漸寂，繼以一陣疏雨淅瀝有聲，凄凉况味，洗滌歌舞餘歡，反響亦殊不弱。物理由静而得，天時人事，在在可悟盛衰倚伏之機。當局者苦執迷不悟耳！詩友費仲深君有『夜半笙歌倦枕哀』之句，殆先我而歷此境者。」

〔二〕佳麗地，謝朓鼓吹曲詩：「江南佳麗地，金陵帝王州。」

〔三〕帷燈匣劍，帳裏明燈、匣中寶劍，不時露出燈光劍氣，時隱時現。形容詭異的景象。花月痕第四十五回：「杯影弓蛇魔入幻，帷燈匣劍鬼生疑。」

〔四〕玉敦珠槃，古時天子與諸侯歃血爲盟時所用之器物。此處借指精致的擺設。周禮天官玉府：「若合諸侯則供珠槃玉敦。」鄭玄注：「敦，槃類，珠玉以爲飾。古者以槃盛血，以敦盛食。合諸侯者必割牛耳，取其血歃之以盟。珠槃以盛牛耳，尸盟者執之。」賈公彦疏：「此槃敦應以木爲之，將珠玉爲飾耳。」按，近人于鬯謂鄭注及賈疏有誤，玉敦，今有其器，以全玉爲之，初非以木爲之而飾以玉者，見吴清卿古玉圖考。珠槃玉敦二者爲類，一以飾爲名，一以質爲名，則不相類，而珠槃以珠飾之説，殆難深信。于氏謂此珠字仍當依故書作「夷」，鄭注云：「故書珠爲夷。」鄭司農云：「夷槃或爲珠盤。」釋「夷」當讀爲鐵，説文金部云：「鐵，黑金也。古文作銕，故字省爲夷。」夷盤即鐵槃，槃以金而敦以玉，皆全金全玉，方才相類。于説是。詳香草校書卷一九周禮一。

〔五〕霓裳，舞曲名。見卷一齊天樂寒廬茗話圖爲袁寒雲題詞注。

〔六〕秋墳句，李賀秋來詩：「秋墳鬼唱鮑家詩，恨血千年土中碧。」

〔七〕江上句，錢起省試湘靈鼓瑟詩：「曲終人不見，江上數峰青。」

一枝春〔一〕

深院愔愔〔二〕，破苔痕，寂寞獨尋幽逕。東風僝僽〔三〕，還共晚煙吹暝。縞衣輕曳，問誰向、玉闌偷凭。驚認作、粉魅窺人，卻是老梅摇影〔四〕。　孤芳素心堪印。奈花非解語〔五〕，悶懷難訊。疎枝殘雪，寒到翠禽都噤。低徊往事，憶情話、小窗燈暈。知甚處、驛使重逢〔六〕，暗香折贈〔七〕。

【箋注】

〔一〕本詞收入海外新詞及信芳詞增刊，作年約與前滿庭芳詞同。

〔二〕愔愔，寂静無聲貌。周邦彦瑞龍吟詞：「愔愔坊陌人家。」

〔三〕僝僽，張相詩詞曲語辭匯釋卷五：「僝僽，猶云磨折也。邵雍年老逢春詩：『東風不奈人嘲戲，僝僽花枝惡未休。』」

〔四〕却是句，周邦彦感皇恩詞：「斷腸明月下，梅摇影。」

〔五〕花非解語，見卷一三姝媚爲尺五樓主題揚州某校書所畫芍藥片石卷子詞注。

〔六〕驛使句，見卷一高陽臺落梅詞注。

〔七〕暗香，指代梅花。林逋山園小梅詩之一：「疏影横斜水清淺，暗香浮動月黄昏。」

好事近

雲氣滿乾坤，做盡荒寒高潔。一寸盈盈小影〔一〕，入亂峰層疊。　萬松排翠接遥天，天籟也沉寂。未忍遊蹤遠去，怕詩魂孤絶。

【校】

〔做盡句〕費本作「到此荒寒誰約」。　〔排翠〕原誤作「徘翠」，據費本、黄本改。

【箋注】

〔一〕盈盈，清澈晶瑩貌。古詩十九首：「盈盈一水間，脉脉不得語。」吕碧城醜奴兒慢詞：「月影盈盈初上。」

新鴈過妝樓

寓雪山之頂，漫成此闋〔一〕

萬笏瑶峰〔二〕，迎仙客、半空飛現妝樓。素鸞驂到〔三〕，霓帔冷襲天飀〔四〕。雲氣嵐光相沆瀣〔五〕，更無餘地着春愁。思悠悠。魂消冰雪，鄉杳温柔〔六〕。嬋娟憑誰鬭影〔七〕？夢霜姚月妊〔八〕，裙屐風流。相逢何許，依約羣玉山頭〔九〕。鴻泥輕留爪印〔一〇〕，似枕借、黄粱聯舊遊〔一一〕。閒吟倦，但眼迷銀纈〔一二〕，寒生錦裯。

【校】

費本詞題「寓雪山」作「旅居雪山」。〔素鸞二句〕黄本、費本、信芳詞均作「一聲新雁，哀韻暗引箜篌」。〔霜姚月妊〕費本、信芳詞均作「素娥青女」。〔相逢何許〕原誤作「相何逢許」，據黄本、費本、信芳詞校改。〔輕留爪印〕費本作「無端小印」。

【箋注】

〔一〕本詞作於一九二八年六月碧城再登瑞士雪山時。

〔二〕萬笏，形容群山聳立。笏，古代朝臣面君時手中所持狹長的玉板（或以象牙及木製成）。周之琦夜趨劍關中途大雷雨侵晨始抵宿處詞：「到萬笏尖峰，晚凉佳處。」

〔三〕素鸞句，洪希文閏八月郡庠小集呈高一初廣文會間諸老詩：「孀娥爲誰怨？不肯驂素鸞。」

〔四〕霓帔，雲錦。仙人所穿的服飾，形同披肩。牛僧孺玄怪録卷八古元之：「仰見一衣冠，絳裳霓帔，儀容甚偉。」司馬光和人葦花詩：「萬仙霓帔合，千畝玉苗生。」

〔五〕沆瀣，彼此交融契合。錢易南部新書戊集：「又乾符二年，崔沆放崔瀣，譚者稱座主門生，沆瀣一氣。」

〔六〕魂消二句，伶玄趙飛燕外傳：「是夜進合德，帝大悦，以輔屬體，無所不靡，謂爲温柔鄉。語嫕曰：『吾老是鄉矣，不能效武皇帝求白雲鄉也。』」嚴廷中北仙吕寄生草秦淮話别：「算今生温柔鄉遠天涯近。」

〔七〕嬋娟句，李商隱霜月詩：「青女素娥俱耐冷，月中霜裏鬬嬋娟。」廣韻：「嬋娟，好姿態貌。」

〔八〕霜姚月姹，謂霜裏青女，月中嫦娥。

〔九〕相逢二句，穆天子傳卷二：「天子北征，東還，乃循黑水。癸巳，至於羣玉之山。」山海經西山經：「玉山，是西王母所居也。」郭璞注：「此山多玉石，因以名云。穆天子傳謂之『羣玉之山』。」李白清平調詞：「若非羣玉山頭見，會向瑶臺月下逢。」

〔一〇〕鴻泥句，一九二七年六月四日，碧城曾首次攀登瑞士雪山，因云。蘇軾和子由澠池懷舊詩：「人生到處知何似？應似飛鴻踏雪泥。泥上偶然留指爪，鴻飛那復計東西。」

〔一一〕似枕借句，唐開元年間，少年盧生，家貧，於邯鄲客店遇一道士吕翁，向其慨嘆道：「大丈夫生世不諧，固如是也！……當建樹功名，出入將相。」吕翁出囊中青瓷枕授之曰：

「枕此當令子榮適如意。」時店主人正蒸黃粱，盧生夢入枕中，娶妻、中進士，官至「同中書門下平章事」，享盡榮華富貴。及醒，黃粱尚未熟，怪曰：「豈其夢寐耶？」翁笑道：「人世之事，亦猶是矣。」見沈既濟枕中記。此喻舊遊雪山恍如一夢。

〔三〕銀纈，此謂銀白色的雪光炫目，讓人眼眩難睜。蘇軾雪後書北臺壁二首之二詩：「凍合玉樓寒起粟，光搖銀海眩生花。」

好事近　登阿爾伯士 Alps 雪山〔一〕

寒鎖玉嵯峨〔二〕，掠眼星辰堪擷。散髮排雲直上〔三〕，闖九重仙闕〔四〕。　再來剛是一年期，還映舊時雪。說與山靈無愧，有襟懷同潔〔五〕。

【校】

〔襟懷〕費本作「心期」，黃本、信芳詞作「心懷」。

【箋注】

〔一〕本詞作於一九二八年六月初。碧城歐美漫遊録重往建尼瓦：「自客夏別建尼瓦，不欲再往，即此番寓湖頭（芒特如）兩月餘，亦無心作湖尾（建尼瓦）之遊。忽因事必須親到，且預計到該處當爲六月四日，復以自詫，蓋去年到時，恰同此月日也。……此次重登雪山，風景猶昔，唯情懷較異，莫辨爲悲爲喜。雪山風景見之前篇，兹不復贅，得好事近一詞如左。」

〔二〕玉嵯峨，指白雪覆蓋的阿爾伯士高山。嵯峨，高峻貌。陸機從軍行詩：「溪谷深無底，崇山鬱嵯峨。」

〔三〕散髮句，劉禹錫秋詞二首之一詩：「晴空一鶴排雲上，便引詩情到碧霄。」散髮，披髮不束，謂隱逸生活。後漢書袁閎傳：「延熹末，黨事將作，閎遂散髮絶世，欲投跡深林。」

〔四〕九重仙闕，神話傳説天門有九道。晉書陶侃傳：「夢生八翼，飛而上天，見天門九重，已登其八。」

〔五〕説與二句，暗用孔稚珪作文嘲周顒假隱真仕事。北山移文：「誘我松桂，欺我雲壑。雖假容於江皋，乃纓情於好爵。」詞曰「無愧」、曰「襟懷同潔」，可見其真隱心。山靈，山神。

玲瓏四犯

日内瓦之鐵網橋〔一〕

虹影斜牽，占鷲嶺天風〔二〕，長縷輕颺。誰鍊柔鋼，繞指巧翻新樣〔三〕。還似索挽鞦韆，逐飛絮、落花飄蕩。任冶遊、湖畔來去，通過畫船雙槳。步虚仙屧傳清響〔四〕。

渡星娥、鵲羣休傍〔五〕。舊歡密約渾無據，春共微波往。爲問倚柱尾生〔六〕，可懺盡、當年情障。鎖鏡瀾淒黯〔七〕，迴腸同結，萬絲珊網〔八〕。

【校】

〔斜牽〕原作「牽斜」，據黄本、信芳詞、費本改。

【箋注】

〔一〕本詞作於一九二八年春暮，時碧城正寓居瑞士日内瓦湖畔。吴宓一九三一年四月十七日日記：「遊觀 Genève 市中 Rhône（龍河）上諸橋，橋數凡七，信芳集中有詞咏之。」

〔二〕鷲嶺，靈鷲山，相傳在古印度摩揭陀國王舍城之東北。此借指阿爾卑斯雪山。大智度論卷三：「耆闍名鷲，崛名頭。是山頂似鷲。」史記大宛列傳正義引括地志云：「王舍國，胡語曰罪悦祇國。其國靈鷲山，胡語曰耆闍崛山。山是青石，石頭似鷲。鳥名耆闍，鷲也。崛，山石也。」一説因其山中多鷲，故名。

〔三〕誰煉二句，劉琨重贈盧諶詩：「何意百煉鋼，化爲繞指柔。」吕延濟注：「百煉之鐵堅鋼，而今可繞指，自喻今破敗至柔弱也。」

〔四〕步虚，凌空而行。班固漢武帝内傳：「可以步虚，可以隱行。」

〔五〕星娥，謂織女。李商隱海客詩：「海客乘槎上紫氛，星娥罷織一相聞。」鵲羣，韓鄂歲華紀麗卷三引風俗通：「織女七夕當渡，使鵲爲橋。相傳七日鵲首無故皆髡，因爲梁以渡織女故也。」

〔六〕倚柱尾生，莊子盜跖：「尾生與女子期於梁下，女子不來，水至不去，抱梁柱而死。」

〔七〕鏡瀾，水波如鏡子一般明净。謝靈運山居賦：「羅曾崖於户裏，列鏡瀾於窗前。」自注：「南山相對，皆有崖巖，東北枕壑，下則清川如鏡。」

〔八〕珊網，撈取珊瑚之鐵絲網。此喻鐵網橋。新唐書西域傳下拂菻：「海中有珊瑚洲，海人乘大舶，墮鐵網水底。珊瑚初生磐石上，白如菌，一歲而黄，三歲赤，枝格交錯，高三四尺。鐵發其根，繫網舶上，絞而出之，失時不取即腐。」

夢芙蓉

寇嶺 Caux 多紫野花，茁於雪際，予恒採之。遊踪久别，偶於書卷中見舊藏殘瓣，悵然賦此〔一〕

纖苗凝奼紫。記衝寒破雪，嶺頭鋪綺。幾番吟賞，裙屐遠遊至。素標誰得似？繁霜晚菊堪擬。高受天風，倚嵐光弄靚，羞傍髻鬟底。　回首林扃暮矣〔二〕。薜老蘿荒，夜黑啼山鬼〔三〕。歲華催换，陳跡入花史。春痕留片蕊。琅函脂暈猶膩〔四〕。舊夢重尋，但千巖雲鎖，松影墮頑翠。

【校】

〔衡寒〕原誤作「衡寒」，據信芳詞、費本改。

【箋注】

〔一〕本詞收入吕碧城集、信芳詞增刊，當作於一九二八年至一九二九年間。碧城歐美漫遊録芒特儒之風景：「湖後爲山，共分三級。第一爲葛力昂 Glion，中層爲蔻 Caux，山巔爲饒席德内 Rochers de Naye，乃最高處。」

〔二〕林扃，林園。趙翼遊網師園贈主人瞿遠村詩：「市闤難把塵囂隔，何許林扃擅幽僻。」

〔三〕薜老二句，張炎祝英臺近題陸壺天水墨蘭石詞：「薜老苔荒，山鬼竟無語。」

〔四〕琅函，書匣。韋莊李氏小池亭詩：「家藏何所寶，清韻滿琅函。」

緑意

予愛食筍，海外無此，殊悵悵也〔一〕

春泥乍拆〔二〕。記小鋤親荷，籬外尋採。市共朱櫻，嚼伴青蔬，鄉園雋味堪買。虛懷密籜層層褪〔三〕，只玉版、禪心誰解〔四〕？儘抽成、嫩篠新蓀〔五〕，遮斷野溪荒靄。　還憶韶光十里〔六〕，緑天導一徑，游屐輕快。翠亮冰寒，洗髓湔腸〔七〕，豈必辛盤先貸〔八〕。滄波不卷瀟湘夢〔九〕，枉遠隔、瀛濤流睞〔一〇〕。問幾人、羅袖閒欹，消受晚風清籟〔一一〕。

【校】

〔予愛食筍〕費本作「予喜食新筍」，黄本、信芳詞作「予於蔬中愛筍」。〔嚼伴青蔬〕黄本、費本、信芳詞均作「膾佐銀鮒」。

【箋注】

〔一〕本詞作於一九二八年春，時碧城客居瑞士日内瓦。

〔二〕坼，開裂。

〔三〕密籜，謂層層筍殼。謝靈運於南山往北山經湖中瞻眺詩：「初篁苞緑籜，新蒲含紫茸。」李善注引服虔漢書注：「籜，竹皮也。」

〔四〕玉版、禪心，言筍味雋美，食之可悟禪悦之味。據惠洪冷齋夜話：蘇軾曾邀請劉器之同參玉版和尚。「至廉泉寺，燒筍而食。器之覺筍味勝，問此筍何名，東坡曰：『即玉版也。此老師善説法，要能令人得禪悦之味。』於是器之乃悟其戲。」後因以「玉版」指稱竹筍。

〔五〕蓀，香草。

〔六〕韜光，庵名，在今浙江杭州靈隱寺之西，始建於吴越王錢鏐時，原名廣巖庵，後因唐僧韜光卓錫於此，故名。西湖志：「從靈隱羅漢堂而西，徑路屈曲，筠篁夾植，草樹蒙密，晨曦穿漏，如行深谷中，山僧刳竹引泉，隨磴道盤折，瑽琤作琴筑聲，傾耳可聽。援蘿挽葛，約三四里，始達韜光菴。」又，郎瑛七修類稿卷三十：「韜光禪師，莫詳族里，唐穆宗時，結茅於杭州靈隱寺西峰，與鳥巢布衣爲友。刺史白居易重其道，嘗具饌飯之。……至今庵以師名。」按，碧城游杭在一九一六年秋，時偕友人費樹蔚同游韜光庵。

〔七〕洗髓，洗去骨中凡髓。太平廣記卷六東方朔：「朔以元封中遊鴻濛之澤，忽遇母採桑於白海之濱，俄而有黄眉翁指母以語朔曰：『昔爲我妻，託形爲太白之精，今汝亦此星之精也。吾却食吞氣已九十餘年，目中童子皆有青光，能見幽隱之物。三千年一返骨洗髓，二千年一剥皮伐毛，吾生來已三洗髓、五伐毛矣。』」湔腸，見卷一綺羅香湯山温泉詞注。

〔八〕辛盤，庾肩吾歲盡應令詩：「聊開柏葉酒，試奠五辛盤。」陳元靚歲時廣記卷五引風土記云：「正元日，俗人拜壽，上五辛盤，松柏頌，椒花酒，五薰煉形。五辛者，所以發五臟氣也。」又引正一旨要云：「五辛者，大蒜、小蒜、韭菜、蕓薹、胡荽是也。」

〔九〕瀟湘夢，謂故國之夢。瀟湘，湘水在湖南零陵縣西與瀟水合流，謂之瀟湘。古詩中多與離情别思關聯。王昌齡送高三之桂林詩：「留君夜飲對瀟湘，從此歸舟客夢長。」

〔一〇〕瀛漪，海上起伏的水波。流睞，猶左右顧盼。

〔一一〕問幾人二句，暗用杜甫佳人「天寒翠袖薄，日暮倚修竹」詩意。

憶秦娥〔一〕

金絲織。春衫織就金鸂鶒〔二〕。金鸂鶒。舞場初試，萬波回睩〔三〕。舊歡如夢休重説。穠華懺盡今非昨。今非昨。白蓮香裏，縞衣參佛〔四〕。

【箋注】

〔一〕本詞作於一九二八年。碧城中年以後雖篤信佛教，早年却豪爽不羈，與海内名士淑女頻繁出入歌舞場所。詞友費樹蔚云：「碧城去秋海上來書，稱禮查會食，西女服裝容態之盛，屬製長歌，遲遲未報。比客春明，於餐館跳舞大會後，感夢甚縹緲，有奇致，騰書見告，不可無詩。既述雅懷，且償宿諾焉。」（韋齋詩鈔卷六）

〔二〕鸂鶒，温庭筠開成五年秋以抱疾郊野一百韻詩：「溟渚藏鸂鶒，幽屏卧鵾鳩。」顧予咸補注：「臨海異物志：鸂鶒，水鳥，毛有五彩色，食短狐，其在溪中無毒氣。」

〔三〕回睩，回視。楚辭招魂：「娥眉曼睩。」王逸注：「睩，視貌。」

〔四〕白蓮二句，據碧城所著歐美之光、香光小録諸書，其皈依佛法始於一九三〇年。

如夢令〔一〕

嵐氣曉來凝黛。掩映湖光妍冶〔二〕。輕駛更留痕，秋影浪分舟尾。欸乃〔三〕。欸乃。界破一溪銀靄〔四〕。

【校】

〔一〕溪〕費本作「一灣」。

【箋注】

〔一〕本詞作於一九二八年秋，碧城時居瑞士日内瓦。

〔二〕嵐氣二句，碧城歐美漫遊録芒特儒之風景：「晨興縱覽風景，全埠爲光氣籠罩，蓋湖光山色益以朝霞積雪混合而成，色彩濃厚。吾國古詩『曉來江氣連城白，雨後山光滿郭青』之句，僅表示青白二色，此則瑤峰環拱，皚皚一白中泛以姹紫。湖面靚碧，微騰寶氣，氤氳漫天匝地，而樓影參差，花枝繁簇，可隱約見之。」

〔三〕欸乃，摇櫓聲。唐時湘中又有棹歌欸乃曲。柳宗元漁翁詩：「煙銷日出不見人，欸乃一聲山水緑。」曾廷枚香墅漫鈔卷四：「欸乃，湖中節歌聲。」
〔四〕界破，劃破。徐凝瀑布詩：「千古長如白練飛，一條界破青山色。」

前調〔一〕

近水樓臺歌舞〔二〕。莫辨珠光花霧。橋影遠流虹〔三〕，消得晚來幽步〔四〕。歸去。歸去。紅顫一溪繁炬。

【箋注】

〔一〕本詞作年與前詞同。
〔二〕近水句，碧城歐美漫遊録芒特儒之風景：「予所居旅館即臨湖濱，最占優勝。館作半環形，前爲平臺，石檻迂迴，樹以華燈，高聳雲表。燈圓而巨，纍如明珠。」蘇麟殘句詩：「近水樓臺先得月，向陽花木易爲春。」
〔三〕橋影句，謂遠處橋的倒影如同彩虹在水中流動。朱彝尊高陽臺詞：「橋影流虹，湖光映雪。」
〔四〕消得句，吕碧城歐美漫遊録芒特儒之風景：「芒特儒前臨建尼瓦湖（Lake of Genèva），各大旅館所在。……街市小而整潔，最宜散步，不似巴黎、紐約等巨埠之紛擾也。」

六醜〔一〕

警銀屏好夢〔二〕，驀别院、繁絃悽咽。試迴倦眸，瀛波涵枕角。水遠烟闊。問幾多金粉〔三〕，大千拋徧〔四〕，賺衆生哀樂。穠華苦短憑誰説。溝外桃英，籬邊絮雪。舊時燕鶯能識。歎流光草草〔五〕催换今昨。黄粱乍覺〔六〕。有靈犀清澈〔七〕。待把閒愁怨、都懺卻。仙蛾破繭舒翼。莫温馨更染〔八〕，豔絲重織。望縹緲、步虚非隔〔九〕。指碧落、别有星寰可許〔一〇〕，倩魂長託〔一一〕。高寒處、良夜休怯。折芙蓉、在手天風外，銖衣控鶴〔一二〕。

【校】

〔煙闊〕黄本、費本、信芳詞均作「春闊」。〔黄粱〕原作「黄粱」，形近致誤，黄本、信芳詞亦誤，據費本改。

【箋注】

〔一〕本詞作於一九二八年春，時碧城仍寓居瑞士日内瓦湖畔。

〔二〕警銀屏句，陳允平垂楊懷古詞：「銀屏夢覺。」

〔三〕金粉，鉛粉。女子妝飾用。喻指繁華綺麗的生活。尤侗板橋雜記麗品：「或品藻其色藝，或僅記其姓名，足以徵江左之風流，存六朝之金粉。」

〔四〕大千，「大千世界」之省稱。此指人世間之形形色色。按，古印度以四大洲及日月諸天爲一小世界，合一千小世界爲小千世界；合一千小千世界爲中千世界，合一千中千世界爲大千世界。參見俱舍論卷一一。

〔五〕草草，見卷一滿江紅（舊苑尋芳）詞注。

〔六〕黄粱句，李曾伯念奴嬌壬午徽州道間詞：「黄粱驚覺，子規枝上啼徹。」餘參卷二新雁過妝樓寓雪山之頂漫成此闋詞注。

〔七〕靈犀，南州異物志：「犀有神異，表靈以角，因名靈犀。」餘參卷一百字令登莫干山夜黑風狂清寒砭骨率成此調詞注。

〔八〕温馨，温暖馨香。皮日休奉和魯望玩金瀏鶒戲贈詩：「鏤羽雕毛迴出羣，温馨飄出麝臍熏。」

〔九〕縹緲，高遠虚空貌。文選木華海賦：「群仙縹眇，餐玉清涯。」李善注：「縹眇，遠視之貌。」步虚，見卷二玲瓏四犯日内瓦之鐵網橋詞注。

〔一〇〕碧落，道家稱青天爲碧落。李商隱聖女祠詩：「何年歸碧落，此路向皇都。」

〔一一〕倩魂，倩娘之魂，此指自家魂魄。唐陳玄祐著有傳奇小説離魂記，叙倩娘與王宙相戀，抑鬱成疾，魂隨戀人赴四川事。後因以指代魂魄。

〔一三〕銖衣，見卷一瑞鶴仙（賦情凄欲斷）詞注。控鶴，謂駕鶴升天，得道成仙。列仙傳卷上，「王子喬者，周靈王太子晉也，好吹笙作鳳凰鳴，遊伊洛間，道士浮丘公接以上嵩高山。三十餘年後，求之於山上，見桓良曰：『告我家，七月七日，待我於緱氏山頭。』至時，果乘白鶴駐山頭。望之不得到，舉手謝時人，數日而去。」孫綽游天台賦：「王喬控鶴以冲天，應真飛錫以躡虛。」

解連環〔一〕

綺霞瀰漫。任盈盈小影〔二〕，水天幽佔。做幾多、畫本詩材，把嵐翠閒收，湖漪輕剪。何處飛仙〔三〕，指風送、東溟三萬〔四〕。儘相逢一笑，莫論主賓，休問胡漢〔五〕。　歸遼待尋鶴夢〔六〕。料滄桑故國，幾度催換。且蹉跎、老我浮生，有曉霧鑾花，夜霜羌管。酒醒今宵，怕明月、隔簾流眄〔七〕。按清歌、寄愁未得，寸心自遠。

【校】

〔酒醒今宵〕曉珠詞二卷本作「未了風懷」。〔怕明月〕原誤作「帕明月」，據信芳詞、費本改。

【箋注】

〔一〕本詞作於一九二八年，碧城時居瑞士日内瓦。

〔二〕盈盈小影，見卷二好事近（雲氣滿乾坤）詞注。

〔三〕飛仙，蘇軾前赤壁賦：「挾飛仙以遨遊。」

〔四〕東溟，顏延年車駕幸京口侍遊蒜山作詩：「元天高北列，日觀臨東溟。」吕向注：「東溟，東海也。」

〔五〕胡漢，泛指不同國度或民族。

〔六〕歸遼句，用丁令威化鶴歸遼事。參卷二高陽臺（啼鳥驚魂）詞注。

〔七〕酒醒二句，柳永雨霖鈴詞：「今宵酒醒何處，楊柳岸、曉風殘月。」流眄，目光流轉巡視。宋玉登徒子好色賦：「含喜微笑，竊視流眄。」

絳都春

日内瓦湖習槳〔一〕

臨波學步。試扶上小舟，輕移柔櫓。弱腕乍揚，已覺吟魂消銀浦。低昂一葉從洄溯。似蘸渌、蜻蜓栩栩。半灣新漲，盈襟紺影〔二〕，悄然來去。休誤。煙霞無價〔三〕，供欣賞、説甚他鄉吾土〔四〕。幾許夢痕，濯入滄浪慵回顧。仙踪况許壺天住〔五〕。儘水佩、風裳容與〔六〕。夕陽正戀瑶峰，赤晶認取〔七〕。

【校】

〔吾土〕費本作「我土」。

【箋注】

〔一〕本詞作年與前詞同。碧城歐美漫遊録建尼瓦湖之蕩舟：「旅居無俚，每晚往隔壁之劇場聽歌，晝則常坐磯頭觀釣，或附汽艇渡湖，但不登岸，仍坐原艇歸來，藉以消遣而已。尤愛瓜皮小艇，僅能載二三人，游客租用須自摇槳，扁舟容與，湖光山色中自饒雅趣。」

〔二〕半灣二句，方千里隔浦蓮詞：「紺影浮新漲，夷猶終日魚鳥。」半灣，日内瓦湖形似月牙，故云。吴宓詩集卷一二歐遊雜詩瑞士日内瓦湖景總叙：「日内瓦湖（Lac Genève），古名麗滿湖，今此地仍稱麗滿湖。湖東西長一百五十餘里，南北甚窄，彎曲如新月形。」

〔三〕煙霞，泛指自然風光。柳永望海潮詞：「乘醉聽簫鼓，吟賞煙霞。」

〔四〕説甚句，王粲登樓賦：「雖信美而非吾土兮，曾何足以少留！」

〔五〕壺天，道家指仙境。雲笈七籤卷二八引雲臺治中録：「施存，魯人。夫子弟子，學大丹之道。……常懸一壺如五升器大，變化爲天地，中有日月，如世間，夜宿其内，自號『壺天』，人謂曰『壺公』。」

〔六〕水佩、風裳，李賀蘇小小墓詩：「風爲裳，水爲佩。油壁車，夕相待。」

〔七〕赤晶，石髓之一種，即紅瑪瑙。此喻指夕陽返照下的阿爾卑斯雪山。碧城歐美漫遊録建尼瓦：「碧漪翠嶂，映以瑰麗之建築，如貴婦嚴妝輝彩四溢，而天際雪山環繞淡白之光，適以調和過濃之景色，惟夕照時明如瑪瑙，復使遊人佇足迴首，翹瞻天末，而地面景物悉爲減色矣。」

二郎神 楊深秀所畫山水便面，兒時常摹繪之，先嚴所賜。楊爲戊戌殉難六賢之一，變政之先覺也〔一〕

齊紈乍展〔二〕，似碧血、畫中曾污。記國命維新〔三〕，物窮斯變〔四〕，篳路艱辛初步〔五〕。鳳馭金輪今何在〔六〕？但廢苑、斜陽禾黍〔七〕。矜尺幅舊藏，淵渟嶽峙〔八〕，共存千古。　可奈。鷹瞵鼉食〔九〕，萬方多故〔一〇〕。怕錦樣山河，滄桑催换，愁入靈旗風雨〔一一〕。粉本摹春〔一二〕，荷香拂暑，猶是先芬堪溯。待篋底、剪取芸苗麝屑〔一三〕，墨痕珍護。

【校】

〔記國命〕黄本、費本作「嘆國命」。〔鳳馭〕黄本、費本、信芳詞均作「轉日」。

【箋注】

〔一〕本詞收入海外新詞及信芳詞增刊，當作於一九二八年至一九二九年間。清史稿楊深秀傳：「楊深秀，字儀村，本名毓秀，山西聞喜人。少穎敏，諳中西算術。同治初，以舉人入貲爲刑部員外郎。……光緒十五年，成進士，就本官遷郎中，轉御史。嘗言：『時勢危迫，不革舊無以圖新，不變法無以圖存。』二十四年，俄人脅割旅順、大連灣。深秀力請聯英、日拒之，詞甚切直。……八月，政變，舉朝惴惴，懼大誅至，獨深秀抗疏請太后歸政。方疏未上時，其子黻田苦口諫止，深秀厲聲叱之退。俄被逮，論棄市。」爲「戊戌變法」遇難「六君子」之一。

〔二〕齊紈，春秋齊地出産之白細絹，借指團扇。班倢妤怨歌行：「新裂齊紈素，皎潔如霜雪。裁爲合歡扇，團團似明月。」

〔三〕國命維新，指清末改良派提倡新學、創辦實業、引進西方先進技術等變法圖强之舉。

〔四〕物窮斯變，易繫辭下：「易窮則變，變則通，通則久。」

〔五〕篳路，篳路藍縷之省稱。形容開創之艱難不易。左傳宣公十二年：「訓之以若敖、蚡冒，篳路藍縷以啓山林。」杜預注：「篳路，柴車。藍縷，敝衣。」

〔六〕鳳馭金輪，唐武則天稱帝，號爲「金輪聖神皇帝」。喻指清慈禧后。金輪，佛教中指權位最高的帝王。據長阿含經轉輪聖王遊行經、俱舍論卷十二稱，轉輪王共有金、銀、銅、鐵四王，金輪王領四大部洲，威力爲最，由他統領四洲，使許多國家臣服。

〔七〕禾黍，見卷一百字令排雲殿清慈禧后畫像詞注。

〔八〕淵渟嶽峙，謂水深浩大，高山聳立。陶弘景真誥卷二：「感味上契，淵渟嶽峙。」

〔九〕鷹瞵，喻豪强窺伺。左思吴都賦：「猿臂駢脅，狂趭獷猤，鷹瞵鶚視，參譚𤢖𤢛，若離若合者，相與騰躍乎莽罠之野。」

〔一〇〕萬方句，杜甫登樓詩：「花近高樓傷客心，萬方多難此登臨。」

〔一一〕愁入句，蔣敦復讀二李杜詩各題一首李義山詩：「錦瑟華年秋士感，靈旗風雨美人愁。」朱孝臧滿江紅題杭州岳忠武廟精忠柏詞：「靈旗風雨，于今爲烈。」靈旗，神靈之旗。

〔一二〕粉本，夏文彦圖繪寶鑑卷一：「古人畫藁謂之粉本，前輩多寶蓄之，蓋其草草不經意處，有自然之妙。宣和、紹興所藏粉本，多有神妙者。」

〔一三〕芸苗，指芸香，草名，又稱芸香樹，莖高一二尺。下部成木質狀，香氣濃鬱，用於書畫，可防蟲蛀。　麝屑，麝香碎末。可用以熏染衣物。

醜奴兒慢〔一〕

十洲澒洞〔二〕，吾道倀倀何往〔三〕。對滿眼蜃樓花雨〔四〕，那處仙源。浪跡遐荒，萬方多難此憑欄〔五〕。孤吟去國，杜陵烽火〔六〕，庾信江關〔七〕。　夢影漸稀，宣南韻事，江左清談〔八〕。正誰向、天山探雪，渤海觀瀾〔九〕。來日奇憂，東風吹送到雲鬟。梅枝難寄，鄉心悽黯，笛語哀頑。

【校】

〔萬方四句〕黄本、費本、信芳詞均作「長征不爲勒燕然。塵裝一劍，霜天萬里，羞渡桑乾」。

〔漸稀〕黄本、費本、信芳詞均作「依稀」。　〔韻事〕黄本、費本、信芳詞均作「燈火」，手批本作「軼話」。　〔到雲鬟〕「到」字原脱，據黄本、費本、信芳詞校補。

【箋注】

〔一〕本詞作於一九二八年，其時距碧城離別故土、客居異國他鄉已近二載。

〔二〕十洲，傳説海上十處仙境。海内十洲記：「漢武帝既聞王母説八方巨海中有祖洲、瀛洲、玄洲、炎洲、長洲、元洲、流洲、生洲、鳳麟洲、聚窟洲。有此十洲，乃人跡所稀絶處。」澒洞，廣漠無邊貌。賈誼旱雲賦：「運清濁之澒洞兮，正重沓而並起。」

〔三〕倀倀，禮記仲尼燕居：「治國而無禮，譬猶瞽之無相與，倀倀乎其何之。」荀子修身：「人無法則倀倀然。」楊倞注：「倀倀，無所適貌，言不知所措履。」

〔四〕蜃樓，海中蜃氣變幻而成的樓閣景觀。史記天官書：「海旁蜃氣象樓臺，廣野氣成宮闕然。」

〔五〕萬方句，化用杜甫詩句，見卷二二郎神（齊紈乍展）詞注。

〔六〕杜陵，原爲地名，在今陝西西安市東南。因杜甫曾居此地，故自稱「杜陵布衣」、「杜陵野老」。按，烽火，指「安史之亂」。杜甫當時身陷叛軍占據之都城長安，目睹兵燹不斷，滿城荒蕪，有春望詩云：「感時花濺淚，恨別鳥驚心。烽火連三月，家書抵萬金。」

〔七〕庾信江關，梁著名詩賦家庾信曾出使西魏，逢梁被滅，遂被迫滯留北方。晚年常有鄉關之思，每以詩賦抒懷，意境蒼凉，情辭動人。杜甫詠懷古蹟五首之一曰：「庾信平生最蕭瑟，暮年詩賦動江關。」按，碧城長年飄流海外，遥想故國兵荒馬亂，烽火連天，其感事傷時、憂民懷鄉之情正與杜、庾相似。

〔八〕宣南二句，指碧城早年在京、滬兩地與名士淑女間詩詞唱和，交遊往來。潘曾沂功甫小集卷八宣南詩會圖自題後附：「宣南，宣武坊南也。吴縣潘君功甫官中書舍人，僦倨其地，而一時賢士大夫偕之宴遊，於是乎識之也。」嚴復戊戌八月感事詩：「燕市天如晦，宣南雨又來。」又，魏禧日録雜説：「江東稱江左，江西稱江右。蓋自江北視之，江東在左，江西在右耳。」

〔九〕正誰向二句，謂日俄等帝國主義列强覬覦侵占中國的東北和西北邊陲。一八五四年沙俄侵略者曾占領了天山北麓吹河（楚河）。一八九四年日本海軍曾攻占渤海旅順口。此憂類似的事件再度發生。

前調〔一〕

雕闌幾曲，月影盈盈初上。瀉一抹銀輝如水，冷浸花魂。悄倚孤梅，素心商略共温存〔二〕。寒翎戢翠〔三〕，癯虬綴雪〔四〕，伴定黄昏。漏盡更闌，幽沉萬籟，静掩千門。正遥想、歡場春好，玉笑珠顰〔五〕。歌舞誰家，華燈紅鬧錦屏人。凝情佇久，疎林落蕊，輕點苔痕。

【校】

〔雕闌〕黄本、費本作「雕欄」。〔素心商略〕黄本、費本、信芳詞均作「夜長無寐」。〔寒翎三句〕黄本、費本、信芳詞均作「惺忪倦眼，單寒翠袖，香燼慵薰」。

【箋注】

〔一〕本詞作於一九二八年。

〔二〕商略，猶醖釀。姜夔點絳唇詞：「燕雁無心，太湖西畔隨雲去。數峰清苦，商略黄昏雨。」

〔三〕戢翠，謂鳥收斂翠羽。

〔四〕癯虬，形容細瘦盤屈的樹幹。

〔五〕玉、珠，喻指歌妓舞女。

浣溪紗〔一〕

景色何心説故鄉〔二〕。朱樓依舊見垂楊。禁他冶葉不迴腸〔三〕。鳳翽有聲鏘紫塞〔四〕，燕歸無計認雕梁〔五〕。三千弱水溯中央〔六〕。

【箋注】

〔一〕本詞及後幾首浣溪紗詞均作於一九二八年，時碧城仍寓居瑞士日内瓦湖畔。

〔二〕景色句，周之琦浣溪沙詞：「帶水何心説故鄉。」

〔三〕禁他句，周之琦浣溪沙詞：「禁他冶葉不凄凉。」禁，張相詩詞曲語辭匯釋卷二：「猶當也；受也；耐也。」冶葉，見卷一瑞龍吟和清真（横塘路）詞注。

〔四〕鳳翽，詩大雅卷阿：「鳳凰于飛，翽翽其羽。」鄭玄箋：「翽翽，羽聲也。」紫塞，崔豹古今注都邑第三：「秦所築長城，土色皆紫，漢亦然，故云紫塞焉。」

〔五〕燕歸句，韋驤春思詩：「何處紙鳶飛白晝，幾家歸燕認雕梁。」

〔六〕弱水，十洲記：「鳳麟洲在西海之中央，地方一千五百里，洲四面有弱水繞之，鴻毛不浮，不可越也。」史達祖風流子詞：「亂雲天一角，弱水路三千。」

前調

色相憑誰悟大千〔一〕。瑶峰無盡浸壺天〔二〕。此中真個斷塵緣。　淡掠煙波描夢影，净調冰雪鍊仙顔〔三〕。一生常枕水精眠〔四〕。

【箋注】

〔一〕色相，佛教語，指萬物之形相特徵。涅槃經德王品四：「一切衆生各各皆見種種色相。」參卷一念奴嬌（文章何用）詞注。大千，見卷二六醜（警銀屏好夢）詞注。

〔二〕壺天，見卷二絳都春日内瓦湖習槳詞注。

〔三〕净調句，莊子逍遥遊：「藐姑射之山，有神人居焉。肌膚若冰雪，綽約若處子。」白居易遊悟真寺詩：「抖擻塵埃衣，禮拜冰雪顔。」

〔四〕一生句，李商隱碧城三首之一詩：「若是曉珠明又定，一生長對水晶盤。」費本碧城自注：「建尼瓦湖雪山四照，末句用韋齋贈詩。」按，今檢費樹蔚韋齋詩集，未見此詩句。

前調

蕙帶荷衣惜舊香〔一〕。夢回禁得水雲凉。魚書迢遞訴愁腸〔二〕。　已是槎浮通碧漢〔三〕，更聞人語隔紅牆〔四〕。星源猶自見欃槍〔五〕。

【箋注】

〔一〕蕙帶句，楚辭九歌少司命：「荷衣兮蕙帶，儵而來兮忽而逝。」碧城春閨雜感和康同璧女士韻詩：「而今蕙帶荷衣客，誰識天花散後身。」

〔二〕魚書，謂書信。古樂府飲馬長城窟行詩：「客從遠方來，饋我雙鯉魚。呼童烹鯉魚，中有尺素書。」

〔三〕槎浮，神話傳説中往來海上和天河之間的木筏。詳卷一鵲鴣天七夕詞注。碧漢，即天河。

〔四〕紅墻，李商隱代應詩：「本來銀漢是紅墻，隔得盧家白玉堂。」

〔五〕星源句，碧城自注：「得故國友人書，訴兵燹之苦。」欃槍，星名。漢書揚雄傳：「帶鉤矩而佩衡兮，履欃槍以爲綦。」顔師古注引鄧展曰：「欃槍，妖星也。」爾雅釋天：「彗星爲欃槍。」按，古人以爲欃槍出現，天下即有兵亂災禍。

前調

不信山林可賦閒。豔於金粉膩於煙。鶯花無賴自年年〔一〕。　碎碾青瓊成蓓蕾〔二〕，亂拋紅豆寄纏綿〔三〕。初禪怕住有情天〔四〕。

【箋注】

〔一〕無賴，既可愛又可憎。杜甫奉陪鄭駙馬韋曲二首詩：「韋曲花無賴，家家惱殺人。」

〔二〕青瓊，碧玉。此喻冰雪。　蓓蕾，指瑞士山野遍植的小朵藍花，又名長相思。碧城歐美漫遊録雪山：「雪痕融處，草色青青，散綴小朵藍花，此花名『長相思』（Forget Me Not），朵細而色艷，殊可珍玩。」

〔三〕紅豆，别名相思子。王維相思詩：「紅豆生南國，春來發幾枝？願君多採擷，此物最相思。」屈大均廣東新語卷二五：相思木，「花秋開，白色，二三月莢枯子老如珊瑚珠。初黄，久則半紅半黑，每樹有子數斛，售秦晉間，婦女以爲首飾，馬食之肥澤。諺曰：『馬食相思，一夕膘肥；馬食紅豆，騰驤在廐。』其樹多連理枝，故名相思。」碧城自注：「瑞士境内徧植小朵藍花，名長相思（Forget Me Not）。」

〔四〕初禪，佛教徒修煉身心的一種過程。楞嚴經卷九：「清净心中，諸漏不動，名爲初禪。」有明大經：「若有比丘，離欲、離不善法，有尋有伺，成就離生喜樂而住初禪，是謂初禪。」　有情，梵語「薩埵」（Sattva）之意譯，舊譯衆生，指一切有情識的生物。成唯識論述記卷一：「梵云薩埵，此言有情，有情識故。今談衆生，有此情識，故名有情。」與之相對，山河大地、土石草木等均無情識，稱爲「非情」或「無情」。

前調

小劫仙都認夢痕〔一〕。凄迷淚雨送芳辰。長空何處不消魂。　天際葬花騰豔靄〔二〕，人間疑緯説祥雲〔三〕。人天誰懺可憐春〔四〕。

【箋注】

〔一〕小劫，見卷一高陽臺落梅詞注。

〔二〕天際句，碧城失題詩：「海映花城騰豔靄，霞渲雪嶺炫瑶光。」

〔三〕人間句，陳與義法駕導引詞：「千乘載花紅一色，人間遥指是祥雲。」緯，讖録圖緯，漢代儒生方士用以宣揚天象符瑞、占驗災異之書。

〔四〕人天句，姜夔鷓鴣天己酉之秋苕溪記所見詞：「紅乍笑，緑長嚬，與誰同度可憐春。」

一剪梅〔一〕

一抹春痕夢裏收。草長鶯飛〔二〕，柳細波柔。珠簾十里蕩銀鈎〔三〕。筝語東風，那處紅樓？　別有前塵憶舊遊。幾日韶華，賦筆生愁。長安雲物戀殘秋〔四〕。鈴語西風〔五〕，那處紅兜〔六〕。

【箋注】

〔一〕本詞作於一九二八年春，碧城時仍旅居瑞士。

〔二〕草長句，丘遲與陳伯之書：「暮春三月，江南草長。雜花生樹，羣鶯亂飛。」

〔三〕珠簾句，杜牧贈別二首之一詩：「春風十里揚州路，捲上珠簾總不如。」銀鉤，簾鉤之美稱。

〔四〕長安，此指代京城。

〔五〕鈴語，檐鈴響聲。蘇軾大風留金山兩日詩：「塔上一鈴獨自語，明日顛風當斷渡。」

〔六〕紅兜，瞿佑歸田詩話卷中：「元廢宋宮爲佛寺，西僧皆戴紅兜帽也。」周之琦高陽臺仙露庵宋宮人餞汪水雲處詞：「依然鈴語黄昏，紅兜那覓南朝寺。」

點絳脣〔一〕

萬葉鏖風〔二〕，緑天涼鬧山樓雨。初收殘暑。驀地秋如許〔三〕。　舟塔凌空，一點摇紅炬。心休怖。黝溟黟霧。也有光明路。

【箋注】

〔一〕本詞寫瑞士日内瓦時序變换、山居夜景，據詞意當作於一九二八年夏末初秋間。

〔二〕麎風，喧擾於風中。

〔三〕驀地句，納蘭性德金縷曲西溟言别賦此贈之詞：「黄葉下，秋如許。」

翠樓吟

瑞士水仙花多生於陸地，然地以湖著名，仍與原名契合，欣賞之餘，製此爲頌〔一〕

豔骨冰清〔二〕，仙心雪亮，羞看等閒羅綺。柔鄉羈素韈〔三〕，指洛浦、芝田雙寄〔四〕。凌波迴睇。認玉質金相〔五〕，西來梳洗。韶光裏。盈盈欲語，通詞誰試〔六〕？恰是。羣玉山頭〔七〕，望有娀無恙，瑶臺迤邐〔八〕。相逢悲隔世，灑千點、如鉛香淚。首邱容倚〔九〕。寫砑粉銀箋〔一〇〕，花銘同瘗〔一一〕。歸無計，衹憐孤負，故山梅蕊〔一二〕。

【校】

〔孤負〕黄本、費本、信芳詞均作「辜負」。

【箋注】

〔一〕本詞一九二八年作於瑞士日内瓦。碧城歐美漫遊録百花會之夜遊：「建尼瓦湖畔每年春暮夏初有花會二次，一在湖頭之芒特如，於五月舉行，名水仙會。花具仙姿，然不在水，遍植山野間，與吾國所産之水仙相似，予固名之。」

〔二〕艷骨句，袁宏道瓶史九使令：「水仙神骨清絶，織女之梁玉清也。」

〔三〕柔鄉，温柔鄉，喻美色迷人之境。伶玄飛燕外傳：「是夜進合德，帝大悦，以輔屬體，無所不靡，謂爲温柔鄉。」納蘭性德金縷曲詞：「暫覓個，柔鄉避。」

〔四〕洛浦，洛水之涯。張衡思玄賦：「載太華之玉女兮，召洛浦之宓妃。」餘參卷一祝英臺近（背銀釭）詞注。芝田，形容野地之美。曹植洛神賦：「爾乃税駕乎蘅皋，秣駟乎芝田。」蘇軾戚氏詞：「鸞輅駐蹕，八馬戲芝田。」

〔五〕玉質金相，喻品質尊貴完美。詩大雅棫樸：「金玉其相。」毛傳：「相，質也。」王逸離騷序：「所謂金相玉質，百世無匹，名垂罔極，永不刊滅者矣。」張伯淳題趙子固水仙圖詩：「裙長帶裊寒偏耐，玉質金相密更奇。」

〔六〕通詞，傳達話語。曹植洛神賦：「無良媒以接歡兮，托微波而通詞。」

〔七〕羣玉山頭，見卷二新雁過妝樓寓雪山之頂漫成此闋詞注。

〔八〕望有娀二句，吕氏春秋音初：「有娀氏有二佚女，爲之九成之臺，飲食必以鼓。帝令燕往視之，鳴若謚隘。二女愛而争搏之，覆以玉筐。少選，發而視之，燕遺二卵，北飛，遂不反，二女作歌一終，曰『燕燕往飛』，實始作爲北音。」淮南子墬形訓：「有娀在不周之北，長女簡翟，少女建疵。」劉文典集解：「有娀，國名也。不周，山名也。簡翟、建疵姊妹二人在瑶臺，帝嚳之妃也。天使玄鳥降卵，簡翟吞之以生契，是爲玄王，殷之祖也。」

〔九〕首邱，同首丘。謂歸葬故鄉，不忘故土。傳説狐死時，頭猶向着巢穴，後人遂稱人死後歸葬故鄉爲「歸正首丘」。禮記檀弓上：「古之人有言曰：『狐死正丘首，仁也。』」鄭玄注：「正丘首，正首丘也。」孔穎達疏：「所以正首而向丘者，丘是狐窟穴根本之處，雖狼狽而死，意猶向此丘，是有仁恩之心也。」楚辭九章哀郢：「鳥飛反故鄉兮，狐死必首丘。」

〔一〇〕砑粉銀箋，以石壓印碾磨用銀粉或銀屑塗飾而成的箋紙。納蘭性德菩薩蠻回文詞：「砑箋銀粉殘煤畫，畫煤殘粉銀箋壓。」

〔一一〕瘞，埋。吴文英風入松詞：「聽風聽雨過清明，愁草瘞花銘。」

〔一二〕只憐二句，碧城自注：「予曩遊鄧尉詩，有『青山埋骨他年願，好共梅花萬祼馨』之句。」按，鄧尉在今蘇州西南六十里，山塢遍地植梅，花開繁花似雪，香飄數里。碧城於一九一七年春曾遊此地，賦鄧尉探梅詩十首。

風蝶令〔一〕

煙靄三山遠〔二〕，滄溟萬里迷〔三〕。身非雙翼鳳凰兒〔四〕。已是與天相近與人離〔五〕。　金粉衣難染，風花夢豈疑〔六〕。步虚來去幾多時。除卻瀛光嵐影更誰知。

【箋注】

〔一〕本詞一九二八年作於瑞士日内瓦。

〔二〕三山，史記秦始皇本紀：「齊人徐市等上書，言海中有三神山，名曰蓬萊、方丈、瀛洲，仙人居之。」李商隱當句有對詩：「三星自轉三山遠，紫府程遥碧落寬。」

〔三〕滄溟，大海。漢武帝内傳：「諸仙玉女，聚居滄海。」樊增祥聖因寄示檀香山舟次觀日出詩漫和三解詩：「萬里滄溟一鑑開，紅雲捧日照蓬萊。」

〔四〕身非句，庾信楊柳歌詩：「可憐巢裏鳳凰兒，無故當年生別離。」李商隱無題詩：「身無彩鳳雙飛翼，心有靈犀一點通。」

〔五〕已是句，碧城歐美漫遊録醫生殺猫案：「南海康同璧女士詩云：『與世日離天日近，冰心清凈不沾埃。』予今已臻此境，非淺俗者所能喻也。」

〔六〕金粉二句，張問陶觀生閣畫太常仙蝶詩：「金粉情難託，風花夢早芟。」

念奴嬌　遊白琅克 Mont Blanc 冰山〔一〕

靈媧游戲〔二〕，把晶屏十二〔三〕，排成巇嶮〔四〕。簇簇鋒稜臨萬仞，詭絶陰森天塹〔五〕。雨滑瓊枝，光迷銀纈，鸞鶴愁難佔。羲輪休近〔六〕，炎威終古空瞰〔七〕。圖畫展偏湖山，驚心初見，仙境窮猶變〔八〕。惟怕乾坤英氣盡，色相全消柔豔〔九〕。巫峽雲荒，瑶臺月冷〔一〇〕，夢斷春風面〔一一〕。遊踪何許？飛車天末曾絹〔一二〕。

【箋注】

〔一〕一九二七年六月及一九二八年六月，碧城曾兩登阿爾卑斯雪山。白琅克冰山爲阿爾卑斯雪山主峰之一，在法、意邊境，碧城遊此冰山之確切時間已不可考。本詞應爲遊山追憶之作，約作於一九二八年夏秋間，時仍寓居瑞士日内瓦。碧城破陣樂詞題云：「歐洲雪山以阿爾伯士爲最高，白琅克亦堪伯仲，其分脉爲冰山，餘則蒼翠如常，但極險峻。」鄒魯二十九國遊記瑞士：「白山（即白琅克冰山）爲歐洲之最高山，亦即羣山之祖也。因其高大，遂終年積雪。」

〔三〕靈媧，即女媧。淮南子覽冥訓：「女媧鍊五色石以補蒼天。」盧仝與馬異結交詩：「女媧本是伏羲婦，恐天怒，擣鍊五色石，引日月之鍼，五星之縷把天補。」

〔三〕晶屏，喻冰山晶瑩剔透如水晶屏障。

〔四〕巇嶮，同嶮巇，謂山勢險峻。嵇康琴賦：「丹崖嶮巇，青壁萬尋。」

〔五〕天塹，天然屏障。南史孔範傳：「長江天塹，古來限隔，虜軍豈能飛度？」

〔六〕羲輪，太陽。因古代神話傳説太陽神羲和每天駕御日車前行，故稱羲輪。阮閱詩話總龜卷二二引玉堂詩話：「楊黎州自遣云：『天上羲輪都易識，人間堯曆自難逢。』」

〔七〕炎威，酷熱。劉禹錫裴祭酒尚書見示寄王左丞高侍郎之什命同作詩：「吟風起天籟，蔽日無炎威。」

〔八〕圖畫三句：鄒魯二十九國遊記瑞士：「當地勢寬展，山在兩旁，則白山（即白琅克冰山）巍然，鎮壓中樞。適當路窄，視綫爲遮，則峰巒秀出，高出雲表，有時羣山無阻，則白嶂前横，有時山峰當面，則銀河分瀉。……夾谷而行，仰視山腰以上，一白無垠，萬壑千巖，形狀不一，雲騰日炙，氣象更變化無窮。或則石壁高峙，百怪千奇，雪所止處，翠柏如麥秧，時而三五房屋，點綴其間，時而懸流巨細，發爲奇響。」

〔九〕色相，見卷一念奴嬌爲劉豁公題戲劇大觀詞注。

〔一〇〕巫峽二句，周密聲聲慢逃禪作梅瑞香水仙字之曰三香詞：「瑤臺月冷，佩渚煙深。」張仲壽崇福宮記：「自箕山月冷，潁水雲荒。」

〔二〕春風面，指女子的美貌。比喻冰山風貌。杜甫詠懷古蹟五首之三詩：「畫圖省識春風面，環佩空歸夜月魂。」

〔三〕飛車，高空纜車。碧城自注：「電線懸車，掠空而行。」

南樓令〔一〕

葉落見城廂。疏枝恨早霜。喜山林、乍换秋妝。多謝倪郎傳畫筆〔二〕，渲絳赭，點蒼黄。　橋影戀殘陽。沙平引岸長。鎖羈愁、十里清湘〔三〕。著個詩人孤似雁，雲黯淡，水微茫。

【校】

〔沙平〕信芳詞、黄本同，費本作「沙痕」。

【箋注】

〔一〕本詞一九二八年秋作於瑞士日内瓦。

〔二〕倪郎，指元畫家倪瓚。夏文彦圖繪寶鑑卷五：「倪瓚，字元鎮，號雲林生，常州無錫人。

畫林木、平遠、竹石，殊無市朝塵埃氣。」彭蘊璨歷代畫史彙傳卷十一：倪瓚「人稱無錫高士，山水不著色，人物、枯木、平遠、竹石小景，以天真幽淡爲宗，稱逸品，爲元季第一。」又，黎庶昌西洋雜誌西洋遊記第二：「入瑞士境後，山皆峻。時方大雪，積厚一二尺許，逐望彌漫，與翠柏蒼松互爲掩映。火輪車經山腰行走，俯看兩山間低平處，有小溪一道迤邐曲折，時有冰凍。人家多臨水而居，屋皆白板，零星而卑陋，無甚巨村落。十四日巳刻，行至兩峰盡處，忽然開朗，有大湖横列於前，清澈可鑑，所謂勒沙得勒湖也。湖東諸山，連綿不斷，石骨秀露，層暈分明，絶似倪雲林畫意。」

〔三〕清湘，太平御覽卷六五引湘中記：「湘水至清，深五六丈，見底。」柳宗元漁翁詩：「漁翁夜傍西巖宿，曉汲清湘燃楚竹。」

解連環

巴黎鐵塔〔一〕

萬紅深塢〔二〕。怕春魂易散〔三〕，九州先鑄〔四〕。鑄千尋、鐵網凌空，把花氣輕兜，珠光團聚。聯袂人來，似宛轉、蛛絲牽度。認雲煙縹緲，遠共海風，吹入虚步〔五〕。銅標別翻舊譜〔六〕。借雲斤月斧〔七〕，幻起仙宇。問誰將、繞指柔鋼〔八〕，作一柱擎天，近衙蟻馭〔九〕？繡市低環〔一〇〕，瞰如蟻、鈿車來去。更淒迷、夕陽窗影〔一一〕，半捎殘霧〔一二〕。

【校】

〔一〕銅標以下十句〕黃本、費本、信芳詞均作：「年時戰氣重數。記龍蛇起陸，淚血飄杵。望銅標、猶想英姿，問叱咤茵河，阿誰盟主？廢苑繁華，化夢影、淒涼秋雨。更低徊、綠波素月，美人甚處？」句末有碧城自注：「同遊者美國唐麥生君已返紐約。」

【箋注】

〔一〕本詞作於一九二八年，碧城時居瑞士，近遊巴黎。其歐美漫遊錄鐵塔云：「吾人雖未到巴黎者，每於圖畫中見此塔形，亦皆識爲巴黎特有之建築，位於河岸之右，介乎鮑登乃 Avenue Della Bourdenais 及瑟佛倫 Avenue de Suffren 二路之間，前爲霞穆馬廣場 Champ de Mars，建於一千八百八十九年，高九百八十四尺，有電梯升降，可縱覽巴黎全城之景。因全體爲鏤空鐵網所製，大風時且摇曳微顫。」

〔二〕深塢，謂花木深處。

〔三〕春魂，謂花。龔自珍己亥雜詩之三：「罡風大力簸春魂，虎豹沉沉臥九閽。」

〔四〕九洲，尚書禹貢載大禹治水，把天下分爲九洲。此猶言全球。

〔五〕遠共二句，詩人許渾曾夢遊崑崙，有詩云：「曉入瑤臺露氣清，坐中唯有許飛瓊。塵心未斷俗緣在，十里下山空月明。」他日復至其夢，飛瓊曰：「子何故顯余姓名於人間？」座上即改爲「天風吹下步虚聲」。見孟棨本事詩事感第二。虚步，凌空而行。李白古風之一九：「素手把芙蓉，虚步躡太清。」

〔六〕銅標，銅柱標，後漢馬援所建。在象林南界，以作爲與西屠國分界之標誌。後漢書馬援傳注引廣州記：「援到交趾，立銅柱，爲漢之極界也。」

〔七〕雲斤月斧，砍削工具。相傳月由七寶合成，常有八萬二千户修之。蘇軾王文玉挽詞詩：「才名誰似廣文寒，月斧雲斤琢肺肝。」

〔八〕繞指柔鋼，見卷二玲瓏四犯日内瓦之鐵網橋詞注。

〔九〕羲馭，太陽之别稱。古代神話傳説羲和給太陽趕車，故稱。獨孤授寅賓出日賦：「因末光之可就，與羲馭而迴旋。」

〔一〇〕繡市，商貿繁華的街市。魏源元史新編卷十五龍淑妃傳：「帝賜繒綺珍異，動巨萬計。妃令宦者貨於左掖門内，京師巨室富商，售者輻輳，名其地曰繡市。」

〔一一〕寫影，投影。寫，傾瀉。周禮地官稻人：「以澮寫水。」謝莊赤鸚鵡賦：「月圓光於緑水，雲寫影於青林。」

〔一二〕蒨霧，紅色霧氣。蒨，同「茜」。

玲瓏四犯

意國多古蹟，佛羅羅曼 Fororomano 爲千餘年市場遺址，斷礎殘甃，散卧野花夕照間，景最悽黯，賦此以誌舊遊之感〔一〕

一片斜陽，認古甃頽垣，蝌篆苔翳〔二〕。倦影銅駝〔三〕，催入野花秋睡。儘教殘夢沉酣，渾不管、劫餘何世。看凄迷、廢壘蘿蔓，猶似綺羅交曳。　黯塵空指前遊地。黯銷凝、麝香黏蕊。大秦西望蒼煙遠〔四〕，誰解明珠佩〔五〕。重溯故國舊聞，記八駿、曾馳周轡〔六〕。惹賦情緜邈，春痕長暈，穆瑶池際〔七〕。

【校】

題「意國多古蹟」，黄本、費本作「予遍覽各國名勝，獨眷戀羅馬，以其多古蹟也」。〔廢壘〕費本作「塵壘」。〔舊聞〕費本作「舊歡」。

【箋注】

〔一〕本詞作於一九二八年，時居瑞士。一九二七年四月底或五月初，碧城曾往游羅馬，詞中所記，乃事後追憶。碧城歐美漫遊録義京羅馬：「著名之古蹟爲羅曼法羅穆 Roman Forum，乃古市場及議院、法庭等，建於紀元前六百餘年。自四世紀後疊遭外侮，精美之石柱等，多被移去，屋宇傾圮，遂成廢墟，斷礎殘甃，散卧於野花夕照之中，時見蜥蜴出入，銅駝荆棘，有同慨焉。」

〔二〕蝌篆，蝌斗篆文，古文字字體之一。參卷一滿江紅（舊苑尋芳）詞注。

〔三〕銅駝，晉書索靖傳：「靖有先識遠量，知天下將亂，指洛陽宫門銅駝，嘆曰：『會見汝在荆棘中耳！』」劉辰翁大聖樂傷春詞：「况回首、洗馬塍荒，更寒食、宫人斜閉，煙雨銅駝。」詞中銅駝借指石獸殘存之古羅馬遺蹟。

〔四〕大秦，見卷二摸魚兒（悄凝眸）詞注。

〔五〕誰解句，太平御覽卷八〇三引列仙傳：「鄭交甫將往楚，道至漢皋臺下，見二女佩兩珠，大如荆鷄卵。交甫與之言，曰：『欲子之佩。』二女解與之。既行，返顧二女不見，佩亦失矣。」參卷二轉應曲（憔悴）詞注。王之望好事近詞：「夢解漢皋珠佩，但茫茫煙浦。」

〔六〕八駿，王嘉拾遺記卷三：「穆王即位三十二年，巡行天下，馭黄金碧玉之車，傍氣乘風，起朝陽之岳，自明及晦，窮寓縣之表。有書史十人，記其所行之地。又副以瑶華之輪十乘，隨王之後，以載其書也。王馭八龍之駿：一名絶地，足不踐土；二名翻羽，行越飛禽；三名奔霄，夜行萬里；四名越影，逐日而行；五名踰輝，毛色炳耀；六名超光，一形十影；七名騰霧，乘雲而奔；八名挾翼，身有肉翅。遞而駕焉，按轡徐行，以匝天地之域。」

〔七〕穆瑶池際，集仙傳：「崑崙之圃，閬風之苑，左帶瑶池，右環翠水。」穆天子傳卷三：「天子賓於西王母。天子觴西王母於瑶池之上。西王母爲天子謡曰：『道里悠遠，山川間之。將子無死，尚能復來。』天子答之曰：『萬民平均，吾顧見汝。比及三年，將復而野。』」碧城自注：「十二世紀時，成吉思汗統一歐亞，羅馬屬焉。」

八聲甘州

遊馬勒梅桑 Malmaison 弔拿坡倫之后約瑟芬〔一〕

望娟娟一水鎖妝樓〔二〕，千秋想容光。悵翬衣褪采〔三〕，螭奩滯粉〔四〕，猶認柔鄉〔五〕。未穩棲香雙燕，戎馬正倉皇。剪燭傳軍牒，常伴君王。　見説蘼蕪遺恨〔六〕，逐東風上苑〔七〕，也到椒芳〔八〕。道名花無子〔九〕，何祚繼天潢〔一〇〕。譜離鸞〔一一〕，馬嵬終負〔一二〕，算薄情、不數李三郎〔一三〕。遊人去、女牆扃翠〔一四〕，娥月渲黄。

【箋注】

〔一〕本詞作於一九二八年。時居瑞士，往游法國。碧城歐美漫遊録完杜柱 Colonne Vendome：「城外則有凡賽爾皇宫 Versailles，建築瓌麗，内儲油畫極豐，爲歷代法皇驕侈及關於革命之遺蹟。左近有馬勒梅桑 Malmaison，爲拿坡侖及其后約瑟芬 Josephine 之故居，簡樸如庶民家室，所遺舊衣物甚夥。寸鈴尺劍，粉盝脂奩，一一妥爲陳列，猶想見烈士雄姿，美人薌澤焉。」

〔二〕望娟娟句，張炎甘州寄李筠房詞：「望娟娟一水隱芙蓉，幾被暮雲遮。」李珣巫山一段雲詞：「水聲山色鎖妝樓，往事思悠悠。」

〔三〕翬衣，見卷二念奴嬌自題所譯成吉思汗墓記詞注。

〔四〕螭奩，飾有螭形之薰香銅匣。此指粉盒。張掄紹興内府古器評卷下：「漢雲螭奩，是器奩也。遍體以螭爲飾，而蓋作屯雲之狀，仍間以螭穴，其末可以通氣，豈非香煙之所從出乎？」陸游浣溪沙南鄭席上詞：「鳳尺裁成猩血色，螭奩熏透麝臍香。」

〔五〕柔鄉，温柔鄉。見卷二新雁過妝樓寓雪山之頂漫成此闋詞注。

〔六〕見説句，古詩：「上山採蘼蕪，下山逢故夫。長跪問故夫：新人復何如？新人雖言好，未若故人姝。」此用其事。蘼蕪，香草名。其葉風乾可作香料，古人認爲佩之可使婦人多子。約瑟芬正因無子而被迫離婚，故詞云「蘼蕪遺恨」。

〔七〕上苑，皇家園林。李商隱贈孫綺新及第詩：「長樂遥聽上苑鐘，綵衣稱慶桂香濃。」

〔八〕椒芳，香酒。劉潛謝晉安王賜宜城酒啓：「瓶瀉椒芳，壺開玉液。」按，據詞意椒芳似當作「椒房」，后妃居處。疑音近而致誤。

〔九〕名花無子，謂約瑟芬婚後一直未能生育。

〔一〇〕祚，皇位。史記秦楚之際月表：「卒踐帝祚，成於漢家。」天潢，猶天池。古謂皇族支分派别，如導源於天池，故稱。庾信爲杞公讓宗師驃騎表：「憑天潢之派水，附若木之分枝。」

〔一一〕離鸞，曲名。葛洪西京雜記二：「慶安世年十五爲成帝侍郎，善鼓琴，能爲雙鳳離鸞之曲。」

〔一二〕馬嵬，地名。唐楊貴妃死難處。在今陝西省興平縣西。舊唐書楊貴妃傳：「及潼關失守，從幸至馬嵬，禁軍大將陳玄禮密啓太子，誅國忠父子。既而四軍不散，玄宗遣力士宣問，對曰：『賊本尚在。』蓋指貴妃也。力士復奏，帝不獲已，與妃訣，遂縊死於佛室。時年三十八，瘞於驛西道側。」

〔一三〕李三郎，唐玄宗李隆基乳名。洪昇長生殿神訴：「不能庇一婦人，長生殿中之誓安在？李三郎暢好薄情也。」易順鼎遊驪山浴温泉作詩：「至竟人生不孤負，風流行樂李三郎。」

〔一四〕女嬙扃翠，謂故居墻門關閉，夜色濃翠。扃翠，朱純段七娘次娱清先生韻詩：「宴罷樓扃翠，妝殘鏡掩銅。」

絳都春　拿坡里火山〔一〕

禪天妙諦〔二〕。證大道涅槃〔三〕，薪傳誰繼〔四〕？世外避秦〔五〕，那有驚心咸陽燧〔六〕？

颸輪怒碾丹砂地。弄千丈、紅塵春翳。倦飛孤鷲，幾番錯認，赤城霞起〔七〕。凝睇。鐫冰斲雪，指隔浦、迤邐瑶峰曾寄〔八〕。火浣五銖〔九〕，姑射仙人翔遊袂〔一〇〕。流金鑠石都無忌〔一一〕。算世態、炎涼游戲。任教燒蠟成灰，早乾蠹淚〔一二〕。

【箋注】

〔一〕本詞一九二八年作於瑞士日内瓦，收入海外新詞及信芳詞增刊。碧城遊拿坡里火山，時在一九二七年七月間。詞爲追憶之作。拿坡里，今譯那不勒斯，意大利古城，著名風景遊覽區。碧城歐美漫遊録古城：「拿坡里名勝雖多，然最著者爲維素維歐（Vesuvio）即火山及旁貝（Pompei）之古城，皆遊客所必觀者。」又，火山：「火車直升山頂，向略坦處停止，見賣硫磺及雜色土者甚多，乃一九〇六年四月火山爆發時所遺。予等各購少許爲紀念。山頂作蓮花形，火井居中，恰如蓮實，白煙滚滚，如晴雲噴吐不已，隱現紅色。若於夜間觀之，必明透全赤，純然火也。體積甚巨，直冲天際，數十里外，皆可見之。山頭惟熊熊烈焰及巉巉焦石，絶無植物。吾人行處，沙礫鬆動，着履即流。」鄒魯二十九國遊記意大利：「歸途遊維蘇威火山。山下人家葡萄園甚多，乘電車而上，初則山菁林密，漸行漸見火山噴出之黑土焦塊。及至火山，則全山盡鬆動之焦泥硬塊，寸草不生，時見雨流之溜痕。……峰頂一圓口，直徑約有半里，此方爲火山噴火處，濃煙滾滾，或白或黄，或黑或紫，時挾火焰直襲天空，更有沙石灰泥隨之而起。」

〔二〕禪天，佛教語。指由淺入深地修行禪法所達到的可以脱離煩惱而生於色界的四禪天。王安石示寶覺詩：「倏然迥出山林外，别有禪天好凈居。」妙諦，精妙的義理。諦，大佛頂首楞嚴經正脉疏卷四：「然則三如來藏，作天台之三諦可乎？答：諦者，理也，境也。」

〔三〕大道，猶佛道。即高深之道行。白居易贈定光上人詩：「得徑入大道，乘此不退輪。」涅槃，梵語音譯。意譯爲滅度、圓寂，即息滅生死因果，度到彼岸世界，圓滿寂静，永恒安樂，是佛教所謂最高的宗教神秘境界。碧城火山絶句詩：「年來萬念都灰燼，待與乾坤大涅槃。」

〔四〕薪傳，續添柴樵，使火不滅。此指火山不斷噴出的火焰。莊子養生主：「指窮於爲薪，火傳也，不知其盡也。」成玄英疏：「窮，盡也；薪，柴樵也；爲，前也。言人然火用手前之，能盡然火之理者，前薪雖盡，後薪以續，前後相繼，故火不滅也。」

〔五〕避秦，碧城身在海外，故云「避秦」。餘見卷二菩薩蠻（韓紋縐碧波千頃）詞注。

〔六〕咸陽燧，史記項羽本紀：「項羽引兵西屠咸陽，殺秦降王子嬰，燒秦宮室，火三月不滅，收其貨寶婦女而東。」燧，火炬。

〔七〕赤城句，見卷二摸魚兒（悄凝眸）詞注。

〔八〕瑶峰曾寄，謂觀火山前曾遊鄰近之瑞士雪山。碧城歐美漫遊録火山：「計予自芒特儒至拿坡里，相隔僅五日，兩地觀山，一雪一火，寒熱懸殊，赤白相判，極宇宙之偉觀矣。」

〔九〕火浣，石棉布舊稱。傳説火浣布遇火不燃，耐高温。阮葵生茶餘客話卷一八：「火浣布，出四川越嶲廳番地，五蠻山石縫内生草，其根俗名不朽木，性純陰，番民取以捻線織成布。己丑，劉臬使益贈一幅，每幅不過數尺，其質粗，置火中經刻不然。以抹几案油穢，入烈火，膩處有焰，焰息穢去，焰即穢也，布仍完整，故名火浣。然燒一二次，布色如灰，三次以後，布質漸鬆，彈之即裂。楊升庵云：『火浣布出蜀建昌，白如雪，出於石隙，元史所謂石絨也。』當又是一種。」五銖，極言其輕。此指仙人服飾而言。銖，重量單位，其份量因時代而異。李商隱聖女祠詩：「無質易迷三里霧，不寒長著五銖衣。」

〔一〇〕姑射仙人，莊子逍遥遊：「藐姑射之山，有神人居焉，肌膚若冰雪，綽約若處子；不食五穀，吸風飲露；乘雲氣，御飛龍，而遊乎四海之外。」趙以夫荔枝香近樂府有荔枝香調似因物命題而亡其詞輒爲補賦詞：「風姿，姑射仙人正年少。」此處姑射仙人，碧城用來自喻。

〔二〕流金句，莊子逍遥遊：「大旱金石流、土山焦而不熱。」流金，鎔化金屬。鑠石，消鎔石塊。楚辭招魂：「十日代出，流金鑠石些。」無忌，因金石鎔化，都不感到熱，故云。

〔三〕算世態三句，意謂以世俗情態推測，一冷一熱，形同在做炎凉游戲。任由火山噴流的鎔巖就像蠟燭燒盡，早早把巖漿燒乾。豔淚，形容彤紅的巖漿。李商隱無題詩：「春蠶到死絲方盡，蠟炬成灰淚始乾。」

金縷曲

紐約港口自由神銅像〔一〕

值得黄金笵〔二〕。指滄溟、神光離合〔三〕，大千瞻戀〔四〕。一簇華燈高擎處，十獄九淵同燦〔五〕。是我佛、慈航艤岸〔六〕。縶鳳羈龍緣何事？任天空、海闊隨舒卷。蒼靄渺，碧波遠。　　唧砂精衛空存願〔七〕。歎人間、緑愁紅悴，東風難管。篳路艱辛須求己〔八〕，莫待五丁揮斷〔九〕。渾未許、春光偷賺。花滿西洲開天府〔一〇〕，是當年、種播佳時遍。繙史册，此殷鑑〔一二〕。

【校】

〔瞻戀〕費本、信芳詞均作「瞻遍」。〔一簇〕費本作「一點」。〔嘆人間〕黄本作「遍人間」。〔是當年句〕費本、信芳詞均作「算當時、多少頭顱换」。〔繙史册〕黄本作「銘座右」。

【箋注】

〔一〕本詞收入海外新詞及信芳詞增刊，當作於一九二八年。時居瑞士。碧城數度遊美，亦曾寓居紐約多時。其爲凌楫民雲巢詩集所題詩云：「銀海光寒瑶霰急，扣舷同訪自由神。」自注：「予識君於紐約，時值冬季，嘗於雪中同遊自由神，紐約港口之銅像也。」詞乃追記舊遊之作。自由神銅像，又稱自由女神像，爲慶祝美國獨立一百周年所鑄紀念物。它由法國鑄造於一八七六年，隨後贈送美國，聳立在紐約哈得孫河口的自由島上，總高七十三米，重二百二十五噸。

〔二〕黄金笵，春秋時，范蠡助越王句踐破吴後，功成身退，遂乘扁舟出三江，入五湖，不知所終。句踐以黄金鑄像，置於坐側。見吴越春秋卷一〇。笵，鑄模。禮記禮運：「范金合土。」陳澔集説：「范字當從竹，以竹曰笵。笵金，爲形范以鑄金器也。」

〔三〕神光離合，謂女神像若隱若現。曹植洛神賦：「神光離合，乍陰乍陽。」

〔四〕大千，見卷二六醜（警銀屏好夢）詞注。　瞻戀，仰慕依戀。薛存誠謁見日將至雙闕詩：「雕蟲竟何取，瞻戀不知迴。」

〔五〕十獄九淵，泛指山河大地。獄，疑當作「嶽」，山嶽。

〔六〕慈航，佛教以慈悲爲懷，救度衆生脱離塵世苦海，猶如以舟航渡人，故稱慈航。萬善同歸集卷下：「駕大般若之慈航，越三有之苦津，入普賢之願海，渡法界之飄溺。」　艤岸，停船靠岸。

〔七〕精衛，山海經北山經：「又北二百里，曰發鳩之山，其上多柘木。有鳥焉，其狀如烏，文首、白喙、赤足，名曰精衛，其鳴自詨。是炎帝之少女名曰女娃，女娃遊於東海，溺而不返，故爲精衛，常銜西山之木石，以堙於東海。」李白江夏寄漢陽輔録事詩：「西飛精衛鳥，東海何由填。」

〔八〕篳路，見卷二二郎神（齊紈乍展）詞注。

〔九〕五丁，常璩華陽國志蜀志：「蜀有五丁力士，能移山，舉萬鈞。每王薨，輒立大石，長三丈，重千鈞，爲墓志，今石笋是也。」又，藝文類聚卷七引漢揚雄蜀王本紀：「天爲蜀王生五丁力士，能獻山，秦王獻美女與蜀王，蜀王遣五丁迎女。見一大蛇入山穴中，五丁並引蛇，山崩，秦五女皆上山，化爲石。」

〔一〇〕西洲，此指美國所在之北美洲。餘見卷一浪淘沙（寒意透雲幬）詞注。天府，喻指美國乃新闢富饒之邦。國策秦策：「蘇秦説秦惠王曰：『大王之國，所謂天府。』」

〔一一〕殷鑑，詩大雅蕩：「殷鑑不遠，在夏后之世。」鑑，銅鏡。此作借鑑解。碧城自注：「予譯有美利堅建國史綱。」

摸魚兒

倫敦堡弔建格來公主 Lady Jane Grey〔一〕

望凄迷、寒漪衙苑，黄臺瓜蔓曾奏〔二〕。娃宫休問傷心史〔三〕，慘絶燃萁煎豆〔四〕。驚變驟。驀玄武、門開弩發纖纖手〔五〕。嵩呼獻壽〔六〕。記花拜螭墀〔七〕，雲扶娥馭，爲數恰陽九〔八〕。吹簫侣〔九〕，正是芳春時候。封侯底事輕負？金旒玉璽原孤注〔一〇〕，擲卻一圓鶯脰〔一一〕。還掩袖。見窗外、囚車血涴龍無首〔一二〕。幽魂悟否？願世世生生，平林比翼〔一三〕，莫作帝王胄〔一四〕。

【校】

題「建格來公主」下原有「望」字，當爲衍字。今據黄本、費本、信芳詞删。〔寒漪衙苑〕黄本作「寒瀛古堡」。

【箋注】

〔一〕本詞約作於一九二八年初，碧城渡海游英京倫敦返回巴黎後。其歐美漫遊録云：倫敦堡 The Tower of London「位於泰穆士河岸，形式古樸，略如砲壘。廣苑中殘雪疏林，佈以車炮。衛兵鵠列，朱衣竟體，峨黑熊冠而執戟鉞，氣象森嚴。其歷史尤饒戲劇興味，所謂 Dramatic，蓋歷代帝后居此，或遭刑戮，或被幽囚，椒殿埋香，萇血化碧。紅鵑疑蜀帝之魂，白奈涴天孫之淚。迄今觚稜夕照，河水澌澌，更誰弔滄桑之跡，話興亡之夢哉！當威廉帝 William The Conqueror 之鐵騎南征入主英嶠也，雄圖大略，始創此堡，以固國防，分設各部，如堡壘、武庫、皇宮、監獄、造幣廠、藏書樓等。自一千零七十八年以迄十二世紀，逐漸擴充，蔚爲倫敦城之總薈。」又據大美百科全書：格雷公主 GREY Lady Jane（一五三七—一五五四），名珍，生於萊斯特郡之布雷德門，是亨利·格雷（Henry Grey）也即後來的索夫克公爵之長女。因得愛德華的攝政王諾森伯蘭的支持，於一五五三年七月十日繼登英國王位。在位僅九天，即與其父於一五五四年二月十二日被支持瑪麗女王的貴族在希爾塔處死，年僅十六歲。「她以學識及虔誠之心聞名，通曉希伯來文、希臘文、拉丁文、法文和意大利文，并曾與歐洲大陸著名的基督教神學家通信。」又，一九二八年十一月六日申報自由談呂碧城近詞：「呂女士碧城擅長國學，又工詩詞，不愧爲女界中之先進。曩讀其信芳一集，清新雋逸，兼而有之。近遊海外，遍歷名勝，登山涉水之暇，填詞寄慨，雅興頗復不淺也。頃於友人處見其自日内瓦來函，並附詞一闋，調寄摸魚兒云，纏綿悱惻，情見乎詞，蓋遊倫敦堡弔建格來公主而作也。下附小叙，兹並録之：『建格來由朝臣擁立，即位僅九日，其夫及翁擁兵助之，被其表姊馬利女王戰敗，囚縶於此堡中，經年而駢戮之。瀕刑之前，於囚室中見其夫無首之屍，舁過窗外，即已暈絶，時猶在妙齡。詳情見英史。名畫家多繪圖記其事，予覓得一幀，以其名貴哀豔，寄請吾國楊令茀女畫師，臨摹徵咏。女士作品，皆本國史蹟，得此當别開生面也。爰題摸魚兒一闋爲倡，並述概略如左。』亦簡雅可誦云。」

〔二〕黄臺瓜蔓，舊唐書承天皇帝倓傳：「天后方圖臨朝，乃鴆殺孝敬，立雍王賢爲太子。賢每日憂惕，知必不保全，與二弟同侍於父母之側，無由敢言。乃作黄臺瓜辭，令樂工歌之，冀天后聞之省悟，即生哀愍。辭云：『種瓜黄臺下，瓜熟子離離。一摘使瓜好，再摘令瓜稀，三摘猶尚可，四摘抱蔓歸。』而太子賢終爲天后所逐，死於黔中。」錢謙益王奉嘗煙客七十壽序：「君父無金玦衣尨之嫌，儲貳無黄臺瓜蔓之恐。」

〔三〕娃宫句，周之琦高陽臺七姬權厝志吴巢松編修屬題七姬皆淮張時左丞潘元紹側室志爲張來儀文宋仲温書平江貝氏千墨菴重刻詞：「娃宫誰問傷心史，只潘花小字，猶記貞珉。」

〔四〕燃萁煎豆，喻建格來公主之表姊瑪麗女王的政治迫害。典出劉義慶世説新語文學第四：「文帝嘗令東阿王七步中作詩，不成者行大法。應聲便爲詩曰：『煮豆持作羹，漉菽以爲汁。萁在釜下然，豆在釜中泣。本自同根生，相煎何太急？』帝深有慚色。」又，碧城歐美漫遊録倫敦堡The Tower of London：「斷頭臺上置一巨斧，厲惡可怖。建格來夫人年幼貌美，竟以蝤蠐之頸，膏此兇鋒，後世惋惜之。」

〔五〕蹴玄武句，以唐武德九年（六二六）六月四日發生的玄武門之變，喻瑪麗女王之奪權政變。舊唐書隱太子建成傳：「太宗將左右九人至玄武門自衛。高祖已召裴寂、蕭瑀、陳叔達、封倫、宇文士及、竇誕、顔師古等，欲令窮覈其事。建成、元吉行至臨湖殿，覺變，即迴馬，將東歸宮府。太宗隨而呼之，元吉馬上張弓，再三不彀。太宗乃射之，建成應弦而斃。元吉中流矢而走，尉遲敬德殺之。俄而東宮及齊府精兵二千人結陣馳攻玄武門，守門兵仗拒之，不得入，良久接戰，流矢及於内殿。太宗左右數百騎來赴難，建成等兵遂敗散。」

〔六〕嵩呼，祝頌帝王之聲，猶高呼萬歲。語本漢書武帝紀：「朕用事華山，至於中嶽，獲駮麃，見夏后啓母石。翌日親登嵩高，御史乘屬，在廟旁吏卒咸聞呼萬歲者三。」周必大加上太上皇帝太上皇后尊號册寶樂章奉上册寶導引曲詞：「都人歡樂嵩呼震，聖壽總天齊。」

〔七〕螭墀，雕有螭龍圖案之宫殿臺階。墀，臺階。

〔八〕爲數句，謂建格來即位僅九日。陽九，指災年或厄運。漢書律曆志：「易九厄曰：初入元，百六，陽九。」顏師古注：「易傳也。所謂陽九之厄，百六之會者也。」

〔九〕吹簫侶，喻指建格來夫婦。用秦穆公女弄玉與其夫蕭史吹簫結伴事。吕渭老百宜嬌詞：「寶馬鈿車，訪吹簫侶。」

〔一〇〕金旒句，季羨林世界文化史知識：「根據一五四三年的王位繼承法，愛德華的繼承人當是他異母姐姐瑪麗，但是諾森伯蘭公爵企圖阻止天主教徒、阿拉貢的凱瑟林所生的瑪麗公主繼位，而以新教徒安妮·博林所生的伊麗莎白公主取而代之，伊麗莎白則拒絶捲入這樣的鬥争之中。於是，諾森伯蘭公爵孤注一擲，精心策劃了一場偷梁换柱的篡奪王位陰謀。」金旒玉璽，帝王冠冕印璽，王權象徵。　孤注，續資治通鑑長編卷六二：「初，議親征未決，或以問準，準曰：『直有熱血相潑耳。』於是，譖者謂準無愛君之心，且曰：『陛下聞博乎？博者輸錢欲盡，乃罄所有出之，謂之孤注。陛下，寇準之孤注也，斯亦危矣。』」

〔一一〕擲却句，謂事敗遭殺身之禍。　鶯脰，鶯之頸項，此喻人的脖子。

〔一二〕見窗外二句，碧城自注：「建格來即位僅九日，被馬利女王所殺。瀕刑，先於囚室睹其夫無首之屍，舁過窗外，詳情見英史。」

〔三〕比翼，爾雅釋地：「南方有比翼鳥焉，不比不飛，其名謂之鶼鶼。」郭璞注：「似凫，青赤色，一目一翼，相得乃飛。」曹植釋思賦：「樂鴛鴦之同池，羨比翼之共林。」

〔四〕莫作句，北史越王侗傳：「從今以去，願不生帝王尊貴家。」胄，古代帝王或貴族的子孫。

蝶戀花〔一〕

彗尾騰光明月缺。天地悠悠〔二〕，問我將安託？　一自魯連高蹈絶〔三〕。千年碧海無顔色〔四〕。

容易歡場成落寞。道是消愁，試取金尊酌。淚迸尊前無計遏。迴腸得酒哀愈烈。

【箋注】

〔一〕本詞及後三首蝶戀花詞，均作於一九二八年秋旅居瑞士時。碧城曾將此數詞寄贈國内友人徵和，初載於一九二八年十一月二十二日北洋畫報第二四七期。稍後，詩人楊雲史（圻）有和章四闋亦見諸北洋畫報。雲若隔一重洋各自愁：「楊雲史先生既納新姬小琴，人皆以爲名士宜家，名花得主，雲史亦躊躇滿志。不知重洋之外，猶有望眼雙穿、柔腸百折者，則吕碧城女士是已。女士旅居瑞士，舊常與雲史詩筒往還，文字因緣，締來已久。近吕女士有詞四闋寄雲史，並媵長函，中有語云：『天地悠悠，我將安託？』此蕩氣迴腸之語，信當有爲而發。異邦獨客，形影自傷，因作歸宿之思，是亦人情之正。然而青陵孤蝶，竟已飛上别枝，滄海百年，心事終成虛話，此真人間無可奈何事。而楊則琴已成聲，盆難再鼓，想更嗟辜負良機，碧海雲天，將『隔一重洋各自愁』已！」（見北洋畫報第二四三期）

〔二〕天地句，陳子昂登幽州臺歌詩：「念天地之悠悠，獨愴然而涕下。」

〔三〕一自句，史記魯仲連列傳：「彼秦者，棄禮義而上首功之國也，權使其士，虜使其民。彼即肆然而爲帝，過而爲政於天下，則連有蹈東海而死耳，吾不忍爲之民也。」又：「聊城亂，田單遂屠聊城。歸而言魯連，欲爵之。魯連逃隱於海上，曰：『吾與富貴而詘於人，寧貧賤而輕世肆志焉。』」高蹈，猶遠行。此指魯仲連蹈海而死。郭璞遊仙詩：「高蹈風塵外，長揖謝夷齊。」

〔四〕千年句，謂千載之下，碧海失色，是因爲再無魯仲連那樣剛正不阿的高士。

【評】

孤雲評吕碧城女士信芳集：激昂悲壯。

前調

海上秋來人不識。仙籟横空〔一〕，只許仙心覺。小立瑶臺揮羽箑〔二〕。新涼情緒憑誰説。不用宫紗籠麝熵〔三〕。帝網千珠〔四〕，分作家家月。惟願冰輪常皎潔〔五〕。何妨火繖頹西極〔六〕。

【校】

〔不用五句〕北洋畫報、黄本、費本、信芳詞、曉珠詞二卷本均作「桂影當幃垂簶簌，撥影搴幃，莫障姮娥矚。瀉得銀輝清似渌，玉軀合稱蟾光浴」。

【箋注】

〔一〕仙籟，仙樂。此喻美妙的音樂。蘇舜欽演化琴德素高昔嘗供奉先帝聞予所藏寶琴求而揮弄不忍去因爲作歌以寫其意云詩：「風吹仙籟下虚空，滿坐沉沉竦毛骨。」參卷一百字令（萬峰潑墨）詞注。

〔二〕羽箑，羽扇。淮南子精神訓：「知冬日之箑，夏日之裘，無用於己。」高誘注：「箑，扇也。楚人謂扇爲箑。」

〔三〕麝爝，香燭之火。爝，小火。

〔四〕帝綱千珠，見卷一燭影摇紅（絮影萍痕）詞注。

〔五〕冰輪，喻涼月。

〔六〕火傘，喻烈日。韓愈遊青龍寺贈崔大補闕詩：「光華閃壁見神鬼，赫赫炎官張火傘。」西極，西方極遠之地。此指日落處。楚辭離騷：「朝發軔於天津兮，夕余至於西極。」

前調

迤邐湖堤光似研〔一〕。漢女湘姚〔二〕，盡態争游冶。爲避鈿車行陌野〔三〕。清吟卻怕衣香惹。　別浦凝陰風定也。蘆荻蕭蕭〔四〕，濠濮閒情寫〔五〕。雙占水天光上下〔六〕。一鳧對影成圖畫。

【校】

〔漢女湘姚〕北洋畫報、黄本、費本、信芳詞均作「不是湘皋」。〔盡態〕北洋畫報、黄本、費本、信芳詞均作「底事」。

【箋注】

〔一〕砑，碾磨物體，使其光亮。

〔二〕漢女湘娥，漢水和湘水女神，此泛指水邊麗人。湘娥，即湘靈。揚雄羽獵賦：「漢女水潛，怪物暗冥，不可殫形。」李善注引應劭曰：「漢女，鄭交甫所逢二女也。」後漢書馬融傳：「湘靈下，漢女遊。」李賢注：「湘靈，舜妃，溺於湘水，爲湘夫人也。見楚辭。漢女，漢水之神女。詩云：『漢有遊女。』」

〔三〕鈿車，以金屬或珍寶裝飾的車乘，舊時多爲貴族婦女所乘坐。杜牧街西長句詩：「繡鞅璁瓏走鈿車。」參卷一瑣窗寒（彩筆搜春）詞注。

〔四〕蘆荻句，劉禹錫西塞山懷古詩：「從今四海爲家日，故壘蕭蕭蘆荻秋。」

〔五〕濠濮閒情，謂逍遥閒適、清静無爲的情懷。莊子秋水：「莊子與惠子遊於濠梁之上。莊子曰：『儵魚出游從容，是魚之樂也。』惠子曰：『子非魚，安知魚之樂？』莊子曰：『子非我，安知我不知魚之樂？』惠子曰：『我非子，固不知子矣；子固非魚也，子之不知魚之樂，全矣。』莊子曰：『請循其本。子曰「汝安知魚樂」云者，既已知吾知之而問我，我知之濠上也。』」又，劉義慶世説新語言語第二：「簡文入華林園，顧謂左右曰：『會心處，不必在遠。翳然林水，便自有濠濮閒想也。』」

〔六〕雙占水天，謂上下水色天光同時占得。

前調

爲問閒愁抛盡否？收得乾坤，縹緲歸吟袖。雪嶺炎岡相競秀。一時寒熱同消受〔一〕。　淚雨吹香花落後。塵劫茫茫〔二〕，彈指旋輪驟〔三〕。便作飛仙應感舊〔四〕。五雲深處猶回首〔五〕。

【箋注】

〔一〕雪嶺二句，吕碧城歐美漫遊録火山：「予自茫特儒至拿坡里，相隔僅五日，兩地觀山一雪一火，寒熱懸殊，赤白相判，極宇宙之偉觀矣。」

〔二〕塵劫，佛教以一世爲一劫，無量無邊劫爲塵劫。大佛頂首楞嚴經正脉疏卷九：「猶如煮沙，欲成嘉饌。縱經塵劫，終不能得。」真鑑述：「劫麽，此云長時。塵劫者，微塵記彼劫數，極長時也。」參卷一摸魚兒（漾空濛）詞注。

〔三〕彈指句，形容時間像車輪飛快地旋轉而去。彈指，見卷一念奴嬌（文章何用）詞注。

〔四〕飛仙，碧城自喻。見卷二解連環（綺霞瀰漫）詞注。

〔五〕五雲深處，見卷一齊天樂（紫泉初啓隋宫鎖）詞注。又，篇末有碧城自注：「瑞、義比鄰，雪山火山，兩國相望。」

【評】

吴宓日記一九三一年四月十八日：自 Bassins 以上，則大雪，如冬日，遍地皆白，幸電車内有熱氣管，可禦寒。憶吕碧城「一時寒熱同消受」之句，甚覺其真。

三姝媚

滬友函稱，有於古玩肆購得傅君沅叔爲予書詩册者，珍襲徵詠，視如古蹟云，事見申報。予去國時，書笥皆寄存於滬，此物何由入市，且物主及書者均尚生存，竟邀詠歎，亦堪莞爾。賦此以寄慨焉〔一〕

芳塵封鄴架〔二〕。記蘭成匆匆〔三〕，錦帆西挂。滄海飄零，更傷心休問，年時書畫。尺素偷傳〔四〕，驚掌故、新添詩話。舊句籠紗〔五〕，翠瀋痕煙〔六〕，粉牋光砑〔七〕。　瞥眼雲煙過也〔八〕。悵脈望難仙〔九〕，浮生猶借。片羽人間〔一〇〕，笑鷄林胡賈〔一一〕，早矜聲價。知否吟踪，尚留戀、水柔雲冶。還憶家山夢影，長恩精舍〔一二〕。

【校】

題「古蹟」，費本作「古物」；「云事見申報」，費本作「事並見之申報」；「此物何由入市」後，黄本、費本、信芳詞均有「我躬不閲，遑恤我後」之語。

【箋注】

〔一〕本詞約作於一九二八年歲暮前後。碧城時居瑞士日内瓦。一九二八年八月二十七日申報覺迷傅增湘爲吕碧城書詩：「前教育總長傅增湘，光復之前，其凌夫人曾與吕碧城女士合辦女子學校於北京，黄郛夫人、朱炎夫人，咸畢業於是校焉。上星期日，部中休暇，因與朱君蓉鏡、陶君采彬、陳君希白，綴茗於山東路、福州路角之清風閣上。是地蓋爲古玩商場，爲販古董字畫者薈萃之所。陶君欲購胡公壽所書册頁，以議價不合，遂未成交。余則斥去半金，購得傅增湘爲吕碧城女士書詩一幅。……詩下繫以跋：『壬寅十月，有大梁之行，道謁比干墓，謹賦兩律以寄慨。頃吕碧城女士來索書，因録出之，惟削正是幸。甲辰四月沅叔傅增湘。』距今蓋已二十五年，其時碧城女士，殆與凌夫人合辦學校之時。兩詩書爲横幅，字逾方寸，余將裱爲小屏，懸之齋中云。」又，傅增湘藏園居士六十自述：「癸卯，考試散館，以一等第一名授職編修。……先是，旅津遇旗德吕碧城女士，喜其才贍學博，高軼時輩，因約英斂之、盧木齋、姚石泉等，倡設女學。先室凌夫人力贊之，偕碧城上謁楊文敬、唐少川諸公，醵金築舍，定名女子公學，令碧城主教習，而推余夫婦總其成。」

〔二〕鄴架，亦稱「鄴侯架」，指藏書之所。鄴侯，謂唐李泌。泌於貞元三年拜中書侍郎、同中書門下平章事，累封鄴縣侯，家富藏書。韓愈送諸葛覺往隨州讀書詩：「鄴侯家多書，插架三萬軸。」又，王應麟困學紀聞考史：「李泌父承休，聚書二萬餘卷，戒子孫不許出門，有求讀者，别院供饌。鄴侯家多書，有自來矣。」

〔三〕蘭成，北周文學家庾信小字。陸龜蒙小名録：「庾信幼而俊邁，聰敏絶倫，有天竺僧呼信爲蘭成，因以爲小字。」按，庾信原仕梁，奉命出使西魏，值梁爲西魏所滅，遂羈留異鄉。後入北周。晚年作品多悲愁憂思、懷念故國之情。

〔四〕尺素，書信。此借指傅氏爲碧城所書詩册。古樂府飲馬長城窟行：「客從遠方來，遺我雙鯉魚。呼兒烹鯉魚，中有尺素書。」吕向注：「尺素，絹也。古人爲書，多書於絹。」

〔五〕籠紗，王定保唐摭言卷七：「王播少孤貧，嘗客揚州惠昭寺木蘭院，隨僧齋飡。諸僧厭怠，播至，已飯矣。後二紀，播自重位出鎮是邦，因訪舊遊，向之題已皆碧紗幕其上。播繼以二絶句曰：『二十年前此院遊，木蘭花發院新修。而今再到經行處，樹老無花僧白頭。』『上堂已了各西東，慚愧闍黎飯後鐘。二十年來塵撲面，如今始得碧紗籠。』」又，吴處厚青箱雜記卷六：「世傳魏野嘗從萊公遊陝府僧舍，各有留題。後復同遊，見萊公之詩已用碧紗籠護，而野詩獨否，塵昏滿壁。時有從行官妓頗慧黠，即以袂就拂之。野徐曰：『若得常將紅袖拂，也應勝似碧紗籠。』萊公大笑。」

〔六〕翠瀋痕煙，謂墨跡。古代書寫皆用筆墨。凡墨，或以「松煙法」或以「油煙法」製之，一燃松取煙墨，一燃油取煙墨，復和以鹿角、馬牛角膠並摻以麝香等物製成。翠瀋，即翠汁，指代鹿膠汁（鹿膠色青）；痕煙，謂燃松、油所取之煙灰（色黑）。墨經：「魏夫人曰：『墨取廬山松煙，代郡鹿膠。』」又引唐本草注：「麋角、鹿角煮濃汁，重煎成膠。」瀋，汁也。

〔七〕粉箋句，見卷二翠樓吟（黯骨冰清）詞注。

〔八〕瞥眼句，蘇軾寶繪堂記：「譬之煙雲之過眼，百鳥之感耳，豈不欣然接之，然去而不復念也。」

〔九〕脈望難仙，太平廣記卷四二何諷：「唐建中末，書生何諷嘗買得黃紙古書一卷，讀之，卷中得髮捲，規四寸，如環無端，諷因絶之。斷處兩頭滴水升餘，燒之作髮氣。諷嘗言於道者。道者曰：『吁，君固俗骨，遇此不能羽化，命也。據仙經曰：蠹魚三食神仙字，則化爲此物，名曰脉望。夜以規映當天中星，星使立降，可求還丹。取此水和而服之，即時换骨上升。』因取古書閲之，數處蠹漏，尋義讀之，皆『神仙』字，諷方嘆伏。」

〔一〇〕片羽，吉光片羽之省稱。以神獸身上一片毛，喻殘存的文物珍品。焦竑李氏焚書序：「斷管殘沈，等於吉光片羽。」

〔一一〕鷄林，古新羅國，地在今朝鮮半島。傳唐時鷄林商人曾收集白居易詩作，賣給本國喜歡白詩的相國。元稹白氏長慶集序：「又鷄林賈人求市頗切，自云：『本國宰相每以百金换一篇。其甚僞者，宰相輒能辨别之。』」

〔一二〕碧城自注：「先嚴築有長恩精舍，藏書三萬卷，遭家難，無一存者。」

花犯

日内瓦湖畔牡丹數株，看花已二度，爲題此闋〔一〕

炫芳叢，輕紅歐碧〔二〕，年華又如此。玄都觀裏。誰省識重來〔三〕，贏得憔悴。已諳世態浮雲味。吟懷慵料理。算也似、粉櫻三見，歸期猶未計。　風流弄絶塞胡妝，依然未减卻，天姿名貴。閒徙倚，問可是、洛陽遷地〔四〕？儘消受、鑾花頂禮〔五〕，引十萬、紅雲渡海水〔六〕。還怕説、寶欄春晚，宵來風雨洗〔七〕。

【校】

〔寶欄〕黄本、費本、信芳詞均作「祇園」。

【箋注】

〔一〕本詞作於一九二八年，碧城時居瑞士。

〔二〕鞓紅，見卷一齊天樂（紫泉初啓隋宫鎖）詞注。歐碧，陸游天彭牡丹譜：「碧花止一品，名曰歐碧。其花淺碧而開最晚，獨出歐氏，故以姓著。」

〔三〕玄都二句，駱天驤類編長安志卷五：「玄都觀在崇業坊。隋開皇二年，自長安故城徙通道觀於此，改名玄都。」餘參卷二摸魚兒（悄凝眸）詞注。

〔四〕洛陽遷地，宋時洛陽盛産牡丹，被譽爲天下第一，因云。歐陽修洛陽牡丹花品序：「牡丹出丹州、延州，東出青州，南亦出越州，而出洛陽者，今爲天下第一。」梅堯臣牡丹詩：「洛陽牡丹名品多，自謂天下無能過。」

〔五〕頂禮，佛教禮節。以頭叩地，表示敬意。

〔六〕十萬紅雲，喻花之多。紅雲，喻紅花。韓愈酬盧給事曲江荷花行詩：「曲江千頃秋波净，平鋪紅雲蓋鏡明。」

〔七〕宵來句，郝經芍藥詩：「夜來風雨洗殘春，芍藥還開春又新。」

喜遷鶯

得故國友人書，謂社稷壇芍藥千餘株，多金帶圍名種，近被暴民集會，踐踏無遺，爲賦此調，以代傳檄。希海内騷人結社招魂，俾暴徒愧悔，兼可爲文苑他年掌故也〔一〕

杯傳婪尾〔二〕，記滴粉浥脂〔三〕，豐臺争買〔四〕。穀雨吹晴，薔枝共晚〔五〕，長恨俊遊難再。海壖蜃樓春好〔六〕，故國雕欄春改〔七〕。馬蹄過，問翻階紅豔〔八〕，而今安在？堪怪。張綵幟，道是護花〔九〕，刈割同蕭艾〔一〇〕。芳信將離〔一一〕，仙魂不返，夢想錦雲飛蓋。早知舞衣金縷，輸與荷衣蕙帶。更鵑哭、倒冬青幾樹〔一二〕，窀香同採〔一三〕。

【校】

題「俾暴徒愧悔」，費本作「以愧暴者」。〔蜃樓〕費本作「祇園」。〔倒冬青〕費本作「繞冬青」。〔同採〕費本作「偷採」。

【箋注】

〔一〕本詞約作於一九二八年歲暮，碧城時居瑞士。據嘉慶重修一統志卷一：「社稷壇在皇城内，午門之右，北向。明永樂八年建，本朝乾隆二十一年因舊制重修，每年春秋二仲月上戊日致祭。」又，舊都文物略園囿略：「中山公園原名中央公園，十七年始改名中山，原爲社稷壇，壇制正方石陛三成，陛各四級，上成用五色土隨方築之，中埋社主。石壇甃以琉璃瓦，各如其方之色，四面建欞星門。北爲拜殿，又北爲祭殿。」又，廣羣芳譜卷四五引劉頒芍藥譜：「花有紅葉黄腰者，號金帶圍。」

〔二〕婪尾，見卷二摸魚兒（又匆匆）詞注。

〔三〕滴粉浥脂，此處形容芍藥嬌豔柔嫩，如同薄施濕潤的脂粉。

〔四〕豐臺句，嘉慶重修一統志卷八順天府三：「豐臺，在宛平縣西南草橋南，爲京師種花之所。芍藥之盛，連畦接畛，彌野絢爛。相傳元人園亭皆在於此。」

〔五〕薔枝共晚，謂芍藥和薔薇一同過了花期。秦觀春日詩：「有情芍藥含春淚，無力薔薇卧曉枝。」此用其意。

〔六〕海壖，海邊。蜃樓，海市蜃樓。由大氣光綫折射所顯現之奇異幻景，古人誤以爲蜃吐氣而成。此喻指城市高樓。

〔七〕故國句，李煜虞美人詞：「雕闌玉砌應猶在，只是朱顔改。」

〔八〕翻階紅豔，謝脁直中書省詩：「紅藥當階翻，蒼苔依砌上。」紅豔，指芍藥。

〔九〕張綵幟二句，唐崔玄微在花苑中遇數美人，自謂苦惡風，居止不安，在失去十八姨相庇護後，乞請玄微於每年正月初一日作一綵旗，上圖日月五星之文，可免難。玄微從之，至其日張綵旗，外面折樹飛沙，而苑中繁花無恙。見谷神子博異志。後人遂用作綵旗護花之典。

〔一〇〕蕭艾，淮南子俶真訓：「順風縱火，膏夏紫芝與蕭艾俱死。」高誘注：「蕭艾，賤草。」

〔一一〕將離，見卷一三姝媚（花枝紅半吐）詞注。

〔一二〕更鵑哭句，元代僧官楊璉真伽曾盜發浙江紹興城外宋六陵，後南宋遺民林景熙、唐珏等人冒險收斂屍骨，並移宋宫冬青一株以爲標識。林景熙有夢中作詩云：「獨有春風知此意，年年杜宇哭冬青。」屈大均廣東新語卷二五：「女青，一名萬年枝，一名冬青，亦曰女貞木。身大合抱，肉厚皮麄，經冬不謝，結子青黑色，有瓢核，飛禽嗜之，亦名凍青。」

〔一三〕窀香句，碧城自注：「東陵古蹟亦被摧殘。」窀，墓穴。

醜奴兒慢〔一〕

東横泰岱，誰向峰頭立馬？最愁見、銅標光黯〔二〕，翠島雲昏。一旅揮戈，秦關百二竟無人〔三〕。從今已矣，羞看貂錦，怯涴胡塵〔四〕。　鼎尚沸然〔五〕，殘膏未盡，腐鼠猶瞋〔六〕。更繡幕、閒燒官燭〔七〕，紅照花魂。徧野哀鴻〔八〕，但無餘唳到營門。迎春椒頌〔九〕，八方争説，草木同新。

【校】

〔鼎尚沸然〕黄本、費本、信芳詞均作「鼎沸依然」。

【箋注】

〔一〕本詞約作於一九二八年歲暮前後，碧城時在瑞士。

〔二〕銅標，宋之問早發韶州詩：「珠厓天外郡，銅柱海南標。」餘參卷二解連環（萬紅深塢）詞注。

〔三〕秦關百二，見卷一浪淘沙（百二莽秦關）詞注。

〔四〕羞看二句，陳陶隴西行詩：「誓掃匈奴不顧身，五千貂錦喪胡塵。」貂錦，貂裘，錦衣。古代兵將所著，因用以借指將士。涴，同「污」。廣韻過韻：「涴，泥著物也。亦作污。」

〔五〕鼎尚沸然，喻形勢紛擾動亂。漢書霍光傳：「今羣下鼎沸，社稷將傾。」

〔六〕腐鼠句，莊子秋水：「惠子相梁，莊子往見之。或謂惠子曰：『莊子來，欲代子相。』於是惠子恐，搜於國中三日三夜。莊子往見之，曰：『南方有鳥，其名爲鵷鶵，子知之乎？夫鵷鶵，發於南海而飛於北海，非梧桐不止，非練實不食，非醴泉不飲。於是鴟得腐鼠，鵷鶵過之，仰而視之曰：「嚇！」今子欲以子之梁國而嚇我邪？』」腐鼠，喻極輕賤卑微之物。

〔七〕更繡幕二句，謂將帥通宵達旦擁紅偎翠，尋歡作樂。蘇軾海棠詩：「只恐夜深花睡去，故燒高燭照紅妝。」

〔八〕哀鴻，喻流離失所，悲哀呼號的災民。詩小雅鴻雁：「鴻雁于飛，哀鳴嗷嗷。」

〔九〕椒頌，即椒花頌，新年迎春獻辭。晉書劉臻妻陳氏傳：「劉臻妻陳氏者，亦聰辯能屬文，嘗正旦獻椒花頌。」黃溍中書省賀皇后正旦箋：「載新椒頌，展盛禮於三朝。」

沁園春〔一〕

時序重逢，檢點寒馨〔二〕，東籬又黃〔三〕。痛靈萱堂下〔四〕，曾睽萊綵〔五〕，高椿冢畔〔六〕，莫奠椒漿。磨蠍光陰〔七〕，摶沙身世〔八〕，豈待而今始斷腸。天涯遠，衹孤星怨曉〔九〕，病葉啼霜。　家山夢影微茫。記摘蔓燃萁舊恨長〔一〇〕。便宮鸚前面，言將未忍〔一一〕，風人旨外〔一二〕，哀已成傷。月冷松楸，塵封馬鬣〔一三〕，泉路棲遲各一鄉。凝眸處，但淒風獵獵〔一四〕，白日荒荒〔一五〕。

【校】

〔痛靈萱堂〕黃本、費本、信芳詞、曉珠詞二卷本均作「悵靈萱堂」。

【箋注】

〔一〕本詞收入海外新詞、信芳詞增刊。據詞中「檢點寒馨，東籬又黄」語，當作於一九二八年秋。碧城時在瑞士日内瓦。

〔二〕寒馨，指菊花。

〔三〕東籬，泛指種菊之處。陶潛飲酒詩之五：「採菊東籬下，悠然見南山。」

〔四〕萱堂，母親居室。語本詩衛風伯兮：「焉得諼草，言樹之背。」毛傳：「諼草令人忘憂。背，北堂也。」陸德明釋文：「諼，本又作萱。」儀禮有司徹：「主婦北堂，司宫設席東面。」鄭玄注：「北堂，中房以北。」葉夢得再任後遺模歸按視石林詩：「白髮萱堂上，孩兒更共懷。」

〔五〕萊綵，即萊衣。藝文類聚卷二〇引列女傳：「老萊子孝養二親，行年七十，嬰兒自娱，著五色彩衣。嘗取漿上堂，跌仆，因卧地爲小兒啼，或弄烏鳥於親側。」高明琵琶記卷上蔡宅祝壽：「要將萊綵歡親意，且戴儒冠盡子情。」

〔六〕椿冢，謂父親墳墓。椿，樹名。莊子逍遥遊有大椿長壽之説，後世因以椿稱父。

〔七〕磨蠍句，謂生平時光常在謗譽中度過。磨蠍，亦作「磨蝎」，星宿名。葛立方韻語陽秋卷一七：「退之三星行云：『我生之辰，月宿南斗。』以五星法準之，則知退之以磨蠍爲身宫。又云：『牛奮其角，箕張其口。牛不見服箱，斗不挹酒漿，箕獨有神靈，無時停簸揚。無善名已聞，無惡身已讙。』則知太陰在磨蠍者，主得謗譽。東坡嘗援退之三星行之句，以謂僕以磨蠍爲命，殆與退之同病。」

〔八〕摶沙句，謂身世凄凉，慈親似摶沙易散，很早就去世。蘇軾二公再和亦再答之詩：「親友如摶沙，放手還復散。」鄭文焯齊天樂白石碧山詠物之作多取是調託興深美因效其體賦蟹詞：「嘆身世摶沙，蜆螺羞伴。」

〔九〕孤星，碧城自喻。孟棨本事詩徵咎第六：「崔曙進士作明堂火珠詩試帖曰：『夜來雙月滿，曙後一星孤。』當時以爲警句。及來年，曙卒，唯一女名星星，人始悟其自識也。」後世因此稱人死後僅遺孤女爲孤星或曙後孤星。

〔一〇〕摘蔓燃萁，參卷二摸魚兒（望凄迷寒漪銜苑）詞注。碧城幼時其母嚴夫人被擄，家中曾遭惡族欺凌，後復因故與二姊美蓀失和，因喻。吕美蓀勉麗園隨筆：「吾親昔被命，星軺賦長征。……歸來僑六安，愛此山水並。一朝棄孤弱，惡族虎視瞵。叱使獻所有，不然滅汝門。母氏銜哀白，爾黨一何瞋。盡獻匪所恤，莫使諸雛驚。入室盜爲主，洶洶敢抗論。」又，碧城歐美漫遊録予之宗教觀：「予於家庭錙銖未取，父母遺産且完全奉讓（予無兄弟，諸姊已嫁，予應承受遺産），可告無罪於親屬矣。顧乃衆叛親離，骨肉齮齕，倫常慘變，而時世環境尤多拂逆。」

〔二〕便宫鸚二句，朱慶餘宫中詞詩：「含情欲説宫中事，鸚鵡前頭不敢言。」

〔三〕風人，曹植求通親親表：「是以雍雍穆穆，風人詠之。」呂延濟注：「風人，詩人也。」

〔三〕馬鬣，墳墓封土呈馬鬣之狀。禮記檀弓上：「昔者夫子言之曰：『吾見封之若堂者矣，見若坊者矣，見若覆夏屋者矣，見若斧者矣。從若斧者焉。』馬鬣，封之謂也。」孔穎達疏：「馬鬣之上，其肉薄，封形似之。」李賀王濬墓下作詩：「耕勢魚鱗起，墳科馬鬣封。」

〔四〕獵獵，風聲。黄機清平樂江上重九詞：「西風獵獵，又是登高節。」

〔五〕荒荒，黯淡無際貌。杜甫漫成詩：「野日荒荒白，春流泯泯青。」

清平樂〔一〕

尋尋覓覓〔二〕。印徧芳洲跡。故國愁雲横遠碧。莫問梅枝消息〔三〕。　異鄉消得憑欄。身閒便覺天寬〔四〕。野樫紅迷古堡〔五〕，海棕青過沙灣。

【箋注】

〔一〕本詞與後四闋清平樂均作於一九二八年，碧城時仍隱居瑞士雪山。

〔二〕尋尋句，李清照聲聲慢詞：「尋尋覓覓，冷冷清清，凄凄惨惨戚戚。」

〔三〕梅枝消息，化用陸凱贈范曄詩意，借指故國友人音訊。參卷一高陽臺（仙麝吹塵）詞注。

〔四〕身閒句，王建惜歡詩：「狂來欺酒淺，愁盡覺天寬。」

〔五〕檉，詩大雅皇矣：「啓之辟之，其檉其椐。」朱熹集傳：「檉，河柳也，似楊，赤色，生河邊。」

前調

亂山蒼莽。若個成孤往。遠市紅塵飛不上〔一〕。祇有雲光相向。　荒寒殘雪無垠。卜居誰寄天真。消得翠屏環拱〔二〕，一椽茅屋爲尊。

【箋注】

〔一〕遠市句，史達祖隔浦蓮詞：「紅塵飛不到處，此地知無暑。」

〔二〕翠屏，緑色的石屏峭壁。孫綽遊天台山賦：「踐莓苔之滑石，搏壁立之翠屏。」

前調

林巒深窈。萬緑飛輪悄〔一〕。俯瞰湖光千丈杳。洞口一奩低小。　兩厓燦錦鋪霞。無名不識蠻花〔二〕。車軌陡懸梯級，山田横劃袈裟〔三〕。

【校】

〔悄〕費本誤作「峭」。

【箋注】

〔一〕飛輪，指空中纜車。

〔二〕無名句，查慎行自沅州抵麻陽二首之一詩：「楚樹含情如有待，蠻花問俗總無名。」

〔三〕袈裟，僧尼所穿之水田衣。元照佛制比丘六物圖：「袈裟之條相，等於世之田疇。」

前調

錦屏曾隔。胡越同舟識〔一〕。花葉誰書傳素翼〔二〕。還待象胥重譯〔三〕。　前番山水因緣。今番槃敦聯歡〔四〕。儘狎江湖鳧雁，偏瞻萬國衣冠〔五〕。

【校】

〔萬國〕黄本、費本、信芳詞、曉珠詞二卷本均作「夷狄」。

【箋注】

〔一〕胡越同舟，蘇軾大臣論下：「故曰同舟而遇風，則胡越可使相救如左右手。」黄景仁途中遘病頗劇愴然作詩：「悟到往來惟一氣，不妨胡越與同舟。」

〔二〕花葉，見卷二更漏子（句聯珠）詞注。 素翼，段成式酉陽雜俎前集卷一六：「齊郡函山有鳥，足青，嘴赤黄，素翼，絳顙，名王母使者。」

〔三〕象胥，猶今之翻譯。周禮秋官象胥：「象胥掌蠻夷、閩貉、戎狄之國使，掌傳王之言而諭説焉。」于鬯香草校書周禮五象胥職：「蓋禮與辭皆可以文字傳之，惟蕃國則文字不必盡通。故不以文字而以言。言傳之者，以口譯傳之也。序注云：『通夷狄之言者曰象胥。』是也。」重譯，輾轉翻譯。漢書平帝紀：「越裳氏重譯獻白雉一，黑雉二。」師古注：「譯謂傳言也。道路絶遠，風俗殊隔，故纍譯而後乃通。」

〔四〕椝敦，食器。見卷二滿庭芳（倦枕欹愁）詞注。

〔五〕遍瞻句，王維和賈至舍人早朝大明宫之作詩：「九天閶闔開宫殿，萬國衣冠拜冕旒。」

前調

百年飄瞥。來去原無著。夢抱曉珠歸舊闕〔一〕。一笑水空雲邈。已羞叔世浮名〔二〕。

仍羈滄海餘生〔三〕。哀入江樓倦枕，禁他午夜灘聲。

【箋注】

〔一〕曉珠，喻朝日。李商隱碧城詩：「若是曉珠明又定，一生長對水精盤。」

〔二〕叔世，國運衰亂的時代。左傳昭公六年：「三辟之興，皆叔世也。」孔穎達疏引服虔云：「政衰爲叔世。」

〔三〕仍羈句，蘇軾臨江仙詞：「小舟從此逝，江海寄餘生。」

金縷曲

倫敦快報稱銀幕明星范倫鐵諾 R. Valentino 之死，世界億萬婦女贈以涕淚及香花，而無黄金之賻，迄今借厝他塋，不克遷葬。其理事人發乞助之函千封於范氏富友，答者僅六函，予爲莞爾。曩予舟渡大西洋，曾夢范氏乞誄（事見鴻雪因緣），今賦此闋寄慨，兼償夙諾焉〔一〕。

孰肯黄金市？歎荒邱、塵封駿骨，一棺猶寄。知否恩如花梢露，花謝露痕晞矣。況幻影、游龍清戲〔二〕。人海茫茫銀波外，問歡場、若個矜風義？原慣態，事非異。征軺曾訪嗚珂里〔三〕。黯餘春、小桃零落，綺窗深閉。舊夢淒迷無尋處，消息翠禽重遞〔四〕。算吟債、今番堪抵〔五〕。記取仙槎西來夜，薦靈風、倦枕驚濤裏〔六〕。殘酒醒，絳燈灺。

【校】

題「涕淚」，費本作「淚眼」，黃本、信芳詞、曉珠詞二卷本均作「眼淚」；「僅」下，費本有「爲」字；「曩予」二句，費本無；「今賦」，費本作「並賦」。〔游龍清戲〕黃本、費本、信芳詞均作「魚龍游戲」。〔小桃〕黃本、費本、信芳詞、曉珠詞二卷本均作「碧桃」。〔綺窗〕黃本、費本、信芳詞、曉珠詞二卷本均作「小門」。〔記取四句〕黃本、信芳詞、曉珠詞二卷本均作「乞取神風東溟送，倚新聲、好賺同情淚。虚幕掩，夜燈灺」；費本同，唯「同情」作「惺惺」。

【箋注】

〔一〕本詞收入海外新詞及信芳詞增刊，約作於一九二八年初。碧城時居瑞士，並曾於一九二七年夏往游英京倫敦。據大美百科全書：范倫鐵諾（一八九五—一九二六），美國著名電影演員，曾「在銀幕上創造出拉丁情人的典型形象」。他出生於意大利卡斯特拉内塔（Castellaneta），一九一三年移居美國。先在紐約當園丁，後爲歌舞雜耍表演之舞蹈演員。一九一八年進入電影界，一九二一年因主演啓示録四騎士而一舉成名。此後，「他始終是女性觀衆們最崇拜的偶像」。

〔二〕游龍清戲，即魚龍曼延之戲，爲古代一種雜耍節目。漢書西域傳：「作巴俞都盧、海中碭極、漫衍魚龍、角抵之戲以觀視之。」此處代指范倫鐵諾之影劇表演。

〔三〕征軺，遠行之車。　鳴珂里，新唐書張嘉祐傳：「嘉祐，嘉貞弟，有幹略。方嘉貞爲相時，任右金吾衛將軍。昆弟每上朝，軒蓋騶導盈閭巷，時號所居坊曰『鳴珂里』。」

〔四〕黯餘春四句，碧城歐美漫遊録荷萊塢諸星之宅墅：范倫鐵瑙故居「建築古樸而鬱悶，宜居者之不壽。門窗悉閉，廊間尚挂金籠，空而無鳥，殆有之亦已殉主耶？沿堦珍叢凌亂，有不知名之異本翹然只作一花，色紺而嬌靚，爲朵絶巨，但欹側下垂，若藴無窮之凄怨。」

〔五〕吟債，謂以詞代誄。　詞題：「舟渡大西洋，曾夢范氏乞誄（事見鴻雪因緣），今賦此闋寄慨，兼償宿諾。」句意本此。按，鴻雪因緣，即歐美漫遊録。今檢其中舟渡大西洋范倫鐵瑙之夢謁條，未見范氏乞誄事，但云「范氏其猶未忘人間令節耶？惜予筆墨久荒，殊無佳搆爲闡揚徽采於東亞古邦，有負幽靈之謁，徒貽江淹才盡之慚。」

〔六〕記取二句，碧城歐美漫遊録舟渡大西洋范倫鐵瑙之夢謁：「益以風浪激簸，竟夕不能成寐，僅矇眯一霎，忽睹一頎秀之影閃入艙中，則范倫鐵瑙也，手持名刺謁予，其片較普通式略大而方，紙作淺藍色，印以深藍墨膠之字。」　仙槎，參卷一鷓鴣天（一杼流霞織錦躔）詞注。　靈風，神靈風範。　歐陽詢藝文類聚卷十三晉簡文帝哀策文：「湛湛神儀，穆穆靈風。」

洞仙歌　戊辰中秋，計予再度去國又二年矣〔一〕

圓規無恙〔二〕。自乘桴西去，二十三番弄消長〔三〕。看蒼茫秋色，窈窕冰姿，又宛宛、來伴客星同朗〔四〕。淮南還木落〔五〕，問訊銅仙，曾否宵啼淚盈掌〔六〕？故國幾悲歡，分付西風，掃太華、殘雲來往〔七〕。喜法曲霓裳遠能傳〔八〕，播桂子天香〔九〕，共成心賞。

【箋注】

〔一〕本詞作於一九二八年九月二十八日，時届中秋。碧城自一九二六年九月客居瑞士，至此已歷二載。

〔二〕圓規，形容滿月。

〔三〕自乘桴二句，論語公冶長：「子曰：道不行，乘桴浮於海。」二十三番，即題所謂「二年」而言。消長，猶圓缺。

〔四〕宛宛，盤轉貌。柳宗元哭連州凌員外司馬詩：「宛宛凌江羽，來棲翰林枝。」客星，作者自喻。向子諲西江月番禺趙立之郡王席上詞：「客星乘興泛仙槎，誤到支機石下。」參卷一鷓鴣天（一杼流霞織錦躔）詞注。

〔五〕淮南句，韓愈秋字詩：「淮南悲木落，而我亦傷秋。」此用其意。

〔六〕問訊二句，三輔黃圖卷三：「神明臺，武帝造，祭仙人處，上有承露盤，有銅仙人，舒掌捧銅盤玉杯，以承雲表之露。」李賀金銅仙人辭漢歌序：「魏明帝青龍元年八月，詔宮官牽車西取漢孝武捧露盤仙人，欲立置前殿。宮官既拆盤，仙人臨載，乃潸然淚下。」餘參卷一齊天樂（紫泉初啓隋宮鎖）詞注。

〔七〕太華，山名。即西嶽華山，在今陝西省華陰縣南，因其西有少華山，故稱。顧祖禹讀史方輿紀要陝西一泰華：「泰華山在西安府華州華陰縣南十里，即西嶽也。舜典：『八月西巡狩，至於西嶽。』禹貢：『導河至於華陰。』即華山之北矣。周禮職方豫州：『其山鎮曰華山。』山海經：『太華之山，削成而四方，高五千仞，廣十里，遠而望之，若華然，故曰華山。』」

〔八〕法曲，新唐書禮樂志：「初隋有法曲，其音清而近雅，其器有鐃、鈸、鐘、磬、幢簫、琵琶。」白居易江南遇天寶樂叟詩：「能彈琵琶和法曲，多在華清隨至尊。」霓裳，見卷一齊天樂（紫泉初啓隋宮鎖）詞注。

〔九〕桂子天香，宋之問靈隱寺詩：「桂子月中落，天香雲外飄。」

玉漏遲〔一〕

舊遊迷杜芷〔二〕。採芳重到，歲華更替。無恙闌干，消得幾回閒倚？逝水不分今古，且莫問、滄桑何世。差自喜。吟懷未減，素心堪寄。　園林昨夜新霜，弄熟柿垂丹，晚枇凝翠。天際瑶峰，還又綺霞微翳。道是山川信美〔三〕，可祓得、人間疵癘〔四〕？殘照裏。高歌海門秋麗〔五〕。

【校】

〔無恙〕費本作「幾曲」。〔幾回〕費本作「客中」。〔素心堪寄〕黄本、費本、信芳詞均作「一樽堪酹」。〔弄〕費本作「釀」。

【箋注】

〔一〕本詞作於一九二八年秋，碧城時居瑞士日内瓦。

〔二〕杜芷，香草。即杜若、白芷。楚辭離騷：「畦留夷與揭車兮，雜杜衡與芳芷。」王逸注：「杜衡、芳芷，皆香草也。」司馬相如子虛賦：「其東則有蕙圃，衡蘭芷若。」張揖注：

「芷，白芷也；若，杜若也。」

〔三〕山川信美，王粲登樓賦：「雖信美而非吾土兮，曾何足以少留！」

〔四〕袚，消除。疵癘，莊子逍遥遊：「其神凝，使物不疵癘而年穀熟。」成玄英疏：「疵癘，疾病也。」

〔五〕海門，内河通海處。元好問書扇贈李湛然詩：「江楓摇落海門秋，江水無風月半樓。」

慶春宫　雪後〔一〕

山市馳檋，冰壇競屐，胡天朔雪初乾。已霽仍嚴，將融又結，疎林慣寫蕭閒。風裁争峻〔二〕，指松柏、相期歲寒〔三〕。飄零休訴，人遠天涯，樹老江潭〔四〕。年時苦憶長安。韻鬬尖叉〔五〕，吟興偏酣。官閣梅花〔六〕，梁園賓客〔七〕，夢痕一樣闌珊。暮愁千疊，擁雲氣、横遮亂山。凄迷誰見，鴻爪西洲〔八〕，馬首藍關〔九〕。

【校】

〔山市二句〕黄本、費本、信芳詞均作「毳幕傳觴，雕弧較獵」。

【箋注】

〔一〕本詞作於一九二八年歲末，碧城時居瑞士雪山。

〔二〕風裁，猶風采。此指風格，品格。羅大經鶴林玉露卷一六：「爾風裁峭潔，志概激壯。」

〔三〕指松柏句，論語子罕：「歲寒，然後知松柏之後凋也。」何晏集解：「大寒之歲，衆木皆死，然後知松柏小彫傷；平歲則衆木亦有不死者，故須歲寒而後別之。喻凡人處治世，亦能自修整，與君子同。在濁世，然後知君子之正，不苟容也。」劉禹錫將赴汝州途出浚下留辭李相公詩：「後來富貴已零落，歲寒松柏猶依然。」

〔四〕樹老江潭，意謂流光易逝，歲月催人。庾信枯樹賦：「昔年種柳，依依漢南。今看摇落，凄愴江潭。樹猶如此，人何以堪！」

〔五〕尖叉，指舊體詩中難押之險韻。蘇軾雪後書北臺壁詩二首，其一末韻爲「試掃北臺看馬耳，未隨埋没有雙尖」；其二末韻爲「老病自嗟詩力退，空吟冰柱憶劉叉」。查慎行注引陸放翁云：「蘇文忠公雪詩，用『尖』、『叉』二韻，王文公有次韻詩，議者謂非二公莫能爲也。」秋瑾意難忘詞：「爐煙銷馝馞，箔影鬭尖叉。」

〔六〕官閣句，杜甫和裴迪登蜀州東亭送客逢早梅相憶見寄詩：「東閣官梅動詩興，還如何遜在揚州。」

〔七〕梁園句，李商隱寄令狐郎中詩：「休問梁園舊賓客，茂陵秋雨病相如。」梁園，漢景帝時梁孝王宫苑。參前陌上花（十年吟管）詞注。按，碧城早年曾偕女友探梅鄧尉，結伴吟咏，在津門大公報館與文人詩詞唱和，故有「官閣梅花」、「梁園賓客」語。

〔八〕鴻爪，喻往事如同飛鴻留下的爪印。參卷二新雁過妝樓（萬笏瑶峰）詞注。西洲，見卷一浪淘沙（寒意透雲幬）詞注。

〔九〕藍關，即藍田關，一名嶢關。在今陝西藍田縣南。韓愈左遷藍關示姪孫湘詩：「雲横秦嶺家何在，雪擁藍關馬不前。」按，西洲、藍關，借指故國舊游之地。

浣溪紗〔一〕

處處煙波鎖畫橋。夢中猶自倦雙橈。仙源長寄轉無聊〔二〕。　欹枕鄉心驚斷雁，捲簾秋影見層嶕。欲隨風雨入中條〔三〕。

【箋注】

〔一〕據詞中「仙源」、「秋影」語，知本詞作於一九二八年秋，碧城時居瑞士日内瓦。

〔二〕仙源，喻指湖光山色掩映下的日内瓦風景勝地。餘參卷一沁園春（如此仙源）及浪淘沙擬李後主詞注。無聊，鬱悶。王逸九思逢尤：「心煩憒兮意無聊。」

〔三〕欲隨句，許渾秋日赴闕題潼關驛樓詩：「殘雲歸太華，疏雨過中條。」中條，山名。在今山西省永濟縣。因處太行山與華山之中，故名。傳爲道家修煉之地。

蝶戀花〔一〕

法曲先聞猶隔面〔二〕。繡幕開時，一霎横波亂〔三〕。七寶妝成來閬苑〔四〕。天衣曳處星辰閃〔五〕。優孟風流班宋豔〔六〕。不逞名場，便向歌場現。舉世滔滔聲色戀。燒殘秦火才人賤〔七〕。

【箋注】

〔一〕本詞作於一九二八年至一九二九年間，碧城時在瑞士。

〔二〕法曲，見卷二洞仙歌（圓規無恙）詞注。

〔三〕横波，傅毅舞賦：「眉連娟以增繞兮，目流睇而横波。」李善注：「横波，言目邪視，如水横流也。」

〔四〕七寶，泛指多種寶物。李嶠牀詩：「玳瑁千金起，珊瑚七寶妝。」閬苑，閬風之苑，仙人居所。此借指劇場。李商隱碧城詩之一：「閬苑有書多附鶴。」

〔五〕天衣，仙人之衣。此指戲裝。段成式酉陽雜俎續集卷五：「畫禮骨仙人，天衣飛揚。」

〔六〕優孟，春秋時楚國藝人。史記滑稽列傳：「優孟者，故楚之樂人也。長八尺，多辯，常以談笑諷諫。」索隱：「優者，倡優也。孟者，字也。」劉克莊水調歌頭八月上澣解印別同官席上賦詞：「莫是散場優孟，又似下棚傀儡，脱了戲衫還。」班宋，謂漢之班固及戰國之宋玉。均著名辭賦家，所作辭賦華美豔麗，爲人稱道。孔尚任桃花扇聽稗：「早歲清詞，吐出班香宋豔。」

〔七〕燒殘秦火，史記秦始皇本紀：丞相李斯曰：「臣請史官非秦記皆燒之。非博士官所職，天下敢有藏詩、書、百家語者，悉詣守、尉雜燒之。有敢偶語詩、書者弃市，以古非今者族，吏見知不舉者與同罪。令下三十日不燒，黥爲城旦。」

望湘人〔一〕

送征帆遠去，孤館悄歸，祇憐排悶無計。繡椅空時，錦茵凹處〔二〕，坐久餘温猶膩。

銀褪糖衣，灰殘菸尾〔三〕，分明眼底。恰匆匆、如夢相逢，那信伊人千里。紅萼新詞漫擬〔四〕。悵伶俜倦旅，歲闌心事。聽笑語誰家，暖入翠樽芳禊〔五〕。倘逢驛使，梅枝折寄〔六〕。冰雪郵程西比〔七〕。不辭化、一縷離魂，黏入緗苞寒蕊。

【箋注】

〔一〕據詞中「歲闌心事」語，知本詞當作於一九二八年歲尾。碧城時仍居瑞士日内瓦。

〔二〕錦茵，織錦褥墊。劉禹錫泰娘歌詩：「長鬟如雲衣似霧，錦茵羅薦承輕步。」

〔三〕銀褪二句，謂剥去包裹糖塊的錫紙，剩下雪茄吸完後的煙頭殘灰。菸尾，煙頭。菸，煙草。

〔四〕紅萼新詞，謂咏梅詞。紅萼，紅花。姜夔一萼紅人日登長沙定王臺詞：「有官梅幾許，紅萼未宜簪。」

〔五〕翠樽，曹植七啓：「於是盛以翠樽，酌以彫觴，浮蟻鼎沸，酷烈馨香。」呂延濟注：「翠樽，以翠飾樽也。」芳禊，指春日禊遊。禊，三月上巳，臨水袚除不祥謂之禊。

〔六〕倘逢二句，見卷一高陽臺（仙麝吹塵）詞注。

〔七〕碧城自注：「西比利亞鐵路。」

【評】孤雲評吕碧城女士信芳集：此詞前半，刻畫乍别回憶之景，真疑有鬼斧神工。本擬不列於此，以其有「銀裩糖衣」兩語，故録之。試思寫錫皮包之可可糖與燒剩之雪茄煙，雋妙至此，能不爲之擊節乎？

瑞鶴仙

散步日内瓦公園即景〔一〕

屐痕侵敗蘚。自覓覓尋尋，歲闌心眼。霜林弄秋絢。挾西來金氣〔二〕，别嚴妝面。喬松翠健。羡衹許、寒禽高佔。似宣和、畫本偷傳〔三〕，虬影鷟姿重見。還看。山眉愁倚，薄黛含顰，倦鬟堆怨〔四〕。美人騷畹。迨遲暮，轉凄豔〔五〕。尚依然緑徧，平蕪如此，豈必花時堪戀。對西風、料理清吟，賦情自遠。

【校】

〔西來二句〕黄本、費本、信芳詞均作「映蕭疎黄葉，素癥黔幹」。〔翠健〕黄本、費本、信芳詞均作「翠晚」。〔高佔〕信芳詞作「獨佔」。〔倦鬟句〕黄本、費本、信芳詞均作「淡妝流眄」。

【箋注】

〔一〕本詞作於一九二八年秋，碧城時居瑞士日内瓦。

〔二〕金氣，秋氣。梁簡文帝倡婦怨情詩：「玉關驅夜雪，金氣落嚴霜。」

〔三〕宣和畫本，指宋徽宗宣和年間宫廷畫家的院畫作品，多以山水花鳥、宫室樓臺爲題材，設色精致富麗，氣韻生動自然。

〔四〕薄黛、倦鬟，喻指山形山色。

〔五〕美人三句，點化楚辭離騷「惟草木之零落兮，恐美人之遲暮」句意，感念流光易逝。

洞仙歌

白葭居士繪松林，一人面海而立，題曰「湘水無情弔豈知」。南海康更生君見而哀之，題詩自比屈賈。而予現居之境，恰同此景，復以自哀焉，爰題此闋以應居士之囑。戊辰冬識於日内瓦湖畔〔一〕

何人袖手？對横流滄海，一樣無情似湘水〔二〕。任山留雲住，浪挾天旋〔三〕，争忍説、身世兩忘如此〔四〕。千秋悲屈賈〔五〕，數到嬋娟〔六〕，我亦年來儘堪擬。遺恨滿仙源，無盡闌干，更無盡、瀛光嵐翠。又變徵上聲遥聞動蒼涼〔七〕，倚畫裏新聲，萬松清吹〔八〕。

【校】

題「君」，費本作「先生」。　〔恰同〕，費本作「恰符」。

【箋注】

〔一〕據詞題，知本詞作於一九二八年冬，碧城時居瑞士。白葭居士，見卷一月華清（人影蘆深）詞注。「湘水無情吊豈知」，乃劉長卿長沙過賈誼宅詩句。南海康更生，指康有爲。楊蔭深中國學術家列傳：「康有爲初名祖詒，廣東南海人。初學於同邑朱次琦，因得博涉群學。光緒十五年，伏闕上書，不報。十九年既舉於鄉，漸負時譽。復於廣州築萬木草堂講學，廣召弟子，而尤以陳千秋、梁啓超爲最著，擬之孔門之回、賜。二十年，有爲與啓超組織强學會，謂非變法自强，則無以救中國。……又遊美洲，復歷歐、澳，成十一國遊記，署名更生。」

〔二〕一樣句，黄遵憲長沙吊賈誼宅詩：「楚廟欲呼天再問，湘流空吊水無情。」

〔三〕任山留二句，張炎壺中天詞：「浪挾天浮，山邀雲去。」

〔四〕争忍説句，白居易分司洛中多暇數與諸客宴游醉後狂吟偶成十韻因招夢得賓客兼呈思黯奇章公詩：「性與時相遠，身將世兩忘。」

〔五〕屈賈，屈原、賈誼。二人平生境遇相似，同遭毁讒，流落楚地，後人深以爲悲。

〔六〕嬋娟，泛指女子。方干贈趙崇侍御詩：「却教鸚鵡呼桃葉，便遣嬋娟唱竹枝。」

〔七〕變徵，古代七音之一。聲調多凄愴悲凉。魏書樂志：「黄鍾爲宫，太蔟爲商，沽洗爲角，林鍾爲徵，南吕爲羽，應鍾爲變宫，蕤賓爲變徵。」史記刺客列傳：「高漸離擊筑，荆軻和而歌，爲變徵之聲，士皆垂淚涕泣。」

〔八〕萬松句，張栻清明後七日與客同爲水東之遊翌朝賦此詩：「澗水雜鳴佩，松風發清吹。」清吹，此處指管樂發出清越的聲音。

玉樓春〔一〕

人間那是消魂處。咫尺西洲成小住〔二〕。翠瀾三面繞妝樓，柔櫓一雙摇夢雨〔三〕。清歌叠引公無渡〔四〕。休向枝頭聽杜宇〔五〕。從教憔悴滯天涯〔六〕，肯説高寒愁玉宇〔七〕。

【校】

〔清歌叠引〕黄本、費本、信信詞均作「清樽滿引」。

【箋注】

〔一〕本詞作於一九二八年或一九二九年間，碧城時居瑞士日内瓦。

〔二〕咫尺西洲，即咫尺天涯意。西洲，借指歐洲。餘參卷一浪淘沙（寒意透雲幬）詞注。

〔三〕夢雨，李商隱重過聖女祠詩：「一春夢雨常飄瓦，盡日靈風不滿旗。」王若虛滹南詩話卷下：「蓋雨之至細若有若無者，謂之夢。」

〔四〕公無渡，樂府歌辭名。崔豹古今注卷中：「箜篌引，朝鮮津卒霍里子高妻麗玉所作也。高晨起刺船而櫂，有一白首狂夫，被髮提壺，亂流而渡，其妻隨呼止之，不及，遂墮河水死。於是援箜篌而鼓之，作公無渡河之曲，聲甚淒愴。」

〔五〕杜宇，鳥名。又名子規、杜鵑，鳴聲淒清哀怨，聲似「不如歸去」。唐無名氏雜詩：「等是有家歸未得，杜鵑休向耳邊啼。」又，柳永安公子詞：「聽杜宇聲聲，勸人不如歸去。」

〔六〕從，張相詩詞曲語辭匯釋卷一：「從，猶任也；聽也。」蘇軾水龍吟次韻章質夫楊花詞：「似花還似非花，也無人惜從教墜。」

〔七〕肯説句，蘇軾水調歌頭丙辰中秋歡飲達旦大醉作此篇兼懷子由詞：「我欲乘風歸去，又恐瓊樓玉宇，高處不勝寒。」

漁家傲〔一〕

欲避煩憂何所適。浮邱挹袖洪厓拍〔二〕。渺渺幽踪臨衆壑。愁千斛。雲光磨洗天風濯。萬緑自成清净色。玉輝珠媚渾嫌濁〔三〕。峭壁孤花紅一萼。標高格。名園羅綺慵迴矚。

【校】

〔名園〕黄本、費本、信芳詞均作「祇園」。

【箋注】

〔一〕本詞約作於一九二八年秋杪，碧城時在瑞士。

〔二〕浮丘、洪厓，皆古代傳説中仙人。郭璞遊仙詩之三：「左挹浮丘袖，右拍洪厓肩。」

〔三〕玉輝珠媚，謂閃光的寶石，美豔的明珠。何紹基善化張氏族譜序：「珠媚玉輝，郁而必耀。」

月華清〔一〕

雕影横秋，人煙破暝，詩懷一昔催换。境入荒寒，恰好素襟堪浣。伴哀蛩、新句重商，擷晚菊、舊情仍戀。緩緩。向林皋石磴，等閒尋徧。　何處巫雲吹卷〔二〕？指依樣嶔崎〔三〕，蜀峰攢劍〔四〕。倦旅登臨，贏得幾番悽黯。和樵歌、松籟淒鏘，弄燈影、雪窗紅顫。宛宛〔五〕。但蒼龍西走〔六〕，暮山無斷。

【校】

〔伴哀蛩〕黄本、費本、信芳詞均作「和哀蛩」。　〔和樵歌二句〕黄本、費本、信芳詞均作「怨征樵、霜徑初迷，問歸獵、雪窗誰伴」。

【箋注】

〔一〕本詞作於一九二八年秋冬之際，碧城時在瑞士。

〔二〕巫雲，巫山一段雲。原喻女子髮髻或身段優美，此指巫山雲彩。

〔三〕嶔崎，高峻不平。謝靈運山居賦：「上嶔崎而蒙籠，下深沉而澆激。」

〔四〕蜀峰，喻指阿爾卑斯山峰。

〔五〕宛宛，迤邐曲折貌。張祜車遥遥詩：「碧川迢迢山宛宛，馬蹄在耳人在眼。」

〔六〕蒼龍，蘇頌新儀象法要卷中：「東宫蒼龍，謂角、亢、氐、房、心、尾、箕七宿，其形如龍，在東方，故曰蒼龍。」蘇軾夜泛西湖五絶之二詩：「明朝人事誰料得，看到蒼龍西没時。」王次公注：「蒼龍，角亢之宿，夜半而没。」

丁香結

夢於倫敦友人處見予所繪水墨大士像，秀髮披拂，現身海中。憶髫齡鄉居，鄉人曾以舊畫觀音一幅乞爲摹繪，固有其事也〔一〕

妙相波瑩，華鬘風裊〔二〕，一笑拈花彈指〔三〕。記年時桑梓〔四〕。傳舊影、蘸渌裁緗摹擬。夢中尋斷夢，夢飄斷、水驛海澨。無端還見，墨暈化入，盈盈瀾翠。　凝思。又劫歷諸天〔五〕，暗怯清游迤邐。塵障消殘〔六〕，春華惜徧，此情難寄。遥瀚低掠倦羽，自返蓮臺底〔七〕。有菡心靈净，依樣烏泥不滓〔八〕。

【校】

題「鄉人曾以舊畫觀音一幅」，費本作「有以此項舊畫」；黄本、信芳詞作「鄉人曾以此項舊畫」。〔固有〕，黄本、費本、信芳詞均作「似有」。〔夢中二句〕費本作「黯然尋斷夢，夢痕落」。〔烏泥〕費本作「淤泥」。

【箋注】

〔一〕本詞作於一九二八年歲初，碧城游罷倫敦返回瑞士後。

〔二〕華鬘，印度風俗之一。以絲綴花，用作頸項的飾物，通常以鮮花製成，擇其芳香，亦有以鮮花以外之物製成者。玄奘大唐西域記卷二：「華鬘寶冠，以爲首飾；環釧瓔珞，而作身佩。」

〔三〕一笑拈花，謂釋迦牟尼佛「拈花」示意，迦葉「微笑」表示領悟，含默然會心之意。五燈會元卷一：「世尊在靈山會上，拈花示衆，是時衆皆默然，唯迦葉尊者破顔微笑。世尊云：『吾有正法眼藏，涅槃妙心，實相無相，微妙法門，不立文字，教外别傳，付囑摩訶迦葉。』」通容祖庭鉗鎚録附宗門雜録所載王荆公語佛慧泉禪師云：「余頃在翰苑偶見大梵天王問佛决疑經三卷，謂梵王至靈山以金色波羅夷花獻佛，捨身爲牀座，請佛説法。世尊登座，拈花示衆，人天百萬，悉皆罔措。獨有金色頭陀破顔微笑。世尊云：『吾有正法眼藏，涅槃妙心，實相無相，分付摩訶迦葉。』」

〔四〕桑梓，指鄉里。詩小雅小弁：「維桑與梓，必恭敬止。」朱熹集傳：「桑梓二木，古者五畝之宅，樹之墻下，以遺子孫，給蠶食、具器用者也。」

〔五〕劫歷，猶歷劫。即佛教所指經過的劫數（各種災難）。劫，指宇宙在時間上的一成一毀。

歷經成、住、壞、空四劫，稱爲歷劫。　諸天，佛教語。佛經稱欲界六天，色界四禪十八天，無色界四處四天等爲諸天。沈約爲文惠太子禮佛願疏：「歷劫多幸，夙世善緣。」

〔六〕塵障，塵世之煩惱。彭際清念佛警策卷上：「歷劫無明，生死業障，自然消殞；塵勞習漏，自然净盡無餘。」

〔七〕蓮臺，蓮華臺座，佛、菩薩所坐。取蓮華出淤泥而不染之德，以示佛、菩薩雖居穢地而端坐蓮臺，離塵清净，神力自在。法苑珠林卷二〇：「故十方諸佛，同出於淤泥之濁；三坐正覺，俱坐於蓮臺之上。」

〔八〕滓，污濁；污垢。史記屈原列傳：「皭然泥而不滓者也。」

陌上花〔一〕

茫茫海水，無情東去，比愁多少？溯到天涯，還是燕昏鶯曉〔二〕。紇干何限家山恨〔三〕，黯入瀛洲花草〔四〕。又吹殘絮雪，上京春晚〔五〕，玉臺人老〔六〕。　數韶光幾許，看朱成碧〔七〕，小史華年偷校。仙嶼雲煙，身世一般縹緲。三千珠履飄零盡〔八〕，誰話滄桑天寶〔九〕？但凄涼、賸有當時明月，夜闌低照〔一〇〕。

【校】

〔黯入句〕黄本、費本、信芳詞均作「夢入吴宫花草」。

【箋注】

〔一〕本詞作於一九二九年春，碧城時居瑞士。

〔二〕還是句，張炎臺城路詞：「又幾度留連，燕昏鶯曉。」

〔三〕紇干句，費樹蔚答吕碧城香港用梅村題西泠閨咏韻四首之四詩：「凌波却坐芝田館，愁斷家山凍紇干。」紇干，見卷二摸魚兒（又匆匆）詞注。家山，家鄉。

〔四〕瀛洲，仙人居所。此借指碧城旅歐居處。餘參卷二風蝶令（煙靄三山遠）詞注。

〔五〕上京，京都。此指瑞士首都日内瓦。班固幽通賦：「有羽儀於上京。」李善注：「有羽翼於京師也。」

〔六〕玉臺，王逸九思傷時：「登太一兮玉臺，使素女兮鼓簧。」原注：「太一，天帝所在，以玉爲臺。」

〔七〕看朱成碧，王僧孺夜愁示諸賓詩：「誰知心眼亂，看朱忽成碧。」

〔八〕三千珠履，見卷一齊天樂（紫泉初啓隋宫鎖）詞注。

〔九〕滄桑天寶，唐天寶「安史之亂」。此喻時世巨變。費樹蔚吕碧城自香港回滬書來云將遊歐美索爲詩述其身世戲借梅村舊韻寄之詩：「步虛聲裏無人識，開寶滄桑入小詩。」

〔一〇〕但凄凉二句，李白蘇臺覽古詩：「只今唯有西江月，曾照吴王宫裏人。」鹿虔扆臨江仙詞：「煙月不知人事改，夜闌還照深宫。」

金盞子〔一〕

芳禊停修〔二〕，花葉慵書〔三〕，一年春晚。憐病蝶依依，相婉娩、同是夢中虚豔〔四〕。隔簾小影凄迷，倚珍叢寒淺。黄昏又、風雨洗殘，梨粉早成秋苑〔五〕。　法曲絶絃按。弄繁會、哀音儘拂亂〔六〕。禁他曲終易變，怕音尾、一唱更贏三歎〔七〕。衆裏先避華筵，當笙歌未散。更休待、銀燭殞風，滿堂花黯〔八〕。

【校】

〔婉娩〕原作「娩婉」，信芳詞同，黄本作「婉娩」，據費本改。　〔衆裏〕黄本、費本、信芳詞、曉珠詞二卷本均作「無奈」。　〔更休待二句〕黄本、費本、信芳詞、曉珠詞二卷本均作「背人處、羅帕茜濡，潸痕啼滿」。

【箋注】

〔一〕本詞約作於一九二八年春末，碧城時在瑞士。

〔二〕芳禊句，謂深居簡出，春日不再與友人禊遊。禊，見卷二望湘人（送征帆遠去）詞注。

〔三〕花葉，見卷二更漏子（句聯珠）詞注。

〔四〕婉娩，柔媚的音容。禮記內則：「婉娩聽從。」鄭玄注：「婉，謂言語也；娩之言媚也，謂容貌也。」韓愈送湖南李正字歸詩：「孤遊懷耿介，旅宿夢婉娩。」

〔五〕梨粉，梨花。李賀河南府試十二月樂詞三月詩：「曲水飄香去不歸，梨花落盡成秋苑。」

〔六〕繁會，楚辭九歌東皇太一：「五音紛兮繁會，君欣欣兮樂康。」李周翰注：「繁會，錯雜也。」

〔七〕禁他二句，吕碧城歐美漫遊録重往建尼瓦：「某夜夢回，方笙歌如沸……而別有所感者在樂聲之凄咽，如訴人事，如惜年華，無限隱抑及變遷，胥寄此宛轉頓挫之節拍中。其將終也，則淫溢哀亂，曳長音而若不足，每闋皆然，頗合古樂府一唱三嘆之旨。」荀子禮論：「清廟之歌，一唱而三嘆也。」

〔八〕更休待二句，秦觀阮郎歸詞：「無端銀燭殞秋風。」黄庭堅看花回茶詞：「花黯殘燭，歡意未闌。」

望江南〔一〕

瀛洲好〔二〕，知是甚星寰。冠蓋都非如隔世，晨昏相背不同天〔三〕，塵夢委香煙。

瀛洲好，應悔問迷津〔四〕。蟾影盈虧知漢曆〔五〕，桃源清淺誤秦人〔六〕，去住兩含顰。

瀛洲好，春意鬧湖邊〔七〕。小白長紅花作市〔八〕，肥環瘦燕水爲奩〔九〕，三月麗人天〔一〇〕。

瀛洲好，重賀太平時。遠近鐃歌傳綵幟〔一一〕，萬千嫠緯泣緇衣〔一二〕，哀樂太參差〔一三〕。

瀛洲好，衣履樣新翻。椽屧無聲行避雨，鮫衫飛影步生煙〔一四〕，春冷憶吴棉〔一五〕。

瀛洲好，辟穀餌仙方〔一六〕。净白凝香調犢酪，嫩黄和露剥蕉穰〔一七〕，薄膳稱柔腸。

瀛洲好，筆硯抛久荒。不見霜毫鸜眼燦〔一八〕，惟調翠瀋蟹行長〔一九〕，繞指有柔鋼〔二〇〕。

瀛洲好，小謫住樓臺。身似落花常近水，月臨繁電不生輝，頑豔有餘哀〔二一〕。

【校】

〔委香煙〕費本作「渺春煙」；黄本、信芳詞作「委春煙」。〔含顰〕費本作「逡巡」。〔鮫衫〕費本作「鮫絲」。

【箋注】

〔一〕本調凡八首，均描述旅居瑞士日内瓦之日常生活及風土人情，收入海外新詞和信芳詞增刊，當作於一九二八年或一九二九年春。

〔二〕瀛洲，海外仙山。此喻指碧城居所。瑞士日内瓦傍山臨水，景色優美，因云。餘參卷二陌上花（茫茫海水）詞注。

〔三〕晨昏相背，碧城卜居瑞士，地屬歐洲。故國白晝，那裏已是夜晚，故云。

〔四〕問迷津，晉武陵人遇一美境桃花源，停數日辭去。歸途將前時來路一一留下標記。太守得知後，遣人隨其往尋，遂迷路不果，後亦無問津者。見陶潛桃花源記。此謂尋訪桃源（即隱居瑞士）之路。孟浩然南還舟中寄袁太祝詩：「桃源何處是？游子正迷津。」

〔五〕漢曆，即與公曆並行之農曆。汪榮寶失題詩：「對月略能推漢曆，看花苦爲譯秦名。」

〔六〕桃源清淺，李白擬古十二首之十詩：「海水三清淺，桃源一見尋。」秦人，碧城自謂。餘參卷二菩薩蠻（韡紋縐碧波千頃）詞注。

〔七〕春意句，宋祁木蘭花詞：「紅杏枝頭春意鬧。」

〔八〕小白長紅，泛指大小不同顏色的鮮花。李賀南園十三首之一詩：「花枝草蔓眼中開，小白長紅越女腮。」

〔九〕肥環瘦燕，唐玄宗貴妃楊玉環體態豐腴，漢成帝皇后趙飛燕身材清瘦。舊唐書楊貴妃傳：「太真姿質豐豔，善歌舞，通音律，智算過人。」漢書孝成趙皇后傳：「孝成趙皇后本長安宫人，初生時，父母不舉，三日不死，乃收養之。及壯，屬陽阿主家，學歌舞，號曰『飛燕』。」顔師古注：「以其體輕故也。」蘇軾孫莘老求墨妙亭詩：「短長肥瘦各有態，玉環飛燕誰敢憎！」

〔一〇〕三月句，杜甫麗人行詩：「三月三日天氣新，長安水邊多麗人。」李慈銘望江南清明憶鄉居風景雜成六解詞：「畫簾團扇麗人天。」

〔一一〕鐃歌，崔豹古今注卷中：「短簫鐃歌，軍樂也。黄帝使岐伯所作也。所以建武揚盛德，風勸戰士也。」又，郭茂倩樂府詩集卷一六鼓吹曲辭一：「漢有朱鷺等二十二曲，列於鼓吹，謂之鐃歌。」

〔一二〕嫠緯，憂國亡之寡婦。此指第一次世界大戰陣亡將士之遺孀。左傳昭公二十四年：「嫠不恤其緯，而憂宗周之隕，爲將及焉。」陸游泛舟湖山間有感詩：「歲晚客貂那復歎，時艱嫠緯未忘憂。」

〔一三〕碧城自注：「十一月十一日，停戰紀念。」

〔一四〕鮫衫，傳説鮫人所織的衣衫。太平御覽卷七九〇引張華博物志：「南海水有鮫人，水居如魚，不廢織績。」

〔一五〕吴棉，吴地（今江浙一帶）所産絲綿。白居易新製布裘詩：「桂布白似雪，吴綿軟於雲。」

綿，同「棉」。

〔一六〕辟穀，道教修鍊術之一。即以不斷減餐，不食穀物，借助於山藥、茯苓等藥物，兼做導引功夫的方法，以達到益壽長生目的。史記留侯世家：「乃學辟穀，道引輕身。」漢書張良傳：「良從入關，性多疾，即道引不食穀，閉門不出歲餘。」顏師古注引孟康曰：「服辟穀藥而静居行氣。」

〔一七〕净白二句，謂用純净潔白的牛乳，與香蕉調合在一起，製成可口的冰激凌。

〔一八〕鸜眼，一種名貴的端硯，俗稱鸜鵒眼。米芾硯史端州巖石：「取水月餘，方及石，石細，扣之清越。鸜鵒眼，圓碧暈多，明瑩。石嫩甚者，如泥無聲，不着墨；清越者温潤着墨快，不熱無泡，然良久微滲，若油發豔。」蘇易簡文房四譜卷三：「世傳端州有溪，因曰端溪，其石爲硯至妙。」又：「或云水中石其色青，山半石其色紫，山絶頂者尤潤，如猪肝色者佳。其貯水處有白赤黄色點者，世謂之鸜鵒眼。」

〔一九〕翠瀋，指墨汁。見卷二三姝媚（芳塵封鄴架）詞注。蟹行，指歐美各國横寫的拉丁語系文字。北洋畫報第二一八期老宣本報記者老宣之夫人：「吾愛妻岫煙，不解蟹行文字。」

〔二〇〕柔鋼，喻自來水筆，即鋼筆。餘參卷二玲瓏四犯（虹影斜牽）詞注。

〔二一〕頑豔，凄惻豔麗。繁欽與魏文帝箋：「凄入肝脾，哀感頑豔。」

望海潮〔一〕

平瀾疊翠，驚瀧潑雪〔二〕，廣寒飛下冰夷〔三〕。娥馭俊征〔四〕，晶輪妍轉〔五〕，衆流澎湃相隨〔六〕。雲葉想旌旗〔七〕。似群真蹌濟〔八〕，羽葆輕移〔九〕。舊侣難招，佩環何處怨來遲〔一〇〕。　塵寰小住爲宜。望神山縹緲，漫寫遐思。白柰花零〔一一〕，紫蘭人杳〔一二〕，蕊宫無限淒迷〔一三〕。一樣斷腸時。問仙家哀樂，世外誰知？夢繹天書金字，十萬紀騷詞〔一四〕。

【校】

〔廣寒四句〕黄本、費本、信芳詞、曉珠詞二卷本均作「倚闌長寄心期。潮汐循環，冰夷恨數，晨昏清淚常滋」。

【箋注】

〔一〕本詞作於一九二八年或一九二九年初，碧城時在瑞士。

〔二〕驚瀧，猶急流。丁鶴年次小孤山詩：「峽束千雷怒擊撞，危峰屹立壓驚瀧。」

〔三〕廣寒，月宫。舊題柳宗元龍城録明皇夢遊廣寒宫：「開元六年，上皇與申天師、道士鴻都客，八月望日夜，因天師作術，三人同在雲上，游月中。……頃見一大宮府，榜曰：『廣寒清虚之府。』」冰夷，亦作「馮夷」，水神。山海經海内北經：「從極之淵深三百仞，維冰夷恒都焉。冰夷人面，乘兩龍。」淮南子齊俗訓：「昔者馮夷得道，以潛大川。」高誘注：「馮夷，河伯也，華陰潼鄉隄首里人，服八石，得水仙。」

〔四〕娥、俊，指月神常羲與天帝帝俊。山海經大荒西經：「有女子方浴月。帝俊妻常羲，生月十有二，此始浴之。」按，常羲「生月十二」神話，殆爲嫦娥奔月神話所本，故常羲亦即嫦娥，後神話演變爲后羿之妻。

〔五〕晶輪，明月。易順鼎中秋後三日步月城西敬和家大人元韻詩：「雙眸凝盼兩宵餘，重見晶輪出林隙。」

〔六〕衆流句，碧城自注：「夜潮由月體吸引。」

〔七〕雲葉，猶雲朵，雲片。李商隱秋月詩：「流處水花急，吐時雲葉鮮。」

〔八〕群真，衆仙。真，仙人。錢惟善奉和太常博士柳公浦陽十咏昭靈仙跡詩：「仙馭時隨青鳥去，定陪崑圃宴群真。」蹌濟，形容舉止有禮，儀態端莊貌。詩大雅公劉：「蹌蹌濟濟，俾筵俾幾。」鄭玄箋：「濟濟，士大夫之威儀也。」

〔九〕羽葆，天子儀仗，以鳥羽綴於柄頭，形同葆蓋。漢書韓延壽傳：「建幢棨，植羽葆。」顔師古注：「羽葆，聚翟尾爲之，亦今纛之類也。」

〔一〇〕佩環，女子身上的飾物。此借喻女子。張炎長亭怨舊居有感詞：「鶴去臺空，佩環何處弄明月。」

〔一一〕白柰，即茉莉花，多用作喪事簪戴。洪邁容齋四筆卷六：「竇叔向所用柰花事，出晉史，云成帝時，三吴女子相與簪白花，望之如素柰。傳言天公織女死，爲之著服。」

〔一二〕紫蘭人，喻信使。紫蘭，宫名。傳爲西王母居所。漢武帝内傳：「帝閒居承華殿，東方朔、董仲舒在側。忽見一女子著青衣，美麗非常。……帝問東方朔：『此何人？』朔曰：『是西王母紫蘭宫玉女，常傳使命，往來扶桑，出入靈州。』」

〔一三〕蕊宫，即蕊珠宫，仙界宫闕。趙以夫一落索牡丹次謝主簿韻詞：「蕊宫仙子駕祥鸞，被風捲、霞衣皺。」

〔一四〕碧城自注：「騷，作憂解。」

蘭陵王　秋柳〔一〕

亂鴉集。寫入蕪城秋色〔二〕。隋堤畔、無限夕陽〔三〕，紅到枝頭黯成碧。宵來夢鬱抑。愁壓眉痕更窄〔四〕。憐憔悴，零落舊妝，付與西風弄梳掠〔五〕。春華去誰惜？憶簾捲朱樓，處處烟冪。朦朧盡是相思纈〔六〕。更茜雪相映，小桃争發〔七〕，曾遮驄馬踏豔屑〔八〕。只今兩陳跡。悽惻。訴飄泊。又唱徹陽關〔九〕，魂斷橋側〔一〇〕。霜條待共梅枝折。望故國千里，暮雲愁隔。歸心何許？託笛語〔一〇〕，問舊驛。

【校】

〔無限〕各本均作「一片」。〔零落舊妝〕各本均作「薄黛殘妝」。〔朱樓〕費本作「紅樓」。〔烟冪〕各本均作「煙影」。〔更茜雪四句〕各本均作「奈絮朵吹散，白華宫怨，還憑飛燕認豔跡，拾來淚沾臆」。

【箋注】

〔一〕本詞作於一九二八年秋，碧城時居瑞士日内瓦。

〔二〕蕪城，見卷二瀑蘭香（蕪城惹賦）詞注。

〔三〕隋堤，隋煬帝時開通濟渠，沿河築堤種柳，稱隋堤。羅泌路史卷一〇：「自大業初，遣皇甫儀引穀洛以達河，又自汴渚，引河達淮，大發河南丁夫百餘萬人，開濬千里，遊幸江都，築堤蒔柳，號通濟渠。」

〔四〕愁壓句，吴文英秋思荷塘爲括蒼名姝求賦其聽雨小閣詞：「潤侵歌板，愁壓眉窄。」

〔五〕付與句，周之琦綠意冬蕉詞：「可奈伶傳，慣與西風梳掠。」

〔六〕纈，正字通：「纈，結也。」

〔七〕馮延巳清平樂詞：「次第小桃將發，軒車莫厭頻來。」

〔八〕驄馬，青白毛色相間之馬。鮑照結客少年場行詩：「驄馬金絡頭。」黦肩，喻零落的花瓣。

〔九〕陽關，別離之曲，又名渭城曲。因唐王維送元二使安西詩而得名。後入樂府，謂陽關三疊。李商隱飲席戲贈同舍詩：「唱盡陽關無限疊，半杯松葉凍頗黎。」按，陽關三疊之末和聲有「楊柳枝」句，碧城詞用以切題楊柳。

〔一〇〕橋側，灞橋之側。三輔黄圖卷六：「灞橋，在長安東，跨水作橋。漢人送客至此橋，折柳贈別。」王仁裕開元天寶遺事卷下：「長安東灞陵有橋，來迎去送皆至此橋，爲離別之地，故人呼之『銷魂橋』也。」

〔一一〕笛語，謂笛曲折楊柳。彭大翼山堂肆考卷一六三：「折楊柳，樂府笛曲名。晉桓伊嘗爲征南將軍，撰折楊柳曲。」

喜遷鶯令〔一〕

燕啣泥〔二〕，泥涣雪，南陌早關情。尋芳宜唱踏莎行〔三〕。莫問雨和晴。　枝綻花，花褪萼。幾日便分今昨。今年燈市已前塵。何况去年人〔四〕。

【箋注】

〔一〕據詞中「今年燈市已前塵」語，知本詞作於一九二九年春。

〔二〕牛嶠夢江南詞：「銜泥燕，飛到畫堂前。」

〔三〕踏莎行，詞牌名。因唐韓翃「踏莎行草遇春溪」詩句得名。蘇軾次韻楊褒早春詩：「不辭瘦馬騎衝雪，來聽佳人唱踏莎。」

〔四〕今年二句，歐陽修生查子詞：「今年元夜時，月與燈依舊。不見去年人，淚溼春衫袖。」碧城自注：「元夜。」

浣溪紗〔一〕

知是仙遊是夢遊。春痕依約彩幐收。芳塵回首恨悠悠。　山水有緣温舊迹，釵鈿無地證新愁。傷心何獨牡丹侯〔二〕。

【箋注】

〔一〕本詞爲碧城往遊日内瓦湖畔迪斯黛（一譯斯達爾）夫人故宅後所作，時在一九二八年春夏間。據吴宓詩集卷一二：斯達爾夫人「自大革命起後二十年中，多居瑞士日内瓦湖畔考貝地方之莊宅。其後，則投居英德二國。拿破侖敗滅，夫人乃從容入巴黎，欲集舊日賓朋，復享談宴之樂，然年餘（一八一七年）而夫人亦與世長辭矣。夫人於一七八六年（時年二十）以父母之命，嫁瑞典國駐法大使斯達爾伯爵，年齡性情皆相違甚遠，伉儷不和，常分居，其後雖言歸於好，而伯爵亦旋逝（時夫人年甫過三十）。夫人先已喪其母，未幾（一八〇三年），又喪其平生所最敬愛之父（夫人嘗命人畫己像，侍立其父雕像之側），甚爲悲傷。而與 Benjamin Constant 相愛，雖皆爲文人，流傳豔史，而夫人深受痛苦，獨感失望」。

〔二〕牡丹侯，喻美豔英特之迪斯黛夫人。又，碧城自注：「是日遊故迪斯黛侯爵夫人之舊邸於日内瓦。」

採桑子〔一〕

仙情更比人情薄，不貸天錢〔二〕。便靳天緣〔三〕。織女黄姑各自憐〔四〕。　鶱槎莫向雲邊泛〔五〕，不是星源。便是河源。星自參商水不廉〔六〕。

【箋注】

〔一〕本詞吟咏七夕，作於一九二八年八月底。碧城時居瑞士。

〔二〕不貸句，劉筠戊申年七夕五絶詩：「天帝聘錢還得否？晉人求富是虚辭。」原注：道書云：「牽牛娶織女，取天帝錢二萬備禮，久而不還，被驅在營室。」

〔三〕靳，吝惜。集韻焮韻：「靳，吝也。」

〔四〕黄姑，牽牛星。古樂府：「東飛伯勞西飛燕，黄姑織女時相見。」又，元稹决絶詞詩：「織女别黄姑，一年一度暫相見，彼此隔河何事無。」

〔五〕鶱槎，見卷一鷓鴣天（一杼流霞織錦躔）詞注。

〔六〕參商，均星名。兩星一東一西，此出彼没，永不相見，因喻晤面之難。杜甫贈衛八處士詩：「人生不相見，動如參與商。」廉，周禮考工記輪人：「凡揉牙，外不廉而内不挫、旁不腫，謂之用火之善。」鄭玄注：「廉，絶也。」又，篇末碧城自注：「七夕。」

【評】

孤雲評呂碧城女士信芳集：首句逆攝全篇之神，寫仙情薄愈見人情之薄，落想奇而憤。

柳梢青〔一〕

人影簾遮。香殘鐙炧，雨細風斜〔二〕。門掩春寒，雲迷小夢，睡損梨花〔三〕。且消錦樣年華。更莫問、天涯水涯。孔雀徘徊〔四〕，杜鵑歸去，我已無家〔五〕。

【箋注】

〔一〕本詞似用秦觀柳梢青（岸草平沙）詞韻，除下闋第三句外，其餘韻脚均相同。據詞意，約作於一九二九年春。

〔二〕雨細句，黎廷瑞清平樂雨中春懷呈準軒詞：「蒼天雨細風斜。」

〔三〕梨花，梨花面。喻女子清麗的容顔如同梨花一樣素潔淡雅。顧枲漁家傲春怨詞：「悄夢春殘春不管，鶯兒喚醒梨花面。」

〔四〕孔雀句，古詩爲焦仲卿妻作：「孔雀東南飛，五里一徘徊。」徐倬嫁女詞：「孔雀徘徊飛，騮馬躊躕鳴。」

〔五〕杜鵑二句，唐無名氏雜詩：「等是有家歸未得，杜鵑休向耳邊啼。」又，劉辰翁沁園春送春詞：「我已無家，君歸何里？」

【評】

孤雲評呂碧城女士信芳集：「『且消』二句，所謂强自慰籍也，其情愈哀。」

卜算子〔一〕

屏障立莊嚴，雷曜争陰霽。松籟泱泱大國風〔二〕，不餒荒寒氣。　莫採野花紅，且挹喬柯翠〔三〕。古木幽人共一山，性理同貞粹〔四〕。

【校】

〔喬柯〕費本作「喬枝」。

【箋注】

〔一〕本詞作於一九二八年或一九二九年間，碧城時在瑞士。

〔二〕松籟句，左傳襄公二十九年：「美哉，泱泱乎！大風也哉！」

〔三〕喬柯，高枝。劉孝綽酬陸長史倕詩：「喬柯貫簷上，垂條拂户陰。」

〔四〕性理，人性天理，宋明理學範疇之一。程頤河南程氏遺書卷一八：「性即是理，理則自堯舜至於途人，一也。」貞粹，貞潔純美。劉禹錫慰義陽公主薨表：「降嬪卿族，益彰貞粹之儀。」

前調〔一〕

閒趁豔陽天，悄訪棲真處〔二〕。一水盈盈不見舟〔三〕，衹許仙禽渡〔四〕。　門巷落花深〔五〕，嶺嶂春陰聚。紅是緗桃白是雲，遮斷來時路。

【校】

〔嶺嶂〕原作「嶺幛」，誤。今據黄本、費本、信芳詞改。

【箋注】

〔一〕本詞作於一九二九年春，碧城時居瑞士雪山。

〔二〕棲真，道家指畜養真性，歸返本元。陶弘景真誥卷二運象篇：「宗道者貴無邪，棲真者安恬愉。」

〔三〕一水句，古詩十九首：「盈盈一水間，脈脈不得語。」吴文英秋霽雲麓園長橋詞：「一水盈盈，漢影隔遊塵。」

〔四〕仙禽，指鶴。相鶴經：「鶴，陽鳥也，而遊於陰，蓋羽族之宗長，仙人之騏驥也。」因云。

〔五〕門巷句，林景熙送春詩：「蜀魄聲聲訴緑陰，誰家門巷落花深。」

前調〔一〕

祇有斷腸花〔二〕，那有長生藥。徐市同舟去海東，誰見重還客〔三〕。　紅萼舊詩郵，碧漢新蠡測〔四〕。人住塵寰我月球，世外通消息。

【箋注】

〔一〕本詞作於一九二八年或一九二九年間，碧城時在瑞士。

〔二〕只有句，黄景仁午窗偶成詩：「只有斷腸花一種，墻根愁雨復愁風。」斷腸花，秋海棠之異名。嫏嬛記卷中引采蘭雜誌：「昔有婦人思所歡不見，輒涕泣，恒灑淚於北墻之下，後灑處生草，其花甚媚，色如婦面。其葉正緑反紅，秋開，名曰斷腸花，又名八月春，即今秋海棠也。」

〔三〕徐市二句，據史記載，秦始皇爲求長生不死，曾「遣徐市發童男女數千人，入海求仙人」。

李白古風之三詩：「徐市載秦女，樓船幾時回？」餘參卷一風蝶令（煙靄三山遠）詞注。

〔四〕蠡測，以蠡測海，謂用瓠瓢測量海水，喻見識狹窄片面。此處借以自謙學識淺薄。漢書東方朔傳：「以筦闚天，以蠡測海。」顏師古注引張晏曰：「蠡，瓠瓢也。」李商隱詠懷寄秘閣舊僚二十六韻詩：「典籍將蠡測，文章若管窺。」

憶舊游〔一〕

證仙經舊説，縹緲三山〔二〕，問是耶非？路轉松杉密，恰詩如石瘦，境與人離。静參物外禪諦〔三〕，無語會心期。正雲戀群峰，青蓮朵朵〔四〕，玉葉垂垂。　嵐光瀉濃黛，似擊碎琅玕〔五〕，翠髓横漓。漫説衣襟涴，便飛來鶴羽，也染毰毸〔六〕。軟紅欲避塵夢〔七〕，捨此更何之。奈徙倚天風，羊公峴淚還暗滋〔八〕。

【箋注】

〔一〕本詞作於一九二八年或一九二九年間，碧城時卜居瑞士雪山。

〔二〕三山，見卷一風蝶令（煙靄三山遠）詞注。

〔三〕禪諦，見卷二絳都春（禪天妙諦）詞注。

〔四〕青蓮句，劉辰翁虞美人詞：「青蓮朵朵是天人。」

〔五〕琅玕，指珠玉。尚書禹貢：「厥貢惟球、琳、琅玕。」曹植美女篇：「頭上金爵釵，腰佩翠琅玕。」

〔六〕毰毸，舒翅張羽貌。儲光羲射雉詞詩：「冪䍥疏蒿下，毰毸深叢裏。」

〔七〕軟紅，見卷一沁園春（如此仙源）詞注。

〔八〕羊公句，晉書羊祜傳：「祜樂山水，每風景，必造峴山，置酒言詠，終日不倦。嘗慨然嘆息，顧謂從事中郎鄒湛等曰：『自有宇宙，便有此山，由來賢達勝士，登此遠望，如我與卿者多矣！皆湮滅無聞，使人悲傷。如百歲後有知，魂魄猶應登此也。』……襄陽百姓於峴山祜平生遊憩之所建碑立廟，歲時饗祭焉。望其碑者莫不流涕。」杜甫隨章留後新亭會送諸君詩：「已墮峴山淚，因題零雨詩。」

月下笛〔一〕

吟管搴芳，仙裳醮淥，俊遊還再。幾曾孤負，鷗鷺湖邊相待。偏人間、笙歌正酣，冷香杜芷閒自採。謝題襟舊侶〔二〕，玉瑲緘札〔三〕，賦情猶在。桑田變否？試問訊麻姑〔四〕，朱顔暗改〔五〕。渭流脂膩〔六〕，愁渡西戎紅海〔七〕。勸靈源、春痕秘留〔八〕，碧桃且莫漂片蕊。渺心期，又見三山，半落青昊外〔九〕。

【校】

費本調下有題云：「得迂瑣居士書却寄。」〔幾曾孤負〕費本作「遠遊無賴」。

【箋注】

〔一〕本詞約作於一九二八年歲杪前後。時碧城收到故國詞友費樹蔚之函札，賦此詞以答。

〔二〕題襟，見卷一齊天樂（紫泉初啓隋宫鎖）詞注。

〔三〕玉瑲，玉製耳飾。李商隱春雨詩：「玉瑲緘札何由達？萬里雲羅一雁飛。」

〔四〕桑田二句，用「滄海桑田」典，參卷一陌上花（黄絁綃就）詞注。

〔五〕朱顔句，李煜虞美人詞：「雕闌玉砌應猶在，只是朱顔改。」

〔六〕渭流句，杜牧阿房宫賦：「渭流漲膩，棄脂水也。」

〔七〕西戎，尚書禹貢：「織皮：崑崙、析支、渠搜國，西戎即叙。」蔡沈集傳：「崑崙、析支、渠搜三國，皆貢皮毛，故以織皮冠之。皆西方戎落，故以西戎總之。」此借指域外。紅海，汪康年汪穰卿筆記：「紅海之地，分界非、亞，水色蒼碧，非紅也。惟盡莫加一城，有亂山數支，向海而盡。山童童然，色赤赭，夕陽映之，倒影水中，色斑爛成紅紫。」

〔八〕靈源，猶仙源。高啓贈金華隱者詩：「靈源有路不可入，但見幾片流出雲中花。」

〔九〕又見句，李白登金陵鳳凰臺詩：「三山半落青天外，二水中分白鷺洲。」

齊天樂

吾樓對白琅克冰山 Mont Blanc，晨觀日出山頂，賦此〔一〕

曜靈初破鴻濛色〔二〕，長空一輪端麗。霞暖鎔金〔三〕，雲蘇瀉玉〔四〕，驀發天硎新礪〔五〕。冰巒峻倚，更反射皚皚，銀輝騰綺。儘鬭寒暄〔六〕，素韜飛弩惱神羿〔七〕。　鶯聲殘夢唤起。繡簾先自捲，偏慣凝睇。光滿瑶峰，春溶碧海，慵顧姮娥梳洗〔八〕。羲鞭漫指〔九〕，怕漸近黄昏，短英雄氣〔一〇〕。影戀花枝，斷紅誰共繫？

【校】

〔鶯聲〕黄本、費本、信芳詞作「鵑聲」。

【箋注】

〔一〕本詞作於一九二八年或一九二九年春，碧城時在瑞士。

〔二〕曜靈，楚辭天問：「角宿未旦，曜靈安藏？」王逸注：「曜靈，日也。」鴻濛，混沌迷茫貌。儲光義述華清宫五首之五詩：「山開鴻濛色，天轉招摇星。」龔自珍世上光陰好詩：「静原生智慧，愁亦破鴻濛。」

〔三〕霞暖句，李清照永遇樂詞：「落日鎔金，暮雲合璧。」

〔四〕雲蘇，雲朵散開。黄道周予既膺環召時解葉諸公尚在戍所因席藁請命慨然有懷詩：「參商憑日出，枯槁盼雲蘇。」

〔五〕發，磨。硎，磨刀石。莊子養生主：「今臣之刀十九年矣，所解數千牛矣，而刀刃若新發於硎。」

〔六〕寒暄，冷暖。白居易桐花詩：「地氣反寒暄，天時倒生殺。」

〔七〕韜，弓袋。管子小匡：「韜無弓，服無矢。」羿，上古傳説善射之人。淮南子本經訓：「堯乃使羿誅鑿齒於疇華之野，殺九嬰於兇水之上，繳大風於青丘之澤，上射十日而下殺猰貐。」高誘注：「十日竝出，羿射去九。」

〔八〕姮娥，即嫦娥。淮南子覽冥訓：「羿請不死之藥於西王母，姮娥竊以奔月，悵然有喪，無以續之。」高誘注：「姮娥，羿妻。羿請不死之樂於西王母，未及服之，姮娥盗食之，得仙，奔入月中，爲月精也。」吴文英點絳唇試燈夜初晴詞：「捲盡愁雲，素娥臨夜新梳洗。」此化用其句意。

〔九〕羲鞭，神話傳説羲和用以給太陽趕車的神鞭。白居易題舊寫真圖詩：「羲和鞭日走，不爲我少停。」

〔一〇〕短英雄氣，傳説宋蘇丕有高行，少時一試禮部不中，即拂衣去。慨嘆「此中最易短英雄之氣」，因築室瀰水之濱，五十年不踐城市。見于欽齊乘卷六。

破陣樂

歐洲雪山以阿爾伯士爲最高，白琅克次之，其分脈爲冰山，餘則蒼翠如常，但極險峻，遊者必乘飛車 Teleferique，懸於電線，掠空而行。東亞女子倚聲爲山靈壽者，予殆第一人乎〔一〕

渾沌乍啓，風雷暗坼，橫插天柱。駭翠排空窺碧海，直與狂瀾爭怒。光閃陰陽，雲爲潮汐，自成朝暮。認遊踪、衹許飛車到，便虹絲遠繫，飇輪難駐。一角孤分，花明玉井〔二〕，冰蓮初吐。延佇。拂蘚鐫巖，調宮按羽，問華夏，衡今古。十萬年來空谷裏，可有粉妝題賦？寫蠻箋〔三〕，傳心契〔四〕，惟吾與汝。省識浮生彈指，此日青峰，前番白雪，他時黄土。且證世外因緣，山靈感遇〔五〕。

【箋注】

〔一〕本詞作於一九二八年歲杪前後，碧城時居瑞士。

〔二〕玉井，借指瑞士雪山之頂。韓愈古意詩：「太華峰頭玉井蓮，開花十丈藕如船。」

〔三〕蠻箋，産於四川之彩色紙。參卷二三姝媚（花枝紅半吐）詞注。

〔四〕心契，心中契合，謂知交。張滋送趙季言知撫州詩：「同寅心契每難忘，林野投閒話最長。」

〔五〕山靈，山神。餘參卷一沁園春（如此仙源）詞注。

惜秋華

和韋齋西溪紀遊之作即次原韻〔一〕

越尾吴頭〔二〕，認江流玉帶，寒漪雙抱〔三〕。金粉正濃，欃槍幾番迴照〔四〕。秋山倦倚啼妝，尚依舊、秦鬟擾擾〔五〕。任詞仙醉賞，萸風吹帽〔六〕。　前度夕陽老。算長房袖裏，壺天猶好〔七〕。沙渚淺，霜徑曲，瘦笻曾到〔八〕。生憐夢影分明，憶十年、柿圓花小。輸了。恨吾家、紺珠偏少〔九〕。

【校】

〔秦鬟〕黄本、費本、信芳詞均作「雲鬟」。〔偏〕原作「徧」，據黄本、信芳詞改。

【箋注】

〔一〕本詞約作於一九二八年秋冬之間，碧城時在瑞士。韋齋，碧城詞友費樹蔚之號。張一麐費君仲深家傳：「君諱樹蔚，字仲深，又號韋齋，取西門豹性急佩韋自緩之義。」餘參卷一滿江紅（舊苑尋芳）詞注。

〔二〕越尾吳頭，句本楚尾吳頭，此指江南杭嘉湖地區。

〔三〕寒漪雙抱，謂寒冷的錢塘江與京杭大運河交匯在一起。

〔四〕欃槍，見卷二浣溪沙（蕙帶荷衣惜舊香）詞注。

〔五〕秦鬟擾擾，杜牧阿房宫賦：「綠雲擾擾，梳曉鬟也。」吳文英惜秋華重九詞：「翳曉影、秦鬟雲擾。」擾擾，紛亂貌。碧城自注：「見阿房宫賦。」

〔六〕任詞仙二句，劉義慶世説新語識鑒劉孝標注引孟嘉别傳：「九月九日（桓）温遊龍山，參寮畢集，時佐史並著戎服，風吹嘉帽墮落，温戒左右勿言，以觀其舉止。嘉初不覺，良久如廁，命取還之。令孫盛作文嘲之，成，著嘉坐。嘉還即答，四座嗟歎。」晁補之洞仙歌菊詞：「算只好龍山，醉狂吹帽。」萸風，秋風。因舊俗九月九日重陽節佩帶茱萸而及。

〔七〕算長房二句，後漢書費長房傳：「費長房者，汝南人也。曾爲市掾。市中有老翁賣藥，懸一壺於肆頭，及市罷，輒跳入壺中。市人莫之見，唯長房於樓上覩之，異焉，因往再拜奉酒脯。翁知長房之意其神也，謂之曰：『子明日可更來。』長房旦日復詣翁，翁乃與俱入壺中。唯見玉堂嚴麗，旨酒甘肴盈衍其中，共飲畢而出。」壺天，壺中天地。

〔八〕瘦笻，細竹杖。笻，竹名，可以作杖，因用爲杖的代稱。

〔九〕恨吾家句，碧城自注：「古有紺珠，佩之能記前事。」王仁裕開元天寶遺事卷上記事珠：「開元中，張説爲宰相，有人惠説一珠，紺色有光，名曰記事珠。或有闕忘之事，則以手持弄此珠，便覺心神開悟，事無巨細，涣然明曉，一無所忘。」

韋齋原作

費樹蔚

兩地西溪，讓臨安獨秀，蒼然寒抱。孤棹葦間，煙嵐玉人雙照。人間换劫匆匆，算佳處、兵塵未擾。對秋陰冷落，茸衫紗帽。　多謝咫園老。教開圖認取，風光清好。淺水畔，斜日下，十年前到。霜紅柹劈銀刀，丙辰於西溪寺中食柹甚甘。但國花、拍波猶小。溪中有紫白花，土人呼爲革命花。云自辛亥年始有之，今必更繁衍矣。休了。泛吴艭、楝風人少。陳恪勤詩「楝花風裏游人歇，一任閒鷗自往還」，不啻爲予今日詠也。

木蘭花慢

丙辰秋與老友韋齋及廖公子孟昂同遊杭之西溪，頃韋齋寄示新詞，述及舊事，孟昂早歸道山，予亦遠適異國，楝風雋句，深寓滄桑之感，賦此奉和，亦用夢窗韻〔一〕

賦情傳雁羽，素牋展，黛眉顰。儘溯海尋桑〔二〕，看朱成碧〔三〕，欲記難真。荻花又吹疎雪，黯西溪無處認秋痕。依約前遊似夢，飄零舊侣如雲。逡巡〔四〕。楚些招魂〔五〕。悁菊瘁〔六〕，惋蘭薰〔七〕。怕衆芳消歇，新詞織錦〔八〕，留印心紋。未來更兼過平聲去，問芸芸誰是古今人〔九〕。一樣夕陽花影，商量莫負黄昏。

【校】

題「舊事」，費本作「往事」。〔賦情〕句費本作「望家山迢遞，遠煙横」。〔逡巡〕費本作「歌殘」。〔悁菊瘁〕費本作「消侘傺」；信芳詞作「消塊壘」。〔惋蘭薰〕費本、信芳詞均作「付沉醺」。〔怕衆芳消歇〕費本作「怕百年虚度」。

【箋注】

〔一〕丙辰（一九一六）秋，碧城與費樹蔚邂逅吴門，費氏盛邀其訪遊杭州之葛嶺、韜光、六和、西溪諸名勝（同行者有費甥廖孟昂等）。遊罷，費樹蔚作有杭游雜詩四首以記遊事。新詞，指前首附録韋齋原作「兩地西溪」詞，碧城即次原韻後意猶未盡，乃續作和之。西溪，見卷一滿江紅（舊苑尋芳）詞注。題中「楝風雋句」，指樹蔚新詞中「泛吴艭、楝風人少」而言。

〔二〕溯海尋桑，謂相看滄海桑田之巨大變化。

〔三〕看朱成碧，喻眼花繚亂。武則天如意娘詩：「看朱成碧思紛紛。」

〔四〕逡巡，張相詩詞曲語辭匯釋卷五：「迅速之義，與普通之作爲遲緩解者異。韓湘言志詩：『解造逡巡酒，能開頃刻花。』一作敀七七詩，逡巡與頃刻爲對舉之互文，逡巡猶頃刻也。」

〔五〕楚些句，楚辭招魂句尾皆帶有「些」字，爲楚地流行招魂詞的習用語，後因以指招魂歌曲。牟融邵公母詩：「搔首驚聞楚些歌，拂衣歸去淚懸河。」

〔六〕悁，説文：「悁，憂也。」

〔七〕惋，廣韻：「惋，驚嘆。」蘭蕙，顔延之祭屈原文：「蘭蕙而摧，玉縝則折。」張銑注：

「蘭以香，人好而採，故多摧也。」

〔八〕織錦，指以五色絲織詩。晉書列女傳寶滔妻蘇氏：「竇滔妻蘇氏，始平人也，名蕙，字若蘭，善屬文。滔，苻堅時爲秦州刺史，被徙流沙，蘇氏思之，織錦爲迴文旋圖詩以贈滔。宛轉循環以讀之，詞甚淒惋。」柳永燕歸梁詞：「織錦裁編寫意深，字值千金。」

〔九〕問芸芸句，碧城自注：「佛説，有過去及未來，無現在。」

淒涼犯〔一〕

斷霞吹霰，胡天晚、殘年尚弄淒麗。山横玉壘〔二〕，塔明金籀〔三〕，感懷殊異。長街裙屐。望來去、仙仙魅魅。問何心、飄零萍梗〔四〕。豔説避秦地〔五〕。除夕三番矣〔六〕，習與時遷，語隨鄉易。錦囊詩料〔七〕，更兼收、十洲瀾翠。故國今宵，定樺燭、千家無睡。對鑾花、自剪紅綃罥蒨蕊〔八〕。

【校】

〔吹霰〕費本作「拂霰」。〔殊異〕黄本、費本、信芳詞均作「偏異」。〔問何心二句〕黄本、費本、信芳詞均作「似深匡、窮探幽秘，寶藏待吾啓」。〔習與二句〕黄本、費本、信芳詞均作

「駐遍征軺，採風蒐史」。〔定樺燭句〕黄本、費本、信芳詞均作「問誰酌、屠蘇共醉」。〔紅綃冪蒨蕊〕黄本、費本作「燭影照絳蕊」。

【箋注】

〔一〕一九二六年中秋，碧城再度離鄉去國，自亞而美而歐，最後卜居瑞士雪山。據詞「除夕三番矣」云云，可知本詞作於一九二九年二月九日（舊曆除夕）。

〔二〕玉壘，如玉壘成。吴偉業打冰詞詩：「北河風高水生骨，玉壘銀橋堆幾尺。」

〔三〕金籀，猶金字。籀，漢字字體之一，又名大篆。

〔四〕飄零萍梗，謂飄泊浪跡，行踪不定。萍梗，浮萍斷梗。許渾晨自竹徑至龍興寺崇隱上人院詩：「客路隨萍梗，鄉園失薜蘿。」

〔五〕避秦，見卷二菩薩蠻（韓紋綯碧波千頃）詞注。

〔六〕除夕三番，指一九二七年至一九二九年三次除夕，碧城均在海外度過。

〔七〕錦囊句，李商隱李賀小傳：「長吉細瘦，通眉，長指爪，能苦吟疾書。……每旦日出，與諸公遊，未嘗得題，然後爲詩，如他人思量牽合，以及程限爲意。恒從小奚奴騎距驢，背一古破錦囊，遇有所得，即書投囊中。及暮歸，太夫人使婢受囊，出之，見所書多，輒曰：『是兒要當嘔出心始已耳。』上燈與食，長吉從婢取書，研墨叠紙足成之，投他囊中。」辛棄疾生查子山行寄楊民瞻詞：「收拾錦囊詩，要寄揚雄宅。」

〔八〕罥，廣韻：「罥，挂也。」

真珠簾　本意〔一〕

淚華夜夜生滄海〔二〕，捲愁痕、遮斷鮫宮縹緲〔三〕。奩底映花枝〔四〕，似霧中催曉。顆顆圓姿春暗綰〔五〕，比月影、還憐嬌小。休惱。待銀鈎雙挂，燕歸猶早。　長恨相見無由〔六〕，道爭如不見〔七〕，餘情難了。半面許誰窺〔八〕？但曲終音裊。消盡輕寒留淺夢，借一斛珍光籠照。繚繞。又飄鐙細雨，閣深人悄。

【箋注】

〔一〕本詞作於一九二九年春，碧城時在瑞士。詞題「本意」，當就詞牌而寫，狀閨中女子爲情所困而生之孤寂煩惱。

〔二〕淚華句，李商隱錦瑟詩：「滄海月明珠有淚，藍田玉暖日生煙。」淚華，淚花。

〔三〕鮫宮，見卷一蘇幕遮擬周美成及卷二望江南之五詞注。

〔四〕奩，鏡奩。

〔五〕圓姿，喻鮫人眼淚。

〔六〕無由，無法；没有門路。

〔七〕道爭如句，司馬光西江月詞：「相見爭如不見，有情還似無情。」周邦彦燭影摇紅詞：「幾回得見，見了還休，爭如不見。」

〔八〕半面，猶殘妝。南史后妃下：「妃無容質，不見禮，帝三二年一入房。妃以帝眇一目，每知帝將至，必爲半面妝以俟。」李商隱南朝詩：「休誇此地分天下，只得徐妃半面妝。」

瑣窗寒

孟特如 Montreux 湖畔多玉蘭高樹，婆娑巨朵，千百掩映，瑶峰玉宇，饒華貴氣象。予每春來此看花，已三度，爰用夢窗賦玉蘭韻而成此闋。原作有「海客乘槎」及「悲鄉遠」等句，不啻爲予今日詠也〔一〕

海日搏霞，仙潢漱玉〔二〕，靚妝重見。穠春未了，不分做成悽惋〔三〕。看緗苞、剪取茜痕，錦綃十丈天機展〔四〕。便洛陽姚魏〔五〕，也應低首，漫論湘畹〔六〕。　舞倦。霓裳换〔七〕。又暝入梨雲〔八〕，共憐秋苑。人間天上，一樣韶華催晚。恨相逢、愁中病中，騫槎不恨星河遠〔九〕。怪吴郎、詞筆凄馨〔一〇〕，早識飄零怨。

【箋注】

〔一〕本詞作於一九二九年春，碧城時居瑞士日内瓦。孟特如，碧城初譯作芒特儒，今譯蒙特勒，位於瑞士西部，地處萊蒙湖東岸。吴宓日記一九三一年四月十六日：「Genéve 湖，古名 Léman 湖，細長。……西爲 Montreux，爲湖東端一大市，猶湖西端之 Genéve：，然爲商業遊樂居住之地，……吕碧城女士居此。」又，碧城歐美漫遊録芒特儒之風景：「瑶峰環拱，皚皚一白中泛以姹紫，湖面靚碧，微騰寶氣，氤氲漫天匝地，而樓影參差，花枝繁簇，可隱約見之。」夢窗，宋代詞人吴文英之號，此詞用其瑣窗寒玉蘭詞韻。

〔二〕仙瀆，指銀河。喻孟特如湖水。周密齊天樂丁卯七月既望詞：「仙瀆咫尺。想翠宇瓊樓，有人相憶。」漱玉，謂水流漱石，聲如擊玉。陸機招隱詩：「山溜何泠泠，飛泉漱鳴玉。」

〔三〕不分，不意；不料。

〔四〕錦綃句，形容無數的玉蘭花，看上去仿佛是天女在展示織機上巧織出來長長的雲錦。蔣士銓七夕後一日穀原見訪僧寺詩：「天機雲錦展來多，不許新霜點葉過。」

〔五〕洛陽姚魏，歐陽修洛陽牡丹記花釋名第二：「姚黄者，千葉黄花，出於民姚氏家，此花之出於今未十年。姚氏居白司馬坡，其地屬河陽，然花不傳河陽，傳洛陽，洛陽亦不甚多，一歲不過數朵。……魏家花者，千葉肉紅花，出於魏相仁溥家。始樵者於壽安山中見之，斲以賣魏氏，魏氏池館甚大，傳者云，此花初出時，人有欲閲者，人税十數錢，乃得登舟渡池至花所，魏氏日收十數緡。……花傳民家甚多，人有數其葉者，云至七百葉。錢思公嘗曰：『人謂牡丹花王，今姚黄真可爲王，魏花乃后也。』」

〔六〕湘畹，指湘地所産之芝蘭一類香草。

〔七〕霓裳，白衣霓裳，喻玉蘭花。楚辭九歌東君：「青雲衣兮白霓裳，舉長矢兮射天狼。」文徵明玉蘭詩：「我知姑射真仙子，天遣霓裳試羽衣。」

〔八〕梨雲，見卷一瑞龍吟（横塘路）詞注。

〔九〕鸞槎，見卷一鷓鴣天（一杼流霞織錦鱺）詞注。

〔一〇〕吴郎，指吴文英。

祝英臺近

己巳春，瑞士水仙滿山，方抽寸翠，未及見花，有奥京維也納之役，歸來尋賞，零落已盡，悵賦三解〔一〕

惓珍叢，催小别，歸思滿懷抱。料理兼程，只説春尚早。那知去帶餘寒，歸迎輕暖，春早已、趕先曾到。

被花惱〔二〕。不分世外相逢，情緣更顛倒。訴與東風，畢竟没分曉。從教百轉吟哦，一腔悽惋，怎説與、此花知道。

【箋注】

〔一〕一九二七年七月，碧城曾往游奧地利首都維也納；兩年後，復因事舊地重遊。歐美漫遊録赴維也納瓓記云：「予受國際保護動物會函聘演講，由瑞赴奧之維也納，計兩日火車之程。……到維也納，投宿於昔年所寓之格蘭德旅館，此爲予第二次之遊奧，雪鴻重印，恍如夢境也。翌晨，五月十日，往會所探詢一切。」據此，知題中「奧京維也納之役」，乃指其參加維也納國際保護動物會之活動；本詞及其後二闋，當作於一九二九年五月下旬。

〔二〕被花惱，杜甫江畔獨步尋花七絶句詩：「江上被花惱不徹，無處告訴只顛狂。」又，張炎霜葉飛毘陵客中聞老妓歌詞：「同是流落殊鄉，相逢何晚，坐對真被花惱。」

前調

繞湘皋〔一〕，依洛浦〔二〕，特地種騷屑〔三〕。更借迴風，處處舞流雪〔四〕。分明萬緒千情，絲絲揉亂，都化作、萬花千葉。　弄孤潔。因甚翠羽明璫〔五〕，春華坐愁絶。占斷仙源〔六〕，莫展素心結。知他别有奇哀，陳思枉賦，縱黶筆、何曾描著〔七〕。

【校】

〔湘皋〕原誤作「緗皋」，據信芳詞改。

【箋注】

〔一〕繞湘皋，姜夔小重山令潭州紅梅詞：「人繞湘皋月墜時。」

〔二〕洛浦，見卷二翠樓吟（豔骨冰清）詞注。

〔三〕騷屑，紛擾貌。此用以形容滿山零落之水仙多而雜亂貌。杜甫自京赴奉先縣詠懷五百字詩：「撫跡猶酸辛，平人固騷屑。」

〔四〕更借二句，曹植洛神賦：「飄飖兮若流風之迴雪。」

〔五〕翠羽明璫，妝飾之物。曹植洛神賦：「或采明珠，或拾翠羽。」易順鼎瓜洲至清江浦舟中即景成詩：「紅墻碧瓦鋪，翠羽明璫飾。」

〔六〕仙源，喻瑞士日内瓦湖山之勝。碧城應天長詞：「仙居占斷湖角。」

〔七〕知他三句，意謂縱有曹植那樣詞彩凄豔之文筆，也難宣哀感於萬一。慧圜鵲踏枝挽吕寶蓮女士碧城即用其韻詞：「思王枉上通親表，家難重重，一例傷心稿。」又，碧城鵲踏枝（冰雪聰明珠朗耀）詞自注：「予舊有祝英臺近詠水仙花詞云：『知他别有奇哀，陳思枉賦，縱豔筆、何曾描著。』亦别有寄托，若認爲綺語，則誤矣。」按：據慧圜挽詞，知「陳思枉賦」之「賦」，當指曹植求存問親戚表（即求通親表）。表云：「至於臣者，人道絶緒，禁錮明時，臣竊自傷也。不敢過望交氣類，脩人事，叙人倫。近且婚媾不通，兄弟乖絶，吉兇之問塞，慶吊之禮廢，恩紀之違，甚於路人，隔閡之異，殊於胡越。」故碧城「别有奇哀」當指長姊惠如逝世、家難糾紛及與次姊美蓀以細故失和等所帶來的種種哀痛。陳思，指曹植，字子建，曹操第三子。封陳王，謚思，又稱陳思王。

前調

紺搴雲〔一〕，鉛蘸渌〔二〕，瞥眼又如許。檢點芳痕，消得幾風雨〔三〕。曇春一刻千金〔四〕，憑君珍重，原不比、等閒朝暮。接宫羽。不辭燈灺香殘，宵深爲君譜。翠咽瀛波，絃外曳音苦。問他地老天荒〔五〕，成連去後〔六〕，更若個、賞心重遇。

【箋注】

〔一〕紺搴雲，謂水仙花葉因枯萎而被拔起。紺雲，喻水仙花葉。語本吴文英夜遊宫竹窗聽雨坐久隱几就睡既覺見水仙娟娟於燈影中詞：「紺雲攲，玉搔斜，酒初醒。」

〔二〕鉛蘸渌，指水仙花朵零落飄浮在水上。鉛，鉛粉，以其色白清純，因以喻水仙花瓣。吴文英花犯郭希道送水仙索賦詞：「小娉婷，清鉛素靨，蜂黄暗偷暈。」

〔三〕消得句，辛棄疾摸魚兒淳熙己亥自湖北漕移湖南同官王正之置酒小山亭爲賦詞：「更能消幾番風雨？匆匆春又歸去。」

〔四〕曇春，謂春光短暫如一現曇花。蘇軾春夜詩：「春宵一刻值千金，花有清香月有陰。」翁元龍瑞龍吟詞：「芳時一刻千金，半晴半雨，酬春未準。」

〔五〕地老天荒，李賀致酒行詩：「吾聞馬周昔作新豐客，天荒地老無人識。」

〔六〕成連，春秋時著名琴手。吴兢樂府古題要解水仙操：「舊説伯牙學鼓琴於成連先生，三年而成。至於精神寂寞，情志專一，尚未能也。成連云：『吾師子春在海中，能移人情。』乃與伯牙延望，無人。至蓬萊山，留伯牙曰：『吾將迎吾師。』刺船而去，旬時不返，但聞海上水汩汲澌澌之聲。山林窅冥，群鳥悲號，愴然歎曰：『先生將移我情。』乃援琴而歌之。曲終，成連刺船而還。伯牙遂爲天下妙手。」

還京樂　夢聞故國歌聲，極頓挫蒼涼之致，感而賦此〔一〕

殢春睡，聽引圓腔激楚哀絲顫。話上京遺事〔二〕，周郎顧罷〔三〕，龜年歌倦〔四〕。又夜來風雨，無端撩起梨花怨。縈萬感，殘夢碎影，承平猶見。鳳槽檀板〔五〕。問人間何世？依然粉醉金迷〔六〕，華席未散。而今更不成歡，對金尊、怯試深淺。指蟾宫、早桂影都移，霓裳暗换〔七〕。渺斷魂何許，青峰江上人遠〔八〕。

【箋注】

〔一〕本詞作於一九二九年五月中旬碧城赴奥京維也納參加國際保護動物會活動期間。碧城歐美漫遊録赴維也納璅記：「會務既畢，略事遊覽，曾往音樂館 Staats Oper 聽歌。奥以物質論固工業之國，以精神論則音樂詩歌之國也。」「予由音樂館歸寓，西歌不曾入夢，而夢聞故國歌聲，極頓挫蒼凉之致。夢中淒感較醒時尤甚，爲賦黄鐘商之律如左。」

〔二〕上京，見卷二陌上花（茫茫海水）詞注。

〔三〕周郎顧，三國志吴志周瑜傳：「瑜少精意於音樂，雖三爵之後，其有闕誤，瑜必知之，知之必顧。故時人謡曰：『曲有誤，周郎顧。』」

〔四〕龜年，指唐玄宗時著名歌手李龜年。杜甫有江南逢李龜年詩，寫重逢李龜年而引起的今昔盛衰之感。

〔五〕鳳槽，飾以鳳形之弦樂器。吕勝己好事近詞：「鳳檀槽上四條弦。」

〔六〕粉醉金迷，陶穀清異録金迷紙醉：「癰醫孟斧，昭宗時，常以方藥入侍。唐末，竄居蜀中，以其熟於官，故治居宅法度奇雅。有一小室，窗牖焕明，器皆金紙，光瑩四射，金彩奪目。所親見之，歸語人曰：『此室暫憩，令人金迷紙醉。』」梁紹壬兩般秋雨盦隨筆京師梨園：「既紙醉以金迷，復花交而錦錯。」

〔七〕霓裳句，見卷二瑣窗寒（海日摶霞）詞注。

〔八〕青峰句，錢起省試湘靈鼓瑟詩：「曲終人不見，江上數峰青。」

踏莎行〔一〕

樓觀參差，蓬萊婀娜〔二〕。捲簾獨對斜陽坐。天開圖畫畫成詩〔三〕，個中覓句偏容我。　翠瀚初澄〔四〕，丹輪半彈〔五〕。餘輝散作燒天火〔六〕。小雲疊疊倚晴空〔七〕，一時盡變玫瑰朵。

【箋注】

〔一〕本詞作於一九二九年初夏，碧城時在瑞士日内瓦。

〔二〕蓬萊，海上仙山。此借指日内瓦之園林池沼。　婀娜，柔美貌。吴文英聲聲慢陪幕中餞孫無懷於郭希道池亭閏重九前一日詞：「檀欒金碧，婀娜蓬萊。」

〔三〕天開圖畫，周密龍吟曲賦寶山園表裏畫圖詞：「江蕪海樹，晴光雨色，天開圖畫。」

〔四〕翠瀚，喻日内瓦湖湖水。

〔五〕丹輪，喻太陽。 殫，廣韻：「垂下貌。」

〔六〕燒天火，岑參送祁樂歸河東詩：「五月火雲屯，氣燒天地紅。」

〔七〕小雲句，周邦彦感皇恩詞：「小閣倚晴空。」此化用其句。

江神子〔一〕

催花風雨弄陰晴。似多情。似無情。廿四番風〔二〕，换盡最分明。更换鳴禽如過客，先燕燕，後鶯鶯。 浮生同此轉飈輪〔三〕。是微塵〔四〕。戀紅塵。如夢鶯花，添個夢中人。一霎春痕和夢影，休苦苦，唤真真〔五〕。

【箋注】

〔一〕本詞作年同前。

〔二〕廿四番風，周煇清波雜志卷九：「江南自初春至首夏，有二十四番風信，梅花風最先，楝花風居後。」王逵蠡海集氣候類：「析而言之，一月二氣六候，自小寒至穀雨，凡四月八氣二十四候，每候五日，以一花之風信應之，世所異言，曰始於梅花，終於楝花也。詳而言之，小寒之一候梅花，二候山茶，三候水仙；大寒之一候瑞香，二候蘭花，三候山礬；立春之一候迎春，二候櫻桃，三候望春；雨水一候菜花，二候杏花，三候李花；驚蟄一候桃花，二候棣棠，三候薔薇；春分一候海棠，二候梨花，三候木蘭；清明一候桐花，二候麥花，三候柳花；穀雨一候牡丹，二候酴醾，三候楝花。花竟則立夏矣。」

〔三〕颷輪，見卷二瀑蘭香（蕪城若賦）詞注。

〔四〕微塵，佛教謂眼根所取極微細的色量，喻極細小的物質。大毗婆沙論卷一三六：「應知極微是細色，不可斷截破壞貫穿，不可取捨乘履摶掣，非長非短，非方非圓，非正不正，非高非下，無有細分，不可分析，不可覩見，不可聽聞，不可齅嘗，不可摩觸。故説極微是最細色。此七極微，成一微塵。是眼識所取色中最細微者。」

〔五〕喚真真，杜荀鶴松窗雜記：「唐進士趙顔於畫工處得一軟障，圖一婦人，甚麗。顔謂畫工曰：『世無其人也，如可令生，余願納爲妻。』畫工曰：『余神畫也，此亦有名，曰真真，呼其名百日，晝夜不歇，即必應之，應則以百家彩灰酒灌之，必活。』顔如其言，遂呼之百日，……果活，步下言笑如常。」范成大去年多雪苦寒梅花至元夕猶未開詩：「花定有情堪索笑，自憐無術喚真真。」

減字木蘭花

友人來書謂予客海外，有屈子行吟之感，賦此答之〔一〕

蘭荃古豔〔二〕。誰向三千年後剪〔三〕？移過西洲〔四〕。又惹東風萬里愁〔五〕。　湖山麗矣。但少幽情如屈子。花草風流。綵筆調和兩半球。

【箋注】

〔一〕本詞作於一九二九年。題中「友人」，未詳何指，疑爲碧城詞友費樹蔚、程濟、凌楫民之輩，彼時碧城遠涉重洋，與之常有書函往還。碧城洞仙歌詞：「千秋悲屈賈，數到嬋娟，我亦年來盡堪擬。」史記屈原列傳：「屈原至於江濱，被髮行吟澤畔。顔色憔悴，形容枯槁。漁父見而問之曰：『子非三閭大夫歟？何故而至此？』屈原曰：『舉世混濁而我獨清，衆人皆醉而我獨醒，是以見放。』」

〔二〕蘭荃，香草。韓愈送靈師詩：「逐客三四公，盈懷贈蘭荃。」

〔三〕誰向句，李慈銘題雲門茗花春雨樓填詞圖詞：「蕙情蘭抱，楚天人獨，屈子騷根三千載。」

〔四〕西洲，此以古樂府中的地名，喻指地球西半球歐美所在地。

〔五〕又惹句，來鵠早春詩：「偏憎楊柳難鈐轄，又惹東風意緒來。」

渡江雲[一]

紺陰生海嶠，斜陽破暝，松影落虚壇[二]。屐痕曾印處，弄水搴芳，舊跡認留連。游絲罥蕊[三]，又怨粉、吹滿人間。悵重探、玄都花事[四]，懷抱已非前。堪憐。晴漪晃翠，暉岭皴金[五]，便湖山如此。問他日、躡雲玉笥[六]，誰弔中仙[七]？登臨著徧傷心眼，黯平蕪、都到吟邊。華年恨，古今一例荒煙。

【箋注】

〔一〕本詞寫舊地重游之慨。據詞中「晴漪晃翠，暉岭皴金」云云，知其作於瑞士日内瓦，時在一九二九年春。

〔二〕虚壇，空寂的庭院。

〔三〕游絲，指飄動的蛛絲。

〔四〕悵重探句，用唐劉禹錫重遊玄都觀故事，参卷二花犯（炫芳叢）詞注。

〔五〕暉岭，日落山頭。岭，廣韻：「岭巆山，日没處。」

〔六〕玉笥，山名。即今浙江之玉笥山。史記太史公自序張守節正義引括地志：「石箐山，一名玉笥山，又名委宛山，即會稽山一峰也。在會稽縣東南十八里。」按，南宋詞人王沂孫死後葬玉笥山。

〔七〕中仙，王沂孫，字聖與，號碧山，又號中仙。會稽（今浙江紹興）人。工詩詞，有花外集。張炎瑣窗寒序：「王碧山，又號中仙，越人也。能文工詞，琢語峭拔，有白石意度，今絶響矣。余悼之玉笥山，所謂長歌之哀，過於痛哭。」

風流子　芍藥〔一〕

長安看徧後〔二〕，瀛洲外、重見靚妝濃。認雲衣剪紫，帶寬金縷，粉痕捻素〔三〕，影彈珍叢。折得露枝歸繡幌，凝睇不言中。誰信斷腸，可憐梦尾〔四〕，鶯謳臺苑，蝶舞簾櫳。　蕪城多佳麗〔五〕，空回首、心事暗惱東風。故國花稱后土〔六〕，無此豐容。任波漲春愁，鶱槎久繫〔七〕，詞傳雅謔，蠻語初通。不道萬重蓬遠〔八〕，一笑相逢〔九〕。

【箋注】

〔一〕本詞作於一九二九年暮春，碧城時居瑞士日内瓦。

〔二〕長安句，孟郊登科後詩：「春風得意馬蹄疾，一日看盡長安花。」

〔三〕認雲衣三句，狀芍藥之花形花貌。疑指芍藥品種之一，花名「金束腰」。蘇頌丞相魏公譚訓卷十：「乃重臺紫花金束腰，土俗謂之樓子芍藥。」

〔四〕棼尾，見卷二摸魚兒（又匆匆）詞注。

〔五〕蕪城句，王觀揚州芍藥譜：「今洛陽之牡丹，維揚之芍藥，受天地之氣以生，而小大淺深，一隨人力之工拙，而移其天地所生之性，故奇容異色，間出於人間。今則有朱氏之園最爲冠絶，南北二圃所種，幾於五六萬株，意其自古種花之盛，未之有也。……揚之芍藥甲天下，其盛不知起於何代，觀其今日之盛，古想亦不減於此矣。」蕪城，即揚州。因鮑照蕪城賦而得名。劉克莊賀新郎客贈芍藥詞：「向小窗、依稀重見，蕪城妖麗。」

〔六〕花稱后土，王闢之澠水燕談録卷八：「揚州后土廟有花一株，潔白可愛，歲久，木大而花繁，俗目爲『瓊花』，不知實何木也，世以爲天下無之，惟此一株。」又，碧城自注：「揚州瓊花稱后土之花，見蘋洲漁笛譜。」按，蘋洲漁笛譜，南宋詞人周密詞集名，中有瑶花慢序云：「后土之花，天下無二本，方其初開，帥臣以金缾飛騎進之天上，間亦分致貴邸。」

〔七〕鶱槎，見卷一鷓鴣天（一杼流霞織錦麠）詞注。

〔八〕不道句，李商隱無題詩：「劉郎已恨蓬山遠，更隔蓬山一萬重。」

〔九〕一笑句，蘇軾與毛令方尉遊西菩寺二首之一詩：「一笑相逢那易得，數詩狂語不須删。」

探芳信

湖邊緑樹葱蒨，夏作小黄花，濃馥如桂，予採細枝供之瓶中，爲賦此調〔一〕

蒨雲邈，正翠翻平林，金莖初擢〔二〕。認小山秋早〔三〕，淮南誤幽約。濃薰芳氣霏清潤，不借風霜烈。鎖陰陰、初夏湖堤，嫩晴池閣。　佈地珠塵薄〔四〕。勸鳳帚鍾情，玉階休掠。香剪柔枝，銅匜薦寒渌〔五〕。涅槃便作枯禪化〔六〕，也住旃檀國〔七〕。浣蜂黄、澹弄仙瀛水色〔八〕。

【箋注】

〔一〕據詞題，本詞似咏米蘭，當作於一九二九年初夏。碧城時居瑞士日内瓦。

〔二〕金莖，喻樹之黄花。金莖本花名。唐蘇鶚杜陽雜編下：「更有金莖花，其花如蝶，每微風至，則摇蕩如飛。」

〔三〕小山，淮南小山。楚辭收其招隱士云：「桂樹叢生兮山之幽，偃蹇連蜷兮枝相繚。」此借以切題「如桂」。

〔四〕珠塵，喻落花。米蘭花粒細微如砂珠，香氣馥鬱。吴文英古香慢賦滄浪看桂詞：「更腸斷、珠塵薜路。」

〔五〕銅匜，銅製盥器，瓢狀有足。此喻花瓶。　薦，廣韻：「薦，進也。」

〔六〕涅槃，見卷二絳都春拿坡里火山詞注。　枯禪，枯槁坐禪。佛教謂坐禪時當息心静慮，無爲無待，形同枯木。陸游閒味詩：「身似枯禪謝世塵，豈容收斂强冠巾。」

〔七〕旃檀，香木名，即檀香。玄應音義卷二三：「旃彈那，或作旃檀那，此外國香木也，有赤白紫等諸種。」劉克莊滿江紅丹桂詞：「便好移來雲月地，莫教歸去旃檀國。」

〔八〕蜂黄，亦稱花黄、額黄。古代婦女塗額之黄色妝飾。此喻米蘭「小黄花」。王楙野客叢書卷二四：「草堂詩餘載張仲宗滿江紅詞：『蝶粉蜂黄都褪却。』注：『蝶粉蜂黄，唐人宫妝。』僕觀李商隱詩有曰：『何處拂胸資蝶粉，幾時塗額藉蜂黄。』知詩餘所注爲不妄。」

高陽臺　題人海微瀾〔一〕

花縣霏香〔二〕，蕙庭消雪〔三〕，君家特地春多。漲筆狂塵〔四〕，肯教英氣銷磨〔五〕。金沙直瀉來千里〔六〕，比恒河、還似黄河〔七〕。聚人間、萬感悲歡〔八〕，一派笙歌。

傷春不在銀屏裏〔九〕，在浮雲幻影，逝水迴波。縹緗悽痕，幾番著意描摹。

臨流休覓殘紅語，怕落花、無奈愁何。儘收來、海底繁枝，珊網輕羅〔一〇〕。

【箋注】

〔一〕人海微瀾，潘伯鷹所著之章回體小説，共二十四回，一九二九年八月印行，爲天津大公報叢書之一，碧城此詞當作於該書出版之時。吴宓空軒詩話：「知友凫公以小説名於時，始予未識凫公，於天津大公報中讀其所撰小説人海微瀾而善之。由是尋訪訂交，後又爲該書作序。凫公名潘式，字伯鷹，安徽懷甯人。少從桐城吴闓生君學，經史湛深，文辭淵雅，故其小説亦恒高人一等。」錢伯城泛舟集：「舊體小説人海微瀾，先在大公報連載，後單行。」

〔二〕花縣句，晉潘岳爲河陽令，滿植桃李花，號「河陽一縣花」。此用其典，以同姓喻指潘伯鷹小説宛如滿縣的桃李花香一般誘人。

〔三〕蕙庭句，楊巨源崔娘詩：「清潤潘郎玉不如，中庭蕙草雪消初。」吴文英木蘭花慢詞：「正蕙雪初消，松腰玉瘦，憔悴真真。」

〔四〕狂塵，指紛亂的塵世。朱孝臧還京樂題況夔笙餐櫻詞：「而今漲筆狂塵，弦外調苦。」

〔五〕肯教句，姜夔翠樓吟詞：「仗酒祓清愁，花銷英氣。」

〔六〕金沙句，王嘉拾遺記卷一〇：「南有平沙千里，色如金，若粉屑，靡靡常流，鳥獸行則没足。風吹沙起若霧，亦名金霧，亦曰金塵。沙著樹粲然，如黄金塗矣。」

〔七〕恒河，河名。在今印度與孟加拉國境内，印度教視爲聖河。傳説恒河河沙至細，同水而流，以手掬水，其沙盈手，故佛經典籍屢以恒河喻數量之多。金剛經無爲福勝分第十一：「但諸恒河尚多無數，何况其沙？」

〔八〕聚人間句，吴文英宴清都連理海棠詞：「人間萬感幽單。」

〔九〕傷春句，吴文英高陽臺豐樂樓分均得如字詞：「傷春不在高樓上，在燈前欹枕。」

〔一〇〕盡收來二句，見卷二玲瓏四犯日内瓦之鐵網橋詞注。

浣溪紗〔一〕

不遇天人不目成〔二〕。藐姑相對便移情〔三〕。九閶吹下碎瓊聲〔四〕。　花號水仙冰作蕊，峰名玉女雪爲棱。好憑心迹比雙清〔五〕。

【箋注】

〔一〕本詞收入信芳詞增刊，當作於一九二九年，碧城時居瑞士雪山。

〔二〕目成，指兩目相對，流盼傳情。楚辭九歌少司命：「滿堂兮美人，忽獨與余兮目成。」

〔三〕藐姑句，藐姑山，仙人所居。此指瑞士境内的冰雪高山。碧城自注：「雪山當窗，朝夕相對。」餘參卷二絳都春拿坡里火山詞注。

〔四〕九閶，後漢書寇榮傳：「閶闔九重。」李賢等注：「閶闔，天門也。」 碎瓊，碎玉，喻雪末。張憲聽雪齋詩：「微於疏竹上，時作碎瓊聲。」

〔五〕雙清，謂心地行爲擺脱了塵俗之氣。杜甫屏跡詩：「杖藜從白首，心跡喜雙清。」

前調〔一〕

莫向南園憶採芳。殘紅如雨送斜陽。一般回首小滄桑。　不願返魂甦倩女〔二〕，何須駐景檢神方〔三〕。花時人事兩相忘〔四〕。

【箋注】

〔一〕本詞作年同前詞。

〔二〕返魂甦倩女，見卷二六醜（警銀屏好夢）詞注。

〔三〕駐景，謂使容顏不老，猶延年。集仙録：「舜以駐景靈丸授王玅想。」又，碧城自注：「義山詩：『檢與神方教駐景。』」按，此句見李商隱碧城三首詩。

〔四〕花時句，賀鑄減字浣溪沙詞：「今宵風月兩相忘。」

徵招　題周璕畫龍[一]

雩龍飛舞翻滄海[二]，驪光夜穿幽晦[三]。尺幅展鮫綃[四]，湧萬重煙水。是伊誰腕底。弄大筆、觥觥如此[五]。戰罷玄黄[六]，抉鱗猶可，點睛須忌[七]。何處。問行藏[八]，瑶函裏、香沁碧芸催睡[九]。曼衍徧中原[一〇]，已倦看游戲。鼎湖波不起[一一]。枉凄入、翠蓬雲氣。又争似、紅漾桃漪，認鱖遊清泚。

【校】

題信芳詞、曉珠詞二卷本均作「爲白葭居士題周璕畫龍」。

【箋注】

[一]本詞因友人程白葭之請，題其所藏周璕畫龍圖。檢韋齋詩鈔卷一一，費樹蔚亦有應邀題詠之作。詩題云：「程白葭幼時嘗夢騎龍於錢塘江上。前歲丙寅在遼河見死龍爲風雲攫去，比又得清初大俠周璕畫龍一巨幅，四巨幀，可謂於龍有緣。」據此推斷，白葭得龍圖當在己巳年（一九二九）或稍前，碧城題圖當在其後未久。王應奎柳南續筆卷二周璕畫龍：「周璕，字崑來，江寧人。善丹青，康熙中以畫龍著名。嘗以所畫張於黄鶴樓，標其

價曰一百兩。……其畫龍烘染雲霧，幾至百遍，淺深遠近，隱隱隆隆，誠足悦目。」

〔二〕雩龍句，禮記禮器注：「龍見而雩。」疏：「雩，祭天求雨也。」

〔三〕驪光，驪龍頷下之珠光。吴文英掃花遊賦瑶圃萬象皆春堂詞：「燦驪光乍濕，杏梁雲氣。」

〔四〕鮫綃，指絹畫。餘參卷二真珠簾（淚華夜夜生滄海）詞注。

〔五〕觥觥，後漢書郭憲傳：「帝曰：『常聞「關東觥觥郭子横」，竟不虚也。』」李賢注：「觥觥，剛直之貌。」

〔六〕玄黄，指二龍相戰，流血成青黄雜交之色。易坤：「龍戰於野，其血玄黄。」

〔七〕點睛句，張彦遠歷代名畫記卷七：「武帝崇飾佛寺，多命僧繇畫之。……金陵安樂寺四白龍不點眼睛，每云『點睛即飛去』，人以爲妄誕，固請點之。須臾，雷電破壁，兩龍乘雲騰上天去，二龍未點眼者見在。」

〔八〕行藏，猶言出處、行踪。論語述而：「用之則行，舍之則藏。」

〔九〕瑶函，書函，此指畫龍圖卷。碧芸，芸香。多年生草本植物。花葉香氣濃鬱，入藥可防蛀蟲。

〔一〇〕曼衍，同「漫衍」，古代百戲雜耍之一。漢書西域傳：「設酒池肉林以饗四夷之客，作巴俞都盧、海中碭極、漫衍魚龍、角抵之戲以觀視之。」柳永破陣樂詞：「繞金堤、曼衍魚龍戲，簇嬌春羅綺。」

〔二〕鼎湖，史記封禪書：「黄帝採首山銅，鑄鼎於荆山下。鼎既成，有龍垂胡髯下迎黄帝。黄帝上騎，群臣后宫從上者七十餘人，龍乃上去。餘小臣不得上，乃悉持龍髯，龍髯拔墮，墮黄帝之弓。百姓仰望黄帝既上天，乃抱其弓與胡髯號，故後世因名其處曰鼎湖，其弓曰烏號。」

六幺令〔一〕

碧空凝麗，萬象澄秋宇〔二〕。會心静觀天末，遠巘籠煙樹。松杪細排一綫，映白雲堪數。翠陰霏霧。吟襟驟濕，滄海斜飛幾絲雨〔三〕。　乘風歸向甚處？肯戀仙源住。回首廿載詞場，寂寞相如賦〔四〕。贏得浮名何用？未抵浮生苦。遼鶴振平聲羽〔五〕。丁寧待我，共掠金飈玉京去〔六〕。

【校】

〔贏得二句〕信芳詞作「霜拂貂裘漸敝，漫起樽前舞」。

【箋注】

〔一〕本詞最早見於一九二九年十二月印行之信芳詞增刊，是年九月上海出版之呂碧城集却未見收入，證以詞中「萬象澄秋宇」之句，知其作於一九二九年秋。

〔二〕萬象句，吴文英齊天樂壽榮王夫人詞：「萬象澄秋，羣裾曳玉，清澈冰壺人世。」

〔三〕滄海句，李羣玉北亭詩：「斜雨飛絲織晚空，疎簾半捲野亭風。」吴文英齊天樂齊雲樓詞：「净洗青紅，驟飛滄海雨。」

〔四〕寂寞句，葛洪西京雜記卷三：「司馬長卿賦，時人皆稱典而麗，雖詩人之作，不能加也。揚子雲曰：『長卿賦不似從人間來，其神化所至邪？』」温庭筠車駕西遊因而有作詩：「誰將詞賦陪雕輦，寂寞相如卧茂陵。」

〔五〕遼鶴，遼東鶴，傳爲仙人所化。韋應物送丘員外還山詩：「靈芝非庭草，遼鶴委池鶩。」餘參卷二高陽臺（啼鳥驚魂）詞注。

〔六〕金飈，秋風。　玉京，仙都。藝文類聚卷三七引孔稚圭褚先生百玉碑：「鳳吹金闕，簫歌玉京。」龔自珍行路易詩：「浩浩蕩蕩，仙都玉京。」

尾犯〔一〕

夜悄易驚秋，涼戰萬松，風籟鳴急。玉甃迎潮〔二〕，任琤琮争拍〔三〕。紅翳影、孤嶕更瘦，翠迴橈、倦波猶弱。舊愁零亂，夢隔藕花，偷向鷺鷥説。採香隨步遠〔四〕，但冷豔、沁徧緗褶。屧韻來回〔五〕，有垂虹知得〔六〕。便消領、錦雲成幄〔七〕，奈寂寞、仙源久謫。問天無語，露洗半、蟾妍悽碧〔八〕。

【箋注】

〔一〕本詞寫秋夜感懷，托情於夢，作年同前闋。

〔二〕玉甃，指石壘的墻垣。納蘭性德扈蹕霸州詩：「萬派銀濤衝古岸，四圍玉甃護嚴城。」

〔三〕琤琮，喻潮聲。

〔四〕採香，採香徑，原在蘇州香山，今廢。范成大吴郡志卷八：「採香徑在香山之傍小溪也，吴王種香於香山，使美人泛舟於溪以採香。」

〔五〕屧韻句，蘇州靈巖山有響屧廊遺址，舊爲吴王宫中之走廊，以楩梓板藉地，西施步屧繞之有聲，因名。姚承緒吴趨訪古録：「相傳吴王建廊，以楩梓藉地而虚其下，令西施與宫人步屧之則響。今圓照塔前西上小斜廊即其址。亦稱鳴屧廊。」

〔六〕垂虹，朱長文吴郡圖經續記卷中：「吴江利往橋，慶曆八年，縣尉王廷堅所建也。東西千餘尺，用木萬計。縈以修欄，甃以净甓，前臨具區，横截松陵，湖光海氣，蕩漾一色，乃三吴之絶景也。」「橋有亭，曰垂虹，蘇子美嘗有詩云：『長橋跨空古未有，大亭壓浪勢亦豪。』非虚語也。」

〔七〕錦雲成幄，謂花樹繁盛，如雲似錦。楊萬里萬花川谷海棠盛開進退格詩：「天開錦幄三千丈，日透紅妝一萬重。」

〔八〕蟾妍，猶言麗月。蟾，蟾月。傳説月中有蟾蜍，故以蟾代月。

風入松〔一〕

籋雲飛佩度清虚〔二〕。重謁廣寒姝〔三〕。相邀散髮撈明月〔四〕，正瑶光、涵澈蓬壺〔五〕。海颶乍沉鯨浸〔六〕，夜霞初吐驪珠〔七〕。

騫槎將見到天衢〔八〕。探桂近何如〔九〕？冷香霏露羞紅萼，問秋光、争比春殊。更愛喬松拂檻，壓枝翠實霜腴。

【校】

〔問秋光〕原誤作「間秋光」，據信芳詞改。

【箋注】

〔一〕據篇末碧城自注「己巳中秋寫寓所之景，科學家謂航空將來可抵月球」，知本詞當作於一九二九年九月十七日。碧城時在瑞士日内瓦。

〔二〕籋雲，漢書禮樂志：「籋浮雲，晻上馳。」籋，同「躡」，踩。　佩，佩飾。　清虚，指太空。庾信象戲賦：「法凝陰於厚德，仰冲氣於清虚。」

〔三〕廣寒姝，謂月宫嫦娥。

〔四〕相邀句，用唐詩人李白夜游采石磯，醉中捉月典。李白宣州謝脁樓餞别校書叔云詩：「人生在世不稱意，明朝散髮弄扁舟。」吴文英望江南賦畫靈照女詞：「誰撈明月海波寒？」

〔五〕蓬壺，王嘉拾遺記卷一：「三壺，則海中三山也。一曰方壺，則方丈也；二曰蓬壺，則蓬萊也；三曰瀛壺，則瀛洲也。形如壺器。」

〔六〕海颶，海上巨風。　鯨浸，鯨魚掀起的巨浪。劉克莊沁園春送孫季蕃吊方漕西歸詞：「拍天鯨浸，笑傲中流。」

〔七〕驪珠，莊子列禦寇：「河上有家貧恃緯蕭而食者，其子没於淵，得千金之珠。其父謂其子曰：『取石來鍛之！夫千金之珠，必在九重之淵而驪龍頷下，子能得珠者，必遭其睡也。使驪龍而寤，子尚奚微之有哉！』」尸子卷下：「玉淵之中，驪龍蟠焉，頷下有珠也。」陳維崧賀新郎閏五月五日金沙道中次劉後村韻詞：「浪闊驪珠吐。」

〔八〕鶱槎，見卷二採桑子（仙情更比人情薄）詞注。

〔九〕探桂，猶探月。古稱月中有桂，故云。

高陽臺 故國諸友來書話舊，各有身世之感，賦此答之〔一〕

芳禊修蘭〔二〕，仙班倚玉〔三〕，前塵回首匆匆。劫换人間，苧蘿吹老秋風〔四〕。量才欲問昭容尺〔五〕，可平均、分計枯榮。但悽然、錦羽傳箋〔六〕，各訴愁衷。　心期便比無情水，帶落花千點，萬里流紅。遡水尋花，勞他飛燕西東〔七〕。分飛到海還相見，豈故人、未必重逢。指天邊、清淺蓬瀛，不礙槎通〔八〕。

【箋注】

〔一〕本詞作於一九二九年秋，碧城時在瑞士。

〔二〕芳禊，芳春郊游。禊，古有三月三日上巳臨水祓除不祥的風俗。　修蘭，謂締結金蘭之交。易繫辭上：「二人同心，其利斷金；同心之言，其臭如蘭。」

〔三〕仙班，佳人班列。王世貞西城宫詞詩：「新傳牌子賜昭容，第一仙班雨露濃。」倚玉，指與賢人親近。劉義慶世説新語容止：「魏明帝使后弟毛曾與夏侯玄共坐，時人謂『蒹葭倚玉樹。』」韓愈和席八十二韻詩：「倚玉難藏拙，吹竽久混真。」

〔四〕苧蘿，山名，在今浙江省諸暨市南。此借指吴越之地。按，碧城早年常與名士淑女徜徉吴越間，故云。張鳴珂虞美人泊石佛里詞：「吹老西風黄葉，寺門秋。」

〔五〕量才句，王讜唐語林卷三：「上官昭容者，侍郎儀之孫也。儀之得罪，婦鄭氏填宫，遺腹生昭容。其母將誕之夕，夢人與秤，曰：『持之秤量天下文士。』鄭氏冀其男也，及生昭容，視之，云：『秤量天下，豈是汝耶？』口中啞啞，如應曰『是』。」李白上清寶鼎詩：「仙人持玉尺，度君多少才。玉尺不可盡，君才無時休。」

〔六〕錦羽傳箋，指雁足傳書。漢書蘇武傳：「數年，匈奴與漢和親。漢求武等，匈奴詭言武死。後漢使復至匈奴，常惠請其守者與俱，得夜見漢使，具自陳道。教使者謂單于，言天子射上林中，得雁，足有係帛書，言武等在某澤中。」

〔七〕勞他句，古樂府：「東飛伯勞西飛燕，黄姑織女時相見。」

〔八〕指天邊二句，李白古風之九詩：「乃知蓬萊水，復作清淺流。」餘參卷二風入松（簫雲飛佩度清虚）詞注。

水龍吟〔一〕

嵐光時變陰陽，下方黛影涵千頃。雨收南浦，雲歸北闕〔二〕，一峰初暝。遠映空濛，晃浮金碧，畫圖難準〔三〕。似壺公幻就〔四〕，蓬瀛縹緲〔五〕，迷蜃市〔六〕，通仙境。指點人家山頂。倚高寒、結茅棲隱。層層蒼莽，斑斑白堊〔七〕，小廬盈寸。儘足煙霞，不知冠蓋〔八〕，也無鐘鼎〔九〕。但天風嘯晚，萬松飛翠，播秋聲勁。

【箋注】

〔一〕本詞狀雨後山景，歷歷如繪，當作於一九二九年秋，碧城時居瑞士。

〔二〕雨收二句，李憕奉和聖製從蓬萊向興慶閣道中留春雨中春望之作應制詩：「雲飛北闕輕陰散，雨歇南山積翠來。」

〔三〕畫圖句，王安石桂枝香金陵懷古詞：「星河鷺起，圖畫難足。」

〔四〕壺公，雲笈七籤卷二八引雲臺治中録：「施存，魯人。夫子弟子，學大丹之道。……常懸一壺如五升器大，變化爲天地，中有日月，如世間，夜宿其内，自號『壺天』，人謂曰『壺公』。」

〔五〕蓬瀛，見卷二風入松（籋雲飛佩度清虚）詞注。

〔六〕蜃市，指海市蜃樓。參卷二喜遷鶯（杯傳婪尾）詞注。

〔七〕堊，廣韻：「堊，白土。」

〔八〕冠蓋，冠冕、車蓋，借指仕宦、顯貴。杜甫夢李白二首之二詩：「冠蓋滿京華，斯人獨憔悴。」

〔九〕鐘鼎，擊鐘列鼎而食。喻榮華富貴。張衡西京賦：「若夫翁伯、濁、質，張里之家，擊鐘鼎食，連騎相過。東京公侯，壯何能加？」

鶯啼序〔一〕

銅仙夜嘑漢苑〔二〕，黯秋空斷綺。指故壘、説與紅襟〔三〕，呢喃能話興廢。忍重見、檀欒金碧〔四〕，承平七百年來地〔五〕。尚參天，松檜凌風，拂動寒翠。秀挹崑崙〔六〕，浩攬渤澥〔七〕，信雄圖蓋世。更瑶堞、萬里迴旋〔八〕，祖龍曾此飛轡〔九〕。祇憑闌、英姿一顧，問誰度、陰山胡騎〔一〇〕？好風光，不分輸他，六朝煙水。

東周移鼎〔一一〕，南宋揚舲〔一一〕，未是偏安計。悵燭轉、玉樹歌罷，螢暗江沚〔一三〕，霸府重開〔一四〕，元戎高會〔一五〕。塵驚驄馬，花迎劍佩〔一六〕，宏猷合借湖山勝〔一七〕，況東南、金粉鍾佳氣。平瞻象緯〔一八〕，九閶翼軫回寅〔一九〕，八荒洛圖呈瑞〔二〇〕。

滄桑影斂，班宋才銷〔二一〕，賦兩都誰繼〔二二〕？況憔悴、蘭成天末〔二三〕，漫倚新聲，荃蘺凋秋，苣懷凝痗〔二四〕。燕雲恨滿〔二五〕，吴波愁絶〔二六〕，金源遺響傳樂府〔二七〕，莽神州繁變皆商徵上聲〔二八〕。哀絃不度人間，競醉鈞天〔二九〕，舞霓半翳。

【校】

〔尚參天三句〕天津商報畫刊一九三三年第七卷第十三期作「尚依然，老檜拏雲，古柏攢翠」。〔影斂〕畫刊作「影翳」。〔兩都〕畫刊作「兩京」。〔金源五句〕信芳詞作「錦書休寄聞過雁，怕緘來野老吞聲淚。佇遲舊苑春歸，重奏鈞天，舞霓返隊」。

【箋注】

〔一〕本詞詠舊都興廢，有沉痛的歷史變遷和國事日蹙之感，最早收入信芳詞，此前未見著録，當作於一九二九年秋。

〔二〕銅仙句，見卷一齊天樂（紫泉初啓隋宫鎖）詞注。

〔三〕紅襟，燕子。丁仙芝餘杭醉歌贈吴山人詩：「曉幕紅襟燕，春城白項烏。」

〔四〕檀欒金碧，指代竹木花樹、宫苑樓臺。檀欒，指修竹。吴文英聲聲慢陪幕中餞孫無懷於郭希道池亭閏重九前一日詞：「檀欒金碧，婀娜蓬萊。」

〔五〕七百年來，北京自元至元四年（一二六七）築城建都以來，至民國肇造，歷時約七百年。陳澧摸魚兒詞：「只七百年來，斜陽换盡，一片古苔冷。」

〔六〕崑崙，山名。西起帕米爾高原東部，横貫新疆、西藏之間，東延入青海境内。傳説山上有瑶池、閬苑等仙境。

〔七〕渤澥，渤海。古稱東海一部分。初學記卷六：「東海之別有渤澥，故東海共稱渤海。」

〔八〕更瑶堞句，顧炎武日知録卷三一：「泰山西有長城，緣河經泰山一千餘里，至琅琊臺入海。」

〔九〕祖龍，指秦始皇。史記秦始皇本紀：「有人持璧遮使者曰：『爲吾遺滈池君。』因言曰：『今年祖龍死。』」裴駰集解引蘇林曰：「祖，始也；龍，人君象。謂始皇也。」又，史記封禪書：「其明年，始皇復游海上，至琅邪，過恒山，從上黨歸。」

〔一〇〕只憑關二句，史記李將軍列傳：「廣居右北平，匈奴聞之，號曰『漢之飛將軍』，避之數歲，不敢入右北平。」王昌齡出塞詩：「但使龍城飛將在，不教胡馬度陰山。」陰山，在今内蒙古自治區南部，東北與大興安嶺相連。

〔一一〕東周句，謂周幽王被犬戎殺後，諸侯迎立其子平王，從鎬京遷都到洛邑。史記周本紀：「平王立，東遷於雒邑，避戎寇。」漢書郊祀志上：「幽王無道，爲犬戎所敗，平王東徙雒邑。」移鼎，遷移九鼎。此指遷都。舊傳禹鑄九鼎，以象九州。鼎爲王權象征，三代時爲傳國之寶，常隨王都遷徙。

〔一二〕南宋句，建炎元年（一一二七）十月，宋高宗趙構爲躲避金兵進犯，率皇室及文武百官渡江南下，經揚州而鎮江，復奔常州、吴江、秀州等地，最後抵達杭州，並在此建都。事見宋史高宗本紀。揚舲，指乘舟南渡。

〔一三〕帳燭轉二句，見卷一百字令（排雲深處）詞注。

〔一四〕霸府句，謂中華民國創立。舊五代史梁書末帝紀上：「重念太祖皇帝，嘗開霸府，有事四方。」

〔一五〕元戎，指將帥。劉克莊賀新郎客贈芍藥詞：「畫堂深、金缾萬朵，元戎高會。」高會，盛大宴會。戰國策秦策三：「居武安，高會相與飲。」鮑彪注：「高紀注：大會也。」

〔一六〕劍佩，繫在劍綬上的飾物。岑參和賈至舍人早朝大明宫之作詩：「花迎劍佩星初落，柳拂旌旗露未乾。」

〔一七〕宏猷，宏偉的功業。猷，爾雅釋言：「猷，圖也。」

〔一八〕象緯，杜甫遊龍門奉先寺詩：「天闕象緯逼，雲卧衣裳冷。」仇兆鰲注：「象緯，星象經緯也。」

〔一九〕九閶句，南方七宿中的翼、軫兩顆星出現在隆冬初春時的天空，時間回到了寅月（正月），標志着一元復始，萬象更新。言外之意，民國建立，一個嶄新時代到來了。翼軫，二十八宿中的兩個星名，古爲楚之分野。越絶書卷二：「楚故治郢，今南郡、南陽、汝南、淮陽、六安、九江、廬江、豫章、長沙，翼、軫也。」寅，史記律書：「言萬物始生螾然也，故曰寅。」

〔二〇〕洛圖，易繫辭上：「河出圖，洛出書，聖人則之。」太平御覽卷七九：「尚書中候曰：河龍出圖，洛龜書威，赤文像字，以授軒轅。」

〔二一〕班宋，指著名辭賦家班固、宋玉。

〔二二〕兩都，班固作有西都賦和東都賦。劉勰文心雕龍詮賦：「孟堅兩都，明絢以雅贍。」

〔二三〕蘭成句，見卷二三姝媚（芳塵封鄴架）詞注。

〔二四〕茝，廣韻：「茝，香草。」字林云：「蘪蕪别名。」痗，廣韻：「痗，病也。」

〔二五〕燕雲句，五代石敬瑭割地甘當「兒皇帝」，致使燕雲十六州落入契丹之手，長達四百餘年，直到明初時纔收回失地。資治通鑑卷二八〇後晉高祖天福元年十一月：「契丹主作册書，命敬瑭爲大晉皇帝，自解衣冠授之，築壇於柳林，是日即皇帝位。割幽、薊、瀛、莫、涿、檀、順、新、嬀、儒、武、雲、應、寰、朔、蔚十六州以與契丹，仍許歲輸帛三十萬匹。」燕，指幽州改稱燕京。雲，指雲州（大同）。

〔二六〕吴波句，謂渡江而來的南宋朝野上下，見江南的烟波景色，想念故土，愁思欲絶。

〔二七〕金源，金史地理志上：「上京路即海古之地，金之舊土也。國言『金』曰『按出虎』，以按出虎水源於此，故名金源。建國之號蓋取諸此。」樂府，此指金詞。嚴永濬中州集序：

「百餘年間，新聲雅作，洋洋在耳，亦足以鳴金源氏之盛哉！」

〔二八〕商徵，古代五音中的二音。劉勰文心雕龍聲律：「夫商徵響高，宫羽聲下。」

〔二九〕鈞天，天之中央。吕氏春秋有始：「中央曰鈞天。」注：「鈞，平也。爲四方主，故曰鈞天。」餘參卷二菩薩蠻（舞衣葉葉餘香在）詞注。

滿江紅

中秋後殘月半規，皎然海上，爲賦此闋〔一〕

精豔難磨〔二〕，更何必、時逢三五。認黛影、瀛邊澹洗，瘦顰仙嫵。半玦能遮星斗燦〔三〕，殘妝猶惹雲霓妒。儘下臨、后土上媧天〔四〕，將焉駐？　惟寶鑑〔五〕，無今古。照過客，紛來去。對一杯風灩，休辭起舞〔六〕。水調徒憐傳玉局〔七〕，花枝能幾歌金縷〔八〕。且夢尋、縞夜度緱山，吹笙路〔九〕。

【箋注】

〔一〕本詞詠日内瓦湖上月色，據詞題所云「中秋後殘月半規」語，當作於一九二九年九月下旬。

〔二〕精豔，光亮明麗，形容月色。廣韻：「精，明也。」

〔三〕半玦，喻殘月。玦，環形玉佩。

〔四〕后土，指大地。左傳僖公十五年：「君履后土而戴皇天。」媧天，指天。相傳女媧曾煉石補天，因云。李咸用謝友生遺端溪硯瓦詩：「媧天補剩石，崑劍切來泥。」

〔五〕寶鑑，喻明月。鑑，鏡。劉過蝶戀花贈張守寵姬詞：「寶鑑年來微有暈，懶照容華，人遠天涯近。」

〔六〕對一杯二句，李白月下獨酌詩：「花間一壺酒，獨酌無相親。舉杯邀明月，對影成三人。……我歌月徘徊，我舞影零亂。」蘇軾水調歌頭丙辰中秋歡飲達旦大醉作此篇兼懷子由詞：「我欲乘風歸去，惟恐瓊樓玉宇，高處不勝寒。起舞弄清影，何似在人間。」

〔七〕水調，指蘇軾水調歌頭（明月幾時有）詞。玉局，代稱蘇軾，蓋軾曾提舉玉局觀，有提舉玉局觀謝表。劉克莊摸魚兒賞海棠詞：「悵玉局飛仙，石湖絶筆，孤負這風韻。」

〔八〕花枝句，杜秋娘金縷衣詩：「勸君莫惜金縷衣，勸君惜取少年時。花開堪折直須折，莫待無花空折枝。」

〔九〕且夢尋二句，劉向列仙傳王子喬：「王子喬者，周靈王太子晉也。好吹笙，作鳳凰鳴。游伊洛之間，道士浮丘公接以上嵩高山。三十餘年後，求之於山上，見桓良曰：『告我家：七月七日待我於緱氏山巔。』至時，果乘白鶴駐山頭，望之不得到，舉手謝時人，數日而去。」吴文英永遇樂探梅次時齋韻詞：「遺襪塵銷，題裙墨黯，天遠吹笙路。」緱山，即緱氏山，在今河南省偃師縣。

桂枝香

近人評桂爲花中聖賢，蓋其樹幹高直，枝葉整齊，氣馥而色不炫，猶蓮之爲君子也。惜海外無此。曩於紐約藏書樓見某卷稱中國特有之花約三千種，不能移植西土云〔一〕。

檀魂喚起〔二〕。倩誰賦妙詞？黄絹摛綺〔三〕。碎綴珍叢，鶯羽蜂茸爭麗。小山似有人招隱〔四〕，惓芳馨、未信憔悴。霜繁錬馥，巖深罨秀，翠陰初霽。　珠履春塵漫擬。歎遵海逾淮〔五〕，未許遷地。闕里秋高〔六〕，參列三千佳士〔七〕。金樞儻助西風轉〔八〕，帶天香、飛渡清泚。仙雲翳晚，滄波摇夢，一枝誰寄？

【校】

〔蜂茸〕信芳詞作「蜂黄」。

【箋注】

〔一〕本詞作於一九二九年秋，碧城時在瑞士。猶蓮句，周敦頤愛蓮説：「蓮，花之君子者也。」

〔二〕檀魂，檀香之魂，喻桂香。

〔三〕黄絹，「黄絹幼婦」之省稱，隱括「絶妙」二字。此指佳篇秀句。劉義慶世説新語捷悟：「魏武嘗過曹娥碑下，楊修從，碑背上見題作『黄絹幼婦，外孫齏臼』八字。魏武謂修曰：『解不？』答曰：『解。』魏武曰：『卿未可言，待我思之。』行三十里，魏武乃曰：『吾已得。』令修别記所知。修曰：『黄絹，色絲也，於字爲絶。幼婦，少女也，於字爲妙。外孫，女子也，於字爲好。齏臼，受辛也，於字爲辭。所謂『絶妙好辭』也。」

〔四〕小山，淮南小山，見卷二探芳信注。張炎慶宫春金粟洞天詞：「小山舊隱重招。」

〔五〕遵海，沿海。孟子梁惠王下：「遵海而南，放於瑯琊。」逾淮，語本晏子春秋卷六：「橘生淮南則爲橘，生于淮北則爲枳。」此處感歎桂花渡海，遷徙難活，以切題「不能移植」。

〔六〕闕里，即今山東省曲阜市内闕里街，因有石闕而名。漢書梅福傳：「今仲尼之廟，不出闕里。」顔師古注：「闕里，孔子舊里也。」

〔七〕三千佳士，喻桂樹。史記孔子世家：「孔子以詩書禮樂教，蓋弟子三千焉，身通六藝者七十有二人。」

〔八〕金樞，月窟。木華海賦：「若乃大明攄轡於金樞之穴，翔陽逸駭於扶桑之津。」李善注：「金，西方也。」吕延濟注：「金樞，西方月之没處。」吴文英新雁過妝樓詞：「金樞動、冰宫桂樹年年。」王夫之和一峰入道門詩：「金樞纔一轉，九折任幽尋。」

大酺〔一〕

茜雨香霏，倚峨翠，小小壺春初拓〔二〕。閒中消歲月，有昇平花鳥，與人同樂。錦羽忘機，瓊枝索笑，一律天親無著〔三〕。蒖磯莎徑畔，慣搴芳弄水，舊曾相識。認偷眼穿林，墜紅拋豆，肯慳鸎啄？　滄波横故國。黯風絮、歷歷渾如昨。任往事、塵銷噩夢，錦涣秋紋，心頭净捲殘痕羃。怨郢清商〔四〕，問誰信、行雲能遏〔五〕？且休管、花開落。遊仙一枕〔六〕，世外斜陽西匿。柳邊鳳鈴未掣〔七〕。

【箋注】

〔一〕本詞約作於一九二九年秋冬間，碧城時在瑞士。

〔二〕壺春，壺天春色，喻瑞士山中美景勝境。參卷二惜秋華（越尾吴頭）詞注。

〔三〕天親無著，均古印度佛教哲學家。此以兄弟喻關係親近。王維過乘如禪師蕭居士嵩丘蘭若詩：「無著天親弟與兄，嵩邱蘭若一峰晴。」

〔四〕郢，廣韻：「郢，楚地。」清商，五音之一，聲哀切。韓非子十過：「公曰：『清商固最悲乎？』師曠曰：『不如清徵。』」按，據詞譜，此句「商」下脱一字。

〔五〕行雲能遏，列子湯問：「薛譚學謳於秦青，未窮青之技，自謂盡之，遂辭歸。秦青弗止之，餞於郊衢，撫節悲歌，聲振林木，響遏行雲。薛譚乃謝求返，終身不敢言歸。」

〔六〕遊仙一枕，王仁裕開元天寶遺事卷上：「龜兹國進奉枕一枚，其色如碼碯，温温如玉，其製作甚樸素。若枕之，則十洲三島、四海五湖，盡在夢中所見。帝因立名爲遊仙枕。」

〔七〕鳳鈴，見卷二蝶戀花（繅盡愁絲兼恨絲）詞注。

洞僊歌〔一〕

海堧遷客〔二〕，憶西風黄葉，不似江南舊村里〔三〕。看松耆黛古，秋老霜嚴，終未易、銷減萬重頑翠〔四〕。　足音空谷渺〔五〕，但有飢禽，屢啄山榴隔林墜。峭壁曳寒泉，激石嘶風，似説徧、人間興廢。問誰證悠悠百年心〔六〕，黯竚盡斜陽，逝川無際。

【箋注】

〔一〕本詞寫今昔滄桑之感，收入一九三二年秋杪刊行之曉珠詞二卷本，并發表於翌年四月出版的詞學季刊創刊號。詞後附碧城詞友、編者龍榆生附識云：「聖因女士久居瑞士，曾於十八年冬，刊行所爲信芳詞。頃自柏林來書，有『豈惟去國，且求避世』之語，并録示夏間養痾醫舍時所作詞十餘闋，亟先載八闋於此。」又，曉珠詞二卷本跋語云：「卷尾若干闋，乃今夏寢疾醫舍無聊之作，遣懷兼以學道，反映前塵，夢幻泡影。」據此，本詞當作於一九三二年夏，碧城時值病中，疑在德京柏林就醫。

〔二〕海堧，沿海之地。柳宗元南省轉牒欲具江國圖令盡通風俗故事詩：「聖代提封盡海壖，狼荒猶得記山川。」

〔三〕憶西風二句，蘇軾書李世南所畫秋景二首之一詩：「扁舟一棹歸何處，家在江南黄葉村。」

〔四〕終未易句，文廷式水龍吟詞：「空中樓閣，萬重蒼翠。」

〔五〕足音空谷，莊子徐無鬼：「夫逃虚空者，藜藋柱乎鼪鼬之徑，踉位其空，聞人足音跫然而喜矣。」顧炎武日知録九經：「在宋已爲空谷之足音，今時則絶響矣。」

〔六〕百年心，王昌齡少年行二首之二詩：「夜闌須盡醉，莫負百年心。」

壽樓春〔一〕

盟寒梅冬心。又滄波歲晚，瓊瘦霜林。悽斷遏雲殘笛〔二〕，浣花清吟〔三〕。兜倦夢，欹重衾。伴暗香、輸他幺禽。念病惱維摩〔四〕，笑慳迦葉〔五〕，何計證禪襟〔六〕。　風雲氣，今銷沉。便驪黄萬馬，劫後都瘖〔七〕。幾輩高歌青眼〔八〕，共憐焦琴〔九〕。懷故國，餘情深。有夕陽、還愁登臨〔一〇〕。望天末哀鴻，猶聞隔雲零亂音。

【校】

〔滄波〕詞學季刊創刊號作「滄江」。〔兜倦夢二句〕詞學季刊創刊號作「銷倦夢，兜重衾」。

【箋注】

〔一〕本詞作年與前詞同。

〔二〕遏雲，見卷二大酺（茜雨香霏）詞注。

〔三〕浣花，溪名。杜甫卜居詩：「浣花溪水水西頭，主人爲卜林塘幽。」四川通志卷一〇：「浣花溪，在（華陽）縣東南五里。方輿勝覽：『一名百花潭。』」唐杜甫曾卜居此地。

〔四〕念病惱句，謂身爲疾病纏繞。維摩經文殊師利問疾品：佛在毘耶離城庵摩羅園，城中五百長者子至佛所請説法，居士維摩詰故意稱病不往。佛遣舍利弗及文殊師利等前去探疾。文殊問：「居士是疾何所因起？」維摩詰答曰：「一切衆生病，是故我病；若一切衆生得不病者，則我病滅。」

〔五〕笑慳句，意謂缺少悟性，不像迦葉那樣對佛祖説法能微笑領悟。參卷二丁香結（妙相波瑩）詞注。

〔六〕禪襟，禪僧自謂，猶著禪衣之義。

〔七〕便驪黄二句，蘇軾三馬圖贊：「振鬣長鳴，萬馬皆瘖。」龔自珍己亥雜詩一二五首：「九州生氣恃風雷，萬馬齊瘖究可哀。」驪黄，黑色和黄色的馬。瘖，沉默不鳴。

〔八〕幾輩句，杜甫短歌行贈王郎司直詩：「仲宣樓頭春色深，青眼高歌望吾子。」青眼，用晉書本傳載阮籍以青白眼示重視與輕蔑典。

〔九〕焦琴，干寶搜神記卷一三：「漢靈帝時，陳留蔡邕以數上書陳奏，忤上旨意，又内寵惡之，慮不免，乃亡命江海，遠跡吴會。至吴，吴人有燒桐以爨者，邕聞火烈聲，曰：『此良材也。』因請之，削以爲琴，果有美音。而其尾焦，因名『焦尾琴』。」

〔一〇〕有夕陽句，張炎甘州詞：「空懷感，有斜陽處，却怕登樓。」

玲瓏玉

阿爾伯士雪山遊者多乘雪橇飛越高山，其疾如風，雅戲也〔一〕

誰鬬寒姿，正青素、乍試輕盈〔二〕。飛雲溜屧，朔風迴舞流霙〔三〕。羞擬臨波步弱〔四〕，任長空奔電，恣汝縱横。峥嶸。詫瑶峰、時自送迎。　望極山河羃縞〔五〕，警梅魂初返〔六〕，鶴夢頻驚〔七〕。悄碾銀沙〔八〕，只飛瓊、慣履堅冰〔九〕。休愁人間途險，有仙掌、爲調玉髓〔一〇〕，池邐填平。悵歸晚，又譙樓、紅燦凍檠〔一一〕。

【校】

〔題〕詞學季刊創刊號作「詠瑞士山中雪橇之戲」。

【箋注】

〔一〕本詞咏滑雪競技場景，别開生面，殆爲歷代詞家所未曾道。作年同前闋，乃碧城居瑞士養疴醫疾時作。

〔二〕誰鬬二句，李商隱霜月詩：「青女素娥俱耐冷，月中霜裏鬬嬋娟。」青女，霜雪之神。淮南子天文訓：「至秋三月，青女乃出，以降霜雪。」注：「青女，天神。青霄玉女，主霜雪也。」素娥，嫦娥。月色白，因名。謝莊月賦：「集素娥於後庭。」

〔三〕朔風句，曹植洛神賦：「飄飄兮若流風之迴雪。」流霙，飄旋的雪花。

〔四〕臨波步弱，周邦彦瑞鶴仙詞：「凌波步弱，過短亭、何用素約。」餘參卷二摸魚兒（悄凝眸、緑陰連苑）詞注。

〔五〕羃縞，喻覆蓋白雪。羃，籠罩。縞，白絹。此指代積雪。

〔六〕梅魂初返，蘇軾次韻楊公濟奉議梅花詩：「臨春結綺荒荆棘，誰信幽香是返魂。」張養浩客中除夕詩：「香返梅魂春一脉，愁叢燈影夜千端。」梅魂，喻青娥素女，代指滑雪的女子。

〔七〕鶴夢頻驚，意謂優美高超的滑雪技藝，頻頻驚動睡夢中的白鶴。司空圖與李生論詩書詩：「地凉清鶴夢，林静肅僧儀。」陸游秋夜詩：「露濃驚鶴夢，月冷伴蛩愁。」晏殊採桑子詞：「好夢頻驚，何處高樓雁一聲。」

〔八〕銀沙，雪之美稱。韋莊夜雪泛舟詩：「兩岸嚴風吹玉樹，一灘明月曬銀沙。」

〔九〕飛瓊，許飛瓊，仙女名。王沂孫無悶雪意詞：「欲唤飛瓊起舞，怕攪碎、紛紛銀河水。」

〔一〇〕有仙掌句，三輔故事：「建章宫承露盤高二十丈，大七圍，以銅爲之，上有仙人掌承露，和玉屑飲之。」仙掌，喻指雪橇。調玉髓，段成式酉陽雜俎前集卷八黥：「醫鈿之名，蓋自吴孫和鄧夫人也。和寵夫人，嘗醉舞如意，誤傷鄧頰，血流，嬌婉彌苦，命太醫合藥，醫言得白獺髓，雜玉與琥珀屑，當滅痕。和以百金購得白獺，乃合膏。」吴文英高陽臺落梅詞：「問誰調玉髓，暗補香瘢？」玉髓，喻指白雪。

〔一一〕凍檠，寒燈。檠，燈架，借指燈。庾信對燭賦：「蓮帳寒檠窗拂曙。」

霜葉飛〔一〕

十年遷客滄波外，孤雲心事誰省〔二〕？蘭成詞賦已無多〔三〕，覺首邱期近〔四〕。望故國、兵塵正警。幽棲忍説山林穩。聽夜語胡沙〔五〕，似暗和、長安亂葉〔六〕，遠遞霜訊。不分紅海歸來〔七〕，朱顔轉逝，駐景孤負明鏡。但贏巖雪濺秋寒，上茂陵絲鬢〔八〕。算一様、邯鄲夢醒〔九〕。生憎多事遊仙枕〔一〇〕。指驛亭、無歸路，馬首雲横，鎖藍關暝〔一一〕。

【校】

〔但贏〕詞學季刊創刊號作「但餘」。　〔邯鄲〕曉珠詞二卷本作「華胥」。

【箋注】

〔一〕本詞作於一九三二年夏，同爲碧城居瑞士養痾醫疾時作。

〔二〕孤雪心事，喻思歸情懷。舊唐書狄仁傑傳：「仁傑赴并州，登太行山，南望見白雪孤飛，謂左右曰：『吾親所居，在此雲下。』瞻望佇立久之，雲移乃行。」

〔三〕蘭成句，此以庾信自況。參卷二三姝媚（芳塵封鄴架）詞注。

〔四〕首丘，見卷二翠樓吟（黯骨冰清）詞注。

〔五〕聽夜語句，吴文英還京樂友人汎湖命樂工以箏笙琵琶方響疊奏詞：「似漢宫人去，夜深獨語，胡沙淒哽。」

〔六〕長安亂葉，喻指故國兵荒馬亂，淒凉蕭瑟。賈島憶江上吴處士詩：「秋風吹渭水，落葉滿長安。」周邦彦齊天樂詞：「渭水西風，長安亂葉，空憶詩情宛轉。」

〔七〕紅海，見卷二月下笛（吟管搴芳）詞注。

〔八〕茂陵絲鬢，李賀金銅仙人辭漢歌：「茂陵劉郎秋風客，夜聞馬嘶曉無跡。」此用其意，慨歎人生易老，如秋風中過客。絲鬢，鬢髮花白。

〔九〕邯鄲夢，見卷二新雁過妝樓（萬笏瑶峰）詞注。

〔一〇〕遊仙枕，見卷二新雁過妝樓（萬笏瑶峰）詞注。

〔一一〕馬首二句，見卷二慶宫春（山市馳櫺）詞注。

千秋歲〔一〕

墜粉欺潮〔二〕，飄燈妒月。不信歡場有時歇。霓裳舞纔一二轉〔三〕，金甌地已三千缺〔四〕。且勾留，莫回顧，晉陽獵〔五〕。　昨夜尚憐釵鈿去聲約〔六〕。今日怕聞蘼蕪訣〔七〕。咫尺侯門玉容別。東鄰豔傳窺宋賦〔八〕，南華巧褪迷莊蝶〔九〕。斷腸時，賞心事，連環結。

【箋注】

〔一〕本詞作年同前闋，詞借詠歷史事件隱喻國事，慨歎當權者貪圖享樂，喪權辱國。

一九三三年時事類編第一卷第一期阿瓦林被日侵佔後的滿洲經濟狀況：「日本當局在藉口出兵保僑的掩護之下，業已迅速而無聲地佔據了滿洲一切政治、工商及財政金融機關，被日軍控制的滿洲諸地方，實際上已與日本殖民地毫無區別。日籍顧問的命令，即是現今當地僞行政人員的法律。滿洲各地舊有行政機關，凡未表明完全服從的，都由日本關東軍參謀部委以新人員代替。一九三二年二月十八日滿洲被宣佈『獨立』，其傀儡政府，以滿清後裔溥儀爲首，於同年三月九日成立。」

〔二〕墜粉，落花。姜夔八歸湘中送胡德華詞：「芳蓮墜粉，疏桐吹緑。」

〔三〕霓裳，葛立方韻語陽秋卷一五：「霓裳羽衣舞始於開元，盛於天寶，今寂不傳矣。」餘參卷一齊天樂（紫泉初啓隋宫鎖）詞注。

〔四〕金甌，喻國土。梁書侯景傳：「及太清二年，景果歸附，高祖欣然自悦，謂與神通，乃議納之，而意猶未決。曾夜出視事，至武德閣，獨言『我家國猶若金甌，無一傷缺。』」

〔五〕且勾留三句，北史馮淑妃傳：「周師之取平陽，帝獵於三堆，晉州告急，帝將還，淑妃請更殺一圍，帝從其言。識者以爲後主名緯，殺圍言非吉徵。及帝至晉州，城已欲没矣。」李商隱北齊二首之二詩：「晉陽已陷休回顧，更請君王獵一迴。」按，北史所載乃晉州平陽（今山西省臨汾縣境），非商隱所謂「晉陽」。碧城未加細察，當是誤從商隱之詩所言晉陽。

〔六〕釵鈿約，陳鴻長恨歌傳：「定情之夕，授金釵鈿合以固之。」

〔七〕蘼蕪訣，語本古詩上山採蘼蕪，見卷二八聲甘州（望娟娟一水鎖妝樓）詞注。

〔八〕東鄰句，宋玉登徒子好色賦：「玉曰：『天下之佳人，莫若楚國；楚國之麗者，莫若臣里；臣里之美者，莫若臣東家之子。東家之子，增之一分則太長，減之一分則太短；著粉則太白，施朱則太赤；眉如翠羽，肌如白雪，腰如束素，齒如含貝。嫣然一笑，惑陽城，迷下蔡。然此女登墻窺臣三年，至今未許也。』」

〔九〕南華句，用莊周夢蝶典。舊唐書玄宗紀下：「天寶元年二月，莊子號爲南華真人。」餘參卷一月華清爲白葭居士題葭夢圖詞注。

應天長〔一〕

瓌峰瞰水，珍樹羃樓〔二〕，仙居占斷湖角。未信俊遊堪戀，風懷倦羈客〔三〕。滄桑夢，慵更説。費萬感、片時哀樂。渺天末、別有心期，終古能託。

依約見湘靈〔四〕，十丈綃衣，飄曳海雲白。忍自步虛來往〔五〕，神州黯秋色。招魂句，歌楚些〔六〕。採桂葉、露香盈握。夕陽外、斷甃頹垣，愁損歸鶴〔七〕。

【箋注】

〔一〕本詞作於一九三二年，碧城時居瑞士日内瓦。

〔二〕瓌峰二句，碧城自注：「寫日内瓦湖邊景。」

〔三〕風懷，猶風情。泛指懷抱意趣。

〔四〕依約句，蘇軾江城子湖上與張先同賦時聞彈箏詞：「煙斂雲收，依約是湘靈。」又，後漢書馬融傳：「湘靈下，漢女遊。」李賢注：「湘靈，舜妃，溺於湘水，爲湘夫人。」

〔五〕步虛，凌空。

〔六〕楚些，見卷二木蘭花慢（賦情傳雁羽）詞注。

〔七〕歸鶴，用丁令威化鶴歸鄉故事。吴文英金縷歌陪履齋先生滄海看梅詞：「華表月明歸夜鶴，歎當時、花竹今如此。」餘參卷二高陽臺（啼鳥驚魂）詞注。

浪淘沙慢　用清真韻〔一〕

遠遊處，人羈瘴島，雁繞霜堞。羌笛商音競發〔二〕。鈞天夢冷舊闋〔三〕。正極望、鄉心舒更結。柳憔悴、不忍重折。任置損泥金舞衣鳳〔四〕，餘歡自長絕。愁切。涉江素水遥闊。枉自採芙蓉盈襟抱〔五〕，古調增哽咽〔六〕。嗟老去文通〔七〕，慵賦傷别。倦吟易竭。知甚時、歸弄關山明月〔八〕。來去浮雲羅重疊。涼飈起、衆芳暗歇〔九〕。桂輪滿、天邊圓又缺〔一〇〕。更休問、客鬢驚秋，似翠嶂、秦鬟待變須彌雪〔一一〕。

【校】

〔暗歇〕詞學季刊創刊號作「易歇」。

【箋注】

〔一〕本詞約作於一九三一年至一九三二年間，碧城時在瑞士。清真，北宋詞人周邦彦，字美成，號清真居士。此詞係用其浪淘沙慢賦李尚書山園詞韻。

〔二〕商音，見卷一齊天樂（半空風簸秋聲碎）詞注。

〔三〕鈞天夢，辛棄疾八聲甘州壽建康帥胡長文給事時方閲折紅梅之舞且有錫帶之寵詞：「依舊鈞天夢，玉殿東頭。」餘參卷二鶯啼序（銅仙夜啼漢苑）詞注。

〔四〕泥金，即金泥。以金屑飾物，多用於衣裳衾帳之間。牛嶠菩薩蠻詞：「舞裙香暖金泥鳳，畫梁語燕驚殘夢。」吴文英探芳訊詞：「舞衣疊損金泥鳳，妒折闌干柳。」

〔五〕涉江二句，古詩十九首：「涉江採芙蓉，蘭澤多芳草。採之欲遺誰？所思在遠道。」按，碧城以古詩自況，訴説江水遥闊，故鄉渺渺，自己採得芙蓉盈抱，却欲贈不能，欲歸不得。

〔六〕古調，指古時一種凄清幽怨能使人聞之傷感的音調。吴文英澡蘭香淮安重五詞：「莫唱江南古調，怨抑難招，楚江沉魄。」

〔七〕文通，南朝文學家江淹字文通，所著别賦反復渲染離别之苦，享譽千載。

〔八〕知甚時句，劉長卿龍門八詠渡水詩：「不如波上棹，還弄山中月。」

〔九〕凉飈句，李白太原早秋詩：「歲落衆芳歇，時當大火流。」

〔一〇〕桂輪，喻月。相傳月中有桂樹，故云。

〔一一〕秦鬟，見卷二惜秋華（越尾吴頭）詞注。須彌，喜馬拉雅山之舊譯名。康有爲有望須彌山雲飛因印度之亡感望故國聞西藏又割地矣詩。

天香

白蓮〔一〕

玉井漂鉛〔二〕，銅槃瀉汐，年時夢影曾寫。佛采敷華〔三〕，帝青塗葉〔四〕，七寶修成無價〔五〕。素標難褻〔六〕，漫擬作、凡葩姚冶〔七〕。三十六天如水〔八〕，瑶笙夜凉吹罷。　亭亭法身慣化〔九〕。納須彌、藕心纖罅〔一〇〕。攬取蒨雲同冪，粉綃封麝〔一一〕。誰證無生慧業〔一二〕。待隔浦、相逢共清話〔一三〕。頂禮空王〔一四〕，瓣香容借〔一五〕。

【校】

題費本、信芳詞均作「予有周子之癖，尤愛蓮之白者。漫遊歐美，未見此花，倚聲以寄遐思」。〔玉井八句〕費本、信芳詞均作「玉質生寒，仙裳浣碧，年時豔影曾寫。瀛海春空，湘皋佩杳，未許胡妝偷借。相思何許，只夢與淒馨同化」。〔夜涼〕費本、信芳詞均作「爲伊」。〔亭亭八句〕費本、信芳詞均作「嫣紅自揺晚榭。送新涼、菰蒲雨灑。京洛幾人尋句，競聯吟社。惟怕何郎漸老，但粉淚盈懷暗傾瀉。煙月微茫，凌波去也」。

【箋注】

〔一〕本詞作於一九二八年至一九二九年間。上海圖書館藏信芳詞呂碧城手跡改定稿，本詞覆貼在原作天香詞上，二本字句稍有異同。如首句「玉井漂鉛」，原作作「玉井清風」。據信芳詞碧城辛未歲杪跋語，知其修改於一九三一年年底之前。此後又稍作改動，刊於詞學季刊第一卷第二號，與曉珠詞四卷本同。

〔二〕玉井，見卷二破陣樂（渾沌乍啓）詞注。　漂鉛，喻指白蓮漂浮水面。

〔三〕敷華，開花。觀無量壽佛經：「行者自見坐蓮華上，蓮花即合，生於西方極樂世界，在寶池中經於七日，蓮華乃敷。華既敷已，開目合掌，讚歎世尊。」

〔四〕帝青，指代緑色。玄應一切經音義卷二三：「帝青，梵言『因陀羅尼羅目多』，是帝釋寶，亦作青色，以其最勝，故稱帝釋青。」

〔五〕七寶，無量壽如來會上寶樹莊嚴第一五：「七寶爲葉及諸華果。」陳士元象教皮編卷二：「蓮花七寶者，寶花開敷，寶性無染，寶香芬馥，寶莖竪幢，寶葉扶疏，寶蕋光蕤，寶臺堅住也。」

〔六〕素標句，周敦頤愛蓮説：「予獨愛蓮之出淤泥而不染，濯清漣而不妖，中通外直，不蔓不枝，香遠益清，亭亭净植，可遠觀而不可褻玩焉。」

〔七〕姚冶，美貌。荀子非相：「今世俗之亂君，鄉曲之儇子，莫不美麗姚冶。」楊倞注：「説文曰：『姚，美好貌；冶，妖。』」

〔八〕三十六天，指天。見卷一謁金門（風露洗）詞注。

〔九〕法身，釋迦牟尼真身。此指蓮身。遺教經：「自今已後，我諸弟子展轉行之，則是如來法身常在而不滅也。」

〔一〇〕須彌，佛教傳説中山名，其山高三百三十六萬里。按佛教説法，佛法廣大，可藏須彌山於芥子之中。維摩經不可思議品：「以須彌之高廣，内芥子中，無所增減。」吴承恩西遊記第八回：「毛呑大海，芥納須彌。」纖罅，細微的縫隙。洪邁夷堅志乙志卷八師立三異：「僧入其中，復合無纖罅。」

〔二〕粉綃封麝，意指白蓮斂藏濃鬱的香氣。陳亮水龍吟春恨詞：「羅綬分香，翠綃封淚。」此同其句式。粉綃，謂白蓮。封，揜藏。吴善述説文廣義校訂：「封，有揜蓋蔽藏之義。」江淹麗色賦：「鳥封魚斂，河凝海結。」

〔三〕無生，佛教語。意謂無生無滅，不生不滅，無生死煩惱。圓覺經卷上：「一切衆生於無生中妄見生滅，是故説名輪轉生死。」王維登辨覺寺詩：「空居法雲外，觀世得無生。」慧業，佛教語。指智慧之業緣。維摩經菩薩品：「入一相門，起於慧業。」

〔三〕待隔浦句，張炎水龍吟白蓮詞：「隔浦相逢，偶然傾蓋，似傳心素。」項鴻祚清平樂池上納涼詞：「水天清話，院静人銷夏。」

〔四〕空王，佛之尊稱。佛説一切皆空，因稱「空王」。觀佛三昧經：「過去久遠，有佛出世，號曰空王。」

〔五〕瓣香，見卷一祝英臺近爲余十眉題神傷集詞注。

多麗　大風雪中渡英海峽〔一〕

海潮多。彤雲亂擁逶迤。打孤舷、雪花如掌〔二〕，漫空飛卷婆娑〔三〕。落瑶簪、妝殘龍女〔四〕，揮銀劍、舞困天魔〔五〕。怒颶鳴歊〔六〕，急帆馳箭，騫槎無恙渡星河〔七〕。歎些許、峽腰瀛尾〔八〕，咫翠有驚波。更休問，稽天大浸〔九〕，夷險如何？　念伊誰、探梅故嶺，灞橋驢背清哦〔一〇〕。越溪遊、瓊枝俊倚〔一一〕，謝庭詠、粉絮輕羅〔一二〕。迢遞三山，間關萬里，浪遊歸計苦蹉跎。待看取、晦霾消盡，晞髮向陽阿〔一三〕。將艤岸〔一四〕，蜃樓燈火〔一五〕，射纈穿梭〔一六〕。

【校】

〔鳴歊〕費本、信芳詞均作「暗鳴」。〔急帆馳箭〕費本、信芳詞均作「駭濤澎湃」。〔歎些許五句〕費本、信芳詞均作「正追想，阿瞞佳句，對酒且高歌。休辜負，壯觀如此，雅興云何」。〔念伊〕費本、信芳詞均作「問伊」。〔越溪二句〕費本、信芳詞均作「玩良辰、舟浮錦鷁，吟寒夜、盞挹紅螺」。〔迢遞二句〕曉珠詞二卷本作「遷客情懷，舊家風調」。〔浪遊〕曉珠詞二卷本作「可堪」。

【箋注】

〔一〕碧城歐美漫遊録旅況：「歲聿云暮，人事蕭條，島氣常陰，樓深晝晦，斷送韶華於鏡光燈影中，倏六閱月。」「獻歲（指進入一九二八年）後，摒擋諸務，仍返巴黎。大陸天氣亢爽，精神爲之一振。」又據碧城如夢令大風雪中渡英海峽詞：「春冷，春冷，慵卸一圍貂領。」

知本詞約作於一九二八年二月間。

〔二〕雪花如掌，李白嘲王歷不肯飲酒詩：「地白風色寒，雪花大如掌。」

〔三〕婆娑，舞動貌。爾雅釋訓：「婆娑，舞也。」

〔四〕瑶簪，玉簪，喻雪花。謝宗可水中月詩：「鮫人泣罷珠猶濕，龍女妝殘鏡未收。」按，胡仔苕溪漁隱叢話前集卷五八引冷齋夜話載吴城小龍女題荆州江亭柱間詞，有「數點雪花亂委」語，殆爲此句所本。

〔五〕天魔，即天魔舞之省稱。唐代舞樂名。王建宫詞：「十六天魔舞袖長。」又，元順帝至正中，以宫女十六人珠瓔盛飾，讚佛而舞，稱天魔舞。見元史順帝紀六。

〔六〕嗚骹，響箭。骹，同「髇」，即髇矢，以骨爲之。

〔七〕騫槎，見卷一鷓鴣天（一杼流霞織錦韉）詞注。

〔八〕峽腰句，謂狹長的英吉利海峽中段與尾端，借指人在船身與船尾。

〔九〕稽天大浸，謂冲天大浪。莊子逍遥遊：「大浸稽天而不溺。」

〔一〇〕念伊誰二句，孫光憲北夢瑣言卷七：「唐相國鄭綮雖有詩名，本無廊廟之望。……或曰：『相國近有新詩否？』對曰：『詩思在灞橋風雪中驢子上，此處何以得之？』」程羽文詩本事詩思：「孟浩然詩思在灞橋風雪中驢子背上。」金瓶梅詞話第二十回：「今日趁着天氣落雪，只當孟浩然踏雪尋梅，咱望他望去。」

〔一一〕越溪遊句，劉義慶世説新語任誕：「王子猷居山陰，夜大雪，……忽憶戴安道。時戴在剡，即便夜乘小船就之。經宿方至，造門不前而返。人問其故，王曰：『吾本乘興而行，興盡而返，何必見戴。』」瓊枝，玉枝。形容樹枝著雪。柳永尉遲杯詞：「深深處，瓊枝玉樹相倚。」又，周邦彦拜星月慢詞：「似覺瓊枝玉樹相倚。」

〔一二〕謝庭詠句，劉義慶世説新語言語：「謝太傅寒雪日内集，與兒女講論文義。俄而雪驟，公欣然曰：『白雪紛紛何所似？』兄子胡兒曰：『撒鹽空中差可擬。』兄女曰：『未若柳絮因風起。』公大笑樂。」

〔一三〕晞髮，曬乾頭髮。　陽阿，太陽初照之山角，即初日所照之地。楚辭九歌少司命：「與女沐兮咸池，晞女髮兮陽之阿。」

〔一四〕艤，廣韻：「艤，整舟向岸。」

〔一五〕蜃樓，見卷二醜奴兒慢（十洲湏洞）詞注。

〔一六〕射纈穿梭，喻燈光閃爍迷離狀。纈，草名。花作紅白色。此喻燈光顔色。

風入松　題式園書畫集〔一〕

米船一棹泛滄溟〔二〕。北苑盡知名〔三〕。騷壇異代蒐新譜，然犀照、珊網初盈〔四〕。孔翠千翎齊炳，驪珠百琲爭瑩〔五〕。　劫灰吹冷舊昆明〔六〕。桑影緑東瀛〔七〕。海源皕宋飄零後〔八〕，風嘶楮、併作秋聲〔九〕。輸與君家墨妙，錦函常貯雙清〔一〇〕。

【校】

題詞學季刊創刊號作「爲王式園題書畫集」。

【箋注】

〔一〕本詞曾收入曉珠詞二卷本，約作於一九三二年春夏間。式園，即王鯤徙，字式園，浙江杭州人。近代書畫收藏家。曾輯印式園時賢書畫集，收有溥儒、顧麟士等名家之畫。名流王式通有詩題曰：「藝舟並世存雙楫，劫運支持五百年。」（志盦詩稿王式園囑題時賢書畫集率成三絶）一九三〇年五月十一日出版蜜蜂第七期藝林消息：「王鯤徙先生從政之餘，雅好藝術，頻年徵集，達數百幀，悉爲海内名家精逸作品，彌足珍貴。其大部分曾於去秋陳列西湖博覽會，公開展覽。當代詞人，多有題贈。」

〔二〕米船句，黄庭堅戲贈米元章之一詩：「滄江静夜虹貫月，定是米家書畫船。」自注：「崇寧間，元章爲江淮發運，揭碑於行舸之上曰：『米家書畫船』云。」

〔三〕北苑，指南唐畫家董源。源字叔達，鍾陵（今江西省南昌市）人。南唐中主時曾官「北苑副使」，故稱。虞集題柯九思雜畫册詩：「北苑今仍在，南宫奈老何。」

〔四〕然犀照句，晉書温嶠傳：「至牛渚磯，水深不可測，世云其下多怪物，嶠遂燃犀角而照之。須臾，見水族覆火，奇形異狀，或乘馬車著赤衣者。」張炎疏影梅影詞：「還驚海上然犀去，照水底、珊瑚如活。」然，通「燃」。珊網，見卷二玲瓏四犯（虹影斜牽）詞注。

〔五〕驪珠，見卷二風入松（籥雲飛佩度清虚）詞注。百琲，王嘉拾遺記卷九：「爾非細骨輕軀，那得百琲真珠？」説文：「琲，珠五百枚也。」

〔六〕劫灰句，慧皎高僧傳譯經上竺法蘭：「昔漢武帝穿昆明池底，得黑灰，以問東方朔。朔云：『不知，可問西域胡人。』後法蘭既至，衆人追以問之。蘭云：『世界終盡，劫火洞燒，此灰是也。』」韓偓亂後春日途經野塘詩：「眼看朝市成陵谷，始信昆明有劫灰。」

〔七〕東瀛，指日本。王韜湖山侗翁詩集序：「去年閏三月遊東瀛，小住江户。」

〔八〕海源，海源閣，近代楊以增藏書地。倫明辛亥以來藏書紀事詩楊以增：「累世搜儲祖逮孫，海源恨不在桃源。楊江王目參差甚，兵火之餘百一存。」自注：「聊城海源閣藏書，自楊以增傳子紹和、孫保彝，遞有增益。楊紹和編楹書隅録及續録，凡著録二百六十九種，江標刻海源閣藏書目，凡著録者三百六十種，皆非楊氏善本，王獻堂得其詳，山東提學使咨部備案底本，實得四百六十九種：宋本一百二十，元本八十三，明本三十三，校本一百四十一，鈔本九十一，謂皆是海内孤本。歲己巳戰亂，匪於其家駐軍，其家設司令部，至以閣中書炊火。後官兵又大肆劫掠，其書散見濟南、保定各地。北京書客，争往收之，皆最善本也。」皕宋，樓名。近代陸心源藏書地。董康刻皕宋樓藏書源流考題識：「今春，彦楨馳書相告，岩崎文庫以日金十一萬八千圓購陸氏書有成議。余初謂陸氏爲吴興望族，剛甫觀察逝世未久，何至貨及遺書？嗣彦楨寄示皕宋樓藏書源流考，并囑附梓訪餘録内，始信其事果實。按陸氏藏書志所收，倶江浙諸名家舊本，古芬未墜，異域言歸，反不如臺城之炬，絳雲之燼，魂魄猶長守故都也。」

〔九〕楮，樹名。此指以楮樹皮製成的紙。

〔一〇〕雙清，見卷二浣溪紗(不遇天人不目成)詞注。

鷓鴣天〔一〕

沉醉鈞天籟不聞〔二〕。高丘寂寞易黄昏〔三〕。鮫人泣月常迴汐〔四〕，鳳女凌霄只化歌玉樹〔六〕，灎金尊〔七〕。漁鼙驚破夢中春〔八〕。可憐滄海成塵後，十雲〔五〕。

萬珠光是鬼燐〔九〕。

【校】

〔漁鼙〕曉珠詞二卷本作「霓裳」。

【箋注】

〔一〕本詞作於一九三一年或一九三二年間，碧城時正漂泊海外。遥念故國，感時傷亂。歎國運之衰微，哀濟世之無方，因有是作。

〔二〕鈞天，見卷二鶯啼序（銅仙夜啼漢苑）詞注。

〔三〕高丘句，楚辭離騷：「忽反顧以流涕兮，哀高丘之無女。」嚴復秋花次吕女士韻詩：「高丘無女日將暮。」

〔四〕鮫人，見卷二望江南（瀛洲好，衣履樣新翻）詞注。

〔五〕鳳女句，意謂自己漂流海外，無力報國。李白宫中行樂詞八首之一詩：「只愁歌舞散，化作綵雲飛。」姜夔鷓鴣天己酉之秋苕溪記所見詞：「化作西樓一縷雲。」劉向列仙傳卷上：「蕭史者，秦穆公時人也。善吹簫，能致孔雀、白鶴於庭。穆公有女字弄玉，好之，遂以女妻焉。日教弄玉作鳳鳴。居數年，吹似鳳聲，鳳凰來止其屋。公爲作鳳臺，夫婦止其上，不下數年。一旦，皆隨鳳凰飛去。」

〔六〕玉樹，見卷一百字令（排雲深處）詞注。

〔七〕灔金尊，蘇軾有美堂暴雨詩：「十分瀲灔金樽凸，千杖敲鏗羯鼓催。」

〔八〕漁鼙句，白居易長恨歌詩：「漁陽鼙鼓動地來，驚破霓裳羽衣曲。」

〔九〕十萬珠光，喻達官權貴所擁有的珠寶等萬貫家財。鬼燐，淮南子氾論訓：「老槐生火，久血爲燐。」王充論衡論死：「人夜行見燐，不象人形，渾屯積聚，若火光之狀。燐，死人之血也。」

菩薩蠻〔一〕

瀛洲何必生芳草。當時誤盼東風早〔二〕。花信幾番催〔三〕。淚和紅雨霏〔四〕。蘭因兼絮果〔五〕。誰結連環瑣？鵑血未曾銷〔六〕。東風猶自驕。

【箋注】

〔一〕本詞收入信芳詞，當作於一九二九年春，碧城時在瑞士日内瓦。

〔二〕瀛洲二句，李白侍從宜春苑奉詔賦龍池柳色初青聽新鶯百轉歌詩：「東風已緑瀛洲草，紫殿紅樓覺春好。」魏夫人菩薩蠻詞：「東風已緑瀛洲草，畫樓簾捲清霜曉。」王詵蝶戀花詞：「萬恨千愁人自老，春來依舊生芳草。」

〔三〕花信句，晏幾道清平樂詞：「强半春寒去後，幾番花信來時。」餘參卷二江神子（催花風雨弄陰晴）詞注。

〔四〕紅雨，喻落花。李賀將進酒詩：「況是青春日將暮，桃花亂落如紅雨。」

〔五〕蘭因句，意謂既有花開時美好因緣，亦兼有花落後之飄零結果。龔自珍醜奴兒令詞：「蘭因絮果從頭問，吟也凄迷，掐也凄迷，夢向樓心燈火歸。」

〔六〕鵑血，羅願爾雅翼卷一四：「子巂，出蜀中，今所在有之，其大如鳩，以春分先鳴，至夏尤甚，日夜號深林中，口爲流血，至章陸子熟乃止。」按，子巂即杜鵑，又名子規、杜宇、周燕等，名異而實同。

前調〔一〕

嬋娟萬里西洲夢〔二〕。五銖猶恨雲衣重〔三〕。眉樣本難同。秋蛾畫不濃〔四〕。　龍漦欣裂帛。那惜千家織〔五〕。抛盡錦雲裳。紅蠶滿箔僵〔六〕。

【箋注】

〔一〕本詞作年約同前闋。

〔二〕嬋娟句，吴文英玉漏遲瓜涇度中秋夕賦詞：「萬里嬋娟，幾許霧屏雲幔。」西洲，見卷一浪淘沙（寒意透雲幬）詞注。

〔三〕五銖，見卷二絳都春（禪天妙諦）詞注。　雲衣，雲氣。劉向九嘆遠逝：「服雲衣之披披。」王逸注：「被服雲氣而通神明也。」

〔四〕秋蛾，喻眉毛。蠶蛾觸鬚彎曲細長，因以喻女子長而美的眉毛。

〔五〕龍漦二句，太平御覽卷一三五引晉皇甫謐帝王世紀：「末喜好聞裂繒之聲，桀爲發繒裂之，以順適其意。」又，東周列國志第二回：「宫人歌舞進觴，褒妃全無悦色。幽王問曰：『愛卿惡聞音樂，所好何事？』褒妃曰：『妾無好也。曾記昔日手裂綵繒，其聲爽然可聽。』幽王曰：『既喜聞裂繒之聲，何不早言？』即命司庫日進綵繒百疋，使宫娥有力者裂之，以悦褒妃。」　龍漦，神龍之唾沫。據國語鄭語：夏之衰，有神龍二止於王庭，其漦傳至周厲王時，後宫童妾遇之而孕，生褒姒。後因以喻女子禍國或禍國女子。

〔六〕紅蠶，蠶老熟時體呈紅色，故云。周紫芝雨中花令吴興道中頗厭行役作此曲寄武林交舊詞：「雪繭紅蠶熟後，黄雲隴麥秋間。」　箔，竹篾織成之竹簾、竹席、竹篩等，用以養蠶。

前調〔一〕

碧桃天上吹如雨〔二〕。春風零亂花無主。迷路不堪尋〔三〕。落紅深更深。　睽睽當萬睞〔四〕。墮地明璫碎〔五〕。回憶始關情。年時意未平。

【箋注】

〔一〕本詞收入信芳詞，作於一九二九年春。

〔二〕碧桃，傳爲崑崙山上所植仙桃。秦觀虞美人詞：「碧桃天上栽和露，不是凡花數。」又，點絳脣桃源詞：「亂紅如雨，不記來時路。」

〔三〕迷路句，陶潛桃花源記：「尋向所誌，遂迷不復得路。」

〔四〕睽睽，張目注視貌。韓愈鄆州溪堂詩序：「萬目睽睽。」睞，廣韻：「睞，傍視。」

〔五〕明璫，珠玉飾物。陳子龍採蓮賦：「墮明璫於瀟湘兮，既雜薦之以江蘺。」參卷二祝英臺近（繞湘皋）詞注。

定風波〔一〕

夢筆生花總是魔〔二〕。曇紅吹影亂如梭〔三〕。浪説鬘天春色去聲靚〔四〕。重省。十年心事定風波〔五〕。但有金支能照海，更無珊網可張羅〔六〕。西北高樓休著眼〔七〕。簾捲。斷腸人遠彩雲多〔八〕。

【校】

信芳詞有題，作「己巳歲闌夢幻誌感」。

【箋注】

〔一〕據信芳詞題所云，本詞當作於一九二九年歲末。

〔二〕夢筆生花，王仁裕開元天寶遺事卷下：「李太白少時，夢所用之筆頭上生花，後天才贍逸，名聞天下。」魔，魔障，佛教語，泛指成事的障礙與磨難。陳巖永安塔詩：「心不能安總是魔，亭亭孤塔鎮巖阿。」

〔三〕曇紅，猶彩雲。廣韻：「曇，雲佈。」

〔四〕鬘天，指天。相傳佛説法時，花雨鬘陀從天飄落，故稱。況周頤浣溪沙詞：「慘碧鬘天問不應，護花能得幾金鈴？」

〔五〕重省二句，吳文英定風波詞：「回首東風銷鬢影。重省。十年心事夜船燈。」定風波，唐教坊曲名，後沿用爲詞牌和曲牌名。按，碧城於一九三〇年春皈依佛教。此前十餘年信仰爲學游走於儒、釋、道之間，遲疑不定，至寫此詞時始決斷，故云「定風波」。

〔六〕但有二句，王次回夢遊十二首之八詩：「但有玉人能照眼，更無塵務暫經心。」金支，佛經謂極樂國有八池，池作金渠，從如意王珠生出，分爲十四支，以黄金爲之，作七寶妙色，故稱。見觀無量壽佛經。珊網，見卷二玲瓏四犯（虹影斜牽）詞注。

〔七〕西北句，古詩十九首：「西北有高樓，上與浮雲齊。」

〔八〕斷腸句，馬致遠天浄沙秋思：「夕陽西下，斷腸人在天涯。」

臨江仙〔一〕

滄海成塵渾慣見，人天哀怨休論。韶華回首了無痕〔二〕。行雲空弔夢，殘夢又如雲。　花外夕陽波外月〔三〕，憑誰説與寒温〔四〕？凄迷同度可憐春〔五〕。流鶯猶自囀，不信有黄昏。

【箋注】

〔一〕本詞收入信芳詞，當作於一九二九年，碧城時在瑞士。

〔二〕韶華句，蘇軾正月二十日與潘郭二生出郊尋春忽記去年是日同至女王城作詩乃和前韻詩：「人似秋鴻來有信，事如春夢了無痕。」

〔三〕花外句，趙嘏寒食遣懷詩：「鶗鴂聲中寒食雨，芙蓉花外夕陽樓。」

〔四〕憑誰句，王沂孫踏莎行題草窗詞卷詞：「山川懷抱，憑誰説與春知道。」

〔五〕凄迷句，姜夔鷓鴣天己酉之秋苕溪記所見詞：「紅乍笑，緑長嚬，與誰同度可憐春。」

前調〔一〕

轉盡飈輪千萬劫〔二〕，浮生苦託微塵〔三〕。鸚籠無地可埋春。雪衣哀久貯，金縷怨同紉〔四〕。

自寫蒼煙傳舊夢〔五〕，澹波依約心紋。緗桃漂處是迷津〔六〕。朱顔先自誤，休更誤秦人〔七〕。

【校】

〔金縷句〕曉珠詞二卷本作「青璅怨同扃」。

【箋注】

〔一〕本詞作年同前詞。

〔二〕飈輪，御風而行之神車。此喻指時光飛逝。

〔三〕微塵，見卷二江神子（催花風雨弄陰晴）詞注。

〔四〕鸚籠三句，趙令畤侯鯖録卷七：「濠守侯德裕侍郎藏東坡一帖云：杭州營籍周韶，多蓄奇茗，嘗與君謨鬬勝之。韶又知作詩，子容過杭，述古飲之，韶泣求落籍，子容曰：『可作一絶。』韶援筆立成，曰：『隴上巢空歲月驚，忍看回首自梳翎。開籠若放雪衣女，長念觀音般若經。』韶時有服，衣白，一座嗟嘆。」此用其典。吴文英法曲獻仙音放琴客和宏庵韻詞：「料鸚籠玉鎖，夢裏隔花時見。」雪衣，白鸚鵡。借指白色服飾。金縷，金絲。白居易秦中吟議婚詩：「紅樓富家女，金縷繡羅襦。」

〔五〕蒼煙，蒼茫雲霧。吴文英望江南賦畫靈照女詞：「自織蒼煙湘淚冷，誰撈明月海波寒。」

〔六〕緗桃句，文彦博東溪泛舟詩：「不是迷津處，何煩問老農。」迷津，迷失津渡。津，渡口。

〔七〕秦人，見卷二菩薩蠻（韡紋緺碧波千頃）詞注。

前調〔一〕

纔有梅痕描雪影，湖山特地悽馨。玉冠諸娣倚青昊〔二〕。高寒空自警，畹晚定誰尋〔三〕。　見説閬風曾緤馬〔四〕，祇今一例荒榛。漫憑殘霸問胡僧〔五〕。冰巒猶不圮，金籀已凋零〔六〕。

【校】

〔閬風〕信芳詞作「閬峰」。

【箋注】

〔一〕本詞作於一九二九年，碧城時居瑞士雪山。

〔二〕玉冠諸娣，謂山頭積雪如衆女額帶玉飾的冠帽。詩大雅韓奕：「諸娣從之，祁祁如雲。」毛傳：「諸娣，衆妾也。」姜夔滿江紅詞：「相從諸娣玉爲冠。」碧城自注：「瑞士山多雪額。」

〔三〕晼晚，日將暮。楚辭九辯：「白日晼晚其將入兮，明月銷鑠而減毀。」

〔四〕閬風，山名，傳爲仙人居所。楚辭離騷：「朝吾將濟於白水兮，登閬風而緤馬。」碧城自注：「聖巴那山爲拿坡侖鐵騎出没之地。」

〔五〕漫憑句，見卷二風入松（米船一棹泛滄溟）詞注。

〔六〕金籀，鎏金文字。

河傳〔一〕

鄉思。迢遞。路漫漫〔二〕。烏鵲飛難黯然〔三〕。湖樓夢迴香燼殘。宵寒。凍澌冰不喧。客枕無眠山月落。窗尚黑。寂巷車聲作。知夜闌。霜正繁。先聞。馬蹄清響圓。

【校】

〔先聞〕上圖備刊稿作「已聞」。

【箋注】

〔一〕本詞作於一九二九年秋，碧城時居瑞士。

〔二〕路漫漫，楚辭離騷：「路漫漫其修遠兮，吾將上下而求索。」

〔三〕烏鵲句，曹操短歌行詩：「月明星稀，烏鵲南飛。繞樹三匝，何枝可依？」

念奴嬌

題秋心樓印譜〔一〕

瘦金零落〔二〕，問雪漁而後〔三〕，風標誰絶？分付名山藏姓氏〔四〕，玉楮幽翻千葉。穎透冰堅，鋒迴霜勁，冷割秋雲碧〔五〕。碑尋蘚篆，翠微曾慣飛舄〔六〕。　堪歎藝賤雕龍〔七〕，滄波歲晚，蟹跡横京邑〔八〕。漫憶承平追勝賞，奇字時人難識。鼎籀宗周〔九〕，輪扶大雅〔一〇〕，要借君侯筆〔一一〕。芸魂先返〔一二〕，百靈呵護珍笈。

【箋注】

〔一〕本詞作於一九二九年。秋心樓印譜，碧誠詩友程淯所刻。淯，字白葭，民初寓居杭州，於西湖邊築室，曰秋心樓。工詩書，擅篆刻。

〔二〕瘦金，倪濤六藝之一録卷二六八：「徽宗行、草、正書筆勢遒勁，初學薛稷，變其法度，自號『瘦金書』。」

〔三〕雪漁，明印人何震，字主臣，一字長卿，號雪漁，江西婺源人。精篆刻。遍歷諸邊塞，大將軍而下，皆以得一印爲榮。性好賓客，不恤其家。有續學古編一卷。同鄉後進程孟長、元素父子，收其所刻印五千餘鈕，拓譜爲印選四卷以傳。亦擅畫。中年始學畫竹，蒼莽淋灕，風格尤勝。生平見載於明畫録、印人傳、廣印人傳等。

〔四〕名山藏，史記太史公自序：「以拾遺補藝，成一家之言，……藏之名山，副在京師，俟後世聖人君子。」

〔五〕泠割句，李賀楊生青花紫石硯歌詩：「端州石工巧如神，踏天磨刀割紫雲。」秋雲碧，喻玉石印材。

〔六〕碑尋二句，謂找尋長滿苔蘚的古碑篆，經常穿梭跋涉在蒼翠的群山深處。飛舄，飛鳧舄，會飛的仙鞋。此指足跡。後漢書王喬傳：「王喬者，河東人也。顯宗世，爲葉令。喬有神術，每月朔望，常自縣詣臺朝。帝怪其來數，而不見車騎，密令太史伺望之。言其臨至，輒有雙鳧從東南飛來。於是候鳧至，舉羅張之，但得一隻舄焉。」舄，鞋。

〔七〕雕龍，雕鏤龍紋。此指雕刻印章。史記孟子荀卿列傳：「談天衍，雕龍奭。」

〔八〕蟹跡句，謂京城篆刻劣作横行，真賞罕覯。蟹跡，以蟹横行不正之態，喻篆刻字跡不工整。

〔九〕鼎籀，古代銅器上的篆體銘文，借指篆刻藝術。籀，大篆。劉勰文心雕龍練字：「李斯刪籀而秦篆興。」

〔一〇〕輪扶大雅，指扶持作品雅馴純正的傳統。陳廷焯白雨齋詞話卷五：「皋文詞選精於竹垞詞綜十倍，去取雖不免稍刻，而輪扶大雅，卓乎不可磨滅。」

〔一一〕君侯，古稱列侯爲君侯。後用爲對人的尊稱。

〔一二〕芸魂，猶書魂。因芸香可驅蠹蟲，書卷中多置之，故稱。此指秋心樓印譜高雅的精神意態。

玉京謡　紅樹室時賢畫集爲陸丹林題〔一〕

斷綺悽紅樹，瘦入霜晴，世外斜陽换〔二〕。倦羽傳箋，題襟催寫依黯〔三〕。渺故國、無恙溪山，恨不與、仙雲分占。低迴徧。荆關畫筆〔四〕，鄒枚詞翰〔五〕。年時肯負名場，舊擅琱蟲〔六〕，記早馳茂苑。粉縞離箱，蟫塵緘恨應滿〔七〕。眄翠瀛、都是東流，儘蘸影、十洲秋瀋。閒展卷。光惹睡驪争瞰〔八〕。

【校】

題詞學季刊第一卷第二號作「爲陸丹林題紅樹室圖」。〔瘦入霜晴〕信芳詞、曉珠詞二卷本均作「瘦颯霜聲」。〔光惹〕詞學季刊作「光爲」。

【箋注】

〔一〕本詞應名士陸丹林之邀而作，時在一九二九年秋。最早刊於一九三〇年出版蜜蜂旬刊第九期，題作題紅樹室時賢書畫集。鄭逸梅南社叢談南社社友事略：「陸丹林，字自在，號非素，廣東三水人。生於一八九六年十月一日。」其人「能書，又喜搜羅當代名人書畫，不論前清遺老和革命黨人，兼收並蓄。」按，近人陸丹林早年常與海内名畫家交遊，集有時人名畫一帙，曰紅樹室時賢畫集。予藏有陳三立、姚華、張一麐、汪榮寶、冒鶴亭諸名流爲之題詠真蹟一册，惜獨闕碧城題詠手書，誠爲憾事。

〔二〕世外句，林鵾翔臨江仙和蕙風師詞：「换世斜陽無暖意，登臨總負清尊。」碧城自注：「今秋於瑞士遊山，看紅樹甚多。」

〔三〕題襟，見卷一齊天樂（紫泉初啓隋宮鎖）詞注。依黯，形容因離别而引發傷懷念遠之情。蘇軾與寶月大師五首之一詩：「愈遠鄉里，曷勝依黯。」

〔四〕荆關，五代山水畫家荆浩、關仝。宣和畫譜卷一〇山水叙論：「五代有荆浩、關仝，是皆不獨畫造其妙，而人品甚高，若不可及者。」梅堯臣觀邵不疑學士所藏名書古畫詩：「山水樹石硬，荆關藝能至。」

〔五〕鄒枚，西漢著名文士鄒陽、枚乘，爲梁孝王賓客。李白贈王判官時余歸隱居廬山屏風疊詩：「荆門倒屈宋，梁苑傾鄒枚。」

〔六〕琱蟲，意同雕蟲，喻指書畫技藝。光鐵夫安徽名媛詩詞徵略卷三：吕碧城「七歲能作巨幅山水」。

〔七〕蟫塵，蠹魚塵灰。碧城自注：「予亦幼擅丹青，去國後拋棄久矣。」

〔八〕睡驪，見卷二風入松（米船一棹泛滄溟）詞注。

長亭怨慢〔一〕

又恨鐵、九州輕鑄〔二〕。路指東華〔三〕，繫驄無地。貂錦愁胡〔四〕，殘紅腥濺，落花淚〔五〕。綺窗閒對。算一局、全輸矣。誰攬賸棋翻？是裙底、雪貍歡昵〔六〕。凝睇。送新歡往處，歌入莫愁煙水〔七〕。蘼蕪山下，痛半幅、鸞綃輕棄〔八〕。偏潭水、浸濕桃花，似嬌面、赬羞難洗。梁燕樂偏安，慵顧斜陽荒壘。

【校】

〔九州〕信芳詞、曉珠詞二卷本均作「六州」。〔裙底〕信芳詞、曉珠詞二卷本均作「舊侶」。〔送新歡四句〕信芳詞、曉珠詞二卷本均作「認歌塵動處，催起絳都春睡。天驚石破，供玉女投壺一戲」。〔遍潭水浸濕〕信芳詞作「千尋潭水浸」。〔梁燕句〕信芳詞、曉珠詞二卷本均作「客燕漫歸來」。〔慵顧〕信芳詞、曉珠詞二卷本均作「終古」。

【箋注】

〔一〕本詞當爲碧城傷其亡姊惠如之作。一九二五年七月，惠如病逝於南京，死時家難糾紛重重，一度訴諸法院。詞云「算一局、全輸矣」、「痛半幅、鸞綃輕棄」、「赧羞難洗」諸語，均爲此而發。碧城惠如長短句跋：「先長姊惠如邃於國學，淹貫百家，有巾幗宿儒之概，矢志柏舟，主持姆教，長江寧國立師範女校有年，人多仰其行誼。歿時家難糾紛，著作淹没，遺稿之求，列入訟案，蓋與遺産同被攫奪也，亦往古才人所未聞也。」又題先長姊惠如詞集詞：「嫠蟾垂隕，雨横風狂凌病枕。萁豆煎催，偏在塵寰撒手時。」

〔二〕又恨鐵句，資治通鑑卷二六五：「全忠留魏半歲，羅紹威供億，所殺牛羊豕近七十萬，資糧稱是，所賂遺又近百萬；比去，蓄積爲之一空。紹威雖去其逼，而魏兵自是衰弱。紹威悔之，謂人曰：『合六州四十三縣鐵，不能爲此錯也！』」文廷式賀新郎贈黄公度觀察詞：「九州鐵，鑄今錯。」

〔三〕東華，南京故都城門名。顧祖禹讀史方輿紀要卷二〇：南京「其城近覆舟山，去秦淮五里。内爲宫城，周六里一百十步。有門六：南曰大司馬門，東曰萬春門、東華門。」

〔四〕貂錦，貂裘、錦衣，指服飾華貴。　愁胡，胡人深目，狀似悲愁，因云。孫楚鷹賦：「深目蛾眉，狀如愁胡。」

〔五〕殘紅二句，杜甫春望詩：「感時花濺淚，恨别鳥驚心。」

〔六〕誰攬二句，王仁裕開元天寶遺事卷下：記唐明皇與親王對局，眼見棋輸，立於其旁的楊貴妃遂「將康國猧子放之，令於局上亂其輸贏，上甚悦焉」。

〔七〕莫愁，此指莫愁湖。嘉慶一統志江寧府：「莫愁湖在江寧縣三山門外，明時爲中山王徐達園。府志：相傳爲莫愁舊居，因名。」

〔八〕蘼蕪二句，喻指長姊惠如凄凉下世，安葬南京清凉山。劉損憤惋詩：「從此蘼蕪山下過，只應將淚比黄泉。」餘見卷二八聲甘州（望娟娟一水鎖妝樓）詞注。鸞綃，繡有鸞形圖飾之絹裙。

念奴嬌

及門潘連璧女士秀外慧中，爲數百同學之冠，于歸南洋盧氏，甫數載，夫婦相繼歿，遺雛猶在襁褓也〔一〕

昭容玉尺〔二〕，憶清才、量遍都無餘子。幾日東風吹絮影，催賦穠華桃李。雹妒紅情，霜欺緑意〔三〕，併作春痕碎。鬱金香冷〔四〕，玳梁誰護雛壘〔五〕？　猶記去伴鴟夷〔六〕，南溟一舸，老煙波身世。拌向蠻荒銷豔景，舊是唐昌瓊蕊〔七〕。沽舍研朱〔八〕，淞樓剪翠〔九〕，短夢難重理。秋雲休問，斷歌悽入潮尾〔一〇〕。

【箋注】

〔一〕據碧城北洋女子公學同學録序，潘連璧曾就讀北洋女子公學，「己酉（一九〇九）七月行卒業禮。計七學期間，培植成材者僅有十人」，潘爲其中之一。其畢業時合影，載一九一一年婦女時報第五號。連璧擅風琴，長於社交，曾與熊希齡夫人、顧維鈞夫人、葉恭綽夫人等，一起參與社會公益活動。

〔二〕昭容玉尺，陳芸小黛軒論詩詩：「量才玉尺原難事，不櫛誰知潘素心？」餘參卷二高陽臺（芳禊修蘭）詞注。

〔三〕紅情、緑意，喻潘氏夫婦。朱孝臧木蘭花慢詞：「紅情緑意，都被愁欺。」

〔四〕鬱金香冷，喻美人死亡。此指潘氏下世。香冷，猶香消。

〔五〕玳梁，玳瑁梁。華屋之美稱。沈佺期古意呈補闕喬知之詩：「盧家少婦鬱金堂，海燕雙棲玳瑁梁。」雛壘，即詞小序所謂「遺雛猶在襁褓也」。

〔六〕鴟夷，史記越王勾踐世家：「范蠡浮海出齊，變姓名，自謂鴟夷子皮，耕於海畔，苦身戮力，父子治産。」姜夔石湖仙壽石湖居士詞：「須信石湖仙，似鴟夷、翩然引去。」此借指連璧夫君盧氏，因其生長南洋，故云。

〔七〕唐昌瓊蕊，康駢劇談録：「唐昌觀舊有玉蕊花，花每若瓊林瑶樹。元和中，春物方盛，車馬尋玩者相繼。忽一日，有女子年可十七八，……端麗無比。既下馬，以白角扇障面，直造花所，異香芬馥，聞於數十步之外。」此處以瓊蕊喻連璧早年清才玉貌，聲華斑斕。

〔八〕沽舍，指天津北洋女子公學校舍所在地。沽，津沽，天津之别稱。

〔九〕淞樓，碧城在上海之寓廬，傍臨吴淞江，故稱。費樹蔚答吕碧城香港用梅村題西泠閨詠韻詩：「牽蘿補屋臨淞水。」即此。連璧婚前受邀，曾一度居住在上海静安寺路碧城新建的宅院内，兩人朝夕相處。

〔一〇〕斷歌句，碧城自注：「當時畢業歌有『從此風流雲散，相期各占千秋』之句。」

無悶

前闋既成，意猶未盡。女士本吴氏，珠江巨族，幼遭家難，螟寄於潘姓〔一〕。及長，雖微知其事，而莫詳身世。予偶於某粤人處得聞概略，即往告之，女士大慟。時同客燕京也

幽怨重重，難認夢痕，一霎悲歡逝矣。甚劍返延陵〔二〕，淚零珠汜〔三〕。道是换巢鸞鳳〔四〕，正阿母、年時花銘瘞〔五〕。便巫陽能下〔六〕，傷心何必，倩魂呼起〔七〕。　舊事忍重記。記密語羅窗，乍傳哀史，惹梨雨千絲〔八〕，玉痕悽泚〔九〕。應憶宣南夢影〔一〇〕，可月夜、關山飛瑶佩〔一一〕？知甚處、青冢秋陰〔一二〕，煙鎖萬椰淒翠。

【校】

題「珠江」三句，信芳詞作「籍隸珠江，其母侯門麗質，被讒而死，女遂螟寄於潘姓……」。

〔難認句〕信芳詞作「誰解連環」。

【箋注】

〔一〕螟寄，寄養，過繼。螟，螟蛉子。詩小雅小宛：「螟蛉有子，蜾蠃負之。」毛傳：「螟蛉，桑蟲也。蜾蠃，蒲盧也。」鄭箋：「蒲盧取桑蟲之子，負持而去，煦嫗養之，以成其子。」王棶野客叢書卷一五：「今呼非所生子爲螟蛉。」

〔二〕劍返延陵，史記吴太伯世家：「季札封於延陵，故號延陵季子。……季札之初使，北過徐君。徐君好季札劍，口弗敢言。季札心知之，爲使上國，未獻。還至徐，徐君已死，於是乃解其寶劍，繫之徐君冢樹而去。」

〔三〕珠汜，珠江邊。汜，同「涘」。

〔四〕道是句，史達祖换巢鸞鳳春情詞：「天念王昌忒多情，换巢鸞鳳教偕老。」

〔五〕花銘瘞，吴文英風入松詞：「聽風聽雨過清明，愁草瘞花銘。」瘞，埋葬。

〔六〕巫陽，楚辭招魂：「帝告巫陽曰：『有人在下，我欲輔之。魂魄離散，汝筮予之。』」王逸注：「女曰巫，陽，其名也。」韓愈陸渾山火和皇甫湜用其韻詩：「又詔巫陽返其魂，徐命之前問何冤。」

〔七〕倩魂，倩娘之魂。唐陳玄祐著有小説離魂記，寫衡州張鎰女倩娘與其甥王宙人魂相戀事。此指代「讒死」冤魂。

〔八〕梨雨，梨花雨。喻淚水。歐陽修漁家傲詞：「胭脂淚灑梨花雨。」

〔九〕凄洓，凄惻貌。

〔一〇〕宣南，見卷二醜奴兒慢（十洲澒洞）詞注。

〔一一〕瑶佩，玉佩，此指代連璧亡身。杜甫詠懷古蹟之三詩：「畫圖省識春風面，環佩空歸夜月魂。」姜夔疏影詞：「想佩環月夜歸來，化作此花幽獨。」

〔三〕青冢，王昭君墓。在今内蒙古自治區呼和浩特市南二十里。傳説其上草色常青，故曰青冢。杜甫詠懷古蹟之三詩：「一去紫臺連朔漠，獨留青冢向黄昏。」此指連璧埋骨異鄉。

丹鳳吟

巴黎佛化美術家 Louise Janin 女士以所繪慧劍斬情魔圖見贈，據云：斬魔之神，於梵文中名 Achala 詢於華文爲何名，予愧無所知，爰賦此詞爲謝〔一〕

依約鬘天何許〔二〕？彈指無端〔三〕，幻空成色〔四〕。煎蘭爍蘜，誰解衆蠶春縛？西來義諦，會心微笑，一劍飛霜，萬紅凋萼。莫問多生舊夢，丈室天花，空豔抛散無著〔五〕。　別浦新傳彩筆〔六〕，紺蓮又見生慧鉢〔七〕。甚玉瑺緘秘〔八〕，認苔箋點染，荑手塗抹〔九〕。法身無礙〔一〇〕，不是等閒標格。何必殊名繙異籍，早筌言忘得〔一一〕。尺波瀉影，瀛翠渲妙墨。

【箋注】

〔一〕本詞收入信芳詞，作於一九二九年歲杪。碧城歐美之光西漸梵訊：「此欄所列各佛像

（指靈山法會、竹林聖女、慧劍斬情魔），皆巴黎佛化美術家建寧女士（Louise Janin）所畫。女士姿質瓌異，秀外慧中，以繪事宣佛，久僑美洲，蜚聲於新大陸。近復返世界文化總匯之法京，聲光益著，藝林獲其零縑片楮，皆珍如拱璧，展轉刊行。編者叠蒙女士以作品見贈，不敢自秘，爰付此編，公諸同道，亦佛法中難得之因緣也。」

〔二〕曇天，指天。傳説佛説法時，天雨曇陀之花，因云。參卷二定風波（夢筆生花總是魔）詞注。

〔三〕彈指，一彈指。佛家語。喻極短的時間。

〔四〕幻空成色，佛教謂一切色法（物質現象）皆空幻不實，「色不異空，空即是色」（般若心經）。色，俱舍論卷一：「眼所取，故名爲色。」

〔五〕丈室二句，維摩詰所説經觀衆生品第七：「時維摩詰室有一天女，見諸天人，聞所説法，便現其身，即以天花散諸菩薩大弟子上。花至諸菩薩即皆墮落，至大弟子便着不墮。……結習未盡，花着身耳；結習盡者，花不着也。」姚鼐惠照寺見禹卿於此寫維摩詰經詩：「鐘堂一飯成遺跡，回首天花丈室空。」

〔六〕綵筆，即五色筆，喻文才美妙。典出南史江淹傳：江淹「又嘗宿於冶亭，夢一丈夫自稱郭璞，謂淹曰：『吾有筆在卿處多年，可以見還。』淹乃探懷中得五色筆一以授之。爾後爲詩絶無美句，時人謂之才盡。」

〔七〕慧鉢，佛教以衣鉢作爲師徒相承之法器，表示師傳之智慧技能等，故稱。

〔八〕玉璫緘秘，謂耳墜、信札，借指建寧女士所贈之畫。李商隱春雨詩：「玉璫緘札何由達，萬里雲羅一雁飛。」

〔九〕荑手，詩衛風碩人：「手如柔荑，膚如凝脂。」

〔一〇〕法身，佛教語。各乘諸宗説法不一。大乘義章卷一八：「言法身者，解有兩義。一顯本法性以成其身，名爲法身；二以一切諸功德法而成身，故名爲法身。」無礙，佛教語。與「痴」對稱，又作不痴。成唯識論卷六：「云何無痴？於諸理事明解爲性，對治愚痴，作善爲業。」

〔一一〕筌言忘得，用筌捕到了魚，就忘了筌；説話重在意思表達，意思明白了，就忘了言語。喻目的達到，原來的憑借可以忽略不管。莊子外物：「筌者所以在魚，得魚而忘筌；蹄者所以在兔，得兔而忘蹄；言者所以在意，得意而忘言。吾安得夫忘言之人而與之言哉！」廣韻：「筌，取魚竹器。」

夜飛鵲

英國詩聖雪蕾 Percy Bysshe Shelley（1792—1822）思想繁化，出入人天，多遺世之作。女詩人儒斯諦 Christina Rossetti（1830—1894）慣以宗教之語入詩，奇情壯采，涵被萬有，皆於騷壇别闢勝境。兹仿其例，闡揚佛法，勉成數闋，未能暢微旨也〔一〕。

春魂殢塵網，誰解連環？參徹十二因緣〔二〕。還憑四諦説微旨〔三〕，拈花初試心傳〔四〕。迦陵妙音囀〔五〕，警雕梁棲燕，火宅難安〔六〕。何堪黑海，任罡風、羅刹吹船〔七〕。　觀遍色空曇黤〔八〕，幻影更何心，往返人天。回首颷輪萬劫〔九〕，紅酣翠膴〔一〇〕，銷與雲煙。阿羅漢果〔一一〕，證無生、只有忘筌〔一二〕。似蝶衣輕褪〔一三〕，金鍼自度〔一四〕，小試初禪〔一五〕。

【箋注】

〔一〕雪蕾，今譯雪萊，英國傑出的浪漫主義詩人，著有抒情詩劇解放了的普羅米修斯，抒情詩西風頌等。　儒斯諦，又譯羅塞諦，英國著名女詩人。終生未嫁，中年後倍受疾病折磨。其早期詩作王子的旅程及其他等，已具較濃厚的宗教意味，後期所作詩歌情調更趨低沉，宗教色彩也愈益濃重。其詩風格純樸、感情真摯，爲當時和後世所推崇。

〔二〕十二因緣，梵文 dvādasanidāna 之意譯；又稱十二緣起，爲佛教三世輪迴之基本教義，包括：無名（即痴愚無知）、行（由無名而生之種種善惡行爲）、識（現世托胎時之心識）、名色（在胎中的精神和物質狀態）、六處（即眼、耳、鼻、舌、身、意六根生長完備）、觸（出胎後開始接觸事物但未能識别苦樂）、受（漸對事物有所識别而感受苦樂）、愛（指貪愛等欲望的産生）、取（即對欲望的追求）、有（由貪愛等欲望引起之種種善惡行爲）、生（依現在的業於來世之生）、老死。凡此，依次緣起，構成三世兩重之因果關係。佛教修行以擺脱十二因緣束縛（即出離生死而證得涅槃）爲最高境界。

〔三〕四諦，梵文 Catursatya 之意譯。佛教基本教義之一。指苦諦、集諦、滅諦、道諦四種無誤的真理。此四者皆真實不虛，故稱四諦，又名四聖諦。按，四諦中的苦諦，是講人世間的一切痛苦現象；集諦，是講造成痛苦的根源「業」（因欲望而引起的行爲）和「惑」（對佛教義理的愚昧無知）；滅諦，是講「業」、「惑」均可消除，進而達到涅槃境界；道諦，是要世人相信有一條解除痛苦的途徑。

〔四〕拈花句，見卷二丁香結（妙相波瑩）詞注。

〔五〕迦陵，梵語 Kalavinka 之音譯，即「迦陵頻伽」的省稱，又作「迦陵毗伽」，産於印度雪山之鳥，鳴聲清婉，在佛教經典中多用來比喻菩薩之妙音。玄應一切經音義卷一〇：「迦陵，此云好；毗伽，此云音聲；名好音聲鳥也。」

〔六〕火宅，佛教語。佛教認爲，衆生在欲界、色界、無色界不斷輪迴受苦，故把「三界」比喻爲火宅。法華經譬喻品：「三界無安，猶如火宅，衆苦充滿，甚可怖畏。」

〔七〕毘風，道教語，指勁風。　羅刹，印度神話中的惡魔，最早見於古印度頌詩梨俱吠陀。慧琳一切經音義卷二五：「羅刹，此云惡鬼也，食人血肉。或飛空，或行地，捷疾可畏也。」

〔八〕色空，佛教語，見卷二丹鳳吟（依約鬘天何許）詞注。　曇黮，曇花飄黮。意指曇花一現。

〔九〕飈輪，見卷二臨江仙（轉盡飈輪千萬劫）詞注。

〔一〇〕紅酣句，喻塵世景物。　膴，肥厚。

〔一一〕阿羅漢果，「聲聞修行」四果之一，爲小乘佛教修行之最高果位，又稱「無極果」、「無學果」。　證入此果位者，四智圓融無礙而無法可學。

〔一二〕證無生句，阿羅漢果證入涅槃，而不復受生於三界中，故云。參卷二天香（玉井漂鉛）詞注。　忘筌，劉禹錫春日書懷寄東洛白二十二楊八二庶子詩：「曾向空門學坐禪，如今萬事盡忘筌。」餘參卷二丹鳳吟（依約鬘天何許）詞注。

〔一三〕蝶衣，喻花瓣。　劉克莊卜算子惜海棠爲風雨所損詞：「片片蝶衣輕，點點猩紅小。」

〔一四〕金鍼，喻秘法、訣竅。　碧城自注：「聲聞緣覺只自度而不度他，謂之小乘。」

〔一五〕初禪，見卷二浣溪沙（不信山林可賦閒）詞注。

波羅門引

波羅六度〔一〕，戒持檀羼自惺惺〔二〕。慈雲普護蒼生〔三〕。道是羽鱗毛介，一例感飄零。艤蘭橈待渡〔四〕，彼岸同登〔五〕。　鬘雲幾層〔六〕，未忍向、梵天行〔七〕。比似精禽填海〔八〕，夙願思贏。神山引風，不空盡、泥犁功不成〔九〕。申舊誓、水渺沙平〔一〇〕。

【箋注】

〔一〕波羅六度，大乘佛教指布施、持戒、忍辱、精進、定、智慧這六種能從生死此岸到達涅槃彼岸的修行方法。波羅，梵文 Paramita 之音譯，意謂登度彼岸。

〔二〕戒持，即「波羅六度」之一的「持戒」，指護持佛法，不觸犯戒律。　檀羼，謂「六度」中的檀那（布施）和羼提（忍辱）。

〔三〕慈雲，佛教以慈悲爲懷，如大雲之覆蓋世界，因云。參卷一祝英臺近（背銀釭）詞注。

〔四〕蘭橈，船的美稱。橈，船槳。李商隱利州江潭作詩：「神劍飛來不易銷，碧潭珍重駐蘭橈。」

〔五〕彼岸，佛教以有生有死的境界，譬成此岸；超生脱死，譬成彼岸，即涅槃的境界。大智度論卷十二：「以生死爲此岸，涅槃爲彼岸。」白居易和李澧州題韋開州經藏詩：「聞君登彼岸，捨筏復何如。」

〔六〕鬘雲，鬘天之雲。參卷二丹鳳吟（依約鬘天何許）詞注。

〔七〕梵天，佛經有梵衆天，乃梵民所居；又有梵輔天、大梵天，爲梵佐、梵王所居，統稱梵天。隋陶貴墓誌：「定知善果，還生梵天。」

〔八〕精禽填海，山海經北山經：「發鳩之山，其上多柘木。有鳥焉，其狀如烏，文首、白喙、赤足，名曰精衛，其鳴自詨。是炎帝之少女，名曰女娃。女娃遊於東海，溺而不返，故爲精衛。常銜西山之木石，以堙於東海。」

〔九〕不空，指「不空如來藏」，佛教「二如來藏」之一，與「空如來藏」對稱。謂此心性具足無量無邊，不可思議，無漏清淨功德，德無不備，法無不現。見大乘止觀法門卷一。泥犁，見卷二蝶戀花（纔盡愁絲兼恨縷）詞注。

〔一〇〕申舊誓句，碧城自注：「胎生卵生皆救度之，地獄未空，誓不成佛爲大乘之旨。」

繞佛閣

十玄邃闥〔一〕。重疊帝網〔二〕，珠影交絢。深意無限。似他片月、圓規萬波現。悄迴慧昞。塵障盡泯〔三〕，同破幽闇。大千衡遍。古今秘鑰，誰開此關鍵？第一法輪轉〔四〕，記取金身辭雪巘〔五〕。刹海湧蓮、當筵難共見〔六〕。算首出羣經〔七〕，北拱星燦〔八〕。梵音沉遠〔九〕。問上乘摩訶〔一〇〕，誰定膺選？渺鬘天、只贏悽戀〔一一〕。

【箋注】

〔一〕十玄，佛教華嚴宗通向成佛之十個玄妙法門，分别是：性相、純雜、一多、相即、隱顯、微細、帝網、託事、十世和唯心（法藏華嚴金師子章）。

〔二〕帝網，帝釋天宫殿裝飾之珠網。此喻佛教各種法門互相依存滲透，縱横交織，有如「天帝網」。參卷一燭影摇紅（絮影萍痕）詞注。

〔三〕塵障，見卷二丁香結（妙相波瑩）詞注。

〔四〕第一句，謂釋迦牟尼出家成道後初轉法輪，即首次説法施教。見雜阿含經卷十五。法輪，梵文 Dharmacakra 之意譯，喻佛法。有兩説：一爲摧破之意。因佛法能摧破衆生罪惡，猶如轉動輪寶（戰車的神化）摧破山嶽巖石；二有輾轉之意。因佛之説法不停滯於一人一處，如車輪之輾轉不停。止觀輔行傳弘決卷一：「輪具二義，一者轉意，二摧碾意。以四諦輪轉度與他，摧破結惑，如王輪寶，能壞能安。法輪亦爾，壞煩惱怨，安住諦理。」

〔五〕金身，飾金之佛像。此指佛祖釋迦牟尼，二十九歲（一説十九歲）時離開雪域，出家修行。

〔六〕刹海，佛教語，猶言水陸。華嚴經世主妙嚴品：「一依内現依，如塵中刹海。」

〔七〕首出羣經，佛教天台宗判教學説，將諸經内容分類解釋，從釋迦牟尼説法之順序依次分爲華嚴、鹿苑、方等、般若、法華涅槃等五時。謂釋迦牟尼於菩提樹底下成道，説大乘無上法門華嚴經共二十七日。因此經高深，能悟者少，遂置於各經之首宣講，故云「首出羣經」。

〔八〕北拱星燦，論語爲政：「爲政以德，譬如北辰，居其所，而衆星共之。」

〔九〕梵音，法苑珠林卷四九：「何等爲五：一者其音正直，二者其音和雅，三者其音清澈，四者其音深滿，五者周遍遠聞。具此五者，乃名梵音。」又，三藏法數卷三二：「梵音者，即大梵天王所出之聲，而有五種清净之音也。」

〔一〇〕摩訶，釋迦牟尼修菩薩行時之名，全稱摩訶薩埵。見六度集經卷一。

〔一一〕鬘天，佛天的美稱。參卷二丹鳳吟（依約鬘天何許）詞注。又，篇末碧城自注：「佛初成道，講華嚴經爲第一時教。」

隔浦蓮近

心香一瓣結念〔一〕。通過靈臺電〔二〕。骨借金蕖鑄，雲衣换，塵妝浣。鵷鷺知惓戀。

滄波外，隔浦終相見。片蒲展〔三〕。跏趺漸定〔四〕，禪觀十六參徧〔五〕。素襟如水，冷入蓮寰秋灎。華藏去聲莊嚴是信願〔六〕。非幻。緑房珠證圓滿〔七〕。

【箋注】

〔一〕心香一瓣，見卷一祝英臺近（背銀釭）詞注。

〔二〕靈臺，莊子庚桑楚：「不可内於靈臺。」郭象注：「靈臺者，心也。」

〔三〕蒲，廣韻：「蒲，草名，似蘭，可以爲席。」

〔四〕跏趺，佛教坐禪法之一，即互交二足背於左右股上而坐。見慧琳一切經音義卷八。漸定，大智度論卷七：「諸坐法中，結跏趺坐最安穩，不疲極，此是坐禪人法。」

〔五〕禪觀十六，十六種坐禪觀法。衆生坐禪修行此種種觀法，得以往生西方净土。見十六觀贊。

〔六〕華藏莊嚴，指蘊藏於蓮花中的功德無量、廣大莊嚴的世界。按，華嚴經有「華藏莊嚴世界」說。信願，徹悟禪師語録卷上：「是以真能發願，則信在其中，信願既真，行不期起而自起。是故信、願、行三種資糧，唯一願字盡之矣。」

〔七〕圓滿，謂種種周遍充足，無所欠缺之意。實賢勸發菩提心文：「謂我世尊無量劫來，爲我等故，修菩提道，難行能行，難忍能忍，因圓果滿，遂致成佛。」又，篇末碧城自注：「净土又稱蓮宗，以信願持名及依十六觀修證。」

法駕引

素華誰採〔一〕？紺綃暗解蓮房綻。耿吟眸〔二〕，望來去金身，共騰肩𦬆。撩亂。更曼蕊陀羅〔三〕，斜吹茜雨法筵滿〔四〕。試回首，微茫下界。笑槐安，蟻游倦〔五〕。晼晚〔六〕。山邱一例，莫論人間恩怨。計桂魄終銷〔七〕，橙暉永逝〔八〕，萬般皆變。凝眄。捲螺雲無盡長空，惟有佛光絢〔九〕。到此際、煩憂齊解，舊情休戀〔一〇〕。

【校】

題詞學季刊創刊號作「英譯阿彌陀經既竟，感賦此闋」。〔下界〕詞學季刊作「塵寰」。

〔一例〕詞學季刊作「一律」。

【箋注】

〔一〕素華，碧城自注：「樂極國，梵文名素華諦 Sukhavati。」詞學季刊碧城注作：「梵文阿彌陀佛國名素華蒂 Sukhavati。」

〔二〕吟眸，吟詩者的視野。趙翼奉命出守便道歸省途次作詩：「株守頻年想壯遊，從今景物豁吟眸。」

〔三〕曼蕊陀羅，又稱曼陀羅華，天界花名，花色紅豔，能使人觀後心生喜悦。見法華經卷一。

〔四〕法筵，指講經説法者的座席。楞嚴經卷一：「即時如來敷坐宴安，爲諸會中宣示深奥，法筵清衆，得未曾有。」

〔五〕笑槐安二句，意謂對凡塵的厭倦（换言之，即嚮往佛天樂極之國的無邊廣大）。李公佐南柯太守傳：淳于棼飲酒古槐樹下，醉後夢到大槐安國娶了公主，當了三十年南柯太守，榮華富貴，顯極一時。後與敵交戰而敗，遂被槐安國王疑忌遣歸。醒後見庭前槐樹有蟻穴，即夢中的槐安國。槐樹南枝下另一蟻穴，即南柯郡。

〔六〕晼晚，見卷二臨江仙（纔有梅痕描雪影）詞注。

〔七〕桂魄，喻月色。

〔八〕橙暉句，碧城自注：「日光爲橙色七彩，近據天文家報告，日之壽命尚有十五兆年Trillions。」

〔九〕捲螺雲二句，碧城自注：「太陽系之星球無數，作旋螺雲狀。佛國無日月，惟佛光照耀。」

〔一〇〕篇末碧城自注：「予以阿彌陀經在英付梓，迻譯既竟，賦此寄懷。」

喜遷鶯〔一〕

紺雲西邁〔二〕。乍翳入寸犀〔三〕，靈源通海〔四〕。碩朵扶輪，重臺湧刹，依約萬蓮傾蓋。暗驚絳都花發〔五〕，休憶玄都花再〔六〕。緑章奏〔七〕，謝空王傳語〔八〕，綸音先貸〔九〕。　凝睞。憑認取、新恨舊愁，慧劍爲君解〔一〇〕。越綱拗絲〔一一〕，吴蠶穿繭，小試法身無礙〔一二〕。已聞宙光飛練，還眩神光飛綵〔一三〕。指歸路，在通明一色，莊嚴金界〔一四〕。

【箋注】

〔一〕本詞及前五闋，碧城曾親筆抄録於己巳年刊信芳詞（上海圖書館所藏，封面有吕碧城手跡：「吕碧城備刊之稿，敬託叔雍詞長代存。此卷多改定字句及新作數闋。注意。」）空頁之上，卷尾有碧城手寫跋語，末行作：「辛未歲杪聖因識於瑞士國日内瓦湖畔。」據此，知以上六詞均作於一九三一年冬，碧城時在瑞士。

〔二〕紺雲，天青色的雲彩。吴文英新雁過妝樓詞：「紺雲暮合，不見征鴻。」碧城自注：「此句爲予夢中所得。」

〔三〕寸犀，猶一寸靈犀，舊説犀牛角中的髓質如一條白綫貫通兩頭。喻兩心相通，心靈感應。

漢書西域傳：「通犀翠羽之珍。」如淳曰：「通犀，謂中央色白，通兩頭。」

〔一四〕靈源，謂心靈根源。參同契：「靈源明皎潔，枝派暗流注。」

〔一五〕絳都，仙都。鄭文焯惜秋華惠山詞：「仙夢絳都杳。」

〔一六〕玄都花再，見卷二摸魚兒（悄凝眸）詞注。

〔一七〕緑章，李賀緑章封事詩：「緑章封事諮元父，六街馬蹄浩無主。」王琦匯解：「演繁露：『今世，上自人主，下至臣庶，用道家科儀奏事於天帝者，皆青藤紙朱字，名爲青詞。』緑章，即青詞，謂以緑紙爲表章也。」

〔一八〕空王，見卷二天香（玉井漂鉛）詞注。

〔一九〕綸音，帝王的詔書旨意。禮記緇衣：「王言如絲，其出如綸；王言如綸，其出如綍。」

〔二〇〕慧劍，維摩詰經卷下：「以智慧劍，破煩惱賊。」永嘉證道歌：「秉慧劍，般若鋒兮金鋼焰。非但空摧外道心，早曾落却天魔膽。」

〔二一〕拗絲，謂將蠶絲回環繞折。

〔二二〕無礙，意指對佛教道理之徹底覺悟。參卷二丹鳳吟（依約鬘天何許）詞注。

〔二三〕已聞二句，碧城自注：「歐人近發見宇宙光 Cosmic Rays 與佛説無量光天相似。」

〔二四〕篇末碧城自注：「紀辛未十一月十七日之夢。」吕碧城香光小録蓮邦之路：「期年（西曆一九三十年），值十一月十七日，俗所謂彌尊聖誕，予購菊三朵，供于聖像而祝曰：『若我得生净土者，懇佛賜以徵兆。』是夜睡時，初亦亂夢紛紜，但于雜亂夢境中，忽似影片之展，清景現前，爲平闊之水，水面茸茸有物，趨近諦視，則皆蓮芽。……此不啻佛告我曰：『汝蓮邦有路，今始萌芽耳。』……予于净土，自此遂深信不疑矣。」

掃花遊

梵天望極，遍寶網花幢，幕空摇霧。暫留虚步。道泥犁未盡〔一〕，涅槃不住〔二〕。劫海風波，慣窣蓮裳來去。願皆度。便十二萬年，拚與延竚。　終見花自吐。認粉蜕拋時，綺囚離處。法身换汝。喜金姿微妙，化俱胝數〔三〕。舊日蠑蛾〔四〕，比似嫫鹽愧沮〔五〕。爲誰賦。奈冬冰、夏蟲難語〔六〕。

【校】

〔粉蜕〕原作「紛蜕」，誤。現據曉珠詞二卷本改。

【箋注】

〔一〕泥犁，見卷二蝶戀花（繅盡愁絲兼恨縷）詞注。

〔二〕涅槃，見卷二絳都春（禪天妙諦）詞注。

〔三〕俱胝，佛典中的數量單位，説法不一。圓測解深密經疏卷六：「俱胝，傳釋有三，一者十萬，二者百萬，三者千萬。」

〔四〕螓蛾，螓首蛾眉。謂額廣眉彎，喻女子美貌，亦借指美女。詩衛風碩人：「螓首蛾眉，巧笑倩兮，美目盼兮。」毛傳：「螓首，顙廣而方。」螓，似蟬而小，方頭廣額，身有彩紋。

〔五〕嫫鹽，荀子賦：「閭娵、子奢，莫之媒也；嫫母、力父，是之喜也。」楊倞注：「嫫母，醜女，黄帝時人。」劉向新序卷二：「齊有婦人極醜無雙，號曰『無鹽女』。其爲人也，臼頭深目，長肚大節，昂鼻結喉，肥項少髮，折腰出胸，皮膚如漆。」又，列女傳卷六：「鍾離春者，齊無鹽邑之女，宣王之正后也。其爲人極醜無雙。」

〔六〕冬冰夏蟲，莊子秋水：「夏蟲不可以語於冰者，篤於時也。」

鵲踏枝

腥海橫流犴狴鎖〔一〕。爲護羣倫，欲作慈雲彈〔二〕。但願哀鴻棲盡妥。不辭玉隕崑岡火〔三〕。　歷劫誰修羅漢果〔四〕？佛頂香光，直照幽霾破。信誓他年儻證我。

九淵應現青蓮朶。

【箋注】

〔一〕犴狴，牢獄。寧調元書感詩：「天陰雨驟晝聞雷，犴狴重重即夜臺。」

〔二〕慈雲，喻慈心廣大，覆於一切。鷄跖集：「如來慈心，如彼大雲，蔭注世界。」 嚲，同「軃」，下垂貌。

〔三〕崑岡，崑崙山。僞古文尚書胤征：「火炎崑岡，玉石俱焚。」

〔四〕羅漢果，阿羅漢果。小乘佛教所理想之最高果位。阿羅漢有三義：一曰殺賊，殺滅煩惱之賊；二曰應供，應受衆生供養；三曰無生，即進入涅槃，不再生死輪迴。見翻譯名義集卷一三乘通號篇。餘參卷二夜飛鵲（春魂殢塵網）詞注。

前調

自在天衣舒更卷。粉黶金頑，來去何曾染。豈畏泥犁幽與暗〔一〕。胸頭自有光千萬。路到臨歧終不返。溯海探源，直欲窮星漢。渺渺予懷期彼岸〔二〕。從教眼底風帆亂〔三〕。

【箋注】

〔一〕泥犁，見卷二蝶戀花（繅盡愁絲兼恨縷）詞注。

〔二〕渺渺句，楚辭九歌湘夫人：「帝子降兮北渚，目眇眇兮愁予。」龔自珍鶯啼序詞：「予懷渺渺，靈修尚隔中央，只恐棄我如土。」

〔三〕從教，一任，聽憑。辛棄疾謁金門詞：「山吐月，畫燭從教風滅。」

前調〔一〕

影事花城聞冕卸〔二〕。海水生寒，一夕霓裳罷。羅襪臨波歸去也。遺鈿墜珥皆無價〔三〕。浥透鮫綃誰與話〔四〕？淚鑄黄金〔五〕，不爲閒情灑。奏徹神絃啼玉姹〔六〕。四天雷雨冥冥下〔七〕。

【箋注】

〔一〕此詞有感於意大利佛羅倫薩美第奇三世之女安娜瑪麗亞公主放棄王位事跡而作。安娜爲保護祖傳油畫、雕塑、珠寶、家具等珍稀藝術品，不惜以王位交换，制定家族公約，從而確保這些珍稀的藝術品，永遠留在佛羅倫薩這座城市，向公衆開放，供國内外游人觀賞。

〔二〕影事，往事。龔自珍己亥雜詩二七七：「新歡且問黄婆渡，影事休題白傅橋。」花城，意大利佛羅倫薩號稱「花城」。冕御，指美第奇家族安娜公主捨棄王位。

〔三〕羅襪二句，謂安娜公主離開王宫遠嫁，留下的藝術品珍寶價值無法估量。羅襪臨波，曹植洛神賦：「凌波微步，羅襪生塵。」遺鈿墜珥，柳永木蘭花慢詞：「向路旁往往，遺簪墮珥。」珥，明珠耳飾。

〔四〕浥透句，陸游釵頭鳳詞：「春如舊，人空瘦，淚痕紅浥鮫綃透。」鮫綃，巾帕。

〔五〕淚鑄句，盧仝與馬異結交詩：「白玉璞裏斲出相思心，黄金礦裏鑄出相思淚。」張炎瑣窗寒詞：「黄金鑄出相思淚。」

〔六〕神弦，郭茂倩樂府詩集卷四七清商曲辭載神弦歌七曲（古今樂録云十一曲），内容多係詠歎人神戀愛，爲南朝時民間祭歌。　玉妧，同「玉姹」，艷麗如玉，因以喻美女。陸龜蒙上真觀詩：「侍女忽玉姹。」

〔七〕四天句，楚辭九歌山鬼：「雷填填兮雨冥冥，猿啾啾兮狖夜鳴。」冥冥，昏暗貌。

八犯玉交枝

佛説心生則種種法生，心滅則種種法滅，感而賦此〔一〕

光動圓菱〔二〕，緒牽重繭，暗促鏡瀾微起。一寸靈犀噓蜃市〔三〕，萬變氤氲紅紫〔四〕。

花開花落，送盡辛苦東風，幽蘭甘抱香心死〔五〕。愁對亂雲殘照，人間何世？須信色界都空〔六〕，禪天不滓。無生誰證微旨〔七〕？占韶景、春駒纔化〔八〕，泫涼露、秋蟬先蜕〔九〕，把金粉、從頭浄洗。此身將駐琉璃地〔一〇〕。待手爇旃檀〔一一〕，閒繙貝葉參新契〔一二〕。

【箋注】

〔一〕智顗童蒙止觀證果第十：「一切諸法皆由心生，因緣虚假不實，故空。」

〔二〕圓菱，指圓鏡。庾信鏡賦：「臨水則池中月出，照日則壁上菱生。」

〔三〕一寸靈犀，見卷二喜遷鶯（紺雲西邁）詞注。蜃市，即海市蜃樓，見卷二喜遷鶯（杯傳婪尾）詞注。

〔四〕氤氲，氣體迷茫瀰漫之狀。曹植九華扇賦：「效虬龍之蜿蟬，法虹霓之氤氲。」

〔五〕幽蘭句，李商隱燕臺詩：「凍壁霜華交隱起，芳根中斷香心死。」

〔六〕色界，佛教三界之一，見卷二江城梅花引（搴霞扶夢下蒼穹）詞注。

〔七〕無生，見卷二天香（玉井漂鉛）詞注。

〔八〕韶景，謂春景。梁元帝纂要：「春曰春陽，……景曰媚景、和景、韶景。」春駒，宋無名氏采蘭雜志：「蛺蝶，一名春駒。」

〔九〕秋蟬先蜕，淮南子說林訓：「蟬飲而不食，三十日而脱。」脱，同蜕。

〔一〇〕琉璃地，指佛天世界，因其國土多用琉璃等七寶合成，因喻。佛説無量壽經卷上：「法藏菩薩今已成佛，現在西方，去此十萬億刹。……成佛已來，凡歷十劫，其佛國土，自然七寶，金、銀、琉璃、珊瑚、琥珀、硨磲、碼碯，合成爲地，恢廓廣蕩，不可限極。」

〔一一〕旃檀，香木名，即檀香。梵語「旃檀那」之省稱。玄應一切經音義卷二三：「旃彈那，或作旃檀那，此外國香木也，有赤白紫等諸種。」

〔一二〕貝葉，貝多羅樹之葉，可用以抄寫經文，稱貝葉經。段成式酉陽雜俎前集卷一八：「貝多，出摩伽陀國，長六七丈，經冬不凋。此樹有三種：一者多羅娑力叉貝多，二者多梨婆力叉貝多，三者部婆力叉多羅多梨，並書其葉，部闍一色取其皮書之。貝多是梵語，漢翻爲葉，貝多婆力叉者，漢言葉樹也。西域經書，用此三種皮葉，若能保護，亦得五、六百年。」參，參學；參究。此指參禪學道，體究佛法。契，謂契經，梵語 Sūtra 意譯。佛教三藏之一，亦單稱經，相對律、論而言。契含二義：上契諸佛之理，下契衆生之機。法藏華嚴經探玄記卷一：「修多羅或云修妬路，或言素怛羅，此云契經，契有二義，謂契理合機故；經亦二義，謂貫法相故。」

賀新涼〔一〕

佳氣西來麗。憶年年、斜陽竚盡，小樓常倚。一髮瑶京横天末〔二〕，慣費妍波流睇。待長跪、妙蓮深際。衆聖諸天齊翹首〔三〕，看如來、授我菩提記〔四〕。平昔願，不虚矣。　飛行萬刹惟彈指〔五〕。繞華幢、天葩徧獻〔六〕，祥雲迤邐。回首閻浮哀無盡〔七〕，誓祓人間疵癘。漫翠墨紅牙俊倚〔八〕。見説延陵乘平聲風去，喜詞壇、吾道存先例〔九〕。春枕夢，試呼起。

【箋注】

〔一〕本詞及前五闋作於一九三一年歲杪至一九三二年歲初，碧城時在瑞士日内瓦。

〔二〕一髮，喻遠山微茫。蘇軾澄邁驛通潮閣詩：「青山一髮是中原。」瑶京，京城之美稱。

〔三〕諸天，見卷二丁香結（妙相波瑩）詞注。

〔四〕如來，梵文 Tathāgata 意譯，佛之十大名號之一。成實論卷一：「如來者，乘如實道來成正覺，故曰如來。」菩提記，泛指斷絶世間煩惱而成就涅槃智慧的經文。菩提，梵文 Bodhi 音譯，意譯「覺」、「智」等，指對佛教真理的覺悟。

〔五〕萬刹，數以萬計的寺廟。法藏華嚴經文義綱目序：「無限大悲，俯群機而臨萬刹。」劉鶚題寄曹溪禪寺并東南山長老詩：「萬刹飛灰海變田，是中孤塔尚巋然。」

〔六〕華幢，佛教的一種柱狀標幟，飾以各種彩繪建於佛前。幢，據巴利語本生經載，爲軍旗之意。謂王、將軍以軍旗之幢統領軍旅，降伏敵軍；佛、菩薩則以智慧之幢，抵禦一切煩惱之魔軍。以幢象徵摧破之義，故被視爲莊嚴具，用於贊歎佛、菩薩及莊嚴道場。

〔七〕閻浮，梵語 Jambu 音譯，即閻浮提。閻浮，樹名。提，義譯爲洲。洲上多閻浮樹，故稱閻浮提。此處泛指人間。長阿含經：「閻浮提有大樹王，名曰閻浮，圍七由旬，高百由旬。」

〔八〕紅牙，此指紅檀木製成的筆。厲鶚玉臺畫史名媛：「士女曹妙清……三十不嫁，風操可尚。嘗寫詩寄鐵崖，鐵崖答之云：『紅牙管帶紫貍毫，雪水初融玉帶袍。寫得薛濤萱草帖，西湖紙價可能高。』」

〔九〕見説二句，碧城自注：「詞家吴伯宛學佛證果，見林鐵尊君半櫻詞。」延陵，春秋時吴公子季札因讓國避居延陵，終身不入吴國，人稱「延陵季子」。事見公羊傳襄公二十九年、史記吴太伯世家等。范仲淹靈巖寺詩：「唯有延陵逃遁去，清名高節老乾坤。」

惜秋華　瑞士雪後〔一〕

雪繪晴嵐，矗蒼松萬影，圖開皴墨〔二〕。幽貯小窗，依依歲闌寒色。皚凝縞地無垠，失前度、尋芳紫陌〔三〕。但髡林集霰〔四〕，鏘冰流礐。　歸夢故鄉隔。任胡笳送老，東華詞客〔五〕。鴉背外，殘照遠〔六〕，凍雲微抹〔七〕。還思曉霽瑶京，枕蝀鼇、萬重珠闕〔八〕。深羃，動寒光、玉枝交絡〔九〕。

【箋注】

〔一〕本詞咏瑞士雪景，曉珠詞二卷本不載，當作於一九三二年冬。

〔二〕皴墨，施以皴法之水墨畫。皴，中國畫技法之一。唐岱繪事發微皴法：「夫皴法須知本源來派，先要習成一家，然後皴山皴石，方能入妙。昔張僧繇作没骨圖，是有染而無皴也，李思訓用點攢，簇而成皴，下筆首重尾輕，形似丁頭，爲小斧斫皴也；王維亦用點攢，簇而成皴，下筆均直，形似稻穀，爲雨雪皴也，又謂之雨點皴也。二人始創其法，厥派遂分。」

〔三〕失前度句，用唐劉禹錫再遊玄都觀詩意，參卷二摸魚兒（悄凝眸）詞注。

〔四〕髡林，猶秃林，即枝葉落盡之林。髡，削去樹枝。

〔五〕東華，指舊京東華門，借代故都。

〔六〕鴉背二句，温庭筠春日野行詩：「蝶翎朝粉盡，鴉背夕陽多。」

〔七〕凍雲微抹，秦觀滿庭芳詞：「山抹微雲，天連衰草。」

〔八〕還思二句，碧城自注：「故都『金鼇玉蝀』等處，最宜雪景。」瑶京，見卷二賀新涼（佳氣西來麗）詞注。蝀鰲，高士奇金鰲退食筆記卷上：「太液池，舊名西海子，在西安裏門，周凡數里。上跨石梁，約廣二尋，修數百步。兩崖穹甃出水中，鯨獸楯欄，皆白石鎸鏤如玉。中流駕木，貫鐵縴丹檻，掣之可通巨舟。東西峙華表，東曰玉蝀，西曰金鰲。」又，鄂爾泰國朝宫史卷一四：「入苑門，即太液池也。……上跨長橋，東曰玉蝀，西曰金鰲。」

〔九〕玉枝，喻著雪樹枝。

呂碧城詞箋注卷三

洞仙歌〔一〕

飛泉天外，抛素縑迤邐。急下千尋破蒼翠。映松篁深茂，巖石清奇，衝澗底、滚滚雪瀧翻起。　炎威塵世遠，風籟生寒，併作秋聲滿天地〔二〕。曳杖慣尋幽，路轉峰高，貯吟袖、上方雲氣〔三〕。驀暗發醲平香引遊踪〔四〕，秀榛莽叢頭，一枝山桂。

【箋注】

〔一〕本詞及此卷各闋均作於碧城由歐歸國後，時在一九三七年春。個別篇章稍前，約成於一九三六年歲暮。碧城手寫本曉珠詞卷三篇首有云：「初稿多髫齡之作；次旅歐之作；歸國後，專以佉盧文字迻譯釋典，三載始竣。重拈詞筆，月餘得若干闋，即此卷也。手寫新稿，先付景印，……丁丑三月呂碧城自記。」可證。

〔二〕併作句，翁心存舟中述景詩：「秋聲滿天地，游子獨何之。」

〔三〕吟袖，詩人衣袖。陳造山居詩：「推門吟袖冷，滿帶野風歸。」上方，天界。雲笈七籤卷二二：「上方九天之上，清陽空虚之内，無色無象，無形無影。」

〔四〕釃香，濃鬱的香氣。釃，廣韻：「釃，酒醋味厚。」

前調

雪山長往，看瑶光多霽。此是仙源避秦地〔一〕。有松脂然爝，鍾乳療飢〔二〕，賦招隱、辟穀採薇堪繼〔三〕。振衣羣玉頂〔四〕，渺渺靈修〔五〕，隔浦無言素心會。秋靄麗遥天，極目殘陽，散餘綺、晃穿雲背〔六〕。又霜葉西風憶長安〔七〕，問繞樹哀鴻，冷枝棲未〔八〕？

【箋注】

〔一〕避秦，見卷二菩薩蠻（韡紋皺碧波千頃）詞注。

〔二〕鍾乳療飢，周去非嶺外代答卷七鍾乳：「静江多巖洞，深者數里，崗穴之中，或高不可踰，或下不可隧。石脈滴水，風所不及，悉成鍾乳。風之所及，雖曰結乳，色乃麤黄，不堪入藥。鍾乳之産也，乳牀連延，乳管例垂，漸鋭而長，滴瀝未已。冰筯成列，長者一二尺，短者四五寸，人以竹管仰插而折取之，煮以七復之重湯，研以三旬之玉槌，試之肌紋，以觀其細；澄之灰池，而乾其體。日以烜之，其色微輕紅，真者細妙，服之刀圭，淪肌浹髓。」李時珍本草綱目卷九石部：「時珍曰：石之津氣，鍾聚成乳，滴溜成石，故名石鍾乳。」

〔三〕招隱，指招人歸隱的詩篇，楚辭有招隱士篇，晉左思、陸機皆有招隱詩。辟穀，見卷二望江南（瀛洲好）詞注。採薇，史記伯夷列傳：「伯夷、叔齊，孤竹君之二子也。……及武王已平殷亂，天下宗周，而伯夷、叔齊恥之，義不食周粟，隱於首陽山，採薇而食之。及餓且死，作歌。其辭曰：『登彼西山兮，採其薇矣。以暴易暴兮，不知其非兮。神農、虞、夏忽焉没兮，我安適歸矣？于嗟徂兮，命之衰矣！』遂餓死於首陽山。」

〔四〕群玉，山名。見卷二新雁過妝樓（萬笏瑶峰）詞注。

〔五〕靈修，神靈。楚辭離騷：「指九天以爲正兮，夫唯靈修之故也。」王逸注：「靈，神也；修，遠也。」

〔六〕散餘綺，謝朓晚登三山還望京邑詩：「餘霞散成綺，澄江静如練。」

〔七〕又霜葉句，賈島憶江上吴處士詩：「秋風生渭水，落葉滿長安。」

〔八〕問繞樹二句，曹操短歌行：「繞樹三匝，何枝可依？」

前調

奇峰窮處，驀平疇青衮。畫罨湖堤换新稿〔一〕。有垂楊細細，流水彎彎〔二〕，更着個、一曲紅橋小小〔三〕。北邙閒地在〔四〕，芳草無愁，此意悠然定誰曉。不暇感華年，花落花開，問何事、錦屏人惱？早打叠芒鞋遠尋春〔五〕，喜桃燦仙霞，飯香丹竈〔六〕。

【箋注】

〔一〕畫罨，猶罨畫。楊慎丹鉛總録訂訛：「畫家有罨畫，雜彩色畫也。」納蘭性德浣溪沙詞：「一水濃陰如罨畫，數峰無恙又晴暉。」

〔二〕流水句，張惠言風流子出關見桃花詩：「頽垣短短，曲水彎彎。」

〔三〕着個，添個。趙以夫謁金門詞：「梅共雪，着個玉人三絶。」小小，南齊時錢塘名妓。借指歌女。白居易楊柳枝詞：「蘇州楊柳任君誇，更有錢塘勝館娃。若解多情尋小小，緑楊深處是蘇家。」

〔四〕北邙，山名。在今洛陽城北，與偃師、鞏、孟津三縣界相接。東漢至晉，王侯公卿多葬於此，故又借指墓地。陶潛擬古詩：「一旦百歲後，相與還北邙。」

〔五〕芒鞋，草鞋。蘇軾次韻答寶覺詩：「芒鞋竹杖布行纏。」

〔六〕丹竈，道家鍊丹爐具。江淹別賦：「守丹竈而不顧，鍊金鼎而方堅。」

浣溪紗

一捻涼蟾入杏林〔一〕。鬧紅深處見秋心〔二〕。彩毫淒斷未成吟。　香燼冷灰成鬱烈，琴迴絕軫變繁音〔三〕。小樓人影夜沉沉。

【箋注】

〔一〕一捻，猶一點，一握。形容纖細或微小。毛滂粉蝶兒詞：「褪羅衣，楚腰一捻。」涼蟾，指代冷月。

〔二〕鬧紅，形容火紅繁茂的花叢。姜夔念奴嬌詞：「鬧紅一舸，記來時、嘗與鴛鴦爲侶。」

〔三〕絕軫，中止琴絃松緊的調試。唐無名氏汝南周君墓誌銘：「霜劍摧鋒，鳴琴絕軫。」趙元成哭誠之丈詩：「牙琴慟絕軫，薛劍終委塵。」餘見卷二湨蘭香（蕪城惹賦）詞注。

前調

手把芙蓉誦楚詞。搴芳凝睇黯遐思。夕陽紅戀蒨雲遲〔一〕。　珍鳥多翔人盡處，殘山青到路窮時。野村幽步最清宜〔二〕。

【箋注】

〔一〕夕陽句，謂夕陽戀戀不肯下山，晚雲遲遲不願歸去。

〔二〕幽步，幽閒散步。柳宗元遊石角過小嶺至長烏村詩：「石角恣幽步，長烏遂遐征。」

前調

已信潮音是梵音〔一〕。滄浪淘洗去來今。百年身世此沉吟。　揭地蠻煙誰叩馬〔二〕？稽天狂海待填禽〔三〕。樓船高處怕登臨〔四〕。

【箋注】

〔一〕梵音，佛教語，指大梵天王之音聲。亦指佛、菩薩之音聲。三藏法數卷三二：「梵音者，即大梵天王所出之聲，而有五種清净之音也。」又，妙法蓮花經：「梵音，海潮音。」

〔二〕蠻煙，蠻荒有毒的煙瘴。此借指鴉片煙。張翰懷高光州詩：「角聲凄斷雲，蠻煙蔽殘壘。」華長卿禁煙行：「瘴霧蠻煙蒸醉骨，黑甜初入晨鷄鳴。」叩馬，勒馬。史記伯夷列傳：「伯夷、叔齊叩馬而諫曰：『父死不葬，爰及干戈，可謂孝乎？』」

〔三〕稽天，見卷二多麗（海潮多）詞注。填禽，指銜木石填海之精衛鳥。杜甫寄賈司馬嚴使君詩：「浪作禽填海，那將血射天。」

〔四〕樓船句，碧城舟過渤海口占詩：「别有奇愁消不盡，樓船高處望遼東。」

前調

髻挽抛家泣路歧〔一〕。陰霾愁鎖海東西。澄清天地幾時期〔二〕。但有秋心悲萬象〔三〕，了無閒恨到靈犀〔四〕。美人香草漫猜疑〔五〕。

【箋注】

〔一〕泣路歧，淮南子説林訓：「楊子見逵路而哭之，爲其可以南可以北。」逵路，猶歧路。李商隱荆門西下詩：「洞庭湖闊蛟龍惡，却羨楊朱泣路歧。」

〔二〕澄清句，後漢書范滂傳：「滂登車攬轡，慨然有澄清天下之志。」

〔三〕但有句，龔自珍秋心三首之一詩：「秋心如海復如潮，但有秋魂不可招。」

〔四〕靈犀，見卷二喜遷鶯（紺雲西邁）詞注。

〔五〕美人香草，舊時多指離騷文辭，説者不同，或以之寓感慨悲歌、牢騷不平之氣，或抒發孤憤之情，或比諸君子，或托離憂。王逸離騷序：「離騷之文，依詩取興，引類譬諭。故善鳥香草，以配忠貞；惡禽臭物，以比讒佞；靈修美人，以媲於君。」厲鶚論詞絶句：「美人香草本離騷，俎豆青蓮尚未遥。」

前調

莪蓼終天痛不勝〔一〕。秋風萁豆死荒塍〔二〕。孤零身世浄於僧。　老去蘭成非落寞〔三〕，重來蘇季被趨承〔四〕。不聞嫛詈更相凌〔五〕。

【校】

〔不聞句〕曉珠詞卷三手寫本作「浮名徒惹附羶蠅」。

【箋注】

〔一〕莪蓼，當作「蓼莪」，詩小雅篇名。詩中有云：「蓼蓼者莪，匪我伊蒿。哀哀父母，生我劬勞。」後因以爲哀悼亡親之辭。

〔二〕萁豆，喻手足骨肉。曹植七步詩：「煮豆持作羹，漉菽以爲汁。萁在釜下然，豆在釜中泣。本是同根生，相煎何太急！」此用其意。　塍，田埂。

〔三〕蘭成，北周庾信，小字蘭成。納蘭性德蝶戀花詞：「蕭瑟蘭成看老去。」餘參卷二三姝媚（芳塵封鄴架）詞注。

〔四〕蘇季，戰國縱横家蘇秦，字季子，因名。史記蘇秦列傳：「蘇秦爲從約長，并相六國。北報趙王，乃行過雒陽，車騎輜重，諸侯各發使送之甚衆，疑於王者。周顯王聞之恐懼，除道，使人郊勞。蘇秦之昆弟妻嫂側目不敢仰視，俯伏侍取食。蘇秦笑謂其嫂曰：『何前倨而後恭也？』嫂委虵蒲服，以面掩地而謝曰：『見季子位高金多也。』蘇秦喟然歎曰：『此一人之身，富貴則親戚畏懼之，貧賤則輕易之，况衆人乎！且使我有雒陽負郭田二頃，吾豈能佩六國相印乎！』於是散千金以賜宗族朋友。」

〔五〕嬃，説文：「嬃，楚詞曰：『女嬃之嬋媛。』賈侍中説，楚人謂姊爲嬃。」此指碧城二姐呂美蓀。篇末碧城自注：「予孑然一身，親屬皆亡，僅存一『情死義絶』不通音訊已將卅載者。其人一切行爲，予概不預聞；予之諸事亦永不許彼干涉。詞集附以此語，似屬不倫，然讀者安知予不得已之苦衷乎？」又，今人鄭逸梅南社叢談南社社友事略：「她（碧城）姊美蓀，詩才不在碧城下，兩人以細故失和，碧城倦遊歸來，諸戚友勸之毋乖骨肉，碧城不加可否。固勸之，她返身向觀音禮拜，誦佛號『南無觀世音菩薩』。戚友知無效，遂罷。」

前調

仙舞新傳罷羽衣〔一〕。南華齊物到西夷〔二〕。更無鵑血浣花枝〔三〕。　對酒常吟傾鱠句〔四〕，思鄉宜誦放鷳詩〔五〕。誓遲終古證心期〔六〕。

【校】

〔更無〕曉珠詞卷三手寫本作「斷無」。

【箋注】

〔一〕碧城自注：「美國柯省保護羽族之法律，禁以鳥翎爲衣帽之飾。」

〔二〕南華齊物，指老莊學派提倡的「天地與我並生，而萬物與我爲一」的哲學觀念。見莊子齊物論。南華，即南華真經，莊子之別稱。新唐書藝文志三：「天寶元年，詔號莊子爲南華真經。」齊物，萬物齊一，平等看待。

〔三〕鵑血，見卷二菩薩蠻（瀛洲何必生芳草）詞注。

〔四〕碧城自注：「杜甫觀魚詩：『……東津觀魚已再來，主人罷鱠還傾杯。……吾徒胡爲縱此樂？暴殄天物聖所哀。』」

〔五〕思鄉句，雍陶和孫明府懷舊山詩：「秋來見月多歸思，自起開籠放白鷴。」

〔六〕誓遲句，碧城歐美之光吕碧城在維也納之演説：「此次欣然赴貴會演説者，乃爲世界廢屠運動。吾輩既討論種種方法，保護動物，無微不至矣，然最後仍承認動物之應被殺，則吾人對於此點，將如何解説之乎？禁止虐待，僅爲吾希望中之一部分，而不能完全貫徹吾之主張，無論吾之希望，其實現之期如何遥遠，雖在千年後，予誓從今起開始運動。」碧城自注：「予倡廢屠之説，成效期於千年後。」誓遲，誓言遲至。

前調

珍侣嚶鳴不避人〔一〕。三年山館伴芳鄰。麗湖殘夢付行雲〔二〕。　信手花間招翠羽，微吟波面引文鱗〔三〕。機心銷處盡天親〔四〕。

【箋注】

〔一〕嚶鳴，鳥叫。詩小雅伐木：「伐木丁丁，鳥鳴嚶嚶。出自幽谷，遷于喬木。嚶其鳴矣，求其友聲。」

〔二〕麗湖，日内瓦湖。

〔三〕文鱗，紋魚。柳宗元登蒲州石磯望横江口潭島深迴斜對香零山詩：「浮暉翻高禽，沉景照文鱗。」

〔四〕機心，功利機巧之心。莊子天地：「吾聞之吾師，有機械者必有機事，有機事者必有機心，機心存於胸中，則純白不備。」列子黄帝：「海上之人有好漚鳥者，每旦之海上，從漚鳥游，漚鳥之至者百住而不止。其父曰：『吾聞漚鳥皆從汝游，汝取來，吾玩之。』明日之海上，漚鳥舞而不下也。」又，篇末碧城自注：「予居瑞士數年，魚鳥皆識，每覩予則追隨求餇。日内瓦湖原名麗曼湖。」

前調

天馬行空踏落霞〔一〕。夢遊西極看瓊花。夢回依舊滯年華。　入世早知身是患〔二〕，長生多事餌丹砂〔三〕。五千言外意無涯〔四〕。

【箋注】

〔一〕天馬，史記樂書：「後伐大宛得千里馬，馬名蒲梢，次作以爲歌。歌詩曰：『天馬來兮從西極，經萬里兮歸有德。』」應劭注：「大宛舊有天馬種，蹋石汗血，汗從前肩髆出如血，號一日千里。」

〔二〕入世句，碧城自注：「老子云：人之大患爲吾有身。今術士長生之説，殊無根據。」按，老子原文見老子十三章：「吾所以有大患者，爲吾有身，及吾無身，吾有何患？」

〔三〕餌丹砂，服食丹藥。道教妄稱煉砂成藥，服後能長生不老。王維贈李頎詩：「聞君餌丹砂，甚有好顔色。」

〔四〕五千言，指老子道德經。史記老子韓非列傳：「老子迺著書上下篇，言道德之意五千餘言而去，莫知所終。」

前調

水殿花時見寶王〔一〕。常儲一瓣爇心香〔二〕。羅胸曄曄起星光〔三〕。紅雨湔愁辭茂苑，緑雲邀夢入蓮房〔四〕。人天來去有津梁〔五〕。

【箋注】

〔一〕寶王，佛之尊稱。楞嚴經卷三：「願今得果成寶王，還度如是恒沙衆。」

〔二〕一瓣爇心香，見卷一祝英臺近（背銀釭）詞注。爇，説文：「燒也。」

〔三〕曄曄，閃光貌。韓愈獨孤申叔哀辭：「濯濯其英，曄曄其光。」

〔四〕紅雨二句，分言人間天上。茂苑，喻指塵世；蓮房，此以潔浄之蓮蓬喻寺院僧尼修行場所。齊己渚宫自勉詩：「東林露壇畔，舊對白蓮房。」

〔五〕人天，佛教指被稱爲「二善道」的天道和人道。在六道輪回中，因其尚處於生死輪回之際，需修習「人天福報」（即五戒、十善），方可往生天界。法苑珠林卷七五感應緣：「若有人天道，當令官知。」

前調

斯道尊如最上峯〔一〕。樓臺七寶未完工〔二〕。故疆休被宋賢封。音洗箏琶存正始〔三〕，律調宫羽變窮通。萬流甄采匯詞宗〔四〕。

【箋注】

〔一〕斯道，爲詞之道。此句就宋詞之總體創作成就而言。

〔二〕樓臺句，張炎詞源：「吴夢窗詞如七寶樓臺，眩人眼目，碎拆下來，不成片斷。」按，夢窗爲南宋著名詞人吴文英之號。其詞典雅奥博，濃麗綿密，却不免晦澀堆垛之弊。碧城襲用張炎語，意在説明宋詞雖臻極至，但並未圓滿無闕，以見詞學之道大有可爲。

〔三〕正始，純正之音。白居易五絃彈詩：「遠方士，爾聽五絃信爲美，吾聞正始之音不如是。正始之音其若何？朱弦疏越清廟歌。」

〔四〕篇末碧城自注：「葉君遐庵（恭綽）弘揚詞學，恒持通變之説以應時代，予深韙之。」

减字木蘭花 英人福華德氏 C.W.Forward 挽詞〔一〕

滄波萬里，管鮑分金曾竊比〔二〕。鴻寶能傳〔三〕，恰在寒燈易簀前〔四〕。　題箋心苦，四海黄壚多舊雨〔五〕。義薄雲天，低首長楊諫獵篇〔六〕。

【箋注】

〔一〕碧城自注：「君當十二齡時，睹屠牛之慘，即永斷肉食，五十年中號召仁術，死而後已。

昔英皇嗜獵，君上書諫之，請開湯網之仁。皇爲感動，永罷御獵。年前，君欲刊所著護生之書，缺金廿磅，予聞之如數寄贈，以成其事。書甫出版，而君遽殁。」

〔二〕管鮑分金，春秋時齊管仲與鮑叔相知最深，兩人曾合伙經商，管仲多分財利，鮑叔知其貧困，不以爲貪。史記管晏列傳：「管仲曰：『吾始困時，嘗與鮑叔賈，分財利多自與，鮑叔不以我爲貪，知我貧也。吾嘗爲鮑叔謀事而更窮困，鮑叔不以我爲愚，知時有利有不利也。』」

〔三〕鴻寶，指福華德所刊護生之書。

〔四〕易簀，謂臨終將死。用曾子病危堅持換席以守正禮而終事。禮記檀弓上：「曾子寢疾，病，樂正子春坐於牀下，曾元、曾申坐於足，童子隅坐而執燭。童子曰：『華而皖，大夫之簀與？』子春曰：『止。』曾子聞之，瞿然曰：『呼！』曰：『華而皖，大夫之簀與？』曾子曰：『然。斯季孫之賜也，我未之能易也。元，起易簀！』曾元曰：『夫子之病革矣，不可以變。幸而至於旦，請敬易之。』曾子曰：『爾之愛我也不如彼。君子之愛人也以德，細人之愛人也以姑息。吾何求哉？吾得正而斃焉，斯已矣！』舉扶而易之，反席未安而没。」

〔五〕黄壚，指晉王戎過黄公酒壚感歎嵇康、阮籍之亡事。劉義慶世説新語傷逝：「王濬沖爲尚書令，著公服，乘軺車，經黄公酒壚下過，顧謂後車客：『吾昔與嵇叔夜、阮嗣宗共酣飲於此壚，竹林之遊，亦預其末。自嵇生夭，阮公亡以來，便爲時所羈紲。今日視此雖近，邈如山河。』」此借指傷逝憶舊。

〔六〕低首句，史記司馬相如列傳：「相如常從上至長楊獵，是時天子方好自擊熊彘，馳逐野獸，相如上疏諫之。」長楊，漢宫名。在陝西盩厔縣東南。三輔黄圖：「長楊宫，本秦舊宫，漢修飾之以備行幸。宫中有垂楊數畝，門曰『射熊館』。」又，文選長楊賦注引漢書成帝紀：「元延二年冬，幸長楊宫，縱胡客大校獵。」

汨羅怨　過舊都作〔一〕

翠拱屏嶂〔二〕，紅邐宫牆〔三〕，猶見舊時天府〔四〕。傷心麥秀〔五〕，過眼滄桑，消得客車延住。認斜陽、門巷烏衣〔六〕，匆匆幾番來去。輸與寒鴉，占取垂楊終古〔七〕。　閒話南朝往事，誰踵清游，採香殘步〔八〕。漢宫傳蠟〔九〕，秦鏡熒星〔一〇〕，一例穠華無據。但江城、零亂歌絃，哀入黄陵風雨〔一一〕。還怕説，花落新亭〔一二〕，鷓鴣啼苦。

【箋注】

〔一〕本詞作於一九三六年歲暮，碧城時途經南京。

〔二〕翠拱屏嶂，指南京四圍的青山如同一道屏障護衛着都城。

〔三〕邐，邐迤，連綿不斷。

〔四〕天府，物産豐饒，地形優越之地。此指南京城。史記劉敬叔孫通列傳：「因秦之故，資甚美膏腴之地，此所謂天府者也。」

〔五〕麥秀，感傷亡國荒凉之辭。史記宋微子世家：「其後箕子朝周，過故殷墟，感宫室毁壞，生禾黍，箕子傷之。欲哭則不可，欲泣爲其近婦人，乃作麥秀之詩以歌詠之。其詩曰：『麥秀漸漸兮，禾黍油油。彼狡童兮，不與我好兮！』」

〔六〕門巷烏衣，見卷二尉遲杯（春駘蕩）詞注。

〔七〕輪與二句，李商隱隋宫詩：「於今腐草無螢火，終古垂楊有暮鴉。」

〔八〕採香，見卷一百字令（排雲深處）詞注。

〔九〕漢宫傳蠟，韓翃寒食詩：「日暮漢宫傳蠟燭，輕煙散入五侯家。」

〔一〇〕秦鏡熒星，杜牧阿房宫賦：「明星熒熒，開妝鏡也；緑雲擾擾，梳曉鬟也。」

〔一一〕黄陵，指明太祖陵，在今南京中山門外。明申時行有謁黄陵詩，題注云：「都人稱高皇帝陵爲黄陵。」

〔一二〕新亭，又名勞勞亭，在今南京市南。晉書王導傳：「過江人士，每至暇日，相要出新亭飲宴。周顗中坐而歎曰：『風景不殊，舉目有河山之異。』皆相視流涕。惟導愀然變色曰：『當共戮力王室，克復神州，何至作楚囚相對泣邪！』

望湘人

婁盧雲青女士爲予相識最早之友，去國後遂暌音訊。丙子歲暮重遊故都，適聞其殯，由都移柩津門，乃馳往車站送之。頃婁魯青君寓書乞誄，爲賦此詞，蓋紀事之作也。女士著有遊記數萬言，現方付梓，供藝林珍賞，殆閨襜中之徐霞客歟〔一〕

記荀香謝絮〔二〕，流韻溯芬，舊家梁孟堪擬〔三〕。琬琰鐫華〔四〕，釵鈿横海〔五〕，曾見步虛高致〔六〕。藝菊霜清，紉蘭秋瘦〔七〕，伊人憔悴。最無端、一霎迴風，縹緲仙雲吹墜。　零亂蟫塵鳳紙〔八〕，礲銀鈎寫遍〔九〕，十洲煙水。計久别重逢，待話離悰相慰。斷腸惟見，素馨斜路〔一〇〕，如雪寒花傳檟〔一一〕。賦楚些、譜入哀絃〔一二〕，問有湘靈歸未〔一三〕？

【箋注】

〔一〕婁盧雲青，又名雲卿，湖北沔陽人。民國時天津著名實業家、教育家盧木齋次女。曾與其夫婁魯青負笈海外，歸國後致力于社會教育工作，並從事慈善活動。著有婁盧雲青女十七省游記。丙子，公元一九三六年。徐霞客，明代著名地理學家、旅游家。

〔二〕荀香，東漢荀彧官至尚書令，傳説他以異香薰衣，三日不散。藝文類聚卷七〇引襄陽記：「荀令君至人家，坐處三日香。」李萊老青玉案題草窗詞卷詞：「荀香猶在，庾愁何許，雲冷西湖賦。」謝絮，見卷二多麗（海潮多）詞注。

〔三〕梁孟，指東漢梁鴻和孟光夫婦。兩人安貧守節，相敬如賓。後漢書梁鴻傳：「同縣孟氏有女，狀肥醜而黑，力舉石臼，擇對不嫁，至年三十。父母問其故，女曰：『欲得賢如梁伯鸞者。』鴻聞而娉之。……居有頃，……乃共入霸陵山中，以耕織爲業，詠詩書，彈琴以自娱。……每歸，妻爲具食，不敢於鴻前仰視，舉案齊眉。」

〔四〕琬琰，美玉。楚辭遠遊：「吸飛泉之微液兮，懷琬琰之華英。」

〔五〕釵鈿横海，謂跨海而行，寄身域外。釵、鈿，均女子飾物，因以指代女士。此指雲青。碧城何張蓮覺居士傳：「周遊列邦，釵鈿横海，箬笠衝雲，足以拓其襟抱也。」

〔六〕步虚，凌空步行。潘乃光贈雛姬蓮心詩：「矯捷如猿輕似燕，美人何事步虚行。」

〔七〕藝菊二句，謂在清冷的霜天裏種養菊花，在消瘦的秋光裏採來蘭花佩帶。形容女士的志行高潔，處事勤勉。紉蘭句，楚辭離騷：「扈江離與辟芷兮，紉秋蘭以爲佩。」

〔八〕蟫塵，見卷二玉京謡（斷綺凄紅）詞注。鳳紙，繪有金鳳之紙。李商隱碧城詩：「收將鳳紙寫相思。」馮浩注引天中記：「唐時將相官誥用金鳳紙寫之，而道家青詞亦用之也。」

〔九〕銀鈎，喻字跡。書苑：「晉索靖草書絶代，名曰銀鈎蠆尾。」

〔一〇〕素馨斜，一名内人斜，即花田，亦曰花地，在今廣州市南海縣。屈大均廣東新語卷一九：「素馨斜在廣州城西十里三角市，南漢葬美人之所也。有美人喜簪素馨，死後遂多種素馨於塚上，故曰素馨斜。」

〔一一〕槥，説文：「槥，棺櫝也。」

〔一二〕楚些，見卷二木蘭花慢（賦情傳雁羽）詞注。

〔一三〕湘靈，見卷二應天長（環峰瞰水）詞注。

齊天樂

予與美國蔬食月刊主筆奥爾伯特夫人 Jean Albert 共以文字宣闡主義（排斥殺生食肉者），神交數載。客夏，君病中無聊，每長函覼縷傾其襟抱，予適忙於譯經，多擱置不閲，君知之而不怨。予方感知己能恕之雅量，亦以來日方長，可緩答也。詎譯書告竣，君已逝世，輓賦此詞，不盡蒼茫之感。其所用牋封，皆緑表菜色也

緑牋長斷西洲訊〔一〕，空餘舊情重數。翠競喻芬，珠聯繹影〔二〕，先溘珍叢朝露〔三〕。

游絲去住。怕萬劫飄零，再逢無據。幾日蹉跎，一番人事竟終古。瑶臺素雲拂動〔四〕，翥羣仙彩翼〔五〕，齊迓娀女〔六〕。苔繡思裙，菜香疑麝，想像芳塵何處。天風珊步。蜕鎖骨連環〔七〕，薦馨坏土〔八〕。待式貞徽〔九〕，賸冰絃自譜〔一〇〕。

【箋注】

〔一〕西洲，此指北美洲，美國之所在。

〔二〕翠競二句，意謂奥爾伯特夫人與詞人挽手，争相推行護生宗旨。喻芬，超人的美德。

〔三〕先溘句，資治通鑑宋孝武帝孝建元年：「質常恐溘先朝露，不得展其膂力，爲公掃除。」又，秦嘉贈婦詩：「人生譬朝露，居世多屯蹇。」

〔四〕瑶臺，神仙居所。王嘉拾遺記：「崑崙山傍有瑶臺十二，各廣千步，皆五色玉爲臺基。」

〔五〕翥，飛舉。

〔六〕娀女，有娀氏之女。喻指奥爾伯特夫人。史記殷本紀：「殷契，母曰簡狄，有娀氏之女。」文選離騷經：「望瑶臺之偃蹇兮，見有娀之佚女。」劉良注：「娀女，契母簡狄，喻貞賢也。」

〔七〕鎖骨連環，碧城自注：「玄異録：延州有婦人孤行城市，及卒，有胡僧禮墓曰：『此鎖子骨菩薩也。』啓墓視之，遍身骨節如連鎖狀。又李鄴侯外傳：「李汝辟穀，骨節珊然有聲，謂之鏁子骨。昔人賦高陽臺落梅詞，亦有『鎖骨』之句。」吴文英高陽臺落梅詞：「古石埋香，金沙鎖骨連環。」此處以鎖骨菩薩死葬的傳説，謂奥氏是其化身，受人敬重。

〔八〕薦馨，以馨香祭獻。　坏土，土丘，指墓地。

〔九〕貞徽，猶貞聲徽譽。王褘錢夫人羅氏墓銘：「貞聲徽譽，藹焉著聞，鄉邦之人，莫不稱錢氏有賢母也。」徽，美也。

〔一〇〕冰絃，傳説冰蠶絲所作之琴絃，後因以爲琴絃之美稱。此指絃樂。周密花犯賦水仙詞：「冰絃寫怨更多情，騷人恨，枉賦芳蘭幽芷。」

臨江仙

莫問金張全盛際〔一〕，可憐愁裏年華。謝堂飛燕已天涯〔二〕。前塵原噩夢，身世比摶沙〔三〕。　回首鄉園歌哭地，頹垣斷井横斜。素雲連苑鎖梨花。當時明月在，曾照故侯家〔四〕。

【箋注】

〔一〕金張，並漢世顯宦。金爲金日磾，乃武帝内侍，遺詔命與大將軍霍光共輔昭帝；張乃張安世，宣帝時官至大司馬車騎將軍。二人子孫，七世榮耀顯赫。漢書蓋寬饒傳：「上無許、史之屬，下無金、張之託。」顏師古注引應劭曰：「金，金日磾也；張，張安世也。」

〔二〕謝堂句，劉禹錫烏衣巷詩：「舊時王謝堂前燕，飛入尋常百姓家。」

〔三〕身世句，鄭文焯齊天樂白石碧山咏物之作多取是調託興深美因效其體賦蟹詞：「歎身世摶沙，蜆螺羞伴。」摶沙，喻易散。摶，捏之成團。

〔四〕當時二句，晏幾道臨江仙詞：「當時明月在，曾照彩雲歸。」又，篇末碧城自注：「憶先父舊邸。」

前調

空記藐孤家難日，伊誰禍水翻瀾〔一〕？長餘風木感辛酸〔二〕。囊螢書慣讀，手線淚常彈〔三〕。東望松楸拚一慟，無由説與慈顏。虛聲今日滿江關。重泉呼不應〔四〕，多事錦衣還〔五〕。

【箋注】

〔一〕空記二句，指光緒二十一年（一八九五）碧城父鳳歧死後，其寡母嚴氏慘遭惡戚欺凌事。

呂美蓀葂麗園隨筆美蓀自記三生因果：「年十四，先君見背。吾母以兩子早喪，性仁柔，不能保遺産，族中之不肖者盡霸占所有，復幽禁余母女數人。」又，母妹陰靈：「時余女兄弟三人皆各糊口於千萬里外，母妹寄居外家，復爲惡戚所厄，慘無生路，俱各飲鴆自盡，幸爲邑令灌救得活，而伯姊復泣求於江寧藩司樊樊山年伯，乃荷樊公星夜飛檄鄰省，隔江遣護勇來迎，此恩此德，没齒泣感不忘也。」藐孤，幼弱的孤兒。左傳僖公九年：「獻公使荀息傅奚齊。公疾，召之曰：『以是藐諸孤，辱在大夫，其若之何？』」孔穎達疏：「藐諸孤者，言年既幼穉，縣藐於諸子之孤。」

〔二〕風木，喻父母亡故，感傷不及奉養。韓詩外傳卷九：「樹欲静而風不止，子欲養而親不待。往而不可追者，年也；去而不可得見者，親也。」陸游焚黄詩：「早歲已興風木歎，餘生永廢蓼莪詩。」

〔三〕囊螢二句，謂慣常用裝入螢火虫發光的口袋，照着讀書。一旁的母親時常一邊在做針綫，一邊在流淚。晉書車胤傳：「胤恭勤不倦，博學多通。家貧不常得油，夏月則練囊盛數十螢火以照書，以夜繼日焉。」

〔四〕重泉句，葉小鸞己巳春哭沈六舅母墓所詩：「十載恩難報，重泉哭不聞。」

〔五〕錦衣還，史記項羽本紀：「富貴不歸故鄉，如衣繡夜行，誰知之者！」李白越中覽古詩：

「越王句踐破吴歸，義士還家盡錦衣。」又，篇末碧城自注：「祭先母墓。」

傳言玉女

蜀中女才子黄穉荃來書千言斐亹，今之李青蓮也，囑題詩集，賦此爲酬〔一〕

三峽瞿塘〔二〕，生就才人秀嶷〔三〕。飛湍漱石，比詞源清激。青蓮再世，别是蛾眉娟嫿〔四〕。千言倚馬〔五〕，風流猶昔。　濯錦江邊〔六〕，料搴芳、常浣筆。吹花嚼蕊〔七〕，掃金閨陳迹。何時夜雨，剪燭歡聯吟席〔八〕。停雲望遍〔九〕，劍門秋碧〔一〇〕。

【箋注】

〔一〕吴宓日記一九四三年七月十七日：「夕四時程行敬來，談穉荃三十以前詩作者黄穉荃女士之夫冷融在蓉郊被刺身死之詳情。」吴學昭注：「黄穉荃（一九〇八—一九九三），女，四川江安人。北京女子師範大學歷史系一九三一年畢業後，任四川大學附中、成都第一女子師範學校、四川大學文學院等校教師、教授。一九四三年一月後，任四川省臨時參議會參議員、國史館纂修、國大代表、立法院立法委員。一九四九年後，任成都大川學院教授、重慶市政協委員、成都市政協常委、四川省五、六届政協常委。」斐亹，文彩斑斕貌。孫綽遊天台山賦：「彤雲斐亹以翼欞，皦日烱晃於綺疏。」李善注：「斐亹，文貌。」李青蓮，唐詩人李白自號青蓮居士。

〔二〕三峽，何宇度益部談資卷下：「巫峽即巫山也，與西陵峽、歸州峽並稱三峽。」又引杜修可峽程記云：「三峽謂明月峽、巫山峽、廣澤峽，其瞿塘、灧滪之類，不系三峽數。」

〔三〕秀嶷，秀美聰穎。新唐書貞順武皇后：「妃生子必秀嶷。」

〔四〕娟嬞，同婠嬞，嫺静美好貌。宋玉神女賦：「既婠嬞於幽静兮，又婆娑乎人間。」

〔五〕千言句，劉義慶世説新語文學：「桓宣武北伐，袁虎時從，被責免官。會須露布文，唤袁倚馬前令作。手不輟筆，俄得七紙，絶可觀。」李白與韓荆州書：「請日試萬言，倚馬可待。」

〔六〕濯錦江，即錦江，在今四川省成都市南，以濯錦而得名。

〔七〕吹花嚼蕊，猶「吹葉嚼蕊」，指吹奏歌唱。李商隱柳枝五首序：「吹葉嚼蕊，調絲擫管，作天海風濤之曲，幽憶怨斷之音。」又，納蘭性德浣溪沙詞：「十八年來墮世間，吹花嚼蕊弄冰弦。」

〔八〕何時二句，李商隱夜雨寄北詩：「何當共剪西窗燭，却話巴山夜雨時。」

〔九〕停雲，晉陶潛有停雲詩云：「靄靄停雲，濛濛時雨。」自序云：「停雲，思親友也。」後因以爲思念親友典。趙翼李雨村觀察輓詩：「八表停雲空目極，更從何處寄相思。」

〔一〇〕劍門，山名。又稱梁山，有劍門七十二峰，峭壁中斷，兩崖相嵌，形似劍門。在今四川省劍閣縣北。水經注卷二〇：「小劍戍西去大劍山三十里，連山絶險，飛閣通衢，謂之劍閣。」又，嘉慶四川通志卷二七：「劍州劍閣，在州東北六十里，一名劍門關。兩山壁立，中通一道，僅容車馬，誠蜀北之咽喉。」

惜秋華

詞友韋齋别十年矣，歸國後便道訪之，途人以訃告，遂愴然迴車，爲賦此闋〔一〕

十載重來〔二〕，黯前遊如夢，恍然遼鶴〔三〕。悽入夕陽，依稀那時池閣。人間换劫秋風，催萯譜金荃零落〔四〕。憶分題步韻，驚才猶昨。横海錦書絶。裊山陽怨笛，舊情能説〔五〕。甚驛使，傳雁訊，驀逢南陌。長思挂劍延陵〔六〕，儻素心、逝川容託。凝默。嘯寒巖、萬楸蒼颯。

【箋注】

〔一〕韋齋，即碧城詞友費樹蔚，卒於一九三五年四月八日（見費仲深樹蔚先生家傳）。次年碧城北上途中，車過吴門，路人以其死訊相告，遂賦此詞。

〔二〕十載重來，自一九二六年碧城去國與韋齋話别，至一九三六年重訪故友，恰好十年，故云。

〔三〕遼鶴，見卷二高陽臺（啼鳥驚魂）詞注。

〔四〕催蕢譜句，以花草零落喻知友之死。蕢譜、金荃，語義雙關。蕢譜，記録花草的圖册，又暗指南宋詞人周密的蘋洲漁笛譜，省稱蘋譜。金荃，香草，亦寓晚唐詩人温庭筠詞集之名。

〔五〕裊山陽二句，張炎桂枝香送賓月葉公東歸詞：「舊懷難寫，山陽怨笛，夜涼吹月。」餘見卷一瑣窗寒（彩筆搜春）詞注。

〔六〕長思句，謂長想着像季札那樣挂劍徐君墳上，不忘故友。挂劍延陵，見卷二無悶（幽怨重重）詞注。

側犯　爲龍榆生君題彊村授硯圖〔一〕

廣陵散絶〔二〕，雅音墜緒憑誰擷？依約。贈一角琳腴寫蕢箋〔三〕。磷淄石不轉〔四〕，峭剪端溪碧〔五〕。追憶。似夢雨飄來伴吟席。　箏琶耳洗〔六〕，金粉都無迹。早料理，攬仙潰〔七〕，珍重浣詞筆。秀發樵歌〔八〕，韻酬簑笠〔九〕。十斛隃麋〔一〇〕，翠翻潮汐。

【箋注】

〔一〕近代詞壇四大家之一朱祖謀（一八五七—一九三一），原名孝臧，字古微，號彊村，葉恭綽廣篋中詞謂其「開來啓後」，「集清季詞學之大成」。彊村逝後，門人龍榆生將其生前所授之雙硯，倩人繪成圖卷，一時名流皆應邀爲之填詞題詠。碧城是詞，即因此而作。夏敬觀忍古樓詞話：「萬載龍榆生沐勛，吾鄉後起之秀也。父蜕庵先生與家兄達齊同年鄉舉。榆生初持其師閩縣陳石遺書來晤，坐談之頃，驚其俊才篤學，予曾賦豫章行贈之。朱漚尹亦深相契賞，以校詞雙硯相授，期以傳衣鉢也。」又，陳衍石遺室詩話續編一：「朱古微侍郎填詞宗匠，傳其學於榆生，以平生校詞朱墨兩硯併爲一匣者與之，榆生有詩云：『經旬不見病維摩，沾概餘波我獨多。萬劫此心長耿耿，可憐傳鉢意云何。』語語真摯，蓋榆生詞學精進，實得力於古微者深也。榆生請劍丞爲畫傳硯圖，乞余題之。余未見榆生詩，全與暗合。」又，陳三立授硯廬圖題記：「榆生受詞學於彊邨侍郎，而侍郎病重危，以平昔校詞雙硯授之，期待甚至。吴君湖帆因爲作圖志其遇。余以侍郎冠絶一代，蓋與其懷抱行誼風節相表裏，榆生探本而求之，他日所樹立，衍其緒而契其微者，必益有合也。」

〔二〕廣陵散絶，劉義慶世説新語雅量：「嵇中散臨刑東市，神氣不變。索琴彈之，奏廣陵散。曲終，曰：『袁孝尼嘗請學此散，吾靳固不與，廣陵散於今絶矣！』」

〔三〕琳腴，玉液瓊漿，借指硯汁。陶弘景真誥運象三：「羽童捧瓊漿，玉華餞琳腴。」蘋篴，同「蘋笛」，即周密蘋洲漁笛譜之省稱。

〔四〕磷淄句，謂不論你是如何研磨墨錠，硯石仍然爲之不動。磷，因磨而薄；淄，因染而黑。論語陽貨：「不曰堅乎？磨而不磷；不曰白乎？涅而不緇。」淄，同「緇」。

〔五〕端溪，蘇易簡文房四譜卷三：「世傳端州有溪，因曰端溪。其石爲硯至妙，益墨而至潔。」

〔六〕箏琶句，碧城浣溪沙詞：「音洗箏琶存正始。」

〔七〕仙潢，見卷二瑣窗寒（海日摶霞）詞注。

〔八〕秀發，形容詩歌美秀勃發。杜甫石硯詩：「平公今詩伯，秀發吾所羨。」樵歌，宋代著名詞人朱敦儒之詞集。按，此句切姓氏，以朱敦儒比朱祖謀，贊賞其詞藝之高。

〔九〕簑笠，指簑笠軒，清代詞學名家樓儼之號。

〔一〇〕隃麋，古縣名，始置於漢。因隃麋澤而得名，治所在今陝西千陽東。以産墨而聞名於世，後因以指代墨。太平御覽卷六〇五引蔡質漢官儀：「尚書令僕丞郎，月給隃麋墨，大墨一枚，小墨一枚。」

望江南

歸去也，色界衆生悲〔一〕。白柰徧幢殯平帝女〔二〕，紫雲飛蓋輓神妃〔三〕。吹淚入瑤徽〔四〕。

【箋注】

〔一〕色界，見卷二八犯玉交枝（光動圓菱）詞注。

〔二〕白柰句，見卷二望海潮（平瀾叠翠）詞注。帝女，帝堯二女娥皇和女英。二女嫁舜，死於江湘間。吴均登二妃廟詩：「朝雲亂入目，帝女湘川宿。」

〔三〕飛蓋，猶羽蓋，此謂馳車。曹植公宴詩：「清夜遊西園，飛蓋相追隨。」

〔四〕瑤徽，琴之美稱。徽，琴徽。高啓燕歌行詩：「欲寫憂思撫瑤徽，君今不在聽者稀。」

前調

風露緊，驂鶴夜朝真〔一〕。千隊珠冠寒照水，人間遥指是星雲。法會渺音聞〔二〕。

【箋注】

〔一〕朝真，指朝見真人。屠隆綵毫記湘娥訪道：「曉來控鶴朝真去，不帶青天一片雲。」

〔三〕法會，佛教爲説法、供佛、施僧等所舉行的集會。通常是聚集净食，莊嚴法物，供養諸佛菩薩，或設齋、施食、説法、贊歎佛德等。法華經隨喜功德品：「若人於法會，得聞是經典。」

前調

常面壁〔一〕，歷劫總修持。六轉風雷鳴地軸〔二〕，十方花雨下須彌〔三〕。道果乍成時。

【箋注】

〔一〕面壁，初祖菩提達摩大師寓止嵩山少林寺，面壁而坐，終日默然静修，歷時九年。見五燈會元卷一、祖庭事苑卷三。黄庭堅漁家傲江寧江口阻風戲效寶寧勇禪師作古漁家傲詞：「面壁九年看二祖，一花五葉親分付。」

〔二〕六轉，六轉衣。法相宗依所得位之别，分轉衣爲六種：損力益能轉、通達轉、修習轉、果圓滿轉、下劣轉、廣大轉。見攝大乘論本卷下。轉衣，即法相宗所説徹底轉變我執、法執二障，而證得涅槃、菩提之二果，亦稱爲二轉衣果。此乃修習之最高境界。

〔三〕十方，東、南、西、北及四維上下之總稱。佛教謂十方有無數世界及净土，稱爲十方世界、十方净土。吉藏三論玄義卷上：「若圓應十方，八相成佛，人稱大覺，法名出世。」花雨，據法華經分别功德品：「佛説是諸菩薩摩訶薩得大法利時，於虚空中雨曼陀羅花摩訶曼陀羅華，以散無量百千萬億寶樹下師子座上諸佛。」須彌，梵文 Sumeru 之音譯，印度神話中山名，爲佛教繪畫之常見題材。

惜黄花慢　蠟梅

額點宫黄。記壽陽鏡啓，新换妍妝〔一〕。麝苞微綻，濃熏繡幌，蜜英斜曳，蒨引瑶觴。萼華重照驚鴻影〔二〕，展詞絹、絶妙仙裳〔三〕。漾晚風。水痕渲豔，蟾暈籠香。　歲寒且鬬芬芳。有孤山瘦雪〔四〕，老圃腴霜。江樓吹笛〔五〕，鶴翎共落，花叢款夢，嚼味同嘗。貞姿合借精金鑄，廣平賦、誰見迴腸〔六〕？憶圮牆。舊題鄧尉雲荒〔七〕。

【校】

〔款夢〕曉珠詞卷三手寫本作「殢夢」。

【箋注】

〔一〕額點三句，用壽陽公主醉卧含章殿梅落額上事，喻梅花初開。吴淑事類賦卷二六：「壽陽之妝更新。」注引宋書曰：「武帝女壽陽公主，人日卧於含章簷下，梅花落公主額上，成五出之花，拂之不去。自後有梅花妝。」宮黄，古代婦女在額前塗上蜂黄的一種面妝樣式，源自宮中。王安石梅花詩：「漢宮嬌額半塗黄，粉色凌寒透薄妝。」

〔二〕萼華，萼緑華。仙女名。此喻梅花。陶弘景真誥運象：「萼緑華者，女仙也，年可二十許。上下青衣，顔色絶整。」

〔三〕展詞綃句，暗用「黄絹幼婦」典，參卷二桂枝香（檀魂唤起）詞注。

〔四〕孤山瘦雪，謂孤山梅花，暗用宋林逋隱居杭州孤山，植梅豢鶴事。清翟灝湖山便覽卷二：「（孤）山多古梅，相傳君復手植，時人因有子鶴妻梅之説。」又：「孤山故多梅。林君復隱居山中，環居植梅三百六十樹。」

〔五〕江樓句，李白與史郎中欽聽黄鶴樓上吹笛詩：「黄鶴樓中吹玉笛，江城五月落梅花。」

〔六〕貞姿二句，皮日休桃花賦序：「余嘗慕宋廣平之爲相，貞姿勁質，剛態毅狀。疑其鐵腸石心，不解吐婉媚辭。然睹其文而有梅花賦，清便富豔，得南朝徐、庾體，殊不類其爲人也。」廣平，唐人宋璟，累封廣平郡公，曾與姚崇相繼爲相。

〔七〕舊題鄧尉，碧城早年曾遊蘇州鄧尉，作有鄧尉探梅詩十首。

陌上花 木棉花作猩紅色，别名烽火樹，和榆生教授之作〔一〕

長堤何限紅心草，猶帶烽煙餘恨〔四〕。又花悽蜀道〔五〕，鵑魂驚化〔六〕，淚綃痕凝。料吴蠶應妒〔七〕，三軍挾纊〔八〕，不待嬌絲纍損〔九〕。臉暈濃酲，豔鎖猩屏人影〔一〇〕。鄂君繡被春眠暖〔一一〕，誰念蒼生無分。待温回、黍谷消寒同賦〔一二〕，絳梅芳訊。

丹砂拋處，峰迴粵秀〔二〕，茜雲催暝。絢入遥空，漫認霜天楓冷〔三〕。

【校】

〔濃酲〕曉珠詞卷三手寫本作「春酲」。〔春眠〕曉珠詞卷三手寫本作「香暖」。

【箋注】

〔一〕屈大均廣東新語卷二五：「木棉，高十餘丈，大數抱，枝柯一一對出，排空攫拏，勢如龍奮。正月發蕾，似辛夷而厚，作深紅、金紅二色。蕊純黄六瓣，望之如億萬華燈，燒空盡赤。花絶大，可爲鳥窠。……歲二月，祝融生朝，是花盛發，觀者至數千人，光氣熊熊，映顔面如赭。花時無葉，葉在花落之後，葉必七，如單葉茶，未葉時，真如十丈珊瑚，尉陀所謂烽火樹也。」

〔二〕粵秀，屈大均廣東新語卷三：「會城中故有三山，其在番禺治東南一里者曰番山，迤邐而北一里曰禺山，其北曰粤秀。……三山之脉，自白雲蜿蜒而來，爲嶺者數十，乍開乍合，至城北聳起爲粤秀，落爲禺，又落爲番。禺北番南，相引如長城，勢至珠江而止。」又，汪兆鏞蝶戀花榆生以詠木棉詞見視奉和一闋詞序：「廣州城北，跨粤秀山，山多紅棉，暮春花時，照耀雉堞間，偉麗絶勝。」

〔三〕漫認，休認。漫，莫。

〔四〕猶帶句，此指清初廣州淪陷事。史載一六五〇年正月起，清軍圍攻廣州，至十一月下旬攻入城内，數以千計明軍官兵戰死，廣州失守。夏燮明通鑑附編卷五：清順治七年（一六五〇）「十一月，辛亥，大清兵克廣州。廣州城三面臨水，李成棟在時，復築兩翼，附于城外爲礮臺，水環其下。大兵圍十閲月不下，總督杜永和、偏將范承恩約内應，決礮臺之水，我軍藉薪徑渡，遂奪礮臺，梯城而入，克之。」

〔五〕花凄蜀道，蜀地多紅杜鵑花，因發爲聯想。

〔六〕鵑魂驚化，張華禽經：「望帝修道，處西山而隱，化爲杜鵑鳥，或云化爲杜宇鳥，亦曰子規鳥，至春則啼，聞者凄惻。」

〔七〕吴蠶，指代江浙所産絲綿。因木棉亦可作衣被，因云「吴蠶應妒」。

〔八〕三軍句，左傳宣公十二年：「申公巫臣曰：『師人多寒。』王巡三軍，拊而勉之，三軍之士皆如挾纊。」挾纊，宋應星天工開物卷二：「其治絲餘者，名鍋底綿，裝綿衣衾内以御重寒，謂之挾纊。」

〔九〕嬌絲纔損，蠶繭抽出之絲細而易斷，故云。意謂木棉布較絲綿等經久耐穿。

〔一〇〕臉暈二句，謂木棉花映照得人面似酒後泛起的紅暈，艷麗的花光與室内人影交織在一起。猩屏，紅色屏風。韓偓已涼詩：「碧闌干外繡簾垂，猩色屏風畫折枝。」

〔一一〕鄂君句，劉向説苑善説：「鄂君子晳之泛舟於新波之中也，越人擁楫而歌，曰：『今日何日兮，得與王子同舟。蒙羞被好兮，不訾詬恥；心幾煩而不絶兮，知得王子。』於是鄂君子晳乃揄修袂，行而擁之，舉繡被而覆之。」李商隱碧城三首之二詩：「鄂君悵望舟中夜，繡被焚香獨自眠。」

〔一二〕待温回句，王充論衡寒温：「燕有寒谷，不生五穀。鄒衍吹律，寒谷可種。燕人種黍其中，號曰黍谷。」（又見藝文類聚卷五引劉向别録）

波羅門引　泰山古松（即大夫松）

根蟠泰岱〔一〕，二千年後尚凌雲。滄桑閲盡閒身。天外孤擎寒翠，清籟動城闉。莫乘濤龍化，夜雨愁人〔二〕。荒厓古春，倚瘦石、傲嶙峋。惟許蒼筠比節，丹薜攀鄰。文移北山〔三〕，問貞木、何曾甘帝秦〔四〕。題雋墨，待勒珉青〔五〕。

【箋注】

〔一〕泰岱，又名岱宗，即泰山。史記秦始皇本紀：「(始皇)乃遂上泰山，立石，封，祠祀。下，風雨暴至，休於樹下，因封其樹爲五大夫。」而據初學記卷五引泰山記：「山南有廟，悉種柏千株，大者十五六圍，相傳云漢武所種。小天門有秦時五大夫松，見在。」又，吳淑事類賦卷二四：「或封之太山之上。」注引應劭漢官儀：「秦始皇上封泰山，逢疾風暴雨，賴得抱樹，因復其樹爲五大夫松。」

〔二〕乘濤二句，祝穆方輿勝覽卷六：「禹廟之梁，張僧繇畫龍於其上。夜或風雨，飛入鏡湖與龍鬬。後人見梁上水淋漓而萍藻滿焉，始駭異之，乃以鐵索鎖於柱。」又，聶鈫泰山道里記引泰山紀事云：「松舊有二株，蒼秀參天，四圍碧石，欄根無土，蟠於石上。萬曆三十年，泰山起蛟，遂失松所在，以爲化龍去。」

〔三〕文移北山，指北山移文嘲諷的周顒是個假隱士、真出仕的虛僞之徒。孔稚圭北山移文呂向注：「鍾山，在都北。其先，周彥倫隱於此山，後應詔出爲海鹽縣令，欲却過此山，孔生乃假山靈之意移之，使不許得至，故云北山移文。」

〔四〕問貞木句，聶鈫泰山道里記：「一松獨挺山崖，曰『處士松』，有明方元焕題識。塗澤民碣曰：『獨立大夫。』治中州人蕭協中泰山小史云：『萬曆三十一年一夕風雨，失其樹，惟碣存焉。其曰處士，曰獨立，羞秦封也。』」

〔五〕珉青，謂石碑。説文：「珉，石之美者。」

玉京謡

荷蘭國保護動物社寄贈芳草驕驄圖，蓋以予爲護生同志也

幸不孤吾德，世外鄰存〔一〕，驛訊胡天遠。錦軸初開，驪黄驚炫心眼〔二〕。黯壯采、銷到吟邊，占一片、平蕪春怨。應嘶遍。萋萋十里，芳郊風軟。何時八駿追隨〔三〕，翠涉仙瀛，採異香穆苑〔四〕。冷眼人間，風塵馳騁都倦。墜玉鞭、羞踏殘紅，早覷破、五陵春賤〔五〕。披舊卷。珍重此情猶見〔六〕。

【箋注】

〔一〕幸不孤二句，謂幸好我矢志護生運動的德行并不孤單，遠在大洋彼岸還有志同道合的同志。論語里仁：「子曰：『德不孤，必有鄰。』」

〔二〕驪黄，泛指顔色不同的馬。列子説符：「穆公見之，使行求馬。三月而反報曰：『已

得之矣，在沙丘。』穆公曰：『何馬也？』對曰：『牝而黄。』使人往取之，牡而驪。穆公不説，召伯樂而謂之曰：『敗矣，子所使求馬者！色物、牝牡尚弗能知，又何馬之能知也？』」又，説文：「驪，馬深黑色。」

〔三〕八駿，見卷二玲瓏四犯（一片斜陽）詞注。

〔四〕穆苑，周穆王之花苑。

〔五〕五陵，見卷一浪淘沙（蘚緑蝕吴鈎）詞注。

〔六〕碧城自注：「予曩譯法國 E.HARAUCOURT 氏香驄歷劫記，摹寫屠場之慘，頗爲國人所歎賞。記見拙著歐美之光。」

水龍吟

千寰捲入秋毫，一花一葉華嚴界〔一〕。影聯珠網〔二〕，香飄金粟〔三〕，寶王朝罷。曼蕊吹潮〔四〕，紺雲邀夢〔五〕，法身將化。認長庚明處〔六〕，徑登初地〔七〕，親證領，無生話〔八〕。

悵望滄波遥也。問風帆、幾時容卸？浮生草草，殢人無盡，雨晨燈夜。守定心期，總持塵劫〔九〕，萬緣拋下。待回頭記取，夕陽竚盡，小欄低亞。

【箋注】

〔一〕華嚴界，即華嚴世界。見卷一謁金門（風露洗）詞注。

〔二〕珠網，用珠連綴而成的網狀幃幔。文選王中頭陀寺碑：「夕露爲珠網，朝霞爲丹臒。」吕延濟注：「珠網，以珠爲網，施於殿屋者。」

〔三〕金粟，桂花之别稱。因其色黄如金，花小如粟而名。陳淳題桂花詩：「金粟花開日，天香散玉墀。」

〔四〕曼蕊，曼陀羅之花蕊。

〔五〕紺雲，青雲，喻花葉。吴文英夜遊宫竹窗聽雨坐久隱几就睡既覺見水仙娟娟於燈影中詞：「紺雲欹，玉搔斜，酒初醒。」

〔六〕長庚，星名。詩小雅大東：「東有啓明，西有長庚。」毛傳：「日旦出謂明星爲啓明，日既入謂明星爲長庚。」

〔七〕初地，「十地」中之第一階位。佛教徒須修十信然後進而住於佛地之位，住有十種，故稱十住或十地。見楞嚴經。玄奘大唐西域記卷八：「捨離欲愛，出家修學，深究妙理，位登初地。」

〔八〕親證領二句，見卷二天香（玉井漂鉛）詞注。

〔九〕總持，梵語 dhārani 音譯。意謂能持佛法無量之文義，能持佛、菩薩無盡之功德。維摩詰所説經直疏卷上：「念定總持，辯才不斷。」通潤疏：「總持，謂持善不失，持惡不生。」

虞美人　白蓮

仙雲翠窣琉璃面〔一〕，銀浦流香遠。一枝清越見丰神，卅六湖中紅粉不成春〔二〕。
瑶峰太華擎殘雪，十丈花重叠〔三〕。頎頎宜向月中看，絶净天身瑩作水精寒〔四〕。

【箋注】

〔一〕琉璃面，喻水面。歐陽修初至潁州西湖種瑞蓮黄楊寄淮南轉運吕度支發運許主客詩：「平湖十頃碧琉璃，四面清陰乍合時。」

〔二〕卅六湖，相傳天下名西湖者凡三十有六。此泛指湖泊。

〔三〕瑶峰二句，見卷二破陣樂（渾沌乍啓）詞注。

〔四〕天身，佛教把修善業而轉生到天人之身，稱作天身。劉謐三教平心論卷下：「天乘者，教人修十善，而報得天身。」法苑珠林卷八三怨苦篇：「我今天身，清净無染。」

呂碧城詞箋注卷四

月下笛[一]

鏡攬湖雲，裙湔海翠，墜芳難擷。歸艎促上，倦游人、悔輕别。寒驚遼鶴東飛夢[二]，憶前度、仙巖卧雪。况茂陵病損[三]，灰殘心篆[四]，賦情都歇。　緗稿，堆重疊。費萬感哀吟，不關花月。飈輪暗轉[五]，斷腸無限塵劫。西風如檢滄桑譜，更翻遍、秋雲葉葉。悄凝望、黯碧天，垂處不見珠闕。

【箋注】

〔一〕本詞及卷内各詞均作於一九三七年春夏間。卷末有「丁丑孟夏聖因再識」題跋云：「由歐歸國後，專以佉盧文字迻譯釋典，三載始竣，形神交瘁，乃重拈詞筆，以遊戲文章息養心力。顧既觸夙嗜，流連忘返，百日内得六十餘闋，爰合舊稿，釐爲四卷。」

〔二〕遼鶴，見卷二高陽臺（啼鳥驚魂）詞注。　東飛夢，指歸國之夢。

〔三〕茂陵病損，見卷二陌上花（十年吟管）詞注。

〔四〕灰殘心篆，字面詠香心，實寫人心。香炷點燃，煙縷繞有如篆文，稱香篆。

〔五〕飈輪，見卷二瀑蘭香（蕪城惹賦）詞注。

鵲踏枝〔一〕

鐵笛吹潮龍夢醒〔二〕。海白雲黟，時見游仙影。風撼迷津帆不定。鶩槎枉説三山近〔三〕。　未信神方能駐景〔四〕。花萎天冠〔五〕，天禄行將盡〔六〕。惟證無生觀自性〔七〕。驚塵不着蓮寰净。

【箋注】

〔一〕本詞收入曉珠詞卷三手寫本，當作於一九三七年春。

〔二〕鐵笛句，李肇唐國史補卷下：「李舟好事，嘗得村舍煙竹，截以爲笛，堅如鐵石，以遺李牟。牟吹笛天下第一，月夜泛江，維舟吹之，寥亮逸發，上徹雲表。俄有客獨立於岸，呼船請載。既至，請笛而吹，甚爲精壯，山河可裂，牟平生未嘗見。及入破，呼吸盤擗，其笛應聲粉碎，客散不知所之。舟著記，疑其蛟龍也。」

〔三〕騫槎，見卷二採桑子（仙情更比人情薄）詞注。三山，見卷二風蝶令（煙靄三山遠）詞注。

〔四〕駐景，留住時光。李商隱碧城詩：「檢與神方教駐景，收將鳳紙寫相思。」

〔五〕花萎天冠，指天人頭上所戴的花冠枯萎脱落，乃天人死期將近時身體所現之五種衰亡相之一種。見增一阿含經卷二一。碧城自注：「仙界亦非長生，天冠花萎爲五衰相現之一，詳見釋典。」

〔六〕天禄，天之福禄。儀禮少牢饋食禮：「使女受禄於天，宜稼於田。」鄭玄注：「古文禄爲福。」

〔七〕證無生，佛法認爲世間一切皆生滅虚妄的幻相而已。無生，亦即無虚妄之生。若依諸經論，觀無生之理，可破除因不明生滅而引起的流轉生死煩惱，此謂之證無生。

前調〔一〕

夢裏尋秋秋不住。碧海青天〔二〕，盡是徘徊處。莫問前身吟舊句。冰輪常轉無今古〔三〕。　漭漭寒潮隨玉步〔四〕。行雨行雲〔五〕，羞避行星路。但有清光臨后土。桂旗長作閻浮主〔六〕。

【箋注】

〔一〕本詞作年同前闋。

〔二〕碧海句，李商隱嫦娥詩：「嫦娥應悔偷靈藥，碧海青天夜夜心。」

〔三〕冰輪，喻明月。朱慶餘十六夜月詩：「昨夜忽已過，冰輪始覺虧。」

〔四〕玉步，從容雅步。宋書始平孝敬王子鸞傳：「思玉步於鳳墀，想金聲於鸞闕。」

〔五〕行雨句，宋玉高唐賦：「旦爲朝雲，暮爲行雨。」元好問中秋雨夕詩：「此生此夜不常好，行雨行雲有底忙。」

〔六〕但有二句，碧城自注：「科學家言太陽壽命尚有十五兆年，厥後惟月光照臨世界，又夜潮從月力而生。」后土，大地。見卷二滿江紅（精豔難磨）詞注。桂旗，神人儀仗。此借指明月。月中有桂樹，故云。楚辭九歌山鬼：「乘赤豹兮從文貍，辛夷車兮結桂旗。」閶浮，見卷二賀新涼（佳氣西來麗）詞注。

前調

鳳德何曾衰末世〔一〕。半壁丹山，十樹紅桐死〔二〕。哀郢孤纍空引睇〔三〕。微波未許微辭遞〔四〕。夜有珠光能繼晷〔五〕。見説仙都，不作晨昏計。石破天驚知底事〔六〕。閒供玉女投壺戲〔七〕。

【箋注】

〔一〕鳳德句，論語微子：「楚狂接輿歌而過孔子曰：『鳳兮鳳兮，何德之衰？』」又，莊子人間世：「孔子適楚，楚狂接輿遊其門曰：『鳳兮鳳兮，何如德之衰也！來世不可待，往世不可追也。』」

〔二〕紅桐，埤雅：「赬桐，夏始花，紅似火。」李商隱無愁果有愁北齊歌詩：「推煙唾月抛千里，十番紅桐一行死。」

〔三〕哀郢，屈原九章之一。詩有「哀民」、「自哀」之意。孤纍，指屈原。纍，揚雄反離騷：「因江潭而洍記兮，欽弔楚之湘纍。」顏師古注引李奇曰：「諸不以罪死曰纍，荀息、仇牧皆是也。屈原赴湘死，故曰湘纍也。」

〔四〕微波句，曹植洛神賦：「無良媒以接懽兮，託微波而通辭。」

〔五〕珠光，珍珠之光。因其晶瑩光亮，多喻指月光。韓偓中秋禁直詩：「露和玉屑金盤冷，月射珠光貝闕寒。」繼晷，韓愈進學解：「焚膏油以繼晷。」晷，日光。

〔六〕石破句，李賀李憑箜篌引詩：「女媧煉石補天處，石破天驚逗秋雨。」

〔七〕玉女投壺，神異經東荒經：「東荒山中有大石室，東王公居焉。長一丈，頭髮皓白，人形鳥面而虎尾。載一黑熊，左右顧望。恒與一玉女投壺，每投千二百矯，設有入不出者，天爲之噫噓；矯出而脱誤不接者，天爲之笑。」又，北堂書鈔卷一五二引神異經：「玉女與天帝投壺，天爲之笑，今電光是也。」李商隱寄遠詩：「姮娥擣藥無時已，玉女投壺未肯休。」投壺，古代宴會時一種遊戲。即置壺於地，在約定的範圍内以箭投壺，以分勝負。見禮記投壺。

前調

夢想諸天聯席會〔一〕。爲問煩冤〔二〕，飛下皇華使〔三〕。冰雪誰瞻姑射子〔四〕。閻浮一見消疵癘〔五〕。石爛南山心不死〔六〕。世變無窮，終待鑾腥洗。否則圓輿成粉碎〔七〕。予將與汝甘偕逝〔八〕。

【箋注】

〔一〕諸天，見卷二賀新涼（佳氣西來麗）詞注。

〔二〕煩冤，愁悶，冤屈。屈原九章抽思：「煩冤瞀容，實沛徂兮。」

〔三〕皇華使，詩小雅皇皇者華，詩序以爲君遣使臣之作，故後以之稱使臣。杜甫送顧八分文學適洪吉州詩：「請哀瘡痍深，告訴皇華使。」

〔四〕姑射子，指姑射山上肌膚若冰雪的神仙。柳宗元夏日苦熱登西樓詩：「諒非姑射子，静勝安能希。」參卷二絳都春（禪天妙諦）詞注。

〔五〕閻浮，見卷二賀新涼（佳氣西來麗）詞注。疵癘，災害疫病。

〔六〕石爛句，古詩飯牛歌：「南山矸，白石爛。」

〔七〕圓輿，天地。古人有天圓地方之説。吴淑事類賦卷六注引宋玉大言賦：「方地爲輿，圓天爲蓋。」

〔八〕篇末碧城自注：「千年後當有大同之法律，生命神聖，民物平等，永革野蠻血食之惡習。」

波羅門引

騾車碾處，半林秋棗墜霜紅。土窑偏户村農。説與人間何世，瞠目意難通。願爾曹安樂，稼穡常豐。　　關山萬重。闢嶄壁、鬱蘢葱〔一〕。怕説二陵風雨〔二〕，今古愁踪。雲迷大荒〔三〕。問何處、仙緣尋赤松〔四〕。空谷裏、自響孤筇。

【箋注】

〔一〕闢嶄壁，謂避開高峻的崖壁。闢，通「避」。張履祥倪寄生傳：「危崖嶄壁，人跡罕至。」

〔二〕二陵，即崤山。在今河南、陝西之間。左傳僖公三十二年：「晉人禦師必於崤。崤有二陵焉：其南陵，夏后皋之墓也；其北陵，文王之所避風雨也。」

〔三〕大荒，荒遠之地。山海經大荒西經：「大荒之中，有山名曰大荒之山，日月所入。有人焉三面，是顓頊之子，三面一臂，三面之人不死，是謂大荒之野。」柳宗元登柳州城樓寄漳汀封連四州詩：「城上高樓接大荒，海天愁思正茫茫。」

〔四〕赤松，即赤松子，亦稱赤誦子。傳説中仙人。史記留侯世家：「願棄人間事，欲從赤松子游耳。」淮南子齊俗訓：「今夫王喬、赤誦子吹嘔呼吸，吐故内新。」高誘注：「赤誦子，上谷人也，病癘入山，導引輕舉。」

菩薩蠻

蠻妝曾映櫻雲絢。雪山一卧朱顏變。紅海十年歸〔一〕。相看身世非。　歸來臨舊圃。荆棘仍如故〔二〕。垂老復西征〔三〕。滄波逝此生。

【箋注】

〔一〕紅海，李圭環遊地球新録自馬塞回上海：「海形狹長，兩面皆山，南風自赤道來，四時皆熱。早晚天半赤霞倒映海中，若生萬樹珊瑚，故西人曰紅海。」餘參卷二月下笛（吟管搴芳）詞注。

〔二〕荆棘，後漢書馮異傳：「異朝京師，引見，帝謂公卿曰：『是我起兵時主簿也，爲我披荆棘，定關中。』」李賢注：「荆棘，榛梗之謂，以喻紛亂。」

〔三〕西征，西行。潘岳西征賦：「潘子憑軾西征，自京徂秦。」此指碧城重返阿爾卑斯雪山。

前調

仙心已倦滄溟夢。愁山怨水飄靈鳳〔一〕。何處是檀欒〔二〕。瓊樓玉宇寒〔三〕。　劫灰金塔下。白首胡僧話〔四〕。一樣感滄桑。還鄉更斷腸〔五〕。

【箋注】

〔一〕靈鳳，禮記禮運：「何謂四靈？麟鳳龜龍，謂之四靈。」陶潛讀山海經詩：「靈鳳撫雲舞，神鸞調玉音。」

〔二〕檀欒，秀美貌，多用以喻修竹。枚乘菟園賦：「修竹檀欒。」

〔三〕瓊樓句，蘇軾水調歌頭（明月幾時有）詞：「我欲乘風歸去，又恐瓊樓玉宇，高處不勝寒。」

〔四〕劫灰二句，李商隱寄惱韓同年二首之一詩：「年華若到經風雨，便是胡僧話劫灰。」餘參卷二風入松（米船一棹泛滄溟）詞注。

〔五〕還鄉句，韋莊菩薩蠻詞：「未老莫還鄉，還鄉須斷腸。」

前調

陸沉將見崩天柱〔一〕。素娥青女離筵聚〔二〕。清淚滿金尊。非關餞水雲〔三〕。　七

襄雲錦織〔四〕。珍護支機石〔五〕。莫待曙光熹。枝空烏鵲飛〔六〕。

【箋注】

〔一〕陸沉，喻國土沉淪。劉義慶世説新語輕詆：「桓公入洛，過淮、泗，踐北境，與諸僚屬登平乘樓，眺矚中原，慨然曰：『遂使神州陸沉，百年丘墟，王夷甫諸人，不得不任其責！』」崩天柱，淮南子天文訓：「昔者共工與顓頊争爲帝，怒而觸不周之山。天柱折，地維絶。天傾西北，故日月星辰移焉。」

〔二〕素娥青女，見卷二玲瓏玉（誰鬬寒姿）詞注。

〔三〕清淚二句，見卷一陌上花（黄絁緒就）詞注。

〔四〕七襄，自旦至暮，共七辰，織女每辰易位一次，謂之七襄。詩小雅大東：「跂彼織女，終日七襄。雖則七襄，不成報章。」

〔五〕支機石，傳爲織女撑墊織機之石。太平御覽卷八引劉義慶集林：「昔有一人尋河源，見婦人浣紗，以問之，曰：『此天河也。』乃與一石而歸。問嚴君平，云：『此支機石也。』」又，吴淑事類賦卷七注引荆楚歲時記：「張騫尋河源，得一石，示東方朔，朔曰：『此是天上織女支機石。』」

〔六〕枝空句，曹操短歌行詩：「月明星稀，烏鵲南飛。」

前調

春雲將展薔薇戰。飛紅溜白花如霰〔一〕。人事苦烽霾。郇厨翠釜哀〔二〕。鸞刀摻萬户〔三〕。猩浪能飄杵〔四〕。此恨幾時平？千年誓此生〔五〕。

【箋注】

〔一〕春雲二句，何炳松近世歐洲史緒論：「百年戰争（自一三四〇至一四五〇年）方終，英國之内亂隨起，即所謂『玫瑰戰争』（The War of Roses）是也。蓋其時 York 及 Lancaster 兩王族，互争王位。前者以白玫瑰爲徽，後者以紅玫瑰爲徽，故有是名。此次戰争，純在貴族，而平民不與焉。其結果貴族因戰争而死亡者，不可勝數。」翦伯贊中外歷史年表：「一四五五年，亨利六世神智復清，免攝政理查職，理查遂糾合騷爾斯巴利，與窩爾維克等伯爵叛變。長達三十年之英國内戰——『玫瑰戰争』或『薔薇戰争』——自此始。」

〔二〕郇厨，即郇公厨。馮贄雲仙散録：「長安後記曰：韋陟厨中飲食之香錯雜。人入於中，多飽飫而歸。俗語曰：『人欲不飯筋骨舒，夤緣須入郇公厨。』」又，新唐書韋陟傳：陟早有名，性侈縱，「窮治饌羞，擇膏腴地蓺穀麥，以鳥羽擇米，每食視庖中所棄，其值猶不減萬錢，宴公侯家雖極水陸，曾不下筯」。翠釜，炊具的美稱。

〔三〕鸞刀，有鈴之刀。詩小雅信南山：「執其鸞刀，以啓其毛，取其血膋。」

〔四〕猩浪，猶血浪。飄杵，尚書武成：「受率其旅若林，會于牧野，罔有敵於我師，前徒倒戈，攻于後以北，血流飄杵。」杵，古代兵器名。

〔五〕篇末碧城自注：「紅、白薔薇，兩軍血戰三十年，事見英史。人類既苦兵禍，而人類復殺物類，屠場每日殺牲以數萬萬計，奇痛徹天，流血成海，歷千萬年而不止。倫敦蔬食月刊曾述此言，並刊肉市之影於報，美國蔬食雜誌亦言廢除肉食爲世界將來必至之趨勢。抑嘗聞之，世界目標趨於『真』、『美』、『善』三點，正義爲『真』，文詞屬『美』，和平爲『善』。吾詞家皆工審美者，甯不擯此醜惡之殘殺耶？願我同人共勉之。『美』義甚廣，兹姑就詞壇立言。」

前調

片帆愁唱公無渡〔一〕。夜長黑海飛黟霧。破曉一珠寒。驪光滿翠瀾〔二〕。微塵三界遠〔三〕。歷劫金輪轉〔四〕。不昧寸犀靈〔五〕。靈飛寫契經〔六〕。

【箋注】

〔一〕公無渡，見卷二玉樓春（人間那是消魂處）詞注。

〔二〕驪光，驪珠之光。見卷二風入松（簫雲飛佩度清虚）詞注。

〔三〕三界，佛教把衆生所住世界分爲欲、色、無色三界。説詳俱舍論卷八分别世品。

〔四〕金輪，佛教傳説轉輪王即位時，天降寶輪，轉之而降伏四方，故稱轉輪王。因其輪有金、銀、銅、鐵四種，故有金、銀、銅、鐵四輪王。金輪王爲劫初時生，能主宰四洲。參見阿毗達摩藏顯宗論卷一七、俱舍論卷一二及智度論卷四等。

〔五〕犀靈，即靈犀。見卷一陌上花感宋宫人餞汪水雲事詞注。

〔六〕靈飛，指唐鍾紹京楷書代表作靈飛經帖。昭槤嘯亭續録稗事數則：「甘嘯嵒，……詩文上宗七子，殊有豪氣，爲旗籍文士之冠，然不甚工楷書。有某大臣延其書寫奏牘，先生以靈飛經法爲之。」契經，梵語 Sūtra 意譯，即佛教三藏之一的經藏，相對律藏、論藏而言。法藏華嚴經探玄記卷一：「修多羅或云修妬路，或言素怛羅，此云契經。契有二義，謂契理合機故；經亦二義，謂貫穿法相故，攝持所化故。」

前調

照空花網如星月。樓臺五億生光纈。仙樂響琤琮。隨風説苦空〔一〕。瑩冰清徹底。地是琉璃水。此想若成時。檀邦得概窺〔二〕。

【箋注】

〔一〕照空四句，觀無量壽佛經第二觀：「一一寶中，有五百色光，其光如華，又似星月，懸處虛空，成光明臺。樓閣千萬，百寶合成，於臺兩邊，各有百億華幢，無量樂器，以爲莊嚴。八種清風，從光明出，鼓此樂器，演説苦空無常無我之音。」苦空，佛教指有漏果報苦諦四行相中的「苦」、「空」二行相，謂人世間的一切皆有苦之性，凡事俱空，因緣所生滅。

〔三〕瑩冰四句，觀無量壽佛經第二觀：「次作水想，見水澄清，亦令明了，無分散意。既見水已，當起冰想，見冰映徹，作琉璃想。此想成已，見琉璃地内外映徹，下有金剛七寶金幢，擎琉璃地。」蓮花世界詩載妙音冰結琉璃詩：「俄然成水忽成冰，冰結琉璃寶地成。」檀邦，謂佛教。檀，與佛教有關之事物。

前調

毗欏寶樹千尋起。行行葉葉皆相對〔一〕。世界等微塵。隔花見寫真。　十方諸佛事。了了窺無翳〔二〕。列子漫乘風〔三〕。神游一霎中。

【箋注】

〔一〕毗欏二句，觀無量壽佛經第四觀：「地想成已，次觀寶樹。觀寶樹者，一一觀之，作七重行樹想。一一樹高八千由旬，其諸寶樹，七寶華葉，無不具足。一一華葉，作異寶色。……此諸寶樹，行行相當，葉葉相次，於衆葉間，生諸妙華，華上自然有七寶果。一一樹葉，縱廣正等二十五由旬，其葉千色，有百種畫，如天瓔珞。」

〔二〕十方二句，觀無量壽佛經第四觀：「宛轉葉間，湧生諸果，如帝釋瓶，有大光明，化成幢旛無量寶蓋。是寶蓋中映現三千大千世界一切佛事，十方佛國，亦於中現。」

〔三〕列子句，莊子逍遥遊：「夫列子御風而行，泠然善也，旬有五日而後返。」又，列子黄帝：「列子師老商氏，友伯高子，進二子之道，乘風而歸。……而後眼如耳，耳如鼻，鼻如口，無不同也。心凝形釋，骨肉都融；不覺形之所倚，足之所履，隨風東西，猶木葉幹殼，竟不知風乘我邪？我乘風乎？」

前調

金支十四交流注。八池翠繞蓮華溆。珠水泛摩尼。波柔意自怡〔一〕。　妙音宣苦寂。讚歎波羅蜜〔二〕。此想若矗成〔三〕。花房待化生〔四〕。

【箋注】

〔一〕金支四句：觀無量壽佛經第五觀：「次當想水。欲想水者，極樂國土有八池水，一一池水，七寶所成。其寶柔軟，從如意珠王生，分爲十四支，一一支作七寶妙色，黄金爲渠。渠下皆以雜色金剛，以爲底沙。一一水中有六十億七寶蓮華。一一蓮華，團圓正等十二由旬。其摩尼水流注華間。」又，廣貴蓮花世界詩載妙意詠八功德池水觀池開寶蓮詩：「珠成七寶寶成池，池作金渠十四支。」摩尼，珠玉之總稱。相傳摩尼能祛災除病，澄清濁水，改變水色之德。

〔二〕妙音二句，觀無量壽佛經第五觀：「其摩尼水流注華間，尋樹上下。其聲微妙，演説苦空無常無我諸波羅蜜，復有讚歎諸佛相好者。」

〔三〕麤，同「粗」。

〔四〕化生，佛教「四生」之一。指本無而忽生之意。大乘義章卷八：「言化生者，如諸天等，無所依托，無而忽起，名曰化生。」

前調

明明如月寒光起。伊人宛在中央水〔一〕。身相大無邊。晶棱射萬千。　凡夫心力弱。照眼疑將矐〔二〕。小小貯心房。金身丈六長〔三〕。

【箋注】

〔一〕伊人句，詩秦風蒹葭：「所謂伊人，在水一方。……溯游從之，宛在水中央。」

〔二〕矐，使目失明。

〔三〕篇末碧城自注：「以上四闋檃括觀無量壽佛經十六章之四。」觀無量壽佛經第十三觀：「佛告阿難及韋提希，若欲至心生西方者，先當觀於一丈六像，在池水上。如先所説無量壽佛身量無邊，非是凡夫心力所及。然彼如來宿願力故，有憶想者，必得成就。但想佛像，得無量福，況復觀佛具足身相。」

前調

萬金莫抵綸音諾〔一〕。肯教自誤西歸約〔二〕。零涕報空王〔三〕。山高復水長。花間當受籙〔四〕。繁祉群倫祝〔五〕。身化百俱胝〔六〕。閻浮再到時〔七〕。

【箋注】

〔一〕萬金句，史記季布傳：「楚人諺曰：『得黄金百斤，不如得季布一諾。』」此化用其句。綸音，佛祖之音。見卷二喜遷鶯（紺雲西邁）詞注。

〔二〕西歸，往西方净土。

〔三〕空王，佛教語。佛之尊稱。陳師道和鄭户部寶集丈室詩：「貴有空王章。」

〔四〕受籙，道教指接受真師傳授的符契圖籙，傳説此爲道法之鑰匙，多爲秘授。隋書經籍志：「後周承魏，崇奉道法，每帝受籙，如魏之舊。」

〔五〕繁祉，多福。詩周頌雝：「綏我眉壽，介以繁祉。」鄭玄箋：「繁，多也。」

〔六〕俱胝，見卷三掃花遊（梵天望極）詞注。

〔七〕閻浮，見卷二賀新涼（佳氣西來麗）詞注。

宴清都

偶檢舊篋，得徐君芷生遊柳絮泉訪易安遺址見贈之作，賦此追和，相隔已廿餘年矣〔一〕

絮影微波寄。荒祠外、勝游曾訪遺址。寒泉浥黛，清詞漱玉〔二〕，蛾眉名世。硯池黯點飛花，認麗句、徐陵慣擬〔三〕。似謝孃、殘詠回春〔四〕，朦朧更因風起。隋堤漸少吹縣〔五〕，叢殘未理〔六〕，誰續芳史？塵牋再展，數行猶見，故人深意。新華暗凋宫柳，早寥落、貞元朝士〔七〕。賸舊時、洹水東流〔八〕，萍踪迤邐。

【箋注】

〔一〕徐君芷生，見卷一燭影摇紅有感時事以閒情寫之次芷生韻詞注。柳絮泉，在今山東省濟南市。俞正燮癸巳類稿卷一五易安居士事輯：「易安居士李清照，宋濟南人。父格非，母王狀元拱辰孫女，皆工文章。居歷城城西南之柳絮泉上。」自注：「古懽堂集有柳絮泉訪李易安故宅詩。據齊乘，柳絮泉在金線泉東。」董芸濟南雜詠詩：「香閨錯比明妃里，柳絮泉頭李易安。」

〔二〕漱玉，李清照詞集名，凡六卷，今不傳。全宋詞録其作四十四闋，或有託名之作。

〔三〕徐陵，周書庾信傳：「東海徐摛爲左衛率。摛子陵及信，竝爲抄撰學士。……既有盛才，文竝綺麗，故世號爲徐庾體焉。當時後進，競相模範。」

〔四〕謝娘殘詠，見卷二多麗（海潮多）詞注。

〔五〕隋堤，見卷二蘭陵王（亂鴉集）詞注。

〔六〕叢殘，瑣碎；零亂。此指零碎雜亂的文稿。徐芷生柳絮泉訪易安遺址詩：「漱玉祠荒柳絮寒，江山文稿付叢殘。衡量異代才人事，旌德端應嗣易安。」

〔七〕新華二句，意謂當年在新華宫内同爲袁世凱幕僚的友人，如宫中暗暗凋謝之楊柳，早已零落殆盡。舊都文物略：「民國初元，袁總統遷居中南海，於南之寶月樓闢爲新華門。」

劉成禺洪憲紀事詩三：「岧嶢宮禁起新華，竟劃河嵩作帝家。」自注：「營造帝城諸臣，新華門内南海宮殿，皆稱新華宮。」貞元朝士，指代徐芷生等。劉禹錫聽舊宮中樂人穆氏唱歌詩：「休唱貞元供奉曲，當時朝士已無多。」

〔八〕剩舊時句，意謂袁世凱當權時的一切都成爲過往，只有洹水依舊東流不變。洹水，古水名，在今河南省北境，又名安陽河。據傳袁世凱臨終前有「葬吾洹上」之遺願，其墓在洹水之畔，即今河南安陽之袁林。

緑意

題瀟湘清籟圖

塵襟待浣。喜圖開十里，翠陰飛滿。葉戰篔簹〔一〕，韻戛瑯玕〔二〕，松風尚遜幽倩。疑聞暮雨瀟瀟曲，漫撩起、吴孃秋怨〔三〕。任斑枝、吟徹清商〔四〕，夢裏繁絃低顫。

炎嶠星分鶉火〔五〕，弄殘暑、天際赭雲猶絢。尺幅蒼茫，未溯湘流，已覺凉波吹捲。六根齊净初禪地〔六〕，便一霎、嫣紅都貶。暗鎔成、萬緑愔愔，歸路征鴻迷遍。

【箋注】

〔一〕篔簹，異物志：「篔簹竹生水邊，長數丈，圍一尺五六寸，節相去六七尺，或去一丈。」李衎竹譜詳録卷五：「篔簹竹，一名篔竹，生湘中，蜀、廣間亦有之，每節可長四五尺。」

〔二〕瑯玕，亦作「琅玕」。尚書禹貢：「厥貢惟球、琳、琅玕。」孔傳：「琅玕，石而似玉。」孔穎達疏：「琅玕，石而似珠者。」

〔三〕疑聞二句，白居易寄殷協律詩：「吴娘暮雨瀟瀟曲，自别江南更不歸。」自注：「江南吴二娘曲詞云：『暮雨瀟瀟郎不歸。』」又，楊慎升庵詩話卷四：「吴二娘，杭州名妓也。有長相思一詞云：『深花枝，淺花枝。深淺花枝相間時，花枝難似伊。巫山高，巫山低。暮雨瀟瀟郎不歸，空房獨守時。』」

〔四〕斑枝，猶斑竹。張華博物志卷八：「堯之二女，舜之二妃，曰湘夫人。帝崩，二妃啼，以涕揮竹，竹盡斑。」此泛指竹枝。

〔五〕炎嶠，指南方炎熱的五嶺之地。錢噗憫黎詠詩：「粵南本炎嶠，矧此瓊崖東。」屈大均廣東新語卷三：「曰臺者，以高而平；曰嶠者，以高而峭鋭。臺，專言梅嶺；嶠，則兼言五嶺也。」　星分鶉火，古人以天上某星宿對應地面某區域，謂之星分。南方有井、鬼、柳、星、張、翼、軫七宿，稱朱雀七宿，首位稱鶉首，中間柳、星、張稱鶉火，末數稱鶉尾。晉書天文志上：「自柳九度至張十度爲鶉火，於辰在午，周之分野，屬三河。」按，三河指河西、河東、河南以及今洛陽黃河南北一帶，鶉火乃南方星次，而炎嶠五嶺亦在南方之境，碧城姑以星分鶉火言之。

〔六〕六根齊浄，佛教禁欲主張。六根，指眼、耳、鼻、舌、身、意。法華經法師功德品：「以是功德，莊嚴六根，皆令清浄。」初禪，見卷二浣溪沙（不信山林可賦閒）詞注。

百字令

瑶臺臨水〔一〕，記仙都縞夜，清輝新沐。一月鎔成銀世界，來去人皆如玉〔二〕。市響都沉，緱笙暫歇〔三〕，但有松濤謖〔四〕。軟紅慵夢〔五〕，那曾沉醉金谷〔六〕。無端催上吴舲〔七〕，蓬山天遠〔八〕，回首蒼煙没。重見鷩塵三逕晚〔九〕，恨滿猗蘭叢菊〔一〇〕。鏡逝顔丹〔一一〕，梳零鬢翠〔一二〕，暗轉華年燭。舊蟾無恙〔一三〕，隔林猶媚秋緑。

【箋注】

〔一〕瑶臺，見卷三齊天樂（緑箋長斷西洲訊）詞注。

〔二〕來去句，辛棄疾上西平送杜叔高詞：「尊如海，人如玉。」

〔三〕緱笙，劉向列仙傳：「王子喬者，周靈王太子晉也。好吹笙，作鳳凰鳴。游伊洛之間，道士浮丘公接以上嵩高山。三十餘年後，求之於山上，見桓良曰：『告我家，七月七日待我於緱氏山顛。』」

〔四〕但有句，世説新語賞譽：「世目李元禮謖謖如勁松下風。」謖謖，强勁貌。

〔五〕軟紅，見卷一沁園春（如此仙源）詞注。

〔六〕金谷，見卷二澡蘭香（蕪城惹賦）詞注。

〔七〕無端句，謂渡海出國，僑居域外。吴舲，吴地船隻。張問陶江上即事詩：「吴舲楚舫慣乘風。」俞陛雲紅豆館詞鈔序：「吴舲越舫，水木媚以幽姿。」舲，玉篇舟部：「舲，小船屋也。」

〔八〕蓬山句，李商隱無題詩：「劉郎已恨蓬山遠，更隔蓬山一萬重。」

〔九〕三徑，此指代家園。三輔决録：「蔣詡歸鄉里，荆棘塞門，舍中有三徑，不出，唯求仲、羊仲從之遊。」

〔一〇〕猗蘭：琴曲名。孔子所作。郭茂倩樂府詩集卷五八琴曲歌辭猗蘭操引琴操：「孔子自衛反魯，隱谷之中，見香蘭獨茂，喟然歎曰：『蘭當爲王者香，今乃獨茂，與衆草爲伍。』乃止車援琴鼓之，自傷不逢時，託辭於香蘭云。」叢菊，杜甫秋興八首之一詩：「叢菊兩開他日淚，孤舟一繫故園心。」

〔一〕顔丹，紅潤的面容。形容年輕之貌。龔自珍能令公少年行詩：「我能令公顔丹鬌緑而與年少争光風。」

〔二〕鬒翠，喻黑髮。鬒，毛髮稠黑貌。

〔三〕舊蟾，謂舊月。月中傳説有蟾蜍，因喻。

瑞雲濃

買蓮供佛，得手形花瓣一雙，攷之釋典，果有「蓮華手」名辭，敬賦此闋誌瑞

金仙露掌〔一〕，瑶池飛下雙瓣〔二〕。玉井峯頭雪初綻〔三〕。螺紋暈碧〔四〕，通帝網、絲絲靈綰〔五〕。妙諦試拈花〔六〕，稱兜羅膩軟〔七〕。雲袂分攜〔八〕，憶舊侶、蓮鄉采伴。歷劫人間再相見。緑房珠溜，拭不盡、方諸清泫〔九〕。苦海垂援，萬紅漂轉。

【箋注】

〔一〕金仙露掌，漢宫銅仙承露之掌。此喻蓮華手。參卷一齊天樂（紫泉初啓隋宫鎖）詞注。

〔二〕瑶池，神仙居所。穆天子傳卷三：「乙丑，天子觴西王母於瑶池之上。」參卷二玲瓏四犯（一片斜陽）詞注。

〔三〕玉井峯，見卷二天香（玉井漂鉛）詞注。

〔四〕螺紋，蘇軾東坡志林卷四赤壁洞穴：「岸多細石，往往有温瑩如玉者，深淺紅黄之色，或細紋如人手指螺紋也。」此指手形花瓣之紋理。

〔五〕帝網，見卷二蝶戀花（海上秋來人不識）詞注。

〔六〕妙諦句，意謂考察精妙的義理，彼此似拈花一笑，心意相通。五燈會元釋迦牟尼佛：「世尊在靈山會上，拈花示衆，是時衆皆默然，唯迦葉尊者破顏微笑。世尊云：『吾有正法眼藏，涅槃妙心，實相無相，微妙法門，不立文字，教外别傳，付囑摩訶迦葉。』」

〔七〕兜羅，謂兜羅綿手。形容佛手潔白細軟，如同兜羅綿一樣。楞嚴經：「我今示汝兜羅綿手。」翻譯名義集卷七：兜羅「或名妬羅綿。妬羅，樹名。綿從樹生，因而立稱如柳絮也」。屠隆鴻苞卷一九：「兜羅綿，出西番，佛書：『佛手軟如兜羅。』」

〔八〕分攜，猶分手，離别。李致遠碧牡丹詞：「經時最苦分攜，都爲伊、甘心寂寞。」

〔九〕方諸，淮南子天文訓：「陽燧見日則燃而爲火，方諸見月則津而爲水。」劉文典集解引許脅注：「方諸，五石之精，作圓器似杯玗而向月，則得水也。諸，珠也；方，石也。以銅盤受之，下水數升。」

祝英臺近　懷故都作

駐宸京〔一〕，留翰苑〔二〕，椿蔭遡先世〔三〕。玉蝀橋邊〔四〕，久寓比珂里〔五〕。斜街燈火離離〔六〕，秋香炒栗，空記取、兒時風味。　　礳羅綺。五侯家散宮煙〔七〕，珍聞數珠琲〔八〕。白髮高堂，剪燭話稗平史。重來潘鬢蕭疏〔九〕，蕪城孤踽〔一〇〕，更不見、花鈿遺翠。

【校】

〔秋栗〕原作「秋粟」，據詞意改。

【箋注】

〔一〕宸京，猶帝京，指京城。宸，北極星所居，喻指帝王宮殿。

〔二〕翰苑，謂文翰薈萃之地。王勃上武侍極啓：「攀翰苑而思齊，傃文風而立志。」

〔三〕椿蔭，先人蔭庇。椿，樹名，因其高齡，多借指父親。

〔四〕玉蝀橋，嘉慶一統志京師津梁：「在西華門西，一名御河橋，又名金海橋，明人題詠俱稱玉蝀橋。跨太液池上，廣約二尋，修數百步，下列九門，兩崖闌楯，皆白石鎸鏤，爲禁苑往來大道。」

〔五〕久寓句，謂己之寓所與達官貴人的宅第比鄰而居。比珂里，見卷二金縷曲（孰肯黄金市）

詞注。

〔六〕斜街，杏芬女史京師地名對卷下：「東斜街，西斜街，西單牌樓迤北；上斜街，下斜街，宣武門外迤西。」離離，歷歷分明。尚書大傳卷五：「離離若參星之錯行。」

〔七〕五侯句，韓翃寒食詩：「日暮漢宫傳蠟燭，輕煙散入五侯家。」

〔八〕珠琲，珠貫。左思吴都賦：「金鎰磊砢，珠琲闌干。」

〔九〕潘鬢，晉潘岳在秋興賦序中自述年三十二而鬢生白髮，後因以「潘鬢」指鬢髮斑白。李煜破陣子詞：「一旦歸爲臣虜，沈腰潘鬢消磨。」

〔一〇〕孤踽，獨行貌。廣韻：「踽，獨行。」

前調

澹梨雲〔一〕，霏杏雨，花信鳳城早〔二〕。十里宫牆，依舊翠陰繞。甚時玉步歸來〔三〕，無情駝陌〔四〕，又緑遍、前番芳草。　黯懷抱。幾度倦旅招提〔五〕，籠紗認殘稿〔六〕。不分微波，南渡送春老〔七〕。無端比素量縑，故人輕棄，枉竚盡、蘼蕪斜照〔八〕。

【箋注】

〔一〕梨雲，見卷一瑞龍吟（横塘路）詞注。

〔二〕鳳城，見卷一聲聲慢（聽殘臘鼓）詞注。

〔三〕玉步，女子行步。梁簡文帝詠人棄妾詩：「昔時嬌玉步，含羞花燭邊。」

〔四〕駝陌，太平御覽卷一五八引陸機洛陽記：「洛陽有銅駝街，漢鑄銅駝二枚，在宮南四會道相對。俗語云：『金馬門外集衆賢，銅駝陌上集少年。』」晉書索靖傳：「靖有先識遠量，知天下將亂，指洛陽宫門銅駝，歎曰：『會見汝在荆棘中耳。』」周邦彦瑞鶴仙詞：「尋芳遍賞，金谷里，銅駝陌。」

〔五〕招提，寺院。時碧城曾居香港菩提場之四樓佛殿。參見蔡慧誠拜識呂碧城居士之因緣。

〔六〕籠紗，見卷二三姝媚（芳塵封鄰架）詞注。

〔七〕不分二句，碧城於一九三七年十一月由香港九龍搭郵輪往新加坡，來年春天擬搭海輪赴歐。所謂「微波」「南渡」云云，即指此。不分，猶不料。

〔八〕無端三句，古詩十九首：「上山采蘼蕪，下山逢故夫。……新人從門入，故人從閤去。新人工織縑，故人工織素。織縑日一匹，織素五丈餘，將縑來比素，新人不如故。」

玉梅令

蒼雲换世〔一〕。去國疑非計。殘香墜、采空蘭芷。遡滄波迤邐，十載卸歸帆，真廬再見〔二〕，驚塵揭地。楚纍吟篋〔三〕，鼉煙蝀水〔四〕。忍重寫、棄都餘麗。慣愁風愁雨，心事比層蕉，怎禁得、茂陵憔悴〔五〕。

【箋注】

〔一〕蒼雲，蒼狗白雲。杜甫可歎詩：「天上浮雲似白衣，斯須改變如蒼狗。」

〔二〕真廬，指廬山。蘇軾題西林壁詩：「不識廬山真面目，只緣身在此山中。」

〔三〕楚纍，見卷二摸魚兒（又匆匆輕裝倦旅）詞注。

〔四〕鼉、蝀，即金鼉玉蝀。見卷二惜秋華（雪繪晴嵐）詞注。

〔五〕茂陵憔悴，史記司馬相如列傳：「相如既病免，家居茂陵。」此以司馬相如衰老多病自喻。

西溪子

嶽翠攀轅留客〔一〕。似説重來何日。轉飈輪〔二〕，青朵朵。車窗過。爲愛看山倒坐。漸遠漸闌珊〔三〕。出長安。

【箋注】

〔一〕攀轅，牽挽住車子不讓離去。白氏六帖事類集卷二一：「侯霸，字君房，臨淮太守，被徵，百姓攀轅卧轍，不許去。」

〔二〕飈輪，見卷二澡蘭香（蕪城惹賦）詞注。

〔三〕闌珊，冷落。辛棄疾青玉案元夕詞：「驀然回首，那人却在，燈火闌珊處。」

前調

花外銀屏閒倚。屏外銀河千里。話清愁，傷往事。同憔悴。驀地驪歌催起〔一〕。人面渺關河〔二〕。緑楊多。

【箋注】

〔二〕驪歌，告别之歌。漢書王式傳：「博士江公世爲魯詩宗，至江公著孝經説，心嫉式，謂歌吹諸生曰：『歌驪駒。』式曰：『聞之于師：客歌驪駒，主人歌客毋庸歸。今日諸君爲主人，日尚早，未可也。』」顔師古注引服虔曰：「逸詩篇名，見大戴禮。客欲去歌之。」方干衢州别李秀才詩：「一曲驪歌兩行淚，更知何處再逢君。」

〔三〕人面句，文廷式夜遊宫詞：「渺關河，意難忘。」

點絳脣

暮色空濛，一燈昏入菰蒲雨〔一〕。扁舟何許。畫罨鯖魚浦〔二〕。　華蓋遥張〔三〕，嵐影微茫處。頻迴顧。天邊孤竚。蒼秀高原樹。

【箋注】

〔一〕菰蒲雨，姜夔念奴嬌詞：「翠葉吹凉，玉容消酒，更灑菰蒲雨。」菰蒲，水草名。

〔二〕畫罨，見卷三洞仙歌（奇峰窮處）詞注。

〔三〕華蓋，車乘上華麗的傘蓋。崔豹古今注卷上：「黄帝所作也。與蚩尤戰於涿濂之野，常有五色雲氣，金枝玉葉，止於帝上，有花葩之象，故因而作華蓋也。」

鶯啼序 海上法寶圖書館落成，賦此爲頌，柬遐庵館長〔一〕

禎光夜騰蜃市〔二〕，敞驪宫近水〔三〕。蔚錦軸、密籀嫏嬛〔四〕，字痕齊炳金燧〔五〕。似偈録、華嚴十萬〔六〕，攜來猶帶龍波翠。漫衡量，鄴架書城〔七〕，莫比瓌異。像刻旃檀，蜕護鎖骨〔八〕，話優填盛事〔九〕。闢震旦、竹舍祇園〔一〇〕，溯芳千古能繼。照鬘天、蓮華貝葉〔一一〕，採三界、衆香繁匯。算維摩，費盡禪心，不辭憔悴〔一二〕。海源長往，皕宋飄零〔一三〕，尚劫灰餘幾。悵四庫、叢殘漸少〔一四〕，鉛槧誰理，日薄虞淵〔一五〕，夕陽未墜。傷心秦火〔一六〕，斯文先燬，雲岡不返招魂賦〔一七〕，載胡艭、石剷花綱碎〔一八〕。舢棱獨秀，從今法寶琳瑯，幸存魯靈光裹〔一九〕。金仙東漸，玉馬西來〔二〇〕，早風雲換世。記景運、圓輿肇啓〔二一〕，麗日中天〔二二〕，轉碧迴黄〔二三〕，萬流都靡。龍蛇起陸〔二四〕，烽煙揭地，銷殘萇血窮則變〔二五〕，挽銀河終見兵塵洗〔二六〕。梵音説與群倫，象教宏傳〔二七〕，大悲妙諦〔二八〕。

【箋注】

〔一〕據葉遐庵先生年譜，「民國廿六年丁丑（一九三七）三月，建立上海法寶館。上海赫德路簡照南氏之南園，水木明瑟，風景甚佳。照南身後，其家讓與有志清修之佛學家爲聚居之所，每人以廉價得地一區，先生與焉。嗣以無資建屋，將地讓人，而損地價於園中，建一法寶館，專儲佛教文物，並以家藏之物捐存館中。及是建築竣工，工堅費省，衆皆贊許。」（遐庵年譜匯稿編印會一九四六年十月編）又，夏敬觀忍古樓詞話：「番禺葉玉甫恭綽，亦號遐庵，蘭臺先生之孫也。幼隨父仲鸞太守於南昌官所，與余爲總角交。年十六七即能詞，萍鄉文芸閣學士廷式極贊賞之。」

〔二〕禎光，祥瑞之光。　蜃市，蜃樓海市。此喻上海。　餘参卷二喜遷鶯（杯傳梵尾）詞注。

〔三〕驪宫，指南園内法寶館。驪，通「麗」。

〔四〕娜嬛，字彙補女部：「玉京娜嬛，天帝藏書處也，張華夢遊之。」

〔五〕金燧，火鏡。　禮記内則：「左佩紛帨、刀、礪、小觿、金燧。」鄭玄注：「金燧，可取火於日。」按，金燧亦即陽燧，乃表面呈凹形之銅鏡，亦稱方諸。　論衡率性：「陽燧取火於天，五月丙午日中之時，銷鍊五石，鑄以爲器，摩礪生光，仰以向日，則火來至。」

〔六〕偈録，猶偈語。佛經中之唱頌詞，通常以四句爲一偈。　華嚴，佛經名。全稱大方廣佛華嚴經，東晉佛駄跋陀羅譯，凡六十卷，此外，尚有八十華嚴與四十華嚴譯本。相傳華嚴經梵本凡十萬偈，原係釋迦牟尼成道後爲文殊、普賢等上位菩薩所宣説之内證法門。佛滅度後七百年，南天竺國龍樹菩薩於龍宫中得見之，凡三本，上、中二本非凡力所能持，乃攜誦下本十萬偈四十八品，且作大不思議論十萬偈以釋其文義。事見法藏華嚴經傳記。

〔七〕鄴架，見卷二三姝媚（芳塵封鄴架）詞注。

〔八〕鎖骨，鎖子骨菩薩。見卷三齊天樂（緑箋長斷西洲訊）詞注。

〔九〕優填盛事，用鄔陀衍那王「像刻旃檀」事。據大唐西域記卷五刻檀佛像：「城内故宫中有大精舍，高六十餘尺，有刻檀佛像，上懸石蓋，鄔陀衍那王之所作也。」事詳增一阿含經卷二八。優填，即鄔陀衍那。漢譯名有優填、優陀延、出愛、出光等。其人與釋迦牟尼同時，爲公元前六世紀北印度跋蹉國（Vatsa）國王。其事蹟屢見於佛教典籍（如優填王經、摩訶僧祇律等）及印度古典梵文文學作品（可參閲金克木梵語文學史）。

〔一〇〕震旦，翻譯名義集卷三：「東方屬震，是日出之方，故云震旦。華嚴音義翻爲漢地。樓炭經云：『葱河以東，名爲震旦。以日初出，耀於東隅，故得名也。』」祇園，印度佛教聖地之一，即給孤獨園。玄奘大唐西域記卷六逝多林給孤獨園：「城南五六里有逝多林，是給孤獨園，勝軍王大臣善施爲佛建精舍。」

〔一一〕鬘天，見卷二丹鳳吟（依約鬘天）詞注。　貝葉，指佛經。白居易和李澧州題韋開州經藏詩：「既悟蓮花藏，須遺貝葉書。」餘參卷二八犯玉交枝（光動圓菱）詞注。

〔一二〕算維摩二句，維摩詰所説經直疏卷上方便品第二：「長者維摩詰『欲度人故，以善方便，居毘耶離。資財無量，攝諸貧民；奉戒清浄，攝諸毀禁；以忍調行，攝諸恚怒；以大精進，攝諸懈怠；一心禪寂，攝諸亂意；以決定慧，攝諸無智。雖爲白衣，奉持沙門清浄律行；雖處居家，不着三界。示有妻子，常修梵行；現有眷屬，常樂遠離。雖服寶飾，而以相好嚴身；雖復飲食，而以禪悦爲味。』通潤疏注：「净名原是妙喜國中法身大士，爲度人故，以善方便住廣嚴城。資財下，正顯方便度人也。以資財度貧窮，以戒律度毀禁，以忍辱度瞋恚，以精進度懈怠，以禪定度散亂，以智慧度愚癡。雖爲下，正顯在家行出家事也。着白衣而守緇衣之律行，有家業而不戀三界之欲樂，有妻子而修梵行不爲妻子累，有眷屬而樂遠離不爲眷屬苦。雖服寶飾，而以如來相好莊嚴其身，意不在服飾也。雖復飲食，而以禪悦爲味，心不在世味也。」

〔一三〕海源二句，見卷二風入松（米船一棹泛滄溟）詞注。

〔一四〕四庫，宫廷收藏圖書之地。新唐書藝文志：「兩都各聚書四部，以甲、乙、丙、丁爲次，列經、史、子、集四庫。」

〔一五〕虞淵，日落之處。向秀思舊賦：「於時日薄虞淵，寒冰淒然。」

〔一六〕秦火，謂秦始皇焚書。陸游鼠敗書詩：「坐令漢篋亡，不減秦火厄。」

〔一七〕雲岡，石窟名。中國佛教文學與美術：「大安元年，召僧曇曜爲僧統，容納其請，定僧祇户、佛圖户之制，各州鎮遍興佛教。……曇曜又在當時之首府代都，即今之山西省大同府之西北三十里雲岡堡武州山之崖，鑿造石窟五所，名曰靈巖。成於和平三年，其後續有興造。其舊者雖有崩壞，然至今尚有大小凡二十窟。寺院原有多處，然今存者，僅石佛古寺一區耳。」

〔一八〕載胡艭句，據宋史朱勔傳：北宋徽宗垂意花石，崇寧四年冬，蔡京引朱勔主持蘇、杭應奉局及花石綱。民間有一石一木稍可供玩賞者，即破門入户，豪奪强取，劫往東京。嘗得太湖石，高四丈，載以巨艦，役夫數千人。所經州、縣，多有拆水門、橋梁、鑿城垣以便船隻通過者。艭，船。

〔一九〕魯靈光，謂漢魯靈光殿。王延壽魯靈光殿賦序：「魯靈光殿者，蓋景帝程姬之子，恭王餘之所立也。初，恭王始都下國，好治宫室，遂因魯僖基兆而營焉。遭漢中微，盜賊奔突，自西京未央、建章之殿，皆見隳壞，而靈光巋然獨存。」

〔二〇〕金仙二句，指佛教最初之傳播中土。金仙，山堂肆考卷一四五釋教仙子：「金仙子，謂佛也。」玉馬西來，水經穀水注：「昔漢明帝夢見大人，金色，項佩白光，以問羣臣。或對曰：『西方有神名曰佛，形如陛下所夢，得無是乎？』於是發使天竺，寫致經像，始以榆欓盛經，白馬負圖，表之中夏，故以白馬爲寺名。此榆欓後移在城内愍懷太子浮圖中，近世復遷此寺，然金光流照，法輪東轉，創自此矣。」

〔二一〕圓輿，見卷四鵲踏枝（夢想諸天聯席會）詞注。

〔二二〕麗日句，易離：「日月麗乎天。」孔穎達疏：「麗，謂附著也。」

〔二三〕轉碧回黄，晉無名氏休洗紅詩：「回黄轉緑無定期，世事反覆君所知。」

〔二四〕龍蛇起陸，喻英雄豪傑紛紛興起。陰符經：「天發殺機，龍蛇起陸。」

〔二五〕萇血，莊子外物：「萇弘死於蜀，藏其血三年而化爲碧。」成玄英疏：「萇弘放歸蜀，自恨忠而遭譖，刳腸而死，蜀人感之，以匱藏其血，三年而化爲碧玉。」

〔二六〕挽銀河句，辛棄疾水調歌頭壽趙漕介庵詞：「要挽銀河仙浪，西北洗胡沙。」

〔二七〕象教，山堂肆考卷一四五釋教象教：「象教者，如來既化，諸大弟想慕不已，遂刻木爲佛瞻敬之，以形象教人也。故杜詩曰：『方知象教力。』又，劉禹錫記：『自白馬東來，而人知象教；佛衣始傳，而人知心法。』」按，劉禹錫記當爲袁州萍鄉縣楊岐山故廣禪師碑。

〔三八〕大悲，佛、菩薩不忍十方衆生受苦而欲救人於難的心願，稱悲。悲心廣大，故謂大悲。妙諦，見卷二絳都春（禪天妙諦）詞注。

八聲甘州 丁丑陽曆六月四日爲予十年前卜居瑞士雪山之始，感舊傷時，漫成此解〔一〕

訝年華脱手箭離弦，仙游夢初蘧〔二〕。憶巖棲乍穩，牽蘿剪渌，小貯琴書。簾捲寒光積雪，皴玉照晴虚〔三〕。映酈潭倒影〔四〕，琪樹扶疎〔五〕。 歸棹無端東泛，又青山蠶越，芳草愁吴〔六〕。問玄都花事〔七〕，劫後近何如？悵浮生、萬緣波逝〔八〕，更無一事可還珠〔九〕。憑誰省、舊哀新感，證與冰蜍〔一〇〕。

【箋注】

〔一〕碧城初登瑞士雪山，時在一九二七年六月四日。據碧城歐美漫游録：「登山時已六月，而積雪照眼，餘寒侵脛。」（雪山）「自客夏别建尼瓦，不欲再往，即此番寓湖頭（芒特儒）兩月餘，亦無心作湖尾（建尼瓦）之遊。忽因事必須親到，且預計到該處當爲六月四日，復以自詑，蓋去年到時恰同此月日也。」（重往建尼瓦）丁丑，民國二十六年（一九三七）。

〔二〕蘧，驚覺。莊子大宗師：「成然寐，蘧然覺。」

〔三〕簾捲二句，碧城歐美漫游録雪山：「遠峰環拱，琢玉堆瓊，寒光四照，皆雪山也。」

〔四〕鄺潭，即日内瓦湖，又名麗曼湖，碧城浣溪沙詞：「麗湖殘夢付行雲。」

〔五〕扶疏，樹葉繁茂紛披貌。姜夔虞美人咏牡丹詞：「花樹扶疏，一半白雲遮。」

〔六〕又青山二句，謂吴越一帶的青山芳草惹人爲之蹙眉愁苦。

〔七〕玄都花事，此用唐劉禹錫兩遊玄都觀看花之事。參卷二摸魚兒（悄凝眸）及花犯（炫芳叢）詞注。

〔八〕萬緣，謂一切因緣、關係、糾葛。傳燈録：「二祖從此息萬緣，心如枯木。」

〔九〕更無句，謂所有的事統統去而不可復回。典出後漢書孟嘗傳：「孟嘗，字伯周，會稽上虞人也。……遷合浦太守。郡不産穀實，而海出珠寶，與交阯比境，常通商販，貿糴糧食。先時宰守並多貪穢，詭人採求，不知紀極，珠遂漸徙於交阯郡界。於是行旅不至，人物無資，貧者餓死於道。嘗到官，革易前敝，求民病利。曾未踰歲，去珠復還，百姓皆反其業，商貨流通，稱爲神明。」按，此句據詞譜、詞律，「更無」下似脱一字。

〔一〇〕冰蜍，指涼月。參卷一祝英臺近（背銀釭）詞注。

瑞鶴仙

予昔有齊天樂雪山觀日出之詞，今遊炎嶠，觀海日將沉，奇彩愈烈，更賦此詞，而感慨深矣〔一〕

瘴風寬蕙帶〔二〕。又瘦影扶筇，楚香閒採〔三〕。登臨感清快。對層雲曳縞，亂峰橫黛。搴裳步隘〔四〕。正雨過、湍奔石瀨〔五〕。戰松林、萬翠鳴秋，併作怒濤澎湃。凝睞。陰晴弄暝，愁近黄昏，蜃華催改〔六〕。明霞照海。渲異豔，遠天外。竚丹輪半彈，迅頹羲馭〔七〕，哀入驃姚壯采〔八〕。渺予懷、此意蒼凉，更誰暗解。

【箋注】

〔一〕本詞作於一九三七年初夏，碧城時在香港，擬重返阿爾卑斯雪山避亂。

〔二〕瘴風句，謂海風吹得蕙草飄擺不定，如同寬衣解帶一般。瘴風，指南海帶有瘴氣之風。

〔三〕楚香，泛指香草一類植物。

〔四〕搴裳，揭起衣褲。詩鄭風搴裳：「子惠思我，搴裳涉溱。」

〔五〕石瀨，楚辭九歌湘君：「石瀨兮淺淺，飛龍兮翩翩。」洪興祖補注：「石瀨，水激石間，則怒成湍。」

〔六〕蜃華，俗謂蜃吐氣所形成（實乃大氣光綫折射所致）的光景。

〔七〕羲馭，見卷二解連環（萬紅深塢）詞注。

〔八〕哀入句，意謂心頭涌起的悲哀融入到色彩無比奇麗的落日之中，隱喻山河將要沉淪，國家缺少像霍去病那樣驍勇善戰、風采壯觀的將帥保家衛國，不禁悲從中來。驃姚，猶「票姚」。漢書霍去病傳：「大將軍受詔，予壯士，爲票姚校尉。」顏師古注：「票姚，勁疾之貌也。」

國香慢　素蘭和樊榭山房之作〔一〕

九畹春荒〔二〕。又雪飛香海，催渡仙幢〔三〕。天門夜凉初闢，笙鶴齊鏘〔四〕。瞥眼玉冠諸娣〔五〕，翩然下、襜翠成行〔六〕。臨波試羅襪〔七〕，萬里清流，猶似沅湘〔八〕。孤芳逢叔世〔九〕，但銖衣尚絅〔一〇〕，秘掩紅妝。馨斯后土〔一一〕，鄒魯惟素稱王〔一二〕。未許靈均紉佩〔一三〕，空孤負、楚夢秋纕〔一四〕。幽憂換雙鬢，誰賦風詩，小雅繁霜〔一五〕？

【箋注】

〔一〕據四庫全書總目卷一七三，「樊榭山房集二十卷，國朝厲鶚撰。鶚有遼史拾遺，已著録。是集因所居取唐皮日休句，題曰樊榭山房，是以爲名。生平博洽羣書，尤熟於宋事，嘗撰宋詩紀事一百卷、南宋院畫録八卷、東城雜記二卷，又與同社作南宋雜事詩七卷，皆考證詳明，足以傳後。其詩則吐屬嫺雅，有修潔自喜之致，絕不染南宋江湖末派。雖才力富健，尚未能與朱彝尊等抗行，而恬吟密詠，綽有餘思，視國初西泠十子，則倏然遠矣」。又，清史列傳卷七一：「厲鶚，字太鴻，浙江錢塘人。……先世本慈谿，徙居錢塘，故仍以四明山樊榭名其居。所著樊榭山房集二十卷，幽新雋妙，刻琢研鍊。」「其詩餘，尤擅南宋諸家之勝。」

〔二〕九畹，楚辭離騷：「余既滋蘭之九畹矣，又樹蕙之百畝。」王逸注：「十二畝曰畹。」

〔三〕仙幢，天子車駕前之旌旗儀仗。蘇軾再和曾子開從駕二首之二詩：「桂觀飛樓凌霧起，仙幢寶蓋拂天來。」

〔四〕笙鶴，見卷二六醜（警銀屏好夢）詞注。

〔五〕玉冠諸娣，指頭戴玉冠之仙女。詩大雅韓奕：「諸娣從之，祁祁如雲。」毛傳：「諸娣，衆妾也。」餘見卷二臨江仙（才有梅痕描雪影）詞注。

〔六〕襜翠，猶翠袖。劉崧樹蘐堂詩爲章仲勉賦詩：「日暮翠襜寒，采之不盈掬。」襜，衣袖。

〔七〕臨波句，見卷二摸魚兒（悄凝眸）詞注。

〔八〕沅湘，沅水湘水之合稱。楚辭離騷：「濟沅湘以南征兮，就重華而敶詞。」洪興祖補注引山海經云：「湘水出帝舜葬東，入洞庭下。沅水出象郡鐔城西，東注江，合洞庭中。」

〔九〕叔世，見卷二清平樂（百年飄瞥）詞注。

〔一〇〕尚絅，加罩在外面的單衣。中庸三十三章：「詩曰『衣錦尚絅』，惡其文之著也。」朱熹集注：「詩國風衛碩人、鄭之豐，皆作『衣錦褧衣』。褧、絅同。禪衣也。尚，加也。」

〔一一〕后土，地神或土神。國語越語下：「皇天后土。」

〔一二〕鄒魯，鄒國和魯國，乃孟子與孔子故鄉。莊子天下：「其在於詩、書、禮、樂者，鄒魯之士，搢紳先生，多能明之。」此喻文薈之地，禮儀之邦。　惟素稱王，意謂惟有具備聖王品德而又没有王位的人，方能稱得上真正的王。王充論衡定賢篇：「孔子不王，素王之業在于春秋。」

〔一三〕靈均，屈原。楚辭離騷：「名余曰正則兮，字余曰靈均。」　紉佩，楚辭離騷：「紉秋蘭以爲佩。」王逸注：「紉，索也。佩，飾也。」

〔一四〕纕，楚辭離騷：「解佩纕以結言兮，吾令蹇修以爲理。」王逸注：「纕，佩帶也。」

〔一五〕幽憂三句，意謂深憂移時素蘭的花容色香不再，到那時有誰還會爲之心傷而賦詩。徐陵徐州刺史侯安都德政碑：「流名雅頌，著美風詩。」風詩，指詩經國風。　繁霜，謂詩經小雅正月篇。詩云：「正月繁霜，我心憂傷。」

摸魚兒

元遺山樂府有摸魚兒詞，序云：「乙丑歲赴試并州，道逢捕雁者云：『獲一雁，殺之矣。其脱網者悲鳴不去，竟自投地而死。』予因買得之，葬之汾水之上，號曰雁丘。時同行者多爲賦詩，予亦有雁丘詞。舊所作無宫商，今改定之。」按，遺山此作開詞人戒殺之先例，謹按原調和之。人類以强凌弱，而弱者復凌異類，予深恥之。安得普世廢屠，以湔此大恥耶〔一〕。

繞孤丘、苦蘆寒瀨，土花悽護貞蜕〔二〕。義聲不讓田横島〔三〕，此豸千秋能繼〔四〕。詞苑事。有翠墨、甄奇宫羽流哀麗〔五〕。隴書休寄〔六〕。早唳斷銀雲，影沉沙嶼，霜月弔汾水。

憑誰解，依樣雀螳相伺〔七〕。强秦盲視公理。我悲貂錦胡塵喪〔八〕，殲弱亦吾長技。穹宙裏，問齊物、同仁寧有偏畸意〔九〕？塵矰應棄〔一〇〕。願手挽天河，圓輿净滌〔一一〕，終古雪斯恥。

【箋注】

〔一〕據金文最山西通志雁丘詞序：「泰和乙丑，遺山赴并州。道逢捕雁者，捕得二雁，一死，一脱網去。其脱網者空中盤旋，哀鳴良久，亦投地死。遺山遂以金贖二雁，瘞汾水旁，累石爲識，號曰雁丘，因賦此詞。同行蒲溪楊正卿果、李仁卿治和之。」

〔二〕土花，指苔蘚。李賀金銅仙人辭漢歌詩：「畫欄桂樹懸秋香，三十六宫土花碧。」貞蜕，謂大雁投地而死，蜕化成貞潔的化身。

〔三〕田横島，漢高祖滅楚稱帝，原先於秦末自立爲齊王的田横，率部屬五百餘人逃亡海島。高祖召之，横不欲臣服，乃於途中自殺。島上部屬聞之，悉數自殺相殉。事見史記田儋列傳。吴錫麒滿江紅五人墓詞：「屠者共尋朱亥里，義聲不讓田横島。」又，句末碧城自注：「成句。」

〔四〕此豸，指元好問摸魚兒詞序中投地而死的大雁。張衡西京賦：「嚼清商而却轉，增嬋娟以此豸。」薛綜注：「嬋娟、此豸，姿態妖蠱也。」

〔五〕甄奇，三國志吴志步騭傳裴松之注引韋昭吴書曰：「臧否得中，甄奇録異，薦述後進，題目品藻。」廣韻：「甄，察也。」宫、羽，均五音之一。禮記玉藻：「古之君子必佩玉，右徵角，左宫羽。」

〔六〕隴書，隴頭音書。王褒燕歌行詩：「試爲來看上林雁，應有遥寄隴頭書。」

〔七〕雀螳相伺，劉向説苑正諫：「園中有樹，其上有蟬，蟬高居悲鳴飲露，不知螳螂在其後也。螳螂委身曲附欲取蟬，而不知黄雀在其傍也。」

〔八〕貂錦，貂衣錦服，將士所著。後因喻將士。此指代二雁。陳陶隴西行詩：「誓掃匈奴不顧身，五千貂錦喪胡塵。」

〔九〕齊物，見卷三浣溪紗（仙舞新傳羅羽衣）詞注。

〔一〇〕矰，古時射獵飛鳥之器具，以箭繫於繩上。莊子應帝王：「鳥高飛以避矰弋之害。」

〔一一〕圓輿，見卷四鵲踏枝（夢想諸天聯席會）詞注。

予既和遺山雁丘詞，憶及舊譯鹿冢詩，正義嶄然，尤足媲美（英文原作見拙譯歐美之光），爰録於此，以光吾集。

鹿冢詩 又名投槍行

美國 James J. McDonough 摩克當納氏作

灩灩鹿湖水，六丈深且瑩。有槍沉其底，往事感生平。投槍緣何事？仁義所驅成。流光三十載，回憶心猶怦。其時有牝鹿，就湖飲清泠。吾槍既欻發，鹿蹶不能行。既蹶復奮起，步趾苦伶仃。迤邐隔遠陌，宛轉聞悲鳴。吾心驕且喜，趨前視所贏。始知爲鹿母，舐麑如撫嬰。雛鹿驟失母，弱體尤震驚。吾魂方驚醒，羞愧相交縈。又如人以指，直指吾心阬。指我復鄙我，刺痛如荆棘。陷我於不義，此槍實堪懲。棄槍如棄玦，決絶鐫心銘。長跪向湖畔，申誓兼涕零。我永不食肉，我永不戕生。湖濱葬鹿母，摶土築孤坪。揮淚對坏土，懺禱輸悃誠。迴身取雛鹿，偎擁哀且矜。抱麑獨歸去，日暮悽長征。一曲碧湖水，悠悠萬古情。

呂碧城詞箋注卷五

鷓鴣天　戊寅二月重返阿爾伯士 Alpes 雪山〔一〕

寥落天涯劫後身。一廛重返舊時村〔二〕。猶存野菊招彭澤〔三〕，不見宮人送水雲〔四〕。晴雪粲，凍波皴。夕陽鴉影畫黄昏。收將萬變滄桑史，證與寒山獨往人〔五〕。

【箋注】

〔一〕戊寅，民國二十七年（一九三八）。

〔二〕一廛，孟子滕文公上：「遠方之人，聞君行仁政，願受一廛而爲氓。」説文：「廛，一家之居。」

〔三〕猶存句，晉陶潛歸去來兮辭：「僮僕歡迎，穉子候門。三徑就荒，松菊猶存。」彭澤，陶潛曾官彭澤縣令，後因以指陶潛。

〔四〕不見句，曾廣鈞春心六首之五詩：「不教王令迎桃葉，空見宮人送水雲。」餘參卷一陌上花（黄絁縮就）詞注。

〔五〕證與句，盧綸至德中途中書事却寄李僩詩：「路繞寒山人獨去，月臨秋水雁空驚。」

祝英臺近

自題寒山獨往圖，爲歸隱歐西阿爾伯士雪山之作〔一〕

亂峰皚，晴雪爛，寒共玳雲沍〔二〕。一往心期，長與此終古。小樓還帶危欄，便無煙柳，也偏對、夕陽沉處〔三〕。　黯遲暮〔四〕。宋玉減盡風流，微詞已難賦〔五〕。啼笑都非，傾國不堪顧〔六〕。拚教澹到無言，荒山石化，更何必、韓陵能訴〔七〕。

【箋注】

〔一〕碧城自注：「山居已六稔，戊寅秋，歐戰復起，被迫東返。」按，一九三七年十一月下旬，碧城由香港移居新加坡。抵新後，致書蔡慧誠居士云：「擬往檳嶼小住養病，俟春暖赴歐洲。」據詞題「爲歸隱歐西阿爾伯士雪山之作」，本詞當作於一九三八年春。

〔二〕玳雲，喻黑白相間猶如玳瑁花斑之雲彩。　沍，同「冱」，廣韻：「冱，寒凝。」

〔三〕小樓三句，辛棄疾摸魚兒淳熙己亥自湖北漕移湖南同官王正之置酒小山亭爲賦詞：「休去倚危欄，斜陽正在、煙柳斷腸處。」此化用其句意。夕陽沉處，喻故國之所在，隱含深沉的家國之痛。

〔四〕遲暮，楚辭離騷：「惟草木之零落兮，恐美人之遲暮。」

〔五〕宋玉二句，李商隱有感詩：「非關宋玉有微辭，却是襄王夢覺遲。」又，杜甫詠懷古蹟五首之二詩：「摇落深知宋玉悲，風流儒雅亦吾師。」微詞，婉轉巧妙或託諷寓貶之言辭。宋玉登徒子好色賦：「玉爲人體貌閑麗，口多微辭。」

〔六〕傾國，喻絶色美人。漢書李夫人傳：「孝武李夫人，本以倡進。初，夫人兄延年性知音，善歌舞，武帝愛之。每爲新聲變曲，聞者莫不感動。延年侍上起舞，歌曰：『北方有佳人，絶世而獨立，一顧傾人城，再顧傾人國。寧不知傾城與傾國，佳人難再得！』上歎息曰：『善！世豈有此人乎？』」

〔七〕韓陵能訴，謂寫出像韓陵山寺碑那樣的好文章來訴説。張鷟朝野僉載卷六：「梁庾信從南朝初至北方，文士多輕之。信將枯樹賦以示之，于後無敢言者。時温子昇作韓陵山寺碑，信讀而寫其本。有人問信曰：『北方文士何如？』信曰：『唯有韓陵山一片石堪共語。薛道衡、盧思道少解把筆，自餘驢鳴犬吠，聒耳而已。』」又，篇末碧城自注：「冒鶴亭丈題詞有石州慢云『待説與平生，奈韓陵無石』之句，尚有其他諸名流題詠，皆佚於兵燹，至可惜也。」

疎影

胡天歲暮。正千巖積雪，皚殢枯樹。大野冥茫，險壁高低，十日都迷樵路。人踪寂滅笳聲斷，但晚噪、鵶争盟主。問閶風、緤馬當年[一]，幾許霸才塵土。　簾捲西樓嫩霽，又雲分綺罅[二]，奇豔驚覷。一抹殘陽，紅遍瑶峰，塞上燕支應妒[三]。春回黍谷知何限[四]，暖不到、靈犀深處[五]。印如煙、往事迴環，銷入冷灰檀炷。

【箋注】

〔一〕問閶風句，見卷二臨江仙（才有梅痕描雪影）碧城自注。

〔二〕雲分綺罅，意指綺麗的霞光衝破雲隙，驅散浮雲。説文：「罅，裂也。」

〔三〕塞上句，李賀雁門太守行詩：「角聲滿天秋色裏，塞上燕支凝夜紫。」又，厲鶚洪襄惠公園中峰石歌詩：「金閨妖血無人見，塞上燕支洗羅薦。」燕支，即臙脂。

〔四〕黍谷，見卷三陌上花（丹砂抛處）詞注。

〔五〕靈犀，見卷一綺羅香湯山温泉詞注。

小重山[一]

春到龍沙柳不知[二]。山深三月暮，雪霏霏。閲人枯樹半成圍[三]。南冠客[四]，慵理髩邊絲。　羣玉澹寒姿[五]。晴嵐欹枕看，澡煩思。毳帷羶酪且棲遲[六]。家何在？蘇武不須歸[七]。

【箋注】

〔一〕本詞寫瑞士雪山春景，作於一九三八年春重返雪山後不久。

〔二〕龍沙，荒漠之地。李白塞下曲詩：「將軍分虎竹，戰士卧龍沙。」

〔三〕閲人句，劉義慶世説新語言語：「桓公北征經金城，見前爲瑯琊時種柳，皆已十圍，慨然曰：『木猶如此，人何以堪！』攀枝執條，泫然流淚。」

〔四〕南冠，楚冠。此借指南方人，碧城以之喻己。左傳成公九年：「晉侯觀于軍府，見鍾儀。問之曰：『南冠而縶者，誰也？』有司對曰：『鄭人所獻楚囚也。』」庾信率爾成詠詩：「南冠今别楚，荆玉遂遊秦。」駱賓王在獄詠蟬詩：「西陸蟬聲唱，南冠客思深。」

〔五〕羣玉，傳爲西王母所居之山。此借指瑞士雪山。參卷二新雁過妝樓（萬笏瑶峰）詞注。

〔六〕毳帷句，碧城香光小録自然斷除肉食之方法：「山居高寒，冬季冰天雪地，欲求新鮮蔬菜，須乘火車下山購之，即山下之市場，亦只每星期五集市售一次，而山路雪積冰滑，跬步難行，余遂不常下山，故不能每日食蔬，唯以牛乳煮雀麥（一種麥之名稱，即OATS）爲常餐。」

〔七〕蘇武句，漢書蘇武傳：「武留匈奴凡十九歲，始以彊壯出，及還，鬚髮盡白。」

前調

鈴響牛羊下翠峰〔一〕。懸崖山果熟，墜霜紅。霞蒸秋靄入西濃。天垂處，罨畫夕陽中。　回首暮雲封。故鄉蕭寺晚〔二〕，盪疎鐘。不勞身到梵王宫〔三〕。心期在，一念萬緣空〔四〕。

【箋注】

〔一〕鈴響句，詩王風君子于役：「日之夕矣，牛羊下來。」曾廣鈞平谷秋興詩：「環溪村舍栽烏桕，落日牛羊下翠微。」

〔二〕蕭寺，寺廟。李肇唐國史補卷中：「梁武帝造寺，令蕭子雲飛白大書『蕭』字，至今一『蕭』字存焉。」後因稱佛寺爲蕭寺。

〔三〕梵王宫，大梵天王宫殿，借指佛寺。錢起歸義寺題震上人壁詩：「梵王宫始開，長者金先佈。」

〔四〕一念，浄土宗將「念」解爲「稱念」，故以一念配合一聲佛號，稱名一句即爲一念。見無量壽經卷下。萬緣，一切因緣。傳燈録：「二祖從此皆息萬緣，心如枯木。」

轆轤金井

庾郎詞賦寫羈愁，去去故人長别〔一〕。歲晚天涯，正緗梅堪折，千冰萬雪。始鍊就、一枝馨烈。驛使雖逢〔二〕，鴻書莫寄〔三〕，江南哀絶〔四〕。瑶臺望中明滅〔五〕。奈遊仙夢淺，雲亂難接。遼鶴何年〔六〕，認昆明灰劫〔七〕。寒巖翠叠。有招隱、桂叢繁葉〔八〕。吟賞誰同？也無山鬼〔九〕，九歌聲歇。

【校】

吕碧城贈吴湖帆此詞手跡題作「阿爾伯士山居」。〔庾郎〕手跡作「杜陵」。〔瑶臺句〕手跡作〔登臨悄迴倦睫〕。〔奈遊仙二句〕手跡作「望鷩鼙起處，雲黯秋堞」。

【箋注】

〔一〕庾郎二句，北周文學家庾信，本南朝梁人，元帝時奉使西魏，來到長安。不久西魏攻陷江陵，誅殺元帝。梁亡，遂流寓北方，作哀江南賦以寫羈旅之愁。姜夔齊天樂詞：「庾郎先自吟愁賦，淒淒更聞私語。」

〔二〕驛使句，見卷二望湘人（送征帆遠去）詞注。

〔三〕鴻書，書信。袁枚奉和李雨村觀察見寄原韻詩：「接得鴻書笑啓封。」

〔四〕江南哀絶，楚辭招魂：「目極千里兮傷春心，魂兮歸來哀江南！」

〔五〕瑶臺，見卷二陌上花（十年吟管）詞注。

〔六〕遼鶴，見卷二高陽臺（啼鳥驚魂）詞注。

〔七〕昆明灰劫，鄭文焯賀新郎秋恨詞：「滿眼驚塵還鄉夢，重見昆池灰劫。」參卷二風入松（米船一棹泛滄溟）詞注。

〔八〕有招隱句，漢代淮南小山（一説淮南王劉安）招隱士，有「桂樹叢生兮山之幽」的描寫。碧城蘇寧旅行詩答韋齊再叠前韻詩：「桂叢招隱羡詩仙，香滿華嚴卅六天。」

〔九〕山鬼，指楚辭九歌山鬼中之山間女神。

鵲踏枝

楊雲史贈某上人詩云：「詞人風調美人骨，澈底聰明便大哀。綺障盡頭菩薩道，水流雲亂一僧來。」兹櫽括之，兼廣其義而成此詞〔一〕

冰雪聰明珠朗耀〔二〕。慧是奇哀，哀慧原同調。綺障盡頭菩薩道〔三〕。才人終曳緇衣老〔四〕。　極目陰霾昏八表〔五〕。寸寸泥犁〔六〕，都畫心頭稿。忍説乘風歸去好〔七〕。繁紅剗地憑誰掃〔八〕。

【箋注】

〔一〕序中「贈某上人詩」，即楊雲史所作弘一法師六十壽詩二首，此爲其一，刊於一九四一年四月二十日大風。據陳灨一楊雲史先生家傳：「先生諱圻，字雲史，初名朝慶，易名鑑瑩，復改今名。江蘇常熟人。幼而穎悟，年十五，畢羣經。後以諸生應庚辛併科順天鄉試，名列第二，俗所謂南元者也。……詩宗唐宋人，要與遺山近。蓋當哀亂之世，其聲之哀楚激越，不期而然也。著江山萬里樓詩詞集。戊寅秋，挈眷南下，晚境益困，嬰疾歿於港寓，年六十有七。」

〔二〕冰雪句，杜甫送樊二十三侍御赴漢中判官詩：「冰雪浄聰明，雷霆走精鋭。」又，費樹蔚答碧城香港用吴梅村題西泠閨詠韻詩：「冰雪聰明蔬筍氣，歡場只合算幽居。」

〔三〕綺障，猶綺語情障。障，煩惱之别稱。煩惱能障礙聖道，故名障。見大乘義章五。

〔四〕緇衣，黑衣，僧尼所服。贊寧僧史略卷上：「問：緇衣者，色何狀貌？答：紫而淺黑，非正色也。」

〔五〕八表，八方之外，極遠之地。陶潛停雲詩：「八表同昏，平路伊阻。」

〔六〕泥犁，見卷一蝶戀花（纔盡愁絲兼恨縷）詞注。

〔七〕忍説句，蘇軾水調歌頭丙辰中秋歡飲達旦大醉作此篇兼懷子由詞：「我欲乘風歸去，又恐瓊樓玉宇，高處不勝寒。」

〔八〕篇末碧城自注：「予舊有祝英臺近詠水仙花詞云：『知他别有奇哀，陳思枉賦，縱黼筆、何曾描著。』亦别有寄託，若認爲綺語則誤矣。」

祝英臺近　爲吳湖帆題其悼亡緑遍池塘草圖册，蓋其夫人遺句也〔一〕

鬱金香〔二〕，青玉案〔三〕，人事變昏曉。過了淩波〔四〕，遺恨問芳草。從教緑遍裙腰，吹笙池上，更莫想、王孫重到〔五〕。　感同調。斷箋妍籀銀鈎〔六〕，春魂尚縈繞。夜露晞原〔七〕，歸鶴認華表〔八〕。可堪梅雨桐閶，吳霜侵鬢，却不管、方回垂老〔九〕。

【箋注】

〔一〕據陳定山春申舊聞續集吴湖帆悼亡，「湖帆本名萬，爲吴訥士公子。窓齋無子，故嗣湖帆爲孫。居蘇州十枝巷，湖帆娶潘文勤公女孫静淑爲婦。……元素嘗得王西室花卉長卷，静淑借臨之，卷長，幾經數月，不能完工。湖帆頗爲之點染，自以鷗波韻事相方，門人聚觀，比之寒山千尺雪。摹卷未終，潘夫人忽得末疾，一夕腸痛，適畫玉白蓮花，擲筆而殁。湖帆形銷骨立，杖而後起，又自署曰『倩庵』。營雙塚於虹橋公墓，屬予爲之碑記，沈尹默書。誓終身不復娶。先是，静淑有手寫詞稿，湖帆遂取其句『緑遍池塘草』，遍徵題咏，一時詞人畫史，悉在搜羅，凡兩巨册，以珂板精印，亦一時文獻也。」

〔二〕鬱金香，花名。吴其濬植物名實圖考長編卷一一：「鬱金香，葉似麥門，冬九月花開，狀似芙蓉，紫碧，香聞數十步。」

〔三〕青玉案，張衡四愁詩：「美人贈我錦繡段，何以報之青玉案。」李善注：「玉案，君所憑倚。」按，以上二句寫室内陳設。

〔四〕過了凌波，謂美人凌波而去。暗寓潘夫人之死。賀鑄青玉案詞：「凌波不過横塘路，但目送、芳塵去。」

〔五〕從教三句，楚辭招隱士：「王孫遊兮不歸，春草生兮萋萋。」又，王維山中送别詩：「春草明年緑，王孫歸不歸？」又，吴文英三姝媚詞：「吹笙池上道，爲王孫重來，旋生芳草。」此融和化合其句意。裙腰，形容狹長的小路。白居易杭州春望詩：「誰開湖寺西南路？草緑裙腰一道斜。」

〔六〕斷箋，謂潘夫人未成之畫卷。銀鈎，見卷三望湘人（記荀香謝絮）詞注。

〔七〕夜露句，漢樂府薤露：「薤上露，何易晞！露晞明朝更復落，人死一去何時歸？」又，賀鑄半死桐詞：「原上草，露初晞，舊棲新壠兩依依。」晞，曬乾。

〔八〕歸鶴句，謂魂返故鄉。吴文英金縷歌陪履齋先生滄浪看梅詞：「華表月明歸夜鶴。」參卷二高陽臺（啼鳥驚魂）詞注。

〔九〕可堪三句，賀鑄半死桐詞：「重過閶門萬事非，同來何事不同歸？梧桐半死清霜後，頭白鴛鴦失伴飛。」此化用其詞意，寓喪妻垂老之悲。閶，閶門。蘇州城門之一。太平寰宇記卷九一：「閶闔門，吴城西門也。以天門通閶闔，故名之。」方回，北宋詞人賀鑄字方回。篇末碧城自注：「予於此調有『甚時玉步歸來，無情駝陌，又緑遍、前番芳草』等句凡諸舊作皆見拙著曉珠詞四卷合刊」

歸國謠 和龍榆生君寄示之作

漫思舊游韋曲〔二〕。亂山猶似蜀。征程聽遍鵑哭。紅簌。殘步共花摇躑躅〔一〕。燕歸無處宿。不堪風雨華屋〔三〕。暮雲迷遠目。

【校】

據呂碧城鈔示龍榆生此詞手跡，詞題作「擬飛卿之作」。〔漫思二句〕手跡作「翠琶漫彈遺曲，嫱魂淒黛蹙」。〔聽遍〕手跡作「聽盡」。〔燕歸句〕手跡作「背燈尋夢續」。

【箋注】

〔一〕躑躅，花名。即杜鵑花。四川及雲貴一帶花開爲盛。碧城致龍榆生函中云：「瑞士山中亦多紅躑躅，即杜鵑花也。」

〔二〕韋曲，駱天驤類編長安志卷九：「韋曲，在樊川。唐韋安石之别業，林泉花竹之勝境。」

〔三〕風雨華屋，曹植箜篌引詩：「生在華屋處，零落歸山丘。」

燭影摇紅 山居雪後晚眺

卅六瑶峰，藐姑何處飛霓蓋〔一〕。家山别後問雕欄，不信春猶在。紫鳳天吴斂采〔二〕。

黯長空、陰霾霴靆。渾疑彈指〔三〕，小劫人間〔四〕，一番成壞〔五〕。雲去雲來，下方縹緲明還晦。繁燈閃閃動城闉〔六〕，應有愁如海〔七〕。步踏紅塵休再。鎖仙居、高寒無礙。梁園詞賦〔八〕，殘夢重尋，落梨霙外〔九〕。

【箋注】

〔一〕藐姑，山名。莊子逍遥遊：「藐姑射之山，有神人居焉，肌膚若冰雪，淖約若處子。」霓蓋，喻雲彩。蔡邕對詔問災異八事：「五月二十九日，有黑氣墮温德殿東庭中，黑如車蓋，騰起奮迅，身五色，有頭，體長十餘丈，形狀似龍，占者以虹蜺對。」

〔二〕紫鳳，神鳥。舊唐書張薦傳：「祖鷟字文成，聰警絶倫，書無不覽。爲兒童時，夢紫色大鳥，五彩成文，降於家庭。其祖謂之曰：『五色赤文，鳳也；紫文，鸑鷟也。』」又，禽經：「鸑鷟，鳳之屬也，五色而多紫。」天吴，水神名。山海經海外東經：「朝陽之谷，神曰天吴，是爲水伯。在虹虹北兩水間。其爲獸也，八首人面，八足八尾，皆青黄。」杜甫北征詩：「天吴及紫鳳，顛倒在短褐。」

〔三〕彈指，見卷二蝶戀花（爲問閒愁拋盡否）詞注。

〔四〕小劫，見卷一浣溪沙（殘雪皚皚曉日紅）詞注。

〔五〕成壞，形成與毁壞，均佛教四劫之一。成劫指世界與有情產生時期；壞劫即水、火、風等毁滅世界時期。見俱舍論卷一二。

〔六〕城闉，城門。闉，城門外層之曲城。

〔七〕愁如海，秦觀千秋歲詞：「春去也，飛紅萬點愁如海。」

〔八〕梁園詞賦，指漢代梁孝王劉武下雪天，宴集賓客，授簡札於司馬相如，邀其作雪賦事。後世遂用於文人雅集，飲酒賞雪，吟詩作賦之典。謝惠連雪賦：「寒風積，愁雲繁，梁王不悦，遊於兔園。……俄而微霰零，密雪下。王乃歌『北風』於衛詩，咏『南山』於周雅。授簡於司馬大夫曰：『抽子秘思，騁子妍辭，侔色揣稱，爲寡人賦之。』相如於是避席而起。」梁園，又稱兔園。史記梁孝王世家：「孝王築東苑，方三百餘里，是曰兔園。」

〔九〕梨霙，喻雪花。

解連環

憶三海荷花〔一〕

翠漪煙羃。記蝀橋流玉〔二〕，花深天窄。話小劫、欲託微波〔三〕，早宮錦亂拋，舞衣狼藉。舊月來時，照秋粉、殘妝猶薄。歎何郎老矣〔四〕，自分此生，不見顏色。　絃歌夢傳太液。奈鶯吭未謳，鳳柱先泣〔五〕。更莫愁、愁入西風〔六〕，换一樣秋光，蔣青淮碧〔七〕。畫舸中流，按新譜、誰家簫笛？正芝田、襪羅未返〔八〕，鬧紅漫憶〔九〕。

【校】

〔未謡〕呂碧城贈吳湖帆此詞手跡作「未發」。

【箋注】

〔一〕三海：北京城內西北的北海、中海、南海合稱「三海」。高士奇金鰲退食筆記卷上：「太液池，舊名西海子。盛夏芰荷覆水，望如錦繡，吐馥流香，尤爲清絶。……禁中人呼瀛臺南爲南海、蕉園爲中海、五龍亭爲北海。」又，鄂爾泰國朝宮史卷一四：「西苑在西華門之西。門三，中榜曰『西苑門』。入苑門，即太液池也。上跨長橋，東曰『玉蝀』，西曰『金鰲』。橋北爲北海，橋南爲中海，瀛臺南爲南海。盛夏芰荷如錦。」

〔二〕蝀橋：即玉蝀橋，在太液池中。

〔三〕話小劫句：曹植洛神賦：「托微波而通辭。」小劫，見前詞注。

〔四〕何郎：指南朝詩人何遜。袁去華驀山溪次陳帥用曹元寵梅花韻詞：「今老矣，客天涯，還認何郎否？」

〔五〕鳳柱：鳳凰柱，即雕飾鳳凰形狀之瑟柱。李白長相思詩：「趙瑟初停鳳凰柱，蜀琴欲奏鴛鴦弦。」

〔六〕愁入句，姜夔念奴嬌詞：「愁入西風南浦。」

〔七〕蔣青淮碧，薩都剌滿江紅金陵懷古詞：「到如今，惟有蔣山青，秦淮碧。」蔣，蔣山，即鍾山。李吉甫元和郡縣志卷二五：「鍾山，在縣東北十八里。按輿地志，古金陵山也，邑縣之名，皆由此而立。吴大帝時，蔣子文發神異於此，封之爲蔣侯，改山曰蔣山。宋復名鍾山。」淮，秦淮河。張敦頤六朝事跡類編卷上：「秦始皇東巡會稽，經秣陵，因鑿鍾山，斷金陵長隴以疏淮。其淮本名龍藏浦，上有二源：一源發自華山，經句容西，南流；一源發自東廬山，經溧水西，北流，入江寧界。二源合自方山埭，西注大江。」

〔八〕芝田，傳爲仙人種植靈芝之地。王嘉拾遺記：「崑崙山下有芝田、蕙圃，皆數百頃，群仙種耨焉。」餘參卷二翠樓吟（艷骨冰清）詞注。

〔九〕鬧紅，見卷三浣溪紗（一捻涼蟾入杏林）詞注。

金縷曲　木棉花，又名烽火樹，濃豔奪目，熱帶多有之

灼灼朱華艷〔一〕。正排空、烘霞照海，錦幢高展。月姊霜姚清寒甚〔二〕，莫鬭尹邢妝面〔三〕。記梵語、西來先識。金翅食龍三萬里〔四〕，潠猩潮〔五〕、天畔玄黄遍〔六〕。花

譜裏，幾曾見？　斜陽芳樹南溟岸〔七〕。尚驕人、紅腴緑瘦〔八〕，火雲飛絢。鑠石流金能幾日？轉眼秋風凄變。算到底、韶光誰賺？山鷓啼殘鬱孤路〔九〕，怕重來、驄馬愁難踐。容拾取，舊花片。

【箋注】

〔一〕灼灼，鮮明貌。詩周南桃夭：「桃之夭夭，灼灼其華。」

〔二〕月姊霜姚，見卷二新雁過妝樓（萬笏瑶峰）詞注。

〔三〕尹邢妝面，見卷二陌上花（十年吟管）詞注。

〔四〕金翅句，據增一阿含經卷一九載：金翅鳥有卵生、胎生、濕生、化生四種，常飛下海中，取卵種龍、胎種龍、濕種龍、化種龍爲食。康有爲寄贈王幼霞侍御詩：「金翅食龍四海水，女牀棲鳳萬年枝。」

〔五〕潠，説文：「含水噴也。」

〔六〕玄黄，指血。易坤：「龍戰於野，其血玄黄。」此喻木棉花色。

〔七〕南溟，南海。李商隱獻寄舊府開封公詩：「地里南溟闊，天文北極高。」

〔八〕紅腴緑瘦，李清照如夢令詞：「知否、知否？應是緑肥紅瘦。」

〔九〕鬱孤路，謂遭受戰亂、離鄉背井者所行經之路。辛棄疾菩薩蠻書江西造口壁詞：「鬱孤臺下清江水，中間多少行人淚？……江晚正愁余，山深聞鷓鴣。」

一萼紅　旅歐被困危城之作

暝煙中。聽嚴城戍角，悽韻動邊風。擎杵天低，通槎路盡〔一〕，遷客始覺愁工。指雲外、繩河西邐〔二〕，歎莫測、銀浪幾多重。烏揀枝寒〔三〕，簫吹蘆瘦，夜語朦朧。　孤絶藕花心事，泣野塘清露，不爲去聲香紅。漢月輪消〔四〕，楚歌環發〔五〕，不堪起舞樽空〔六〕。便書付、衡陽回雁〔七〕，怕殘雲、舞計度高峰。悄掩燈帷，拚教一夢匆匆。

【校】

〔指雲外句〕呂碧城鈔示龍榆生此詞手跡作「指迢遞、紅墻碧漢」。〔烏揀二句〕手跡作「繞樹烏啼，隱階蟲咽」。〔孤絶三句〕手跡作「舊日宫溝零葉，逐微波暗轉，遠瀣留踪」。

【箋注】

〔一〕擎杵二句，意謂低垂的天空，仿佛要用木杵支撑起來，往來通行船隻的航道遭封鎖，已無路可走。

〔二〕繩河，天河。項鴻祚湘月詞：「繩河一雁，帶微雲淡月。」厲荃事物異名録卷一：「曰繩河，言如繩之直也。」

〔三〕烏揀句，蘇軾卜算子黄州定慧院寓居作詞：「揀盡寒枝不肯棲，寂寞沙洲冷。」

〔四〕漢月，杜甫前出塞九首之七詩：「已去漢月遠，何時築城還？」

〔五〕楚歌句，史記項羽本紀：「項王軍壁垓下，兵少食盡，漢軍及諸侯兵圍之數重。夜聞漢軍四面皆楚歌，項王乃大驚曰：『漢皆已得楚乎？是何楚人之多也！』」

〔六〕碧城自注：「時已絶糧。」

〔七〕衡陽回雁，顧祖禹讀史方輿紀要卷八〇衡州府：「回雁峰在府城南，相傳雁至衡陽不過，遇春而回，或曰峰勢如雁之回也。南嶽諸峰，回雁爲首。」高適送李少府貶峽中王少府貶長沙詩：「巫峽啼猿數行淚，衡陽歸雁幾封書。」

長亭怨慢

歐戰啓後，遵海而南，謀歸故土，止於國門之外〔一〕

問紺海、弄珠遊女〔二〕。幾度桑塵，悄迷星睫。依約巢痕，倦雲來去兩凄絶。漢家陵闕〔三〕，恨繞樹、烏啼歇〔四〕。咫翠澀宮溝，盪不返、年時零葉〔五〕。愁切。憶嬌雷四起〔六〕，人在芙蓉塘角〔七〕。霞烽流豔，攬霓舞、千裳飄纈。且延竚、孤嶼風烟，儘明日、陰晴難説。掩袂忍迴車，花落江南時節〔八〕。

【箋注】

〔一〕本詞作於一九四〇年，碧城時由歐歸國，停留香港。林楞真吕碧城女士捨報實記：「前年歐戰開始，吕居士由南洋回國，經過香港，初擬由此换輪赴滬，經此間知交道友挽留，遂中止此行。」

〔二〕弄珠遊女，用鄭交甫漢皋遇江妃二女事（事見列仙傳），此以漢皋遊女自指。張衡南都賦：「遊女弄珠於漢皋之曲。」李白峴山懷古詩：「弄珠見遊女，醉酒懷山公。」

〔三〕漢家句，李白憶秦娥詞：「西風殘照，漢家陵闕。」

〔四〕恨繞樹句，曹操短歌行詩：「月明星稀，烏鵲南飛。繞樹三匝，何枝可依？」

〔五〕咫翠二句，反用紅葉題詩、御溝流紅事，借指自身受阻國門有如紅葉之受阻宫墻。參卷一端龍吟（横塘路）詞注。

〔六〕嬌雷，陶潛搜神後記卷五：「永和中，義興人姓周，出都，乘馬，從兩人行。未至村，日暮。道邊有一新草小屋，一女子出門，年可十六七，姿容端正，衣服鮮潔。……周便求寄宿，此女爲燃火作食，向一更中，聞外有小兒唤阿香聲，女應諾。尋云：『官唤汝推雷車。』女乃辭行，云：『今有事，當去。』夜遂大雷雨。」所謂「嬌雷」即用阿香推雷車之典。海録碎事卷一：「雷已百嬌，雨猶四匝。」吴文英瑞龍吟德清清明競渡詞：「鮫宫睡起，嬌雷乍轉。」

〔七〕人在句，李商隱無題詩：「颯颯東風細雨來，芙蓉塘外有輕雷。」

〔八〕花落句，杜甫江南逢李龜年詩：「正是江南好風景，落花時節又逢君。」

大酺

問楚魂招〔一〕，秦娥憶〔二〕，可有前歡能續？音塵猶未絶〔三〕，奈燈飄珠亂，鏡迷花複。隔水檀槽〔四〕，入時眉嫵〔五〕，偏惱傷春心目〔六〕。伊人遲空谷，待牽蘿重補，舊時妝屋〔七〕。信絶世風姿，聞聲對影，未成幽獨〔八〕。　天書森萬玉〔九〕。正何限、梵響喧林麓。都道是、鳳鸞巢换，王謝堂空〔一〇〕，只凄迷、水餐烟宿。零落紅襟燕，親近到、佛身金粟〔一一〕。夢芳草，王孫躅。一任飛霜凋緑，但看平聲歲華轉燭。

【箋注】

〔一〕魂招，猶招魂。杜甫乾元中寓居同谷縣作歌七首之五詩：「嗚呼五歌兮歌正長，魂招不來歸故鄉。」

〔二〕秦娥句，李白憶秦娥詞：「簫聲咽，秦娥夢斷秦樓月。」

〔三〕音塵句，李白憶秦娥詞：「咸陽古道音塵絶。」

〔四〕檀槽，用檀木製成的琵琶、琴筝等弦架上的槽格。泛指琵琶之類弦樂器。李賀感春詩：「胡琴今日恨，急語向檀槽。」

〔五〕入時句，朱慶餘閨意獻張水部詩：「妝罷低眉問夫婿，畫眉深淺入時無？」

〔六〕偏惱句，楚辭招魂：「湛湛江水兮上有楓，目極千里兮傷春心。」

〔七〕伊人三句，杜甫佳人詩：「絶代有佳人，幽居在空谷。」又：「侍婢賣珠回，牽蘿補茅屋。」伊人，碧城自指。

〔八〕未成句，周邦彦大酺詞：「自憐幽獨。」

〔九〕萬玉，形容竹多。真德秀陳慧父竹坡詩稿詩：「萬玉兮森森，清風兮滿林。」

〔一〇〕王謝，六朝時望族。南史侯景傳：「景請婚於王、謝，帝曰：『王、謝門高，非偶，可與朱、張以下求之。』」劉禹錫烏衣巷詩：「舊時王謝堂前燕，飛入尋常百姓家。」

〔一一〕金粟，佛名。指維摩詰大士。吉藏維摩經義疏卷一：「有人言：文殊師利龍種上尊佛，净名即是金粟如來。」

玉樓春

湘皋曾解苕華珮〔一〕。緘札難伸千萬意。憑君珍重價連城〔二〕，莫比琉璃同粉碎。　淒涼重話開元事〔三〕。鸚鵡前頭今不忌〔四〕。已無奇石補媧天〔五〕，空見東流成逝水。

【箋注】

〔一〕湘皋句，太平御覽卷八〇三引列仙傳：「鄭交甫將往楚，道之漢皋臺下，有二女，珮兩珠，大如荆鷄卵。交甫與之言，曰：『欲子之佩。』二女解與之。」苕華，美玉。

〔二〕價連城，史記廉頗藺相如列傳：「趙惠文王時，得楚和氏璧。秦昭王聞之，使人遺趙王書，願以十五城請易璧。」張載擬四愁詩：「佳人遺我雲中翮，何以贈之連城璧。」

〔三〕開元，唐玄宗年號（七一三—七四一）。杜甫歷歷詩：「歷歷開元事，分明在目前。」按，玄宗開元、天寶初年，被史家稱爲「開元盛世」。

〔四〕鸚鵡句，見卷二沁園春（時序重逢）詞注。

〔五〕已無句，見卷二念奴嬌（靈媧游戲）詞注。

前調

萋萋草緑裙腰路〔一〕。一霎韶華如夢度。濃秦淡虢盡飄零〔二〕，委鬼茄花無覓處〔三〕。繁絃撥遍難成譜。换羽移宫情自苦〔四〕。當時魴尾怨江風〔五〕，今日鵑魂啼蜀雨。

【箋注】

〔一〕裙腰，參卷四祝英臺近（鬱金香）詞注。

〔二〕濃秦淡虢，指楊貴妃之姊秦國夫人及虢國夫人。舊唐書楊貴妃傳：貴妃「有姊三人，皆有才貌，長曰大姨，封韓國；三姨，封虢國；八姨，封秦國。並承恩澤，出入宫掖，勢傾天下。」又，樂史楊太真外傳：「大姨爲韓國夫人，三姨爲虢國夫人，八姨爲秦國夫人。同日拜命，皆月給錢十萬，爲脂粉之資。然虢國不施妝粉，自衒美豔，常素面朝天。」

〔三〕委鬼茄花，指明熹宗時佞臣魏忠賢和熹宗乳媪客氏。谷應泰明史紀事本末卷七一：「丁卯，諭兵部曰：『逆惡魏忠賢，擅竊國柄，誣陷忠良，罪當死。姑從輕降發鳳陽，不思自懲，素畜亡命之徒，環擁隨護，勢若叛然。命錦衣衛擒赴，治其罪。』庚午，魏忠賢宿阜城尤氏邸舍，其黨密報上旨，知不免，夜同李朝欽自經。忠賢初直東宫，有道人宿朝天宫，日歌市中曰：『委鬼當朝立，茄花滿地紅。』蓋指客、魏也，至是乃驗。」

〔四〕換羽移宫，謂變換樂調。見卷二尉遲杯（春黯蕩）詞注。

〔五〕魴尾，魴魚赬尾。詩周南汝墳：「魴魚赬尾，王室如毁。」毛傳：「赬，赤也；魚勞則尾赤。」朱熹集注：「魴尾本白而今赤，則勞甚矣。」

前調

緗桃零落憐嬌小。那許瑶階閒不掃。殘紅片片出宫溝，一水盈盈通四沼。　北村羅網南山鳥〔一〕。東效西顰競窈窕〔二〕。天河從此起風波，濫度金鍼無限巧〔三〕。

【箋注】

〔一〕北村句，古詩源烏鵲歌：「南山有鳥，北山張羅。鳥自高飛，羅當奈何？」

〔二〕東效西顰，莊子天運：「西施病心而矉其里，其里之醜人見之而美之，歸亦捧心而矉其里。其里之富人見之，堅閉門而不出，貧人見之，挈妻子而去走。彼知矉美，而不知矉之所以美。」顰，蹙眉。

〔三〕濫度句，馮翊桂苑叢談史遺：「鄭代肅宗時爲潤州刺史，兄侃嫂張氏，女年十六，名采娘，淑貞其儀。七夕夜陳香筵祈於織女。是夕，夢雲輿羽蓋蔽空，駐車命采娘曰：『吾織女，祈何福？』曰：『願丐巧耳。』乃遺一金鍼，長寸餘，綴於紙上，置裙帶中，令『三日勿語，汝當奇巧，不爾化成男子』。經二日以告其母，母異而視之，則空紙矣。其針跡猶在，張數女皆卒。至娠，母病而不言，張氏有恨言曰：『男女五人皆卒，復懷何爲？』將復服藥以損之，藥至將服，采娘昏奄之内忽稱殺人，母驚而問之，曰：『某之若終當爲男子，母之所懷是也。聞藥至，情急，是以呼之。』母異之，乃不服藥，采娘尋卒。既葬，母悲念，乃收常所戲之物而匿之，未逾月，遂生一男子。」

前調

神光離合終無定〔一〕。洛浦争知潮有信〔二〕。鵷鷗休怨舊盟寒〔三〕，蝗雀同歸金彈盡〔四〕。　風風雨雨愁成陣。李代桃僵空飲恨〔五〕。不堪重過馬嵬坡，委地花鈿誰與問〔六〕？

【箋注】

〔一〕神光離合，神彩光影若隱若現。曹植洛神賦：「神光離合，乍陰乍陽。」

〔二〕洛浦句，李益江南曲詩：「早知潮有信，嫁與弄潮兒。」

〔三〕鷓鴣句，見卷一喜遷鶯（層巒幽夐）詞注。

〔四〕螳雀句，見卷四摸魚兒（繞孤丘、苦蘆寒瀨）詞注。

〔五〕李代句，古樂府鷄唱：「桃生露井上，李樹生桃旁。虫來嚙桃根，李樹代桃僵。樹木身相代，兄弟還相忘。」黄遵憲感事詩：「芝焚蕙歎嗟僚友，李代桃僵泣弟兄。」

〔六〕不堪二句，馬嵬坡，地名，在今陝西省興平縣西。顧祖禹讀史方輿紀要卷五三西安府：「唐置馬嵬驛。景龍四年，中宗送金城公主入番，别於馬嵬驛。城北有馬嵬坡。天寶末，玄宗西幸，至馬嵬驛，六軍不發，因賜貴妃死，葬於馬嵬坡。」白居易長恨歌詩：「六軍不發無奈何，宛轉蛾眉馬前死。花鈿委地無人收，翠翹金雀玉搔頭。」

前調

哀箏危柱相和語〔一〕。拼醉鈞天當夜午。驚鴻飛燕共翩翻〔二〕，傾國傾城争一賭〔三〕。

西鄰有女驕眉嫵〔四〕。嚬笑能翻晴與雨。嫦娥珍重廣寒身，袖手霓裳遲不舞〔五〕。

【箋注】

〔一〕危柱，謝靈運道路憶山中詩：「殷勤訴危柱，慷慨命促管。」李善注：「危柱，謂琴也。」

〔二〕驚鴻飛燕，喻女子優美輕盈的體態。

〔三〕傾國傾城，指絕色佳人。見卷五祝英臺近（亂峰皚）詞注。

〔四〕西鄰有女，指登徒子好色賦中登墻窺視宋玉之東家美女。權德輿玉臺體詩：「莫作經時別，西鄰是宋家。」

〔五〕霓裳，舞曲名。見卷一念奴嬌（文章何用）詞注。

前調

金飛觴影催沉醉〔一〕。珠溜襟痕驚淺睡。不關河滿斷腸聲〔二〕，一曲重聽疑隔世。　蒨雲冉冉遮無際。何限愁紅兼慘翠〔三〕。從教修到不還天〔四〕，迴睇人間猶有淚。

【箋注】

〔一〕金飛觴影，謂杯觥交錯如飛。左思吴都賦：「里讌巷飲，飛觴舉白。」劉良注：「行觴疾如飛也。」

〔二〕河滿，即何滿子，唐舞曲名。因樂人何滿而得名。樂府詩集卷八〇：「何滿子，開元中滄洲歌者，臨刑進此曲以贖死，竟不得免。」白居易何滿子詩：「世傳滿子是人名，臨就刑時始曲成。一曲四詞歌八疊，從頭便是斷腸聲。」

〔三〕何限句，柳永定風波詞：「自春來、慘綠愁紅，芳心是事可可。」

〔四〕不還，小乘佛教修行果位之一。指通過修行，完全斷滅欲界九品之修惑，而不再生還欲界。見俱舍論卷二四。

鶯啼序

秋深，衆芳摇落，感予行邁，惜别成詞，不自知其銜哀累欷也

殘霞尚依繡島，散餘輝蒨綺〔一〕。忍重照、如此人間，夢醒知是何世？早辭漢、銅仙淚盡，行雲冉冉無歸意〔二〕。但淒迷、望裏滄洲，罨畫横麗〔三〕。　屈指浮生，窄隙迅羽，送華年逝水。檢芳句、欲託微波，楚魂流怨無際。費靈均、纕秋小筆，恨難補、秋痕叢碎。任從他，舊圃繁霜，獵蘭鏖蕙。　霓裳同詠，桂斧閒揮，廣寒話影事〔四〕。纔幾度、冰輪消長，又對菱鏡，鬭畫愁蛾，倦妝重理。壺投玉女〔五〕，窗開金母〔六〕，

源翻星海今真見〔七〕，迸驪珠、隔座飛寒燧〔八〕。宵深爇盡温犀〔九〕，掩袂當筵，臨歧不成回睇。　仙都絳蕊，客路青山〔一〇〕，已乘風近矣。正極目、孤鴻天末，一往心期，紫靄濃蒸，入西佳氣。寒烏繞樹，哀蟬啼葉，飄零身世同我汝，縱相憐相守難爲計。幾回欲去仍遲，慘澹斜陽，自沉翠巘〔一一〕。

【箋注】

〔一〕殘霞二句，謝朓晚登三山還望京邑詩：「餘霞散成綺，澄江静如練。」繡島，指港島。

〔二〕早辭漢二句，以金銅仙人辭漢自喻，表明自己被迫飄流海外，身不由己。按，碧城詞友費樹蔚韋齋詩鈔卷八有一九二四年所作碧城來蘇縱談時事有漫遊歐洲不復返意次日天雨宴之龐氏鶴園作二詩贈之詩，知詞云「銅仙淚盡」、「行雲無歸」，由來已久。餘見卷一齊天樂（紫泉初啓隋宫鎖）詞注。

〔三〕罨畫，彩畫。高似孫緯略卷七：「墨客揮犀曰：『罨畫，今之生色也。』余嘗謂五彩彰施於五服，此固生色之始也。秦韜玉詩：『花明驛路胭脂暖，山入江亭罨畫開。』盧贊元詩：『花外小樓雲罨畫，杏波晴葉退微紅。』李商隱愛義興罨畫溪者，亦以其如畫也。」參見卷三洞仙歌（奇峰窮處）詞注。

〔四〕桂斧二句，段成式酉陽雜俎前集卷一：「舊言月中有桂、有蟾蜍，故異書言月桂高五百丈，下有一人常斫之，樹創隨合。人姓吴名剛，西河人，學仙有過，謫令伐樹。」影事，猶往事。

〔五〕壺投玉女，見卷四鵲踏枝（鳳德何曾衰末世）詞注。

〔六〕窗開句，謂西王母打開窗户等候穆王。李商隱瑶池詩：「瑶池阿母綺窗開，黄竹歌聲動地哀。」金母，西王母。陶弘景真誥甄命授：「昔漢初，有四五小兒路上畫地戲。一兒歌曰：『著青帬，入天門，揖金母，拜木公。』……所謂金母者，西王母也。」

〔七〕源翻句，意謂如今真看見無數的星星在銀河中翻動。李商隱碧城三首之一詩：「星沉海底當窗見，雨過河源隔座看。」此化用其句意。

〔八〕迸驪珠句，意謂如同驪珠迸發，隔河飛射出寒冷的光芒。高啓贈賣墨陶叟詩：「日長小殿試烏絲，光迸驪珠欲浮動。」驪珠，驪龍頷下寶珠。參卷二風入松（簫雲飛佩度清虚）及卷三風入松（米船一棹泛滄溟）詞注。寒燧，寒光。燧，陽燧，凹面鏡。

〔九〕温犀，謂晉温嶠燃犀角照物。此借指燈火。餘見卷二風入松（米船一棹泛滄溟）詞注。

〔一〇〕客路句，王灣次北固山下詩：「客路青山下，行舟緑水前。」

〔一一〕嵋，廣韻：「嵋嶱，山狀。」

編者按，右詞二十三首原與夢雨天華室叢書勸發菩提心文、觀音菩薩靈讖合刊，兹從中析出。諸詞均作於一九三八年至一九四〇年間。

石州慢 自題曉珠詞

仙吕新聲〔一〕，仙枕舊遊〔二〕，雙黯陳迹。拚教郢苑陽春〔三〕，换與梵音潮汐。沈哀何地？早分去散髮居夷〔四〕，藤陰休問天南北〔五〕。迅羽託浮生，老蒼煙泉石。蕭索。案間青玉，尊澀紅螺〔六〕，墜歡慵拾。夢覺承平，一霎風流都息。楚歌先變，已是禹甸驚沈〔七〕，遺珠誰弔殘燐碧？願倩水精輪〔八〕，轉高寒風色。

【箋注】

〔一〕仙吕，樂曲宫調名。即以宫聲爲主的調式。新唐書禮樂志：「正宫、商宫、中吕宫、道調宫、南吕宫、仙吕宫、黄鐘宫爲七宫。」

〔二〕仙枕，見卷二大酺（茜雨香霏）詞注。

〔三〕郢苑陽春，楚地高雅的曲調。此指詞作高深典雅。初學記卷一五：「楚襄王問宋玉曰：『先生有遺行歟，何士庶不譽之甚也？』玉對曰：『客有歌於郢中者，曰下里巴人，屬而和者數十人，爲陽春白雪，國中和者不過數人，其曲彌高，其和彌寡。』」郢，楚都。此指代楚地。

〔四〕居夷，住在東方九夷之地。借指隱居海外。袁衮遠遊賦：「昔孔聖之周流矣，居九夷而弗陋。」九夷，古稱東方九種民族。

〔五〕藤陰句，秦觀好事近夢中作詞：「醉卧古藤陰下，了不知南北。」

〔六〕案閒二句，謂几案上美玉長期閒置，不曾把玩。杯子裏好酒無心享用，經久味澀。狀寂寞寡歡、百無聊賴的心緒。　紅螺，指代酒。陸龜蒙襲美醉中寄一壺并一絶走筆次韻奉酬詩：「酒痕衣上雜莓苔，猶憶紅螺一兩杯。」

〔七〕禹甸驚沉，猶神州陸沉，謂國家淪亡。禹甸，大禹開墾治理之地。詩小雅信南山：「信彼南山，維禹甸之。」

〔八〕水精輪，猶「水晶盤」，喻月。

減字木蘭花　題先長姊惠如詞集〔一〕

班徽往矣。一代鴻才能續史〔二〕。片羽人間。零落猶傳漱玉篇〔三〕。　　嫠蟾垂隕〔四〕。雨横風狂凌病枕〔五〕。萁豆煎催〔六〕。偏在塵寰撒手時。

【箋注】

〔一〕蔡嵩雲惠如長短句附識：「惠如女士，旌德吕佩芬太史長女。太史女三，次美蓀、次碧城，與惠如並以文藝知名海内。惠如工書畫，善詩詞，尤長雅學，爲人婉嫕淑慎。在江南主持姆教有年，舊家名門，慕其風，争遣子女來學，一時稱盛。憶共事女學時，暇輒相與考證名物。予每取新説以訂古箋，偶進一解，必爲首肯。嘗爲予作採菊圖，題句云：『天下奇才三徑遠，人間冷眼萬花空。』可以覘其襟抱矣。其詞長調雅近玉田，小令頗得易安神味，造境絶高。……身後遺稿散佚，所爲詞或不止此卷。疇昔所得，僅此而已。」（見詞學季刊第三卷第二號）又，吕碧城惠如長短句跋：「先長姊惠如邃於國學，淹貫百家，有巾幗宿儒之概，矢志柏舟，主持姆教，長江寧國立師範女校有年，人多仰其行誼。殁時，家難糾紛，著作湮没，遺稿之求，列入訟案，蓋與遺産同被攫奪，亦往古才人所未聞也。時予方由美歸國，甫卸塵裝，茫無所措。承蔣竹村居士等協助，遍蒐未得，歎爲人琴俱亡矣。右詞一卷，近始承友人寄到，惜非全璧。擬爲刊專集，因頁數太少，乃附刊於此（指曉珠詞四卷本）。竊思先姊平生致力不僅詞章，即詞亦復湮没太半，誠不幸矣。聊誌數行，以慰泉壤，悵觸家事，感慨係之，沉哀永閟，又豈咏歎所能宣其萬一耶？」

〔二〕班徽二句，後漢書班昭傳：「扶風曹世叔妻者，同郡班彪之女也，名昭，字惠班，一名姬。

博學高才。世叔早卒，有節行法度。兄固著漢書，其八表及天文志未及竟而卒，和帝詔昭就東觀藏書閣踵而成之。」

〔三〕漱玉，宋李清照詞集名。此喻惠如長短句。

〔四〕蝥蟾，孤月。此借指惠如，明示其夫君嚴象賢已故去。吴文英宴清都連理海棠詞：「滿照歡叢，蝥蟾冷落羞度。」

〔五〕雨横風狂，歐陽修蝶戀花詞：「雨横風狂三月暮。」

〔六〕萁豆煎催，此當指二姊美蓀而言。時美蓀居家南京，爲惠如身邊唯一之手足。據一九二六年一月十二日申報南京消息女教育家身後訟案云：前江蘇省立第一女師範校長吕惠如女士逝後，遺有一女名遐齡，年十一歲。吕於生前立有遺囑，存案於官廳，其首句云：「予之得病原因，純由予妹清揚百計欺悔，氣急所成。」律師向審判廳起訴「以惠如之同居南京第二妹吕清揚，又名美蓀者，違背遺囑，將遺産全數吞占」。參卷三浣溪紗（莪蓼終天痛不勝）詞注。

燭影揺紅

藺璧完歸〔一〕，烏頭馬角憑誰證〔二〕？十年生聚訓空傳〔三〕，但鑄銅山鄧〔四〕。并剪寒催霜訊〔五〕。黯兵塵、征衣愁整。啼痕涴處，亂葉長安，萬家秋病。三舍中原〔六〕，指揮早作蕭曹定〔七〕。不堪濁浪破黄河，新鬼迷鄉井。隔雨紅樓燈影〔八〕。度歌雲、翠圍珠粉。悲歡分界，咫尺津橋，鵑聲催暝〔九〕。

【箋注】

〔一〕藺璧完歸，戰國時，趙惠文王得楚和氏璧，秦昭王寫信給趙王，願以十五城换璧。藺相如請求趙王派他前往，並説：「城入趙而璧留秦。城不入，臣請完璧歸趙。」終不辱使命，設法將璧取回。事見史記廉頗藺相如列傳。

〔二〕烏頭馬角，燕丹子卷上：「燕太子丹質於秦，秦王遇之無禮，不得意，欲歸。秦王不聽，謬言令烏頭白，馬生角，乃可許耳。丹仰天歎，烏即頭白，馬生角。秦王不得已而遣之。」

〔三〕十年句，謂以較長時間生民聚財，教育民衆，使國家富强。左傳哀公元年：吴王夫差敗越於夫椒之後，不聽伍員窮寇務殲、「去疾如盡」之勸。伍員長歎，「退而告人曰：『越十年生聚，而十年教訓，二十年之外，吴其爲沼乎！』」

〔四〕銅山鄧，史記佞幸列傳：「文帝時時如鄧通家遊戲，然鄧通無他能，不能有所薦士，獨自謹其身以媚上而已。上使善相者相通，曰：『當貧餓死。』文帝曰：『能富通者在我也。何謂貧乎？』於是賜鄧通蜀嚴道銅山，得自鑄錢，『鄧氏錢』布天下。其富如此。」

〔五〕并剪，古時并州産剪刀，以鋒利聞名於世。杜甫戲題王宰畫山水圖歌：「焉得并州快剪刀，剪取吴淞半江水。」此以并剪形容風霜勁利。

〔六〕三舍中原，指對敵避讓，不敢相争。左傳僖公二十三年：晉公子重耳「及楚，楚子饗之，曰：『公子若反晉國，則何以報不穀？』對曰：『子女玉帛則君有之，羽毛齒革則君地生焉。其波及晉國者，君之餘也，其何以報君？』曰：『雖然，何以報我？』對曰：『若以君之靈，得反晉國，晉、楚治兵，遇於中原，其辟君三舍。若不獲命，其左執鞭弭，右屬櫜鞬，以與君周旋。』」

〔七〕蕭曹，指蕭何、曹參，輔助漢高祖平定天下之重要謀臣。杜甫詠懷古跡五首之五詩：「伯仲之間見伊吕，指揮若定失蕭曹。」

〔八〕隔雨句，李商隱春雨詩：「紅樓隔雨相望冷，珠箔飄燈獨自歸。」

〔九〕咫尺二句，意謂天津橋畔近在咫尺，那裏的啼鵑凄苦地叫個不停，聲聲催促着夜幕降臨。隱喻國家多事，天下將亂。邵伯温邵氏聞見録卷一九：「康節先公先天之學，伯温不肖，不敢稱贊。平居於人事機祥未嘗輒言，治平間，與客散步天津橋上，聞杜鵑聲，慘然不樂。客問其故，則曰：『洛陽舊無杜鵑，今始至，有所主。』客曰：『何也？』康節先公曰：『不三五年，上用南士爲相，多引南人，專務變更，天下自此多事矣！』」津橋，天津橋，在今河南洛陽西南二十里。隋煬帝遷都，以洛水貫都，有天漢之象，因建此橋，以大船維舟，以鐵鎖鈎連南北，夾路對起高樓，名曰「天津」。劉因書事詩：「草滿金陵誰稙下，天津橋畔聽杜鵑。」

臨江仙

奉和榆生詞家丁丑七夕李後主忌辰之作，昔人曾以薄命君王詠後主。「詞皇」見半櫻詞。又金粱外史稱與後主同以七夕生，是知不僅爲其忌辰也〔一〕

薄命詞皇初度日，瑶空靈鵲齊飛。長星偏近玉繩西〔二〕。傳杯良夜，胡舞手同垂〔三〕。　莫問倉皇辭廟事，南唐殘夢悽迷〔四〕。何須揮淚對紅兒〔五〕。陳宫脂井，餘豔尚相依〔六〕。

【校】

據呂碧城鈔示龍榆生此詞手跡，詞題末句後尚有「胡氛方熾，率寫今感」二句。〔胡舞句〕手跡作「惆悵碧天垂」。〔何須三句〕手跡作「何須貂錦怨胡兒，教坊揮淚，娥監自相依」。

【箋注】

〔一〕詞皇，指李後主。林鵾翔半櫻詞琴調相思引詞序：「蒼虬（陳曾壽）得宣和御筆牡丹，曰此詞皇畫也。彊村師爲書『詞皇閣』，牓其齋，復詞以張之。」又，陸游南唐書後主本紀：「太平興國三年七月辛卯殂，年四十二。是日七夕也。後主蓋以是日生。」按，據中國史曆日和中西曆日對照表，本年七月甲申朔，辛卯爲初八，而非七夕。徐公文集卷二九隴西公墓誌有云：「太平興國三年秋七月八日遘疾薨於京師之里第。」蓋宋太宗以其七夕生辰賜藥，翌日乃卒。邵博河南邵氏聞見後録卷二三亦曰：「李王煜以太平興國三年七月七日生日，錢王俶以雍熙四年八月二十四日生日，皆與賜器幣，中使燕罷暴死。」鄭逸梅近代野乘：「半櫻詞人林鐵尊諱鵾翔，吴興人，生於同治辛未，爲某科舉人。鼎革後，官浙江交涉使、甌海道尹、行政院秘書。己卯臘八日，疾歿滬上。」

〔二〕長星，古星名。漢書文帝紀：「八年夏，封淮南厲王長子四人爲列侯。有長星出於東方。」顔師古注引文穎曰：「孛、慧、長三星，其占略同，然其形象小異。……大法，孛、慧星多爲除舊布新，火災，長星多爲兵革事。」玉繩，星名。張衡西京賦：「上飛闥而仰眺，正睹瑶光與玉繩。」李善注引春秋元命苞曰：「玉衡北兩星爲玉繩。」吴文英解連環詞：「鳳笙杳、玉繩西落。」

〔三〕胡舞句，樂府詩集七六雜曲歌辭：「樂府解題曰：『大垂手，小垂手，皆言舞而垂其手也。』」

〔四〕莫問二句，李煜破陣子詞：「最是倉皇辭廟日，教坊猶奏別離歌，垂淚對宮娥。」蘇軾東坡志林卷四引後主此詞並謂「後主既爲樊若水所賣，舉國與人，故當慟哭於九廟之外，謝其民而後行，顧乃揮淚宮娥，聽教坊離曲。」葉恭綽臨江仙舊曆七夕招友人爲李重光作去世一千年紀念因追和其臨江仙詞韻詞：「彈指佳期經幾劫，玉樓殘夢都迷。」

〔五〕紅兒，羅虬比紅兒詩序：「比紅者，爲雕陰官妓杜紅兒作也。美貌年少，機智慧悟，不與群輩妓女等。余知紅者，迺擇古之美色灼然於史傳三數十輩，優劣於章句間，遂題比紅詩。」注：「虬爲李孝恭從事，籍中有善歌者杜紅兒，虬令之歌，贈以綵。孝恭以紅兒爲副戎所盼，不令受，虬怒，手刃紅兒。既而追其冤，作比紅詩。」此借指宮娥。

〔六〕陳宮二句，葛立方韻語陽秋卷五：「隋克臺城，後主與張孔坐視無計，遂俱入井，所謂胭脂井是也。」又：「今胭脂井在金陵之法寶寺，井有石欄，紅痕若胭脂，相傳云，後主與張孔淚痕所染。石欄上刻後主事蹟，八分書，乃大歷中張著文。又有篆書『戒哉戒哉』數字。其他題刻甚多，往往漫滅不可考。寺即景陽宮故地也，以井在焉，好事者往來不絕。」

法駕導引

榆生詞家皈依彌佛，由大厂居士爲造聖像一尊，以拓本見寄乞題，爲賦此闋〔一〕

一線夙因重省，靈山會散音塵迴〔二〕。儘浮沈，拍嗆翠微瀾〔三〕，慧心猶印。相引。堪認。度金鍼〔四〕，當頭即是西來境。願薰沐香光，終古比坡仙〔五〕，問誰勝？ 料法身無量，寫入貞珉盈寸〔六〕。更犀刻冰堅，鋒迴霜瘦，褶妍秋紉去。臨穎〔七〕。才人夢筆生花〔八〕，都作紺蓮靚。待邂逅、摩訶池畔〔九〕，净緣同證。

【箋注】

〔一〕據龍榆生悼吕碧城女士：「女士方居歐洲，雖相去萬里，音訊常通，談藝之餘，輒諄諄勸予學佛，並寄瑞蓮花瓣及精印佛像等，冀以起其信心。予以俗緣纏縛，又根鈍，二十年來，每讀梵典，迄未能有所悟入，然於女士自度度人之殷殷雅意，未嘗須臾忘也。」又，鄭逸梅南社叢談南社社友事略：「易大厂，名孺，廣東鶴山人。早歲肆業於廣雅書院，從梁鼎芬、朱一新治朴學。中年留學日本，習師範。陳伯陶提學江寧，邀襄學務。又從楊仁山研究禪學。辛亥革命後，寓居上海，講學於暨南大學和國立音專。綜其一生，凡詩古文辭，金石書畫，詞曲聲韻，訓詁篆刻，都精湛淹博。」

〔二〕靈山會，指釋迦牟尼説法會。靈山，靈鷲山，釋迦牟尼居處。

〔三〕拍隃翠句，意謂用上等好墨捶拍平整覆蓋石上微起皺紋的聖像拓紙。隃翠，謂濃墨。隃，隃麋，以産墨聞名。參卷三側犯（廣陵散絶）詞注。

〔四〕度金針，即金針度人。意謂授人以技術或訣竅。元遺山論詩絶句之三：「莫把金針度與人。」

〔五〕比坡仙句，碧城自注：「昔東坡常以彌像隨身，稱曰西方公據。詎其最後自失定力，語其門人錢世雄曰：『西方不無，但著不得力耳。』語絶而逝。今佛學界談此掌故，皆深惜之。」坡仙，見卷二陌上花（十年吟管）詞注。

〔六〕寫入句，指大厂居士所造聖像。貞珉，見卷二念奴嬌（英雄何物）詞注。

〔七〕臨潁，猶臨毫、執筆。顔氏家藏尺牘王曰高：「小刻奉覽，臨潁神馳。」

〔八〕夢筆生花，見卷二定風波（夢筆生花總是魔）詞注。

〔九〕摩訶池，見卷一摸魚兒（漾空濛一奩凉翠）詞注。

編者按，右詞五首録自同聲月刊第一卷第二號今詞林，有附記云：「吕聖因女士，久客瑞士雪山中，清修梵行。前歲曾託南洋某友，爲刊所著曉珠詞，并附惠如長短句。其後續有所作，别署雪繪詞，録稿寄予，屬爲收貯。迨歐戰日劇，移住新嘉坡。予在滬時，尚通問訊，今阻絶將逾歲矣。行篋中攜有五闋，爰爲録載於此。庚辰歲暮，龍沐勛附記。」

吕碧城詞箋注卷六

滿江紅　感懷〔一〕

晦黯神洲，欣曙光一線遥射。問何人，女權高唱，若安達克〔二〕？雪浪千尋悲業海〔三〕，風潮廿紀看東亞。聽青閨揮涕發狂言，君休訝。　幽與閉，長如夜。羈與絆，無休歇。叩帝閽不見〔四〕，憤懷難瀉。遍地離魂招未得，一腔熱血無從灑〔五〕。歎蛙居井底願頻違〔六〕，情空惹。

【箋注】

〔一〕本詞及以下五闋均録自吕氏三姊妹集碧城辭稿。是詞作於一九〇四年春，碧城時居天津大公報館，積極著文立説，倡揚女權，致力於婦女解放運動。五月十日，大公報首次刊發此詞，立即引起極大的社會反響。一時，中外名流紛紛唱和響應，女革命家秋瑾亦慕名造訪，彼此訂下文字之交。嗣後，秋瑾主辦中國女報，發刊詞即出於碧城之手。

〔二〕若安達克，Jeanne d'Arc（一四一二—一四三一），今譯貞德。法國女愛國者。據近世界六十名人，貞德「幼爲父牧羊。其時，英法『百年之戰』將終，貞德雖小女子，竊憐查爾斯第二之窮途，復恨英人殘暴，託於神語，謂見空際明光，隱有神人囑之曰：『貞德往救王，復其國土。』遂自爲負荷天命，欲往見王。其父不許，世父信之，以語衆，衆皆信。貞德遂備刀馬，偕數人詣王，以能解奥良城之圍自任。久敗之軍，得此而皆奮，乘英兵驕慢不設備，突攻奥良，英人大驚，以爲從天而降，不戰自潰，所占據者盡失。退守圍城中，未幾城又下。一日進軍岡壁寨，貞德墜馬被擒，英人生焚之。」

〔三〕業海，佛教謂世間種種惡因如海，故稱。四十二章經：「罪來赴身，如水歸海，漸成深廣。」唐守遂注：「罪始濫觴，禍終滅頂，惡心不息，業海轉深。」

〔四〕帝閽，天門。揚雄甘泉賦：「選巫咸兮叫帝閽，開天庭兮延群神。」李善注引服虔曰：「令巫咸叫呼天門也。」沈曾植病夜詩：「緑章那得無陳奏，再造金天叩帝閽。」

〔五〕一腔句，秋瑾感時二首之二詩：「一腔熱血愁回首，腸斷難爲五月花。」

〔六〕蛙居井底，莊子秋水：「井蛙不可以語于海者，拘于虚也。」

綺羅香　憶蘭

雪泠空林，雲封幽谷，遥憶清芬何處？芳訊難通，多少離情別緒？折芳馨、遠道誰遺〔一〕？披蕭艾、幾時重遇？悵秋風、憔悴天涯，美人芳草怨遲暮〔二〕。　靈均紉佩去後〔三〕，應是風雷晝晦，暗成悽苦。薜老蘿荒，山鬼自吟愁句〔四〕。更恨他、湘水湘雲，又遮斷、夢中歸路。但牽來、萬丈相思，化爲深夜雨。

【箋注】

〔一〕折芳馨句，用楚辭句意，隱含雖持善道而無明君可效之意。屈原九歌山鬼：「被石蘭兮帶杜衡，折芳馨兮遺所思。」又，古詩十九首：「采之欲遺誰？所思在遠道。」

〔二〕美人句，楚辭離騷：「惟草木之零落兮，恐美人之遲暮。」

〔三〕靈均，見卷二更漏子（句聯珠）詞注。

〔四〕薜老二句，楚辭九歌山鬼：「若有人兮山之阿，被薜荔兮帶女蘿。」山鬼，山精鬼怪，一説即夔。王逸注：「國語曰：『木石之怪夔罔兩。』豈謂此耶？」

長相思　寄郭曉雲姊

楓葉紅。柿葉紅。紅盡江南樹幾叢。離人淚染濃〔一〕。　山重重。水重重。水復山重恨不通。夢魂飛繞中。

【箋注】

〔一〕紅盡二句，王實甫西厢記第四本第三折端正好：「曉來誰染霜林醉，總是離人淚。」

清平樂

遥天雲捲。笛韻吹愁遠。黄葉青燈羈客館〔一〕。酒興詩情都懶。　更闌獨自沉吟。漸看新月光臨。半壁藤蘿瘦影，畫成一片秋心〔二〕。

【箋注】

〔一〕黄葉句，謂滯留旅舍，入夜黄葉飄零，青燈相伴。形容處境寂寞清冷。高啓夜泛湖至東舍詩：「東家未宿如相待，黄葉青燈機杼鳴。」

〔二〕畫成句，高蟾金陵晚望詩：「世間無限丹青手，一片傷心畫不成。」

柳梢青　自題折柳圖

折將誰寄？天涯相望，故人千里〔一〕。怨水離烟，曉風殘月〔二〕，久諳滋味。　年年飄轉萍踪，頻自語、樹猶如此〔三〕。緑染宫袍，枝攀上苑，此生休矣。

【箋注】

〔一〕故人句，柳永訴衷情近詞：「秋光老盡，故人千里。」按，以上三句意同李清照孤雁兒詞：「一枝折得，人間天上，没個人堪寄。」

〔二〕曉風句，柳永雨霖鈴詞：「楊柳岸、曉風殘月。」

〔三〕樹猶如此，辛棄疾水龍吟詞：「可惜流年，憂愁風雨，樹猶如此！」餘見卷五小重山（春到龍沙柳不知）詞注。

法曲獻仙音　題虚白女士看劍引杯圖〔一〕

緑蟻浮春〔二〕，玉龍飛雪〔三〕，誰識隱娘微旨〔四〕？夜雨談兵，秋風説劍，夢繞專諸舊里〔五〕。把無限憂時恨，都消酒樽裏。君認取。試披圖、英姿凜凜，正鐵花、冷射臉霞新膩〔六〕。漫把木蘭花〔七〕，錯認作、等閒紅紫。遼海功名〔八〕，恨不到、青閨兒女。剩一腔豪興，聊寫丹青閒寄。

【校】

題民權素第十七集「虚白」前有「吴」字。王本、費本、信芳詞均作「題女郎看劍引杯圖」。〔秋風〕各本均作「春風」。〔夢繞句〕王本、費本、信芳詞均作「冲天美人虹起」。〔把無限〕民權素、王本、信芳詞均作「甚無限」。〔君認取〕王本、費本、信芳詞均作「君知未」。〔試披圖二句〕費本、信芳詞均作「是天生、粉荆脂聶，試凌波、微步寒生易水」。王本「凌波」作「羅襪」。〔聊寫〕各本均作「寫入」。

【箋注】

〔一〕虚白女士，據前「校記」，當爲吴虚白。生平未詳。

〔二〕緑蟻，指酒。謝朓在郡卧病呈沈尚書詩：「嘉魴聊可薦，緑蟻方獨持。」

〔三〕玉龍，劍名。李賀雁門太守行詩：「報君黄金臺上意，提攜玉龍爲君死。」

〔四〕隱娘，唐人傳奇中的俠女，姓聶。十歲時被一女尼挈去習劍，數年後，劍技精絶，武藝高超。她刺殺無故害人的大官僚，除暴安良，又自願嫁與一貧如洗的磨鏡少年，後不知所終。事見太平廣記卷一九四引裴鉶傳奇。

〔五〕專諸（？—前五一五），春秋時吴國勇士。因伍子胥之薦，助吴公子光（闔閭）刺殺吴王僚，專諸本人亦爲僚左右所殺。史記吴太伯世家：「四月丙子，光伏甲士於窟室，而謁王僚飲。王僚使兵陳於道，自王宫至光之家，門階户席，皆王僚之親也，人夾持鈹。公子光詳爲足疾，入於窟室，使專諸置匕首於炙魚之中以進食。手匕首刺王僚，鈹交於匈，遂弑王僚。公子光竟代立爲王，是爲吴王闔廬。」

〔六〕鐵花，指代寶劍。李綱淵聖皇帝賜寶劍生鐵花感而賦詩：「今晨開匣觀龍文，鐵花繡澀蒼蘚痕。」

〔七〕木蘭，又名辛夷、木筆，落葉喬木。葉互生，外紫色，裏作淡白色，香氣清微。此處語意雙關，暗用花木蘭代父從軍事。

〔八〕遼海，遼東之地，因瀕臨渤海，故稱。此泛指邊塞從軍征戍之地。李賀南園詩：「不見年年遼海上，文章何處哭秋風。」

【評】

樊增祥眉批：是荆十三娘一輩人語。

徐沅云：拔天斫地，不可一世，在詞家獨闢一界，不得以音律繩之。

阮郎歸〔一〕

昨宵葉底褪青蟲。重來妝更濃。三生誰識可憐儂〔二〕。迴身扑落紅。　來有影，去無踪。相隨過綺叢。恨他莊叟夢匆匆〔三〕。翻疑色是空〔四〕。

【箋注】

〔一〕本詞及以下二闋均録自信芳詞，亦見於信芳集、吕碧城集。

〔二〕三生，見卷一燭影摇紅（絮影萍踪）詞注。

〔三〕莊叟夢，吴融紅白牡丹詩：「看久顛成莊叟夢，惜留須倩魯陽戈。」餘見卷一月華清（人影蘆深）詞注。

〔四〕色空，見卷二夜飛鵲（春魂殢塵網）詞注。

金縷曲

德國狄斯特爾 Diestel 夫人美丰姿，工談笑，一見傾心，相知恨晚。據云：歐戰時青島陷後，家族悉爲俘虜，己獨飄流至滬，言次黯然，爲感賦此闋

剪燭蕉窗底。道相逢、惺惺惜惜〔一〕，飄零身世。等是仙葩來瑶闕〔二〕，莫問根株同

異。天也忌、山河瑰麗。多少罡風吹塵劫〔三〕，任春紅、揉損金甌碎〔四〕。況我輩，那須計。幽蘭不分香心死〔五〕。撫吴鈎、邀君起舞〔六〕，且迴英氣。一抹瀛波朝曦外，遥指同讐與子〔七〕。怕來日、萍踪千里。花落花開尋常耳，只今宵、有酒還須醉。殘淚拭，盞重洗。

【校】

題王本「據云」後無「歐戰時」三字。〔瑰麗〕王本作「靡麗」。〔那須〕王本作「何須」。〔尋常〕王本作「等閒」。

【箋注】

〔一〕惺惺惜惜，陸澹安小説詞語匯釋：「惺惺惜惺惺，愛惜同類。」

〔二〕瑶闕，指仙境宮闕。朱瓣香讀紅樓夢詩：「如花仙子辭瑶闕，隨花謫下瀟湘月。」

〔三〕罡風，高空之風。劉克莊夢館宿詩：「罡風誤送到蓬萊。」

〔四〕金甌碎，喻國土淪喪。文天祥滿江紅代王夫人作詞：「算妾身不願似天家，金甌缺。」

〔五〕不分，不料。香心，指花苞。此指芳潔之心地。李商隱燕臺詩冬：「芳根中斷香心死。」

〔六〕吴鈎，古代兵器名。吴越春秋卷四：「闔閭既寶莫耶，復命於國中作金鈎，令曰：『能爲善鈎者，賞之百金。』吴作鈎者甚衆。」杜甫後出塞詩：「少年别有贈，含笑看吴鈎。」

〔七〕遥指句，詩秦風無衣：「修我戈矛，與子同讐。」

【評】

樊增祥眉批：肝肺槎枒。

如夢令　前題〔一〕

颶捲銀瀧遒勁〔二〕。吹送海天芳信。十萬散瑶花〔三〕，人在樓船高憑。春冷。春冷。慵卸一圍貂領。

【箋注】

〔一〕前題，據呂碧城集、信芳詞詞序及所詠内容，當指卷二多麗大風雪中渡英海峽。

〔二〕銀瀧，喻指海水。瀧，水流湍急。

〔三〕瑶花，指雪花。張九齡立春晨起對雪詩：「忽對林庭雪，瑶華處處開。」華，同「花」。

鷓鴣天　二月初十，夢得末二句，醒後成之〔一〕

百創心痕刻此生。巫陽難問舊哀情〔二〕。雲浮夏日雖多變，影鑄奇峰不易平〔三〕。

參貝葉〔四〕，守禪經。只將因果付蒼冥。復讐早捨春秋義，孤負龍泉夜夜鳴〔五〕。

【箋注】

〔一〕本詞録自曉珠詞手寫本卷三，作於一九三七年三月二十二日。碧城時在香港。

〔二〕巫陽，見卷二無悶（幽怨重重）詞注。舊哀情，指碧城早年遭逢家難，母女被惡族幽禁，友人秋瑾遇難，姊妹之間失和等哀傷之事。

〔三〕雲浮二句，意謂雖然時事猶如夏日飄浮的白雲變化多端，自己悲哀的心情就像日光鑄就奇峰之影，高低錯落，難以平復。

〔四〕貝葉，見卷二八犯玉交枝（光動圓菱）詞注。

〔五〕復讐二句，陸游長歌行詩：「國仇未報壯士老，匣中寶劍夜有聲。」春秋義，古人認爲，春秋有「大復讐」之義。史記匈奴列傳：「昔齊襄公復九世之讎，春秋大之。」龍泉，劍名。晉書張華傳：「焕到縣，掘獄屋基，入地四丈餘，得一石函，光氣非常，中有雙劍，並刻題，一曰龍泉，一曰太阿。」秋瑾鷓鴣天詞：「休言女子非英物，夜夜龍泉壁上鳴。」

燭影摇紅

癸丑春，感蒙古事有作，用舊韻寄示芷生〔一〕

重展殘箋，背人顛倒吟思遍。嫣紅點點燦秋棠，總是啼痕染。才喜芳菲時漸，悄搴簾、且舒愁眼。含情待見，五色春曦，組成光綫。不道春來，樓空人杳愁歸燕〔二〕。阿誰鈎引玉清逃〔三〕？草露湔裙滿。底説高句驪遠〔四〕。聽鶊語、替傳哀怨。小桃無主〔五〕，嫁與東風〔六〕，已因風散。

【箋注】

〔一〕本詞録自南社叢刻第十一集。據詞題，知此詞作於一九一三年春，所指乃日俄煽動外蒙獨立事。詞云「阿誰鈎引玉清逃」、「小桃無主，嫁與東風，已因風散」等，均由此感發，寓有深意。張印堂蒙古問題第三章蒙古問題之國際背景：「俄人乃大事宣傳蒙人被中國同化之危險，結果在庫倫造出一背我親俄之黨派，促成外蒙背叛運動，向俄求援，脱我自主。俄人則趁歐西列强正注力於巴爾幹及近東諸問題無暇遠顧之時，更乘我革命運動未成之際，於一九一一年七月照會我國，要求：（一）保持蒙古内部現狀（即准蒙人自治）；（二）中國不准在外蒙殖民；（三）中國不准在外蒙駐兵；（四）中國在外蒙改革事，須先與俄國商酌。因我政府未允其要求，外蒙乃向我宣佈獨立。一九一二年九月，俄國特派前駐華俄使（M. Korostovetz）至庫倫，而於是年十月承認外蒙獨立，並於十月二十一日訂有俄蒙協定，約定俄國擔保外蒙獨立，並允協助外蒙國軍與我對抗。民國成立因正忙於革命運動，元氣未復，除以政治手腕交涉外，别無善法。」

〔二〕樓空句，蘇軾永遇樂彭城夜宿燕子樓夢盼盼因作此詞：「燕子樓空，佳人何在？空鎖樓中燕。」又，秦觀調笑令盼盼詞：「戀戀，樓中燕，燕子樓空春日晚。」

〔三〕阿誰句，陳士元名疑卷四引李冗獨異志：「梁玉清，織女星侍兒也。秦始皇時，太白星竊玉清逃入衙城小仙洞，十六日不出，天帝怒謫玉清於北斗下。」

〔四〕高句驪，後漢書東夷列傳：「高句驪，在遼東之千里，南與朝鮮、濊貊，東與沃沮，北與夫餘接。地方二千里，多大山深谷，人隨而爲居。」

〔五〕小桃句，戴復古淮村兵後詩：「小桃無主自開花，煙草茫茫帶晚鴉。」

〔六〕嫁與句，李賀南園詩：「可憐日暮嫣香落，嫁與春風不用媒。」

高陽臺

題津橋惜別圖次方重審君韻，南湖先生拍正。時黃花紀念日〔一〕

風擻湘篁，煙欹灞柳，離情吹入秋笳。明月前身〔二〕，浮雲同此爲家。鏡波瑩映雙鸞影，指紅樓、一角天涯〔三〕。試披圖、麗句珠圓，香鬢釵斜。　瑶臺偃蹇靈修遠〔四〕，祇吟魂兩地，繞遍蒼葭。如夢光陰，他生更卜幽遐。新亭風雨年年黯〔五〕，最傷心、又酹黃花。付征鴻，錦字緘愁，莫被雲遮。

【箋注】

〔一〕本詞最初刊於一九一三年六月十八日第十版申報，署名碧城。各本失收。同時刊有方重審原作，題作爲南湖外舅題津橋惜别圖。據詞題可知作於一九一三年三月二十九日，是日爲黄花崗烈士殉國紀念日。方重審，安徽桐城人。晚清民國名士廉泉之婿。生平未詳。南湖先生，即廉泉，字惠卿，號南湖、小萬柳居士。江蘇金匱（今無錫）人。碧城知交。工詩文，嗜好金石書畫。著有南湖集等。

〔二〕明月前身，司空圖二十四詩品：「流水今日，明月前身。」

〔三〕指紅樓句，王拯珍珠簾春影詞：「指紅樓一角，玉人遥憑。」

〔四〕瑶臺句，楚辭離騷：「望瑶臺之偃蹇兮，見有娀之佚女。」王逸注：「偃蹇，高貌。」靈修，楚辭離騷：「指九天以爲正兮，夫唯靈修之故也。」王逸注：「靈，謂神也。修，遠也。能神明遠見者，君德也，故以喻君。」

〔五〕新亭，景定建康志卷二十二史正志重建新亭記：「西南去城十二里，有崗突然起於丘墟壟塹中，其勢回環險阻，意古之爲壁壘者，或曰此六朝所謂新亭是也。……亭之名始見於東晉，至宋王僧達更爲中興亭。其後干戈相尋，鞠爲榛莽，不知幾年矣。」

附録一 傳記序跋

吕碧城居士傳略

澄徹居士

吕碧城居士，旌德人，世家也。父諱鳳岐，字瑞田，清光緒丁丑翰林，山西學政。母嚴氏。男女兄弟五，兩兄幼殤。居士最晚出，生而穎慧絶倫，讀書十行俱下，有「不櫛進士」之譽。

年十二，喪父，家産被堂叔侵佔，貧無以爲生，隨母姊赴塘沽依舅氏，居廡下者六七年。旋孑身之津，入大公報館任編輯，文名藉甚。有友介謁袁項城，一見激賞，令充北洋女子公學總教習，俄而升任監督，時年二十有一也。課餘習蟹行文字，不數稔遂通英、法、德三國語言。

志高邁，矢以北宫之女自居。憤清廷政稗，陰聯浙江秋瑾女士謀革命，事敗，項城欲逮捕，幸得解乃免。未幾奉母舍而之滬，涉足商場，與西商角交易，西商多折苑。而居士獨操奇贏，雖數載致富，而怨府深矣。無何，又失恃，遂隻身走美洲，瀕行以十萬金助紅十字會。

抵美後，居紐約大旅舍，舍宏壯甲一都，房金最鉅，西人寓者多不踰七日，居士竟淹留至六閱月。名媛命媍，皆聞名争與定交，值隆重讌會，罔不邀請。居士製錦衣多襲，日赴數燕必更御，鮮豔奪目，見者擬爲天上人。旋由美渡歐，寓英京倫敦。一日，應吾國駐英公使某夫人摴蒲之約，至稍晚，局已成，居士坐於旁，適郵使送書至，主人啓視，乃印光法師嘉言録也，授居士覽竟，學佛之念油然而生。自是遂漸遠酬酢，日從事内典。年餘，皈依三寶，未幾斷肉食，且以此勸人。又念歐美人之嗜肥甘，由耶教博愛之旨不究竟，且罔識因果輪迴也，乃發願以英文先後譯成普賢行願品、阿彌陀經、普門品、十善業道經等諸大乘經，及戒殺因果諸論，流通各國。佛法由東而復西，泰西智識界人士，無論佛徒非佛徒，皆得深沾法味，彼邦護生蔬食等雜誌，争載居士之論文玉照，備致推崇。民國二十年，且有條頓、偷通、日耳曼諸民族五十餘人，來吾國華山，受具足戒，寧非居士弘揚之影響乎？

某歲，居士寓香港，體不適，疑報身將盡，遂以生活費十餘萬金布施佛事。丁丑以還，情殷救劫，於英、美、瑞士諸邦，弘佛化不遺餘力。庚辰東旋，止香港東蓮覺苑，成觀無量壽佛經釋論，遠道郵貺，詮法宗唯識，頗精審。且復書勸其姊美蓀茹素，書詞激切，余有詩頌之。

今正初，美蓀忽泫然來告曰：「吾妹已於一月二十四日晨在港圓寂矣。」方疑駴，陳无我居士書繼至，述上海榮柏雲居士得居士遺書訣別，又得覺苑林楞真女士報告。居士臨終，含笑念佛，儀度安詳，遺屬荼毘後，以骨灰投水，結緣鱗介。享世壽六十。遺著有華英文各十種，合名夢雨天華室叢書云。

澄徹曰：余與碧城有鄉誼而未謀面，僅神交耳。夙聞其奔走海外，爲法忘軀，斥資譯經諸事，心儀久矣，值净侶輒稱道之。前年冬爲其骨肉參商，馳書調解，始締文字因緣。方冀亂平歸國，一詢弘法之過程，而不意其竟舍報也。豈緣盡而遽去歟？抑欣厭願切，生西授記，將重反娑婆而普度歟？固不敢臆測。然綜觀其生平大業弘願，始迷頓覺，在鬚眉且難能，况巾幗乎！其必爲乘願再來以度娘女者，可斷言已。龐靈照倘前身乎？遺書具在。吾惟以其未及觀太平，致足恨也！

（録自覺有情第四卷第十五、十六號）

呂碧城

紙帳銅瓶室主

碧城女士字遁天，一署聖因，足跡遍天下，今春病逝於香島。女士與乃姊美蓀，俱有清才，刊有信芳集，首列小影，作歐西裝，風致娟然也。與費韋齋、樊雲門常相唱和，雲門贈詩有「十三娘與無雙女，知是詩仙是劍仙」之句，其豪邁放誕可知。居海上同孚路，夷樓一角，位置井然，蓄犬一，女士琴書遣興，犬即偎伏其旁，出入汽車代步，生活殊富贍焉。

民國十四年，襟霞閣主撰一文，披露於某刊物上，女士認爲影射彼名，誣辱其人格，乃訴之於法，襟霞閣主懼其擾，匿居吴中調豐巷，易名爲沈亞公，女士更登報究探，謂如獲其人，當以所藏慈禧太后親筆花卉立幅一以爲酬，襟霞閣主終日杜門不出，甚感悶損，遂草長篇小説人海潮一書，凡半年始竣，其時女士却不復措意於往事。一日，錢須彌君晤之席間，遂以魯仲連自任，紛難乃立解。

女士常作歐西之行，謁納爾遜像及巴黎拿破崙墓，盪槳瑞士之日内瓦湖，領略世界樂園之勝，又復駐足意大利，一弔羅馬之夕陽，更赴美利堅，參觀好萊塢諸明星如卓別林、羅克、賈克可根、范鵬克、范倫鐵瑙、愛琳立許、巴賴南格麗之宅墅，撰鴻雪因緣以記之，小説多短篇，散見各雜誌。

（録自永安月刊第五十一期説林凋謝録二）

吕碧城傳

吕碧城，一名蘭清，字遁天，號明因，後改作聖因，晚年法號寶蓮。安徽旌德人。父鳳岐，字瑞田，曾任山西學政。清光緒九年（一八八三）生。長姊清揚，字惠如，亦作蕙如；次姊美蓀，亦作梅生、眉生，咸以詩文聞於時，有「淮西三吕，天下知名」之稱。妹坤秀，亦工詩文。碧城於姊妹中尤慧秀，而虚憍特甚。詩文外，亦工畫，善治印，並嫻聲律。英斂之華嘗爲刊行吕氏三姊妹集。九歲議婚汪氏。十二歲喪父，侍母鄉居。舅嚴朗軒司榷塘沽，母命往依，冀得較優教育。碧城擅長聲律，年十五六，偶有所作，爲樊樊山、易實甫諸前輩所見，極稱譽之。母嚴氏，爲繼室，與人争産，被擄，樊山任江寧布政使，碧城函請營救，幸脱險，乃汪氏認爲不名譽，藉詞退婚。碧城方以才貌噪於時，遽蒙奇恥，所遇亦迄無愜意者，遂決意獨立，不再字人。光緒廿九年(一九〇三),受聘天津大公報編輯,並在天津辦北洋女子公學,譯名學淺釋。入民國,袁世凱聘爲公府秘書,籌安會起,即辭去。七年冬赴美,入哥倫比亞大學。十一年自加拿大返國。十五年再遊歐美,所至皆有吟咏,撰鴻雪因緣,以宣揚佛學爲志,尤重護生戒殺,倡導蔬食。芳蹤所到,頗爲轟動。十八年,吕碧城集問世。二十年,輯護生崇佛言辭爲歐美之光一册,各地佛教重版多次,流傳甚廣。並譯佛經若干種爲英文。三十二年一月二十四日卒於九龍,年六十一歲。遺命火化後,和麵爲丸,投海中,與水族結緣。所著尚有信芳集、曉珠詞、文史綱要、香光小録、雪繪詞、觀經釋論等。

(録自劉紹唐民國人物小傳)

記吕碧城女士

陸丹林

護首探花亦可哀,平生功績忍重埋。忽忽説法談經後,我到人間只此回!

這是旌德吕碧城女士於民國卅二年一月廿四日在香港臨終的時候最後的吟詠。看這首詩,是悟澈生死之理,了無挂礙似的。

當時香港是在淪陷期間，國内也在抗戰中，消息梗塞。因此，她在逝世了幾年，最近還常有人探詢她的芳蹤近況的。

她在十二歲的時候丁父（瑞田）憂，有一次，她的母親嚴夫人給强徒擄掠，她便寫信飛報給年伯樊雲門求援。那時樊任江蘇布政司，設法援救，纔得安全釋放。

袁世凱任直隸總督時，撥公款派她籌辦天津北洋女子公學，先任總教習，後升任監督（即今之校長）。那時她只有廿一歲，是民國前八年的事。她未辦學之前，曾一度任大公報撰述。秋瑾很欽慕她，後來秋瑾出版中國女報，發刊詞就是出於她的手筆。

她好遊歷，兩度赴歐美，如美國、法國、英國、意大利、瑞士等都有她的蹤跡，尤其是住在日内瓦的時候最久。在美國，曾入哥倫比亞大學習美術。在歐洲，和各國慈善家發起護生戒殺運動，同時用英文翻譯佛經，傳播佛學。她爲了信佛，實行茹素戒殺。爲了這，她在民廿四年在香港購屋居住，搬入不久，發現梁柱白蟻叢生，如果把它消滅，便違背殺生之旨；不然，白蟻蛀爛梁柱，屋宇傾圮，人物遭殃。不得已，索性平價的把住屋讓給別人。

她生平的著作很多，除了中西文的論著外，詞集先後印過數次，如信芳詞、曉珠詞。她在自序裏説明自己定稿付印的原因，如云：「予慨世事艱虞，家難奇劇，凡有著作，宜及身而定，隨時付梓，庶免身後湮没。」從這幾句話，便知道她自行編印詞集的目的了。她的詞，樊雲門最爲推重，信芳詞付印時，樊氏逐首有評語，如：「南唐二主之遺」、「鬆於梅溪，細於龍洲」、「陳君衡所不能到」、「稼軒『寶釵分，桃葉渡』，不能專美於前」、「清深蒼秀，不減樊榭山房」、「此詞居然北宋」等，都可以見到她的詞學的造詣與成就。

她飽經憂患，獨身終老，平生起居服用，過的是豪華生活。後來感悟，專研内典，傳揚佛法以終身，所遺下的，只有生平著述的詩文詞。一代才人，死於亂世期間，寂寞無聞，不禁的使人感慨系之！無怪她最後的詩有「我到人間只此回」的悽音了。

（録自民國三十七年八月三十一日申報）

呂碧城小傳

林葆恒

呂碧城，字聖因，安徽旌德人，湘妹，有曉珠詞。碧城曾從樊山老人遊，樊山致碧城札有：「得手書知吾姪不以得失爲喜愠，巾幗英雄，如天馬行空，即十許年來以一弱女子自立於社會，手散萬金而不措意，筆掃千人而不自矜，此老人所深佩者也。」其推許如此。嘗偕金鶴望作江鄉之游，碧城見牛車戽水，乃吟曰：「兩岸桔槔牛帶鏡。」蓋舟中游侶悉御靉靆，故以此調之。鶴望見碧城長裙拖地，乃對曰：「一溪荇藻鱉拖裙。」相與大笑。

（録自詞綜補遺卷七五）

吕碧城小傳

光鐵夫

吕碧城，原名賢錫，旌德人。賢鍾三妹也。幼即敏慧。一日侍父園中，父顧垂柳以「春風吹楊柳」五字命對，即應聲曰：「秋雨打梧桐。」父奇之。時年五歲也。七歲能作巨幅山水，十二歲詩文俱已成篇，十九歲創辦北洋女子公學。直督袁世凱極器重之。辛亥後，精研歐西文字及佛學，旋漫遊歐美，宣揚佛旨，頗爲彼邦人士所歡迎。著有信芳詩集及歐美漫遊録等書。今尚留瑞士國未歸。

（録自安徽名媛詩詞徵略卷三）

呂碧城傳

呂碧城（一八八三—一九四三），近代傑出女詞人。通曉英、法、德三國文字，出身於旌德縣仕宦之家。行名賢錫，一名若蘇，字聖因，號曼智，別名較多，有曉珠、信芳詞侶、寶蓮、蘭清、清揚、遁天等。

父呂鳳岐，清光緒三年（一八七七）進士，官至山西學政，後定居安徽六安。家有「長恩精舍」書齋，藏有善本、抄本三萬餘卷。呂碧城姐妹四人，自幼受家學熏陶，皆以文才馳名。呂碧城排行第三，禀賦尤爲聰慧，文思敏捷，爲姐妹中佼佼者。其父視若掌上明珠。碧城五歲即以「秋雨打梧桐」和對其父「春風吹楊柳」，人皆稱奇。七歲能繪巨幅山水，十二歲詩文成篇。後因喪父，家産被外人侵佔，隨母依舅生活數年。呂碧城早年載譽文壇，二十歲時隻身赴津，被天津大公報經理英斂之特邀爲助理編輯。此後，呂碧城在京、津各報主持筆政，文名大起，每有詞作問世，讀者争相傳頌。詩人樊增祥亦表「深佩」，並以金縷曲一詞贈勉。辛亥革命後，呂碧城在上海參加南社，與詞壇名家交往，詩詞益精，被柳亞子贊爲：「足以擔當女詩人而無愧。」吕碧城初有信芳集刊行，晚年親自審訂新舊諸作，匯印成曉珠詞四卷。其詩詞多出新意，膾炙人口，反映現實。近三百年名家詞選録六十六位名家詞作四百九十八首，吕碧城五首殿後，有「一代詞媛」之稱。章太炎夫人湯國黎稱其「留得人間絶妙詞」。

吕碧城中年卜居瑞士，專治佛學，弘揚佛旨，誦經著書，斷肉食，倡戒殺，並謀籌中國保護動物會。一九二九年，吕碧城應邀在維也納萬國保護動物大會上演講，與會者二十五國公使，代表五千餘人，聽後無不感動，維也納各報争先刊載其演講詞。在旅居海外和歸國期間，吕碧城相繼撰有觀無量壽佛經釋論、觀音聖感録等佛學著作，並有英文譯作普賢行願品、十善葉道經、阿彌陀經、法華經、普門品等。

吕碧城一生三遊歐美，並在美國哥倫比亞大學學美術。著有歐美紀事、歐美之光和歐美漫遊録（又名鴻雪姻緣），其中歐美之光暢銷一時。此外，還有美利堅建國史綱、文史綱要、名學淺説等。吕碧城晚年集生平詩詞、遊記諸作，編爲吕碧城集五卷。

吕碧城尚有諸多義舉爲社會所稱道。一九〇四年由友人薦謁袁世凱，被授任天津北洋女子公學總教習。一九〇六年，升任北洋女子師範學校校長，致力婦女教育。吕碧城與革命女俠秋瑾友誼深厚，情同姐妹。一九〇六年，吕碧城力助秋瑾創辦中國女報，特爲該報撰寫發刊詞，提倡女權，宣傳革命。次年，秋瑾在紹興就義，暴屍街頭。吕碧城痛失密友，冒殺身之險遣僕偷葬烈士遺體（後由吴芝瑛重新安葬）。抗日戰争時期，吕碧城多次在香港報刊上撰文痛斥日軍侵華暴行，宣傳抗日思想。吕碧城終身未嫁，疏財仗義，樂善好施。一九一八年出國留學前，從在滬經商盈利中提取十萬巨金捐贈紅十字會。在海外時兩次捐款，用於宣傳保護生態環境。一九四〇年捐款給國内賑災機構，幫助抗戰中流離失所的難民。臨終又遺命將全部財産布施佛事。

吕碧城晚年經美洲移居香港，寄身東蓮覺苑書屋，念佛著書。第二次世界大戰香港淪陷，吕碧城憂鬱而病。一九四三年一月二十四日飲恨而逝，遺命火化，將骨灰和面爲丸投入海中。吕碧城辭世後，友人、同事多撰文賦詩哀悼，或爲之出專集，以示紀念。

（録自旌德縣志）

信芳集序

費樹蔚

予識吕君碧城垂二十年，愛之重之，非徒以其文采票姚也。其人自守潔，見地超與人，忠恕絶去拘閡，而不爲誕嫚。世或以偏宕豪侈少之，殊未思君身世艱屯，中情激發，非其本色也。亦或妄人輕肆，蛾眉嫉妬，采蘭感帨，造作話言，守禮謹嚴，何須户曉。遨遊南北，登涉山川，買山結鄰，見輒相約，樂郊奚適，四顧茫然。

疇昔送君爲美洲之行，祝其早歸，而時事益棘。丙寅初夏又送君去國，自是以後，江左騷然，以我念君，知君念我。今春素書來，問訊無恙，迺以所草歐美游記三卷、新詞一卷、新詩數篇來。綜其書意，厥有四端：胃疾久淹，將付剖割，脱有不幸，則身後之事，宜畧經紀，叢殘著作，付託爲先，一也；平生詩友，服膺惟君，敬禮定文，匪異人任，二也；詞家盛於兩宋，而閨秀能有幾人？漱玉、斷腸未爲極則。際兹舊學垂絶，坤德尤荒，斯文在兹，未敢自薄，既爲閨襜延詩書之澤，亦冀史乘列文苑以傳，三也；幼而畸零，壯益牢落，經行往復，形影羈孤。每有微吟，衹堪獨笑，采伴雖多，未諳韻語。密親既盡，誰延古歡？一從海外之游，更富囊中之句。雖舊書散盡，儉腹填難，而寸鐵羞持，紺珠强記。行盡十洲，拓開萬古。娟娟豸影，靡假粉澤爲妍；一一鶴聲，不乞隣醯而與。求之流輩，争效捧心，邈矣流風，願爲婪尾，四也。並改正舊時詞稿按拍未諧者，屬合爲一編，而坿雜文游記於其後。

予受讀既竟，掩卷累欷。蓋其詩詞佳處高揭羣言，俠骨仙心獨居深念，貞孝悱惻流露行間，漆室、木蘭遜其華好，道韞、清照無其瓌邁。游記叙事，寫懷每多深警，終卷數篇，語尤侃侃。性靈瑩澈，興寄蕭聊，非我佳人，孰能到此？欲歸未得，視死如歸，間氣所鍾，造物所忌。此卷印成之日，君其尸解仙去，魂來栩栩耶，抑猶得一握手酬唱爲樂耶？舊邦新命，何至焚坑？不朽之託，洵乎深識矣。

（録自韋齋文鈔）

吕氏三姊妹集序（節録）

英斂之

吕碧城女士爲前山西學政瑞田公之季女，甲辰暮春爲游學計至津，主予家。四月中，其長姊惠如復由塘沽任所來津，時相過從，與内子淑仲一見即針芥相投，苔岑契合，遂盟爲姊妹，矢以永好，予因得讀兩君詩暨辭。惠如則典贍風華，匠心獨運；碧城則清新俊逸，生面别開。乃摘其尤佳者，登之大公報中。一時，中外名流投詩辭、鳴欽佩者，紛紛不絶。誠以我中國女學廢絶已久，間有能披閲書史、從事吟哦者，即目爲碩果晨星，羣相驚訝，况碧城能闢新理想，思破舊錮蔽，欲拯二萬萬女同胞出之幽閉羈絆黑暗地獄，復其完全獨立自由人格，與男子相競争於天演界中。嘗謂：「自立即所以平權之基，平權即所以强種之本，强種即所以保國而不至見侵於外人作永世之奴隸。」嗟乎！世之峩高冠、拖長紳者尚多未解此，而出之弱齡女子，豈非祥麟威鳳不世見者乎？

（録自呂氏三姊妹集）

信芳集序（未定稿）

吴宓

一、信芳集確能以新材料入舊格律，所寫歐洲景物，及旅游聞見感想，宓今身歷，乃更知其工妙（李思純昔游詩及旅歐雜詩亦然）。而其藝術及詞藻，又甚錘煉典雅，實爲今日中國文學創作正軌及精品。二、信芳集確能以作者本身深切之所經驗感受，痛快淋灕寫出，而意境却極高尚，藝術却極精工，即兼有表現真我及選擇提煉之工夫。集中所寫，不外作者一生未嫁之凄鬱之情。纏綿哀厲，爲女子文學作品中之精華所在，然同時作者却非尋常女子，其情智才思，迥出人上。其境遇又新奇，孤身遠寄，而久住歐洲山水風物最勝之區。如此外境與内心合，遂若屈子離騷（集名亦取此書）又似西方浪漫詩人之作。所謂美麗之生活，方可製成精工之作品也。此其三、人生福慧難兼。即或享受實在之幸福，一生安樂滿足，而平庸不足稱述。此其一途。又或身世悲涼，遭受屯艱，苦意濃情，無所施用。而中懷鬱結，一發之於詩文，却産出無上作品。其生活之失敗孤苦，正其藝術創作之根基淵泉。此另一途。二者不可並得，惟人所擇，若如吾儕自命超俗而雅好文學之人觀之，則寧取第二種途徑，而不顧第一途，但自亦須出之自然，非可矯揉造作耳。由此以論，信芳集作者，誠足自慶自慰，而不必自恨自傷矣。

（録自一九三一年三月吴宓日記）

曉珠詞自跋

呂碧城

予慨世事艱虞，家難奇劇，凡有著作，宜及身而定，隨時付梓，庶免身後湮没。曩刊曉珠詞即本此旨。時雖遠客海外，未能校讐，版漶字訛，均未遑計。邇以舊刊告罄，索者踵接，無以應也，乃謀重鋟，釐爲三卷。初稿多髫齡之作，次旅歐之作，歸國後媁以佉盧文字迻譯釋典，三載始竣。重拈詞筆，月餘得如干闋，即此卷也。手寫新稿先付景印，將與前二卷合刊，俾成全璧。敝帚自珍，深媿結習之未蠲也。丁丑三月呂碧城自記。

（録自曉珠詞卷三手寫影印本）

曉珠詞自跋

呂碧城

右詞二卷，刊於己巳歲杪，迨庚午春，予皈依佛法，遂絶筆文藝。然舊作已流海內外，世俗言詞，多違戒律，疚焉於懷，乃畧事刪竄，重付鋟工，雖綺語仍存，亦蘊微旨；麗情託製，大抵寓言，寫重瀛花月，故國滄桑之感。年來十洲浪跡，瓌奇山水，涉覽略遍，故於詞境漸厭横拓，而眈直陟，多出世之想。聞頗有俗傖揣以凡情，妄搆謡詠，爰爲詮釋，以闢其誤，西崑體晦，自作鄭箋，恨未能詳也。卷尾若干闋，乃今夏寢疾醫舍無聊之作，遺懷兼以學道，反映前塵，夢幻泡影，無非般若，播梵音於樂苑，此其先聲，儻亦士林慧業之一助歟！壬申秋末聖因識於瑞士國之日内瓦湖畔。

曉珠詞自跋

呂碧城

年來潛心梵夾，久輟倚聲，由歐歸國後，專以佉盧文字迻譯釋典，三載始竣，形神交瘁，乃重拈詞筆，以游戲文章息養心力。顧既觸夙嗜，流連忘返，百日内得六十餘闋，爰合舊稿，釐爲四卷。草草寫定，從今擱筆，蓋深慨夫浮生有限，學道未成，移情奪境，以詞爲最。風皺池水，狎而玩之，終必沉溺，凛乎其不可留也！至若感懷身世，發爲心聲，微辭寫忠愛之忱，小雅抒怨悱之旨，弦歌變徵，振作士氣，詞雖末藝，亦未嘗無補焉。予惟避席前賢，倒屣來哲，作壁上觀，可耳。丁丑孟夏聖因再識。

（以上録自曉珠詞四卷本）

附録二 諸家題贈

法曲獻仙音

東吴姜盦詞人塵稿

老學庵筆記稱易安譏彈前輩多中其病，意其識解所到，有以破一世浮議，不爲所拘攣者，惜其論著不傳，乃僅以詞人目之也。碧城女史邃於哲理，憫女學之不昌，爲論説以張之。理之所據，於前哲不少迴護。三千年彤史中無此英傑。餘事填詞，亦復俊麗絶倫，殆今之易安居士歟？爰拈是解，依集中晚字韻，以寫傾頌之忱。

鵑血關河，燕襟簾幙，身世衹憐春晚。海角風濤，楚纍吟篋，心情倚樓常嬾。懺不盡金荃恨，展箋正神黯。按歌遍。喜坤靈、扇開塵障，張葦路、不數五丁揮斷。彩鳳拍天來，耿吟眸、一陣撩亂。盡瀹新思，浥蛟綃珠字穿線。願天風度箋，叫起鎖樓繁怨。

（録自呂氏三姊妹集）

滿江紅

沈祖憲

歐學東漸，知世界、女權横絶。占人間、高華理想，筠清玉潔。慕賽精靈詩寫豔，羅蘭氣概刀瑩血。問神州、巾幗有誰同？盟滕薛。　囊琴劍，訪碑碣。棄脂盝，攜壺笠。喜亞東女士，聯翩游屐。島國櫻花香薜荔，梵天貝葉文翻譯。看風潮、廿紀啓文明，今非昔。

釵釧英雄，向夢裏、尋消問息。是何人、傾璣瀉玉？手能代舌。螺墨潛消雕漆硯，鴛針不繡裝花舄。獨莊嚴、襟帶説平權，風雷激。　扶馬背，吟殘月。立鰲背，看初旭。驀九天咳唾，飛來珠屑。班氏一門傳史稿，劉家三妹雄文筆。冠大江、南北女兒花，吕旌德。

百感茫茫，對大地、萬千巾幗。歎同羣、紡塼霜燭，蘭襟抑鬱。解縛索將彌勒笑，著書聊當天魔哭。發狂言、紅粉首齊迴，淚痕濕。　廳獨立，文明國。史革命，文章伯。掃粃糠舊説，鐙熒漆室。綵綫光陰春有脚，金輪世界花添福。擬人中、龍鳳女蘇黄，一夔足。

半面朱桓，似舊識、蕉窗剪燭。思往事、才媛何在？墓門拱木。女姪阿同績學工詩，今下世十稔矣。鄭氏小同嗟薄命，王家名宿餘癡叔。恨英雄、並世不珠聯，碎明月。用三國名賢贊「碎此明月」句 謝道韞，清逾雪。李清照，瘦於菊。願大家鼎立，高張纁纛。絶頂聰明天所恣，嘔心文字人難續。看萬家、萬本寫銀鈎，焚香讀。

金縷曲

樊增祥

姑射嬋娟子。指仙家、碧城十二，是儂名字。冰雪聰明芙蓉色，不櫛明經進士。算兼有、韋經曹史。玉尺家聲嬌女繼，種鯉庭、十萬新桃李。君爲余同年吕提學季女，十年前已爲天津女學堂總教習。男不重，重生女。江南舊識雲英姊。寫春風、紅梅一卷，詩如花美。令姊嘗爲余畫紅梅卷子，題詩其上。芍藥清文今重見，始信花中有蕊。只漱玉、風流堪擬。料得前身明月是，睹聲名、碧海青天裏。應買貴，薛濤紙。

集卷中句

易順鼎

化身應自蕊宫來，一著塵根百事哀。莫怪詞鋒驚俗耳，那知香國有奇才。
萬靈凄惻繞吟壇，絶代銷魂李易安。幾輩閬風閒緤馬，獨教紅粉泣南冠。
可堪無女怨高邱，思入風雲筆自遒。花落花開等閒耳，神州無恙恣芳遊。
除却湖山歌舞外，夕陽紅處盡堪憐。隔窗誰弄悲婀娜，指下秋風起素弦。
異同堅白細評量，莫問他鄉與故鄉。往返人天何所住，仙家風度本清狂。
屧窗歷歷夕陽明，時見驚鴻倩影憑。莫話滄桑舊身世，天涯腸斷女延陵。
花落花開等閒耳，幽蘭不分香心死。滿庋花雨下如潮，三十六天秋似水。

又題

易順鼎

讀「素手先鞭何處著？如此山川」，爲之起舞；讀「往返人天何所住？如此華年」，爲之宕氣；讀「遼海功名，恨不到青閨兒女」，則爲之敲碎唾壺矣。戊午上巳，

一厂居士又題。（以上録自信芳集一卷本）

七律一首

樊增祥

前身合是絳河星，錦織璿璣手不停。花在春風紅間白，命如霜月素憐青。天然眉目含英氣，到處湖山養性靈。自是游仙無定在，莫疑漂泊鳳凰翎。

七絶八首

樊增祥

第三嬌女玉卮娘，却去瑶池到下方。紫錦函中書一卷，明明翠水白蓮香。

聰明天賦與娉婷，記取前生琯朗星。鍊就才人心與眼，爲誰暖熱爲誰青？

香茗風流鮑令暉，百年人事稱心稀。君看孔雀多文采，嬴得東南獨自飛。

俠骨柔腸只自憐，春寒寫遍衍波箋。十三娘與無雙女，知是詩仙是劍仙？

花簾粗淺等奴星，漱玉香毫寫性靈。頗有太倉惆悵意，老人無奈牡丹亭。

耽香愛潔儉妝梳，麈拂瓶花伴讀書。乞與肉身水仙號，滿衣香霧女相如。
月明林下見斯人，乞取梅花作粉真。夢寐不離香雪海，誰知即是此花身。
十嶽名山數往還，人從世外想煙鬟。謝家柳絮真成讖，流雪迴風天壤間。

樊增祥

鷓鴣天

聖因賢姪續刻詩集屬余題句即送游美洲

縹緲飛樓現碧城。又玄集比極玄清。盤中珠轉光難定，卷裏香多蠹不成。

絲宛轉，玉瓏玲。紫簫能學鳳凰鳴。只憐蕙子英靈手，獨抱璇璣海外行。

（以上録自吕碧城集）

樊增祥

寄酬聖因美洲

海西真現美人雲，也似崑崙訪道勤。杏子眼空天下士，櫻桃口熟六朝文。蒐求異國新知見，根柢中華舊典墳。何限鬚眉守妻子，乘風萬里孰如君。

得聖因紐約書却寄

樊增祥

久無破浪乘風志，輸與蛾眉作國賓。鶗鴂舌靈音變夏，榛苓詩就物同春。波潮不避貪新學，骨肉無多念老人。他日米珠隨鳥爪，歸來東海罷揚塵。

（以上録自樊山詩詞文稿卷三）

手書二則

樊增祥

碧城賢姪文几：昨誦手書，知舞衣事已得前途答復。吾姪感時惜别，發函悵然，僕一生爲人所忌，是以愛才彌切。七十以後，忽見清文麗藻不屬冠帶而屬釵笄，而又孤鳳高騫，滄溟萬里，此亦往古才人所未聞也。拙句有云：「天人交忌是才名。」昔以自傷，今復爲吾姪詠矣。書中齒及江寧之事，此年家應有之義，不援則豺矣。述之滋愧，稍暇當過談，復候文安，增祥拜手。

碧城賢姪如面：得手書，固知吾姪不以得失爲喜慍也。巾幗英雄，如天馬行空，即論十許年來，以一弱女子自立於社會，手散萬金而不措意，筆掃千人而不自矜，此老人所深佩者也。餘事爲詩，亦壯心自耗耳。僕卜居未定，頗碌碌，暇當詣談，復候妝安，增祥拜手。

手書一則

易順鼎

碧城主人鑒：屢欲走訪，皆因俗冗牽率未果，歉甚。廬山遊記及詩稿數紙均讀過，兹送繳，祈詧收。見解之高，才筆之豔，皆非尋常操觚家所有也。來函論及女子綺語，如漱玉之類，謂「謗之者固爲病狂，辨護者亦屬無味」，韙哉斯言！實獲我心矣。平日論作詩有四語云：性情真，學問博，心地净，胸次高。鄙人生平一無所長，惟日日向「心地净，胸次高」兩語做去，謗者麕集，全不放在心上，見他人受謗亦然。懶殘云：「那有工夫爲俗人拭涕，自己受謗尚不暇辨護，安有暇爲他人辨護哉！」書博一笑，亦不妨示人。函云「勿示人」，竊猶以爲未達耳。稍暇，容奉約一談。此請著安，易順鼎白。

（以上録自吕碧城集）

讀碧城女史詞奉呈一律

羅刹庵主人未是草

不學胭脂凝靚粧，一枝彤管挾風霜。勤王殉國欽戎女，演説平權薄薛嬢。忍視樓船羣壓海，可憐紅淚悽沾裳。鬚眉設有如君輩，肯使陵園委虎狼？

（録自光緒三十年三月廿六日大公報）

昨承碧城女史見過談次佩其才識明通志氣英敏謹賦兩律以志欽仰藉以贈行

鐵花館主稿

烽火茫茫大地哀，斗間光氣破塵埃。危言自足驚羣夢，逸興偏來訪劫灰。始信櫛笄有名世，第論詞翰亦清才。榑桑望海方開旭，好去仙風莫引回。

女權何用問西東，振起千年若破蒙。獨抱沈憂託毫素，自紬新籍寄天聰。機中錦字誰能識，局外殘棋尚未終。載誦君詩發長歎，劍鋩森起氣豪雄。

讀碧城女史詩詞即和舟過渤海原韵

壽椿廬主

魚龍争長扇腥風，誰陷遼民水火中。渤海茫茫百感集，鄙人今春亦遵渤海北來。放懷欲唱大江東。

一枝彤管挾霜風，獨立裙釵百兆中。巾幗降旗争倒竪，焕然異彩放亞東。

女權發達振頽風，力破卮言主饋中。學界乾坤原一體，迷航從此渡瀛東。

下田歌子此其風，人格巍然女界中。教育熱心開化遠，文明初不判西東。

（以上録自光緒三十年四月初四日大公報）

閲大公報獲讀碧城女史著論即次鐵華韵率拈一律以識敬服

姜龕塵稿

拔劍爲君歌莫哀，欲排閶闔凈塵埃。龍華劫後春無賴，麝鼎燒殘願未灰。填海祇窮精衛力，補天端仗女媧才。劇憐舉世槐安夢，風雨嘵音苦唤回。

弱水西流海水東，滄桑閲盡起羣蒙。蜉蝣萬古憐輕羽，冰雪千言見性聰。熱血濺人天可動，華鬘説法語難終。埽眉更有拯時具，解與雌亭氣亦雄。

（録自光緒三十年四月十五日大公報）

答吕碧城香港用梅村題西泠閨咏韵

費樹蔚

淡墨輕霜字半斜，不因寂寞損清嘉。吴山越水三年別，霧鬢風鬟萬里家。獨夜高樓憐漢月，温暾小院著鑾花。粉腔英氣難消歇，綺夢飛騰走錦車。飄燈銀海豔金蕖，雲母屏風敞碧虚。醉拂蓉裳羽衣舞，偶拈湘管蟹行書。天涯放曠身無著，世上畸零命孰如？冰雪聰明蔬笋氣，歡場只合算幽居。飛飛南北一鷯雛，净卷春雲絶寸膚。善病年光消藥裹，伴憨心事託摴蒱。千場月下修簫譜，萬樹花前蠟屐圖。南海不波求艾去，錦帆無恙鮑家姑。不識文鴦與彩鸞，援琴聊傍女貞彈。牽蘿補屋臨淞水，竊玉何人闖廣寒。其海上寓廬曾被盜劫。風裏魚書歸未卜，霧中豹彩隱難看。淩波却坐芝田館，凄斷家山凍紈干。

呂碧城自香港回滬書來云將遊歐美索爲詩述其身世戲借梅村舊韵寄之詩中用典，皆有本事，後世自知之

費樹蔚

乍泛舟回淞水潯，瓊臺高處貯春深。依然飛絮飄萍跡，久矣江蓏渚杜心。精衛欲填窮海去，鴟夷終勝濁泥沉。素書細訴生平事，索我青衫裏淚吟。

華年璧月綺羅輕，嫛女申申拂袂行。道不遠人窮則變，天將玉汝底於成。班昭肯藉諸兄重，蔡琰能傳阿父名。一樣藐孤家難日，蹉跎老大愧傾城。霸府旁求想見之，畫衣紗幔女人師。豈徒氣壓袁盧輩，竟有心降沈宋時。舊事凄凉話通德，神光離合感陳思。步虛聲裏無人識，開寶滄桑入小詩。桑榆未暮欲從鮫女織輕紗，不許羊權倚萼華。異域此生惟夢到，中原無汝任儂夸。青雙鬟，楊柳何時緑兩家。莫撥琵琶彈古調，有人身外著天花。

（以上録自舊鈔本韋齋近稿）

書呂碧城信芳集後用舒鐵雲題汪小韞集詩韻

費樹蔚

雙緘海角傳書鯉，隻影雲端罷舞鸞。素手删詩存太少，紺毫寫照肖應難。蹉跎雄武秦良玉，漂泊清狂李易安。記取探梅圓俊約，上元細字斫紅看。

（録自韋齋詩鈔卷五）

碧城來蘇縱談時事有漫游歐洲不復返意次日天雨宴之龐氏鶴園作二詩贈之

費樹蔚

三年幾日能歡笑，意外逢君攜伴來。同來者有京口沈女士。軟語一燈留掣雷，定心千劫撥寒灰。雨中池榭深杯識，夜半笙歌倦枕哀。宿旅次以弦管囂甚，不能寐。江左風流垂盡矣，談何容易剡船回。

市聲浩浩説攘夷，海上方以英酋戕我學子，罷工罷市。湯火魂飛有異辭。倚柱歌聲出金石，報堂英氣邁鬚眉。武陵招隱晉漁父，余居桃花塢，碧城以武陵爲喻。泰華登真秦子遺。便可一廛相料理，十洲風滿去何之？

（録自韋齋詩鈔卷八）

碧城又有美洲之行示詩誌别依韻奉酬兼爲息壤之盟

費樹蔚

聞君遠去幾儃佪，不爲鸞飄鳳泊哀。猘犬久憎蘭作佩，胡僧長話劫成灰。貫天赤眚應回首，擁檝滄波未費才。剩我虎邱花下立，歸歟鋤月上瑶臺。

（録自韋齋詩鈔卷九）

送碧城之美國

費樹蔚

吹雲和笙董雙成耶？躡遠游履褚三清耶？霓裳獨舞趙雲容耶？玉鞭一往李騰空耶？子今告我適異國，仙乎仙乎留不得。此心久逐滄溟去，世人那得知其故。借杜句。鳳城歇浦感蒼涼，車鳴枕中夢不長。戒壇昨夕微風舉，大横庚庚畫沙語。是誰認得凌波痕？僉名鳳紙雙温馨。京師扶乩，有仙人降壇詩，切君與朱劍霞女士姓名。是時，君甫偕朱女士至壇畔，事見時報懷芬樓詩話。舊時仙吕苦相憶，雪中小點驚鴻跡。況我癡骨非仙人，惜子之去子莫嗔。天涯處處花開落，去住飄然莫泥著。送子爲天河浣紗之行，贈子以陽關咽笛之聲。鶴書早寄珍珠字，百年會有相逢地。

送呂碧城女士遊學歐美

李經羲

緑蕚瑶華透早春，當年絮閣耳斯人。謝公嬌女偏憐小，左氏芬才獨出新。碧城爲呂公第三女。吴皁相逢投白紵，歐風長漸結青萍。搴裳雅合榛苓慕，有美東西洽比鄰。隔歲涼風待子歸，送行霽月爲君輝。十洲清夢仙山遠，一舸新詩雪浪飛。花雨龍天心上悟，樓臺蜃氣眼中霏。離羣不盡滄桑感，秋入銀河影澹微。

（以上録自呂碧城集）

沁園春

陳　完

昨與寒雲公子夜話，泛及近代詞流，公子甚贊旌德呂碧城女士，且言：「踰日當折柬邀女士與不慧飲集閒樓，留此人天一段韻事，爲他日詞苑掌故。」因以女士自刊信芳集見示。不慧尋覽一過，奇情窈思，俊語騷音，不意水脂花氣間，及吾世而見此蒼雄冷慧之才。北宋、南唐，未容傲𥡴；今代詞家，斯當第一矣。審其聰性，已入華嚴之玄。儻更竿木隨身，極盡楞伽變相，倚其末那，融我悲圓，靈雲見桃花而不疑，香嚴擊竹而忘所知，到此無垠，得大自在。則逢緣而妙，觸處如如矣。今填沁園春，即依集中遊匡廬一詞元韻，爲女士詞像頌，託寒雲公子轉致女士。豐干饒舌，公子又將哂我頭陀多事也。

絶代佳人，蕙語蘭心，玲瓏太深。是色身菩薩，龍游花外，舊家風調，鶴在桐陰。如此闌干，相逢一笑，何似神皋緤馬憑。禪天事，有誰人解得，水月惺泠。江山帶淚孤臨，把滄海桑田作豔吟。便等閒恩怨，都成泡昔，多生情障，又到而今。疑鏡梳春，慧燈思晚，俊悟明朝定不禁。休憔悴，有蓮花胎命，共汝空靈。

（録自曉珠詞四卷本）

七絶二首

繆素筠

飛將詞壇冠衆英，天生宿慧啓文明。絳帷獨擁人争羨，到處咸推吕碧城。

雄辯高談驚四筵，蛾眉崛起説平權。會當屈蠖同伸日，我願遲生五十年。

又手書一則

繆素筠

素耳文名，時深企慕。頒來手翰，如獲瓊瑶。前讀大作，久已膾炙人口，固名下無虚。今觀書法秀逸，筆力遒勁，大有鬚眉之概，想見揮毫落紙時也。珊以積勞之軀，復爲二豎所侵，衰邁已甚。年來壯志消磨，諸君子文壇角勝，自應退避三舍，作壁上觀可耳。冬至後舊恙復發，日來服藥，病勢稍減，俟痊可當候駕臨，快聆雅教也。珊如手肅。

（以上録自吕碧城集）

聖因女士吕碧城也民國以來婦孺知名矣茲承來稿爲題一詩云

步章五

曾挾飛仙謁聖因，碧城縹緲絶紅塵。坤輿縱説多靈秀，自謂平生見此人。

（録自林屋山人集卷四）

碧城女士以新譯美利堅建國史綱暨所著信芳集見贈賦此謝之

劉豁公

海外滄桑入簡編，山川文物費探研。卧游奚用荆關畫，開卷如臨美利堅。績史班昭有嗣音，更披雪絮動清吟。記從海島歸來後，一字推敲直到今。

（録自民國十五年一月三十一日申報）

寄吕碧城大家香港

黄稚荃

殷勤緘札付征鴻，好逐西風到閬風。塵海波濤人易倦，仙山樓閣夢難通。商量蹤跡猶龍近，偶露文辭繡虎工。手擷芙蓉望天末，秋星窈窕碧雲中。

（録自稚荃三十以前詩）

鷓鴣天

再題碧城繪雪詞用其自題原韻　冒鶴亭

現出聰明自在身，前生合住苧蘿村。藐姑肌骨清於雪，羣玉衣裳豔若雲。天浩浩，水粼粼。江山奇氣伴朝昏。善心至竟皈三寶，餘技猶能了十人。

（録自小三吾亭詞選）

附録三　雜載評論

光緒三十年三月廿五日大公報潔清女史跋呂碧城滿江紅感懷詞：「歷來所傳閨閣筆墨或託名游戲，或捉刀代作者，蓋往往然也。昨蒙碧城女史辱臨，以敝箑索書，對客揮毫，極淋漓慷慨之致，真女中豪傑也。女史悲中國學術之未興，女權之不振，亟思從事西學，力挽頽風，且思想極新，志趣頗壯，不徒吟風弄月，摛藻揚芬已也。裙衩伴中，得未曾有，予何幸獲此良友，而啓予愚昧也。欽佩之餘，忻識數語，希邀付驥之榮云。」

光緒三十一年大陸報第三年第十四號載光明云：「呂惠如女士暨淑妹眉生、碧城者，皖人也。幼育名門，長嫺書史，才同謝女，早傳咏絮之詞；思比若蘭，不織回文之字。神州莽莽，傷心女學之沉淪；弱息奄奄，深恨女權之墮落。放大千之金藏，貞心私淑羅蘭；起九死之沉魂，宏願竟同達克。僕匡時有志，作賦無才，恨未識乎英姿，幸獲觀乎瓊什，敢謝江郎之才盡，深欽班氏之識高。用爲小引，藉表同情。」

王栻嚴復集與夫人朱明麗書三十一：「胡惟德信事，係我錯怪，因其弟仲巽來寓告云：有一緘一電寄交滬寓，我云並未接到，後電又經汝先寄，前來信久未到，而汝信中又言胡欲與碧城結婚之事，所以疑汝先行拆看，信又不寄前來，至於信局延閣種種，吾不知也。此事早作罷論，據胡老二言，乃其兄已與一美國女學生定親，不知信否？碧城雖經母姊相勸，然亦無意，但聞近在天津害病頗重。其二姊眉生曾來寓告我，並求我爲碧城謀出洋，北洋現已换人，不知做得到否？」

王栻嚴復集與甥女何紉蘭書十七：「吾來津半月，與碧城見過五、六面，談論多次，見得此女實是高雅率真，明達可愛，外間謡諑，皆因此女過於孤高，不放一人在於眼裏之故。英斂之、傅問沅所以毁謗之者，亦是因渠不甚佩服此二人也。據我看來，甚是柔婉服善，説話間，除自己剖析之外，亦不肯言人短處。吾一日與論自由結婚之事，渠云：據他看去，今日此種社會，尚是由父母主婚爲佳，何以言之？父母主婚雖有錯時，然而畢竟尚少；即使錯配女子，到此尚有一命可以推委。至今日自由結婚之人，往往皆少年無學問、無知識之男女。當其相親相愛，切定婚嫁之時，雖旁人冷眼明明見其不對，然如此之事何人敢相參預，於是苟合，謂之自由結婚。轉眼不出三年，情境畢見，此時無可委過，連命字亦不許言。至於此時，其悔恨煩惱，比之父兄主婚者尤深，並且無人爲之憐憫，此時除自殺之外，幾無路走。渠雖長得不過二十五歲，所見多矣。中國男子不識義字者比比皆是，其於父母所定尚不看重，何況自己所挑？且當挑時，不過彼此皆爲色字，過時生厭，自爾不終；若是苟且而成，更是看瞧不起，而自家之害人罪過，又不論也。其言如此。我聞其言，不意此女透澈至此。渠看書甚多，然極不佩服孔子，坦然言之；想他當日出而演説之時，總有一二回説到高興處，遂爲守舊人所深嫉也。可憐，可憐！」

馬祖毅皖詩玉屑：「晚清任山西學政的吕瑞田有三個女兒都會寫詩詞，時人稱爲吕氏三姊妹，即吕湘惠如、吕清揚眉生和吕蘭清碧城，其中以碧城名聲較大。光緒三十一年出版過英華編的吕氏三姊妹集。」

甲寅第一卷第四十三號巽言附章士釗跋：「曩淮南三吕，天下知名。」

北洋畫報第一四三三期雲若隔一重洋各自愁：「楊雲史先生既納新姬小琴，人皆以爲名士宜家，名花得主，雲史亦躊躇滿志，不知重洋之外，猶有望眼雙穿，柔腸百折者，則吕碧城女士是已。女士旅居瑞士，舊常與雲史詩筒往還，文字因緣，締來已久。近吕女士有詞四闋寄雲史，并滕長函，中有語云：『天地悠悠，我將安託。』此蕩氣迴腸之語，信當有爲而發。異邦獨客，形影自傷，因作歸宿之思，是亦人情之正。然而青陵孤蝶，竟已飛上別枝，滄海百年，心事終成虛話，此真人間無可奈何事。而楊則琴已成聲，盆難再鼓，想更嗟辜負良機。碧海雲天，將『隔一重洋各自愁』已！」

鄭逸梅味鐙漫筆吕碧城剛愎成性：「旌德吕碧城女士周游歐美，登倫敦堡，蕩舟建尼瓦湖，訪羅馬古城，瞻舊金山三千年古樹，著有歐美漫游録一書。女士兼擅詩詞，籍隸南社，頗多唱和。予尤愛其斷句，如：『來處冷雲迷玉步，歸途花雨著輕綃。』又云：『微顰世外成千劫，一睇人間抵萬歡。』又云：『人能奔月真遺世，天遣投荒絶豔才。』飄逸似欲仙舉，洵不可多得之不櫛進士也。女士別署聖因，爲吕提學之季女，其姊美蓀，亦有詩才，惟不多見，或謂工力在碧城上。姊妹以細故失和，碧城倦遊歸來，諸戚勸之毋乖骨肉，碧城不加可否，固勸之，則曰：『不到黄泉，毋相見也。』時碧城已耽禪悦，空中懸觀音大士象，即返身向觀音禮拜，誦佛號『南無觀世音菩薩』。戚友知無效，遂罷。其執性剛愎有如此。碧城曩遊吴中鄧尉，愛香雪海之盛，有『青山埋骨他年願，好共梅花萬禩馨』之句。奈抗戰遽起，碧城蟄居香島，憂心家國，抑鬱成疾而死。遺蜕未能移葬鄧尉之梅花深處，未免有負夙願矣。其家有長恩精舍藏書，多善本及手鈔佳籍，今亦不知散落何處矣。」

林庚白孑樓隨筆：「碧城故士紳階級中閨秀也，驚才絶豔，工詩、詞，擅書翰。歲己酉，余年甫十三，讀書天津之『客籍學堂』，嘗私往窺伺，時碧城裁二十許，主女子公立學校，爲時流所重。其詩頗有神似玉溪處，余尤喜天風及崇效寺看牡丹兩律。」

覺有情第四卷第十五、十六號轉載廣州公道報歡迎吕碧城女士：「前天津大公報記者，上海時報旅歐通訊記者吕碧城女士，其努力闡揚中國固有之文化於世界，及介紹西洋新知於邦人，以勞績與在國際上之聲譽而論，固不下於新近逝世於上海之戈公振先生。但以女士宣力於海外及旅居於北方之時日較久，吾人雖神往心儀其爲人，然以未一挹其風采謦欬爲憾。何意日昨吕女士竟惠然來粤，訪問本市社會狀況，吾人誼屬同業，於吕女士之來，不能不表其歡忭與渴慕之忱。女士生長名門，乃於三十年前一脱當時閨秀之結習，毅然獻身國家社會，開女子教育風氣之先河，又能樂善不倦，倡辦『京直水災女子賑濟會』等。近年且主持世界保護動物運動甚力，又譯述中國佛教典籍，如妙法蓮華經、觀世音普門品等，使東方及中國文化之真傳，得以表達於世界有識人士之前。其發揚國光之願力，比之埋頭於科學實驗室之學者，以冀有所貢獻於國家人類者，何多讓焉。吾人於今日國難嚴重之下，深信自力更生爲民族之出路，則以吕女士之人格偉大，自爲有力之分子無疑。但以吕女士近因休養游覽之故，暫時無意與現實過爲透視，故於第一次來粤之際，匆匆往返，致吾人緣慳一面，惟有祝吕女士於修養之程，日益邁進，早日再爲國家社會效最大之勞力，是則吾人歡迎吕女士之微意也。」

錢化佛口述鄭逸梅編三十年來之上海續集：「吕碧城是我國的女文豪，可惜在抗戰時期犧牲了，雖不是日本人殺死的，但因日本人的侵略，逃亡流離，間接死於日本人之手，這是無可諱言。她生平最惡日本人，有一次，她從加拿大附舶返華，道出橫濱，一日本少年慕她文名，殷勤致意，并出一名刺，詳註住址，諄諄以別後通信爲請，碧城旋即投名刺於海，默祝道：『沉者自沉，浮者自浮，有血氣的決不和讎人爲友。』她一度寓居上海威海衛路同孚路之間，和陸宗輿、龐竹卿寓爲鄰，其時尚在民國十五年。新聞學碩士張繼英女士學成歸國，滬上新聞學會和文藝界假呂碧城寓所開談話會，鄙人和翁國勳同去參加。呂寓陳設俱爲歐式，鋼琴油畫，點綴其間，備極富麗，并雇大小印捕各一，以司門禁。小印捕面目神氣，好像陸澹盦，我們見了他，爲之失笑。她喜歡畜狗。客至，狗搖尾以迎，甚爲可愛。曩時她畜一燕產小犬杏兒，金毛被體，乖巧玲瓏，她離滬時，把小犬杏兒贈給友人尺五樓主，她和尺五樓主通訊，必詢及杏兒，後來知道杏兒因病物化，埋葬荒郊，她知道了，悵惘累日，賦詩一首，用以悼惜，詩云：『依依常傍畫裙旁，燈影衣香憶小窗。愁絶江南舊詞客，一犁花雨葬仙厖。』她的愛狗成癖，於此可見一斑。某次，某小報借狗來誣辱她，她不覺大怒，竟致興訟。晚年，她忽潛心禪悦，提倡戒殺，曾謀倡中國保護動物會，和鄙人意旨不約而同。」

鄭逸梅藝林散葉續編一五八一條：「呂碧城與其姊呂惠如，均能畫。」

鄭逸梅藝林散葉續編一五八三條：「某次，葉遐庵約呂碧城、楊千里、楊雲史、陸楓園諸人於其家懿園作茗叙，無意中談及碧城之婚姻問題，碧城云：『生平可稱許之男子不多，梁任公早有妻室，汪季新年歲較輕，汪榮寶尚不錯，亦已有偶。張薔公曾爲諸貞壯作伐，貞壯詩才固佳，奈年届不惑，須髮皆白何！我之目的，不在資産及門第，而在於文學上之地位。因此難得相當伴侣，東不成，西不合，有失機緣。幸而手邊略有積蓄，不愁衣食，只有以文學自娱耳！』聞民初，費仲深曾以袁克文徵求碧城意見，碧城微笑不答，是日亦提及，謂『袁屬公子哥兒，只許在歡場中偎紅依翠耳』。」

鄭逸梅人物品藻録呂碧城放誕風流：「碧城放誕風流，有比諸紅樓夢中之史湘雲者。且染西習，嘗御晚禮服，袒其背部，留影以貽朋友。擅舞蹈，於蠻樂琤瑽中，翩翩作交際之舞，開海上摩登風氣之先。性愛小動物，蓄芙蓉雀一對，日親飼之。後病死其一，其一如失偶而亦懨懨垂斃，碧城擬俟病愈，再購一雀，以爲之匹，不料數日後，懨懨者竟亦殞命籠中，碧城稱之爲同命鳥，辟壙於園之冬青樹下而雙埋之。又蓄一犬，爲某西人之摩托卡所輾傷，碧城乃令右尼干律師致函某西人，並送犬入戈登路獸醫院，及愈，交涉始罷。其時平襟亞辦開心報，有『李紅郊與犬』一段文字，碧城認爲隱射侮辱，控之於會審公廨，襟亞乃離滬至吴門，易其名姓爲沈亞公，以避其鋒。碧城徵求襟亞照片，欲登報踹緝，不可得，乃聲言如有人能以平址見告因而緝獲者，當以西太后親筆繪畫一幅以爲酬。事後，襟亞成百大秘密一書，轉載原文而加以涉訟始末，碧城以一之爲甚，不再多事糾紛矣。某次，碧城赴吴，訪老名士金鶴望，鶴望雇一汽油艇，邀費韋齋、彭子嘉輩作伴，同作江鄉之游，不拘形迹，恣意笑謔。碧城據篷窗外眺，見塍田牛車戽水，乃戲吟曰：『兩岸桔槔牛帶鏡。』蓋舟中遊侣悉御靉靆，碧城故意調侃之也。鶴望見碧城長裙拖地，乃對之曰：『一溪荇藻鼈拖裙。』相與大笑。碧城工吟詠，有信芳集行世。歐遊紀事，有文曰鴻雪因緣，揭布於周瘦鵑主輯之紫羅蘭半月刊中，凡若干萬言。」

上圖藏信芳集一卷本扉頁近知詞人評語：「信芳詞清俶端麗，取法北宋，縱刻畫有過份處，而靈機敏諦，足以自拔，漸漸近於超脱之途，可以頡頏頏斷腸，而固尚不接躅於漱玉矣。」

楊芬若綰春樓詩話：「庚子以後，全國競開學校，然女子教育，提倡而贊助之者，以吾所聞，當時首推吕家三姊妹爲最著，即惠如、眉生、碧城是也。吕家姊妹之科學深邃，其聲譽已蜚騰學界，無俟贅述矣。」

孤雲評吕碧城女士信芳集：「以信芳集與時賢諸家相較，則覺或辭俊有餘而意新不足，或長於輕巧而失之不能雄深；清逸者或少追琢之工，矜練者又亡渾融之妙。環顧斯世，竟難連鑣之選，此碧城風標絶世之概與易安相同者也。然亦殊有異，蓋信芳集之詞境、其艷冶凄馨之處，雖爲易安所可頡頏，然碧城則生於海通之世，游屐及於瀛寰，以視易安，廣狹不可同年而語，詞中奇麗之觀，皆非易安時代所能夢見。雖云易地皆然，而惜乎生之不晚，此碧城環境、時代優於易安者，一也。易安之詞，類皆閨襜之音，故『緑肥紅瘦』、『人比黄花』之語，爲千古絶唱。然詠歎低徊，不出思婦之外。至若碧城，則以靈慧之才，負磊落之氣，下筆爲文章，無論賦景寫懷，皆豪縱感激，多亢墜之聲。其英姿奇抱超軼不羈，散見於辭句者，幾於無處無之，而所謂豪縱感激者，又非荆卿歌、漸離筑之比，乃純乎女子之本色，如荆十三娘、公孫大娘之流，以此知其英俠之風出於天性，非曰貌爲。遂覺晶光劍氣發於香口檀心而蔚爲異采，尤於蒼凉雄邁之處，讀之使人起舞焉。易安純乎陰柔，碧城則兼有剛氣，此碧城個性强於易安者，二也。……著者詞中之一特點，爲能鎔新入舊，妙造自然，此爲某所亟欲言者。……其在諸外邦紀游之作，尤爲驚才絶艷，處處以國文風味出之，而其詞境之新，爲前所未有。憶昔年見康長素十一國游記中諸作，殊未能與信芳集比並也。此中消息至微，世有英傑其以慧心悟之。信芳集中更有一最著之特點，何也？則前所云豪縱感激之氣是也。太白之詩所以稱爲仙才者，以其奇横開闔，氣勢飛舞，非常人所能學步也。信芳集中，破陣樂、齊天樂、念奴嬌、好事近、新鴈過妝樓、江城梅花引諸作，其氣體騫舉，句勢峥嶸，直與太白歌行相抗。夫寫景之作，而以奇縱之氣貫之振之，又以太白長篇之妙納之於倚聲之體，豈非詞中至難至奇之境，實某所僅見也。此由其天才超絶，故艶冶可以至極，精細可以至極，而皆健筆揮斥以出之，若在凡手，則穠麗者必流於堆砌，豪宕者必流於叫囂矣。」

錢仲聯近百年詞壇點將録：「地陰星母大蟲顧大嫂，吕碧城聖因近代女詞人第一，不徒皖中之秀。早歲祝英臺近詞，樊山賞爲『稼軒「寶釵分，桃葉渡」一闋，不得專美於前。』中年去國，卜居瑞士。慢詞玲瓏玉、汨羅怨、陌上花、瑞鶴仙，俱前無古人之奇作。『休愁人間途險，有仙掌爲調玉髓，迤邐填平。』（阿爾伯士雪山）『鄂君繡被春眠暖，誰念蒼生無分。』（木棉花）杜陵廣厦，白傅大裘，有此襟抱，無此異彩。曉珠詞中，傑構尚多，『明霞照海，渲異豔，遠天外。』（瑞鶴仙）盡足資談藝家探索也。」

中華文學通史引分春館詞話：「（碧城詞）縷述異國事物，開拓前人未有之詞境，雄奇瑰麗，美不勝收，使人耳目爲之一新。」

吴宓空軒詩話：「呂碧城女士字聖因，安徽旌德人。信芳集詩詞遊記。一卷，民國十八年出版。其後又有增改，印成中國書式。分釘二册，中華書局印售。鳧公署名孤雲作長文評贊之，載大公報文學副刊。第九十一至九十二期。大意謂作者才情横溢，藴蓄深富，獨『得風氣之先，漫遊大地，遂以其根柢於世家之舊學，溶於歐美之新知，優於天才，飽於世變，復得山川之助』，故其所作，可以上比李易安，而又别闢蹊徑。其詞較詩尤勝，所具特點爲『能鎔新入舊，妙造自然』云云。予平日論詩，詞同。恒主以新材料入舊格律。予又曾遊歐洲，有歐遊雜詩之作，故於信芳集中之詩詞，獨有深契於心，自謂於其技術及内容，頗多精到之評解，惟以鳧公已暢言之，故不贅辭。」

附録四　輓辭悼文

聲聲慢

碧城女士怛化香港倚聲寄悼　龍榆生

荒波斷梗，繡嶺殘霞，迢遥夢杳音書。臘盡春遲，花香冉冉愁予。女士最後寄余書以十二月二十一日發，一月二十四日到，正女士往生時也。浮生漸空諸幻，奈靈山、有願成虚。人去遠，賸迦陵凄韻，肯更相呼。來書淳勸學佛，有「言盡於此」之句。

慧業早滋蘭畹，共靈均哀怨，澤畔醒餘。攬涕高丘，女士有宅在瑞士雪山中，往年曾貽影片。而今躑躅焉如。慈航有情同渡，瞰清流、拚飽江魚。女士遺命將遺體火化，骨灰和麵爲丸，投諸海中，結緣水族。真覺了，任天風、吹冷翠裙。

（録自忍寒詞）

吕碧城女士輓詩　并序

湯國梨

旌德吕碧城女士，清才碩學，早歲知名，余於君聞聲而未獲交也。民國三年春，蒙君相顧，適余卧病，雲踪遽失，萍聚無由，後凡遇識君者輒爲寄聲，或曰往之不獲見。君疑余故絶云。繼君游歐美，緣益慳矣，然嚮往之心久而不衰，終期得挹清芬，慰此長想，詎君已與世長辭耶！君精倚聲之學，余嘗讀其鴻著，婉然樂府遺音，極風人之旨，悱惻頑怨，其餘事也。斷腸、漱玉，有遜色焉。晚年耽悦佛典，專心净土，自修戒行，更廣宣化。生西前從容了塵事，道屬火化遺體，散諸海洋。嗚呼，何其達哉！同學張君覺明，皈依净土，篤行不懈，於我佛宏道，宣揚不遺餘力，於吕君之善行，歡喜讚歎，馳書屬余爲文，顧余於佛學略無知識，於君身世亦不甚詳，惟耳君文學之名，且讀其著述，爰就遺編略爲尋繹，得絶句八首，以盡余平生之意，亦一段因緣也。

冰雪聰明絶世姿，鴻泥白雪君詞名。耐人思。天花散盡塵緣斷，留得人間絶妙詞。

烈士暮年俱學道，佳人垂老亦參禪。慧心不賴廣長舌，早在西方自在天。君住瑞士多年。

曇花泡影事堪欷，積習天花尚着衣。碧海紅桑輕换劫，鬟絲禪榻早忘機。

書劍飄零到海涯，毳帷羶酪慣棲遲。漢家陵闕今何似，蘇武能無去國悲？君詞中語意。

娑婆世界本微塵，化作微塵結勝因。薄海有情皆滅度，潮音湧現法王身。君屬遺體化灰投海與水族結緣。

净土惟心覺岸通，菩提一證萬緣空。羨君悟得真如法，七寶蓮華擁現中。

緣慳一面奈何如？樽酒論文願總虚。何必相逢始相識，江關詞賦欲愁予。

奇文欣賞尚堪追，茗椀商量願總違。卅載神交隔生死，參商免得久要悲。某君與余交三十年，近無故見絶，以此余重有感焉。

聞碧城女士遷化感賦

張覺明

髫年已早慕丰神，境隔雲泥未許親。佳作偶傳欣浣誦，清新詞句妙無倫。予髫年負笈海上，聞同學之述及吕女士丰神才調者，輒凝神静聽，心向往之，偶見著述，百讀不厭。

壯志乘風萬里行，慈心宏願救羣生。仁言利溥功難計，多少飛潛免割烹。

劫後蓮蹤海外歸，專心净土誓瞻依。頻年勝業勤宣化，短著宏篇盡契機。

嫠女星沉四海驚，東西英麗哭吞聲。重來寳筏喁喁望，豈竟娑婆不再生。

覺有情月刊爲吕碧城女士怛化出紀念專號屬賦二詩

費慧茂

雲鳳高名海鶴姿，法華龍女未爲奇。詩家自有芬陀利，净土莊嚴上品宜。

濁世誰傳善女人，太丘纱筆重貞珉。亦知名念君删盡，却播蓮風見道真。

輓吕碧城居士

廉達因

書傳貝葉，影寄蓮花，遺志囑承當，視我儼如弟子。跡徧五洲，言滿三界，預言示遷化，痛予頓失導師。

（以上録自覺有情第四卷第十五、十六號）

鵲踏枝　挽吕寶蓮女士碧城即用其韻

慧　圜

白雪詞存光四耀，是慧是哀，總是多情調。因賦水仙能見道，天涯又報才人老。

思王枉上通親表，家難重重，一例傷心稿。世法何如惟識好，波羅盡把恩仇掃。

悼吕碧城居士

釋廣覺

天妒清才到女兒，江雲夢斷月如眉。卻疑冰雪融肝肺，自寫詩詞徧海涯。留命固難看末局，愴心應已泣羣雌。纖塵不染蓮開沼，龐女深機孰得知？

（以上録自覺有情第四卷第十七、十八號）

傷吕碧城居士之逝

持　松

吕碧城居士，余耳其名者久矣，初不知其詳，僅悉爲吾國留歐一女子，於佛學頗具信根，在西人報章雜誌中，時抒其辭藻，大抵爲護生戒殺、倡導蔬食等一類小品文字。當時余意擬其人，不過差勝於尋常女流耳，必無多過人處也。稍後，漸知居士於華夷文字，均極精湛，時以内典之文約義豐者，譯華爲夷，匡弼聖教，使彼醉心物質之邦，獲霑法雨之潤。余乃知居士之於佛學，曾加涵泳鑽研之功，匪徒具足信仰而已也。於是漸加嘉可，以爲一女子身，居然能此，終非易事。逮客歲冬間，陳无我居士以居士所著觀經釋論見貽，余初尚視之汎汎，以爲初心弱質，豈有遐識卓見，啓發經義，縱有所説，當亦步趨常談，拉雜湊成，内容不過爾爾也，遂閒置几案，未遑展視，既覺其觸手成礙，將移束高閣矣。然轉思姑一翻閲，究竟作何敷陳。待導言方竟，乃不禁躍然而興，歎爾而呼曰：「異乎哉！今天下竟復猶有斯人耶？乃復竟有斯文耶？其鉤深極奥，窮覽聖恉，獨見遠識，前人所希及，後學所不敢發者，非願輪所持，聖心所加，其孰能爲哉！」余方自慚慢習所侵，幾至屈没勝諦，輕侮時賢矣。蓋今之世，能誕兹英麗，立化異域，不唯法門之輔翼，抑亦邦族之楨榮已。爰溯往紀，吾國婦女學佛者，有賅衆藝，貫華夷，解齊前哲，辯若懸河，如居士之至者歟？亶所謂天民之秀也，方期克光勝業，弘道萬方，豈意仁者賦壽不永，衆生受益無福，而居士遽遐翔而遠逝矣。觀其識幾知命，則居士固已安養上品，從凡入聖，而凡百有識，咨痛傷悼，詎能謂非法門之大不幸哉！居士住世歲月，雖未得詳，然以覺刊所載遺影視之，當猶在盛年，何其蜕化之太速歟？嗟夫！

讚吾國女傑吕碧城居士

賨存我

吕碧城女士真可謂現代女界中的奇傑，她在青年時期，因對家庭不滿而出走，可算是中國的娜拉。在那禮教尚未被打倒的時候，她竟以一青年女子拋棄了家庭，毅然走上了歐化之途。創女學，辦報紙，主張女界的權利。及至入了民國，舉國狂熱於歐化的時代，她在漫遊世界之後，又毅然反抗着潮流，而皈心佛教。當舉世放縱於貪欲，以食色兩事爲人生目的之時，她却毅然抱獨身主義，清修梵行，毅然本慈悲心腸，主張戒殺，這是何等的勇敢，何等的智慧，何等强毅而不被衆撓，何等明哲而不爲衆惑。大凡一個人最難跳出的，是時代之思潮，和内心之習染，要打破這兩層束縛，纔有自由自主的分兒，却是要做到這一步，非有大勇大智不可。如何能有大勇大智，全在外不爲物欲所累，内不昧本體之明（此即大學格致誠正之事）。吕女士却具備了這個條件，所以她雖首先以娜拉的姿態出現於中國，却能不致失敗，而爲女界大放光明。這一面由於她的夙根深厚，一面也由於我國文化的陶溶，因爲呂女士是深於國學的。

女士文學天才，卓越過人，她的詞直與古名家争席，易哭厂稱之曰：「讀『素手先鞭何處着，如此山川』，爲之起舞；讀『往返人天何所住，如此華年』，爲之宕氣；讀『遼海功名，恨不到青閨兒女』，則爲之敲碎唾壺矣。」徐芷升稱之曰：「碧城女史邃於哲理，憫女學之不昌，爲論説以張之，三千年彤史中，無此英傑。餘事填詞，亦復俊麗絶倫，殆今之易安居士歟？」對女士可謂傾倒備至。但女士的價值並不在此。

女士一生事業，以護生爲最大，其一生思想，亦以護生爲中心，普扇仁風於世界，迹其行事，可説是今日女界中之墨子。女士自述其意見曰：「道德之定義，惟無私者永立於不敗之地，而亦感人最深。予慕游俠，非欲效朱家、郭解之行，惟本其抑强扶弱之精神，救世之不克自救者。禽獸無力自救，予内省良知，爲之呼籲。」又曰：「狼乳之説，聞者或訾爲妄，然古今之傳記多有之，如左傳所記之子文，美國報紙所記某博士之子，皆賴狼乳得活，蓋出於獸類之慈善心，乃吾人類而反食肉，無惻隱之心，能不愧於禽獸乎！」又曰：「吾人本非食肉之體質，試觀猫犬尖牙而食肉，牛馬方齒而食草，吾人未生獠牙，奈何食肉？」又曰：「因食肉而習見流血之慘，養成兇殘之性，人類且有自相殺害，兵戰格鬥，一觸即發。」嗚呼！如此心，如此言，豈但女界，恐怕男子中也不易多見吧。

女士的所以使人景仰，所以爲女界傑出的人物，不在她的才華，而在她義俠的心腸，仁厚的性情，她的國學根柢又很深，所以能走上佛教的路。她的行履又篤實，所以能走上净土的路。我們紀念她，也要學她的篤行，她的俠腸及仁心。女士是女界的先覺者，是首創女學的一人，我們希望現在的女學界能對女士有深切的認識，我們希望女士對女界能發生良好的影響。女士的一生，是先走上了西方文化之路，而回到東方文化，得到安身立命之受用的。我們希望女界繼起的英傑，也能如女士一樣，不再沉迷於淺薄的物質文明，而對人生有深切之了解。女士的傾向歐化，是在科舉時代，國人反對歐化之時；她的歸依佛教，是在國人醉心歐化，反對佛教之時。所以女士是具有特立獨行之人格，不隨别人脚跟轉的。當這國性銷沉、舉世風靡的崇拜外人時代，紀念女士，真令人有悵望雲霄之感了。

可敬可佩之吕碧城女士

龔崔慧朗女士

嗟乎！名聞遐邇，譽滿中外，巾幗文豪，護生健將，佛學界之明星吕碧城女士，已離此濁惡娑婆而去矣。消息傳來，舉國震驚，薄海同悲，人間失一導師，其如衆生何。余不禁喜憂交集，所喜者何？女士已遨遊佛國，與諸菩薩衆俱會一處，常寂光中，寶蓮花裏，度莊嚴清净之歲月矣。所憂者何？人世驟失導師，如嬰孩之失母，羔羊之迷途，慧炬已滅，將何所依怙耶？余更爲彼無聲物類悲，蓋女士天性慈愛，痌瘝在抱，悲天憫人之心，民胞物與之懷，大雄大力，提倡廢屠運動，登高一呼，衆山響應。今女士西去，誰能不避艱難，鞠躬盡瘁，爲彼世界上無央數羽毛鱗介之衆生呼籲耶？若女士者，智、仁、勇三者俱備，其巾幗之完人歟？

悼吕碧城女士

龍榆生

予於民國二十二三年間，旅居上海，與諸友好之喜談詞者，創辦詞學季刊，海内聲家，咸以篇什相投寄。時因葉遐庵先生之介，獲與碧城女士書問往還。女士方旅居歐洲，以弘揚佛化爲己任，然於念佛翻經之暇不廢倚聲，每有新詞，恒飛函寄示。中間一度返國，值予有嶺表之遊，迄未相見。其後復往瑞士，居雪山中，有手寫雪繪詞一卷見寄，又續刊所著曉珠詞，託南洋某友寄予數十册，屬爲分贈知音。女士曾爲予題上彊邨授硯圖，又和予嶺南詠木棉及歸國謡之作，雖相去萬里，音訊常通。談藝之餘，輒諄諄勸予學佛，并寄瑞蓮花瓣及精印佛像等，冀以起其信心。予以俗緣纏縛，又根鈍，二十年來，每讀梵典，迄未能有所悟入，然於女士自度度人之殷殷雅意，未嘗須臾忘也。歐戰復起，女士東歸，滯跡新加坡，曾檢新舊照相七八幀見贈。予來白下，音問阻絶者逾二年，傳聞已歸香港，居止未悉。去冬忽由京友轉到女士新著觀音菩薩靈籤、勸發菩提心文、山中白雪詞選合刊小册，因復寄以小詞。旋得十二月二十一日復書，并檢舊日樊樊山、嚴幾道兩先生與渠酬唱詩蹟，及瑞士旅居附近風景片四幀，又新著觀無量壽佛經釋論見贈。書中又苦勸學佛，略稱：「世間事皆如夢如幻，本無真實，最要者爲看破世界，早求脱離，即學佛是也。請試行之，必覺怡然别有天地。」又稱：「佛教之平等觀，即是無國家種族、恩怨親讐之分别，處於超然之地，不得以世情繩之。」末有「珍重前途，言盡於此」之語。余得書在一月二十四日，適爲女士得大解脱之時。事後追思，女士預示遷化之期，與拳拳相勉之意，非具大智慧，發大悲心，焉肯指出迷津，導登覺岸，如此之勤勤懇懇乎？女士書蹟，真力彌滿，蕭灑出塵，一與舊時無異。予初聞吴康先生告予噩耗，猶未敢信以爲真，及得滬友來信，始知女士果已從容捨此濁世而去矣。女士於佛法上之貢獻，自有高僧信士爲之宣揚，予以文字之末，辱相知之雅，又承女士以遺稿遺象及諸珍蹟見貽，使喪亂餘生，得邀佛佑，他日當别刊專册，以紀因緣。兹蒙覺有情半月刊督撰贊悼之文，既製聲聲慢一闋抒哀，遂并略書予與女士之往還交誼，及女士切於度人之宏願，以告世之有情男女，期得同登彼岸云。

（以上録自覺有情第四卷第十五、十六號）

附録五　吕碧城年譜簡編

李保民

吕碧城，原名賢錫，字遁天、明因，後改字聖因，法號寶蓮，别署蘭清、信芳詞侶、曉珠等。安徽旌德人。自幼即有才藻名，善屬文，工詩畫，詞尤著名於世。每有詞作問世，遠近争相傳誦，詩人樊增祥亦表「深佩」，詞學名家林鵾翔譽之爲「三百年來第一人」，龍榆生復譽之爲近三百年名家詞之「殿軍」。碧城通曉英、法、德三國文字，精研釋典，數度漫遊歐美，大力弘揚佛旨，積極倡導護生，並謀籌中國保護動物會，深爲中外人士所欽挹。

祖父諱偉桂，字馨園，一字秋園，太學生，以父鳳岐累贈奉政大夫，晉贈中議大夫。

父鳳岐，字瑞田，别號石柱山農，道光十七年丁酉九月，生於旌德廟首垂裕堂新宅。同治庚午舉人，光緒丁丑進士。歷任國史館協修、玉牒館纂修，山西學政。著有静然齋雜談、石柱山農行年録等。前室蔣氏，爲鉛山蔣士銓之曾孫女，能詩，早卒，遺二子賢釗、賢銘。

母嚴士瑜，字韻娥，同省來安人，嚴琴堂孝廉玉鳴次女，嚴朗軒太守次妹。經編修慶華延執柯，由鳳岐續娶爲繼室，時同治十三年甲戌。母幼憐於親，得其詩學，于歸後，生女賢鐘（吕惠如）、賢鈖（吕美蓀）、賢錫（吕碧城）、賢滿（吕坤秀），親爲課讀，均學有所成。

一八八三年（光緒九年癸未） 碧城生

六月（陰曆），碧城誕生於山西太原。父鳳岐時任山西學政。

一八八五年（光緒十一年乙酉） 三歲

十二月二日，鳳岐於山西卸任，由新任學政高燮接替。十五日，自沁澤回皖，於小除日抵六安，假寓度歲。

一八八六年（光緒十二年丙戌） 四歲

父鳳岐自念秉性直傲，恥於苟同，於世亦不相宜，遂決計乞病退休。

一八八七年（光緒十三年丁亥） 五歲

四月，移家州城六安。

五月，異母兄賢釗以逃學薄責，自經而亡，年十九。本年，碧城一日侍父園中，父顧垂柳，以「春風吹楊柳」五字命對，即應聲曰：「秋雨打梧桐。」父奇之。

一八八八年（光緒十四年戊子）　六歲

正月，妹賢滿生。

一八八九年（光緒十五年己酉）　七歲

已能作巨幅山水。

一八九一年（光緒十七年辛卯）　九歲

正月，異母兄賢銘以疾歿，父鳳岐慟甚，得眩疾。

一八九二年（光緒十八年壬辰）　十歲

碧城與同鄉汪某訂親。

一八九三年（光緒十九年癸巳）　十一歲

父鳳岐於六安城南築新宅及藏書之室長恩精舍，歷時三載，屢興屢輟。

一八九五年（光緒二十一年乙未）　十三歲

秋，新宅室落成，藏書數萬卷。

十月二十九日，父鳳岐五十九歲誕辰。州官及紳學就新宅爲壽，辭不獲，緣是勞頓疾作，延至十一月十九日去世。未幾，族人争繼嗣，霸佔家産，以至將碧城母女幽禁。曩於碧城訂親之汪某，見此變故，藉詞退婚。

一八九六年（光緒二十二年丙申） 十四歲

長姊惠如嫁外家嚴象賢爲婦，屬表兄妹聯婚。吕美蓀重至京師詩有云：「我姊奉巾服，外兄而姊夫。」

母嚴氏因不堪族人欺凌，茹痛棄産，攜碧城三姊妹永離六安，就食來安外家。碧城侍母鄉居。時舅氏嚴朗軒司榷塘沽，遂奉母命前往依之，冀得較優之教育。

一九〇二年（光緒二十八年壬寅） 二十歲

母嚴氏及妹賢滿寄居來安外家，爲惡戚所厄，慘無生路，俱各飲鴆自盡，幸爲邑令灌救得活。嗣因碧城姊惠如之求，江寧布政使樊增祥星夜飛檄鄰省，隔江遣兵迎救。其時，碧城與諸姊皆糊口於千里之外。舊説碧城母妹遭劫持，樊出以援手，事在鳳岐下世後不久，誤。詳見吕美蓀勉麗園隨筆。

一九〇四年（光緒三十年甲辰） 二十二歲

春，碧城約舅署秘書方君夫人同往天津探訪女學。瀕行，遭舅氏罵阻，憤甚，决與脱離。翌日，逃登火車，車中遇佛照樓馬霨堂主婦，挈往津寓。知方夫人寓

大公報館，乃馳函暢訴。函爲該報總理英斂之所見，大加贊賞，親邀與方夫人同
居，且委以編輯一職。
五月八日，遷居大公報館。是日英斂之先生日記云：「請吕女史蘭清移住館
中，與方夫人同居。予宿樓上。」此後，英氏夫婦常與碧城同出同遊。英斂之對
碧城極爲傾倒，愛慕之心油然而生，因而引起英夫人不快。
十日，大公報載碧城滿江紅（晦黯神州）詞。
十一日，大公報載碧城舟過渤海偶成七絶一首。
詩詞刊發後，一時中外名流投詩詞鳴欽佩者紛紛不絶，諸如署名羅刹庵主、鐵華
館主、壽椿廬主、摩兜堅室、姜庵詞人等，皆有詩詞投贈。
二十日、二十一日，大公報連載碧城論提倡女學之宗旨。其時，碧城亟欲辦一
女學，遂借助言論，予以宣揚，得到官紳梁士詒、傅增湘、方藥雨、英斂之、徐星
叔等人的積極贊同，並爲之籌款興辦。碧城與某先生書有云：「甲辰之歲，北
方女學尚當草昧未闢之時，鄙人浪跡津沽，徵諸同志，將有創辦女學之舉，恐棉
力之難濟也，抒其芻論，假報紙游説於當道。」
二十四日，大公報載碧城敬告中國女同胞文。長姊惠如由塘沽任所抵津，與英

斂之首次會晤。

二十五日，大公報載碧城奉和鐵華館主見贈原韻即請教正七律二首。

六月十日，女革命家秋瑾由北京慕名來訪，是日英斂之先生日記有較詳之記載：「十點，秋閨瑾女士由京來，其夫王之芳及秦□□偕來，留午飯。予同王、秦單間房。飯後，秋留館，王、秦等去。晚，傅潤沅來，談極久，去。秋與碧同屋宿。」而此前五月二十八日日記云：「潤沅由京來函，秋碧城女士十六日（即公曆五月三十日）來津，爲會吕碧城。」遂知秋瑾訪碧城之日期曾因故推遲。兩人此番會晤相處不足四天，却一見如故，情同姐妹。秋瑾密勸碧城同渡扶桑，爲革命運動，碧城應允任文字之役，遥相呼應。

十三日，大公報載碧城興女權貴有堅忍之志文。

十八日，大公報載碧城教育爲立國之本文。

七月十日，惠如與英夫人淑仲結爲盟姐妹。

十三日，碧城爲英斂之畫團扇。

十八日，女學興辦之經費得以落實。是日英斂之先生日記記其事云：「袁督許允撥款千元爲學堂開辦費，唐道允每月由籌款局提百金作經費。」袁督，指直隸總督袁世凱，唐道，指天津海關道唐紹儀。

八月二十六日，大公報載秋瑾致吕碧城信札，并加編者按云：「日昨，秋璇卿女士由日本東京實踐女學校來函，致吕碧城女士云……」

九月，女子世界第九期載碧城論某督札幼稚園公文。

十月三日，大公報載天津女學堂創辦簡章，具名倡辦人吕碧城、議事員等同訂。

十一月十七日下午二點鐘，北洋女子公學（又稱天津女學堂）開學典禮，碧城出任總教習兼國文教習，主持全校事務。

一九〇五年（光緒三十一年乙巳） 二十三歲

二月十一日，英斂之至女學堂訪碧城。是日英斂之先生日記云：「晡，至女學堂，聞碧城諸不通語，甚煩悶。」

三月十四日，英斂之爲印吕氏三姊妹集。逮暮春，書成，收碧城詩八首、詞四首、文二篇。

八月，大陸報第三年第十四號載碧城書懷、舟過渤海口占選一、和鐵華館主見贈韻詩三首。

九月，大陸報第三年第十六號載碧城鷓鴣天（良夜迢迢小閣前）詞一首。

本年，笑林報載有碧城遠征賦。

一九〇六年（光緒三十二年丙午）　二十四歲

春，天津女學堂設師範科，擇資質優秀者入師範就讀。

六月十三日，上午十點北洋女師範學堂開學。

八月二十二日，碧城二姊呂美蓀晨由北洋女子公學外出，遭電車傷臂之禍，左腕骨折。住院醫治期間，碧城常走視之。

本年，碧城與英斂之往來多顯齟齬冷淡情狀，雖經二姊從中勸解，未能和好如初。歲暮，呂氏三姊妹與英斂之先生未知何故，皆有不快。至新年元宵後，始稍緩解。

一九〇七年（光緒三十三年丁未）　二十五歲

一月，秋瑾主編之中國女報第一期在上海創刊，碧城爲作發刊詞。

三月，中國女報第二年第一號載碧城女子宜急結團體論文。中國新女界第二期載碧城創辦女學教育會章程。

四月，直督袁世凱遞一封奏聞，係密保碧城才優品卓，堪充貴胄女學堂總辦之選。

四月二十日，碧城妹崑秀由皖省來安抵津。

五月，中國新女界第四期載天津高等女子學校總教習呂碧城之影。

七月十五日，碧城之友、女革命家秋瑾在紹興遇害。日後，碧城有西泠過秋女俠祠次寒雲韻詩悼之，詩中有云：「塵劫未銷慚後死，俊游愁過墓門前。」

八月十日，碧城因得美蓀函，謁英斂之，探問外間謗毁事，爲之痛哭良久。

下旬，嚴復赴京入學部參加考試留學生，道經天津，訪碧城，與之攀談頗久。

秋，碧城與英斂之關係漸趨緊張，瀕於破裂邊緣。蓋因碧城性情孤高，於英斂之、傅增湘輩皆不甚佩服，對此輩一切陳腐之論不啻唾之，又多裂綱毁常之説，遂爲守舊勢力深所嫉惡。且碧城極有懷讒畏譏之心，而英斂之等又往往多加評騭，此雙方交往難以善終之根由。

一九〇八年（光緒三十四年戊申）二十六歲

九月四日，謁嚴復。

十三日，嚴復至女學堂，以名學講授碧城。此後往來頻繁。

本年，大公報載有勸女教習不當妖豔招摇一段文字，碧城以爲影射於己，甚爲憤懑，旋於津報刊登駁文，並致函英斂之，予以分辯。至此遂不復往大公報館，與英斂之幾近於絶交。又，碧城從嚴復問學之餘，予嚴復以深刻印象，其與甥女何紉蘭書云：「碧城心高意傲，舉所見男女，無一當其意者。極喜學問，尤愛筆墨。若以現時所就而論，自是難得。但以素乏師承，年紀尚少，二十五歲。故所學皆未成熟。然以比平常士夫，雖四五十亦多不及之者。身體亦弱，不任用功。吾常勸其不必用功，早覓佳對，渠意深不謂然，大有立志不嫁以終其身之意，其可歎也。此人年紀雖少，見解却高，……初出山，閱歷甚淺，時露頭角，以此爲時論所推，然禮法之士嫉之如讐。自秋瑾被害後，亦爲驚弓之鳥矣。即於女界，每初爲好友，後爲讐敵，此緣其得名大盛，占人面子之故。往往起先議論，聽者大以爲然，後來反目，則云碧城常作如此不經議論，以詬病之。其處世之苦如此。」

一九〇九年（宣統元年己酉）　二十七歲

六月十三日，碧城訪嚴復，談極久。嚴復爲碧城獨身不嫁深感憂慮。

七月，第一届師範科行畢業禮，歷時七學期，學生十人畢業。

秋，碧城卧病津城。清駐日公使胡惟德因斷弦故，頗屬意碧城，托直隸提學傅增湘議婚，遭碧城拒絶。後雖經母姊相勸，然亦無意，遂罷。

本年，碧城曾托嚴復向學部疏通，冀能出洋游學美國，其二姊美蓀亦爲之説情，而嚴復有感於碧城未精英文，又當北洋換人之際，愛莫能助。

一九一〇年（宣統二年庚戌） 二十八歲

本年，碧城作有燭影摇紅（絮影萍痕）詞，載南社叢刻第十一集。

一九一一年（宣統三年辛亥） 二十九歲

五月，婦女時報第一號載碧城北戴河遊記。

十二月，婦女時報第五號載首届北洋女子公學畢業生合影。

本年，碧城在北京與哲學家蔣維喬訂文字交。

一九一二年（民國元年壬子） 三十歲

一月一日，孫中山在南京就任爲中華民國臨時大總統。

二月十二日，清宣統帝宣佈退位。

三月十日，袁世凱接替孫中山在北京就任臨時大總統職，此前已聘碧城爲公府諮議，而碧城已奉母移居上海。

四月，二姊美蓀因與母親嚴氏意見不合，偕幼妹崑秀另居滬上楊樹浦路，嚴氏則與碧城僑居虹口華特路。兹因嚴氏侍婢出走美蓀家不回，嚴氏即控美蓀騙留伊婢，並不還長女惠如金鐲事。二十四日，碧城偕母親與二姊對簿公堂，二姊辯稱三妹不良，將四妹逐出，並虐待婢女，以至婢女出走不回，並稱不還大姊金鐲，應由大姊追控。審判官聶某商之英翰副領事，判婢發棲留所擇配，控案注銷。

本年，始與西商角逐交易，數年間獲利頗豐。詩作有民國建元喜賦一律和寒雲青島見寄原韻七律一首。

一九一三年（民國二年癸丑）　三十一歲

五月，神州女報第三號載碧城游鍾山步舒醒庵君韻七律一首。

本年，母嚴氏卒於上海，卜葬於静安寺之第六泉旁。詞作有燭影摇紅（重展殘箋），載南社叢刻第十一集。

一九一四年（民國三年甲寅）　三十二歲

六月，加入南社。南社會員表：姓名，吕碧城；年齡，二十九；住址，寶昌路寶康里五十八號；入會日期，民國三年六月一日。

八月，南社寓滬社友假徐園舉行臨時雅集，碧城爲與會者之一。該月出版南社叢刻第十一集載碧城法曲獻仙音（緑蟻浮春）詞。

十二月十三日，妹賢滿卒於厦門女子師範學校。所著靈華閣詩稿一卷，亡佚。

一九一五年（民國四年乙卯） 三十三歲

一月，中華婦女界第一卷第一期載碧城爲袁抱存題寒廬茗話圖七律一首。

二月，中華婦女界第一卷第二期載碧城爲程白葭君題精忠柏圖五古一首。

五月，中華婦女界第一卷第五期載碧城費夫人墓誌銘文。

八月，楊度、孫毓筠等六人在京組織籌安會，帝制議起，碧城辭總統府秘書。

一九一六年（民國五年丙辰） 三十四歲

秋，與詞友費樹蔚等游杭及浙境諸山，費氏有杭游雜詩用吴梅村集中詩韻五古長詩四首，記之甚詳。

本年，碧城從道學家陳攖寧問學，陳爲之作孫不二女丹詩注、答吕碧城女士三十六問。詩作有輓季媛、訪攖寧道人叩以玄理多與辯難歸後却寄、中秋後錢塘觀潮遇雨、西泠過秋女俠祠次寒雲韻；詞作有喜遷鶯（層巒幽敻）、浣溪沙（風籟鳴哀起翠絛）、臨江仙（横流滚滚吞吴越）、百字令（萬峰潑墨）。

一九一七年（民國六年丁巳） 三十五歲

春，偕張默君、陳鴻璧、席佩蘭等游鄧尉。行前，碧城致函友人蘇州鎮守使朱琛甫，請求派人護行。函中有云：「兹有懇者，鄙人擬於日内偕諸女伴探梅鄧尉，同行者約四五人，皆女學界知名之士。惟於該處塗逕生疏，弱質旅行，尤虞險阻，倘荷飭人護送，紉感何極！」朱接函後允之，並予盛情款待。

四月十五日，赴滬上徐園，應邀出席南社第十六次雅集。

八月三十一日，晚由滬附輪往遊廬山，寓 Fairy Glen 旅館。

九月中旬，自廬山返滬。

下旬九月二十一日起，京畿直隸由八月底形成的大水汛情惡化，釀成華北特大水災，僅天津一地災民達到八十餘萬人。消息傳到滬上，碧城與諸名媛發起組織女子賑災會，並親撰京直水災女子義賑通告。

本年，詩作有鄧尉探梅十首、道中口占、探梅歸後謝蘇州朱鎮守使琛甫；詞作有沁園春（如此仙源）。雜著游廬瑣記、答南湖、答夢廬、答鐵禪。

一九一八年（民國七年戊午）　三十六歲

春，客居北京，詣崇效寺看牡丹，歸作崇效寺探牡丹已謝七律一首。

夏，料理西渡赴美諸事畢，忽染時疫，遷延達兩月之久。致函費樹蔚有云：「果不久物化者，擬葬鄧尉，購廣地於湖山勝處，碑鐫客春探梅十首於上，植紅緑梅多本，使常得文人酹酒吟弔吾魂。」

樹蔚接函，有答碧城時碧城劇病初起欲居山林或濱海習静故及之諸詩慰之。凌楫民歐美之光序云：「戊午冬，余游美洲，識吕碧城女士於哥倫比亞大學。」碧城題凌氏雲巢詩集亦有「騫槎遥泛斗牛津，弦誦相聞憶比鄰」句，知碧城曾與之爲同學。然凌氏所云乃事隔十餘年後之追憶，不確。是年冬，碧城養疴香港濱海，觀樹蔚與碧城詩函往來，可證。凌氏所謂同學之事當在一九二〇年冬。

一九一九年（民國八年己未） 三十七歲

春，養疴香港，入夏後返滬。此間與樹蔚詩書往還頗爲頻繁，樹蔚有答吕碧城香港用吴梅村題西泠閨詠韻、吕碧城自香港回滬書來云將游歐美索爲詩述其身世戲借梅村舊韻寄之等詩相答。

一九二〇年（民國九年庚申） 三十八歲

春，客居北京。嘗以事赴津，暇時訪同學女友，歸作感舊記。

六月十六日，碧城自都門偕縵華女士赴蘇州訪友人費樹蔚。二十日，同游虎丘、靈巖、天平、石湖諸名勝。碧城作有滿江紅（舊苑尋芳）詞。

九月，赴美遊學。行前，名流樊增祥、費樹蔚、李經羲等均賦詩送別。

二十六日，渡太平洋。作有秋渡太平洋七絶一首。

十月，抵舊金山。旋游金門等地。

一九二一年（民國十年辛酉）　三十九歲

游學哥倫比亞大學，研習美術，進修英語。

寓居紐約世界最大之潘斯樂維尼旅館。當地富豪席帕爾德夫人、國會議員塔末班夫人等名媛貴婦，皆聞名争與定交。

七月中旬，嘗卧病旅館達一周之久，歸國後有紐約病中七日記發表。

一九二二年（民國十一年壬戌）　四十歲

四月，由加拿大返國，道出横濱，一日本少年慕其文名，投以名片，以別後通訊爲請。碧城接之，稍後投於海中默祝曰：「沉者自沉，浮者自浮，余某某，不友其讐。」

一九二三年（民國十二年癸亥）　四十一歲

寓居上海南京路二十號。

四月，與袁寒雲、步林屋、劉豁公主編的雜誌心聲第一卷十期出齊。第十期刊有婦女文苑編輯主任吕碧城小影及作品跳舞與文明之關係、西報摭零。

五月，辭謝心聲雜誌婦女文苑編輯事。

歲暮，王鈍根主編社會之花小説月刊出版預告，載有諸名流及碧城賜稿信息。

本年，紐約病中七日記連載於半月雜誌第二卷第十二號至第十五號。

一九二四年（民國十三年甲子）　四十二歲

三月，作横濱夢影録。

本年，由南京路移居同孚路（今石門一路）八號。

一九二五年（民國十四年乙丑）　四十三歲

歲初，半月第四卷第三號刊出樊樊山先生致吕碧城女詩人書手迹，略云：「得手書固知吾姪不以得失爲喜愠也。巾幗英雄，如天馬行空，即論十許年來，以一弱女子自立於社會，手散千金而不措意，筆掃千人而不自矜，此老人所深佩者也。」

春，偕京口沈月華女士同游南京，繼赴蘇州訪費樹蔚，與之縱談時事，有漫游歐美不復返意。樹蔚宴請碧城於龐氏鶴園，並作詩相贈。旋與樹蔚、徐子嘉、金松岑等放舟吴江，泊垂虹亭下，碧城曼歌西曲以助興。

六月二十四日，親送洋一百元於上海總商會，救濟失業工人。

八月，作爲舞界名家，碧城與電影名星王漢倫、殷明珠一起加入滬上破天荒的大會串（援工遊藝會），聲援二十多萬工人罷工。

九月十四日，長姊惠如突染疾病，僅數小時，未及醫治，卒於南京。惠如邃於國學，凡經史詞章無不貫通。自清末歷任公益及粹敏女學暨江蘇省立第一女子師範校長，於民國八年（一九一九）去職。平日研究書畫，種植花木以自娱。著有清映軒詩詞稿四卷，後散佚。

十月二日，上海新聞學會召開成立大會，碧城與上海新聞界知名人士戈公振、潘公弼、陳布雷、許建屏、汪英賓、包天笑、何心冷、張静廬等一同出席，公推碧城主席並演説。

十二月八日，滬上新聞學會和文藝界假碧城寓所集會，歡迎新聞學碩士張繼英女士從美國密蘇里大學學成歸國。

十二月，譯完美國派特饒伯子所著美利堅建國史綱，作卷首譯者序，交上海大東書局出版。

本年，詩作有蘇寧記遊、蘇寧旅行答韋齋再疊前韻、小遊仙。信芳集三卷本印行，卷首冠有碧城不同時期所攝之肖像多幅。

一九二六年（民國十五年丙寅）　四十四歲

二月，信芳集由上海中華書局聚珍仿宋版印行，美利堅建國史綱由上海大東書局出版。

四月，在上海地方審判廳控美報館編輯黄洱浙，登載穢褻文字破壞名譽。法庭判處黄某罰金八十元，交保候示。

稍後，碧城又有美洲之行，函告費樹蔚，並示詩誌别，樹蔚亦贈詩送行。

六月三日，碧城原定五日搭法郵船達亞搭那號起程赴法，因尚有事務未了，不及即往，故往該訂票公司磋商展期，將所購船票退去。

秋，赴美。九月二十一日，舟過太平洋，恰爲陰曆八月十五，碧城有感於兩渡太平洋皆逢中秋，賦詩一首以紀之。抵美後，居舊金山。因感當地氣候温煦，遂留度歲。本年，擬創護生月刊，乞步林屋出爲主任，步歎以願望太宏而未肯接納。碧城卒以事冗而無暇顧及之。

一九二七年（民國十六年丁卯）　四十五歲

新年後啓程，自西岸之舊金山往東岸之紐約。途中停留洛杉磯，參觀動物園及著名影城好萊塢。然後由洛杉磯往美國亞利桑那州西北部，游覽素有世界奇景之稱的大峽谷。

二月十二日，由紐約乘坐奥玲匹克號萬噸輪赴歐。舟過大西洋後不久，抵達巴黎。

三月，歐美漫游録遊美部分草成。此後遊録所記均歐洲大陸風景和人事。

四月，擬定從法國經瑞士至意大利之旅游綫路。

二十日，從巴黎動身往瑞士芒特儒。遊録云：「抵芒特儒時方四月，故未登山，勾留三日而去。」旋由芒特儒赴意大利文化古城米蘭。抵達之日，恰逢意大利皇太子駕臨該城，游人雲集，遍覓旅館未得，乃於是日下午三時轉車赴佛羅倫薩，復由佛羅倫薩搭車往意大利首都羅馬。

抵羅馬之第五日，謁中國駐意大利公使朱兆莘，朱於次夕宴請碧城於使署。居羅馬稍久，碧城得以縱覽著名之古蹟羅曼法羅穆（Roman Forum）、大建築鬥獸場珂羅賽穆（Colasseumn）、聖彼德大教堂（St. Pietro）等。遊興正濃，忽因事回巴黎。

約五月下旬，由巴黎抵日内瓦，逗留七日。遊録記有日内瓦湖短歌四首。

六月四日，往芒特儒，首次攀登阿爾卑斯雪山。

七月，由芒特儒重到米蘭，小住二日，又由米蘭重往羅馬。抵羅馬後即換車往拿坡里，寓那不勒斯車站旁之最大旅館 Hotel Terminus。旋游拿坡里名勝最著者維蘇威火山及龐貝古城。

十二日，由羅馬往威尼斯。

十四日，由威尼斯乘飛機往奥地利首都維也納。抵奥京次晨，適逢市政騷亂，被困旅館中，數日後方得脱身往德國首都柏林。抵柏林後，遊録云：「天氣甚凉，予擬在此消夏，故從容未即出遊。不幸因病謁醫，謂非用手術不可，遂遄返巴黎，佈署各務。」

回巴黎料理完諸事，遍游鐵塔、羅浮宫、音樂館、凡爾賽皇宫、拿破倫與約瑟芬故居等風景名勝。

約八月初，渡英吉利海峽，赴英國首都倫敦。遊録云：「予既警於醫言，乃預理諸務，纖屑靡遺。凡所欲游之處，則急於實踐。欣然孳孳終日，達觀樂天，委化任命，固久契斯旨矣。英倫爲必游者，乃由巴黎往鮑倫港口，……朝發夕至，可稱便捷。」

此後，旅居英倫至次年一月底，先後游覽倫敦國家圖書館、英國博物院、水晶宫、倫敦堡、議院、皇家畫院、聖斯泰芬教堂等著名場所，頻繁作客於中國駐英公使館。

本年，詩作有七律二首，五絶四首，七絶一首，俱見吕碧城集歐美漫遊録。

一九二八年（民國十七年戊辰）　四十六歲

二月，由倫敦返回巴黎，寓格蘭德旅館（Grand Hotel）。

三月十五日，觀巴黎舉行盛大選美活動。

約四月初，由巴黎往瑞士，寓日内瓦湖頭芒特儒。

六月四日，重登阿爾卑斯雪山。復因事往日内瓦湖尾，偶過國際聯盟會門外，有感於本年裁軍會議純屬一幕滑稽鬧劇，故遊録記云：「夫以赤俄謀和平固屬不類，然其宗旨無可抨擊。雖其辦法荒疏，應别謀所以達此目的之方法。置不與議，則列强無和平之誠意，可知矣。」

二十三日，參加湖尾一年一度的百花會夜遊。

十二月二十五日，於日内瓦赴美國人年宴，自是日起茹素斷葷。

本年，信芳集增訂本問世。詩作有九月六日日内瓦紀事、夢雲中一丹鳳漸斂羽翮經行而逝惟見天際一飛艇又忽墜落於鄰宅驚醒詩以紀之、蔻山 Coux 賞雪歌；詞作有江城梅花引（褰霞扶夢下蒼穹）、洞仙歌（圓規無恙）、高陽臺（啼鳥驚魂）、好事近（寒鎖玉嵯峨）、六醜（警銀屏好夢）、多麗（海潮多）、玲瓏四犯（虹影斜牽）等。餘從吕碧城集卷四海外新詞中可考得之者，不俱列。

一九二九年（民國十八年己巳）　四十七歲

五月，應國際保護動物會邀請，碧城由瑞士日内瓦赴奥京維也納，參加萬國保護動物大會。

六月九日，由瑞士致上海市衛生局函，爲上海籌建滬北新宰牲廠而發，介紹國外先進的屠宰機器，俾禽獸受屠時失去知覺而無痛苦。

九日，抵維也納，爲唯一受邀出席大會之中國人。

十三日，碧城戴珠抹額，着拼金孔雀晚妝大衣登臺演説，備受臺下聽衆矚目。待其演説完畢，各國代表争相趨前握手致意，並請求簽名合影留念。

次日，維也納各報紛紛報道碧城演説盛況。

會後，德國、意大利、西班牙等國代表競相邀請碧城赴本國演講。

九月，費樹蔚校閲之吕碧城集由上海中華書局出版。

本年，詞作有高陽臺（花縣霏香）、還京樂（殢春睡）、鶯啼序（銅仙夜啼漢苑）、風入松（籥雲飛佩度清虚）、六幺令（碧空凝麗）、定風波（夢筆生花總是魔）、玉京謡（斷綺悽紅樹）、長亭怨慢（又恨鐵九州輕鑄）等。

一九三〇年（民國十九年庚午）　四十八歲

春，皈依佛法，絶筆文藝，悉心從事佛典英譯，迨三一年夏，方重拈詞筆。

二月，著巴黎佛會一夕記。與法國專繪佛像之美術家建寧女士（Louise Janin）會晤。此前碧城與女士彼此知名，並蒙女士屢贈作品，然迄未謀面。

十一月十七日，碧城夜夢蓮邦之路，自此遂於净土深信不疑。

本年，碧城不時將歐美各國佛教與護生消息傳遞國内，刊載於上海時報，引起滬上知名居士王季同、吴致覺、豐子愷、李圓净等人的注意。隨即由圓净與碧城取得聯繫，約碧城將各文結集，寄回國内，籌劃印行，定名歐美之光。

一九三一年（民國二十年辛未）　四十九歲

三月二十三日，旅歐之清華大學國學研究院教授吴宓於日内瓦致函碧城，約會晤，並隨函鈔示自作之信芳集序（未刊稿）云：「信芳集確能以新材料入舊格律，所寫歐洲景物及旅遊見聞，宓今身歷，乃更知其工妙。而藝術及詞藻，又甚鍾煉典雅，實爲今日中國文學創作正軌及精品。」又云：「集中所寫，不外作者一生未嫁之凄鬱之情，纏綿哀厲，爲女子文學中精華所在。」孰料時隔二三日，碧城快信回覆吴宓，對來函言及未嫁之辭甚爲憤懣，斥爲上海報館中無聊文人之有意侮辱。並云，信芳集序不作，也無需見面。吴宓隨即復函解釋，且勸讀所編學衡雜誌，藉以消除誤會。

四月，碧城與吴宓互有信函往來，然碧城之餘怒未消，責其不看全集，言論偏頗。吴宓出遊，三過吕碧城住地，因不便登門拜訪，深感遺憾。

本年，歐美之光付梓刊行。詞作有法駕引（素華誰探）、喜遷鶯（紺雲西邁）、波羅門引（波羅六度）、繞佛閣（十玄邃闡）、隔浦蓮近（心香一瓣結念），皆爲梵苑詞章。

一九三二年（民國二十一年壬申）　五十歲

夏，寓德京柏林，療治胃疾，養痾醫舍，每藉倚聲遣懷解悶。

本年，曉珠詞一卷本刊成。詞作有應天長（環峰瞰水）、浪淘沙慢（遠遊處）、風入松（米船一棹泛滄溟）、掃花遊（梵天望極）、霜葉飛（十年遷客滄波外）、壽樓春（盟寒梅冬心）、洞仙歌（海堧遷客）、千秋歲（墜粉欺潮）、賀新凉（佳氣西來麗）等。

一九三三年（民國二十二年癸酉）　五十一歲

歲初，經友人葉恭綽介紹，碧城與旅居滬上之詞學名家龍榆生書函往還。

四月，龍榆生主編詞學季刊創刊號，載碧城自柏林寄示新詞八首。

八月，詞學季刊第一卷第二號載碧城詞六首。

冬，由瑞士歸國。

一九三四年（民國二十三年甲戌）　五十二歲

寓滬迻譯釋典。

一九三五年（民國二十四年乙亥）　五十三歲

春，抵津門，謁華嚴學者徐蔚如，復托徐宅爲其傳遞親友書信之處。未幾南下，匯五千元至津，由徐代捐北京擬建之僧伽醫院。院主持僧致謝函，碧城以爲不文，心殊怏怏，後經蔚如解説，乃釋然。

四月八日，詞友費樹蔚卒於蘇州故里。

本年，碧城在香港購屋，遷居後未久，始見白蟻蛀梁。欲折梁换柱，又慮傷及蟻命，違背殺生之旨。不然，又有屋宇傾圮之憂。無奈，擬轉讓他人。

一九三六年（民國二十五年丙子）　五十四歲

寓居香港山光道二十七號。

譯事之餘，碧城曾一度由香港回滬。

歲暮，重游南京、北京等地。順道訪詞友費樹蔚，途人以死訊相告，遂愴然回車，賦詞哀悼。抵北京時，適逢最早相識之女友婁盧雲青女士由北京移柩天津，乃馳往車站送行。

本年，詞作有望湘人（記荀香謝絮）、汨羅怨（翠拱屏嶂）、惜秋華（十載重來）等。

一九三七年（民國二十六年丁丑） 五十五歲

春，曉珠詞卷三手寫本付印，首有自記云：「予慨世事艱虞，家難奇劇，凡有著作，宜及身而定，隨時付梓，庶免身後湮没。曩刊曉珠詞即本此旨。」

五月，由香港山光道寓所寄贈吴宓曉珠詞二十部，吴宓回寄吴宓詩集一部。

夏，曉珠詞四卷本印行。

秋，將山光道住宅轉讓他人，遷居菩提場四樓。時，碧城出國在即，舉其所用零物分贈同道結緣。

十一月，由九龍搭郵輪離港，三天後抵新加坡，下榻黄典嫻女士處。登船之日，佛教同道購鮮菓歡送。旋擬往檳嶼小住養病，俟春暖赴歐。

本年，詞作俱見曉珠詞卷三、卷四。

一九三八年（民國二十七年戊寅）　五十六歲

三月，重返阿爾卑斯雪山。

八月，寓居山中之静怡旅館（Hotel Placide）。

秋，歐戰爆發，被迫東返，後因故未能成行。

本年，詞作有祝英臺近（亂峰噎）、疏影（胡天歲暮）、燭影摇紅（卅六瑶峰）、一萼紅（暝煙中）。

一九三九年（民國二十八年己卯）　五十七歲

寓居瑞士雪山中。

十月，由静怡旅館遷居別處。

本年，數次致函滬上陳无我居士，討論歐美佛教徒有關蔬食輪回諸問題。

一九四〇年（民國二十九年庚辰）　五十八歲

秋，自瑞士歸國，途中羈居南洋。約年底往香港。

本年，詞作有鶯啼序（殘霞尚依繡島）、長亭怨慢（問紺海弄珠遊女）等。

一九四一年（民國三十年辛巳）　五十九歲

歲初在香港，初欲由此換輪赴滬，後經當地道友盛情挽留，遂罷此行。假東蓮覺苑，與法侶林楞真女士同住。

冬，鄉人澄澈居士爲其與二姊美蓀不和，骨肉參商，而馳書調解，頗有成效。

一九四二年（民國三十一年壬午） 六十歲

春，編文史綱要一書，每日爲苑衆講學一小時，至暑假後停止。

夏，新著觀無量壽佛經釋論在滬港兩地趕付剞劂。港版書成，碧城包寄各方，一一皆親執其勞，不欲假手他人。

冬，碧城胃疾復發，道友勸其延醫治療，不允。乃邀其知友王學仁、陳静濤前來反覆開導規勸，仍未蒙接納。

十一月六日，自知病將不起，立下遺囑，逐一交代身後之事。

二十八日，復函文學名家張次溪，不願其從徐蔚如宅檢得之碧城五十餘通手札留備刊用，並請寄還。函云：「所有蕪函雖多討論佛學，然大抵因一人一事請益之作，與公衆無關。其中談家務者及涉及月溪法師者，尤不願宣佈也。」

十二月二十一日，致函龍榆生，寄贈舊日樊增祥、嚴復兩先生與碧城酬唱詩迹等，深以學佛相勸。